कद्दावर की दास्तान

[कर्मवीर पं. सुन्दरलाल के संस्मरणों
और निबन्धों का संचयन]

स्वराज संस्थान संचालनालय
संस्कृति विभाग, मध्यप्रदेश शासन

कद्दावर की दास्तान

पं. सुन्दरलाल

सम्पादक

सुधीर विद्यार्थी

राजकमल प्रकाशन

नयी दिल्ली पटना इलाहाबाद

मूल्य : ₹ 350

पहला संस्करण : 2012

प्रकाशक : राजकमल प्रकाशन प्रा. लि.
1-बी, नेताजी सुभाष मार्ग
नई दिल्ली-110 002

शाखाएँ : अशोक राजपथ, साइंस कॉलेज के सामने, पटना-800 006
पहली मंजिल, दरबारी बिल्डिंग, महात्मा गांधी मार्ग, इलाहाबाद-211 001

वेबसाइट : www.rajkamalprakashan.com
ई-मेल : info@rajkamalprakashan.com

मुद्रक : बी.के. ऑफसेट
नवीन शाहदरा, दिल्ली-110 032

KADDAVER KI DASTAN
by Pt. Sunder Lal
Edited by Sudhir Vidyarthi

ISBN : 978-81-267-2150-4

सम्पादकीय

'भारत में अंग्रेजी राज' जिन दिनों मैंने पढ़ा तो उसकी जब्ती की कहानी ने मुझे बहुत रोमांचित किया था। इस पुस्तक को लिखकर पंडित सुन्दरलाल जी को तब बहुत ख्याति मिली थी। पर इस ख्याति में उनके पूर्ववर्ती क्रान्तिकारी व्यक्तित्व का भी योग था। निःसन्देह ब्रिटिश शासन काल में ऐसी विस्फोटक पुस्तक का लिखा जाना अत्यन्त साहस का कार्य था। विदेशी हुकूमत उस कृति को कैसे सहन कर सकती थी जिसमें केवल इतिहास ही नहीं, भविष्य के लिए स्पष्ट संकेत भी थे। पुस्तक लिखे जाने के दिनों में ही अंग्रेज शासकों के बीच इतनी खलबली मच गई थी कि इतनी बड़ी पुस्तक के प्रकाशन के पहले ही उसकी जब्ती का आदेश हो चुका था। छपने के चौथे दिन ही पुलिस प्रकाशक के दफ्तर पहुँच गई और प्रेस ही नहीं, रेल, डाकखानों और ग्राहकों के घर पर भी तलाशियाँ ली गईं। इस जब्ती और इन तलाशियों के विरोध में देश भर के लगभग सभी समाचार-पत्रों और प्रमुख नेताओं ने अपनी आवाज बुलन्द की। गांधीजी ने इसे 'दिन दहाड़े डाके' की संज्ञा दी थी। पंडित जी के बाद इतिहास का दूसरा ऐसा कोई विद्वान पैदा नहीं हुआ जो अंग्रेज जाति के संसदीय अहं पर चोट करता हुआ उसके समस्त अमानवीय कृत्यों के सबूत में पूरा 'भारत में अंग्रेजी राज' लिखकर यूरोप के सिर पर पटक देता।

कितनी शिथिल है हमारी इतिहास-चेतना। जब कभी कोई विदेशी 'माउंटबेटन : द लास्ट वाइसराय' जैसी कोई फिल्म बनाकर या अन्य किसी माध्यम से हमारे इतिहास को विकृत करने की कोशिश करता है तभी अचानक थोड़ी देर के लिए हम अपने इतिहास, सभ्यता और संस्कृति के लिए चिन्तित हो उठते हैं। लेकिन हमारी यह चिन्ता बहुत देर तक ठहरती नहीं। हमारी समूची इतिहास-चेतना की अनुपस्थिति का इससे बड़ा उदाहरण और क्या हो सकता है।

पंडित जी के इतिहास के इस गौरव ग्रन्थ को छापा था 'चाँद' के संचालक श्री रामरिख सहगल ने। आज ऐसे लेखकों की कल्पना भी नहीं की जा सकती

जो पंडित जी की तरह यह कह सकें कि वे अपनी पुस्तक को उस प्रकाशक को छापने को देंगे जो उसे सबसे कम मूल्य पर बेचने को तैयार हो। यद्यपि श्री सहगल को 'भारत में अंग्रेजी राज' छापने से प्रसिद्धि मिली, पर स्वतन्त्रता संग्राम के उस दौर में उन्होंने उसे प्रकाशित कर बहुत जोखिम भरा काम किया था। पुस्तक प्रकाशन तब आज की भाँति व्यवसाय नहीं था। वैसे भी 'चाँद' की अपनी एक बलिदानी परम्परा रही है। उसके 'फाँसी अंक' को लोग आज तक भूले नहीं हैं जिसके पाठकों तक को सजाएँ भुगतनी पड़ीं।

पंडित सुन्दरलाल जी के राजनीतिक जीवन की शुरुआत सन् 1906 के कांग्रेस के 'गरम दल' से हुई थी। लार्ड हार्डिंग पर बम की फिंकाई और नागपुर का प्रसिद्ध 'झंडा सत्याग्रह' दोनों में समान रूप से सक्रिय रह कर वे गांधीवाद और क्रान्तिवाद को एक-दूसरे का पूरक मानते रहे। देश की स्वतन्त्रता और साम्प्रदायिक सद्भाव के लिए वे सत्ता की राजनीति से दूर रहने के कारण ही बेहतर ढंग से कार्य कर सके। सन् 1930 में पं. बनारसीदास चतुर्वेदी ने उनके बारे में एक भविष्यवाणी की थी–"दिल्ली की पार्लियामेंट रोड पर मोटरकार में जाते हुए मिस्टर सुन्दरलाल एम.एल.ए. की कल्पना हमारे दिमाग में नहीं आती। कंटकाकीर्ण पथ पर चलने के अभ्यस्त कठोर चरणों को वह कोमल मार्ग शायद ही पसन्द आए। डोमनियन स्टेट्स हो जाने पर वे पूर्ण स्वाधीनता के पक्ष में लड़ेंगे और पूर्ण स्वाधीन हो जाने पर धार्मिक परम्पराओं और आडम्बरों के विरुद्ध। गरज कि वे लड़ते ही रहेंगे।"

जीवन भर इसी लकीर पर चलते रहे पंडित जी। वे सांसद या मन्त्री कुछ भी हो सकते थे पर स्वतन्त्रता-प्राप्ति के बाद उन्होंने विश्व-शान्ति और कौमी एकता के लिए काम करना पसन्द किया। रात-दिन उसी में लगे रहे। उनके सारे चिन्तन का केन्द्रबिन्दु राष्ट्रीय एकता और आपसी सद्भाव था। मैंने देखा कि मुसलमानों के लिए उनकी पक्षधरता के कारण कुछ लोग उन्हें पीठ पीछे 'मौलाना' कहा करते थे। पर वे ऐसी बातों से कभी विचलित नहीं हुए और अपने बनाए हुए रास्ते पर मजबूती से डटे रहे। जीवन का अन्तिम समय उन्होंने दिल्ली में एक मुसलमान परिवार में बिताया। वहाँ रहते हुए उन्हें इस बात से बहुत सन्तोष मिलता था कि वे कौमी एकता के लिए उदाहरण बन कर काम कर रहे हैं। उपदेशक बनने में उनका विश्वास था ही नहीं। अपने कहे और सोचे हुए को अमल में लाने के प्रति वे ज्यादा सचेत रहते थे।

स्वतन्त्रता संग्राम के दिनों में पत्रकारिता मिशन थी। उस युग के बलिदानी पत्रकारों की एक लम्बी परम्परा है। सुन्दरलाल जी उसी कड़ी के

प्रतिबद्ध और समर्पित पत्रकार थे। इलाहाबाद से छपने वाले 'भविष्य' के सम्पादक के रूप में उन्होंने देश के उग्र राजनीतिक वातावरण के निर्माण में बहुत बड़ा योग दिया था। उनके विस्फोटक लेखों के कारण पत्र के 17 अंक निकलने के बाद ही पाँच हजार रुपए की जमानत माँग ली गई जो निश्चय ही एक बड़ी रकम थी जिसे न दे पाने के कारण पत्र को बन्द कर देना पड़ा। 'कर्मयोगी' भी इसी तरह बन्द हुआ। पंडित जी के सहयोग से ही उनके शिष्य श्री विश्वम्भरनाथ पांडे ने 'विश्ववाणी' का प्रकाशन किया। 'नया हिन्द' जब प्रकाशित हुआ तो पत्रकारिता का एक नया रूप ही हमारे सामने आया। हिन्दुस्तानी भाषा का अद्‌भुत प्रयोग था इसमें। इसके प्रत्येक पृष्ठ पर देवनागरी और उर्दू दोनों लिपियों में लेख छपते थे। पत्रकारिता की दुनिया में कोई दूसरा व्यक्ति उनके इस प्रयोग को आगे नहीं बढ़ा पाया।

भारत में प्रथम कम्यूनिस्ट कान्फ्रेंस के आयोजक श्री सत्यभक्त जी जब तक जीवित रहे वे मुझे बराबर पंडित सुन्दरलाल की कीर्ति-रक्षा के लिए उकसाते रहे। इस सिलसिले में जब मैं काम करने निकला तो पं. बनारसीदास चतुर्वेदी जी ने भरपूर सहायता की। उड़ीसा के राज्यपाल रहे श्रीयुत विश्वम्भरनाथ पांडे जी के प्रयत्नों से वर्ष 1986 में 'पंडित सुन्दरलाल जन्मशताब्दी समारोह समिति' का गठन हुआ जिसका मन्त्री मुझे भी बनाया गया। इसके अध्यक्ष पं. बनारसीदास चतुर्वेदी और कार्यकारी अध्यक्ष श्री नरेशचन्द्र चतुर्वेदी एम.पी. थे। जनरल सेक्रेटरी श्री पुरुषोत्तम गोयल और कोषाध्यक्ष सांसद श्री घनश्याम सिंह थे। इसी समिति की ओर से पंडित जी की आत्मकथा का प्रकाशन किया गया। तत्पश्चात वर्ष 1995 में किताब घर प्रकाशन, दिल्ली से मेरी सम्पादित पुस्तक 'कर्मवीर पंडित सुन्दरलाल : कुछ संस्मरण' छपी जिसका व्यापक स्वागत हुआ।

प्रस्तुत संचयन में पंडित सुन्दरलाल जी के दो आत्मकथांश, उनके लिखे कुछ संस्मरण तथा चुने हुए निबन्धों को दिया जा रहा है। ये निबन्ध पंडित जी की राजनीतिक प्रतिबद्धताओं, 'भारत-चीन मैत्री संघ' की ओर से उनके द्वारा किए गए कार्यों तथा विश्व-शान्ति मिशन के प्रति उनके जुड़ाव को रेखांकित करते हैं। आज वोट की राजनीति के चलते साम्प्रदायिक स्थिति के निरन्तर विस्फोटक होते चले जाने, चीन से सीमा-विवाद का कायम रहना और एटमी युद्ध के खतरों के बीच पंडित सुन्दरलाल का मिशन हमें निरन्तर याद आता है। क्रान्तिकारी और गांधीवादी चेतना के सेतु के रूप में किया गया उनका कार्य हमें एक अलग ढंग का रास्ता दिखाता है। विश्व-शान्ति आन्दोलन का उनका मिशन जैसे आज कहीं ठहर गया लगता है।

यह सच्चाई है कि पंडित जी के राजनीतिक दर्शन को आगे ले जाने का जिम्मा उनके न रहने के बाद कोई अपने कन्धों पर नहीं उठा सका। श्री विश्वम्भरनाथ पांडे जी उनके कुछेक कार्यों को आगे बढ़ाने का कार्य करते रहे पर बाद को वे दलीय और संसदीय राजनीति के शिकार हो गए। सुन्दरलाल जी के मिशन को जिन्दा रखने के लिए संसदीय राजनीति के गलियारों का मोह छोड़ना होगा। इसे वही व्यक्ति कर सकता है तो उनकी तरह फक्कड़ और मस्त हो। जब देखता हूँ कि वे एक राजनेता के साथ ही सजग पत्रकार, दृष्टिसम्पन्न लेखक और जुझारू सामाजिक कार्यकर्ता थे तो उनकी इस बहुमुखी प्रतिभा के सामने नतमस्तक हो जाता हूँ। उनके पास एक विश्व-दृष्टि थी जिसके चलते वे अन्तर्राष्ट्रीय घटनाओं से प्रभावित होकर दुनिया के अधिकांश देशों में अपने मिशन का झंडा लेकर आगे बढ़ते रहे।

उनके चिन्तन, प्रतिबद्धताओं और कार्यों को ठीक से जानने-समझने के लिए यह संचयन उपयोगी होगा, ऐसी मुझे आशा है।

—सुधीर विद्यार्थी

कर्मवीर पंडित सुन्दरलाल : संक्षिप्त जीवन-क्रम

1886 – 26 सितम्बर, खतौली, जिला मुजफ्फरनगर, उत्तर प्रदेश में जन्म।

1905 – डी.ए.वी. कालेज लाहौर से बी.ए. की परीक्षा पास की और इलाहाबाद विश्वविद्यालय से एल.एल.बी. कक्षा में शरीक हुए।

1905 – गोपालकृष्ण गोखले की अध्यक्षता में 'इंडियन नेशनल कांग्रेस' के इक्कीसवें बनारस अधिवेशन में प्रतिनिधि रजिस्ट्रेशन कार्यालय में स्वयंसेवकों के इंचार्ज।

1906 – दादाभाई नौरोजी की अध्यक्षता में कलकत्ता में कांग्रेस के बाईसवें अधिवेशन में प्रतिनिधि।

1906-07 – उस समय के भारत के गरम दल के नेता लोकमान्य तिलक, बिपिनचन्द्र पाल और लाला लाजपतराय को इलाहाबाद में व्याख्यान देने के लिए आमन्त्रित किया।

1907 – फरवरी में गरम दल की राजनीति में भाग लेने के कारण इलाहाबाद विश्वविद्यालय की फाइनल एल.एल.बी. परीक्षा में बैठने से रोक दिए गए।

1907-08 – पूर्वी उत्तर प्रदेश में दुर्भिक्ष पीड़ित क्षेत्रों में लाला लाजपतराय के आदेश से कार्यकर्ताओं के दल के साथ सहायता कार्य। श्री अरविन्द के नेतृत्व में क्रान्तिकारी आन्दोलन में सम्मिलित। उत्तर प्रदेश में विद्यार्थियों और युवकों का संगठन।

1909-10 – इलाहाबाद से पहले पाक्षिक, फिर साप्ताहिक 'कर्मयोगी' का सम्पादन और प्रकाशन। दस महीने बाद 'कर्मयोगी' का प्रकाशन बन्द करने की सरकारी आज्ञा। कर्मयोगी प्रेस तथा समाचार-पत्र के कार्यालयों पर तालाबन्दी।

1911 – राजनीतिक गतिविधियों के कारण पंडित सुन्दरलाल के पिता श्री तोताराम जी को प्रदेश सरकार की इंजीनियरिंग सेवा से त्यागपत्र देने को विवश किया गया।

1912-13 – दिल्ली में मास्टर अमीरचन्द एवं क्रान्तिकारियों के साथ मिलकर कार्य। लार्ड हार्डिंग पर बम फेंके जाने से कुछ समय पूर्व देशभक्तों द्वारा सौंपे हुए दल के कागज-पत्र लेकर पहाड़ पर प्रस्थान। लार्ड हार्डिंग बम केस में सोलन में निवास-स्थान की तलाशी।

1913-16 – संन्यास ग्रहण। स्वामी सोमेश्वरानन्द नाम-परिवर्तन। अधिकतर हिमालय में निवास।

1915 – महात्मा गांधी से पहली भेंट। सन् 1916 में गांधीजी से दुबारा भेंट। उसी समय गांधीजी से निकटतम सम्बन्ध।

1916 – गांधीजी से प्रेरणा लेकर पुनः सुन्दरलाल नाम रखा और इलाहाबाद को केन्द्र बनाकर कार्य प्रारम्भ। हिंसात्मक क्रान्तिकारी गतिविधियों का त्याग।

1918 – पंडित जवाहरलाल नेहरू और मंजर अली सोख्ता के सहयोग से उत्तर प्रदेश में होमरूल लीग की स्थापना। तीनों का संयुक्त मन्त्री होना।

1919 – इलाहाबाद से 'भविष्य' का सम्पादन और प्रकाशन आरम्भ। जमानत की भारी रकम माँगी गई और जब्त कर ली गई। सर तेजबहादुर सप्रू ने हाई कोर्ट में जमानत की जब्ती के विरुद्ध केस में बहस की, किन्तु असफल।

1920 – गांधीजी के आदेश से कांग्रेस के नागपुर अधिवेशन से पूर्व मध्य प्रदेश को अपना कार्यक्षेत्र बनाया। 'भविष्य' प्रेस और दैनिक 'भविष्य' पंडित मोतीलाल नेहरू के सुपुर्द।

1920 – दिसम्बर में नागपुर में असहयोग आश्रम की स्थापना। राष्ट्रीय शिक्षा देने के लिए तिलक महाविद्यालय की स्थापना।

1921 – राजद्रोह के प्रचार के लिए वर्धा में मुकदमा और एक वर्ष के लिए कठोर कारावास की सजा।

1922 – मुजफ्फरनगर में दिल्ली प्रान्तीय राजनीतिक सम्मेलन की अध्यक्षता।

1923 – मध्य प्रदेश में झंडा सत्याग्रह का संगठन और नेतृत्व। जबलपुर में गिरफ्तारी और छह महीने का कारावास। दिसम्बर में पंडित श्यामसुन्दर चक्रवर्ती के सहयोग से काकीनाडा कांग्रेस में कौन्सिल प्रवेश का विरोध। कांग्रेस परिवर्तनवादी और अपरिवर्तनवादी दो दलों में विभाजित। पंडित जी अपरिवर्तनवादी दल के प्रमुख नेता।

1926 – कांग्रेस के कौन्सिल में जाने के निर्णय पर प्रान्तीय कांग्रेस कमेटी, जबलपुर के अध्यक्ष पद से त्यागपत्र।

1927-29 – हिन्दू-मुस्लिम एकता और साम्प्रदायिक सद्भावना के प्रचार में व्यस्त। इसी समय अपनी प्रसिद्ध पुस्तक 'भारत में अंग्रेजी राज'

लिखी। पुस्तक जब्त। पुस्तक के लिए भारत, बर्मा और लंका में लगभग एक हजार घरों की तलाशी। गांधीजी द्वारा अपने पत्रों 'यंग इंडिया' और 'नवजीवन' में जब्ती का विरोध। पंडित जवाहरलाल नेहरू, डॉ. राजेन्द्र प्रसाद और सेठ जमनालाल द्वारा पुस्तक अपने पास रखने की सरकार को लिखित सूचना।

1930 – गांधीजी द्वारा बम्बई में अहिंसात्मक सत्याग्रह का नेतृत्व सँभालने का आदेश। पंडित जी द्वारा ब्रिटिश सरकार की साम्प्रदायिक दंगे कराने की बम्बई में चेष्टा विफल। जून में कानपुर में उत्तर प्रदेश के प्रादेशिक राजनीतिक सम्मेलन की अध्यक्षता। जुलाई में पुरुषोत्तम दास टंडन की गिरफ्तारी के बाद उत्तर प्रदेश में प्रादेशिक कांग्रेस कमेटी के अध्यक्ष और डिक्टेटर एवं कांग्रेस वर्किंग कमेटी के सदस्य मनोनीत।

1931 – इलाहाबाद में गिरफ्तारी और तीन महीने की सजा। पंडित मोतीलाल नेहरू मुकदमे में उपस्थित थे। गांधी-इरविन भेंट से पूर्व कांग्रेस वर्किंग कमेटी के अन्य सदस्यों के साथ अवधि से पूर्व छोड़े गए। मार्च में कराची कांग्रेस में मन्त्री, जिसके अध्यक्ष डॉक्टर भगवान दास बने। समिति की रिपोर्ट जब्त।

1932 – सत्याग्रह आन्दोलन में गिरफ्तारी और डेढ़ वर्ष का सश्रम कारावास।

1934 – कानपुर के निकट गंगाघाट, उन्नाव में सेवाकुंज आश्रम की स्थापना में मंजर अली सोख्ता की सहायता।

1937-40 – गांधीजी के निर्देशन में सारे देश में साम्प्रदायिक सद्भावना और राष्ट्रीय एकता का प्रचार। कांग्रेस मन्त्रिमंडल बनने पर 'भारत में अंग्रेजी राज' पर से जब्ती हटी। दूसरा संस्करण प्रकाशित। इसी काल में अन्य पुस्तकें लिखीं।

1941 – अधिकांश समय सेवाग्राम आश्रम और दिल्ली में गांधीजी के साथ। 'विश्ववाणी' के सम्पादन और प्रकाशन में सहायता।

1942 – गांधीजी के संरक्षण में सर तेजबहादुर सप्रू, डॉ. ताराचन्द, डॉ सैयद महमूद, अब्दुल मजीद, ख्वाजा मौलाना सुलेमान नदवी और महात्मा भगवानदीन के साथ मिलकर हिन्दुस्तानी कल्चर सोसाइटी की स्थापना। इलाहाबाद में सुरक्षा अधिनियम के अन्तर्गत निरुद्ध।

1945 – साम्प्रदायिक एकता के लिए देश भर में कार्य।

1946 – नागरी और फारसी लिपि किन्तु एक ही भाषा में 'नया हिन्द' मासिक का प्रकाशन। हिन्दुस्तानी कल्चर सोसाइटी का कार्य।

1947	–	देश विभाजन के बाद गांधीजी की सलाह से दंगा पीड़ित पूर्वी और पश्चिमी पंजाब का भ्रमण। पाकिस्तान से हिन्दुओं और भारत के मुसलमानों के विस्थापन को रोकने के सम्बन्ध में पाकिस्तान सरकार को संधि प्रस्ताव पर राजी किया।
1948-50	–	पंडित नेहरू के आदेश से हैदराबाद और नागालैंड में शान्ति और सद्भावना मिशन पर गए।
1951	–	चीन जानेवाले सद्भावना मिशन के नेता। माओ-त्से-तुंग, चाऊ-एन-लाई, लिउ-शाओ-चि और अन्य चीनी नेताओं से भेंट और वार्ता।
1952	–	दिल्ली में 'भारत-चीन मैत्री संघ' की स्थापना। संघ के पहले अध्यक्ष निर्वाचित।
1957	–	'ऑल इंडिया अन्जुमन तरक्की-ए-उर्दू' के उपसभापति, भारतीय शान्ति मिशन के सभापति और विश्व शान्ति के अध्यक्ष मंडल के सदस्य।
1958	–	न्यूकिलियर बम के विरोध में टोक्यो में अन्तर्राष्ट्रीय सम्मेलन में प्रतिनिधि-मंडल का नेतृत्व।
1959-65	–	स्टाकहोम, वियना, कोलम्बो, मास्को, लेनिनग्राद, वार्सा, बर्लिन, लंदन और अन्य स्थानों में शान्ति सम्मेलनों में भारतीय प्रतिनिधि दलों का नेतृत्व। अपनी इन्हीं यात्राओं में प्रधानमन्त्री निकिता ख्रुश्चेव, प्रेसीडेंट ब्रेजनेव और अन्य रूसी नेताओं से भेंट और वार्ता। प्रधानमन्त्री फीडेल कास्त्रो के निमन्त्रण पर क्यूबा और प्रेसिडेंट हो-चि-मिन्ह के निमन्त्रण पर वियतनाम की यात्रा।
1963-66	–	राष्ट्रीय एकता और विश्व शान्ति के लिए निरन्तर यात्राएँ और भाषण। साहित्य-सृजन।
1970	–	भारत-चीन मैत्री संघ को पुनः संगठित किया।
1974	–	19 मार्च को कानपुर विश्वविद्यालय द्वारा डी. लिट्. की मानद उपाधि प्रदत्त।
1975	–	खतौली इस्लामिया स्कूल के उत्सव पर देश की स्थिति, कौमी एकता और विश्व शान्ति पर भाषण।
1978	–	6 मई को मेरठ विश्वविद्यालय की हिन्दी परिषद् की ओर से एस.डी. कालेज, मुजफ्फरनगर में अभिनन्दन। 'मुजफ्फरनगर सन्दर्भ' ग्रन्थ भेंट। आत्मकथा के कुछ हिस्सों को लिपिबद्ध किया। अस्वस्थ भी रहे।
1981	–	9 मई को दिल्ली में 95 वर्ष की आयु में निधन। अन्तिम यात्रा में श्री विश्वनाथ प्रताप सिंह, श्री विष्णु प्रभाकर आदि सम्मिलित।

पंडित सुन्दरलाल का एक रेखांकन
जिस पर पंडितजी के हस्ताक्षर हैं

पंडित सुन्दरलाल : असहयोग के दिनों में 1921

बर्लिन : 1956

80वें जन्मदिवस पर

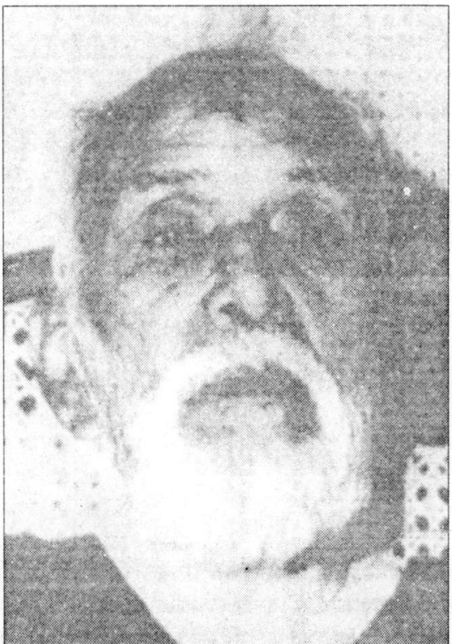

94वें जन्मदिवस पर

पंडित सुन्दरलाल माओ के साथ, बेजिंग में–1951

1951–चीन के बेजिंग में नेशनल परेड का निरीक्षण करते हुए पंडित सुन्दरलाल। साथ में वी.के.आर.वी. राव, पुरुषोत्तम प्रसाद, प्रो. मुजीब, बी कल्याणम्, ख्वाजा अहमद अब्बास, के.एम. पणिक्कर, टी.एन. कौल, जी.पी. हथीसिंह, आर.के. करंजिया एवं श्रीमती व कुमारी पणिक्कर।

अनुक्रम

आत्मकथ्य

मैं इनसे मिला

पंडित सुन्दरलाल की चुनी हुई रचनाएँ

आत्मकथ्य

सन् 1905 का स्वदेशी आन्दोलन और मेरा राजनीतिक जीवन

मुल्क के सियासी नक्शे में इलाहाबाद की एक खास जगह बन गई। खुदीराम बोस, मुजफ्फरपुर बम दुर्घटना से दो महीने पहले इलाहाबाद आए। उनके बाद रासबिहारी बोस, अरविन्द बाबू के भाई बारीन्द्र कुमार घोष, सूफी अम्बा प्रसाद, भगतसिंह के चाचा सरदार अजीतसिंह और लाला हरदयाल आदि नेता बारी-बारी से इलाहाबाद आए। गुप्त सभाओं में उन्होंने हम लोगों से बातें कीं, कार्यक्रम बनाया और चले गए। हम लोगों की यह गुप्त सभाएँ चौक गंगादास के 56 नम्बर के मकान में हुआ करती थीं। यह मकान मैंने किराये पर ले लिया था। उस जमाने के चौक गंगादास के लड़कों में बड़ी देशभक्ति और निडरता थी। हमारी मीटिंगों के वक्त वह ऐसा चौकस पहरा बैठा देते कि खुफिया पुलिस की वहाँ परछाईं तक न फटक पाती।

इलाहाबाद की यह कैफियत देखकर नरम दली नेताओं की परेशानी बहुत बढ़ गई। मालवीय जी ने स्वर्गीय गोखले को निमन्त्रण देकर इलाहाबाद बुलाया। लाल-पाल-बाल (लाला लाजपतराय, बिपिनचन्द्र पाल और लोकमान्य बाल गंगाधर तिलक की त्रिमूर्ति को लोग इसी नाम से पुकारते थे) के व्याख्यानों के असर को वे काटना चाहते थे किन्तु खुले मैदान में श्री गोखले का व्याख्यान कराने की हिम्मत नहीं पड़ी। पुराने कायस्थ पाठशाला के हाल में श्री गोखले की मीटिंग हुई। करीब दो सौ आदमी व्याख्यान सुनने के लिए मौजूद थे। मैं भी कौतूहलवश उस मीटिंग में चला गया। मेरी तरफ इशारा करके लोगों ने शिकायत की कि इसी लड़के ने इलाहाबाद में आग सुलगा रक्खी है। गोखले ने मुझे अपने पास बुलाया और मुझसे वादा लिया कि मैं दूसरे दिन उनसे जरूर मिलूँ। दूसरे दिन डॉक्टर सच्चिदानन्द सिन्हा के यहाँ गोखले जी की दावत थी। वहीं मैं पहुँच गया। इत्तला होने पर श्री गोखले ने मुझे वहीं बुलाया। मुझे देखते ही सब ने एक साथ मेरी शिकायतें शुरू कर दीं। मगर गोखले जी बहुत प्रेम से मुझसे मिले। मुझसे उन्होंने कहा—“मैं तो तुम्हारे जैसे

नौजवानों की तलाश में हूँ। मुझे तो तुम्हारे जैसे ही युवक चाहिए।'' श्री गोखले से मेरी जो बातें उस अवसर पर हुईं उनसे मेरे दिल में उनके लिए बेहद इज्जत और श्रद्धा पैदा हो गई और उन्हें भी मुझसे दिली प्रेम हो गया। हालाँकि मेरे विचार उनसे नहीं मिलते थे लेकिन जब-जब मैं पूना जाता था ठहरता लोकमान्य के यहाँ था मगर पूज्य गोखले से मिलने जरूर जाता था। श्री गोखले के साथ मेरा यह प्रेम सम्बन्ध उनकी मौत के समय तक बराबर बढ़ता ही गया और आज भी मैं उन्हें प्रेम और आदर से याद करता हूँ।

गोखले जी की इलाहाबाद यात्रा से यहाँ की राजनीतिक हालत पर कोई खास असर नहीं पड़ा। नरम दली नेताओं ने फिर आपस में सलाह करके 1907 में ही यू.पी. पोलिटिकल कान्फ्रेंस का इजलास यहाँ करने का फैसला किया। मेयो हाल में पंडित मोतीलाल नेहरू की सदारत में सम्मेलन हुआ। पार्टी की हिदायत पर मैं भी इस कान्फ्रेंस में दर्शक की हैसियत से शामिल हुआ। मुझे मोतीलाल जी के वे फिकरे याद रह गए हैं जो उन्होंने सदर की हैसियत से कहे थे। उनके लफ्ज हैं–

"For Indians to talk of Swaraja and of turning out the British is like a pygmy with a broom in hand trying to fight the giant."

यानी–''हिन्दुस्तानियों के लिए स्वराज्य की और अंग्रेजों को (खदेड़ने) की बात करना वैसा ही है जैसे कोई नाचीज आदमी बड़े भारी जिन्न से झाड़ू लेकर लड़ने की कोशिश करे।''

मोतीलाल जी के इस फिकरे को सुनकर दर्शकों ने इतना हो-हल्ला मचाया कि मालूम हुआ कान्फ्रेंस टूट जाएगी, मगर बड़ी कोशिश के बाद लोग खामोश हुए।

मोतीलाल जी उस जमाने में नरम दलवालों के सरताज समझते जाते थे। एक बार वे प्रसिद्ध इतिहासकार मेजर बामनदास बसु से एक दावत में इलाहाबाद में मिले। मेजर बसु धोती पहनकर सरकारी अफसरों की उस दावत में गए थे। मोतीलाल जी ने उनकी धोती की ओर इशारा करके उन्हें टोका–

"Major Basu! You appear to have got Swaraja."

यानी–''मेजर बसु, मालूम होता है कि आपको तो स्वराज्य मिल गया।''

गरज यह कि यू.पी. पोलिटिकल कान्फ्रेंस का इजलास भी बढ़ती हुई आजादी की चाह को कम न कर सका। हमारे काम का दायरा बढ़ा और नए-नए साथी पार्टी में भरती होने लगे। इन नए साथियों में स्वर्गीय मंजर अली सोख्ता, स्वर्गीय बाबू लक्ष्मण प्रसाद, स्वर्गीय लाला जगन्नाथ खन्ना और स्वर्गीय ठाकुर रामप्रसाद सिंह मुख्य थे। इनमें मंजर और लक्ष्मण एल.एल.बी. के विद्यार्थी थे। लाला जगन्नाथ खन्ना ने बाद में लंदन जाकर इंजीनियरिंग पढ़ी और बी.बी.सी.आई. रेलवे

के डिवीजनल इंजीनियर हो गए। स्वर्गीय रामप्रसाद सिंह हिन्दी की कवयित्री सुभद्रा कुमारी चौहान के बड़े भाई थे। पुलिस में दारोगा थे। इस्तीफा देकर क्रान्तिकारी पार्टी में शामिल हो गए। लक्ष्मण प्रसाद के पिता रायबहादुर लाला प्रागदास सेशन्स जज थे और लक्ष्मंण प्रसाद भी बाद में सेशन्स जज से ही रिटायर हुए। जब तक जिए खादी ही पहनते रहे और इसके लिए कई साल उनकी तरक्की रुकी रही।

भाई मंजर अली सोख्ता के साथ मेरा प्रेम इतना बढ़ा कि हम दोनों 'एक जान दो कालिब' की तरह बन गए। मंजर अली का जन्म सन् 1884 में बदायूँ में हुआ था। उनके पिता शेख मुबारक अली नवाब बदायूँ के चचेरे भाइयों में से थे। एक पुराने सूफी सिलसिले से उनके घराने का सम्बन्ध था। उसी से खानदान की अल्ल 'सोख्ता' यानी 'दुग्ध' या जला हुआ पड़ गई। 1857 में इनके खानदान ने इन्कलाब में हिस्सा लिया, और नतीजे में खानदान के बहुत से लोग लड़ाई के मैदान में मारे गए। बहुतों को फाँसी लगी और खानदान की तमाम जायदाद जब्त हो गई। शेख मुबारक अली फारसी विद्वान थे। नौकरी की तलाश में इलाहाबाद आकर पंडित मोतीलाल नेहरू के यहाँ मुंशी हो गए। मोतीलाल जी ने हमेशा उनके साथ दोस्त और भाई का-सा बर्ताव किया। मंजर अली का खानदान आनन्द भवन में ही रहता था। मंजर अली वहीं रहकर बड़े हुए। नेहरू खानदान के साथ उनका आखिर तक प्रेम सम्बन्ध कायम रहा। सब उन्हें आम तौर पर मन्ना भाई कह कर पुकारते थे।

बंग-भंग जमाने में मंजर अली मेरे साथ ही म्योर सेंट्रल कालेज में एम.ए. और एल.एल.बी. साथ-साथ पढ़ रहे थे। एल.एल.बी. के और विद्यार्थियों में भाई पुरुषोत्तमदास टंडन, स्वर्गीय रमाकान्त मालवीय, मध्य प्रदेश के मुख्यमन्त्री स्वर्गीय रविशंकर शुक्ल, डॉक्टर कैलाशनाथ काटजू, और श्री दुर्गाशंकर मेहता भी थे। नीचे के दरजों में पंडित गोविन्द वल्लभ पन्त, स्वर्गीय आचार्य नरेन्द्र देव, स्वर्गीय गणेश शंकर विद्यार्थी, वेंकटेश नारायन तिवारी और स्व. कृष्णकान्त मालवीय भी थे। हालाँकि ये लोग पार्टी के मेम्बर नहीं थे लेकिन राजनीति से इन्हें पूरी हमदर्दी थी। बाद में उसी हमदर्दी ने इन्हें आजादी की लड़ाई में आगे की लाइन में लाकर खड़ा कर दिया और बड़ी-बड़ी कुरबानियाँ इन लोगों ने कीं।

बंग-भंग के आन्दोलन का मंजर अली पर गहरा असर पड़ा। देश की आर्थिक और राजनीतिक कैफियत को उन्होंने समझना शुरू किया। दादाभाई नौरोजी, रमेश चन्द्र दत्त, विलियम डिग्वी जैसे लेखकों की किताबें उन्होंने ध्यान से पढ़ीं। इटली आदि के स्वतन्त्रता संग्राम का इतिहास भी उन्होंने पढ़ा। ठीक उसी समय एक छोटी-सी घटना हुई जिसने मंजर अली की जिन्दगी पर गहरा असर डाला। म्योर

सेंट्रल कालेज के प्रिंसिपल जे.जी. जेनिंग्ज उन दिनों एम.ए. को अंग्रेजी पढ़ाया करते थे। जेनिंग्ज ने मंजर अली से भारत के आए दिन के दुष्कालों और उनके कारणों पर एक निबन्ध लिखने को कहा। जो किताबें कोर्स में पढ़ाई जाती थीं उनमें इन दुष्कालों या कहतों की वजह बारिश की कमी बताया गया था। लेकिन नई किताबें पढ़े हुए मंजर अली ने इसकी वजह अपने निबन्ध में अंग्रेजों की शोषण नीति को बताया। प्रिंसिपल जेनिंग्ज को निबन्ध पढ़कर गुस्सा आ गया। उन्होंने मंजर अली को डाँटा-डपटा और समझा कर निबन्ध बदलने का कहा। मंजर अली ने अपनी राय न बदली। इस पर वह एम.ए. क्लास से निकाल दिए गए। सन् 1908 में उन्होंने एल.एल.बी. पास कर लिया। इस सबका नतीजा यह हुआ कि मंजर अली हमारे दल में जी-जान और जोश-खरोश के साथ शामिल हो गए।

विद्यार्थियों के अन्दर गरम दल के बढ़ते हुए प्रभाव को देखकर यू.पी. की सरकार चौकन्नी हो गई। युनिवर्सिटी के वाइस चांसलर के साथ मिलकर उन्होंने हम लोगों के खिलाफ कदम उठाने का फैसला किया। मैं ही पेश-पेश था इसलिए मेरे खिलाफ पहले कदम उठाने की बात सोची गई।

सबसे पहले मुझ पर हिन्दू बोर्डिंग हाउस से निकलने का नोटिस तामील कर दिया गया। मार्च 1907 का महीना था। इम्तहान करीब था। वकालत का फाइनल इम्तहान महीने भर के बाद होने को था। मेरा सामान बोर्डिंग हाउस के कमरे के बाहर कर दिया गया। मालवीय जी हिन्दू बोर्डिंग हाउस के कर्ताधर्ता थे और मुझे हॉस्टल से अलग करते हुए उन्हें बेहद दुख हुआ था। जबकि साथी यह तजवीजें बना रहे थे कि मैं कहाँ रहकर अपनी पढ़ाई जारी रखूँ, युनिवर्सिटी अधिकारियों के पास से यह परवाना आया कि मुझे एल.एल.बी. क्लास से रेस्टीकेट किया जाता है। वाइस चांसलर की ओर से यह भी कहा गया कि यदि मैं वादा करूँ कि इम्तहान खत्म होने तक राजनीति में कोई भाग न लूँगा तो मेरे निकाले जाने का हुक्म रद्द किया जा सकता है, यह भी कहा गया कि ऐसी सूरत में हिन्दू बोर्डिंग से भी मुझे अलग करने का हुक्म वापस ले लिया जाएगा। मैंने थोड़ी देर तक सोचा। वन्दिनी भारतमाता की तस्वीर मेरे सामने आई। अपनी जिन्दगी की मोड़ पर मैं खड़ा था। मेरे उस वक्त के फैसले पर मेरी आगे की जिन्दगी का दार-मदार था। मैंने यह भी सोचा कि मेरे बूढ़े पिता जी क्या खयाल करेंगे। मगर सब कुछ सोचने के बाद मैं आखिरी निश्चय पर पहुँच गया,

वाइस चांसलर ने पूछा–"क्या फैसला किया?"

मैंने जवाब दिया–"आपकी सलाह न मानने का मुझे बड़ा अफसोस है। मेरी गुस्ताखी माफ हो, मैं बहुत मजबूर हूँ।"

दूसरे दिन मैं वाइस चांसलर के हुक्म से युनिवर्सिटी से अलग कर दिया गया। इस तरह मेरे विद्यार्थी जीवन का अन्त हो गया।

मेरे युनिवर्सिटी और हिन्दू बोर्डिंग हाउस से निकाले जाने के बाद साथियों के दिल गुस्से से भर गए। नित्यानन्द चटर्जी मेरे साथ ही एल.एल.बी. में पढ़ते थे। युनिवर्सिटी से मेरे निकाले जाने के बाद उन्हें एक दिन भी युनिवर्सिटी में रहना गवारा न हुआ। उन्होंने वाइस चांसलर को मेरे साथ किए गए अन्याय के खिलाफ एक सख्त खत लिखा और उस खत के साथ-साथ एल.एल.बी. के दर्जे से अपना इस्तीफा भी भेज दिया।

बोर्डिंग हाउस से निकलने के बाद मैंने दोस्तों के साथ मकान की तलाश शुरू की। आगे-आगे हम लोग पहुँचते थे और पीछे-पीछे तीन-चार पुलिस के दारोगा और आधे दर्जन सिपाही। मकान मालिक यदि अपना मकान किराये पर देने को राजी भी हो जाता था तो पुलिसवाले उसे बाद में इतना डराते-धमकाते थे कि वह अपनी बात से फिर जाता था। कई घंटे सर्फ किए, कई खाली मकानों को देखा मगर पुलिस के डर के मारे सभी मकान मालिक अपने वादे से फिर गए। आखिर में वह रात मुझे नित्यानन्द के यहाँ बितानी पड़ी।

दूसरे दिन कुछ और दोस्त, जिनसे पुलिसवाले पूरी तरह वाकिफ न थे, मकान की तलाश में निकले। आखिर में चौक गंगादास में 56 नम्बर का मकान किराये पर लेने का उन्होंने फैसला किया। होशियार दोस्तों ने, जिनमें एक या दो वकील भी थे, मकान मालिक से यह इकरारनामा लिखवाया–"चाहे कैसी ही आफते-इनसानी, आफते-सुल्तानी और आफते-नागहानी आए साल भर तक किरायेदार को नहीं हटाएगा।" जब इकरारनामा लिख लिया गया और मकान मालिक के उस पर दस्तखत हो गए तो एक दोस्त उसे मेरे दस्तखत के लिए मेरे पास लाए। फौरन ही हम लोग अपना सामान लिये-दिए मकान में दाखिल हो गए। हस्ब मामूल पुलिस भी हमारे पीछे-पीछे पहुँची। मकान मालिक पर उसने जोर डाला कि वह मुझे मकान से निकाल दे। पुलिस का खयाल था कि अगर मैं इलाहाबाद से मजबूर होकर घर लौट जाऊँ तो इलाहाबाद में आन्दोलन ठंडा पड़ जाएगा। मकान मालिक बेचारा बड़ा परेशान हुआ। पुलिस के सामने उसने इकरारनामा रक्खा। सरकारी वकील से भी सलाह-मशविरा लिया गया, मगर मुझे निकालने की कोई कानूनी सूरत न निकली। जाब्ते से अब हमारी पार्टी का अड्डा 56 चौक गंगादास में कायम हो गया।

इसी बीच कुछ ऐसे वाकयात पेश आए जिनसे गरम दल के हिन्दुस्तान के नक्शे में इलाहाबाद की एक खास जगह हो गई।

जो बुजुर्ग हमें मदद और सलाह-मशविरा दिया करते थे उनके खिलाफ सरकार ने कदम उठाने शुरू किए। सबसे पहला हमला पंडित श्रीकृष्ण जोशी पर हुआ। वह

सरकारी अफसर थे और डिप्टी कलेक्टरी के ओहदे पर थे। उन्हें बरखास्त कर दिया गया। बाबू शशिभूषण चटर्जी का इलाहाबाद से तबादला कर दिया गया। पंडित बालकृष्ण भट्ट को कायस्थ पाठशाला की मैनेजिंग कमेटी पर जोर डालकर नौकरी से बरखास्त करा दिया गया और अन्त में कायस्थ पाठशाला की मैनेजिंग कमेटी के जरिए बाबू रामानन्द चटर्जी को प्रिंसिपल के पद से इस्तीफा देने को मजबूर कर दिया गया। प्रिंसिपल के पद से हटकर बाबू रामानन्द ने इलाहाबाद में ही इंडियन प्रेस से 'प्रवासी' नामक बंगला मासिक-पत्र और 'माडर्न रिव्यू' नामक अंग्रेजी मासिक-पत्र निकालना शुरू किया। बाद में रामानन्द बाबू कलकत्ता चले गए और अपने दोनों पत्र भी कलकत्ते से जाकर निकालने लगे।

सर तेजबहादुर सप्रू को, जो उस समय डॉक्टर सप्रू थे, मुझसे बेहद दिली मोहब्बत थी हालाँकि राय उनकी मालवीय जी से मिलती थी। यही कैफियत डॉक्टर सच्चिदानन्द सिन्हा और मुंशी ईश्वर शरण की थी।

इलाहाबाद से उस जमाने में 'नीम सरकारी' दैनिक 'पायोनियर' और नरम दल का दैनिक 'इंडियन पीपुल' निकलते थे। 'इंडियन पीपुल' का सम्पादन काली बाबू करते थे। किन्तु काली बाबू भी नरम दल के नेताओं की नजरों में उतने नरम न थे जितना कि वे उम्मीद करते थे। चुनाँचे मालवीय जी, पंडित मोतीलाल जी और दूसरे नरम दली नेताओं ने मिलकर 'लीडर' का प्रकाशन शुरू किया। 'इंडियन पीपुल' भी 'लीडर' में ही मिला लिया गया। 'लीडर' के सम्पादन में मदद देने और गरम दल के नौजवानों से मोर्चा लेने के लिए स्वर्गीय सी. वाई चिन्तमाणि को इलाहाबाद बुलाया गया। यह तो याद नहीं रहा कि चिन्तामणि जी उस समय कहाँ रहते थे लेकिन इतना मुझे याद है कि वे साउथ रोड में 'लीडर' के दफ्तर में बराबर पैदल ही आया-जाया करते थे। मेरे दिल पर चिन्तामणि जी का, उनकी सादगी और सच्चरित्रता का बहुत असर पड़ा। हालाँकि मेरे विचार उनसे नहीं मिलते थे लेकिन फिर भी उस समय से लेकर आखिर तक मेरे ऊपर हमेशा उनकी मेहरबानी बनी रही।

चिन्तामणि जी को स्वदेशी आन्दोलन के बढ़ते हुए सैलाब को रोकने के लिए इलाहाबाद लाया गया था। खास तौर पर युनिवर्सिटी के अन्दर विद्यार्थियों पर गरम दल के बढ़ते हुए असर को रोकने का काम चिन्तामणि जी के सुपुर्द किया गया। चिन्तामणि जी बहुत अच्छे वक्ता थे। उनकी दलीलों की काट आसान न थी। उनके प्रोपेगैंडा का श्रीगणेश जहाँ तक मुझे याद है, आक्सफोर्ड कैम्ब्रिज बोर्डिंग हाउस से हुआ था, जो अब गालिबन हालैंड हाल के नाम से प्रसिद्ध है। उनके पहले लेक्चर में मैं भी मौजूद था। हाल ठसाठस भरा हुआ था। प्रोफेसर भी मौजूद थे। चिन्तामणि जी ने स्वदेशी और बायकाट के खिलाफ बड़ी तर्कपूर्ण तकरीर की। ज्योंही उन्होंने

बोलकर खत्म किया विद्यार्थियों ने आवाजें लगाईं–"सुन्दरलाल जी भी बोलें।" दोनों तरफ के खयाल विद्यार्थियों ने सुने और जब वोट लिये गए तो कुल इने-गिने चार वोट चिन्तामणि जी को मिले और करीब चार सौ उनके खिलाफ। चिन्तामणि जी ने प्रेम से आकर मुझसे हाथ मिलाया और कहा–"बधाई!" उस पहली मीटिंग का तजरबा इतना महँगा पड़ा कि फिर बायकाट के विरोधियों को युनिवर्सिटी के किसी हॉस्टल में दूसरी मीटिंग करने का साहस न हुआ।

मेरी सियासी जिन्दगी के पचास बरस

सन् 1907 का साल इलाहाबाद की सियासी जिन्दगी के लिए नई मुरादों और नई उम्मीदों का साल साबित हुआ। लोकमान्य तिलक, लाला लाजपतराय और बिपिनचन्द्र पाल की तकरीरों ने इलाहाबाद के नौजवानों में जादू का-सा असर कर दिया था। चारों तरफ आजादी का जज्बा हिलोरें ले रहा था। अब वक्त आ गया था कि इन लहरों को एक धागे में पिरोया जाए और नौजवान साथियों को आजादी की लड़ाई के लिए दिमागी तौर पर तैयार किया जाए। दोस्तों से सलाह-मशविरे के बाद यह तय पाया कि आन्दोलन को ठीक तरह चलाने के लिए लाहौर, कलकत्ता और पूना की तरह, इलाहाबाद को राष्ट्रीय विचारों के समाचार-पत्रों का केन्द्र बनाया जाए। यह तय पाया गया कि इंलाहाबाद से हिन्दी और एक उर्दू के साप्ताहिक-पत्र निकाले जाएँ।

अभी हम इसकी तजवीजें बना ही रहे थे कि इलाहाबाद की खुशकिस्मती से भाई शान्ति नारायन इलाहाबाद पहुँच गए। भाई शान्ति नारायन लाहौर से निकलनेवाले उर्दू साप्ताहिक 'हिन्दोस्तान' में असिस्टेंट एडीटर रह चुके थे। उस जमाने के मशहूर पत्रकार लाला दीनानाथ से उन्होंने अखबारनवीसी की तालीम पाई थी। वे गोरे, छरहरे बदन के 27 वर्ष के नौजवान थे। करीब पाँच फुट ग्यारह इंच ऊँचे और देखने में काफी हट्टे-कट्टे। चन्द महीने पहले उन्होंने अपनी फौजी नौकरी से इस्तीफा दे दिया था। फरवरी सन् 1881 में वे पैदा हुए थे और डी.ए.वी. स्कूल, शिमला में उन्होंने तालीम पाई थी। सन् 1901 के दिल्ली दरबार में मेजर केम्पर लार्ड किचनर के कैम्प इंचार्ज थे। सवा सौ रुपए महीने में उन्होंने फौज की नौकरी शुरू की और सन् 1907 में जब नौकरी छोड़ी तो उन्हें करीब दो सौ रुपया मिलता था। कलकत्ता के आर्मी हेड क्वार्टर में उनका तबादला हो गया था। वहाँ के ज्यादातर कर्मचारी गोरे थे। जब ये हिन्दुस्तानियों से बात करते तो बात-बात में डैम-फूल, ब्लाडी स्वाईन कह दिया करते थे। शान्ति नारायन के आजाद स्वभाव को यह भला कहाँ पसन्द था। वे हमेशा अपने दाहिने हाथ में एक छोटा सा रूल रखते थे और पतलून की बाईं जेब में अपना इस्तीफा। थोड़े दिनों की नौकरी में ही कई गोरे छोटे अफसरों को उनके रूल का स्वाद

चखना पड़ा था। हालाँकि वह जमाना बड़ा नाजुक था फिर भी पिटे हुए गोरे शान्ति नारायन की इज्जत करने लगते थे।

कलकत्ता कांग्रेस के बाद विदेशियों की नौकरी करना शान्ति नारायन के लिए नामुमकिन हो गया। उन्होंने इस्तीफा पेश कर दिया और वहाँ से सीधे लाहौर चले आए। लाला दीनानाथ ने उन्हें 'हिन्दोस्तान' का असिस्टेंट एडिटर बना दिया। उस जमाने के मशहूर क्रान्तिकारी सूफी अम्बा प्रसाद भी 'हिन्दोस्तान' के स्टाफ में थे। दूसरे मशहूर क्रान्तिकारी सरदार अजीतसिंह लाहौर से ही 'भारतमाता' नाम का अखबार निकालते थे। सरदार अजीतसिंह भी अकसर 'हिन्दोस्तान' दफ्तर में आते थे।

इसी जमाने में अमरीका में 'हिन्दोस्तान गदर पार्टी' भी सरगर्मी से अपना काम कर रही थी। यूरोप के कई मुल्कों की राजधानियों में भारतीय देशभक्त आजादी की लौ को सुलगाए हुए थे। ऐसे लोगों में श्यामजी कृष्ण वर्मा खास थे। प्रसिद्ध यूरोपीय विद्वान मैक्समूलर ने स्वामी दयानन्द से किसी योग्य नवयुवक हिन्दोस्तानी की अपनी सहायता के लिए माँग की थी। स्वामी दयानन्द ने इसके लिए खास तौर पर श्याम जी कृष्ण वर्मा को चुना था। मगर श्याम जी को अपने मुल्क की गुलामी ने इतना बेचैन किया कि वे दूर बैठे हुए भी आजादी पसन्द नौजवानों के सलाहकार बन गए। लाला हरदयाल पर श्याम जी का इतना असर पड़ा कि उन्होंने इंडियन सिविल सर्विस की आनेवाली नौकरी से अपने को अलग कर लिया।

जिन दिनों शान्ति नारायन 'हिन्दोस्तान' में थे उन्हीं दिनों अमरीका के 'हिन्दोस्तान गदर पार्टी' ने हिन्दुस्तानी सिपाहियों के नाम एक पत्र साप्ताहिक 'हिन्दोस्तान' में छापने को भेजा। लाला दीनानाथ को इस पत्र के छपने के बाद तीन बरस की सजा मिली।

लाला दीनानाथ के बाद चौधरी रामभुज दत्त ने 'हिन्दोस्तान' को खरीद लिया। मेरठ के मशहूर देशभक्त और उत्तर प्रदेश के भूतपूर्व शिक्षा मन्त्री पंडित प्यारेलाल शर्मा 'हिन्दोस्तान' के सम्पादक बने। इस उलटफेर में शान्ति नारायन ने लाहौर छोड़कर इलाहाबाद से 'स्वराज' नामक एक उर्दू साप्ताहिक निकालने का फैसला किया।

फौज की नौकरी छोड़ने के बाद शान्ति नारायन ने अपनी पत्नी को अपनी ससुराल रुड़की भेज दिया था। पत्नी को अपने पति के मिशन से पूरी हमदर्दी थी। उन्होंने अपने कुल जेवर शान्ति नारायन के सुपुर्द कर दिए जिन्हें बेचकर करीब एक हजार रुपया 'स्वराज' निकालने के लिए उनके पास हो गया। लाहौर में ही उन्होंने 'स्वराज' के पोस्टर छपवाए। यू.पी. के शहरों में खुद ही यह पोस्टर चिपकाते हुए वे इलाहाबाद पहुँचे। इलाहाबाद उस वक्त यू.पी. की न सिर्फ कानूनी बल्कि असली

राजधानी थी। शान्ति नारायन चाहते थे कि जो जिन्दादिली पंजाब में है वही यू.पी. में भी हो। इलाहाबाद पहुँच कर उन्होंने जानसेनगंज मोहल्ले में एक मकान और लीथो प्रेस का इन्तजाम किया और नवम्बर सन् 1907 में ठीक दीवाली के मौके पर 'स्वराज' का पहला नम्बर प्रकाशित कर दिया। दीवाली के ठीक थोड़े दिन पहले लाला लाजपतराय और सरदार अजीतसिंह की मांडले जेल से रिहाई हुई थी। शान्ति नारायन ने एलान किया कि 'स्वराज' का प्रकाशन उस रिहाई की खुशी में किया जा रहा है।

'स्वराज' के ऊपरी सफे पर भारतमाता की तस्वीर थी, दोनों तरफ शेर थे, शेरों के हाथों में ताज था और यह ताज वे भारतमाता के सर पर रख रहे थे। फौरन ही देशभक्त नौजवानों की एक टोली 'स्वराज' के इर्द-गिर्द जमा होने लगी। शान्ति नारायन ने जिस दिन 'स्वराज' निकाला उसी दिन से उन्होंने अपनी गिरफ्तारी के बाद के लिए एक-दूसरे एडिटर की तलाश शुरू कर दी। 'स्वराज' के पहले सफे पर उन्होंने एक विज्ञापन देना शुरू किया जो उसके हर नम्बर में छपता था। उस विज्ञापन के शब्द थे–"स्वराज के लिए एक एडिटर चाहिए जो अंग्रेजी और उर्दू का विद्वान हो–जिसका एक पैर 'स्वराज' के दफ्तर में हो और दूसरा जेल में हो। तनखाह सिर्फ जौ की दो रोटी और एक प्याला पानी, इससे ज्यादा जो उसकी तकदीर में हो।" मुझे याद है उस विज्ञापन पर जिन दो देशभक्तों ने 'स्वराज' की सम्पादकीय के लिए अपनी दरखास्तें भेजीं उनमें एक थे 'मिलाप' के संस्थापक श्री खुशाल चन्द्र खरसन्द, जिन्होंने अब संन्यास ले लिया है और आनन्द स्वामी के नाम से मशहूर हैं और दूसरे थे उसी समय अमरीका से लौटे हुए रामदास सरालिया। कई कारणों से शान्ति नारायन ने अपने बाद 'स्वराज' की एडिटरी के लिए रामदास सरालिया के ही नाम का फैसला किया।

'स्वराज' के इर्द-गिर्द नौजवान देशभक्तों की जो टोली जमा हो गई थी उससे इलाहाबाद के काम में नई जिन्दगी और नई बहार आ गई। शान्ति नारायन ने हम लोगों से जो मदद माँगी वह हमने उन्हें खुशी-खुशी दी। फिर तो उनके साथ ऐसी मोहब्बत हो गई जो सगे भाइयों में भी देखने को नहीं मिलती। आजकल के लोगों को उस जमाने के देशभक्त अखबारों के प्रकाशन की कैफियत की कल्पना भी नहीं हो सकती। शान्ति नारायन 'स्वराज' के लिए खुद ही लेख लिखते, खुद ही उसे लीथो पर उतारते, खुद ही छापते, खुद रैपर लगाते और खुद डाकखाने में जाकर उसे छोड़ आते। कभी मौका मिलता तो घूम-फिर कर उसके लिए ग्राहक भी बनाते। मगर यह काम ज्यादातर उनके दोस्तों और हमदर्दों के सुपुर्द था। शान्ति नारायन रोज अट्ठारह-अट्ठारह घंटे काम करते मगर थकने का नाम भी न लेते।

शान्ति नारायन को शायरी का भी शौक था। उनकी निर्भीक नज्में उस जमाने के नौजवानों की जबान पर चढ़ी हुई थीं, मुझे अब तक उनकी चन्द लाइनें याद हैं–

मिटा दे अपनी हस्ती खौफ मत ला दिल में 'नारायन'
मुहिब्बाने वतन की ईश्वर इमदाद करते हैं।

अब तो शान्ति नारायन 78 बरस के धीर और गम्भीर हो गए हैं। उनके भक्त उन्हें प्रेम से महात्मा कहकर पुकारते हैं। उन्होंने लोकमान्य के 'गीता रहस्य' का उर्दू में अनुवाद किया, और भी कई किताबें उन्होंने लिखीं। आज अपने पचास बरस पहले के काम का शान्ति के साथ तखमीना लगाते हैं मगर पचास वर्ष पहले के शान्ति नारायन जोश और उमंगों से भरे हुए थे।

अभी 'स्वराज' को निकले हुए मुश्किल से चार महीने हुए थे कि खुदीराम बोस को फाँसी की सज़ा मिली। 17 वर्ष का वह बहादुर नौजवान जिस तरह हँसते-हँसते फाँसी पर चढ़ा उसने देश के हजारों नौजवानों को मोह लिया। 'स्वराज' ने लिखा–'बम क्यों चला?' फिर खुद ही उसका जवाब देते हुए लिखा–'इसलिए कि रियाया तंग आ रही थी।' शान्ति नारायन ने अपने इस लेख को नज्म की दो लाइनों से खत्म किया। खुदीराम की माँ, विलाप करते हुए, कहती है–

इस तरह फाँसी पे चढ़के जान दी!
क्या तुम्हें पाला था इस दिन के लिए?

इसी नज्म पर शान्ति नारायन 7 अप्रैल सन् 1908 को गिरफ्तार कर लिये गए। उन पर ताजीरात हिन्द की दफा 120 बी, 124 बी, और 153 ए के मातहत मुकदमा चला। 8 अप्रैल सन् 1908 को वे इलाहाबाद के डिस्ट्रिक्ट मजिस्ट्रेट मैकनेयर के इजलास में पेश किए गए। पंडित मदनमोहन मालवीय जी ने जब सुना तो बाबू पुरुषोत्तम दास टंडन को शान्ति नारायन जी की तरफ से वकील बनाकर भेजा, मगर शान्ति नारायन ने मजिस्ट्रेट से साफ-साफ कह दिया–'"मैंने अपने मुल्क के लिए जो कुछ बेहतर समझा वह किया और अब आप अपने मुल्क के लिए जो कुछ बेहतर समझें करें।"

नतीजा यह हुआ कि शान्ति नारायन को करीब चार बरस की सख्त सजा और एक हजार रुपया का जुर्माना किया गया। थोड़े दिनों तक वे नैनी में रखे गए, फिर बाद में आगरा सेन्ट्रल जेल भेज दिए गए।

शान्ति नारायन के जेल चले जाने के बाद साथियों ने आपस में सलाह-मशविरा किया। यह तय पाया गया कि 'स्वराज' के प्रकाशन का काम तो रामदास सरालिया देखें और एडीटरी का काम बाबूराम हरी करें। बाबूराम हरी आज तो 68 बरस के बूढ़े और बीमार हैं। उस समय वे 18 बरस के नौजवान थे। मझोला छरहरा बदन, गोरा रंग, सुर्ख गाल, अभी उनकी मसें तक नहीं भीगी थीं। हरी का अल्हड़ स्वभाव

साथियों की टोली में जिन्दगी फूँक देता था। कुल जमा दो परचे 'स्वराज' के उसी नम्बर में उन्होंने अपनी बनाई हुई यह नज्म भी छापी—

तू क्यों हिन्द रोता व क्या चाहता है?
कोई दिन में झगड़ा मिटा चाहता है!
बदलने को है जालिमों की हुकूमत,
नहूसत का कौवा उड़ा चाहता है!
निकल जाएँगे गैर खा-खा के जूते,
कोई दिन में बिस्तर बँधा चाहता है!
चलेंगी हवाएँ अब आजादियों की,
कि स्वराज छोटा बड़ा चाहता है!
खमोशों को शैहरे खमोशाँ में भेजो,
कि अब हिन्द में गुल मचा चाहता है!
'हरी' क्यों न रम जाए आजादियों में?
कि आजाद भारत हुआ चाहता है।

इस नम्बर के छपने के एक हफ्ते बाद ही हरी गिरफ्तार कर लिये गए। उन पर भी ताजीरात हिन्द की वही दफायें लगाई गईं जो शान्ति नारायन पर लगाई गई थीं। डिस्ट्रिक्ट मजिस्ट्रेट मैकनेयर हैरान था कि इस मासूम नौजवान के खिलाफ ब्रिटिश सरकार को उलटने की साजिश का ऐसा जबर्दस्त इलजाम क्यों लगाया गया है? मगर फौरन ही उसकी गलतफहमी दूर हो गई। उसने समझ लिया कि इन्कलाब की धधकती हुई लपटें इस नौजवान के सीने में उठ रही हैं। हरी ने अपने बयान में कहा— ''जब तक हिन्दुस्तान गुलाम है तब तक हिन्दुस्तान के हर बाशिन्दे का यह फर्ज है, खासकर हिन्दुस्तान के नौजवानों का कि वे हर मुमकिन तरीकों से विदेशी हुकूमत को उखाड़ फेंकने की कोशिश करें और इस कोशिश में अपने आपको फना कर देने के लिए तैयार रहें।''

मुकदमे की खानापूरी कर ली गई और हरी को सात बरस की सजा सुना दी गई। बाद में जेल में झगड़ा होने पर यह सजा और बढ़ा दी गई। हरी को काले पानी (अन्दमान) भेज दिया गया। सजा सुनने पर हरी को थोड़ी मायूसी हुई कि इतनी कम सजा उन्हें क्यों दी गई। उन्होंने मजिस्ट्रेट से कहा कि ताजीरात हिन्द की जो धारा उन पर लगाई गई मजिस्ट्रेट उसकी मातहत फाँसी की सजा दे सकता था। फिर क्यों उन्हें सिर्फ काले पानी की सजा मिली? अदालत से चलते वक्त मजिस्ट्रेट को उन्होंने यह शे'र सुनाया—

आह! सय्याद तू आया मेरे पर काटने को!
मैं तो खुश था कि छुरी लाया है सर काटने को!

काले पानी से निकलने के बाद हरी की जिन्दगी ने बड़े उतार-चढ़ाव देखे। फेरी लगाने वाले बिसाती के रूप में बम्बई में उन्होंने कई बरस काटे। दिन भर घूमते और रात में फुटपाथ पर सो रहते। फिर दिन आया कि बिजली के पंखे, बिजली के हीटर, मोटर और बिजली की दूसरी चीजें बनाने का एक बहुत बड़ा कारखाना उन्होंने खोला और लखपती बन गए। मगर रुपए से उन्हें कभी मोह नहीं रहा। पचासों देशभक्त और क्रान्तिकारियों की उन्होंने लाखों रुपयों से सहायता की। आज हरी बेहद बीमार हैं। कैंसर के रोग से वह कई बरस से लड़ाई लड़ रहे हैं। कई बरस से उनके गले ने जवाब दे दिया है। आवाज बिलकुल बन्द हो गई है। आपरेशन करके साँस की नली को पीछे गरदन के पास से निकाला गया है। रबर की नली के जरिए अब वह साँस ले सकते हैं। मगर उन्होंने हिम्मत नहीं हारी है, अभी चन्द महीने पहले मुझे उनका पत्र मिला था जिसमें उन्होंने बहादुरी के साथ बीमारी से लड़ने का वादा किया था।

बाबूराम हरी के बाद जल्दी-जल्दी 'स्वराज' के सम्पादक बदलते गए, गिरफ्तार होते गए और लम्बी-लम्बी सजाएँ उन्हें मिलती गईं। देहरादून के देशभक्त बैरिस्टर बुलाकी रामजी के पुत्र नन्द गोपाल 'स्वराज' के तीसरे सम्पादक थे। नन्द गोपाल गम्भीर और संजीदा तबीयत के नौजवान थे। नन्द गोपाल को दस बरस के काले पानी की सजा मिली। नन्द गोपाल के बाद मुंशीराम 'सेवक', राम चरण और लद्धा राम 'स्वराज' के सम्पादक की गद्दी पर आए। दस बरस से लेकर काले पानी तक की सजाएँ हासिल कीं और हँसते हुए जेलखाने की दीवारों के भीतर चले गए। इसी बीच अधिकारियों ने रामदास सरालिया को भी गिरफ्तार कर लिया और जेलखाने भेज दिया। सरालिया के बाद अमीरचन्द बम्बवाल 'स्वराज' के आठवें एडिटर की हैसियत से इलाहाबाद आए। इधर कैफियत यह थी कि खोज-खोजकर 'स्वराज' के ग्राहकों को पुलिस परेशान कर रही थी। उन्हें हर तरह की धमकियाँ दी जा रही थीं। मगर जैसा नायाब अखबार था और जैसे नायाब उसके एडिटर थे वैसे ही नायाब उसके ग्राहक भी साबित हुए। कोई अपनी जगह से टस से मस नहीं हुआ।

'स्वराज' के सम्पादकों की त्याग और बलिदान की कहानी हिन्दुस्तान के मौजूदा समाचार-पत्रों के इतिहास में अपना सानी नहीं रखती। इलाहाबाद के साथियों के दिलों को उसने बेताब कर दिया। मशविरे के बाद यह निश्चित किया गया कि इलाहाबाद से हिन्दी का एक साप्ताहिक अखबार निकाला जाए और मैं उसका सम्पादन करूँ। सवाल पैसे का था। खुद मेरे पास घर से पैसे आने बन्द हो गए थे। पिता जी सरकारी नौकर थे। उन्हें भी सरकार ने मेरी वजह से इस्तीफा देने पर मजबूर कर दिया था। वे इस्तीफा देकर नौकरी से अलग हट गए। उन्होंने

सरकार से साफ कह दिया कि वे दबाव डाल कर मुझे देश सेवा के रास्ते से अलग हटाने पर मजबूर नहीं कर सकते। इस जवाब से सरकार चिढ़ गई। मैंने भी पिता जी पर अपना भार डालना मुनासिब नहीं समझा।

मैं सम्पादक बनने को तैयार था। अरविन्द बाबू की सलाह से हमने अपने अखबार का नाम 'कर्मयोगी' रखने का भी फैसला कर लिया था। मगर, प्रश्न पैसे का था। अखबार के लिए हिन्दी टाइप और प्रेस जरूरी था। आखिर साथी नित्यानन्द चटर्जी ने 'कर्मयोगी' का प्रकाशन मुमकिन बना दिया। उन्होंने बीवी के जेवर बेचकर पाँच सौ रुपए की रकम मेरे हाथों में रख दी कि मैं 'कर्मयोगी' के निकालने का इन्तजाम करूँ। दूसरे दोस्तों–मंजर अली, लक्ष्मण प्रसाद, महादेव भट्ट, रासबिहारी शुक्ल, जगन्नाथ खन्ना–सब ने थोड़ी-थोड़ी सहायता की। कुछ बुजुर्गों ने भी हाथ बँटाया और 'कर्मयोगी' की माली दिक्कत दूर हो गई। अक्टूबर सन् 1909 में दशहरे के मौके पर 'कर्मयोगी' का प्रकाशन शुरू हुआ। पंडित बालकृष्ण भट्ट और पंडित महावीर प्रसाद द्विवेदी, दोनों की कृपा मुझ पर थी। पहले अंक पर उन्होंने मुझे बड़ी बधाइयाँ दीं। जनता ने उसे हाथों-हाथ लिया। हमने डरते-डरते उसकी दो हजार कापियाँ छपाई थीं। तीसरा नम्बर हमने पाँच हजार छपाया। मगर आठवाँ नम्बर हमें दस हजार छपाना पड़ा। बाद में पुराने नम्बरों की इतनी माँग बढ़ी कि हमें पुराने नम्बरों का दूसरा संस्करण निकालना पड़ा।

नित्यानन्द 'कर्मयोगी' के मैनेजर थे। उनके सुपुर्द था कि वे ठीक वक्त पर 'कर्मयोगी' को छापकर ग्राहकों और एजेंटों के पास भेज दें। यह काम वह बड़ी मुस्तैदी के साथ करते। बाज-बाज दफा तो इसके लिए उन्हें रात-रात भर जागना पड़ता। मगर वह काम से कभी हिम्मत न हारते। 'कर्मयोगी' में लिखने वालों की एक अच्छी टोली तैयार हो गई थी। जगन्नाथ खन्ना, मुकुन्दी लाल, मंजर अली, ताराचन्द आदि के बड़ी छानबीन के लेख 'कर्मयोगी में छपे। उस जमाने के अर्थशास्त्र के लेखों के लिए हमें विलियम डिग्वी, रमेश चन्द्र दत्त और दादाभाई नौरोजी के ग्रन्थों से सहायता लेनी पड़ती थी। इन ग्रन्थों को पढ़कर न जाने कितने नौजवान कट्टर देशभक्त बने थे।

'कर्मयोगी' कार्यालय धीरे-धीरे आजादी की भावना रखनेवाले नौजवानों का अड्डा बन गया। जो लोग खास तौर पर वहाँ आते उनमें स्वर्गीय गणेश शंकर विद्यार्थी, स्वर्गीय आचार्य नरेन्द्र देव, स्वर्गीय बाबू शिव प्रसाद गुप्त और स्वर्गीय सतीश चन्द्र विश्वास प्रमुख थे।

सरकार परेशान थी कि कैसे 'स्वराज' और 'कर्मयोगी' को वह बंद करे। 'स्वराज' के तजुरबे से वह देख चुकी थी कि सम्पादकों को जेल भेजकर क्रान्तिकारी अखबारों को बन्द नहीं किया जा सकता। मगर समस्या यह भी थी कि अगर ये

अखबार बन्द नहीं होते तो यू.पी. की हालत दिन-ब-दिन बंगाल की तरह खतरनाक होती जा रही थी।

आखिर में भारत सरकार को नए प्रेस एक्ट का सहारा लेना पड़ा। यह प्रतिक्रियावादी कानून सन् 1910 का प्रेस एक्ट कहलाता है। इस कानून के मातहत पुलिस ने छापा मार कर 'स्वराज' और 'कर्मयोगी' के प्रेसों को जब्त कर लिया, घरों पर ताला डाल दिया और दोनों अखबारों का प्रकाशन गैर कानूनी कर दिया।

रौलट कमेटी की रिपोर्ट ने इस सम्बन्ध में अपनी नीचे लिखी टिप्पणी दी है—

'यू.पी. के शान्त सूबे में सबसे पहला जोरदार और लगातार क्रान्तिकारी कार्य नवम्बर सन् 1907 में इलाहाबाद से 'स्वराज' के प्रकाशन के रूप में यू.पी. ही के रहनेवाले शान्ति नारायन नाम के एक शख्स ने शुरू किया। शान्ति नारायन पहले पंजाब के एक समाचार-पत्र के उपसम्पादक थे और लाजपतराय और अजीतसिंह की रिहाई की खुशी में उन्होंने यह अखबार निकाला। शुरू से ही इस अखबार का रुख सरकार के खिलाफ था। उसका सरकार विरोध धीरे-धीरे तेज होता गया। आखिर में शान्ति नारायन को मुजफ्फरपुर हत्याकांड पर आपत्तिजनक लेख लिखने के लिए लम्बी कैद की सजा दे दी गई। मगर 'स्वराज' एक के बाद दूसरे आठ सम्पादकों के सम्पादन में बराबर जहर उगलता रहा। इन सम्पादकों में से तीन को आपत्तिजनक लेख लिखने के लिए काले पानी की सजाएँ मिलीं और बाकी को लम्बी-लम्बी कैद की सजाएँ।'

2

यह कुदरती था कि 'कर्मयोगी' के प्रकाशन के दिनों में 'कर्मयोगी' का दफ्तर, 56 नम्बर चौक गंगादास, इलाहाबाद की गरम राजनीति का अड्डा बन जाता। देशभक्त और वतनपरस्त नौजवान खिंच-खिंच कर वहाँ आने लगे। लेकिन जितनी कशिश नौजवानों को थी उससे कहीं ज्यादा सी.आई.डी. वालों को थी। चौक गंगादास एक ऐसा मोहल्ला था जहाँ शहर के बड़े-बड़े जमींदार और व्यापारी रहते थे। वहाँ के नौजवान लड़कों में से कई, जब मैं कुछ दिनों के लिए शिवराखन हाई स्कूल में, जिसे अब सी.ए.वी. इन्टर कालेज कहते हैं, टीचर था, तब मेरे शागिर्द रह चुके थे। इनमें दीप नारायन चड्ढा और स्वर्गीय रामप्रसाद कक्कड़ मुख्य थे। इन नौजवानों के दिलों में देशभक्ति का जबर्दस्त जज्बा था। चौक गंगादास के मोहल्ले में बाहर से चार गलियाँ आती थीं, जिन पर चार बड़े-बड़े मजबूत फाटक लगे हुए थे, उन फाटकों को

बन्द कर लेने पर पूरा मोहल्ला एक मजफूज किले की शक्ल में बदल जाता था। मोहल्ले के लड़के 'कर्मयोगी' के दफ्तर में आनेवाले हर शख्स के चेहरे की काफी छानबीन करते और खुद ही अन्दाजा लगाते थे कि वह देशभक्त है या सी.आई.डी.। जरा शक होता तो चुपचाप उसका घंटों पीछा करते कि वह कहीं लौटकर पुलिस या सी.आई.डी. के दफ्तर में तो नहीं जाता। इस तरह हर अजनबी आदमी की पूरी रिपोर्ट शाम तक हमें वे दे जाते। इन लड़कों में से जो 'कर्मयोगी' दफ्तर में आते उन्हें अपने माँ-बाप की पूरी हिदायत होती कि वे हरगिज 'कर्मयोगी' दफ्तर की कोई बात किसी से बाहर न बताएँ।

खुफिया पुलिसवाले इन लड़कों से दोस्ती करने की कोशिश करते ताकि हमारी गतिविधि का उन्हें पता चल सके। यह लड़के भी काफी होशियार हो चुके थे। पुलिसवालों से काफी मिठाइयाँ खाते मगर अपने पल्ले से कुछ न देते।

शहर के नौजवान देशभक्तों में, जो कर्मयोगी के दफ्तर में बराबर आया-जाया करते थे, स्वर्गीय गणेश शंकर विद्यार्थी, प्रसिद्ध क्रान्तिकारी पंडित परमानन्द और स्वर्गीय आचार्य नरेन्द्र देव मुख्य थे। बनारस के प्रसिद्ध दानवीर देशभक्त बाबू शिव प्रसाद गुप्त भी अकसर वहाँ आ जाते थे। उन दिनों वे म्योर कालेज में पढ़ते थे और कटरे में एक मकान लेकर रहते थे। खुदीराम बोस का एक साथी सतीश चन्द्र विश्वास भी 'कर्मयोगी' दफ्तर में आकर रहने लगा था। सतीश छरहरे बदन का बड़ा फुर्तीला लड़का था। ऐसा लगता था मानो उससे और डर से जिन्दगी में कभी मुलाकात ही न हुई थी। 'कर्मयोगी' दफ्तर की सुरक्षा और गुप्त कागज-पत्रों की हिफाजत की पूरी जिम्मेवारी सतीश के ऊपर थी। सतीश कठिन-से-कठिन मौकों पर भी अपने होश-हवास न खोता।

ऐसा होता कि जब प्रान्त से क्रान्तिकारी नेता आ जाते या पार्टी की मीटिंग करनी होती तो हम शहर में किसी दूसरी जगह करते। ऐसे मौके पर हम लोग मीटिंग की जगह अलग-अलग पहुँचते और मीटिंग खत्म होने पर वहाँ से अलग-अलग वापस होते। मीटिंग के कागजात सतीश लेकर अलग लौटता। एक बार एक ऐसी सभा कर्नलगंज में हुई। हम लोग तो सभा से चले आए लेकिन सतीश आध घंटे बाद सभा की जगह से बाहर निकला। सभा की कार्रवाई के सब कागजात एक साइकिल के ट्यूब में रखे हुए उसकी कमर से बँधे थे। रात का सन्नाटा था। कोई ग्यारह बजे होंगे। जैसे ही सतीश सुनसान सड़क पर आया किसी ने लपककर उसे गोद में उठा लिया। परदेदार इक्के के अन्दर उसे जबर्दस्ती बैठा दिया गया। सतीश ने बहुत हाथ-पैर छटपटाए मगर मजबूत हाथों से उसका मुँह दबा दिया गया। इक्का तेजी से चल पड़ा। मोहतशिमगंज की गली के पास इक्का आकर खड़ा हुआ। पिस्तौल का मुँह सतीश की तरफ करके उसे इक्के से उतारा गया। एक मजबूत-सा पुलिस

अफसर उसे घसीटता हुआ गली के अन्दर ले गया। सतीश को अपनी जान की फिक्र न थी। उसे फिक्र थी उन कागजों की जो उसकी कमर में बँधे हुए थे और जो उसे जान से भी ज्यादा प्यारे थे। पुलिसवाला बहुत ज्यादा मजबूत था। उसके पास पिस्तौल भी थी और कमर से बेटन भी लटक रहा था। पुलिसवाला एक सुनसान मकान के पास जाकर रुका। मकान का दरवाजा बाहर से बन्द था। ताला जड़ा हुआ था। उसी मकान में वह सतीश की जामा तलाशी लेना चाहता था। दरवाजे के पास पहुँचकर उसने अपने जनेऊ से बँधी चाबी से ताला खोलना चाहा। एक हाथ से उसने सतीश को पकड़ रक्खा था इसलिए एक ही हाथ से वह ताला खोलने की कोशिश कर रहा था। इसी बीच सतीश ने हलके से उसकी कमर से उसका बेटन निकाल लिया। फिर उछलकर उसी बेटन का एक वार उसके मुँह पर किया। दर्द से वह कराह उठा। सतीश उसके पंजे से छूटकर भागा। पुलिस अफसर ने उसका पीछा किया। गली के मोड़ पर गन्दे पानी की नाली का एक सँकरा पुल था। सतीश लपककर रेंगता हुआ उसी पुल के भीतर घुस गया। यह काम पलक मारते हो गया। पुलिस अफसर जब वहाँ पहुँचा तो सतीश उसे दिखाई न दिया। बड़बड़ाता और गालियाँ बकता हुआ वह वहाँ से चला आया। शिकार भी हाथ से निकल गया और चोट अलग लगी। करीब डेढ़ बजे रात को सतीश रेंगते हुए उस पुल से बाहर निकला और कीचड़ से सना हुआ, एक विजेता की तरह 'कर्मयोगी' दफ्तर में पहुँचा।

दूसरे दिन से सतीश बदले के लिए बेचैन हो उठा। शामत का मारा एक खुफिया पुलिसवाला सवेरे-सवेरे उसे चौक गंगादास के फाटक पर मिल गया। सतीश को उसने सब्जबाग दिखाए और सतीश ने भी उससे वादा किया कि तीसरे पहर को पंडित सुन्दरलाल जी की गैर हाजिरी में सतीश उसे 'कर्मयोगी' के दफ्तर की वह कोठरी दिखाएगा जहाँ पिस्तौल, बन्दूकें और बम रक्खे हुए हैं। मेरी गैर हाजिरी में सतीश उसे ऊपर के 'कर्मयोगी' के दफ्तर में ले भी आया। वादे के मुताबिक वह उसे तिमंजिले पर ले गया। नीचे से पैरों की कुछ आहट सुनाई दी तो उसने उसको एक कोठरी में घुस जाने के लिए कहा, जैसे ही वह कोठरी में घुसा वैसे ही सतीश ने बाहर से ताला जड़ दिया। उसके बाद उससे कहना शुरू किया कि अब तुम भगवान का नाम लो क्योंकि थोड़ी देर में ही तुमको हम लोग गोली से उड़ा देंगे। यहीं नीचे तुम्हारी लाश को दफन कर देंगे। सी.आई.डी. वाला घबरा गया और फूट-फूटकर रोने लगा। लौटने पर जब मुझे पता चला तो मैंने जाकर उसका उद्धार किया।

सतीश के दिल के पैमाने में भारतमाता का जबर्दस्त प्रेम छलकता था। इसका अन्दाजा न था कि वही सतीश इतनी जल्दी उस दुनिया से कूच कर जाएगा। दिल्ली

में सन् 1913 में जब लार्ड हार्डिंग पर बम फेंका गया तो पुलिस ने और लोगों के साथ-साथ जोरों से सतीश की तलाश करनी शुरू की। गंगा के किनारे राजघाट पर पुलिस के ऊपर गोलियाँ फेंकता हुआ वह अँधेरे में गंगा में कूद पड़ा। तैरता हुआ किधर निकल गया उसका सुराग पुलिस को तब मिला जब सतीश गौहाटी में दिखाई दिया। पुलिस ने घेरकर उसका पीछा किया। सतीश आगे और पुलिस का दस्ता पीछे। अन्त में उन्नीस वर्ष का भारतमाता का दुलारा सतीश असम के जंगलों में लड़ता हुआ पुलिस की गोलियों का शिकार हुआ। ऐसे कितने लोग हैं जो आज सतीश को जानते हैं? आजादी के बाद भी कोई उसकी याद लेनेवाला नहीं है। न जाने ऐसे कितने अनजान शहीदों के शव आजादी की इमारत की बुनियादों में पड़े हैं।

'कर्मयोगी' और 'स्वराज' दोनों उत्तर प्रदेश की गरम राजनीति पर चार चाँद लगा रहे थे। सूबे के गवर्नर को यह सब बहुत अखर रहा था। उसने गरम दल के नेताओं के बारे में कुछ तौहीन से भरे विचार प्रकट किए, नौजवानों को उसके यह विचार बहुत अखरे। उससे बदला लेने का फैसला किया गया। इलाहाबाद के यूरोपियन क्लब में गवर्नर के सम्मान में डिनर और नाच था। साथियों ने आपस में मशविरा किया। तजवीज थी कि गवर्नर के ऊपर बम फेंका जाए। सभी इस काम का जिम्मा लेना चाहते थे। कोई किसी को तरजीह देना नहीं चाहता था। जब बातचीत से फैसला न हो सका तो परचियाँ डाली गईं। परची में नाम निकला नित्यानन्द चटर्जी का। यह तय पाया गया कि नित्यानन्द योरोपियन क्लब में गवर्नर के ऊपर बम फेंकेंगे। इस योजना को सफाई से पूरा करने की जिम्मेवारी भी उन्हीं के ऊपर छोड़ दी गई।

जिस जलसे में यह निश्चय किया गया उसमें स्वर्गीय मौलाना हसरत मोहानी भी थे। हसरत इस सूबे में क्रान्तिकारियों के एक बड़े जोशीले नेता थे। सर से पैर तक आजादी की उमंगों से भरे हुए अपने प्यारे वतन की गुलामी वह एक मिनट के लिए भी बरदाश्त नहीं कर सकते थे। उस जमाने में उन्होंने जो गजल लिखी थी वह हर क्रान्तिकारी नौजवान के होठों पर थी। उसकी चन्द लाइनें अब तक मुझे याद है–

सरफरोशी की तमन्ना अब हमारे दिल में है!
देखना है जोर कितना बाजुए कातिल में है!
रहवरे राहे मुहब्बत रह न जाना राह में,
लज्जते सेहरा नवर्दी दूरिए मंजिल में है!
वक्त आने दे बता देंगे तुझे ए आसमाँ,
हम अभी से क्या बताएँ क्या हमारे दिल में है।

वह मौलाना हसरत मोहानी ही थे जिन्होंने सबसे पहले कांग्रेस में मुकम्मिल आजादी यानी पूर्ण स्वाधीनता का नारा बुलन्द किया। लोकमान्य तिलक को उनसे बेहद मुहब्बत थी और हसरत मोहानी लोकमान्य की कितनी इज्जत करते थे यह इसी से जाहिर होता है कि वह कहा करते थे कि लोकमान्य का हुक्म मेरे लिए खुदा के हुक्म के बराबर है।

नित्यानन्द के सामने यह समस्या थी कि यूरोपियन क्लब में कैसे दाखिल हुआ जाए। इसके लिए उन्होंने क्लब के हेड खानसामा से दोस्ती बढ़ाई और अपने लिए क्लब के बैरा की नौकरी हासिल कर ली। बम फेंकने से एक दिन पहले बैरा की ऊँची टोपी और वर्दी पहने हुए वे हम लोगों से मिले तो हम लोग उन्हें पहचान नहीं सके।

ठीक मौके पर बम फेंका गया। मगर अँधेरी रात की वजह से बम एक पेड़ की डाली से टकराकर बजाय खिड़की के रास्ते अन्दर जाने के खिड़की के बाहर रक्खे हुए पानी से भरे टब में गिर पड़ा। फच से बड़े जोर की आवाज हुई और सी.आई.डी. वालों की भीड़ जमा हो गई। तलाशियाँ शुरू हुईं, मगर नित्यानन्द साफ बचकर निकल आए।

दूसरे दिन अखबारों में बड़ी सुर्खियों में बम की घटना का उल्लेख किया गया और यह भी बताया गया कि बम बड़ा ताकतवर और खतरनाक था। नित्यानन्द को बड़ा सख्त अफसोस था कि बम फेंकने का मकसद पूरा न हो सका।

नित्यानन्द को खतरा मोल लेने में आनन्द आता था। लार्ड हार्डिंग बम कांड के बाद रासबिहारी बोस देहरादून से लखनऊ होते हुए कलकत्ता जाने के विचार से रवाना हुए थे। प्रतापगढ़ पहुँचने पर उन्हें मालूम हुआ कि पुलिस ने बनारस में बड़ी जबर्दस्त मोर्चाबन्दी कर रक्खी है। उन्हें जिन्दा या मुर्दा पकड़ लेने के लिए पचास हजार रुपए का इनाम था। बाद में यह रकम और बढ़ा दी गई थी। रासबिहारी बजाय आगे बढ़ने के इलाहाबाद चले आए। दोस्तों ने उन्हें नित्यानन्द के मकान पर पहुँचा दिया। उधर पुलिस हैरान थी कि रासबिहारी बनारस न पहुँचकर किधर निकल गए। उसे शक हुआ कहीं इलाहाबाद में न हों। फौरन कई जगह छापा मारा गया। नित्यानन्द का मकान भी पुलिस ने घेर लिया और तलाशी लेनी शुरू की। सब लोग घबरा गए, मगर नित्यानन्द ने फ़ौरन साड़ी और ब्लाउज पहनाकर रासबिहारी को रसोईघर में बैठा दिया। उन्हें सब्जी काटने के लिए दे दी गई। उनके इर्द-गिर्द लड़कियाँ नाश्ता करने बैठ गईं। ड्रामे का सीन बदलने में देर लगती है मगर यह काम पलक झपकते हो गया। पुलिस जब तक मर्दाने से जनाने में आए यह सारी तैयारी हो चुकी थी। पुलिस ने उड़ती हुई निगाह रसोईघर में डाली। भंडार घर को देखा। पाखाने की तलाशी ली, ऊपर के कमरों की तलाशी ली और

इत्मीनान के साथ बाहर चली गई। साथियों ने यह मशहूर कर दिया कि रासबिहारी बम्बई की तरफ निकल गए। अब बजाय कलकत्ता के तरफ की मोर्चाबन्दी के पुलिस ने मध्य प्रदेश और बम्बई के रास्ते की मोर्चाबन्दी कर डाली। जब खतरा टल गया तो रासबिहारी को कलकत्ता की तरफ रवाना कर दिया गया। हम लोगों ने तब इत्मीनान की साँस ली जब हमें महीनों बाद पता चला कि बड़े-बड़े अंग्रेज पुलिस अफसरों की आँखों में धूल झोंककर रासबिहारी सकुशल जापान पहुँच गए।

हमने ऊपर जिक्र किया है कि 'स्वराज' और 'कर्मयोगी' को बन्द करने के लिए किस तरह सरकार को स्पेशल प्रेस एक्ट बनाना पड़ा। हिन्दी समाचार-पत्रों की दुनिया में 'कर्मयोगी' की एक खास जगह बन गई थी। इसकी ग्राहक संख्या भी दस हजार से ऊपर पहुँच चुकी थी। अच्छे-अच्छे विद्वानों के लेख उसमें बराबर निकलते रहते थे। 'कर्मयोगी' के खास लेखकों में डॉक्टर ताराचन्द भी थे। आजकल के लोग उन्हें एक गम्भीर और जिम्मेदार शासक के रूप में जानते हैं। वे दो मर्तबा इलाहाबाद युनिवर्सिटी के वाइस चांसलर रहे। भारत सरकार के एम्बेसडर भी रहे। इस समय राष्ट्रपति ने उन्हें राज्सभा का सदस्य भी नामजद किया है। उनकी आजकल की संजीदा तबीयत को देखकर बहुत कम लोग यह अन्दाजा लगा सकते हैं कि डॉक्टर ताराचन्द अपनी नौजवानी में एक चोटी के क्रान्तिकारी थे।

डॉक्टर ताराचन्द के पिता मुंशी कृपानारायन अपने जमाने के एक बाइज्जत बुजुर्ग थे। वे यू.पी. के सूबे में ही नार्मल स्कूल के हेड मास्टर थे। डॉक्टर ताराचन्द से हमारी प्रेम से भरी मित्रता को आज पचास वर्ष से ऊपर हो चुके। वे अब भी मेरे लिए 'तारा' हैं और मैं उनके लिए 'सुन्दर'। इस पचास वर्ष के राजनीतिक इतिहास में बड़े-बड़े तूफान आए और बहुतों के पैर उखड़ गए मगर डॉक्टर ताराचन्द अपने देशप्रेम में साबित कदम रहे। उनकी देशभक्ति की परिभाषा किसी तरह के भेदभाव की इजाजत नहीं देती। उनकी देशभक्ति जात-पाँत, ऊँच-नीच, छोटे-बड़े, प्रान्तीयता या फिरकेवाराना या मजहबी–हर तरह की तंगखयाली से ऊपर है। वे सच्ची हिन्दुस्तानियत के हामी हैं। देश की मिली-जुली कल्चर में उनका विश्वास है। वे इतिहास के बड़े भारी पंडित हैं। हिन्दुस्तान के इतिहास के खुले हुए सफे पुकार- पुकारकर कहते हैं कि अपने हजारों बरस के इतिहास में हिन्दुस्तान हमेशा मेल-मिलाप का संगम रहा है। कट्टर-से-कट्टर विरोधी विचार के लोग इस पाक सरजमीन पर आकर मिले और अपना विरोध और दुश्मनी भूलकर मेल के गीत गाने लगे। यह कम लोग जानते हैं कि डॉक्टर ताराचन्द के इन विचारों का गांधीजी के ऊपर भी काफी असर पड़ा। हिन्दी भाषा सरल और आसान हो इसका डॉक्टर ताराचन्द के नजदीक इश्के-हकाकी या प्रेमधर्म ही सबसे बड़ा धर्म है।

जहाँ तक मुझे याद है डॉक्टर ताराचन्द से मेरी सबसे पहली मुलाकात मेरठ में हुई थी। तब उनके पिता मेरठ में ही नार्मल स्कूल के हेड मास्टर थे। मेरी अपनी दोस्ती और मुलाकात तो डॉक्टर ताराचन्द के मँझले भाई पन्नालाल से थी। पन्नालाल के ही जरिए ताराचन्द से मेरी दोस्ती हुई।

प्रसिद्ध क्रान्तिकारी लाला हरदयाल ताराचन्द के साढ़ू थे। दोनों की बीवियाँ सगी बहनें थीं। हरदयाल के विचारों का ताराचन्द पर बेहद असर पड़ा। लाला हरदयाल ने क्रान्तिकारी नौजवानों के लिए एक आश्रम खोला तो उसमें कालेज की पढ़ाई छोड़कर, दुनिया से विरक्त होकर ताराचन्द भी शामिल हो गए। लाला हरदयाल के और साथियों में बाबू बाँकेबिहारी चटर्जी के लड़के और इस समय देहरादून के मुख्य वकील जे.एम. चटर्जी भी थे। मैं जब सहारनपुर के गवर्नमेंट हाई स्कूल में पढ़ता था तब पन्नालाल और जे.एम. चटर्जी भी उसी स्कूल के विद्यार्थी थे। बाद में ताराचन्द मेरठ के क्रान्तिकारियों के केन्द्र के खास रुक्न बन गए।

मुंशी कृपानारायन जब तबादले के बाद इलाहाबाद आए तो ताराचन्द भी उनके साथ ही आ गए। ताराचन्द ने अब हम लोगों का हाथ बँटाना शुरू किया। 'कर्मयोगी' में उन्होंने बड़े विद्वत्तापूर्ण छह लेख लिखे जो बेहद पसन्द किए गए।

नए प्रेस एक्ट के बाद जब 'कर्मयोगी' प्रेस की जब्ती की वजह से बन्द कर दिया गया तो मुझे भी मजबूर होकर इलाहाबाद छोड़ना पड़ा। लाला हरदयाल भी विलायत के लिए रवाना हो गए। मैं उस दिन लाला लाजपतराय के साथ लाहौर के रेलवे स्टेशन पर मौजूद था जब लाला हरदयाल को आखिरी विदाई दी गई। तब किसे पता था कि यह महान देशभक्त अपने वतन से बहुत दूर स्वीडन के प्रदेश में अपनी भारतमाता की आजादी के लिए गुरबत और मुसीबत में इस दुनिया से कूच करेगा। 'कर्मयोगी' के बन्द होने और लाला हरदयाल के जाने के बाद ताराचन्द ने भी पिता के आग्रह से फिर कालेज में नाम लिखा लिया।

'कर्मयोगी' के बन्द होने पर सूफी अम्बा प्रसाद, सरदार अजीतसिंह और रामचन्द्र कई महीने 'कर्मयोगी' के कार्यालय में इलाहाबाद आकर रहे। सरकारी दमन का शिकंजा देश में बढ़ रहा था। लोग ऐसा महसूस कर रहे थे कि इक्का-दुक्का अंग्रेजों की हत्याओं से आजादी की लौ को तो जगाए रखा जा सकता है लेकिन इससे देश की आजादी हासिल करना मुश्किल है।

अजीतसिंह, अम्बा प्रसाद और रामचन्द्र ऐसा सोच रहे थे कि अगर कोशिश की जाए तो बाहर के देशों से फौज और हथियारों की मदद मिल सकती है। अमरीका में 'हिन्दुस्तान गदर पार्टी' अपना काम कर रही थी। हम लोगों ने मशविरा किया कि सूफी अम्बा प्रसाद चूँकि फारसी और अरबी के विद्वान हैं और सूफी एतकादों और योग की क्रियाओं में उन्हें दखल है इसलिए वह अफगानिस्तान और ईरान वगैरह के

मुल्कों में जाकर भारत में क्रान्ति के लिए उन मुल्कों से मदद माँगें। सरदार अजीतसिंह ब्राजील और दक्षिण अमरीका की रियासतों में भारतीय क्रान्ति के लिए सहायता इकट्ठा करें और रामचन्द्र यूरोप के मुल्कों में जाएँ।

इस योजना के मुताबिक सूफी और अजीतसिंह दोनों अफगानिस्तान होते हुए ईरान के लिए रवाना हो गए। अजीतसिंह ईरान से ब्राजील चले गए। सन् 1914 में वे इटली लौट आए। वहीं भारतीय आजादी के लिए कोशिश करते रहे। अन्त में उन्हें हिन्दुस्तान की आजादी के दर्शन हुए जिसके लिए उन्होंने विदेशों में दर-दर की ठोकर खाई थी। यह किस्मत का खेल है कि अजीतसिंह ने ठीक उसी दिन डलहौजी में प्राण छोड़े जिस दिन 15 अगस्त सन् 1947 को दिल्ली में आजाद हिन्दुस्तान की पताका फहराई जा रही थी। ऐसा मालूम होता है मानो इसी दिन को देखने के लिए वे जी रहे थे।

सूफी अम्बा प्रसाद मशहद, ईरान में ही रह गए। अंग्रेज सरकार ने ईरानी सरकार पर जोर डाला कि सूफी अम्बा प्रसाद उसके हवाले कर दिए जाएँ। ईरान की सरकार ने पहले तो हीला-हवाला किया मगर बाद को राजी हो गई। एक दिन मुकर्रर हुआ जिस दिन सूफी अम्बा प्रसाद को अंग्रेज पुलिस के हवाले करने की बात थी। सूफी अम्बा प्रसाद को इसकी इत्तला भी दे दी गई। उन्हें गिरफ्तार करके मशहद जेल में पहुँचा दिया गया। जिस दिन उन्हें अंग्रेज पुलिस के हवाले करने की बात थी उस दिन सूफी तीन बजे सबेरे उठ बैठे। स्नान आदि से निवृत्त होकर पद्मासन लगाकर वे अपनी जेल की कोठरी में बैठ गए। भारतमाता की याद करते हुए उन्होंने समाधि लगाई और प्राणों को ब्रह्मांड में चढ़ाकर बाहर निकाल दिया। आत्मा परमात्मा में लीन हो गई।

सुबह जब अंग्रेज सैनिक, उन्हें लेने उनकी जेल की कोठरी में पहुँचे तो देखा सूफी पद्मासन में बैठे हैं मगर उनके प्राण-पखेरू तो कब के उड़ चुके थे।

मशहद में ही इस योगी देशभक्त की समाधि बनी। अब भी सैकड़ों ईरानी हर साल इस देशभक्त सूफी की समाधि पर फूल चढ़ाने और चिराग जलाने के लिए इकट्ठा होते हैं।

3

'कर्मयोगी' के बन्द होने के बाद पुलिस की सरगर्मियाँ और ज्यादा बढ़ गईं। 'स्वराज' पहले से ही बन्द हो चुका था। कदम-कदम पर खुफिया पुलिस हमारा पीछा करती थी। जिसके घर जाकर बैठते थे उससे जवाब तलब किया जाता था। हर भला मानस हमसे मिलने से कतराता था। मैं पहले लिख चुका हूँ कि इलाहाबाद के

मेरे बहुत ही नजदीकी साथियों में मंजर अली सोखता, नित्यानन्द चटर्जी और लक्ष्मण प्रसाद थे। आज तीनों में कोई इस दुनिया में नहीं है। मंजर अली तब आनन्द भवन में ही पीछे की काटेज में रहते थे। आनन्द भवन से ही लगी हुई लक्ष्मण प्रसाद के पिता रायबहादुर प्रागदास की कोठी थी।

एक दिन मैं सलाह-मशविरे के लिए मंजर अली के यहाँ जाकर बैठ गया। मंजर की बूढ़ी नानी तब वहीं थीं। वे अपने सगे नवासे की तरह वैसा ही मुझे प्यार करतीं जितना कि मंजर अली को। उस दिन मंजर अली से अभी मैंने बात शुरू ही की थी कि आनन्द भवन के एक नौकर ने आकर कहा कि मंजर अली को भाई जी यानी पंडित मोतीलाल नेहरू बुला रहे हैं। मंजर अली गए और पाँच-सात मिनट के बाद लौट आए। हमारी बातें फिर शुरू हो गईं दस मिनट के बाद भाई जी के पास से फिर बुलावा आया। मंजूर अली फिर गए और दस मिनट के बाद लौट आए। अभी हमारी बातचीत खत्म नहीं हुई थी कि तीसरी बार फिर नौकर बुलाने आया। मुझे कुछ शक हुआ। मैंने पूछा–"मंजर! क्या पंडित मोतीलाल को यहाँ मेरी मौजूदगी से ऐतराज है? क्या इसीलिए वे तुम्हें बार-बार बुला रहे हैं?" मंजर अली ने जवाब दिया–"हाँ, खुफिया पुलिस के लोग भाई जी से बार-बार तकाजा कर रहे हैं कि तुम यहाँ बैठे हो।" मैंने कहा कि अगर भाई जी को मेरा यहाँ रहना नागवार खातिर हो रहा है तो चलो हम लोग लक्ष्मण प्रसाद के यहाँ चले चलें।

दोनों कोठियों की एक ही चहारदीवारी थी। उसे फाँद कर हम लोग लक्ष्मण प्रसाद के यहाँ जाकर बैठ गए। खुफिया पुलिस को जब पता चला तो उन्होंने रायबहादुर लाला प्रागदास को इत्तला दी कि सुन्दरलाल उनके यहाँ बैठा हुआ है। अब लक्ष्मण प्रसाद के बुलावे-पर-बुलावे आने लगे। गरज वहाँ से भी मुझे हटना पड़ा।

पंडित मोतीलाल जी ने मंजर अली को बुलाकर समझाया कि उसे अपने को क्रान्तिकारियों के झमेले से अलग रखना चाहिए। मगर मंजर अली दुनिया छोड़ सकते थे सुन्दरलाल की दोस्ती नहीं। फिर ऐसी सूरत में जबकि उस दोस्ती की जड़ में वतन की आजादी का सवाल था। पंडित मोतीलाल जी का इसरार और मंजर अली की जिद इतनी बढ़ी कि एक दिन चुपके से मंजर अली ने आनन्द भवन और इलाहाबाद छोड़ दिया। मगर मंजर अली से मोतीलाल जी को बेहद मुहब्बत थी। आखिर वही झुके और मंजर अली इस शर्त पर वापस आनन्द भवन आए कि उनके और सुन्दरलाल के आपस के मिलने-जुलने में कोई बन्दिश न होगी।

हम नौजवानों के सामने वह वक्त बेहद परेशानी का वक्त था। अरविन्द बाबू और लोकमान्य तिलक दोनों जेल में थे। कोई रास्ता दिखानेवाला न था। नौजवान हताश होकर बम और पिस्तौल इस्तेमाल कर रहे थे। कोई दिन ऐसा न गुजरता

था जब मुल्क के किसी-न-किसी हिस्से से पिस्तौल या बम की आवाज न सुनाई देती हो।

पुलिस को छूट मिल गई थी। मुकदमों के फैसले हो रहे थे और नौजवान हँसते-हँसते फाँसी के तख्तों पर झूल रहे थे। जबकि बंगाल और पंजाब में आन्दोलन जोर पकड़ रहा था। यू.पी. में उसकी पकड़ कुछ ढीली पड़ रही थी। मेरे सामने भी रह-रह कर सवाल आ रहा था कि अब मैं क्या करूँ?

इसी बीच पिता जी ने मुझे बुलाया और यह मशविरा दिया कि मैं विलायत चला जाऊँ और वहाँ जा कर बैरिस्टरी पास कर लूँ। देश के बहुत से नौजवान बाहर के देशों में जा रहे थे। मुझे भी यह विचार अच्छा लगा कि मैं बैरिस्टरी पास करके पिता जी को खुश करूँ और हिन्दुस्तान की आजादी के लिए यूरोप में जो कोशिशें हो रही हैं उनकी भी खबर रक्खूँ।

मगर मैंने जब अपना यह विचार लाला लाजपतराय के सामने रक्खा तो उन्होंने उसे बिलकुल पसन्द नहीं किया। उन्होंने मुझे यही सलाह दी कि मुझे मुल्क में रह कर ही मुल्क की खिदमत करनी है। उन्होंने यह भी कहा कि अगर मेरी तबीयत में कुछ अशान्ति है तो मैं चन्द महीनों के लिए ऋषिकेश या उससे ऊपर गंगा के किनारे रह कर ध्यान और चिन्तन करूँ। इससे मुझे बल मिलेगा और ज्यादा ताकत के साथ आजादी की कोशिशों में लग सकूँगा। बहस-मुबाहसे के बाद मैंने उनकी सलाह मंजूर कर ली। इलाहाबाद छोड़ने का फैसला करके मैं ऋषिकेष से कुछ ऊपर गंगा के किनारे साधुओं की गुफा में जाकर रहने लगा।

ऋषिकेष के संस्मरण भी मेरे जीवन के निराले संस्मरण हैं। साधुओं की अपनी दुनिया ही अलग होती है। अच्छे और बुरे दोनों तरह के साधुओं के मैंने वहाँ दर्शन किए। कुछ ऊँचे दर्जे के दार्शनिक और तपस्वी मिले। अध्यात्म के पंडित यदि वहाँ थे तो निरक्षर भट्टाचार्यों की भी कमी न थी जो हर वक्त धनी भक्तों की टोह में रहते थे। साधुओं में कुछ ऐसे लोग भी थे जो स्वामी राम और स्वामी विवेकानन्द की नई नीति के हामी थे। उन्हें ऊँचे दर्जे की देशभक्ति अपील करती थी। साधुओं के सत्संग ने मेरे जीवन पर बड़ा असर डाला।

ऋषिकेष में ही मैंने यह फैसला कर लिया कि मैं पूरी जिन्दगी ब्रह्मचर्य से ही काटूँगा। घर-गृहस्थी के जंजाल में कभी न फसूँगा। अनासक्ति के रास्ते पर चलूँगा और कभी किसी प्रकार की जमीन या जायदाद की मालिकी में नहीं पड़ूँगा। आज उस बात को पचास बरस बीत चुके हैं। मुझे खुशी है कि मैं अपने उन इरादों में कामयाब हुआ।

साल भर के भिक्षु जीवन के बाद मैंने यह फैसला किया कि मुझे संन्यास लेकर गेरुए वस्त्र स्वीकार करने चाहिए। जिन महात्मा से मैंने अपना यह विचार प्रकट किया

उन्होंने इसका स्वागत किया लेकिन इस शर्त के साथ कि मैं साल भर तक गेरुआ धारण नहीं करूँगा और बाद में भी देश की सेवा के लिए यदि मुझे गेरुए का परित्याग करना पड़े तो मैं खुशी के साथ वैसा कर लूँगा। मैं एक बार भी यह न भूलूँगा कि निष्काम कर्म और सेवा ही साधु जीवन का सबसे बड़ा लक्ष्य है। सच तो यह है कि उस समय की पढ़ी-लिखी साधु जमात पर स्वामी राम और विवेकानन्द की विचारधारा का काफी असर पड़ा था।

मित्रों के इसरार से मैं सन् 1912 की गर्मियों में साधु गुफा छोड़ कर फिर एक बार राजनीति में कूदने के लिए दिल्ली चला गया।

दिल्ली का वातावरण ऊपर से देखने में शान्त था लेकिन अन्दर-ही-अन्दर एक आग सुलग रही थी। इस बात का ऐलान हो चुका था कि अंग्रेज सरकार कलकत्ते के बजाय दिल्ली को अपनी राजधानी बनाएगी। आए दिन के क्रान्तिकारी प्रदर्शनों से कलकत्ता काँटों की सेज बन गया था। सरकार सोच रही थी कि दिल्ली पहुँचकर वह जरा चैन की साँस लेगी।

अक्टूबर 1907 में जब पहली बार बंगाल गवर्नर की ट्रेन पर बम फेंका गया तो सरकार चौंक उठी। दिसम्बर, सन् 1907 को मेदनीपुर के पास बम फेंक कर गवर्नर की ट्रेन को पटरी से नीचे उतार दिया गया। 23 दिसम्बर को ढाका के पुराने कलेक्टर मि. ऐलन को फरीदपुर के रेलवे स्टेशन पर गोली मार दी गई। 30 अप्रैल, सन् 1908 को खुदीराम बोस ने मुजफ्फरपुर में बम फेंका। इस सम्बन्ध में जिस पुलिस सब-इन्सपेक्टर ने दो नौजवानों को पकड़ा उसे गोली से उड़ा दिया गया। मई 1908 में अलीपुर का मशहूर षड्यन्त्र केस चला जिसमें करीब 40 आदमी गिरफ्तार किए गए। 7 नवम्बर, सन् 1908 को बंगाल के गवर्नर सर एंड्रू फ्रेजर पर गोली चलाई गई। सन् 1907 में 7, 1908 में 21, 1909 में 16, 1910 में 11, और 1911 में 16 आतंकवादी वारदातें हुईं। ये घटनाएँ सिर्फ बंगाल में हुईं। 17 जून, सन् 1911 में मद्रास के तिनवेली जिले का कलेक्टर गोली से उड़ा दिया गया। 1919 में 14 षड्यन्त्रकारी वारदातें हुईं।

ऐसी हालत में भारत सरकार के लिए नामुमकिन हो गया कि वह कलकत्ते में बैठ कर शान्ति के साथ अपना इन्तजाम चला सके। उसने फैसला किया कि भारत सरकार की राजधानी को कलकत्ता से हटाकर दिल्ली ले जाया जाए। इस सिलसिले की सारी योजनाएँ पूरी कर ली गईं। यह भी तय किया गया कि वाइसराय लार्ड हार्डिंग जब दिल्ली की नई राजधानी में प्रवेश करें तो पुराने मुगल बादशाहों की तरह सुनहरे हौदे में हाथी पर बैठ कर एक शानदार जुलूस के साथ प्रवेश करें।

नौजवान देशभक्तों ने जब से सुना उनके दिलों में बेचैनी पैदा हो गई। वे भी चुपचाप तजवीज़ें बनाने लगे कि नई राजधानी दिल्ली में दाखिल होने पर वाइसराय

का ऐसा स्वागत किया जाए कि अंग्रेजी सरकार की सारी शान ही किरकिरी हो जाए। जब दोनों तरफ की तजवीजें अपना-अपना रूप ले रही थीं तभी मैं एक दिन दरीबा कलाँ में कटरा मशरू में मास्टर अमीचन्द की खिदमत में हाजिर हुआ।

मास्टर अमीचन्द कैम्ब्रिज मिशन हाई स्कूल में सेकेंड मास्टर थे। उनके जैसे योग्य मास्टर दिल्ली में अँगुलियों पर गिने जा सकते थे। विद्यार्थियों में उनका बड़ा आदर-सम्मान था। उनके विचार आला दर्जे के थे और चरित्र भी बहुत निर्मल था। उनके रहन-सहन में हद दर्जे की सादगी थी। यही सबब था कि धीरे-धीरे दिल्ली की जनता उनका बहुत आदर करने लगी।

नौजवान भी उनकी तरफ झुके। मास्टर अमीचन्द जैसा देशभक्त अपने आसपास के नौजवानों को सिवाय देशभक्ति के पाठ के और क्या सिखाता? रफ्ता-रफ्ता मास्टर अमीचन्द दिल्ली में देशप्रेम के मरकज बन गए। उनके चारों तरफ बहुत से मनसूबे और योजनाएँ चक्कर काटने लगीं।

हिन्दोस्तान से अमरीका जाने से पहले लाला हरदयाल और मास्टर अमीचन्द में गहरा प्रेम था। दोनों एक-दूसरे की बड़ी कद्र करते थे। दोनों हद दर्जे के देशभक्त थे और अपने मुल्क को आजाद कराने का हौसला रखते थे। दोनों की अपनी योजनाएँ थीं। और कम-से-कम इस बात पर दोनों एकमत थे कि आतंकवाद से मुल्क जाग तो सकता है लेकिन आजाद नहीं हो सकता। मास्टर अमीचन्द की इस मामले में पुख्ता राय थी मगर इस बीच वाकयात ने कुछ ऐसा पलटा खाया कि जिससे वे क्रान्तिकारियों के सिरमौर बन गए।

एक दिन अचानक रासबिहारी बोस दिल्ली आए। उनमें और मास्टर अमीचन्द में सलाह-मशविरा हुआ। मास्टर अमीचन्द के साथियों और शागिर्दों में अवध बिहारी, बाल मुकुन्द और हनुवन्त सहाय मुख्य थे। यह तय पाया गया कि दिल्ली में वाइसराय के दाखिले के समय विरोध प्रोग्राम को खूबसूरती से अंजाम दिया जाए। इसकी गुप्त योजनाएँ भी बनने लगीं।

मेरा ज्यादातर वक्त मास्टर अमीचन्द और लाला हनुवन्त सहाय के यहाँ कटता था। ताराचन्द जी लाला हरदयाल के चले जाने के बाद दिल्ली आ गए थे। दिल्ली के अपने पुश्तैनी मकान चेहलपुरी में वे ठहरे हुए थे। रात को कम-से-कम वहीं सोते थे और दिन भर लाला हनुवन्त सहाय के यहाँ कटता था। ताराचन्द को क्रान्ति से तो प्रेम था लेकिन आतंकवाद से नफरत थी।

मेरे दिल्ली पहुँचने की सूचना खुफिया पुलिस तक पहुँच चुकी थी। मास्टर अमीचन्द ने एक दिन मुझसे कहा कि तुम्हारी वजह से खुफिया पुलिसवाले चक्कर काटते हैं अच्छा हो कि तुम इस मोहल्ले से हट कर कहीं और रहो। चुनाँचे मैंने नई सड़क पर एक मकान ले लिया और करीब दो महीने वहाँ रहा। जब-तब चेहलपुरी

या कटरा मशरू चला जाता था। आखिर एक दिन मास्टर जी ने मुझे यही सलाह दी कि मैं दिल्ली छोड़ कर कहीं बाहर चला जाऊँ। मेरी वजह से खुफिया पुलिस रहती है और उससे काम में बाधा पड़ती है। लाला हनुवन्त सहाय से मशविरा किया। उनकी भी यही राय थी। उन्होंने यह भी कहा कि बेहतर हो कि मैं सोलन चला जाऊँ। सोलन में उनके एक पटियाले के दोस्त लाला प्यारेलाल का मकान था। खत-किताबत करके उन्होंने वही मकान मेरे लिए पाँच रुपए महीने किराये पर तय करा दिया।

दिल्ली बम कांड के करीब एक महीना पहले मैं सोलन पहुँच गया। मेरे साथ में जरूरी कागजात थे जिनकी हिफाजत की जिम्मेदारी मेरे ऊपर डाली गई। दो बड़े बक्सों में यह कागजात लेकर मैं सोलन पहुँचा। सोलन पहुँचने के महीने भर बाद दिल्ली में वह बम का धड़ाका हुआ जिसकी गूँज दुनिया के कोन-कोने में पहुँच गई। वाइसराय लार्ड हार्डिंग की सवारी जब चाँदनी चौक से निकल रही थी तभी उनके हौदे पर बम फेंका गया। हिन्दुस्तान के कोने-कोने से हजारों खुफिया पुलिसवाले उस जुलूस के सिलसिले में दिल्ली आए थे मगर सबकी आँखों में धूल झोंक कर वाइसराय के ऊपर बम फेंक ही दिया गया।

जैसा मैं ऊपर लिख चुका हूँ, उन दिनों मैं सोलन में एकान्त वास कर रहा था। मैंने गेरुए कपड़े पहन रखे थे। नाम भी बदल कर सोमेश्वरानन्द रख लिया था। सोलन के लोग बड़े प्रेम से मुझे 'स्वामीजी' कह कर पुकारते थे। सोलन छोटी सी बस्ती थी। दो-चार दिन में ही नए आदमी से भी लोग पूरी तरह परिचित हो जाते थे।

सोलन में जिन लोगों ने मुझे सबसे ज्यादा अपनी ओर खींचा, वे थे मशहूर ब्राह्मो उपासक बाबू अविनाशचन्द्र मजूमदार और पंडित मोतीलाल नेहरू के बड़े भाई पंडित वंशीधर नेहरू। पंडित वंशीधर सेशन जजी से रिटायर हो कर सोलन में ही रहते थे। अविनाश बाबू और पंडित वंशीधर दोनों ही मुझसे बड़ा स्नेह करते थे। पंडित वंशीधर को शतरंज खेलने का बड़ा शौक था। वे टहलते हुए अकसर मेरी कुटिया में आ जाते और सीढ़ियों पर चढ़ते-चढ़ते आवाज लगाते—"जज साहब का इजलास कहाँ लगेगा!" मजाक में वे शतरंज की बिसात को जज साहब का इजलास कहा करते थे।

सोलन के और दूसरे लोग जिन्हें मुझसे मोहब्बत थी, उनमें सोलन के सरकारी वकील अब्दुल करीम और उनके भतीजे मोहसिन, सोलन के स्टेशन मास्टर गुरुदित्ता मल और सोलन पोस्टमास्टर शंकरलाल खास थे। स्टेशन मास्टर को पीने-पिलाने तथा शतरंज और ताश खेलने का भी शौक था। यह सब लोग मेरी बड़ी कद्र और इज्जत करते थे।

कभी-कभी कोई भूला-भटका साथी भी नीचे से आ जाता। हम लोग घूमने निकल जाते और एकान्त में बैठकर सलाह-मशविरा करते। एक दिन शाम को हम लोग सड़क के किनारे एक पुल पर बैठे हुए कराड़ के टिब्बे के नीचे सलाह-मशविरा कर रहे थे। शाम का अँधेरा हो चुका था। एक आदमी अचानक वहाँ आ पहुँचा। अँधेरे में हम उसे पहचान न सके। लेकिन उसने हमारी धीमी आवाज सुनकर भी हमें पहचान लिया। बोला–"चोर चोरी से गया मगर हेराफेरी से नहीं गया।"

जब आवाज सुनी तो पहचान लिया। लाला लाजपतराय थे। पूछा–"आप कैसे आए? कोई इत्तला तक नहीं दी?" बोले–"शाम को ही सोलन पहुँचा। तुम्हारा पता लगाया और इसी तरफ घूमता हुआ निकल आया।"

लालाजी से बहुत-सी बातें हुईं। उन्होंने बताया–"हरदयाल इस समय सानफ्रानसिसको में है। उनकी देख-रेख में हिन्दुस्तान गदर पार्टी बहुत जोरों से काम कर रही है। वे 'गदर' नाम का एक अखबार भी निकाल रहे हैं। लाला हरदयाल ने वहाँ एक आश्रम भी कायम कर लिया है। उसका नाम 'जुगान्तर आश्रम' रक्खा है। लाला हरदयाल की मदद के लिए रामचन्द्र पेशावरी और मौलाना मुहम्मद बरकत उल्ला भी वहाँ पहुँच गए हैं।"

लालाजी ने यह भी बताया कि ब्रिटिश सरकार अमरीका के ऊपर जोर डाल रही है कि वह लाला हरदयाल को अमरीका से बाहर निकाल दे।

लालाजी के जाने के करीब पन्द्रह दिन बाद 23 दिसम्बर, सन् 1912 को दिल्ली में लार्ड हार्डिंग के ऊपर बम फेंका गया।

एक बार उस धड़ाके ने मुर्दा हिन्दुस्तान के जिस्म में जान-सी फूँक दी। उस आवाज को सुन कर कमजोर-से-कमजोर नौजवान का दिल हिम्मत से भर गया। एक अजीब बात यह हुई कि सरकार की सरगर्मियाँ बम के धड़ाके के बाद बड़ी खामोश-सी हो गईं। लेकिन वह खामोशी मनहूसियत से भरी हुई थी। वह उसी तरह की खामोशी थी जो तूफान आने से पहले छा जाती है।

जनवरी का महीना खत्म हो रहा था। तारीख मुझे याद नहीं। एक दिन अचानक अपनी कुटिया के दरवाजे पर मैंने दस्तक सुनी। दरवाजा खोल कर देखा तो लाला हनुवन्त सहाय खड़े हैं। मेरे मुँह से निकला–"हैं तुम?" बोले–"हाँ, कुछ दिन तुम्हारे साथ सोलन रहूँगा।"

लाला हनुवन्त सहाय मुश्किल से महीना भर सोलन में रहे होंगे कि खुफिया पुलिस के लोग चक्कर काटने लगे। कोई व्यापारी की शक्ल में आता था कोई सैलानी की। फिर संन्यासी से मिलने का बहाना उनके लिए काफी होता। हनुवन्त सहाय के साथ सोलन का वक्त हमने खूब सैर-सपाटे में बिताया। आखिर एक दिन खुफिया पुलिस के इन्सपेक्टर गुसाईं लाल ने लाला हनुवन्त सहाय को वहीं पुलिस स्टेशन में

पूछताछ के लिए बुलाया। लाला हनुवन्त सहाय जब लौटे तो उन्हें हैरानी थी कि गुसाईं लाल को उन गुप्त-से-गुप्त कागजातों का पता है जिनकी इत्तला सिवाय मास्टर अमीचन्द, रासबिहारी बोस और लाला हनुवन्त सहाय के और किसी को नहीं थी। उनका माथ ठनका। उनके लिए अब दिल्ली से बाहर एक दिन भी रहना भारी हो गया। तरह-तरह की आशंकाओं ने उन्हें आकर घेर लिया। आखिर मार्च के पहले हफ्ते में वे दिल्ली के लिए रवाना हो गए। सोलन स्टेशन पर चलते-चलते उन्होंने मुझसे कहा–"पता नहीं दिल्ली पहुँच सकूँगा या नहीं। बहुत मुमकिन है कि वे लोग मुझे रास्ते में ही पकड़ लें।"

रात को करीब ग्यारह बजे स्टेशन मास्टर गुरुदित्ता मल ने आकर मुझे जगाया। कहने लगे–"स्वामी जी, आज गुसाईं लाल अम्बाला गया है। चलते हुए उसके साथ खूब गहरी छनी। नशे में जब वह धुत हो गया तो उसने अनाप-शनाप बकना शुरू किया। उसने एक बात ऐसी कही कि जिससे मुझे परेशानी हो गई।"

मैंने पूछा–"ऐसी कौन-सी बात उसने परेशानी की कही?"

बोला–"उसने यह कहा है कि कल सबेरे आपके मकान की तलाशी होगी। इसके लिए शिमला और अम्बाला से अफसरान आएँगे।"

स्टेशन मास्टर तो चला गया लेकिन मुझे बेहद चिन्ता हो गई। अपने लिए नहीं, बल्कि कीमती कागजातों से भरे दो बड़े बक्सों के लिए। उनको जलाकर नष्ट कर देना जितना खतरनाक था उससे ज्यादा खतरनाक था उनका पुलिस के हाथों में पड़ना। उन कागजातों की सुरक्षा बहुत जरूरी थी।

बहुत देर सोचने के बाद मुझे उम्मीद की एक सुनहरी किरन दिखाई दी। सोलन में एक ही आदमी था जिन पर पुलिस को किसी तरह का भी शक नहीं हो सकता था और वह था सरकारी वकील खान बहादुर अब्दुल करीम। दिल में कुछ थोड़ी-सी शंका भी हुई कि क्या वे मेरा ऐतबार रक्खेंगे? लेकिन रात के एक बज चुके थे और सिवाय इसके कोई दूसरा चारा भी नहीं था।

मैंने जब अब्दुल करीम साहब के मकान पर पहुँच कर उन्हें जगाया तो रात के डेढ़ बजे थे। हैरत में भर कर उन्होंने पूछा–"कहिए स्वामी जी?"

मैंने उनसे कहा–"कल सबेरे मेरी तलाशी होनेवाली है। दो बक्सों में भरे कागजात मेरे पास हैं। उन्हें मैं आप के यहाँ हिफाजत के लिए रखना चाहता हूँ। अगर वे पुलिस के हाथों में पड़ गए तो जान से हाथ धोना पड़ेगा। जान आपके सुपुर्द है, मारिए चाहे बचाइए।"

एक मिनट के लिए अब्दुल करीम साहब ने कुछ सोचा, फिर कहा–"स्वामी जी, आप मेरे भतीजे मोहसिन को ले जाएँ और वे बक्स लाकर मेरे यहाँ रख दें। आपने मुझ पर ऐतबार किया है। आप यकीन मानिए मैं आपको कभी धोखा नहीं दूँगा।"

मोहसिन की मदद से उस सुनसान और अँधेरी रात में जब मैं दोनों बक्स करीम साहब के यहाँ पहुँचा कर लौटा तो मैंने देखा कि मेरी टाइमपीस घड़ी में साढ़े तीन बज चुके हैं। बेफिक्र होकर मैं गहरी नींद में सो गया। मेरी नींद उस समय खुली जब मैंने सुना कि कुछ लोग लगातार दरवाजा पीट रहे हैं। आँख मलते हुए जब मैंने दरवाजा खोला तो देखा कि सीढ़ियों पर दिल्ली बम कांड की जाँच करनेवाले पुलिस अफसर बारबर्टन, दिल्ली के एडीशनल सुपरिंटेंडेंट आफ पुलिस डी. पैट्री, शिमला के सेशन जज हैरीसन और लगभग पचास पुलिसवाले खड़े थे। करीम साहब भी मुझे पैट्री के साथ खड़े हुए दिखाई दिए।

मैं इनसे मिला

गांधीजी के साथ पहली मुलाकात

सन् 1915 की बात है।

मैं सोलन में था। हिन्दुस्तान की राजनीति में उस समय दो ही दल थे। एक नरम दल जो इंगलिस्तान के बादशाह की वफादारी की कसमें खाता था, अंग्रेज सरकार के रहते अपने देश को शिक्षा प्रचार और समाज सुधार के जरिए ऊँचा ले जाना और मजबूत करना चाहता था, और दरखास्तों और अरजी परचों के जरिए अंग्रेजों से राजकाज में छोटे-मोटे अधिकार और नौकरियाँ लेकर अपने को सफल मानता था। कांग्रेस इसी दल के हाथों में थी। दूसरा गरम दल जो स्वदेशी, अंग्रेजी माल के बायकाट, कौमी तालीम और 'स्वराज' की प्यास लोगों में पैदा करके बम और पिस्तौल के जरिए इधर-उधर अंग्रेज हाकिमों की हत्या करके और खजानों वगैरा को लूटकर अंग्रेजों को इस देश से निकाल देने की आशा करता था। इस दूसरे दल का जन्म बंगाल की तकसीम के साथ-साथ सन् 1905 में हुआ था। इस दल में बहुत से जान पर खेलनेवाले नौजवान थे। उन्होंने अपनी समितियाँ बनाईं। कई अंग्रेजों और उनके हिन्दुस्तानी मददगारों की जगह-जगह हत्याएँ कीं। खजानों और हथियारों के गोदामों पर डाके डाले। मालूम होता है अच्छी और बुरी सभी चीजें अपने-अपने समय पर और अपनी जगह कुछ-न-कुछ उपयोग रखती हैं। शायद अच्छे और बुरे का फरक भी अँधेरे और उजाले के फरक की तरह मौके और महल का ही फरक है। मुझे अच्छी तरह याद है कि सन् 1907 से पहले अंग्रेजों का दबदबा और उनका घमंड कितना गहरा था और सारे देश पर किस तरह छाया हुआ था। बड़े-से-बड़े हिन्दुस्तानी के लिए पहले या दूसरे दर्जे के रेल के किसी ऐसे डिब्बे में घुसने की हिम्मत करना जिसमें कोई अंग्रेज पहले बैठा हो एक गैर मामूली बात थी और कोई भी छोटे-से-छोटा अंग्रेज ऐसे मौके पर किसी बड़े-से-बड़े हिन्दुस्तानी का खुला अपमान कर सकता था। सन् 1907 के खुदीराम बोस के मुजफ्फरपुर बम ने इस हालत को मानो जादू की तरह एक रात में बदल दिया। अंग्रेज समझ गए कि यह कीड़ा काट भी सकता है। हिन्दुस्तानियों को इधर से उधर तक निराशा की अँधियारी घटा में आशा की एक बिजली-सी कौंधती हुई दिखलाई पड़ गई। रेल के डिब्बों में अंग्रेज हिन्दुस्तानियों से

सँभलकर बैठने लगे। उस आन्दोलन का सबसे बड़ा अड्डा कलकत्ता था। कलकत्ते की उस नाखुशगवार हवा से बाहर निकलने के लिए अंग्रेजों ने दिल्ली को राजधानी बनाया। दिल्ली में बड़े शानदार जुलूस के साथ दाखिल होते हुए जब उन्होंने मुगलों के तीन सौ बरस के रोब को अपने ऊपर ओढ़ना चाहा तो सन् 1912 के लार्ड हार्डिंग पर हुए बम आघात ने फिर एकदम अंग्रेज कौम की उस सारी शान और सारे मजे को किरकिरा कर दिया। सारे हिन्दुस्तान में एक लहर-सी दौड़ गई कि दिल्ली को राजधानी बनाना अंग्रेज सरकार को रास नहीं आएगा। बम और पिस्तौल की राह ने कुछ देर के लिए अपना कुछ-न-कुछ चमत्कार दिखलाया इससे इनकार नहीं किया जा सकता।

पर वह चमत्कार चन्द रोज से ज्यादह न ठहर सका। दिल्ली बम के बाद ही सरकार ने जो चौतरफा दमन शुरू किया उससे मुल्क में फिर एक बार अँधियारी छा गई और बढ़ती गई। उसके बाद भी कुछ हिम्मतवाले लोगों ने इधर-उधर इसी तरह की चीजें जारी रखीं। पर पाँच-सात बरस के तजरबे से उस दल के विचारवान लोगों ने देख लिया कि इन तरीकों से और जो कुछ भी हम कर पाएँ या न कर पाएँ अंग्रेजी राज देश से नहीं मिटाया जा सकता। एक-एक गुप्त हत्या को ठीक-ठाक करने में बीस-बीस और तीस-तीस आदमियों की जरूरत पड़ती थी। सफलता हो भी गई तो पुलिस के सुराग लगाने पर करीब-करीब नामुमकिन था कि इनमें से कोई-न-कोई फूट न जाए। बरसों मुकदमा चलने के बाद एक जान के बदले बीस-बीस और तीस-तीस देशभक्तों से जिन्दगी भर के लिए हाथ धो बैठना पड़ता था। जनता में जो लोग इनके काम से अन्दर-अन्दर हमदर्दी भी रखते थे वह इन सजाओं को देखकर सहम जाते थे। डकैतियों में एक-एक डकैती पर कभी-कभी इतना खर्च हो जाता था जितना वसूल न हो पाता था, फिर जो लोग जान पर खेल कर डकैती डालते थे उन्हीं में रुपए-पैसे या हथियारों के बँटवारे पर या इनके ठीक-ठीक इस्तेमाल पर वह सिर-फुटौवल होती थी जिससे दिल फट जाते थे। पुलिस को अगर पता चलता था कि इस दल का कोई आदमी फलाँ गाँव में ठहरा था तो उस गाँव के लोगों पर वह मारें पड़ती थीं कि एक-एक गाँववाला पुलिस की चौकी पर जाकर नाक रगड़ता था और सरकार की वफादारी की कसमें खाने लगता था। दल के समझदार लोगों को दिखाई दे गया कि जो अंग्रेज कौम एक जंग में अपने हजारों आदमी कटवा सकती है वह इक्का-दुक्का आदमियों की साल-दो साल के अन्दर जानें गँवा कर और वह भी इतनी जबर्दस्त कीमत वसूल करके सैकड़ों बरस तक भी इस उपजाऊ देश को छोड़कर नहीं जा सकती थी। कुछ बरसों के तजरबे ने अच्छी तरह दिखा दिया कि यह रास्ता थोड़ा-बहुत अंग्रेजों के दिलों में हिन्दुस्तानियों का डर भले ही पैदा कर दे, न जनता में जान फूँक सकता था, न उन्हें आजादी की लड़ाई के लिए तैयार कर

सकता था और न देश को आजाद करा सकता था। इस दल के आम लोगों में एक गहरी निराशा छाई हुई थी।

सन् 1908 में लोकमान्य तिलक के जेल भेजे जाने ने इस दल को खास धक्का पहुँचाया था। सन् 1910 में अरविन्द बाबू के कलकत्ता छोड़ के भागने से दल की हिम्मतें और पस्त हो गईं। अरविन्द बाबू के उस आखिरी दिन मैं कलकत्ते में ही था और कई घंटे उनके साथ रहा। सन् 1912 के बाद दल के बहुत से लोग इधर-उधर आसाम की सरहद पर या हिमालय की तराई में छिपे-दबे किसी तरह दिन काट रहे थे। जिस गली से वह चल रहे थे वह आगे बन्द दिखाई देती थी और दूसरा कोई रास्ता भी मुड़कर आजादी की मंजिल तक पहुँचने का दिखाई न देता था।

इसी सिलसिले में सन् 1912 से सन् 1916 तक के दिन मैंने सोलन में काटे, दिल के अन्दर गहरी निराशा थी। जापान, रूस, आयरलैंड और फ्रांस के इतिहासों के खूब पन्ने लौटे पर अपने देश की आजादी का कोई रास्ता दिखाई न दिया।

2

सुनने में आया कि मिस्टर गांधी नाम के एक सज्जन इसी साल हिन्दुस्तान आए हैं। दक्खिन अफ्रीका में वह वहाँ के हिन्दुस्तानियों के अधिकारों के लिए लड़ते रहे हैं और कामयाबी के साथ लड़ते रहे हैं। वहाँ की हिन्दुस्तानी जनता ने भी इनका खूब साथ दिया है। कुदरती तौर पर उनसे मिलने की ख्वाहिश दिल में पैदा हुई, इस उम्मीद में कि उनकी सलाह से शायद अपने देश की आजादी के लिए कोई आगे का रास्ता सूझे।

मैं अकेला सोलन से चला। सीधा अहमदाबाद पहुँचा। पता लगाया तो मालूम हुआ कि मिस्टर गांधी शहर के बाहर किसी छोटे से बंगले में रह रहे हैं। मैं वहाँ पहुँचा। मेरी गांधीजी से यह पहली मुलाकात थी।

मुझे अब तक याद है वह एक छोटे से कमरे के अन्दर जिसका फर्श बीच-बीच में उखड़ा हुआ था, टाट का एक छोटा-सा टुकड़ा बिछाए उस पर बैठे थे। एक छोटी-सी मैली-सी घुटनों तक की धोती बाँधे हुए थे। बाकी बदन नंगा था। एक छोटी-सी लड़की, शायद पाँच-छह बरस की रही होगी, उनके आगे बैठी थी। मुझे जहाँ तक याद है गांधीजी उसके सिर से जुएँ बीन-बीन कर पास रखे हुए एक पानी के कटोरे में डालते जाते थे। उसी सज-धज के एक-दो और आदमी कमरे के पास से आते-जाते दिखाई दिए। मैं कमरे में घुसा। मालूम करके कि यही मिस्टर गांधी हैं कुछ अचम्भा-सा लगा। उन्होंने टाट का एक टुकड़ा मेरी तरफ करके मुझे बैठने को कहा। मैं बैठ गया। बातें शुरू हुईं।

मैंने अपना और हाल की देश की आजादी की कोशिशों का हाल जो मैं जानता था सब उन्हें तफसील से कह सुनाया। मालूम होता था बड़े ध्यान से सुन रहे हैं और जो-जो मैं कहता हूँ सब पीते जाते हैं। बीच-बीच में उन्होंने कई सवाल भी किए। इस बातचीत में कई घंटे लगे। दोपहर से शाम होने को आई। कभी-कभी वह उठकर दूसरा काम भी करते रहे। पर जब-जब मैंने उनसे उनकी राय पूछी और उनसे आगे के लिए सलाह लेना चाहा तो लगभग हर बात पर वह कुछ ऐसा ही जवाब देते थे–"मैं तो राजनीति नहीं समझता। मैं तो धरम जानता हूँ। सबको अपने धर्म पर रहना चाहिए। अपना धर्म पालना चाहिए। पाप तो नहीं करना चाहिए। किसी को मारना पाप है।" वगैरा-वगैरा। मैंने बार-बार और तरह-तरह से उनसे पूछना चाहा कि आखिर हिन्दुस्तान को आजादी कैसे मिल सकती है। हर बार वह कोई-न-कोई इसी तरह का फिकरा दोहरा देते थे। मुझ पर यह असर जरूर पड़ा कि वह मुझसे और मेरी बातों में रस ले रहे थे। उनकी आँखों में मुझे बार-बार एक अनोखा स्नेह और अपनापन दिखाई देता था। मालूम होता था वह चाहते हैं मैं और ठहरूँ और उनसे बातें करूँ। पर बार-बार तोते की तरह रटे हुए उनके वही फिकरे सुनकर–"मैं तो धर्म जानता हूँ। पाप तो नहीं करना चाहिए, सब को अपना धर्म पालना चाहिए।" मैं उकता गया। मेरे यह पूछने पर भी कि आखिर धर्म है क्या चीज, वह मेरी तसल्ली का जवाब न दे सके। मुझे उनसे एक तरह की नफरत हो गई। मैं सोचने लगा कि धर्म-अधर्म के जिन दकियानूसी खयालों ने इस मुल्क को बरबाद किया है और उसे गुलामी के यह दिन दिखाए हैं वही खयाल इस आदमी के अन्दर कूट-कूट कर भरे हुए हैं। मैंने मन में तय कर लिया कि शाम की गाड़ी से सोलन लौट जाया जाए। आखिर में मैंने उनसे कहा कि आज ही मैं सोलन वापस जा रहा हूँ। मैंने उनसे यह भी साफ कह दिया कि मैं आपसे निराश (disappointed) और हताश (disgusted) यानी निराश होकर और बेजार होकर जा रहा हूँ। मुझे याद है कि मैंने अंग्रेजी के ही यही दोनों शब्द उपयोग किए थे। चलते-चलते मैंने उनसे यह भी कहा–"मेरी आप से एक ही प्रार्थना है, ईश्वर के लिए आप और जो चाहे कीजिए, हिन्दुस्तान की राजनीति में दखल न दीजिए, नहीं तो आप इस देश को और मिटा देंगे।" वह सुनकर मुस्कराए और कहने लगे–"अच्छा, अभी तो और, फिर भी आओगे।"

मैंने–"देखिए–नमस्कार!" कह कर विदा ली। स्टेशन आया। सोलन के लिए वापस चल दिया।

मैं रास्ते भर यही सोचता आया कि इतना लम्बा सफर और इतना खर्च सब बेकार गया।

सोलन पहुँचकर मैंने इसी मजमून के खत अपने दोस्तों को लिख दिए।

कुछ दिनों के बाद मुझे मालूम हुआ कि गांधीजी जब पहले-पहल दक्षिण अफ्रीका से हिन्दुस्तान आए थे तब मिस्टर गोखले ने, जिन्हें गांधीजी अपने गुरु की तरह मानते थे, यह वायदा ले लिया था कि वह यहाँ आने के एक साल बाद तक इस देश की हालत को चुपचाप बैठकर देखेंगे और समझेंगे और किसी तरह का कोई अमली कदम कम-से-कम साल भर तक नहीं उठाएँगे। मैं जब गांधीजी से पहली मरतबा मिला तो यह उसी एक साल के अन्दर का दिन था।

3

पहली मुलाकात हुए लगभग दो साल बीत चुके थे। पहला महायुद्ध खत्म होने पर आ रहा था। जो हजारों हिन्दुस्तानी सिपाही यूरोप के लड़ाई के मैदानों से लौट-लौट कर आ रहे थे और जो खबरें लड़ाई की देश भर में फैल रही थीं उनकी बदौलत एक नई उमंग और आजादी की नई लगन देश भर में फैलती जा रही थी। मैं पहाड़ छोड़ कर इलाहाबाद आ चुका था। अभी आगे के काम के लिए दोस्तों से सलाह ही कर रहा था कि इतने में सुना कि उन्हीं मिस्टर गांधी ने चम्पारन बिहार में वहाँ के गरीब किसानों पर निलहे गोरों के अत्याचारों के खिलाफ आन्दोलन शुरू किया है। गांधीजी के अपने पहले तजरबे से मुझे इतना जोश भी न आ सका कि बिहार, जो इलाहाबाद से बहुत दूर न था, जाकर उनके आन्दोलन को देखूँ।

थोड़े दिन और बीते। सुना कि गुजरात में खेड़ा जिला के किसानों की फसलें खराब हो गई थीं। सरकार उनसे जबर्दस्ती लगान वसूल कर रही थी। इस अन्याय के खिलाफ गांधीजी ने गुजरात में एक नया आन्दोलन खड़ा किया है।

मैं गुजरात पहुँचा। गांधीजी इस समय नडियाड के अनाथालय में ठहरे हुए थे। मैं उनसे वहीं मिलने के लिए गया। मेरी उनसे यह दूसरी मुलाकात थी।

सुबह का वक्त था। गांधीजी अनाथालय के हाल के एक कोने में फर्श के ऊपर एक गद्दा बिछाए बैठे हुए थे। आठ-दस काम करनेवाले उनके दाएँ-बाएँ और सामने थे। उनमें से दो की याद मेरे अन्दर अभी तक बाकी है। एक शंकर लाल बैंकर और दूसरे वल्लभ भाई पटेल। गांधीजी और उनमें बातें हो रही थीं, कुछ गुजराती में और कुछ हिन्दुस्तानी में मिली-जुली। मैंने जाकर नमस्कार किया। गांधीजी ने मुझे पहचान लिया। पूछा कि मैं वही हूँ न जो उनसे अहमदाबाद में मिल चुका था। मेरे हाँ करने पर उन्होंने प्रेम के साथ मुझे अपने पास बैठने का इशारा किया। मैं बैठ गया। उनकी बातें सुनने लगा। लगभग दो घंटे बातें होती रहीं। मैं गुजराती और हिन्दुस्तानी दोनों समझ रहा था। मुझे अब उन बातों की तफसील तो याद नहीं रही, पर इतना अच्छी तरह याद है कि दो घंटे तक लगातार गांधीजी जी उन सब काम करनेवालों को

तरह-तरह से यही समझाते रहे--धर्म पर कायम रहना, पाप नहीं करना, किसी को मारना नहीं, किसी को दुख भी नहीं पहुँचाना, अन्यायियों के साथ भी दिल में प्रेम रखना और प्रेम के साथ ही उनसे बरतना वगैरा-वगैरा। मैं ध्यान से सुनता रहा। कभी-कभी मैंने बात को साफ करने के लिए कोई छोटा-सा सवाल भी कर लिया। हर बात का वही जवाब। उन्हें इतनी इस बात की चिन्ता नहीं थी कि किसानों का अन्याय दूर हो जितनी इसकी कि किसी भी सरकारी आदमी या सरकारी नौकर को जरा-सा भी दुख न पहुँचा हो। मेरे मन में गांधीजी की तरफ से फिर वही भाव उभरे जो एक साल पहले पैदा हुए थे। दो-तीन घंटे की बातें सुन कर और अच्छे-से-अच्छे काम करनेवालों के साथ मुझ में फिर उनकी तरफ से निराशा और एक तरह की नफरत ही जागी। खाने का वक्त आ रहा था। सब खड़े हो गए। मैं भी खड़ा हो गया। मैंने गांधीजी से कहा–''मैं पहले भी आप से मिलने आया था और इतने दिनों बाद फिर आया हूँ। अब मैं इसी दोपहर की गाड़ी से लौट जाऊँगा। सिर्फ इतना अर्ज कर दूँ कि मैं उतना ही disappointed (निराश) और disgusted (बेजार) जा रहा हूँ जितना पहली बार।''

गांधीजी फिर मुस्कुराए। कुछ और लोग भी देख रहे थे। मुझसे कहा–''अभी और ठहरो।'' मैंने जवाब दिया–''मुझे ठहरने से कोई फायदा दिखाई नहीं देता।'' गांधीजी ने कहा–''इतनी दूर से आए हो। मेरे कहने से कुछ देर और ठहर जाओ। तुम भी खाना खा लो। मैं भी खा लूँ। फिर दोपहर को मैं तुम्हें बुलाऊँगा, तब तुमसे बातें होंगी।'' मैंने उनकी आज्ञा मान ली।

दोपहर बाद उन्होंने मुझे ऊपर के एक कमरे में बुलाया। वह और मैं ही थे। फर्श पर बैठकर लगभग दो घंटे तक फिर बातें होती रहीं। वह सब बातें मुझे अब याद नहीं रहीं। इतना याद है कि गांधीजी को हिन्दुस्तान भर की एक-एक छावनी के बारे में यह जानकारी थी कि किसमें कितनी फौज है, कितनी देसी और कितनी अंग्रेजी, और कितने हथियार हैं, और कहाँ कोई बगावत या आन्दोलन खड़ा हो जाने पर सरकार कितना मुकाबला कर सकती है। उन्होंने इन चीजों को अच्छी तरह पढ़ रखा था। फौजों के इधर से उधर आने-जाने को भी वह ध्यान से पढ़ते-सुनते रहते थे। मुझ पर यह भी असर पड़ा कि किसी एक जगह को अपने आन्दोलन के लिए या सत्याग्रह के लिए चुनते समय यह सब चीजें उनकी निगाह में रहती हैं। उस दिन की दो घंटे की बातचीत से दो बातें मेरे दिल पर जम गईं। एक यह कि अंग्रेज सरकार की हिंसा करने की शक्ति की जितनी अच्छी जानकारी गांधीजी को थी उतनी हमारे पुराने क्रान्तिकारी दल में किसी को न थी। दूसरी यह कि विदेशी हुकूमत से नफरत और मुल्क की आजादी के लिए तड़प भी गांधीजी में किसी दूसरे से कम न थी। कुछ ऐसा भी लगा कि उनकी धर्म, पाप और अहिंसा की बातें केवल वक्त

की जरूरत थीं और वह बड़ी मेहनत के साथ कोई नया रास्ता ढूँढ़ रहे थे या बना रहे थे।

मेरा दिल बदला, मैं गहरे सोच में पड़ गया। फिर भी अधिक न ठहरा। शाम की गाड़ी से मैं इलाहाबाद के लिए रवाना हो गया।

इस तरह मेरी गांधीजी से दूसरी मुलाकात खत्म हुई।

4

पहली जंग के खत्म होने से पहले-पहले देश में नई जान और नई उमंगें पैदा हो रही थीं। गांधीजी के छोटे-छोटे नए तजरबे भी बहुतों का ध्यान अपनी तरफ खींच रहे थे। सरकार इन सब बातों को देख और समझ रही थी। बढ़ती हुई बेचैनी और आजादी की प्यास को कुचलने की तरकीबें सोची जाने लगीं। देश भर के कुछ चुने हुए काम करनेवालों या आजादी के प्रेमियों की एक फेहरिस्त तैयार करके हर एक का थोड़ा-थोड़ा हाल देते हुए अंग्रेजी में एक छोटी सी किताब तैयार की और गुप्त रीति से उसे हिन्दुस्तान भर के सब अंग्रेज अफसरों के हाथों में पहुँचाया गया। मुझे मालूम है कि बाज-बाज जिलों में हिन्दुस्तानी डिस्ट्रिक्ट मजिस्ट्रेट था। उसे उस किताब के दर्शन नहीं कराए गए जबकि वह अंग्रेज ज्वाइन्ट मजिस्ट्रेटों तक को पढ़ने को दी गई। मुझे उस किताब को देखने और उसमें अपना नाम और हाल पढ़ने का सौभाग्य मिला था। अब सवाल था कि इन सबको और इसी तरह के औरों को अर्थात् अंग्रेजी राज की राह के रोड़ों को किस तरह हटाया जाए। खुर्राट और तजरबेकार अफसरों की एक कमेटी मुकर्रर हुई। उसने एक बहुत बड़ी रिपोर्ट इस बात की तैयार की कि अंग्रेजी राज के खिलाफ कब-कब, कहाँ-कहाँ और किस-किस तरह बगावत के खयाल पैदा हुए और फैले और कहाँ क्या-क्या कोशिशें हुईं। इस रिपोर्ट के आधार पर और इस कमेटी की सलाह के मुताबिक बड़े लाट की कौन्सिल में दो नए कानून पेश किए गए। यह दोनों कानून रौलट एक्ट कहलाते हैं और देश में उस समय 'काले कानूनों' के नाम से मशहूर थे। इन नए कानूनों में देश के छोटे-से-छोटे पुलिस अफसरों को वह जबर्दस्त अधिकार दे दिए गए जिनके रहते देश के अन्दर नरम या गरम किसी तरह के राजकाजी आन्दोलन का चल सकना भी नामुमकिन था। नरम दल के बड़े-से-बड़े नेता भी इन्हें देखकर हैरानी, असन्तोष और गुस्से से भर गए। लाट साहब की कौंसिल के अन्दर इन कानूनों के खिलाफ माननीय श्री निवास शास्त्री और मिस्टर एम.ए. जिन्नाह की जोरदार तकरीरें हुईं। वह एक बार सारे देश में गूँज गईं। कानून पास हो गए। सारा देश गुस्से और बेचैनी से भर गया। गांधीजी कैसे चुप रह सकते थे? उनके लिए यह भगवान का दिया हुआ मौका था।

इस गरमा-गरमी के शुरू के दिनों में गांधीजी अहमदाबाद में सख्त बीमार पड़े हुए थे। कहा जाता है कि एक बार उनके बचने की भी आशा कम दिखाई देती थी। हो सकता है कि उनकी बीमारी शरीर की कम और मन की अधिक रही हो। हो सकता है उनकी आत्मा अन्दर से कर्तव्य-पथ का दरवाजा खोलने के लिए बेचैन रही हो। जो हो, देश के रोग के सामने वह अपना रोग भूल गए। अहमदाबाद से ही उन्होंने नए काले कानूनों के खिलाफ सत्याग्रह करने यानी खुले तौर पर सरकार का कोई-न-कोई कानून तोड़ने और उसकी सजा में जेल जाने का प्रोग्राम देश के सामने रक्खा। देश भर के लिए एक सत्याग्रह सभा बनाई गई जिसके गांधीजी सदर थे। गांधीजी ने खुद बम्बई जाकर जब्त किताबों को खुलेआम बेचकर सत्याग्रह शुरू किया। देश पर इसका कितना गहरा असर हुआ इसका पहले से किसी को अनुमान भी न हो सकता था और अब भी अन्दाजा लगा सकना कठिन है। 6 अप्रैल, 1919 के लिए हड़ताल ऐलान हो चुकी थी, गांधीजी का उससे मकसद यह था कि सरकार के खिलाफ सत्याग्रह शुरू करने से पहले लोग उपवास और प्रार्थनाओं के जरिए अपनी आत्माओं को शुद्ध कर लें। बड़े-बड़ों का अन्दाजा यह था कि मुमकिन है बड़े-बड़े शहरों में आधी पड़ती हड़ताल हो जाए। पर यह एक ऐतिहासिक घटना है कि उस दिन हिमालय से लेकर कन्याकुमारी तक दूर-से-दूर किसी गाँव में भी हल नहीं चला।

अहमदाबाद से खबर आते ही इलाहाबाद होमरूल लीग के दफ्तर में जिसका मैं एक मन्त्री था, मैंने कुछ मित्रों को जमा किया। एक यू.पी. सत्याग्रह सभा कायम हुई। गांधीजी को उसका सदर रखने की तजवीज हुई। मैं और मंजर अली सोख्ता उसके सेक्रेटरी बने। अहमदाबाद जाकर गांधीजी को इसकी इत्तला देने, उनसे हिदायतें लेने और सदर बनाने के लिए राजी करने का काम मुझे सौंपा गया।

इस बीच एक और छोटी-सी घटना हुई। गांधीजी ने देश भर के सत्याग्रहियों के लिए एक प्रतिज्ञा-पत्र निकाला था जो सब अखबारों में छप चुका था। यू.पी. सत्याग्रह सभा के मेम्बरों के लिए भी इस प्रतिज्ञा-पत्र पर दस्तखत करना जरूरी थे। हम में से कुछ लोग चाहते थे कि पंडित मोतीलाल नेहरू यू.पी. सत्याग्रह सभा के नायब सदर हों। पंडित मोतीलाल जी को गांधीजी का प्रतिज्ञा-पत्र पसन्द न था। वह कानून तोड़ने और जेल जाने को तैयार थे, पर अपनी नकेल दूसरे के हाथ में देना पसन्द न करते थे। कुछ साथियों की सलाह से एक दूसरा प्रतिज्ञा-पत्र लिखा गया जिसे पंडित मोतीलाल जी ने पसन्द कर लिया। वह उस पर दस्तखत करने को राजी हो गए। तय हुआ कि यू.पी. सत्याग्रह सभा का जो मेम्बर चाहे गांधीजी वाले प्रतिज्ञा-पत्र पर दस्तखत कर दे और जो चाहे, इस नए प्रतिज्ञा-पत्र पर। दोनों बराबर के मेम्बर समझे जाएँ। पर इस सबके लिए भी गांधीजी की सलाह और इजाजत जरूरी थी। यह इजाजत हासिल करना भी मेरे सुपुर्द हुआ।

गांधीजी से मिलने के लिए मैं अहमदाबाद पहुँचा। हाल ही में अहमदाबाद और वीरमगाम में बलवे हो चुके थे। इन बलवों के बहुत से घायल अहमदाबाद के अस्पतालों में पड़े हुए थे। जिस वक्त मैं आश्रम पहुँचा गांधीजी इन घायलों को देखने गए हुए थे। मैं बैठकर इन्तजार करने लगा।

थोड़ी देर बाद गांधीजी आए। मालूम होता था बेहद थके हुए हैं। पाँव लड़खड़ाते से पड़ रहे थे। मैंने नमस्कार किया। मुझे देखकर खुश हुए। पूछा कब आए? मेरा जवाब सुनकर सीधे जाकर उसी दालान में एक चारपाई पर चित लेट गए। किसी ने उनके इशारे पर तह किया हुआ एक भीगा कपड़ा उनके सर और माथे पर रख दिया। मैं जरा दूर बैठकर देखता रहा। चाहता था वह थोड़ा आराम कर लें तो पास पहुँचूँ। एक पल के अन्दर उन्होंने मेरी तरफ को आँख फेरी और इशारा करके अपनी चारपाई के पास बुलाया। मैं पास जाकर बैठ गया। कहने लगे–"सब हाल सुनाओ।" मैंने जवाब दिया–"अभी आप बहुत थके हैं जरा आराम कर लीजिए।" जवाब मिला–"नहीं शुरू कर दो।"

मैंने सारा हाल कह सुनाया। केवल पंडित मोतीलाल और दूसरे प्रतिज्ञा-पत्र की बात अभी नहीं कही।

इसके बाद मैंने कहा–"आप हमारी यू.पी. सत्याग्रह सभा के सदर बनना मंजूर कीजिए।"

उन्होंने जवाब दिया–"मुझे बड़ी खुशी से मंजूर है। मैं तुम्हारी सभा का सदर बन गया। तुम सेक्रेटरी हो न?"

मैंने कहा–"हाँ, मैं और मंजर अली दो सेक्रेटरी हैं।"

गांधीजी ने पसन्द किया और कहा–"काम शुरू कर दो।"

इससे कुछ पहले गांधीजी ने देश भर से उन लोगों के नाम माँगे थे जो अपने आप को कानून तोड़कर जेल जाने के लिए पेश करें। इस पर मैं और मंजर अली दोनों अपने नाम भेज चुके थे। यह नाम बम्बई अखबारों में छपते जाते थे।

गांधीजी से उनके सदर होने और अपने और मंजर अली के सेक्रेटरी होने की बात तय करने के बाद मैंने उनसे दूसरे प्रतिज्ञा-पत्र की बात छेड़ी। मैंने उनसे कहा–"पंडित मोतीलाल जी को आपका प्रतिज्ञा-पत्र मंजूर नहीं। उनके लिए और उन जैसे विचार वालों के लिए हमने एक दूसरा प्रतिज्ञा-पत्र बना लिया है।"

यहाँ मैंने उन्हें दूसरा प्रतिज्ञा-पत्र पढ़ सुनाया और कहा–"यह पंडित मोतीलाल जी को मंजूर है। हम चाहते हैं वह हमारी सभा के नायब सदर हो जाएँ इसलिए हमने सोचा है कि जो आदमी दोनों में से किसी एक भी प्रतिज्ञा-पत्र पर दस्तखत कर दे वह हमारी सभा का मेम्बर बन सके। मोतीलाल जी के आ जाने से जवाहरलाल जी का आना आसान हो जाएगा, और फिर शायद हम तीन सेक्रेटरी हो जाएँगे।"

मैंने देखा कि मेरे यह सब बात कहते-कहते गांधीजी के चेहरे का रंग बदला गया। उन्होंने तुरन्त मेरी बात बीच में ही काट कर काफी दुख और गुस्से के साथ जवाब दिया–"मैं तुम्हारी सभा का सदर नहीं बनूँगा। मैं अपनी मंजूरी वापस लेता हूँ! तुम तो मेरे सत्याग्रह को बिलकुल ही नहीं समझे। अब जाओ, जो ठीक समझो, मैं सदर नहीं। यह मेरा सत्याग्रह नहीं है।"

मैं सुनकर घबरा गया और हलके से उनकी इस नाराजगी का कारण पूछा। उन्होंने फिर कहा–"मुझे कोई दूसरा प्रतिज्ञा-पत्र नहीं चाहिए। मुझे पंडित मोतीलाल जी नहीं चाहिए। मुझे कोई बड़ा आदमी नहीं चाहिए। इलाहाबाद के अगर चार मेहतर मिलकर मेरे प्रतिज्ञा-पत्र पर दस्तखत कर देंगे और अपनी सत्याग्रह सभा बनाएँगे तो मैं उनका सदर बन जाऊँगा। तुम्हारी सभा का सदर बनना मुझे नामंजूर है। तुम तो सत्याग्रह को समझे ही नहीं!"

अब मैंने उनसे कहा–"आप नाराज न होइए। मेरी अपनी निजी राय भी यही थी जो आपकी है। कुछ और साथियों की राय वह थी जिस पर आप को इतना दुख हुआ। मैंने पहले से आप को अपना और दूसरों का यह फर्क बताना ठीक नहीं समझा। अब हम वही करेंगे जो आप चाहते हैं। आपके बिना सत्याग्रह कैसा? आप ही रास्ता बताएँ तो हम चल सकते हैं। दूसरा प्रतिज्ञा-पत्र नहीं होगा। और कोई आए, चाहे न आए।'

गांधीजी ने थोड़ा-सा सोचा। मेरी तरफ को बार-बार देखा। एक-दो और छोटी-मोटी बात हुई। उनका गुस्सा ठंडा हुआ फिर खुश होकर कहा–"जाओ काम करो, मैं तुम्हारा सदर और तुम सेक्रेटरी।"

उसी दिन शाम को या अगले दिन मैं इलाहाबाद के लिए चल पड़ा। यू.पी. सत्याग्रह सभा का विधान छप गया। गांधीजी सदर, मैं और मंजर अली सेक्रेटरी। मेम्बरों की फेहरिस्त शायद तीस के करीब रही होगी, जिसमें एक नाम जवाहरलाल जी का भी था।

5

मेरी उसी अहमदाबाद यात्रा की एक और छोटी-सी घटना मुझे याद आ रही है।

शायद तीसरे पहर का वक्त था। मैं गांधीजी के पास बैठा हुआ था। उनके सत्याग्रह आश्रम की नियमावली छप चुकी थी। छोटे साइज की पाँच-सात सफे की छोटी-सी चीज थी। एक कापी वहीं कहीं आसपास पड़ी हुई थी। मेरी निगाह उस पर गई। मैं उसे पढ़ गया। उसमें एक नियम यह छपा हुआ था–'वर्ण आश्रम धर्म को बाधा न पहुँचे इसलिए आश्रमवासी जब कभी आश्रम से बाहर जाएँगे तो केवल फल या दूध खाकर ही रहेंगे।'

यह शब्द मैं याद से ही लिख रहा हूँ पर शायद ही एक-दो शब्द का फर्क हो। उससे असल मतलब में फर्क बिलकुल नहीं पड़ सकता।

मैं इसे पढ़कर कुछ हैरान हुआ। गांधीजी को पढ़कर सुनाया और पूछा यह क्या? उन्होंने तुरन्त जवाब दिया–"यह तुम्हारे लिए नहीं है। इसे रख दो। तुम आश्रमवासी बनो तो इसे न मानना। मैं कहाँ मानता हूँ? तुम इसे रहने दो। तुम अपने काम की बात करो।"

उनके यह फिकरे भी मैं याद से लिख रहा हूँ। मैं समझ गया कि गांधीजी और उनका आश्रम दोनों अभी विकास की हालत में थे, अभी खिल रहे थे और रूप ले रहे थे।

रौलट एक्ट के खिलाफ सत्याग्रह शुरू हो जाने के बाद से गांधीजी सारे देश के सामने देश के सबसे बड़े और अनन्य नेता के रूप में आ गए। मैंने और मेरे जैसे विचारों के बहुत से पुराने काम करनेवालों ने अब देख लिया कि अपने नए तरीके से गांधीजी ने जो जान, जो बेदारी, जो जोश और जो त्याग की भावना देश भर में पैदा कर दी थी वह हम अपने पुराने तरीकों से न कर पाए थे और न कर सकते थे। मेरा उनसे बार-बार जगह-जगह मिलना, साथ रहना और साथ सफर करना तेजी के साथ बढ़ता चला गया।

साबरमती (अहमदाबाद) आश्रम में, बम्बई में और जगह-जगह उनसे मिलना हुआ। कभी-कभी कुछ फुटकर बातें जो याद में जमी रह गईं मैं यहाँ दे रहा हूँ।

यहाँ एक बात गांधीजी से सुनी हुई लिख रहा हूँ।

साबरमती आश्रम कायम हो चुका था। पहले सत्यागह में उसकी बुनियाद पड़ी। वह सत्याग्रह आश्रम ही कहलाता था। कई हजार रुपए महीने का खर्च था। गांधीजी के कुछ धनवान मित्र और प्रेमी जो सब या अधिकतर गुजराती थे आश्रम का खर्च चलाते थे। खाना बनानेवाले हिन्दू थे। इन धनवान मित्रों में से भी कोई-कोई और उनके घरवाले जब-तब आश्रम में आकर भोजन कर लेते थे। उन्हें ऐसा करने में बड़ी खुशी होती थी। थोड़े ही दिनों में एक मेहतर परिवार आश्रम में आकर ठहर गया और गांधीजी के हुक्म से और सबकी तरह रसोई में आने-जाने और सब के साथ खाने-पीने लगा। बहुत से गैर हिन्दू मेहमान भी आश्रम में आने, रहने और बिना भेदभाव सब के साथ खाने-पीने लगे। आश्रम का खर्च चलानेवाले कुछ धनवान भाइयों के लिए यह नई बात थी। वह इसके आदी न थे। उन्हें और उनके घरवालों को आश्रम में खाने में संकोच होने लगा। उन्होंने गांधीजी के पास आकर बड़ी नम्रता से यह सुझाया कि कम-से-कम उनकी खातिर आश्रम की रसोई को जरा छोटी जातवालों और गैर हिन्दुओं से अलग रखा जाए। गांधीजी ने सुन लिया। उस समय कोई जवाब न दिया। वह अपने मित्रों के साथ किसी तरह की जबर्दस्ती करना ठीक

न समझते थे। अगले दिन सुबह को उन्होंने कुछ आश्रमवासियों से कहा– "अहमदाबाद के भंगी बाड़े में जाओ, वहाँ कोई मकान या जगह देखो। अपना आश्रम हम वहीं उठाकर ले जाएँगे और वहाँ के रहनेवाले जो खाना हमें अपने हाथों से लाकर देंगे वही हम खा लेंगे या मजदूरी करके पेट भर लेंगे। जो मिलने आएगा वहीं आकर हमसे मिल लेगा।" जगह ढूँढ़ी जाने लगी। उन धनवान मित्रों के कानों तक यह खबर पहुँची। हो सकता है उन्होंने आपस में कुछ सलाह की हो। आकर गांधीजी से मिले। उन्होंने अपने दो दिन पहले के सुझाव की माफी माँगी। आश्रम, आश्रमवासियों, आश्रम-प्रेमियों और आश्रम में आने-जानेवालों के लिए छूतछात हमेशा के लिए मिट गई। यह था गांधीजी और उनके आश्रम का दर्जे-ब-दर्जे लेकिन काफी तेजी के साथ विकास।

लाला लाजपतराय : कुछ संस्मरण

प्रथम साक्षात्कार

लाला लाजपतराय से मेरा प्रथम साक्षात्कार 1898 में हुआ, जब मैं बारह वर्ष का था और सहारनपुर में पढ़ता था। उस समय मेरे पिताजी वहाँ सरकारी कर्मचारी थे। लाहौर में वकालत करनेवाले लाला लाजपतराय आर्यसमाज के एक प्रमुख नेता थे और किसी वैवाहिक प्रसंग में सहारनपुर आए थे।

सहारनपुर में आम सभा में लाला लाजपतराय के कुछ भाषण हुए जिनमें उन्होंने भारत में ब्रिटिश शासन के अन्याय और उस विदेशी शासन से भारत को मुक्त करने की आवश्यकता पर जोर दिया। भाषण में उन्होंने आस्ट्रिया के अधीन इटली के पराधीन शासन के बारे में बताते हुए कहा कि किस प्रकार सुप्रसिद्ध इटालीय नेता जोसेफ मैजिनी और उनके साथियों ने अपनी मातृभूमि को आस्ट्रिया के पंजे से मुक्त किया। जीवन में पहली बार मैंने इस विषय पर ऐसा भाषण सुना। मैं इस भाषण से अत्यन्त प्रभावित हुआ।

लाला लाजपतराय की उर्दू पुस्तकें

इसी समय भारतीय पाठकों के ज्ञानवर्धन के लिए लाला लाजपतराय द्वारा लिखी मैजिनी, गैरिबाल्डी, शिवाजी आदि महापुरुषों की जीवनी और उनके कार्यों के बारे में कई छोटी-छोटी पुस्तकें उर्दू में प्रकाशित हुईं।

लाहौर के डी.ए.वी. कालेज में

1900 के आरम्भ में पिताजी मुझे लाहौर ले गए और उच्चतर शिक्षा के लिए मुझे वहाँ के डी.ए.वी. कालेज में दाखिल कर दिया। डी.ए.वी. कालेज से मैंने 1901 में मैट्रिकुलेशन और 1905 में बी.ए. पास किया। लाहौर में पिताजी ने मुझे लाला लाजपतराय और डी.ए.वी. कालेज के तत्कालीन प्राचार्य तथा परवर्ती काल में महात्मा हंसराज के रूप में परिचित लाला हंसराज के संरक्षण में सौंप दिया।

इस प्रकार लाहौर के उन पाँच वर्षों के अपने प्रवासकाल में मैं लालाजी के घनिष्ठ सम्पर्क में आया। डी.ए.वी. कालेज के पास ही उनकी अपनी कोठी थी। वहीं मैं उनसे अकसर मिलता था। देश की सामाजिक और राजनीतिक दुर्दशा तथा मातृभूमि के प्रति हमारे कर्तव्य के बारे में उनके कई दर्जन भाषण मैंने, उन पाँच वर्षों में, सुने होंगे। लालाजी जैसा अत्यन्त धाराप्रवाह, ओजस्वी और हृदयस्पर्शी वक्ता या वाग्मी, विशेषकर हिन्दुस्तानी भाषा में, अपने जीवन में मैंने कभी नहीं सुना। यह ठीक ही कहा गया है कि उनकी वाणी विशाल श्रोतावर्ग को प्रभावित करती थी और जब वे कोई भी देशभक्ति के कार्य के लिए चन्दा माँगते थे तो उनका भाषण अत्यन्त अनिच्छुक जेबों से भी रुपए निकाल लेता था।

उन पाँच वर्षों में लाला लाजपतराय एक अभिभावक के नाते लाहौर में मेरी देखभाल कर रहे थे। मेरी गलतियाँ देखकर उन्होंने मेरी गलतियों को सुधारने के लिए कई बार डाँटा-डपटा भी। उस समय लालाजी के पिता राधाकिशन, लालाजी के बेटे पियारेलाल और पियारे किशन, उनकी माता तथा लालाजी के छोटे भाइयों से भी मेरा अच्छा सम्पर्क था। मैं निश्चय ही यह स्वीकार करूँगा कि जीवन के शेष भागों में देश के प्रति जो प्रेम और उसे विदेशियों के अधिकार से मुक्त करने की जो प्रबल इच्छा मेरे हृदय में घर कर गई उसका मुख्य श्रेय लालाजी को है, जिसे मैंने जीवन के उन प्रभावशाली वर्षों में लालाजी के चरणों में बैठकर ही सीखा था।

1905 में बंगाल विभाजन के विरुद्ध आन्दोलन

1905 में पिताजी की इच्छानुसार मैं एल.एल.बी. पढ़ने के लिए लाहौर छोड़कर इलाहाबाद आया। लगभग उसी समय ब्रिटिश सरकार ने अपनी खुली घोषित नीति, 'फूट फैलाओ शासन करो', से बंगाल को दो अलग प्रदेशों में विभाजित किया–पश्चिम-बंगाल, एक हिन्दू प्रधान प्रदेश और पूर्व-बंगाल, एक मुस्लिम प्रधान प्रदेश।

इससे बंगाल की सारी जनता, हिन्दू और मुसलमान, एक हो गई और जैसे भी हो, इस विभाजन को रद्द करने के लिए प्रदेशव्यापी पुकार उठी। सारे बंगाल में हजारों सभाएँ हुईं, जिनमें हिन्दू और मुसलमान, दोनों ने भाग लिया। हिन्दू-मुसलमानों की कलाई पर राखी बाँधते थे, मुसलमान हिन्दुओं की कलाई पर राखी बाँधते थे, और दोनों कहते थे, "भाई-भाई एक हैं, भेद नहीं, भेद नहीं।" यह आन्दोलन शीघ्र ही एक जन आन्दोलन में परिवर्तित हो गया जिसका लक्ष्य केवल बंगाल विभाजन को रद्द करना नहीं, बल्कि देश को विदेशी शासन से मुक्त करना भी था।

बंगाल की जनता का समर्थन करते हुए शीघ्र ही भारत के अन्य भाग भी इस आन्दोलन में शामिल हो गए। सर्वभारतीय नेताओं में ये तीन नाम लोकमान्य

बाल गंगाधर तिलक, लाला लाजपतराय और श्री बिपिनचन्द्र पाल, सारे देश में अत्यन्त प्रख्यात हुए। ये तीनों उस समय सारे भारत में बाल-पाल-लाल नाम से परिचित थे।

स्वदेशी, बहिष्कार, राष्ट्रीय शिक्षा और स्वराज

इन तीनों तथा कभी-कभी कई अन्य नेताओं ने भी देश के विभिन्न भागों में दौरा किया और बंगाल आन्दोलन के समर्थन में आम सभाओं में भाषण दिए। यह सर्वभारतीय आन्दोलन क्रमशः अपने चार-सूत्री कार्यक्रमों को लेकर आगे विकसित होता गया, यथा–1. स्वदेशी, 2. बहिष्कार, 3. राष्ट्रीय शिक्षा और 4. स्वराज।

'स्वदेशी' का अर्थ है भारतीय शिल्प के पुनर्जीवन और विकास के लिए तथा देश से गरीबी हटाने के लिए भारतवासियों को विदेशों में बनी वस्तुओं की खरीद और इस्तेमाल। बहिष्कार का अर्थ है कि भारतवासी खासकर विलायती वस्तुओं के इस्तेमाल से इनकार करें। उस समय व्यवसाय में असमान व्यवहार एवं खासकर ब्रिटिश सरकार द्वारा उसी अभिप्राय से ग्रहण किए गए राजनीतिक हस्तक्षेप के परिणामस्वरूप प्राचीन भारतीय वाणिज्य और शिल्प नष्टप्राय हो गए थे और भारत अपनी आवश्यकता के लिए मुख्यतः विदेशी या विदेशी आयात पर निर्भर करता था। आन्दोलन के नेताओं ने लोगों को बताया कि भारत प्रतिवर्ष साठ करोड़ रुपयों के कपड़े केवल विलायत से, खासकर मैनचेस्टर और लंकाशायर से आयात करता है, जिससे देश की गरीबी बढ़ती जा रही है। बहिष्कार आन्दोलन द्वारा ब्रिटिश सरकार के अधीन नौकरी और ब्रिटिश पदवियों, यहाँ तक कि सरकारी स्कूल और कालेजों के भी बहिष्कार का प्रचार किया जाता था। इस प्रकार यह बहिष्कार आन्दोलन प्रत्यक्ष रूप से एक राजनीतिक आन्दोलन था, जो पन्द्रह साल बाद महात्मा गांधी के असहयोग आन्दोलन का पूर्वगामी थी।

राष्ट्रीय शिक्षा आन्दोलन (नेशनल एजुकेशन मूवमेंट) इस बहिष्कार आन्दोलन का ही एक अनुसिद्धान्त था और सरकारी स्कूल तथा कालेजों से आए हुए विद्यार्थियों को राष्ट्रीय शिक्षा के प्रसार द्वारा अध्ययन जारी रखने के लिए स्कूल और कालेजों की स्थापना करना इसका लक्ष्य था।

भारत को विदेशी शासन से मुक्त कर विदेशी शासन के स्थान पर भारतीय लोकशासन की प्रतिष्ठा करना स्वराज आन्दोलन का प्रत्यक्ष लक्ष्य था।

यह स्मरण रहे कि लोकमान्य तिलक द्वारा पूना में की गई ऐतिहासिक घोषणा– 'स्वराज हमारा जन्मसिद्ध अधिकार है और हमें इसे प्राप्त करना है'–के बहुत पूर्व ही 'स्वदेशी' और 'स्वराज' दोनों शब्दों का प्रयोग सबसे पहले पंजाब में हुआ था।

उग्रपंथी और नरमपंथी

जब सर्वभारतीय आन्दोलन गतिशील होता गया तो तत्कालीन भारतीय राजनीतिक नेता, खासकर स्वराज के प्रश्न पर स्वाभाविक ढंग से चिन्ता-धारा से दो वर्गों में विभाजित हो गए–एक उग्रपंथी और दूसरा नरमपंथी। तथाकथित उग्रपंथियों ने स्वराज शब्द को पूर्ण स्वतन्त्रता के अर्थ में ग्रहण किया जबकि तथाकथित नरमपंथियों ने इसे ब्रिटिश साम्राज्य में एक प्रकार के स्वशासन के अर्थ में लिया। उग्रपंथी वर्ग के नेताओं में लोकमान्य तिलक, लाला लाजपतराय और श्री बिपिनचन्द्र पाल थे जबकि श्री गोपालकृष्ण गोखले, पंडित मदनमोहन मालवीय, सर फिरोजशाह मेहता आदि नरमपंथी वर्ग के प्रतिनिधि थे।

1905 की बनारस कांग्रेस में

उग्रपंथी वर्ग के नेताओं के भाषण और आन्दोलन से सारे भारत का युव-समाज विशेष रूप से प्रभावित हुआ। उस समय मैं इलाहाबाद में कानून का छात्र था। अन्य युवक बन्धुओं के साथ मैंने 1905 में बनारस में श्री गोपालकृष्ण गोखले की अध्यक्षता में भारतीय राष्ट्रीय कांग्रेस के 21वें वार्षिक अधिवेशन में तथा कलकत्ते में श्री दादाभाई नौरोजी की अध्यक्षता में 22वें वार्षिक अधिवेशन में भाग लिया। दोनों स्थान पर हमने उग्रपंथी वर्ग के नेताओं के भाषण सुने और उनसे बहुत ही प्रभावित हुए।

1905 में ब्रिटिश सिंहासन के प्रतिनिधि के रूप में वेल्स के युवराज भारत के दौरे पर आए। बनारस कांग्रेस अधिवेशन के कुछ प्रतिनिधियों ने वेल्स के युवराज का भारत में स्वागत करने के लिए एक प्रस्ताव पारित करने को कहा। उक्त राजभक्तिपूर्ण प्रस्ताव का विरोध करते हुए लाला लाजपतराय ने बनारस अधिवेशन में जो कहा था, वह आज भी मुझे याद है–"युवराज जाकर अपने पिता से कह दें कि भारतीयों के हृदय में उनके (युवराज के) लिए स्वागत की कोई भावना नहीं है।"

1906 में इलाहाबाद में

1906 में कई अन्य विद्यार्थियों की सहायता से मैंने लोकमान्य तिलक, लाला लाजपतराय और श्री बिपिन चन्द्र पाल को इलाहाबाद की कुछ आम सभाओं में भाषण देकर अपने मत जनता के समक्ष रखने के उद्देश्य से आमन्त्रित करने का निर्णय लिया। इन तीन नेताओं ने, एक के बाद एक इलाहाबाद जाकर हमारे द्वारा आयोजित विशाल साधारण सभाओं में भाषण दिया। जनता पर उनके भाषणों का बहुत अच्छा असर पड़ा। लाला लाजपतराय ने हिन्दुस्तानी में अपना भाषण दिया और

अन्य दो नेताओं ने अंग्रेजी में। लालाजी के उस समय के कुछ शब्द अब भी मेरे कानों में गूँज उठते हैं। नरमपंथी चिन्ताधारा के कुछ लोगों के मतानुसार 'बहिष्कार' के पीछे नफरत की भावना थी। इस समालोचना के सन्दर्भ में लाला लाजपतराय ने अपने इलाहाबाद के भाषण में इस प्रकार कहा–

"हमसे कहा जाता है कि बायकट में नफरत की स्पिरिट है। मैं पूछता हूँ कि क्या नफरत दुनिया से उठ गई? क्या चोर से नफरत नहीं की जाती? क्या डाकू से नफरत करना गुनाह है? क्या राहजन से नफरत करना पाप है? हाँ! मैं कहता हूँ कि बायकाट में नफरत की स्पिरिट है और जायज है।"

इस प्रकार की वाणी हजारों की आत्मा को रोमांचित करनेवाली सिद्ध हुई।

पंजाब का किसान आन्दोलन

उसी समय विदेशी बन्धन से मुक्ति के लिए ग्रामांचलों में खासकर लाला लाजपतराय और सरदार भगतसिंह के चाचा सरदार अजीतसिंह के नेतृत्व में पंजाब के किसानों द्वारा एक आन्दोलन चलाया जा रहा था। अधिकांश पंजाबी किसानों को पंजाब की नदियों के किनारे पर खेती के लिए ब्रिटिश सरकार ने जमीन दी थी। जमीन के लिए किसान लोग सरकार को वार्षिक मालगुजारी देते थे। कुछ ब्रिटिश शासकों ने स्वर ऊँचा किया कि इन किसानों को ब्रिटिश सरकार ने जमीन दी है और ब्रिटिश सरकार को देश से निकालने के लिए विद्रोह करना उनके लिए कृतघ्नता है। लाला लाजपतराय ने अपने इलाहाबाद भाषण में उपर्युक्त तथ्य तथा ब्रिटिश के दोषारोपों का उल्लेख कर इन शब्दों से जवाब दिया जो जब भी मेरे कानों में गूँज उठते हैं– "मैं अपने अंग्रेज हाकिमों से पूछता हूँ कि क्या वे हमारी जमीन के ये टुकड़े जेबों में डालकर विलायत से लाए थे?"

मांडले निर्वासन

शीघ्र ही पंजाब का ग्रामांचल-आन्दोलन अभूतपूर्व शक्ति से भर गया। तत्क्षण ब्रिटिश सरकार ने लाला लाजपतराय और सरदार अजीतसिंह को गिरफ्तार किया और अदालत से पूछे बिना 1818 के एक कानून के आधार पर दोनों को मांडले भेज दिया।

लालाजी और सरदार अजीतसिंह की गिरफ्तारी और उनको निर्वासन ने सारे देश में आतंक और क्रोध भरी उत्तेजना की सृष्टि कर दी। ब्रिटिश सरकार के इस कार्य के प्रतिवाद में देश भर में सैकड़ों सभाएँ हुईं। मेरे हस्ताक्षर पर इलाहाबाद की आम सभा बुलाई गई और इसमें लोगों ने भारी संख्या में योग दिया।

निर्वासित लालाजी को मेरा पत्र

लालाजी के निर्वासन के बाद उनको कोई पत्र भेजा जा सकता है और वह उन्हें मांडले में मिल सकता है, इसके बारे में किसी ने जानने का प्रयत्न नहीं किया। यह आश्चर्य की बात है कि मैं ही भारत में एक मात्र व्यक्ति निकला जिसने निर्वासन काल में लालाजी को मांडले के पते पर एक पत्र लिखा था। लालाजी के नाम मेरा वह पत्र लालाजी की आकर्षक पुस्तक 'मेरे निर्वासन का विवरण' (An Account of my deportation) में प्रकाशित हुआ है।

लालाजी के निजी सचिव के रूप में

जहाँ तक मुझे याद है, निर्वासन के सिर्फ छह महीनों के बाद ही लालाजी और सरदार अजीतसिंह को मुक्त किया गया और वे लाहौर लौट आए। लालाजी की रिहाई के बाद मैं इलाहाबाद छोड़कर उनके पास लाहौर आ गया। वहाँ मैं उनके साथ उसी मकान में रहा और एक साल से अधिक उनके निजी सचिव के रूप में कार्य किया। उसी समय अयोध्या और उत्तर प्रदेश के पूर्वी भागों में 1908 का भयंकर अकाल पड़ा। चन्दा संग्रह कर पीड़ित लोगों को सहायता देने के लिए लालाजी ने एक 'अकाल पीड़ित सहायता समिति' का गठन किया। इसी उद्देश्य से अकाल पीड़ित क्षेत्रों में जाने के लिए बहुसंख्यक स्वेच्छासेवियों का नाम दर्ज कराया गया। देश के अकाल पीड़ित क्षेत्रों में सहायता का कार्य मुझे सौंपा गया।

उत्तर प्रदेश का दौरा

इस घटना के कुछ समय बाद लालाजी ने उत्तर प्रदेश के कई स्थानों का दौरा किया। मैं उनके साथ उन दौरों पर रहा। इन दौरों में विभिन्न स्थानों में उनके राजनीतिक भाषण अत्यन्त उत्साहप्रद और प्रेरणापूर्ण रहे।

गुप्त संगठन और लोक सेवक समाज

उसी समय लाला लाजपतराय ने दो अन्य प्रयास किए, जिनमें तत्कालीन परिस्थितियों के कारण विशेष प्रगति नहीं हो पाई; भारत से अंग्रेजों को निकालने के लिए पंजाब में एक गुप्त संगठन की स्थापना उनमें से एक है। इस संगठन का कार्य, खासकर पंजाब में सीमित था, जैसा देश के अन्य भागों में--खासकर बंगाल और महाराष्ट्र में उस तरह के अन्य संगठन कार्य कर रहे थे। लालाजी के द्वारा आरम्भ किए गए इस संगठन में शुरू में तीन ही सदस्य थे; प्रतिष्ठाता के रूप में लालाजी और अन्य दो

सदस्य थे लाला द्वारकादास और मैं। उस समय कलकत्ते में श्री अरविन्द घोष के नेतृत्व में परिचालित तथा पूना में लोकमान्य बाल गंगाधर तिलक से दिग्दर्शित सर्वभारतीय वैप्लविक आन्दोलन का भी मैं एक सदस्य था। लालाजी का दूसरा सुझाव था कि कुछ युवकों को मासिक वृत्ति दी जाए, जो जीवन के शेष भाग देश-सेवा के लिए पूर्णतः उत्सर्गित करें। मैं सोचता हूँ कि यही सुझाव बाद में लोक सेवक मंडल के रूप में विकसित हुआ।

त्रास एवं विश्वासघात

ब्रिटिश अधिकारियों ने लालाजी की गतिविधियों पर बहुत कड़ी निगरानी रखनी शुरू की। कुछ सहकर्मियों ने भी लालाजी के साथ विश्वासघात किया। इससे खिन्न होकर लाला लाजपतराय को 1909 में कुछ समय के लिए भारत छोड़ना पड़ा। सचमुच क्या हुआ, यह बताना कठिन है। उन कष्टदायक दिनों में मैं सदैव उनके पास रहा। मैंने उनकी पीड़ा और यातना देखी। ब्रिटिश गुप्तचरों के जाल के कारण वे अपने घरेलू नौकरों पर भी विश्वास नहीं रख सके। जिस आर्य समाज की प्रारम्भ से लाहौर में लालाजी ने अत्यन्त निष्ठा और विश्वास के साथ सेवा की थी, उसके नेताओं ने लालाजी के सरकार विरोधी कार्य के कारण उनका आमतौर पर परित्याग कर दिया। यह अत्यन्त कष्टप्रद और यन्त्रणापूर्ण था। वातावरण परिवर्तन के लिए लालाजी ने कुछ समय के लिए यूरोप जाने का निर्णय लिया।

भारत छोड़ना

भारत छोड़ते समय बम्बई तक वे मुझे अपने साथ ले गए और वहीं से वे जहाज से विदेश चले गए। उस समय पासपोर्ट के लिए कोई नियम नहीं था। बम्बई में लालाजी ने मेरे सामने दो विकल्प रखे। इनमें से किसी एक को पसन्द करने को कहा। मैं उनके साथ चलना चाहूँ तो वे मुझे साथ ले जाने के लिए तैयार थे, अन्यथा, मैं हिन्दुस्तान में रहकर स्वतन्त्रता आन्दोलन के पक्ष में एक साप्ताहिक पत्र प्रकाशित करना चाहूँ तो इसी उद्‌देश्य से आर्थिक सहायता प्राप्त करने के लिए कुछ राष्ट्रीय विचारों के प्रमुख धनी व्यक्तियों के नाम वे मुझे परिचय पत्र देने के लिए तैयार थे। मैंने दूसरा विकल्प पसन्द किया। मुझे कई पत्र देकर वे विदेश रवाना हो गए। मैंने बम्बई से इलाहाबाद आकर 'कर्मयोगी' नामक हिन्दी क्रान्तिकारी साप्ताहिक पत्र निकाला, जिसने उस समय 'भारतीय क्रान्तिकारी पत्रकारिता' के इतिहास में अपना विशेष स्थान बना लिया।

लंदन की एक घटना

जब लालाजी लंदन में थे तो एक छोटी-सी घटना उस समय के ब्रिटिश पत्रों में प्रकाशित हुई, जिसका उल्लेख यहाँ किया जा सकता है। लालाजी ने देश में अंग्रेजों के जीवन की खूब तारीफ की। लंदन में एक शाम किसी सभा में तत्कालीन सुपरिचित संसद सदस्य डॉ. रुथर फोर्ड ने आम लोगों के सामने लालाजी से प्रश्न किया– "मि. लाला लाजपतराय, आप हम ब्रिटिश लोगों के बारे में क्या सोचते हैं?" उन्होंने फौरन जवाब दिया, "मैं आपको एक जाति के रूप में प्यार करता हूँ, किन्तु अपने शासक के रूप में आपसे नफरत करता हूँ।"

अब मैं लाला लाजपतराय के धार्मिक सिद्धान्तों के बारे में कुछ बताना चाहता हूँ।

लालाजी और धर्म

आर्य समाज की स्थापना के पहले कई शिक्षित भारतीय इस्लाम मत की सरलता, मूर्तिपूजा विरोध आदि और इससे अपेक्षाकृत मुक्ति, ईश्वर के एकत्व तथा मनुष्य के भ्रातृत्व सम्बन्धी इसकी शिक्षा से प्रभावित होते हुए लग रहे थे। लाला लाजपतराय के पिताजी ने जीवन के प्रारम्भिक समय में अपने को इस्लाम का उपासक बना लिया था और एक मुस्लिम नाम भी ग्रहण कर लिया था। वे अपने को मुसलमान मानते थे, नमाज पढ़ते थे और रोजा रखते थे। फिर भी वे अपने परिवार के हिन्दू सदस्यों के साथ उसी प्रेम के साथ रहते रहे।

सर सैयद अहमद खाँ से पत्राचार

स्वामी दयानन्द सरस्वती के लाहौर आगमन और लाहौर आर्य समाज की स्थापना के कुछ पहले लाला लाजपतराय को, जो उस समय वकालत कर रहे थे और अपने पिता के विचारों से प्रभावित से हो रहे थे, पता चला कि अलीगढ़ के सर सैयद अहमद खाँ लाहौर आनेवाले हैं। उन्होंने सर सैयद के नाम अलीगढ़ पत्र लिखा कि हिन्दुओं की जातिप्रथा या मूर्तिपूजा से उनका (लाला लाजपतराय का) विश्वास खत्म हो गया है। वे इस्लाम की सरलता, विशेषकर ईश्वर के अतिरिक्त और कोई देवता नहीं, और मनुष्य के बराबरी और भाईचारे के सिद्धान्त से प्रभावित हैं। लाला लाजपतराय ने नमाज पढ़ना आदि शुरू कर दिया है, और सर सैयद के लाहौर आगमन की बात जान कर उन्हें बहुत खुशी है। इसी अवसर पर वे (लालाजी) सर

सैयद के हाथों आनुष्ठानिक रूप से इस्लाम धर्म में दीक्षित होना चाहते हैं। सर सैयद अहमद खाँ ने लालाजी को जवाब दिया कि इस्लाम के प्रति लालाजी के आदर और ईश्वर के एकत्व तथा मनुष्य के भ्रातृतव पर उनके विश्वास की वे (सर सैयद) बहुत ही प्रशंसा करते हैं, लेकिन एक धर्म से दूसरे धर्म में आनुष्ठानिक प्रवेश या नाम परिवर्तन पर वे (सर सैयद) विश्वास नहीं रखते। वे (लालाजी) नमाज पढ़ सकते हैं, और लाहौर में लालाजी से मिलने पर उन्हें (सर सैयद को) खुशी होगी। दोनों चिट्ठियाँ, अर्थात् सर सैयद के प्रति लाला लाजपतराय की चिट्ठी और लालाजी के प्रति सर सैयद का जवाब 'सर सैयद के प्रति पंजाबी युवक का पत्र और उनके प्रति सर सैयद का जवाब' (द लेटर फ्राम ए पंजाबी यंग मैन टू सर सैयद एंड सर सैयद्स रिप्लाई टू द सेम) शीर्षक से तत्कालीन अलीगढ़ कालेज मैगजिन में प्रकाशित हुई थीं।

उस समय लाहौर में सर सैयद और लालाजी की मुलाकात निश्चय ही हुई होगी। इस घटना के बाद स्वामी दयानन्द सरस्वती लाहौर आए और लाहौर आर्य समाज की स्थापना हुई। स्वामी दयानन्द के भाषण, खासकर जन्मतः हिन्दू होना, मूर्तिपूजा आदि पर स्वामी जी के दोषारोपण, सुनने के बाद लालाजी का इस्लाम धर्म ग्रहण करने का प्रश्न ही नहीं रहा। यहाँ तक कि उनके पिता लाला राधाकिशन ने, जो अन्तिम समय तक पहले की तरह रोजा और नमाज मानते रहे, अपने को पहले के हिन्दू नाम से सम्बोधित करने के लिए लोगों को अनुमति दे दी। फिर भी मेरे निजी ज्ञान से मैं कहता हूँ कि इस्लाम धर्म की सरलता और खास कर ईश्वर के एकत्व और मनुष्य के भ्रातृत्व सम्बन्धी सिद्धान्त के प्रति लालाजी का आदर अन्त तक बना रहा, यद्यपि उनके साथ मेरे सम्पर्क के दौरान मैंने उन्हें देखा है कि वे एक धर्म के लोगों को अन्य धर्म से पृथक करनेवाले बाह्य रूप पर विश्वास नहीं करते थे।

लालाजी और जनेऊ

एक धर्म के लोगों को दूसरे धर्मों के लोगों से पृथक करनेवाले बाह्य रूपों के प्रति लाला लाजपतराय की भावधारा प्रदर्शित करने के लिए यह अन्य एक छोटी किन्तु महत्त्वपूर्ण घटना है।

जैसा कि मैंने पहले ही कहा है, एक बार पाश्चात्य देशों का दौरा करने के बाद लाला लाजपतराय ने उत्तर प्रदेश के अनेक स्थानों का दौरा किया और भारत को विदेशी अधिकार से मुक्त करने की आवश्यकता पर ओजस्वी और प्रेरणापूर्ण भाषण दिए। मैं उनके साथ उन दौरों पर रहा। कानपुर में हम वहाँ के सुपरिचित नेता

पंडित पृथ्वीनाथ के मकान में ठहरे। मकान गंगा के किनारे ही था। एक दिन सुबह नदी के किनारे पर टहलने के लिए लालाजी मुझे साथ ले गए, कुछ क्षण हम बालू पर इस तरह बैठे रहे जिससे हमारे पाँव पानी को छू रहे थे। लालाजी ने धीरे से अपना कुर्ता उतारा। मैंने उनके बदन पर जनेऊ देखा और पूछा–"लालाजी! आप दुनिया भर में घूम आए और ये जनेऊ के डोरे सवर्ण और असवर्णों में भेद करनेवाले, आपके बदन पर पूरे ही रह गए!" लाला लाजपतराय मुस्कुराए, कई क्षणों के लिए कुछ सोचा, जनेऊ निकाल कर दोनों हाथों में समेट कर गंगा में फेंकते हुए कहा, "लो! तू भी क्या कहेगा?" इस घटना के बाद लालाजी ने कभी भी जनेऊ नहीं पहना।

भारतीय स्वतन्त्रता संग्राम के अग्रगण्य नेता

इसी सदी के प्रथम भाग में बंगाल विभाजन के विरुद्ध हुए विक्षोभ के समय से भारत के कई अग्रगण्य राजनीतिक नेताओं की घनिष्ठता में आने का सौभाग्य मुझे मिला था। राजनीति के मंच पर महात्मा गांधी के आविर्भाव से पहले लाला लाजपतराय भारतीय स्वतन्त्रता आन्दोलन के अत्यन्त प्रसिद्ध नेता थे। पंजाब में वे साक्षात् शेर-ए-पंजाब के नाम से परिचित थे। उनके भाषण, खासकर हिन्दुस्तानी में अत्यन्त प्रभावशाली और हृदयग्राही होते थे। आधुनिक स्वतन्त्र भारत के निर्माताओं में निश्चय ही उनका स्थान बहुत ही ऊँचा है।

जब गांधीजी ने अपना अहिंसा और असहयोग आन्दोलन शुरू किया तो उस समय के कई भारतीय राजनैतिक नेता इस अभूतपूर्व कार्यक्रम का मूल्यांकन ठीक से नहीं कर सके। फिर भी उस समय के तीनों प्रमुख नेता, यथा–लोकमान्य तिलक, लाला लाजपतराय और श्री अरविन्द घोष ने एक के बाद एक गांधीजी की यथार्थता को स्वीकार किया और उनके आन्दोलन में सहयोग और आशीर्वाद दिया।

उस समय के प्रमुख शिक्षाविदों में लाला लाजपतराय भी अग्रगण्य थे। वे हिन्दुस्तान के युवा सम्प्रदाय को उच्चतम आधुनिक वैज्ञानिक तथा अन्य शिक्षाएँ देने के पक्षपाती थे। वे लाहौर के दयानन्द आंग्ल वैदिक कालेज, या कहिए स्वामी दयानन्द के नाम को अविस्मरणीय करने के लिए उस समय उत्तर भारत के विभिन्न भागों में स्थापित स्कूल और कालेज समूह के प्रतिष्ठाताओं में से अन्यतम थे। इस प्रकार के सब अनुष्ठान, स्वतन्त्र आम सभाओं द्वारा परिचालित होने पर भी, सरकारी विश्वविद्यालयों से सम्बद्ध थे और उन्हें सरकार के द्वारा शिक्षानुष्ठानों के लिए निर्धारित नियम-कानून का अनुसरण करना पड़ता था। महात्मा गांधी ने इस प्रकार के सरकार नियन्त्रित सभी शिक्षानुष्ठानों के बहिष्कार का प्रचार किया। यह लाला

लाजपतराय जैसे व्यक्ति के लिए एक कठिन समस्या हुई, फिर भी गांधीजी के असहयोग कार्यक्रम का अनुसरण कर लाला लाजपतराय ने लाहौर में सरकारी नियन्त्रण या हस्तक्षेप से पूर्णतः स्वतन्त्र एक नवीन राष्ट्रीय कालेज की 'तिलक स्कूल ऑफ पालिटिक्स' के नाम से स्थापना की।

कुख्यात साइमन कमीशन के विरुद्ध अहिंसात्मक प्रदर्शन करते समय लाठी प्रहार के कारण 1928 में लाला लाजपतराय का निधन, एक प्रकार से, उनके जीवन में गौरव का शीर्षतम रूप है। मृत्यु के पहले उन्होंने ठीक ही कहा था कि उन पर जितनी सारी लाठियाँ पड़ी हैं, हर लाठी की चोट भारत में ब्रिटिश साम्राज्य के कफन की कील साबित होगी।

लोकमान्य तिलक

ईसा की उन्नीसवीं सदी विदा हो रही थी, बीसवीं आ रही थी। लाहौर में इंडियन नेशनल कांग्रेस की सालाना बैठक होनेवाली थी। मैं डी.ए.वी. कालेज का विद्यार्थी था। देश के बड़े-बड़े नेता लाहौर आए। तिलक महाराज–उस समय तक 'लोकमान्य' की उपाधि उनके नाम के साथ नहीं जुड़ी थी–केवल एक राजनीतिक नेता ही नहीं थे, संस्कृत और वैदिक साहित्य के वे बहुत बड़े विद्वान और ऊँचे दर्जे के ज्योतिष जाननेवाले भी थे। उन्हीं दिनों लाहौर आर्यसमाज कालेज पार्टी का सालाना जलसा हो रहा था। उसमें तिलक महाराज खास तौर से निमन्त्रित किए गए। वे आए। मैं भी जलसे में बैठा था। मेरे और उनके बीच शायद दो गज का फासला रहा होगा। उनकी लाल तिल्लेदार मरहठी पगड़ी और मरहठी अंगरखा मुझे आज तक याद है। मैंने उस तरह की पगड़ी उस दिन पहली बार देखी। तिलक महाराज की सादगी का मेरे दिल पर बहुत गहरा असर हुआ। उनके दर्शनों का वह पहला मौका था।

लगभग पाँच बरस बीत गए। मैं लाहौर से बी.ए. पास करके इलाहाबाद एल.एल.बी. पढ़ने के लिए गया।

उन दिनों भारत के राजनीतिक जीवन का सबसे बड़ा केन्द्र कलकत्ता था, दूसरा केन्द्र था पूना। उस समय तक हिन्दू-मुसलमान का कोई फरक नहीं था। अंग्रेजी शासकों ने इस देश के उभरते हुए राजनीतिक जीवन को कुचलने के लिए और हिन्दू-मुसलमानों को लड़ाने के लिए बंगाल के दो टुकड़े कर दिए, पूर्वी बंगाल मुस्लिम प्रान्त था और पश्चिमी बंगाल हिन्दू प्रान्त।

इस बंग-भंग के खिलाफ पहले बंगाल में और फिर देश भर में जोरदार आन्दोलन शुरू हुआ। बंगाल के नगर-नगर और गाँव-गाँव में हिन्दू और मुसलमानों ने एक-दूसरे को राखी बाँधी; राखी बाँधने के वक्त कहा जाता था–"भाई भाई एक ठाँई, भेद नाहीं भेद नाहीं।' बंग-भंग के खिलाफ देशव्यापी आन्दोलन के सबसे बड़े नेता थे पूना के श्री बाल गंगाधर तिलक।

इन हालात में दिसम्बर सन् 1905 में बनारस में कांग्रेस का इक्कीसवाँ अधिवेशन हुआ। श्री गोपालकृष्ण गोखले सभापति थे। देश में काफी जोश था।

इलाहाबाद से कुछ और विद्यार्थियों के साथ मैं बनारस पहुँचा। हम लोग कांग्रेस में स्वयंसेवक थे। उस समय इंडियन नेशनल कांग्रेस की और ही हालत थी। कांग्रेस के हर सालाना इजलास में सबसे पहला प्रस्ताव जो पास हुआ करता था वह अंग्रेज सरकार की राजभक्ति और इंग्लैंड के बादशाही की वफादारी का होता था। उस साल भी सबसे पहले यही प्रस्ताव सामने आया। पहली बार देश के कुछ नेताओं ने इसका विरोध किया। उनके अगुआ थे श्री बाल गंगाधर तिलक, दूसरे थे लाला लाजपतराय। मुझे तिलक महाराज के उस समय के यह शब्द आज तक याद हैं–'We have been over loyal upto this time, let us decrease our loyalty.'

यानी–'अब तक हम जरूरत से ज्यादा वफादार रहे हैं; अब हमें अपनी वफादारी में कुछ कमी करनी चाहिए।' उन्हीं दिनों इंग्लैंड से प्रिन्स आफ वेल्स भारत आए हुए थे और देश का दौरा कर रहे थे। तिलक महाराज का समर्थन करते हुए लाला लाजपतराय के ये शब्द भी मुझे याद हैं–'Let the Prince go and tell his father that there is no welcome for him in the Indian heart.'

यानी–'प्रिन्स आफ वेल्स को इंग्लैंड जाकर अपने बाप से कह देना चाहिए कि भारतवासियों के दिलों में प्रिंस के लिए कोई स्वागत का भाव नहीं है।' मुझे एक तीसरे वक्ता के ये शब्द भी याद हैं–'कांग्रेस अभी तक नाबालिग थी, उसे शासकों की देखरेख की जरूरत थी, अब वह 21 साल की यानी बालिग हो चुकी है, अब उसे अपना काम खुद सँभालना चाहिए।' पर अभी उस समय तक अधिक एहतियात बरतनेवाले पुराने नेताओं का कांग्रेस में जोर था, वफादारी का प्रस्ताव किसी तरह पास हो गया, इसके साथ ही तिलक महाराज आजादी की उमंग रखनेवाले लाखों भारतवासियों के दिलों में सबसे बड़े नेता की हैसियत से चमकने लगे। मेरे दिल में भी उनकी ओर 'आश्वास, स्नेह और भक्ति' बढ़ती चली गई।

बनारस कांग्रेस के बाद ही बंग-भंग के जवाब में तिलक महाराज ने चौमुखी प्रोग्राम देश के सामने रखा। इनमें पहला 'स्वदेशी' था। देश के उद्योग-धन्धे उस समय बेहद दबे हुए थे। अरबों रुपयों का माल यूरोप से आता था जिसमें साठ करोड़ रुपए सालाना का केवल कपड़ा था। देश के कारीगर भूखों मर रहे थे। देश गरीब होता जा रहा था। स्वदेशी का मतलब था कि हम अपने देश के उद्योग-धन्धों को फिर चमकाएँ और अपने रोजमर्रा के व्यवहार में विदेशों की बनी हुई चीजों को छोड़कर जहाँ तक हो सके देश की बनी हुई चीजें ही काम में लाएँ।

दूसरा था 'बायकाट' यानी यह कि हम अंग्रेजों के अन्याय के जवाब में इंग्लैंड के बने हुए हर तरह के माल का खास तौर से बहिष्कार करें। यह बायकाट एक राजनीतिक हथियार थी, इस बहिष्कार में सरकारी नौकरियाँ और खिताब भी शामिल

थे। तीसरा था 'राष्ट्रीय शिक्षा' यानी यह कि अंग्रेजों के बनाए स्कूलों और कालेजों को छोड़कर हम अपने बनाए हुए स्कूलों और कालेजों में राष्ट्रीय ढंग की शिक्षा प्राप्त करें। इसी सिलसिले में कलकत्ते में एक नेशनल कालेज और पूना में और जगह-जगह राष्ट्रीय शिक्षा संस्थाएँ कायम हुईं।

चौथा था 'स्वराज' यानी देश को आजाद करना।

उस जमाने के हिन्दी के राष्ट्रकवि पंडित माधव शुक्ल की एक प्रसिद्ध कविता की ये लाइनें हमें अभी तक याद हैं—

'जय जय श्री तिलक देव! भारत हितकारी!
स्वदेशी अरु बहिष्कार, राष्ट्रीय शिक्षा प्रचार,
हिन्द में स्वराज—चारि पंथ के पुजारी!'

उस समय देश में दो राजनीतिक दल साफ दिखाई देने लगे। एक जिसे एक्सट्रीमिस्ट, राष्ट्रीय, अथवा गरम दल कहा जाता था, जिसके मुख्य नेता तिलक महाराज, लाला लाजपतराय, श्री बिपिन चन्द्र पाल और श्री अरविन्द घोष थे, और दूसरा जो माडरेट, लिबरल या नरम दल कहलाता था, जिसके मुख्य नेता सर फीरोज शाह मेहता, श्री दिनशा ईदुलजी वाचा, पंडित मदनमोहन मालवीय और श्री गोपालकृष्ण गोखले थे। इस दूसरे दल के लोग तिलक महाराज के नए चतुर्मुखी कार्यक्रम के खिलाफ थे। कांग्रेस के अधिकतर पुराने नेता इसी दल में थे। लेकिन जनता के अन्दर देश भर में तिलक महाराज और उनके गरम दल का प्रभाव तेजी से बढ़ता जा रहा था।

अंग्रेज शासकों ने नए दल को दबाने और बंग-भंग के उद्देश्य को पूरा करने के लिए जोरदार कोशिश की, ढाका के नवाब सलीमुल्ला खाँ को चौदह लाख रुपए रिश्वत देकर मुस्लिम लीग कायम कराई गई। और उसी समय के निकट लाहौर में हिन्दू सभा की स्थापना हुई। लाहौर के जिस जलसे में हिन्दू सभा की स्थापना हुई थी उसमें हम भी मौजूद थे। हम पंजाब युनिवर्सिटी की कनवोकेशन में अपनी डिग्री लेने वहाँ गए थे।

दिसम्बर सन् 1906 में कलकत्ते में कांग्रेस का बाईसवाँ अधिवेशन हुआ। कलकत्ते की कांग्रेस में भी हमने एक स्वयंसेवक की हैसियत से भाग लिया। जनता में जोश एक हद को पहुँचा हुआ था। सरकार की चालों का उलटा असर साफ दिखाई दे रहा था। सलीमुल्ला खाँ और उनकी मुस्लिम लीग के जवाब में उनके भाई अतीकउल्ला खाँ ने कांग्रेस में खुलेआम भाग लिया। गरम दल के सौभाग्य से दादाभाई नौराजी, जो तीस साल के राजनीतिक तजरबे के बाद उसी साल इंग्लैंड से भारत आए थे, कांग्रेस के सभापति थे। दादाभाई नौरोजी ने सभापति के आसन से गरम दलवालों का खुलकर साथ दिया और कांग्रेस के मंच से इतिहास में पहली बार 'स्वराज' शब्द

का उपयोग किया। गरम दल के सब प्रस्ताव थोड़े-बहुत अदल-बदल के साथ पास हो गए, देश में जोश बढ़ता चला गया।

कलकत्ता कांग्रेस के समय पहली बार हमें तिलक महाराज से देर तक रू-ब-रू बैठकर बातें करने का सौभाग्य प्राप्त हुआ। वे उस समय श्री पद्मराज जैन के यहाँ ठहरे हुए थे। हमने तिलक महाराज से कहा कि यू.पी. और खासकर इलाहाबाद में उनके व्याख्यान होने चाहिए। उन्होंने हमारी बात का समर्थन किया। वे चाहते थे कि यू.पी. के कोई नेता उन्हें बुलाएँ। बंगाल, पंजाब और महाराष्ट्र में उन दिनों गरम दल का जोर था। यू.पी., बम्बई और मद्रास नरम दल के गढ़ थे। तिलक महाराज ने हमसे वादा किया कि कांग्रेस के दो-तीन दिन बाद वे कलकत्ते से इलाहाबाद होते हुए पूना जाएँगे और अगर इलाहाबाद में उनके व्याख्यान का प्रबन्ध हो सका तो वे उसके लिए भी तैयार रहेंगे। उन्होंने यह भी वादा किया कि अपने इलाहाबाद पहुँचने की वे हमें पहले से सूचना दे देंगे।

जहाँ तक मुझे याद है, जनवरी सन् 1907 की 6 तारीख थी। सुबह की किसी गाड़ी से तिलक महाराज इलाहाबाद पहुँचे। बहुत से विद्यार्थी और शहर के लोग उनके स्वागत के लिए स्टेशन पहुँचे। वे दारागंज में अपने दामाद श्री साने के यहाँ ठहरे। स्टेशन पर ही हमने उनसे उनके व्याख्यान की बातें छेड़ीं। उन्होंने कहा कि वे दो-एक घंटे के बाद पंडित मदनमोहन मालवीय से मिलने के लिए उनके मकान पर पहुँचेंगे और वहाँ अगर तय हआ तो व्याख्यान देंगे।

हम भी भारती भवन मालवीय जी के मकान पर पहुँच गए। वहाँ उस समय पंडित मदनमोहन मालवीय के अलावा कांग्रेस के कई बड़े-बड़े नेता तिलक महाराज से मिलने के लिए जमा थे। हमने तिलक महाराज से उनके व्याख्यान की चर्चा की। वे खुशी से राजी थे। पर वहाँ बैठे हुए अधिकतर नेता उनके व्याख्यान के खिलाफ थे और चाहते थे कि अगर तिलक महाराज इलाबाद में बोलें ही तो 'वैदिक साहित्य' पर बोलें, 'राजनीति' पर नहीं। मैंने तिलक महाराज से पूछा कि अगर मैं और मेरे साथी विद्यार्थी उनके व्याख्यान का प्रबन्ध कर सकें तो वे व्याख्यान देंगे या नहीं। वे राजी हो गए। मैंने यह भी कहा कि इलाहाबाद की जनता आपको वैदिक साहित्य पर सुनना नहीं चाहती, राजनीतिक स्थिति पर सुनना चाहती है। तिलक महाराज ने स्वीकार कर लिया।

व्याख्यान कराने की जिम्मेदारी तो हमने अपने ऊपर ले ली, लेकिन सबसे बड़ी दिक्कत हमें जगह की पड़ी। कई जगह से इनकार हो गया। आखिर इलाहाबाद ऐंग्लो बंगाली हाई स्कूल के उन दिनों के हेड मास्टर श्री नेपाल चन्द्र राय, जो एक बड़े ही नेक तबीयत और उन्नतिशील विचारों के सज्जन थे, उन्होंने अपने स्कूल के कम्पाउंड में तिलक महाराज के व्याख्यान की इजाजत दे दी। तीन विद्यार्थियों के

दस्तखत से नोटिस छपा। वह तीन थे–नागपुर के श्री एन.एम. धर्म, बरहानपुर के श्री के.पी. मिश्र और मैं। सारा प्रबन्ध चन्द घंटों के अन्दर करना पड़ा। शाम को 6 बजे बंगला स्कूल के कम्पाउंड में 'वर्तमान राजनीतिक स्थिति' पर तिलक महाराज का व्याख्यान हुआ। लगभग दो हजार आदमी रहे होंगे। तिलक महाराज जोशीले वक्ता नहीं थे। पर उनकी दलीलें अकाट्य होती थीं। एक-एक शब्द दिल की गहराई से निकलता मालूम होता था, जलसे में समा बँधा हुआ था। इलाहाबाद में तिलक महाराज का वह पहला राजनीतिक व्याख्यान था। इलाहाबाद के अन्दर और एक तरह से सारे प्रान्त के अन्दर उसने एक राजनीतिक जीवन की बुनियादें डाल दीं। अगले दिन सुबह को शहर के कुछ अखबारों में उस व्याख्यान का हाल छपा, जिनमें से एक अखबार में मुझे अब तक याद है पूरे पेज का यह हैडिंग छपा हुआ था– "The Prophet of the New School at Allahabad." यानी इलाहाबाद में नए विचारों का पैगम्बर।

तिलक महाराज के लिए मेरे दिल में भक्ति और उनके विशाल हृदय में मेरे लिए वात्सल्य दोनों बढ़ते चले गए। पत्र-व्यवहार भी होने लगा। उन्होंने मुझे पूना मिलने के लिए बुलाया। कई बार पूना में कई-कई दिन तक उनके मेहमान होने का सौभाग्य भी मुझे प्राप्त हुआ।

उनके साथ सहवास की कुछ फुटकर घटनाएँ इस समय मुझे याद आ रही हैं।

सन् 1907 की बात है। उनके बुलाने पर मैं पहली बार पूना पहुँचा। वे गायकवाड वाड़ा में रहते थे। मैं शाम के बाद पूना पहुँचा। उनके मकान पर पहुँचकर संध्या आदि से निवृत्त होकर भोजन किया। रात को हम एक ही कमरे में सोए। काफी देर तक अपने बिस्तर पर पड़े-पड़े वे मुझे देशभक्ति और आजादी की जरूरत के पाठ पढ़ाते रहे। बात करते-करते हम सो गए। सुबह उन्होंने मुझसे पहले उठकर मुझे आवाज देकर उठाया। साथ-साथ हम दोनों ने हाथ-मुँह धोया। मुँह धोते ही बगैर स्नान किए वे मुझे अपने साथ लिये-लिये अपने कमरे में आए। वहाँ वे 'मराठा' और 'केसरी' के प्रूफ देखते रहे। बीच-बीच में जो लोग आते थे उनसे बातें करते जाते। जो समय बचता उसमें मुझसे बातें करते। लगभग ग्यारह बज गए। मुझे उन दिनों दोनों समय संध्या करने की आदत थी। तिलक महाराज भी वैदिक ब्राह्मण मशहूर थे। मैं हैरान था कि उन्होंने सुबह से अभी तक संध्या क्यों नहीं की और सोच रहा था कि जब वे संध्या करेंगे तो उनके साथ ही मैं भी संध्या कर लूँगा। इतने में ही उनकी लड़की ने खाने के लिए आवाज दी। वे अब मुझे साथ लिये-लिये नहाने के कमरे में गए। हम दोनों ने साथ-साथ स्नान किया। बन्द कमरे के स्नान की आदत अभी इतनी न फैली थी। मैंने समझ लिया कि स्नान के बाद हम दोनों संध्या करेंगे और फिर भोजन।

इतने में पास के कमरे के अन्दर दो लकड़ी के पटरे लगभग एक फुट के फासले पर बराबर-बराबर रख दिए गए। बीच में एक लोटे में जल था। और उसके ऊपर एक छोटी-सी कटोरी। मैं समझ गया कि ये दोनों पटरे हम दोनों के संध्या करने के लिए हैं और जल आचमन के लिए। स्नान करके हम दोनों उन पटरों पर जा बैठे। मैं जल लेकर आचमन करने और संध्या शुरू करने को ही था कि दोनों के सामने थालियाँ आ गईं और तिलक महाराज ने मुझे प्यार के साथ कहा–"खाना शुरू करो।" मेरी हैरानी की कोई हद न रह गई। मुझे बिना संध्या किए खाना खाने की आदत न थी। मुझसे न रहा गया। मैंने फौरन उनसे पूछा–"Sir, you have not performed your Sandhya to-day?" यानी–"महाराज! आज आपने संध्या नहीं की?" उन्होंने तुरन्त हँसते हुए जवाब दिया–"And what have I been doing all this time?" यानी–"और मैं सुबह से अब तक कर क्या रहा था?" उनके वे शब्द आज तक मेरे हृदय-पटल पर अंकित हैं–"And what have I been doing all this time?" खाना खाते-खाते उन्होंने मुझे खूब समझाया। मैं समझ गया कि सचमुच अगर 'मरहठा' और 'केसरी' जैसे आजादी की लड़ाई के लिए जनता को तैयार करनेवाले पत्रों के प्रूफ देखना संध्या नहीं है, अगर लोगों से देश की स्थिति पर बातें करना संध्या नहीं है, अगर किसी नौजवान को देशभक्ति का पाठ पढ़ाना संध्या नहीं है तो हजारों वर्षों के पुराने वेद मंत्रों का उच्चारण संध्या नहीं हो सकता। उनका उस समय का यह श्लोक भी मुझे आज तक याद है–

न जले मार्जनम् संध्या न मंत्रोच्चारणादि त्रिः।
संधयिते यथा ब्रह। सा संध्या सभ्दिरूच्यते॥

यानी पानी में स्नान करने से संध्या नहीं होती, मंत्रों का उच्चारण करने से संध्या नहीं होती। जिस काम से आदमी भगवान के अधिक निकट पहुँचे वही संध्या है।

सचमुच देशसेवा और मानव सेवा से बढ़कर कोई चीज आदमी को भगवान के अधिक निकट लानेवाली नहीं है।

धार्मिक प्रश्नों पर लोकमान्य के विचार बहुत उदार थे। वे पूरे आजाद खयाल थे। वेदों के धुरंधर और विश्वमान्य पंडित होते हुए भी वे वेदों अथवा किसी किताब को अपौरुषेय या ईश्वरीय नहीं मानते थे, न वे किसी रूढ़ि, संस्कार या रीति-रिवाज के कायल थे। पूना में उनके एक बड़े प्रिय मित्र लेले शास्त्री थे। लेले शास्त्री कट्टर सनातनी विचारों के थे। लेले शास्त्री और लोकमान्य तिलक में इन प्रश्नों पर खूब तीखी किन्तु प्रेम-भरी बहसें होती रहती थीं। हमने कई बार उन बहसों को सुना है। लेले शास्त्री वेदों के अपौरुषेय होने, शिखासूत्र, खान-पान की रूढ़ियों और जात-पाँत के समर्थक थे, लोकमान्य इन सब के विरोधी। उनके मजाक भी बड़े पैने होते थे, और दलीलें अकाट्य होती थीं। वे खुद छूआछूत के बिलकुल माननेवाले न थे। उनके

उस जमाने के यू.पी. के जबर्दस्त देशभक्तों में एक खास नाम मौलाना हसरत मोहानी का था। हसरत और मैं कई बार साथ-साथ पूना में उनके मेहमान रहे थे। लोकमान्य उसी प्रेम के साथ उसी जगह बैठाकर और उन्हीं बरतनों में हसरत मोहानी को अपने साथ खाना खिलाते थे जिस तरह किसी चितपावन ब्राह्मण या किसी दूसरे को।

लोकमान्य का जीवन परस्पर विरोधों से खाली नहीं था। शायद किसी भी महापुरुष का नहीं होता। एक बार लोकमान्य पूना के किसी ईसाई मित्र के यहाँ जाकर चाय पी आए। वह जमाना बिलकुल दूसरा था। लेले शास्त्री से न सहा गया। उन्होंने पूना में ब्राह्मणों की सभा करके लोकमान्य को जात बाहर करा दिया। लोकमान्य से फिर से जात में आने के लिए पंचगव्य (गोबर आदि) खाकर प्रायश्चित (कुफारा) करने के लिए कहा गया। उन्होंने खुशी से पंचगव्य खाकर प्रायश्चित कर लिया।

मैंने उनसे पूछा कि आपने यह प्रायश्चित क्यों किया। उन्होंने एक वाक्य के अन्दर जवाब दिया–"Social reform is not my province. It will come in its own time." यानी–"समाज सुधार मेरा इस समय का काम नहीं है। समाज सुधार अपने समय पर आ जाएगा।"

एक और छोटी-सी घटना 1905 की याद आ रही है। उन दिनों समुद्र यात्रा सनातनी हिन्दुओं के लिए पाप समझी जाती थी। लोकमान्य कांग्रेस के लिए बनारस गए हुए थे। वहाँ उन्होंने चाहा कि बनारस के पंडित समुद्र यात्रा के पक्ष में व्यवस्था (फतवा) दे दें। बनारस के पंडितों में सबसे प्रभावशाली उस समय महा महोपाध्याय पंडित शिव कुमार शास्त्री थे। लोकमान्य पंडित शिव कुमार शास्त्री से उनके घर पर मिलने गए। शिवकुमारजी शाम को शायद दिशा जानेवाले थे। उनके हाथ में जल का लोटा था। खड़े-खड़े पाँच-सात मिनट बात हुई। लोकमान्य ने अपना उद्देश्य बताया। पंडित शिवकुमार शास्त्री ने आधे मिनट सोचकर उत्तर दिया–"व्यवस्था हम दे देंगे। पाँच हजार रुपए लगेंगे।" लोकमान्य यह कहकर उसी समय चले आए–"तब मुझे आपकी व्यवस्था की जरूरत नहीं है।"

कलकत्ता कांग्रेस के बाद आन्दोलन का जोर बढ़ता जा रहा था। हिन्दू और मुसलमान, पूरबी बंगाल और पश्चिमी बंगाल, भारत के सारे प्रान्त और सारी जनता आन्दोलन के साथ थी। पंजाब में लाला लाजपतराय और सरदार अजीतसिंह के नेतृत्व में क्रान्ति की लपटें जोरों से उठ रही थीं। पंजाब बहुत खतरे की जगह थी। अंग्रेज सरकार ने सबसे पहले लाला लाजपतराय और सरदार अजीतसिंह को यकायक गिरफ्तार कर देशनिकाला देकर मांडले भेज दिया। देश भर में सन्नाटा छा गया। जो नेता इस तरह के क्रान्तिकारी आन्दोलन को देश के लिए खतरनाक समझते थे उन्होंने सबसे पहले कांग्रेस को इस तरह के गरम विचारों से बचाने की कोशिश की। 1907

की सूरत कांग्रेस में, जिससे पहले ही लाला लाजपतराय और सरदार अजीतसिंह को मुँह के गरम-गरम आलुओं की तरह सरकार को छोड़ना पड़ गया था, तिलक महाराज-ही-तिलक महाराज दिखाई देते थे। उस समय तक लोकमान्य यानी 'देश भर की जनता के सबसे अधिक 'श्रद्धास्पद नेता' की उपाधि भी उनके साथ जुड़ चुकी थी। सूरत में कांग्रेस का इजलास शुरू भी न हो पाया था कि छिन्न-भिन्न हो गया। थोड़े दिनों बाद नरम दल के नेताओं ने इलाहाबाद में अपनी एक अलग कनवेन्शन की, जिससे कांग्रेस पूरी तरह फिर से उनके हाथों में आ गई। कांग्रेस अब जनता की कांग्रेस न रह गई थी। नतीजा इस रूप में साफ दिखाई दे रहा था कि सन् 1906 में कलकत्ते में कांग्रेस के अन्दर प्रतिनिधियों की तादाद 243 रह गई और लाहौर के एक मशहूर पूँजीपति की मिल को बन्द कराकर, मजदूरों को छुट्टी देकर कांग्रेस पंडाल का थोड़ा बहुत हिस्सा भरा हुआ दिखाने की कोशिश की गई।

जनता नए विचारों के साथ थी। सरकार की इन चालों के बावजूद आन्दोलन बढ़ता चला गया। सरकार को अपनी बंग-भंग की तजवीज वापस लेनी पड़ी। लेकिन उस बढ़ते हुए आन्दोलन को दबाने के लिए लोकमान्य तिलक को छह साल के लिए काला पानी भेज दिया गया।

लोकमान्य ने सजा का हुक्म सुनने के बाद अदालत में जो वाक्य कहा वह जिस किसी ने सुना या पढ़ा है उसे हमेशा याद रहेगा–

"In spite of the verdict of the Jury I still believe I am innocent. Providence may have willed that the cause I had at heart would prosper more by my suffering than by my pen or tongue."

अर्थात्–"जूरी के मेरे खिलाफ राय देने के बावजूद मैं यह मानता हूँ कि मैं निर्दोष हूँ। भगवान की यही मरजी मालूम होती है कि जिस उद्देश्य को पूरा करने की तरफ मेरा दिल लगा हुआ था उसे मेरे कलम या मेरी जबान से इतना फायदा नहीं पहुँच सकता था जितना मेरे कष्ट सहने से।"

सन् 1914 में तिलक महाराज रिहा हुए। उनके छूटते ही जनता में नई आशाएँ जाग उठीं। कांग्रेस में फिर भीड़ होनी शुरू हुई। लेकिन कांग्रेस का दरवाजा लोकमान्य जैसों के लिए बन्द था। सन् 1914 और 15 की कांग्रेसों में चाहते हुए भी वह नहीं जा सके। अन्त में नेताओं को नियम बदलने पड़े। सन् 1916 की लखनऊ कांग्रेस में आठ बरस के बाद फिर से लोकमान्य तिलक ने हिस्सा लिया। उस साल कांग्रेस में प्रतिनिधियों की तादाद 2,301 और अगले साल 4,967 थी।

लखनऊ कांग्रेस की एक छोटी-सी घटना हममें से बहुत-सों के लिए आज भी काफी शिक्षाप्रद है। हिन्दू-मुस्लिम सवाल पर लोकमान्य के रुख का उससे और खासा पता चलता है।

उस समय तक अंग्रेज चुनावों और सीटों के झगड़े देश में खड़े करके हिन्दू और मुसलमानों के बीच लड़ाई की एक नई बुनियाद डाल चुके थे। ठीक आँकड़े मुझे इस समय याद नहीं। बात लगभग यह थी कि जिन्ना साहब मुसलमानों के लिए कुछ अधिक सीटों पर अड़े हुए थे, जो हिन्दू नेताओं को बेजा और हिन्दुओं के साथ अन्याय दिखाई देता था। श्री पद्मराज जैन और कुछ हिन्दू नेता लोकमान्य के पास पहुँचे। उनसे सारी बात कही। लोकमान्य ने, जितनी सीटें जिन्ना साहब माँग रहे थे उससे कहीं अधिक यानी पचास फीसदी सीटें मुसलमानों को देने की हिन्दुओं को सलाह दी। हिन्दू नेता हैरान हो गए। बहस होने पर लोकमान्य ने कहा–"Now I shall say give them cent percent of seats in all Legislatures. So long as I can wrench power from the British I do not care who gets it in India."

अर्थात्–"अब मैं यह कहूँगा कि सब धारा सभाओं में मुसलमानों को सौ फीसदी सीटें दे दो। अगर मैं अंग्रेजों के हाथों से शक्ति छीन सकूँ तो मुझे इसकी कोई परवाह नहीं कि भारत में वह शक्ति किसके हाथों में जाती है।"

लोकमान्य की सन् 1916 की उस भावना में और पाँच साल बाद की महात्मा गांधी की उस बात में जो उन्होंने दिल्ली में मुसलमान नेताओं के हाथों में 'कोरा चेक' दे देने की कही थी कोई फर्क नहीं है। अपने देश के पचास साल के राजकाजी जीवन से और खासकर उसके हिन्दू-मुस्लिम पहलू से हम अच्छी तरह वाकिफ हैं। अनेक हिन्दू-मुस्लिम एकता कान्फ्रेंसों का इतिहास आँखों के सामने रखकर हमें बड़े दर्द के साथ यह कहना पड़ता है कि अगर देश और सब हिन्दू नेताओं में भी इतनी उदारता, उनके हृदयों में इतनी विशालता और खुद हिन्दुओं के भले-बुरे की इतनी समझ होती तो न मुस्लिम लीग पैदा हो सकती थी और न देश के दो टुकड़े हो सकते थे। पर इन बातों में अभी भी हमारे दिल और दिमाग साफ नहीं हैं।

पहले महायुद्ध के फलस्वरूप देश में जागृति और आजादी की प्यास बढ़ती गई। 'होमरूल' यानी स्वराज्य प्राप्त करने के लिए दो होमरूल लीगें कायम हुईं। एक डॉक्टर ऐनी बीसेंट की, दूसरी लोकमान्य तिलक की। मेरे अपने दिल में शुरू से डॉक्टर ऐनी बीसेंट का भी बड़ा आदर था। लोकमान्य देश के स्वतन्त्रता संग्राम के सबसे बड़े नेता था। उन्होंने बड़े प्रेम के साथ मुझे अपनी होमरूल लीग का यू. पी. के लिए आर्गेनाइजिंग सेक्रेटरी नियुक्त किया।

आजादी की बढ़ती हुई प्यास को दबाने के लिए इस बार 'रौलेट कानून' नाम के मशहूर काले कानून पास हुए, देश भर ने उनका विरोध किया। उस तरह की होमरूल लीगों के लिए अब देश के बढ़ते हुए उत्साह से काम ले सकना कठिन हो गया। महात्मा गांधी दक्षिण अफ्रीका से लौट चुके थे। उन्होंने देश के मान को फिर

से कायम करने और स्वराज्य की प्राप्ति के लिए सत्याग्रह का हथियार लोगों के हाथों में दिया।

महात्मा गांधी का तरीका बिलकुल नया तरीका था। दुनिया बदल चुकी थी। नई जागृति, नए तरीकों की जरूरत थी। मालूम होता था कि लोकमान्य का काम पूरा हो चुका। मैं और भाई मंजर अली सोख्ता सरदार गृह बम्बई में लोकमान्य से मिलने गए। हम दोनों गांधीजी से बातें कर चुके थे। हमने गांधीजी का प्रोग्राम लोकमान्य के सामने रखा। वह पूरी तरह गांधीजी से सहमत नहीं हो पा रहे थे। फिर भी उन्होंने हमसे कहा–''गांधीजी को जाकर मेरी तरफ से सन्देश दे दो कि देश के स्वतन्त्रता संग्राम की बाग मैं पूरी तरह उनके हाथों में सौंप रहा हूँ। मेरा आशीर्वाद उनके साथ है।''

पहली अगस्त को महात्मा गांधी ने अपने आन्दोलन के शुरू करने के लिए देशव्यापी हड़ताल के लिए एलान किया था। उस तरह की हड़ताल इस देश के इतिहास में पहले कभी नहीं हुई थी। देश की एकता और बच्चे-बच्चे के अन्दर आजादी की लगन का उससे बढ़कर सबूत नहीं मिल सकता था। हिन्दुस्तान भर के किसी गाँव में भी उस दिन हल नहीं चलाया गया। लेकिन वह हड़ताल मातमी हड़ताल में बदल गई। ठीक 31 जुलाई और 1 अगस्त के बीच की रात को बम्बई में लोकमान्य तिलक का स्वर्गवास हो गया। बिलकुल ऐसा मालूम होता था कि कोई दैवी शक्ति इस छोटे-से संसार के चक्र को चला रही है। भारत के स्वतन्त्रता संग्राम के एक महत्त्वपूर्ण युग का अन्त हुआ और दूसरे युग का उदय।

महात्मा गांधी, लोकमान्य तिलक की महानता को समझते थे। अपने संग्राम के लिए उन्होंने जो एक करोड़ से ऊपर धन जमा किया उसका नाम उन्होंने 'तिलक स्वराज्य फंड' रखा। स्वराज्य शब्द अथर्ववेद के पृथ्वी सूक्त में आता है। लोकमान्य ने उसे पहले-पहल देश का लक्ष्य तय किया। दादाभाई नौरोजी ने उसे कांग्रेस का मकसद करार दिया। लोकमान्य ने उसे देश के कोने-कोने तक पहुँचाया। उस तक देश को पहुँचाने का श्रेय महात्मा गांधी को मिला। परन्तु लोकमान्य तिलक का नाम भारत के स्वतन्त्रता संग्राम के इतिहास में सदा के लिए अमर रहेगा। वे इस देश के पहले 'जननेता' थे। सचमुच वे 'भारतीय क्रान्ति के जन्मदाता' थे।

गोखले : यादें

यह बात सन् 1905 की है। भारतीय राष्ट्रीय कांग्रेस का अधिवेशन बनारस में होनेवाला था। श्री गोपालकृष्ण गोखले इसके अध्यक्ष थे। मैं उस समय इलाहाबाद में वकालत पढ़ रहा था। बनारस अधिवेशन के लिए मैंने अपना नाम कांग्रेस स्वयंसेवकों में लिखा दिया था। मनोनीत अध्यक्ष का स्वागत करने के लिए हम लोग रेलवे स्टेशन पर पहुँचे। इस स्वागत में शामिल होने के लिए हजारों की भीड़ वहाँ जमा हो गई थी। गाड़ी आई। श्री गोखले का स्वागत 'वन्देमातरम्', 'भारत माता की जय', 'श्री गोपालकृष्ण गोखले की जय' के नारों से किया गया।

लालधारी की मराठी पगड़ी, पारसी कट का बन्द गले का कोट और काली पतलून–उनका यह वेश मुझे अभी तक याद है। सुन्दर सजी हुई बग्घी में उन्हें बैठाया गया। हममें से कुछ ने, जिनमें प्रायः युवक ही थे, इस बात पर जोर दिया कि घोड़े निकाल दिए जाएँ और हम स्वयं गाड़ी खीचेंगे। ऐसा ही किया गया। रेलवे स्टेशन से लेकर कांग्रेस अधिवेशन के स्थान तक बनारस के बाजारों में से बग्घी के पायदान पर मैं खड़ा रहा और ऊपर कहे गए नारे लगाता रहा।

मुझे अभी तक याद है कि इस जुलूस की सारी अवधि में श्री गोखले बार-बार मेरी ओर स्नेहभरी आँखों से देखते और कहते–"तुम्हारा गला जरूर थक गया होगा।"

कांग्रेस अधिवेशन में मुझे उनसे मिलने और बातचीत करने के अनेक अवसर मिल गए। सच तो यह है कि मैं ऐसे अवसर स्वयं ही किसी प्रकार निकाल लेता था।

यह वह समय था जब भारत के राजनीतिक विचारक दो विभिन्न दलों में बट रहे थे। आमतौर पर जिन्हें नरम दल और गरम दल कहा जाता था। युवक अपने आपको क्रमशः उदार और राष्ट्रवादी कहलाना अधिक पसन्द करते थे। शीघ्र ही श्री गोखले प्रमुख नरम दली और श्री लोकमान्य प्रमुख गरम दली माने जाने लगे थे। श्री तिलक के दर्शन मैं इससे छह वर्ष पूर्व ही लाहौर में कर चुका था और एक प्रकार से उनका शिष्य हो चुका था।

बनारस अधिवेशन में एक विचाराधीन प्रस्ताव यह था कि 1906 के आरम्भ में भारत आनेवाले ब्रिटिश युवराज का स्वागत किया जाए या न किया जाए। इस पर काफी गरमागरम बहस हुई। श्री गोखले इस प्रस्ताव के पक्ष में थे। उनके भाषण में जहाँ एक ओर मधुर तर्क और युक्ति थी, वहाँ उसमें गहरी और सच्ची देशभक्ति भी ओतप्रोत थी। इस प्रस्ताव के मुख्य विरोधी लोकमान्य तिलक और लाला लाजपतराय के मुख से निकले दो वाक्य अभी तक मेरे कानों में गूँज रहे हैं। लोकमान्य के शब्द थे–"अभी तक हम बहुत अधिक राजभक्त थे, अब हमें अपनी राजभक्ति कम करनी चाहिए।"

लालाजी के शब्द थे–"युवराज यहाँ से जाएँ और अपने पिता से कहें कि भारतीय हृदयों में उनके लिए कोई स्वागत भावना नहीं है।" स्वभावतः इस प्रकार के उद्गार मुझ जैसे नौजवानों को अधिक अपील कर रहे थे।

इसके बाद के वर्षों में जनता को अपनी ओर खींचने के लिए नरम और गरम दोनों दलों के बीच खींचतान बढ़ने लगी। इलाहाबाद गरम दल का एक महत्त्वपूर्ण केन्द्र था। विश्वविद्यालय के कुछ छात्रों के साथ परामर्श कर मैंने गरम दल के तीन नेताओं–लोकमान्य तिलक, बिपिनचन्द्र पाल और लाला लाजपतराय, जो उस समय लाल-बाल-पाल के नाम से प्रसिद्ध थे, को एक-दूसरे के बाद आमन्त्रित किया। इन तीनों के भाषणों का बड़ा गहरा प्रभाव पड़ा। इस प्रभाव को मिटाने के लिए नरम दलवालों ने श्री गोखले को निमन्त्रित किया। मुझे याद है, जब कायस्थ पाठशाला हाल में उनका भाषण हुआ मैं मुश्किल से उनसे दो गज दूर बैठा था। मैंने बड़ी श्रद्धा से उन्हें नमस्कार किया और उन्होंने भी स्नेह के साथ उसे स्वीकार किया। अपने इस भाषण में उन्होंने निर्भयता के साथ घोषणा की कि अगर ब्रिटेन द्वारा भारत को स्वशासन देने के उपाय विफल हो जाएँ तो जनता को अधिकार है कि वह अन्य उपायों का आलम्बन करे, जैसे–कर न देना। पर फिलहाल किसी भी प्रकार की सीधी कार्यवाही की अपेक्षा मैं विशुद्ध संवैधानिक उपायों का पक्षपाती हूँ।

इसी अवसर पर इलाहाबाद में श्री सच्चिदानन्द सिन्हा के निवास स्थान पर श्री गोखले का स्वागत किया गया। मैं भी आमन्त्रित किया गया था। एक प्रमुख नरम दलीय नेता मुझे खींचकर श्री गोखले के पास ले गए और बोले कि इन्हें यह सलाह दें कि जब तक ये छात्र हैं, तब तक राजनीति से दूर रहें। मुझे गौरव के साथ यह याद है कि किस प्रकार श्री गोखले ने नरम दलीय सज्जन को अनुग्रहीत करने के बदले मेरे साहस और मेरी देशभक्ति की प्रशंसा करते हुए अपनी यह निश्चित सम्मति प्रकट की कि राष्ट्रीय आन्दोलन का निर्माण केवल युवकों के उत्साह और त्याग पर ही हो सकता है। यहाँ यह उल्लेखनीय है कि बाद में उन्होंने स्पष्ट रूप से

मुझे यह समझाया कि लोकमान्य तिलक सदृश लोगों का अनुकरण करना छोड़कर संवैधानिक उपायों का अवलम्बन करूँ।

उसके बाद के वर्षों में मुझे श्री गोखले से कई प्रतिभाशाली युवकों का परिचय कराने का अवसर मिला, जो उनकी 'सर्वेंट्स ऑफ इंडिया सोसाइटी' के सदस्य बनना चाहते थे। पर जितनी बार भी मैं श्री गोखले से इस सम्बन्ध में मिला, वह हमेशा स्नेह के साथ मुझे यही कहते–"तुम दूसरों को ही लाते हो। खुद क्यों नहीं आते। मैं तुम्हें इस सोसाइटी में लाना चाहता हूँ।"

मुझे खेद के साथ वह अन्तिम अवसर याद है जब मैं श्री गोखले से मिला था। सम्भवतः यह 1915 का प्रारम्भ था। उन दिनों मैं शिमला के पास सोलन में सोमेश्वरानन्द के छद्म नाम से संन्यासी के रूप में रहता था। मैं पूना अपने गुरु लोकमान्य तिलक से उनके निवास स्थान गायकवाड वाड़ा में मिलने गया था। एक दिन शाम को श्री गोखले के निवास स्थान पर उनके प्रति सम्मान प्रकट करने गया। उस समय वे बीमार थे। सम्भवतः यह उनकी अन्तिम बीमारी थी। वह अपने छोटे बंगले के सामने घूमनेवाली आरामकुर्सी पर बैठे थे और मैं लकड़ी की कुर्सी पर। बातचीत में उन्होंने मुझसे फिर अपील की कि मैं तथाकथित गरम विचारों और क्रान्तिकारी तरीकों को छोड़ दूँ और उनके बताए संवैधानिक उपायों से उनके परामर्श के अनुसार काम करूँ। वह और भी आगे बढ़े। उन दिनों स्वभावतः मैं सरकार की आँखों में खटकता था। गुप्तचर मेरा पीछा कर रहे थे। श्री गोखले को यह सब मालूम था। उन्होंने कहा कि अगर मैं उनकी सलाह मानने को तैयार होऊँ तो वह संयुक्त प्रान्त के अंग्रेज लेफ्टिनेंट गवर्नर को पत्र लिख देंगे और मेरे विरुद्ध सब प्रकार के संशय खत्म करा देंगे। उस समय किसी प्रकार का स्पष्ट उत्तर मैंने नहीं दिया क्योंकि मुझे भय था कि कहीं मेरे उत्तर का उनके स्वास्थ्य पर प्रभाव न पड़े। मैंने उन्हें वचन दिया कि मैं उनकी सलाह पर विचार करूँगा। इसके बाद मैंने उनसे विदा माँगी। मुझे जाने की स्वीकृति देने से पहले उन्हांने कहा–"मैं बलवन्त राव (लोकमान्य तिलक) से भी सलाह कर लूँ और इसके बाद अपने भविष्य का मार्ग निश्चित करूँ। पर मैं उनसे (लोकमान्य तिलक से) यह न कहूँ कि उन्होंने (श्री गोखले) अंग्रेज लेफ्टिनेंट गवर्नर को लिखने के बारे में कुछ कहा है।" मैंने यह वचन दिया और वहाँ से चला आया।

गायकवाड वाड़ा से वापस आने पर मैं उलझन में फँस गया। मैंने श्री गोखले को वचन दिया था कि वह खास बात लोकमान्य को नहीं बताऊँ। पर लोकमान्य मेरे राजनीतिक गुरु थे। मैं उनसे कोई चीज छिपा नहीं सकता था। मैंने निश्चय किया कि उन्हें सब बात बता दूँगा। मैंने उनसे यह भी कह दिया कि मैंने श्री गोखले को बचन दिया था कि यह खास बात किसी भी व्यक्ति को नहीं बताऊँगा। मैंने

लोकमान्य से भी अनुरोध किया कि यह बात किसी से न कहें। हम दोनों उस रात सो गए।

अगले दिन प्रातः लोकमान्य ने मुझे अध्ययन कक्ष में अपने साथ बैठाया। हम बीच-बीच में बातें करते रहे और इतने में भोजन का समय हो गया। इस अवधि में कई लोग लोकमान्य से मिलने के लिए एक के बाद एक क्रम से आते रहे। उनमें हर एक से लोकमान्य कहते–''क्या आप जानते हैं कि गोपाल राव (गोपालकृष्ण गोखले) ने सुन्दरलाल से क्या कहा है।'' इसके बाद वह सारी बात मिलनेवालों से कह देते जिसमें वह चीज भी शामिल थी जिसके बारे में मैंने श्री गोखले को किसी को न कहने का वचन दिया था। मैं घबरा गया और हर बार अपने अन्दर हीनता का अनुभव करने लगा।

आज भी लगभग आधी सदी के बाद जब मैं इस घटना का स्मरण करता हूँ तो जैसे दिल में कोई तेज चुभन होती है। मैं अपने को अपराधी अनुभव करने लगता हूँ।

मैंने यह बात लोकमान्य तिलक को क्यों बताई। श्री गोखले के प्रति क्या मैं प्रतिज्ञा-भंग का अपराधी नहीं था। मैं अनुभव करता हूँ जरूर अपराधी था। पर क्या मैं ऐसी बातें अपने राजनीतिक गुरु और पथप्रदर्शक से छिपाकर रख सकता था। अभी तक इस मामले में अस्पष्ट हूँ और खेद के साथ इस समय भी इस स्थिति में हूँ।

मैं अब यहाँ पर यह कहे बिना नहीं रह सकता कि मेरे जीवन में जितने व्यक्ति आए हैं उनमें ऐसे मामलों में जहाँ श्री गोखले सदा सावधान थे, वहाँ इसके विपरीत लोकमान्य अत्यन्त असावधान थे जिनसे मुझे कभी पाला पड़ा है। यही एक घटना उदाहरण स्वरूप है। मैं और भी उदाहरण दे सकता हूँ। पर मुझे अपने पर रोक लगानी होगी। तिलक और गोखले परस्पर विरोधी और विलक्षण व्यक्ति थे। अपने विश्वासों में लोकमान्य नास्तिक थे। व्यक्तिगत रूप से वे किसी जाति या अस्पृश्यता में विश्वास नहीं करते थे। किसी प्रकार की भी साम्पद्रायिक संकीर्णता से वे ऊपर थे। उनके उतने ही मुस्लिम अनुयायी और प्रशंसक थे, जितने हिन्दू थे। फिर भी वे अपने राजनीतिक उद्देश्यों के लिए गणपति उत्सव तथा अन्य ऐसे अवसरों को प्रयोग में ला सकते थे। ईसाई मिशनरियों के साथ शाम को चाय पीकर वे अगले दिन गोमूत्र के साथ प्रायश्चित करने को तैयार हो जाते थे क्योंकि पूना के कुछ ब्राह्मण उनके इस प्रकार चाय पान पर ऐतराज करते थे।

श्री गोखले भी हिन्दू-मुस्लिम एकता के कट्टर पक्षपाती थे और सब प्रकार की साम्पद्रायिक अथवा किसी भी प्रकार की अस्पृश्यता से मुक्त थे। पर वे ऐसा प्रायश्चित करने को कभी तैयार नहीं होते थे और न ही कभी गणपति उत्सव जैसे

समारोह के साथ इस रूप में अपने को जोड़ते थे। मैं समझता हूँ कि इन दोनों व्यक्तियों के चरित्र में जो विरोध है, इसके बारे में मैं पहले ही काफी कह चुका हूँ।

फिर भी लोकमान्य की योग्यता मेरी दृष्टि में बढ़-चढ़कर विशेष रूप से अंकित है। जहाँ श्री गोखले भारतीय राष्ट्र के एक महान निर्माता थे, वहीं निःसन्देह लोकमान्य सबसे महान भारतीय और अपने समय के सबसे बड़े स्वतन्त्रता योद्धा थे।

श्री अरविन्द

श्री अरविन्द से हमारा सबसे पहला परिचय सन् 1907 में हुआ था। रूस-जापान युद्ध में जापान रूस को हरा चुका था। रूस उस समय फौजी निगाह से दुनिया का बहुत ताकतवर देश गिना जाता था। जापान पिछड़े हुए एशिया का एक छोटा-सा देश था। लगभग तीन सौ बरस की यूरोप की चकाचौंध में वह पहला मौका था कि एक छोटी सी एशियाई कौम ने एक इतने बड़े यूरोपियन राष्ट्र को जंग में नीचा दिखाया। कुदरती तौर पर एशिया और यूरोप दोनों में लोगों पर उसका गहरा असर हुआ। एशिया में जगह-जगह बेदारी के नए चिह्न दिखाई देने लगे। यूरोप भर की पत्र-पत्रिकाएँ रूस-जापान युद्ध पर तरह-तरह की टीका-टिप्पणियों से भर गईं। किसी-न-किसी रूप में यह सब स्वीकार करते थे कि न्याय जापान की ओर था। फिर भी हमें आज तक एक प्रसिद्ध यूरोपीय समाचार-पत्र के ये शब्द याद हैं–"Justice was on the side of Japan, but after all the question is between the East and the West."

अर्थात्–"न्याय जापान की ओर था, लेकिन कुछ भी हो सवाल पूरब और पश्चिम का है।"

हमारे देश पर भी जापान की जीत का गहरा असर पड़ना स्वाभाविक था। बंगाल उस समय देश के राजनीतिक जीवन का सबसे बड़ा केन्द्र था। कलकत्ता सारे हिन्दुस्तान की राजधानी था। देश की आजादी चाहनेवालों की मुरझाई हुई आशाओं में जापान की जीत से एक नई जान पड़ी। बंगाल और खासकर कलकत्ते के अन्दर इस नए जीवन के सबसे अधिक चिह्न दिखाई दिए।

अंग्रेज सरकार इस सारी स्थिति को देख रही थी और उसके आगे के नतीजों को भी समझती थी। पिछले डेढ़ सौ बरस के अन्दर आजादी की कोशिशों के खिलाफ एक ही हथियार ने उसे सबसे अधिक काम दिया था। वही हथियार फिर काम में लाया गया। बंगाल के बल को तोड़ने के लिए तुरन्त बंगाल के दो टुकड़े कर दिए गए, एक पश्चिमी बंगाल और दूसरा पूर्वी बंगाल यानी एक हिन्दू बंगाल और दूसरा मुस्लिम बंगाल।

घाव अभी ताजा था। खून में नई गरमी थी। देश भर ने उस घाव की पीड़ा को महसूस किया। सारे देश में और खासकर बंगाल में बंगाल के दो टुकड़े किए जाने के खिलाफ एक जोरदार आन्दोलन शुरू हो गया। उसके साथ-साथ आजादी की प्यास और ज्यादा जोरों के साथ भड़कने लगी। हिन्दू-मुस्लिम एकता के भी वह वह दृश्य देखने को मिले जिनकी याद महात्मा गांधी के आन्दोलन के शुरू के दिनों में ही फिर ताजा हो सकी।

श्री अरविन्द बड़ोदा कालेज में वाइस प्रिंसिपल थे। उन्हें उस समय शायद सात सौ रुपए मासिक वेतन मिलता था। वह तुरन्त अपनी नौकरी से इस्तीफा देकर कलकत्ते पहुँचे। कालेज स्क्वेयर के पास एक छोटे-से मकान में उन्होंने रहना शुरू कर दिया। कलकत्ते पहुँचते ही देश की आजादी के नाम पर उन्होंने दरिद्र व्रत—गरीबी का अहद धारण किया। उन्हीं दिनों उसी मकान के अन्दर हमारी-उनकी पहली मुलाकात हुई। वह एक छोटे-से कमरे में नंगी जमीन के ऊपर एक चटाई बिछाकर उस पर सोते थे। कमरे में एक छोटी-सी लकड़ी की बेंच औरों के लिए रखी हुई थी। कुरसी या किसी और सामान का वहाँ निशान तक न था। अरविन्द बाबू की उन दिनों की जिन्दगी सादा ही नहीं हद दर्जे की तपस्या की जिन्दगी थी।

उनकी उस सादगी, गरीबी और तपस्या की एक छोटी-सी घटना हमें याद आ रही है। पैसे की कमी के कारण वह अब अपनी पत्नी को अपने साथ न रख सकते थे। इसलिए मजबूर होकर पत्नी को उन्होंने उसके मैके भेज दिया। मैके में उसे मामूली खाने-पीने की कमी न थी। पर ऊपर के छोटे-मोटे खरचों की दिक्कत थी। पत्नी ने एक बड़ा दर्द भरा खत अरविन्द बाबू को लिखा जिसमें उसने इन छोटे-मोटे खरचों के लिए केवल दस रुपए महीने की माँग की। अरविन्द बाबू का जवाब उससे भी अधिक दर्द भरा था। दोनों पत्र कुछ दिनों के बाद उस समय के अखबारों में भी छप गए थे। अरविन्द बाबू ने अपनी पत्नी को जवाब दिया—"मैं देश की आजादी के लिए दरिद्र व्रत ले चुका हूँ, मेरे पास दस रुपए कहाँ? जिस तरह हो अब अपने दिन काटो!"

देश की अधिकतर जनता को श्री अरविन्द का परिचय सबसे पहले उनके अंग्रेजी दैनिक 'वन्दे मातरत्' से मिला। 'वन्दे मातरम्' उन दिनों देश की आजादी का सबसे बड़ा समर्थक और देश के सबसे गरम क्रान्तिकारी अखबारों में से था। यदि कोई और पत्र इस बारे में उससे टक्कर लेता था तो बंगला भाषा का 'युगान्तर'। 'वन्दे मातरम्' के अन्दर अरविन्द बाबू की लेखनी से निकले हुए लेखों में ऊँची-से-ऊँची धार्मिकता और देश की आजादी की गहरी-से-गहरी लगन दोनों का एक अजीब मेल होता था। 'वन्दे मातरम्' के अन्दर अरविन्द बाबू के और श्री श्याम सुन्दर चक्रवर्ती के लेखों ने उन दिनों उत्तर से दक्षिण तक और पूरब से पश्चिम तक सारे देश के अन्दर एक

अजीब आग भड़का दी। हमें याद है कि किस तरह देश के नगर-नगर में हजारों लोग प्रतिदिन 'वन्दे मातरम्' को पढ़ने के लिए कलकत्ते से आनेवाली डाक की तरफ टकटकी लगाए बैठे रहते थे। 'वन्दे मातरम्' महात्मा गांधी के 'यंग इंडिया' की तरह खबरों के लिए नहीं केवल अपने लेखों के लिए पढ़ा जाता था।

'वन्दे मातरम्' जैसा पत्र बहुत दिनों नहीं चल सकता था। जब उसे बन्द करना पड़ा तो अरविन्द बाबू ने अंग्रेजी और बंगला दोनों में अपने विचारों के प्रचार के लिए साप्ताहिक 'कर्मयोगिन्' निकाला। 'कर्मयोगिन्' ही के मार्ग पर चलते हुए हमें भी 1909 में हिन्दी में पहले पाक्षिक और फिर साप्ताहिक 'कर्मयोगी' निकालने का सौभाग्य मिला था। अखबार निकालना उस जमाने के देशसेवकों के लिए कोई पेशा नहीं था। केवल एक पवित्र मिशन था। इस तरह के पत्रकारों का पथ काँटों से भरा हुआ रहता था।

अरविन्द बाबू की धार्मिकता में किसी तरह की भी संकीर्णता नहीं थी। उनका एक लेख 'मातृदर्शन' हमें अभी तक याद है। मातृदर्शन का अर्थ है माता यानी भारतमाता का दर्शन। उस मार्मिक लेख में अरविन्द बाबू ने लिखा था कि उस समय से पहले अनेक महापुरुषों ने माता के दर्शन करने की कोशिश की, पर उन्हें माता के समग्र यानी मुकम्मिल दर्शन प्राप्त नहीं हो सके। उन्होंने लिखा था कि शिवाजी ने माता के दर्शन करने की काशिश की, पर उन्हें भारतमाता की जगह केवल हिन्दू माता के ही दर्शन मिल सके। गुरु गोविन्दसिंह ने माता के दर्शन करने की कोशिश की पर उन्हें भारतमाता की जगह पंचनद (पंजाब) माता के ही दर्शन हो सके, बंकिम बाबू ने माता के दर्शन करने की कोशिश की, उन्हें भारतमाता की जगह केवल बंग (बंगाल) माता के ही दर्शन हो सके, भारतमाता के सम्पूर्ण (मुकम्मिल) रूप के दर्शन करने का सौभाग्य आजकल (1907) की भारत राष्ट्रीयता को ही प्राप्त हो सका। अरविन्द बाबू के मुसलमान शिष्यों में कलकत्ते के मौलवी विलायत हुसैन और अलीगढ़ के मौलाना हसरत मोहानी के नाम खास थे। दोनों की जिन्दगी आदर्श तपस्या की जिन्दगी थी। दोनों साम्प्रदायिक एकता के जबर्दस्त विश्वासी और हामी थे।

'वन्दे मातरम्' के जरिए आजादी के सच्चे मतवालों की एक तादाद सामने आते ही अरविन्द बाबू ने देश में सबसे पहले गुप्त क्रान्तिकारी दल का संगठन किया। अंग्रेजी शब्दों में वह दल 'टैररिस्ट' दल था। जगह-जगह देश में उसकी शाखाएँ थीं। श्री अरविन्द उसके प्रधान संचालक और मार्गदर्शक थे। इस काम में पूना में बैठे हुए लोकमान्य बाल गंगाधर तिलक और कलकत्ते में बैठे हुए श्री अरविन्द दोनों में जबर्दस्त और गहरा सम्बन्ध था। कई गुप्तचर देश की अलग-अलग शाखाओं के बीच आने-जाने लगे और आदेश लाने-ले जाने का काम करते थे। श्री ज्योतिन बोस

कलकत्ता और इलाहाबाद के बीच की कड़ी थे। उनका आना-जाना इतना बढ़ा हुआ था कि कभी-कभी ऐसा लगता था कि उनका एक पाँव कलकत्ते में है और दूसरा इलाहाबाद में।

देश के ऊँचे-से-ऊँचे और दूर-दूर के कोनों में भी अरविन्द बाबू की इस चेष्टा का बिजली-सा असर था। हम यहाँ एक-दो छोटी-छोटी घटनाएँ बयान करना चाहते हैं। कृष्ण मिल, ब्यावर के मालिक नौजवान सेठ दामोदरदास जी राठी ने स्वयं हमसे मिलकर अरविन्द बाबू के दर्शन की इच्छा प्रकट की। वह हमारे जरिए अरविन्द बाबू से मिलना चाहते थे। इस तरह का मिलना उन दिनों खास तरीकों से और छिपकर ही हो सकता था। हमने अपनी शर्त राठी जी के सामने रख दी—एक साल की कृष्ण मिल की पूरी बचत सेठ दामोदर दास राठी ने बड़े हर्ष और उत्साह के साथ मंजूर कर ली। हिसाब देखा गया। पहले साल की पूरी बचत लगभग पौने दो लाख रुपए की होती थी। हम दोनों कलकत्ते गए। किसी तरह अरविन्द बाबू के यहाँ पहुँचे। दामोदर दास राठी के लिए यह बहुत बड़ा खतरा मोल लेना था। अगर कहीं सरकार के गुप्तचरों को पता चल जाता तो इतने ही में उनकी सारी मिल और सारी सेठाई का खात्मा हो जाता। हम दोनों अरविन्द बाबू के चरण छूते हुए बड़ी गहरी भावुकता के साथ, जिसे कभी भूला नहीं जा सकता, वह पौने दो लाख से ऊपर की रकम नकद अरविन्द बाबू के चरणों में रख दी।

दूसरी खास घटना—हमें अजमेर के पास की छोटी-सी रियासत खरबा के राजा ठाकुर गोपाल सिंह राठौर की याद आ रही है। ठाकुर गोपाल सिंह राठौर ने महाराजा जयपुर, महाराजा जोधपुर और महाराजा बीकानेर जैसों को भी, जिनमें से कुछ के साथ उनकी नजदीक की रिश्तेदारियाँ थीं, देश की आजादी के उन क्रान्तिकारी प्रयत्नों में शामिल करने की कोशिश की थी। इन सब कोशिशों के लिए उन्हें अंग्रेज सरकार का जबर्दस्त कोपभाजन (गुस्से का निशाना) बनना पड़ा था। जाहिर है ठाकुर गोपाल सिंह राठौर को अपने इन प्रयत्नों में सफलता न मिल सकी। हम उनकी नजरबन्दी के दिनों में भी उस किले के अन्दर, जिसमें वह नजरबन्द थे, छिपकर उनसे जाकर मिले थे। नजरबन्दी के बाद भी वह कुछ दिनों जीवित रहे। पर आखिर दम तक उनकी उस आन में जरा-सा भी फरक नहीं आया।

मुजफ्फरपुर में तीन अंग्रेजों पर बम फेंकने वाला खुदीराम बोस और विश्वासघातक सरकारी गवाह नरेन्द्र गोस्वामी को जेलखाने में शूट करनेवाला कन्हाईलाल दत्त दोनों अरविन्द बाबू के उस आन्दोलन की ही उपज थे। कन्हाईलाल दत्त के उस कारनामे की सराहना में अपने अखबार के अन्दर अरविन्द बाबू का खुला लेख दुनिया के क्रान्तिकारी साहित्य में बड़ी जगह रखता है। कन्हाई के शरीर के फुँक जाने पर केवल उसके शरीर की भस्म में ही नहीं उस जमीन के नीचे तक मिट्टी

भी हजारों तावीजों में लिपटकर हजारों ही बंगालियों और गैर बंगालियों के गलों में श्रद्धा और आदर के साथ पड़ी थी।

जाहिर है यह सब मामला देर तक न चल सकता था। उसका इतने दिनों चलना भी एक दैवी चमत्कार ही मालूम होता था। अरविन्द बाबू को पहले लगभग एक साल हवालाती की हैसियत से जेलखाने में रहना पड़ा और फिर सन् 1910 के शुरू में कलकत्ता छोड़कर फ्रांसीसी इलाके के अन्दर शरण लेनी पड़ी। जिस दिन वह कलकत्ते से किसी तरह निकले, उस दिन कलकत्ते में लगभग पाँच घंटे हम उनके साथ थे।

कलकत्ता छोड़ने के कुछ दिनों के बाद श्री अरविन्द ने पांडिचेरी पहुँचकर वहाँ अपने आश्रम की बुनियाद डाली। वह आश्रम बढ़ा, एक अन्तर्राष्ट्रीय संस्था बना और दुनिया भर की नजरों में चमका। दुर्भाग्यवश हमारा निजी सम्बन्ध उनके पांडिचेरी पहुँचने से पहले ही उनसे टूट चुका था। पर योगी अरविन्द की पांडिचेरी की कीर्ति ने दुनिया को यह साबित कर दिया कि भारत की जो आत्मा अपने देश की आजादी के लिए बेचैन थी, मानव एकता की भी वह उतनी ही विश्वासी थी। इस एकता के लिए भी उसमें उतनी ही गहरी लगन थी। किसी तरह की संकीर्ण राष्ट्रीयता आजकल के अर्थों में उसे छू नहीं गई थी।

भारत ऊँचे-से-ऊँचे अर्थों में एक धर्मपरायण देश है। उसे आत्मा और आत्मा की एकता में अमिट विश्वास है। अलग-अलग देशों, राष्ट्रों, सम्प्रदायों, जातियों और नस्लों की दीवारों से जितनी जल्दी हो सके वह ऊपर उठने के लिए बेचैन है। मानव एकता, जीवन की एकता, बल्कि अस्तित्व (वजूद) की एकता में उसे पूरा विश्वास है।

अपने राजनीतिक जीवन में अरविन्द बाबू गीता का सबसे अधिक उपयोग करते थे। उपनिषदों, पुराणों और दूसरे भारतीय ग्रन्थों के हवाले भी उनके लेखों में आते थे। पर उनके विचारों का मुख्य आधार गीता के अन्दर श्रीकृष्ण के ये शब्द थे– "...इसलिए युद्ध का निश्चय करके खड़ा हो जा," "मुझे याद कर और युद्ध कर।" गीता के ये शब्द कुरान के इन शब्दों से–'अल्लाह के नाम पर लड़ना'– बिलकुल मिलते हैं। गीता की इस व्याख्या ने अरविन्द बाबू के राजकाजी कार्यक्रम में बहुत बड़ा साथ दिया। हो सकता है उस समय वही युग की माँग रही हो। इस सम्बन्ध में श्री मंजर अली सोख्ता और अरविन्द बाबू के बीच जो वाद-विवाद कुछ पत्रिकाओं में छपा था वह दोनों तरफ से अत्यन्त गम्भीर, विचारपूर्ण और विद्वत्तापूर्ण था। यही महात्मा गांधी और अरविन्द बाबू के विचारों में अन्तर था। भाई मंजर अली सोख्ता के लेख गांधीजी की गीता व्याख्या के अनुसार थे। अरविन्द बाबू अपने शुरू के विचारों पर जमे हुए थे। हम अरविन्द बाबू के देहावसान (इन्तकाल) के बहुत दिनों

बाद जब पांडिचेरी पहुँचे तो वहाँ के एक प्रतिष्ठित मित्र ने हमें देखते ही तुरन्त श्री मंजर अली सोख्ता और श्री अरविन्द बाबू के उन लेखों की याद दिलाई।

पर अरविन्द बाबू का पांडिचेरी का सारा ओजस्वी जीवन और उनके वहाँ के सारे लेख उपनिषदों के इन वाक्यों पर आधारित थे–"जो सब प्राणियों को अपने अन्दर देखता है और सबके अन्दर अपने को देखता है, जो सबके अन्दर एक ईश्वर को देखता है, और एक ईश्वर के अन्दर सबको देखता है उसकी निगाह कभी धोखा नहीं खा सकती।"

ठीक यही बात मुसलमान सूफी ने इन शब्दों में कही है–"अपने दिल की आँखों से किसी को सिवाय दोस्त के और कुछ मत देख, जो कुछ भी तू देखता है समझ ले कि उस उसी एक प्रतिमा का जहूर है।"

यही खास सबक हमें महात्मा गांधी की जिन्दगी से मिलता है। इस निगाह से श्री अरविन्द इस देश की आत्मा, उसकी रूह, उसके ऊँचे-से-ऊँचे आदर्शों के सच्चे नुमाइन्दे थे। हम उन सब बहनों और भाइयों को दिल से बधाई देते हैं जो राजधानी दिल्ली में श्री अरविन्द की यादगार कायम करने की कोशिश कर रहे हैं।

□

पंडित बालकृष्ण भट्ट

स्वर्गीय पंडित बालकृष्ण भट्ट का जन्म सम्वत् 1901 अर्थात सन् 1844 में प्रयाग के एक प्रतिष्ठित मालवीय घराने में हुआ था। इस छोटे से लेख का विषय भट्ट जी की जीवनी नहीं है। उद्देश्य केवल कतिपय व्यक्तिगत संस्मरणों द्वारा भट्ट जी के अनुपम जीवन चरित्र की एक झलक पाठकों को दिखलाना है।

पंडित बालकृष्ण भट्ट के पिता किराने की दुकान करते थे। शहर में कुछ जायदाद भी थी। दो पुत्र थे जिनमें बड़े पंडित बालकृष्ण भट्ट को विद्योपार्जन का शौक था। छोटे पंडित बालमुकुन्द भट्ट ने दुकान का काम सँभाला। पंडित बालकृष्ण भट्ट में विद्याप्रेम के साथ-साथ त्याग की मात्रा भी अद्भुत थी। उन्होंने अपने चरित्र की इस अनुपम विशेषता का सबसे पहला परिचय पिता की मृत्यु के समय दिया। उस समय भट्ट जी की आयु 49 वर्ष की थी। पिता ने लगभग चार लाख की सम्पत्ति छोड़ी, जिसमें आधा भाग चचा के लड़कों का था और आधे में भट्ट जी और उनका भाई। अनेक मित्रों और सम्बन्धियों के आग्रह करने पर भट्ट जी ने पिता की सम्पत्ति में हाथ लगाने से इनकार कर दिया। कारण यह बताया कि दुकान का सब काम छोटा भाई देखा करता था, वही इस सम्पत्ति का अधिकारी है। छोटे भाई ने बड़ी नम्रता के साथ शहर के दो मकान और कुछ नकद भट्ट जी को देना चाहा, किन्तु भट्ट जी ने कुछ भी स्वीकार नहीं किया। हिन्दुओं में पूर्वजों की 'गया' करते समय प्रायः तीन वर माँगे जाते हैं। पंडित बालकृष्ण भट्ट ने जो वर अपने पिता की 'गया' के समय माँगे, उनमें एक यह था कि 'मुझे अपने पिता की सम्पत्ति में से एक पैसा भी न मिले।'

उस समय जबकि भट्ट जी ने एक लाख की पैतृक सम्पत्ति को इस प्रकार लात मार दी, वह बड़ी कठिनाई के साथ अपनी गृहस्थी का खर्च चला रहे थे। जिस मकान में वह अपने बाल-बच्चों सहित रहते थे, वह उन्होंने अपनी निजी कमाई के 300 रुपए से खरीदा था। उनकी आमदनी का यह हाल था कि आरम्भ में उन्होंने 15 रुपए मासिक पर एक स्थानीय स्कूल में संस्कृत के अध्यापन का कार्य किया और अन्त तक उन्हें कायस्थ पाठशाला, प्रयाग में संस्कृत के प्रोफेसर की हैसियत से 50 रुपए मासिक से अधिक नहीं मिले।

प्रयाग, काशी आदि स्थानों में भट्ट जी की गणना संस्कृत साहित्य के उच्चकोटि के विद्वानों में की जाती थी। ज्योतिष के वह पूरे पंडित थे। हिन्दी भाषा के सेवकों में उनका पद बहुत ही ऊँचा था। भट्ट जी स्वर्गीय भारतेन्दु बाबू हरिश्चन्द्र के समकालीन थे। दोनों में बड़ा प्रेम था और इसमें कोई सन्देह नहीं हो सकता कि भारतेन्दु की मृत्यु के बाद हिन्दी के सुलेखकों में भट्ट जी का पद सर्वोच्च था।

सन् 1822 में भट्ट जी ने 'हिन्दी प्रदीप' मासिक पत्र को जन्म दिया। 28 वर्ष अकेले उसका सम्पादन किया। बंग-भंग के बाद 'हिन्दी प्रदीप' के लिए प्रेस का मिलना कठिन हो गया। अन्त में 'कर्मयोगी' प्रेस के साथ उनका नाता जुड़ा और सन् 1910 के प्रेस एक्ट ने 'कर्मयोगी' ही के साथ-साथ 'हिन्दी प्रदीप' के ऐहिक जीवन का भी अन्त कर दिया। इस प्रकार इन पंक्तियों के लेखक को अपने हाथ से 28 वर्ष के 'हिन्दी प्रदीप' के अन्त्येष्टि संस्कार करने की यातना सहनी पड़ी।

आजकल के हिन्दी सम्पादकों के लिए उस समय के हिन्दी सम्पादकों की कठिनाइयों का अनुमान कर सकना अत्यन्त कठिन है। विचार स्वातन्त्र्य की दृष्टि से 'हिन्दी प्रदीप' को इस समय के सर्वोच्च पत्र-पत्रिकाओं में स्थान दिया जा सकता है। भाषा के रस और लालित्य की दृष्टि से इस समय के किसी भी पत्र या पत्रिका को 'हिन्दी प्रदीप' के बराबर नहीं रखा जा सकता। तथापि 'हिन्दी प्रदीप' की ग्राहक संख्या कभी दो सौ से ऊपर नहीं गई। जो कुछ वेतन भट्ट जी को कायस्थ पाठशाला से मिलता था, वह हर महीने सीधा प्रेस का बिल चुकाने में जाता था और कभी-कभी जो डेढ़-दो रुपए की कोई वी.पी. आ जाती थी, उसमें से टिकट इत्यादि का खर्च निकाल कर ज्यों-त्यों कर गृहस्थी का सारा खर्च चलता था। जिन लोगों को भट्ट जी के सहवास का सौभाग्य प्राप्त हुआ है, उन्हें मालूम है कि आर्थिक कष्ट ने कभी भी उनका साथ नहीं छोड़ा। उनका सारा जीवन लक्ष्मी और सरस्वती की परस्पर प्रतिस्पर्धा का एक जीवित उदाहरण था। उनका जीवन एक 'दरिद्र ब्राह्मण' का जीवन था। पाठकों को यह सुनकर आश्चर्य होगा कि जिस मनुष्य ने 28 वर्ष एक पत्रिका का सम्पादन किया, उसने जीवन भर में शायद कभी एक पंक्ति भी कोरे क़ागज पर नहीं लिखी। वह अपने तमाम लेख इम्तहान की कापियों की दूसरी ओर अथवा समाचार-पत्रों के फटे हुए रैपर्स पर लिखा करते थे।

भारतीय राष्ट्रीयता के जन्मदाताओं में भी स्वर्गीय पंडित बालकृष्ण भट्ट का स्थान अत्यन्त ऊँचा था। कांग्रेस के जन्म से लेकर अपनी मृत्यु (सन् 1914) से चार-पाँच साल पहले तक भट्ट जी ने प्रायः प्रत्येक कांग्रेस में भाग लिया। कांग्रेस में वह पंडित मदनमोहन मालवीय के साथ ठहरा करते थे। दोनों में बड़ा प्रेम था। मालवीय जी भट्ट जी का बड़ा आदर करते थे किन्तु दोनों के राजनीतिक विचारों और आदर्शों में बड़ा अन्तर था। भट्ट जी बड़े गर्व के साथ अपने तईं उस दल का

कहा करते थे, जिसे उन दिनों 'राष्ट्रीय' अथवा 'गरम दल' कहा जाता था। लोकमान्य तिलक के वे पक्के भक्त थे। इस सम्बन्ध में भट्ट जी के चरित्र की एक और विशेषता वर्णन कर देने योग्य है। वह यह कि किसी समय भी अपने हृदय के भावों अथवा विचारों को छिपाकर रख सकना उनके लिए सर्वथा असम्भव था। उनका हृदय प्रतिक्षण खुले शीशे की तरह आर-पार देखा जा सकता था। इस विषय में स्वर्गीय भट्ट जी का चरित्र वास्तव में अतुलनीय था।

सूरत की प्रसिद्ध कांग्रेस में, कांग्रेस भंग होने के दिन मालवीय जी रात को अपने डेरे में आकर लेटे। निःसन्देह मालवीय जी का हृदय दुखित था। अपने बिस्तरे पर लेट कर उन्होंने दो-एक बार इधर-उधर करवटें लीं और फिर दिन की घटना को याद करते हुए–"हाय तिलक! हाय तिलक!" कहा। पास ही भट्ट जी का बिछौना था। भट्ट जी से न रहा गया। तुरन्त बोल उठे–"हमरे तिलक को काहे कहत हो। तिलक ने कौन बुरा किया। अपने...को नहीं कहते!...को नहीं कहते!" इत्यादि। हम ऊपर लिख चुके हैं कि मालवीय जी भट्ट जी का बड़ा आदर करते थे, किन्तु दोनों के विचारों में अन्तर था।

सूरत की दुर्घटना के बाद भारतीय राष्ट्रीयता के लिए जो समय आया, उसका अनुमान कर सकना भी उन लोगों के लिए सर्वथा असम्भव है, जिनके राजनीतिक अनुभवों का प्रारम्भ सन् 1919-1921 के बढ़े हुए उत्साह के अन्दर हुआ है। यह वह समय था जबकि दादा साहब खापर्डे जैसे प्रतिष्ठित नेता को होशंगाबाद के शहर में कोई रईस या वकील अपने घर में ठहराने तक को तैयार न था, क्योंकि दादा साहब के विचार 'गरम दल' के थे और उनका लोकमान्य तिलक से घनिष्ठ सम्बन्ध था। यह वह समय था जबकि राष्ट्रीयता के प्रचारकों को किसी नई जगह जाते समय प्रायः एक दरी, एक मेज और एक कुर्सी अपने साथ उठाकर ले जानी पड़ती थी और फिर भी सभा में साधारण श्रोताओं की अपेक्षा कभी-कभी पुलिसवालों की संख्या अधिक होती थी। उन दिनों के लगभग ही भट्ट जी के प्रसिद्ध सहयोगी सुयोग्य बाबू रामानन्द चटर्जी को कायस्थ पाठशाला की प्रिंसिपली से अलग होकर अपनी नवजात पत्रिकाओं सहित प्रयाग छोड़ कलकत्ते जाना पड़ा था और सहयोगी स्थानीय बंगला स्कूल के हेड मास्टर बाबू नैपालचन्द्र राय को भी इलाहाबाद छोड़ना पड़ा। 'वन्देमारतम्' का उच्चारण उन दिनों जुर्म था। प्रतिष्ठित नागरिक 'गरम दल' वालों के सम्पर्क तक से भागते थे और नवजात राष्ट्रीयता के अनेक उपासकों को देश से भागकर अथवा अँधेरे कोनों में छिपकर कई-कई वर्ष बिताने पड़े थे। इनमें से कई ऐसे भी हैं जिनके इस जीवन में भारत लौटने की आशा अभी तक स्वप्न मात्र दिखाई देती है। उस विकट परिस्थिति में लोकमान्य को छह वर्ष के कठिन कारावास का दंड दिया गया। इसके उपलक्ष में प्रयाग निवासियों की ओर से सभा करना निश्चित हुआ। इन

पंक्तियों के लेखक के दस्तखत से सभा का नोटिस निकला। यमुना किनारे बलुआघाट पर सभा हुई। मुख्य वक्ता था इन पंक्तियों का लेखक और सभापति थे पं. बालकृष्ण भट्ट। सभापति के बैठने के लिए एक छोटा-सा कुशा का आसन कहीं से पहुँच गया था। शेष लोगों के लिए बलुआघाट का पक्का फर्श था। श्रोताओं की संख्या लगभग सौ के रही होगी, जिसमें आधे स्कूलों व मुहल्लों के लड़के और आधे में थोड़े से हिम्मतवाले बड़ी उम्र के लोग और शेष पुलिसवाले। वक्ता ने लोकमान्य तिलक की जीवनी पर व्याख्यान दिया और अन्त में उनके कारावास पर दुख प्रकट करते हुए अपना स्थान लिया। भट्ट जी उठे। वह सदा अपनी सामान्य भाषा में ही बोला करते थे। अत्यन्त सरल स्वभाव किन्तु भरे हुए हृदय से पूर्व वक्ता की बात को एक प्रकार से काटते हुए भट्ट जी कहने लगे–"का तिलक-तिलक करत हैं! हमको तिलक का कौनो दुख नहीं ना! तिलक का कौन दुख! अपने देश के लिए गए हैं। फिर आय जइहैं। हमको दुख उन लोगन का है जो फिर कभी हमसे आय कर न मिलीहैं! जो बिन खिले ही मुरझाय गए! हमको दुख खुदीराम बोस का है...।" लेखक खुदीराम बोस का नाम सुनते ही कुछ डरा। उसने पीछे से बूढ़े भट्ट जी को सावधान करने के लिए हलके से उनका पल्ला खींचा। भट्ट जी तुरन्त पीछे को लौट पड़े और चिल्लाकर कहे–"हमरा पल्ला काहे खींचत हो, सच तो कहित हैं।" फिर श्रोताओं की ओर मुँह करके कहने लगे–"हमरा पल्ला खींचत हैं, हमसे कहत हैं, न कहो, कही काहे न! हिये में तौ लगी आग, कही काहे न...।"

भट्ट जी की वक्तृता की रिपोर्ट अधिकारियों तक पहुँची। शिक्षा विभाग के डायरेक्टर ने उन्हें 'आगाह' करने के लिए बुला भेजा। भट्ट जी पहुँचे। अभी डायरेक्टर के कमरे में कुर्सी पर बैठे कुछ ही मिनट हुए थे और डायरेक्टर साहब ने असली विषय की ओर रुख ही किया था कि भट्ट जी फौरन–'राम, राम, राम, राम! हमका अस नौकरी न चाही'–कहते हुए उठ खड़े हुए और बिना इजाजत चिक उठाकर बाहर निकल आए। फिर डायरेक्टर साहब की ओर रुख न किया।

निःसन्देह इस स्पष्ट वक्तृत्व के मूल्य में भट्ट जी को कायस्थ पाठशाला की प्रोफेसरी से हाथ धो डालने पड़े। उनके जीवन के अन्तिम छह वर्ष बड़े ही जबर्दस्त आर्थिक संकट में बीते। किन्तु उस दिन के बलुआघाट के श्रोताओं में कुछ बालक ऐसे अवश्य थे, जो इस समय जीवित हैं, जिनसे इन पंक्तियों का लेखक परिचित है और जिनके हृदयों से देशप्रेम की आग अब किसी के बुझाए नहीं बुझ सकती।

भट्ट जी के राजनीतिक विचार 'हिन्दी प्रदीप' की फाइल में मौजूद हैं। उनकी स्पष्टवादिता के भी और भी अनेक उदाहरण दिए जा सकते हैं, किन्तु इस लेख को अधिक लम्बा करने की आवश्यकता नहीं।

मालवीय जी ने लार्ड मिन्टो के लिए एक शानदार स्मारक खड़ा करने की उपयोगिता के विषय में अनेक बार भट्ट जी से बातचीत की। इस विषय में दोनों की बातें सुनने योग्य होती थीं। मालवीय जी के प्रयत्न से इलाहाबाद में लार्ड मिन्टो का एक स्मारक खड़ा भी हो गया, किन्तु भट्ट जी किसी प्रकार भी इस तरह के स्मारकों की उपयोगिता के विश्वासी न बन सके।

समाज सुधार के किसी-किसी विषय में भट्ट जी के विचार पुराने ढंग के थे, किन्तु किसी-किसी विषय में वह अपने समय की अपेक्षा कहीं अधिक उदार थे। नागरी प्रचारणी सभा के हिन्दी-कोश के सम्पादन के लिए उन्हें कुछ दिनों काशी में रहना पड़ा। वहाँ पर अपनी 'बिरादरी' के नियम का उल्लंघन करते हुए प्रायः रोज शाम को वह अपने एक खत्री मित्र के यहाँ पूड़ी खाया करते थे और जब कभी उनसे मिलने के लिए कोई प्रयाग से जाता था, तो उससे अपने इस नियम भंग का जिक्र कर देते थे। वास्तव में भट्ट जी की यह क्रिया समाज सुधार की दृष्टि से बहुत बड़ी बात दिखाई नहीं देती, किन्तु हमें स्मरण रखना चाहिए कि भट्ट जी उस 'बिरादरी' में पैदा हुए थे, जिसमें कहा जाता है कि एक मनुष्य को इसलिए जाति से निकाल दिया गया कि उसने अपने बालक के विवाह के भोज में एक ऐसे आदमी से बालूशाही बनवाकर बिरादरी को खिला दी थी, जो गैर मालवीय ब्राह्मण था। हाल ही में पंडित बालकृष्ण भट्ट को इसलिए 'जाति' से बाहर कर दिया गया और उनके तरह की यातनाएँ दी गईं कि उन्होंने अपनी कन्या का विवाह किसी दूसरी 'उपजाति' के एक सुशिक्षित ब्राह्मण युवक के साथ कर दिया।

बालकों और युवकों से भट्ट जी को विशेष प्रेम था। नागरी-प्रवर्धनी सभा, प्रयाग के नाटकों में वे सदा स्वयं मंगलाचरण किया करते थे। उनकी बैठक में अधिकतर 30 वर्ष से कम आयु के लोग ही दिखाई देते थे। उन्हीं पर भट्ट जी के अनुपम चरित्र का गहरा असर पड़ता था। किसी भी महान आन्दोलन के लिखे हुए इतिहास और उसके अलिखित इतिहास में बहुत बड़ा अन्तर होता है। जो लोग भट्ट जी और उनके समय के हालात से परिचित हैं, वे जानते हैं कि भारतीय राष्ट्रीयता के जन्मदाताओं और उसके प्रारम्भिक उपासकों में स्वर्गीय बालकृष्ण भट्ट जी का पद क्या था।

जवाहरलाल और टंडन जी

इस समय देश के सामने सबसे बड़ा सवाल जवाहरलाल जी और टंडन जी का आपसी मतभेद है। घर-घर और गाँव-गाँव में इसकी चर्चा है। लाखों लोगों को ऐसा लगता है कि इस सवाल के निपटारे पर ही एक बड़े दर्जे तक मुल्क की आगे की किस्मत का फैसला है।

यह नहीं कहा जा सकता कि इस सवाल का सम्बन्ध शख्सियतों से नहीं है। इसे विचारों या आदर्शों से बिलकुल अलग करके नहीं देखा जा सकता। इस सवाल का सम्बन्ध दोनों की शख्सियतों से भी है। लेकिन सवाल का राजकाजी या मुल्की पहलू इतना बड़ा है कि उसके सामने शख्सियतों का फर्क बहुत ही कम मानी रखता है।

दोनों से हमारा परिचय एक पीढ़ी से ऊपर का है। दोनों से हमारा घनिष्ट सम्बन्ध है। दोनों से हमें प्रेम है। कुछ बातों में हमारे विचार टंडन जी से मिलते हैं, जवाहरलाल जी से नहीं। दूसरी कुछ बातों में हमारे विचार टंडन जी के मुकाबले जवाहरलाल जी से ज्यादा मिलते हैं। कुछ बातों में न इन दोनों के विचारों में कोई खास फर्क है और न इनके और हमारे विचारों में।

मिसाल के लिए कन्ट्रोल, वनस्पति घी और गाँव के दूसरे धन्धों के बारे में हमारे विचार जवाहरलाल जी की बनिस्बत टंडन जी से ज्यादा मिलते हैं। इस तरह के सवालों का भी अपना महत्त्व है। लेकिन इस समय की नाजुक हालत में देश को कहीं ज्यादा बड़े खतरों का सामना करना पड़ रहा है। कन्ट्रोल या वनस्पति घी जैसे सवालों को देश कुछ दिनों के बाद भी हल कर सकता है और करेगा लेकिन जो ज्यादा बड़े खतरे सामने हैं उन्हें अगर हमने जल्दी ही हल न किया या उनके मामले में हम जरा भी चूक गए तो डर है कि हम अपने देश और आजादी दोनों से हाथ धो बैठेंगे।

हमारी नई आजादी की जड़ें अभी तक जमने नहीं पाईं। खासकर अमरीका और इंगलिस्तान की राजकाजी और माली लालसाओं और कोशिशों से हमें हर वक़्त डर लगा हुआ है। हम जानते हैं कि देश का बँटवारा इन्हीं कोशिशों का नतीजा था। दुनिया की साम्राज्य-प्रेमी ताकतें हमेशा से अपने मातहत मुल्कों या कमजोर मुल्कों

के आपसी झगड़ों, खासकर उनकी मजहबी गिरोहबन्दियों को भड़काती, बढ़ाती और उनसे फायदा उठाती रही हैं। आज भी, हिन्दुस्तान में हो या पाकिस्तान में, हिन्दू फिरकापरस्ती हो या मुसलिम फिरकापरस्ती, दोनों को अमरीका के पैसे और अमरीका और इंग्लैंड के वादों से काफी बढ़ावा मिल रहा है। हम यहाँ इन चीजों की तफसील में जाना ठीक नहीं समझते। हिन्दू महासभा और राष्ट्रीय स्वयंसेवक संघ को अमरीका की तरफ से बढ़ावे दिए जाने की बातें खुद अमरीकी अखबारों में आ चुकी हैं और वह बेबुनियाद नहीं हैं।

इनके साथ दो और ताकतें हैं जो, जाने या अनजाने, मुल्क की नई आजादी के खिलाफ इस गहरी और खतरनाक साजिश में हिस्सा ले रही हैं। एक देश के वे पूँजीपति, जो महात्मा गांधी के बलिदान के बहुत पहले से अमरीकी पूँजीपतियों के साथ मिलकर और–हिस्सा बटा कर देश की करोड़ों चुसी हुई जनता को और अधिक चूसने की कोशिशों में हैं। महात्मा गांधी ने देश को इस खतरे से साफ-साफ शब्दों में आगाह किया था। दूसरी ताकत कुछ ऐसे राजाओं-महाराजाओं की है जो जनता की इस वक़्त की कमजोरियों और तकलीफों से फायदा उठा कर देश की नई एकता को तोड़ कर अपने-अपने इलाकों में अपनी-अपनी मनमानी हुकूमतें फिर से कायम करना चाहते हैं। राष्ट्रीय स्वयंसेवक संघ के बड़े-से-बड़े नेता कई बार साफ-साफ कह चुके हैं कि हिन्दू पूँजीपतियों और हिन्दू राजाओं-महाराजाओं को बढ़ाना और फिर से कायम करना उनके खास उद्देश्यों में से है। हालत जनबरी सन् 1948 से कहीं नाजुक बतलाई जाती है। यहाँ तक कि अगर जरूरत हो तो हथियारों की मदद से भी नेहरू सरकार को बदल देने की तैयारियाँ सुनने में आ रही हैं। यह चारों ताकतें साफ-साफ टंडन जी और उनके दल के पीछे हैं, और जवाहरलाल के खिलाफ टंडन जी को पूरा-पूरा बढ़ावा दे रही हैं।

टंडन जी और जवाहरलाल का मामला शुरू होते ही नागपुर से खबर आई थी कि संघ और महासभा दोनों ने देश भर में अपने आदमियों को यह गश्ती चिट्ठियाँ भेजी हैं कि जवाहरलाल जी के खिलाफ टंडन जी को हर तरह से मदद दी जाए। नागपुर से भी द्वारका प्रसाद मिश्र के कई बयान इस मामले को और भी साफ कर देते हैं। मिश्र जी ने रूस और अमरीका की लाग-डाट में अमरीका की तरफ साफ अपना झुकाव जाहिर किया है, रूसी या चीनी कम्युनिज्म को भारत के लिए सबसे बड़ा खतरा बताया है, अमरीकी ढंग की लोकशाही के बचाव के लिए अपनी आवाज उठाई है, जवाहरलाल जी की विदेशी पालिसी को वह गलत और बरबाद करनेवाली समझते हैं। पाकिस्तान की तरफ जवाहरलाल के रुख को वह पोच मानते हैं, उनकी रांय है कि और कोई बात न सही तो पाकिस्तान के हिन्दुओं के बचाव के नाम पर ही हमें पाकिस्तान पर फौरन धावा बोल देना चाहिए, वगैरा। डॉक्टर खरे ने भी मिश्र

जी को उनके विचारों पर बधाई दी है। मिश्र जी अभी तक टंडन जी के सबसे बड़े मददगार दिखाई दे रहे हैं।

यह सब बातें काफी गहरी हैं। तफसीली बहस की यहाँ जरूरत नहीं। पाकिस्तान हो या कोई और देश हम दुनिया भर के साथ अमन से रहना चाहते हैं। हम जहाँ तक बन पड़े दुनिया की दलबन्दियों में पड़ना नहीं चाहते। और अगर भारत और किसी दूसरे देश में लड़ाई हो ही जाए तो देश मिश्र जी या उनके दल के मुकाबले में जवाहरलाल के हाथों में अपने को कहीं ज्यादा सुरक्षित मानता है। भारत की जनता के सामने यह बात भी बिलकुल साफ है कि जिस चीन ने दो बरस के अन्दर ही उस देश को जहाँ करोड़ों लोग अनाज की कमी से मर रहे थे इस काबिल कर दिया कि वह न केवल अपना ही पेट पाले बल्कि करोड़ों मन अनाज हमारे जैसे दूसरे देशों को भी भेज सके, सारे देश के सदाचार को एकदम ऊपर उठा दिया, और देश भर के सरकारी नौकरों की रिश्वतखोरी को एक बीते जमाने की कहानी बना दिया। उस पड़ोसी चीन या उसके उसूलों से हमारा टकराव नहीं है।

यह सवाल इस समय कुछ मानी नहीं रखता कि निजी तौर पर टन्डन जी फिरकापरस्त हैं या नहीं और हैं तो किस दर्जे तक हैं। न इस सवाल के कुछ मानी हैं कि टन्डन जी का निजी झुकाव अमरीका की तरफ कितना है या रूस की तरफ कितना। जिस कांग्रेस के टन्डन जी सदर हैं वह अपनी ऐलान की हुई पालिसी के मुताबिक कन्ट्रोल, वनस्पति घी या गाँव के धन्धों के मामले में भी टन्डन जी के साथ न चल रही है, न चलने का वादा करती है और न चल सकती है। सूरत बिलकुल साफ है।

एक तरफ अमरीका की साम्राजी लालसा, अमरीकी चालें, देश की फिरकापरस्त ताकतें, कुछ पूँजीपति और पुराने राजाओं और जागीरदारों का मिलाजुला दल है, जिसकी कोशिशें अगर कामयाब हो गईं तो देश को जबरदस्त मुसीबतों, और हो सकता है, फिर एक बार राजकाजी गुलामी में से निकलना पड़े। दूसरी तरफ देश को किसी तरह इन सब खतरों से बचा ले जाने की कोशिश है, जिसकी सबसे ज्यादा लगन और सबसे ज्यादा काबलियत महात्मा गांधी के बाद देश को जवाहरलाल में ही दिखाई देती है। और जवाहरलाल जी का पिछले चार बरस का रवैया साबित कर रहा है कि उनमें यह काबलियत है।

हालत काफी नाजुक है। हमारी बात अगर टन्डन जी के दिल में उतर सके तो हम नम्रता के साथ उनसे प्रार्थना करेंगे कि वह अपने चारों तरफ निगाह डालें, खुद अपनी शक्तियों और कमजोरियों को समझें और अपने इस वक़्त के गलत आग्रह को छोड़कर देश की बाग पूरी तरह जवाहरलाल जी के हाथों में सौंपने में देशवासियों को खुशी-खुशी मदद दें।

ऑल इंडिया कांग्रेस कमेटी या कांग्रेस क्या फैसला करेगी इससे हमें अधिक सम्बन्ध नहीं है। ज्यादा बड़ा सवाल देश के फैसले का है, और इसमें जरा भी शक नहीं कि इस समय की संकट की हालत में देश का भला, देश की ख़ैरियत और देश की सलामती इसमें और केवल इसी में है कि कम-से-कम आइन्दा कुछ बरसों के लिए देश की बाग पूरी तरह से जवाहरलाल जी के हाथों में दे दी जाए।

मौलाना अबुल कलाम आजाद

21 फरवरी, सन् 1958 की रात को सवा दो बजे, यानी अंग्रेजी हिसाब से बाईस तारीख की सुबह, मौलाना अबुल कलाम आजाद का दिल्ली में देहान्त हो गया। मौलाना आजाद की उम्र उस समय लगभग सत्तर साल की थी।

डॉक्टर लोग हमें बताते हैं कि दुनिया में करोड़ों में कोई इक्का-दुक्का आदमी ही मुश्किल से पूरी तरह तन्दुरुस्त मिलता है। लगभग हर आदमी के शरीर में कुछ-न-कुछ रोग या कमी होती है। यूरोप के बाज डॉक्टरों की यहाँ तक राय है कि यदि किसी पूरी तरह तन्दुरुस्त आदमी को देखना हो तो अफ्रीका के नीग्रो लोगों में या दूसरी असभ्य या अर्धसभ्य कौमों में इस तरह के इक्का-दुक्का आदमी का मिल जाना सम्भव हो सकता है, लेकिन यूरोप के अन्दर या सभ्य कौमों के अन्दर कोई इस तरह का आदमी मिल ही नहीं सकता।

यह बात जितनी हमारे शरीर के बारे में ठीक है उतनी ही हमारे दिल, दिमाग और चरित्र के बारे में भी सच्ची है। महात्मा गांधी ने अपनी आत्मकथा में अपनी अनेक कमजोरियों और कमियों को साफ-साफ दर्शाया है। एक दिन हमारे सामने भरी सभा में किसी ने उनसे पूछा–"आपको कभी गुस्सा आता है या नहीं?" उन्होंने जवाब दिया–"हाँ, मेरी छाती में अकसर साँप की तरह वह फुँफकार मारता है, पर मैं जहाँ तक हो सकता है अन्दर-ही-अन्दर उसकी गरदन मरोड़ देता हूँ।" अपनी गलतियों को जब वह गलती समझ जाते थे तो हमेशा उन्हें खुले स्वीकार कर लेते थे। एक बार कहा, उनका यह वाक्य इतिहास में प्रसिद्ध हो गया है–"मुझसे तो हिमालय जैसी गलती हो गई।" वह अपनी गलतियों का प्रायश्चित भी करते थे। इस देश के अनन्य नेता की हैसियत से उन्होंने कई बार यह कहा–"आपको मुझसे सेवा लेनी है तो मुझे मेरी कमजोरियों सहित लेना होगा।" कमियाँ और कमजोरियाँ कुछ-न-कुछ सब में होती हैं। सवाल सिर्फ दर्जे का है। मौलाना अबुल कलाम आजाद भी एक इनसान थे और इस व्यापक नियम के कोई अपवाद न थे।

हर देश और हर जमाने की अपनी कुछ-न-कुछ विशेष समस्याएँ होती हैं। किसी भी बड़े-से-बड़े या छोटे-से-छोटे आदमी की उपयोगिता और महानता इसी एक बात

से नापी जाती है कि वह अपने देश और अपने काल की विशेष समस्याओं के हल करने में कहाँ तक उपयोगी साबित हो सका और अपने जीवन में देश और अपने काल की उन कमजोरियों से स्वयं कहाँ तक ऊपर उठ सका।

हमारे देश की सबसे बड़ी कमजोरी पिछले दो-ढाई सौ बरस से हमारी साम्प्रदायिक तंगनजरी रही है। इसी तंगनजरी के कारण कम या अधिक दो सौ बरस तक हमारा देश विदेशियों के कब्जे में रहा। सन् 1757 में सबसे पहले बंगाल के अन्दर हमें यह अफसोसनाक दृश्य देखने को मिलता है कि वहाँ के प्रसिद्ध जगत सेठों और हिन्दू रईसों ने बंगाल के मुस्लिम शासन के खिलाफ विदेशियों का साथ दिया। सौ बरस तक हमारी यह तंगनजरी हमें तरह-तरह के खेल खिलाती रही और अधिकतर इसी के नतीजे की शक्ल में एक-एक कर देश के टुकड़े विदेशियों के प्रभुत्व में आते चले गए। कुछ सच्चे और दूरदर्शी देशभक्तों ने देश के इस रोग को भाँपा भी और उससे देश को उबारने की कोशिश की। सुप्रसिद्ध मराठा राजनीतिज्ञ नाना फड़नवीस ने सगे भाई की तरह हैदर अली का साथ दिया। टीपू सुलतान और उस जमाने के श्रृंगेरी मठ के जगतगुरु शंकराचार्य के बीच चेले और गुरु से कहीं बढ़कर आपसी प्रेम था। सम्राट अकबर के दरबार से कुछ-कुछ मिलते हुए टीपू सुलतान के दरबार में सैकड़ों ब्राह्मण रोज अपने ढंग से पूजा-पाठ करते थे, यज्ञ हवन होते थे, चंडी पाठ होता था, दशहरा और दीवाली मनाए जाते थे और स्वयं टीपू सुलतान इन सब चीजों में भाग लेता था। सन् 1857 की जंगे-आजादी में हमें हिन्दू-मुस्लिम एकता का एक आदर्श नजारा देखने को मिलता है जबकि अजीमुल्ला खान और नाना साहब उस जंग के दो सबसे प्रधान संचालक हैं। नाना साहब और महारानी लक्ष्मीबाई के हाथों में जंग के हर मैदान के अन्दर सम्राट बहादुरशाह का हरा झंडा देखने को मिलता है, और आन्दोलन के बड़े-से-बड़े प्रचारकों और नेताओं में कुँवर सिंह और अहमदशाह, तात्या तोपे और मौलवी लियाकत अली जैसों के नाम जगह-जगह मिले हुए दिखाई देते हैं।

कोई भी बड़ी कोशिश यदि असफल हो जाए तो उतनी ही बड़ी कमजोरी अपने पीछे छोड़ जाती है। यही हाल सन् 1857 के बाद हुआ। दिल्ली के पतन के बाद हमें स्वयं दिल्ली के अन्दर चाँदनी चौक की सुनहरी मसजिद के नीलाम होने और एक हिन्दू रईस का उसे ढाई सौ रुपए में खरीदने का दृश्य देखने को मिलता है। हमारी पुरानी कमजोरी फिर से चमकी। विदेशी शासकों ने उसे खूब बढ़ाया और उससे पूरा-पूरा लाभ उठाया। सन् 1947 तक बराबर यही होता रहा। कभी हिन्दुओं को बढ़ाया जाता था और उनकी मदद से मुसलमानों को दबाया जाता था और कभी मुसलमानों को बढ़ाया जाता था।

महात्मा गांधी ने देश की इस सबसे बड़ी कमजोरी को अच्छी तरह समझा, जो कार्यक्रम उन्होंने सन् 1919 में सारे देश के सामने रखा उसमें एक बहुत बड़ा स्थान

हिन्दू-मुसलिम एकता को दिया। उनकी प्रार्थना में गीता और कुरान दोनों को जगह मिलती थी और दोनों से पाठ होता था। 'ईश्वर अल्लाह तेरे नाम, सबको सम्मति दे भगवान!' उनके प्यारे-से-प्यारे गानों में से था। पर रोग कभी भी पूरी तरह मिट नहीं पाया, उसे किसी तरह दबाए रखकर महात्मा गांधी ने सन् 1947 में देश आजाद कराया। रोग के जो लक्षण इधर-उधर बाकी रह गए थे उन्हें शान्त करने के लिए महात्मा गांधी को आजादी के बाद भी अपने जीवन की आहुति देनी पड़ी।

हम देश के इस पिछले इतिहास को इसलिए दुहरा रहे हैं क्योंकि मौलाना अबुल कलाम आजाद की जिन्दगी और उनके काम के साथ इसका गहरा सम्बन्ध है। जिन सैकड़ों और हजारों मुस्लिम देशभक्तों ने हिन्दू देशभक्तों के साथ कन्धे से कन्धा मिलाकर महात्मा गांधी का साथ दिया उनमें सबसे ऊपर चमकते हुए नाम हमें पहले अली भाइयों, मौलाना शौकत अली, मौलाना मुहम्मद अली और उनकी माँ बी अम्मा के मिलते हैं। हकीम अजमल खाँ का भी इस मामले में एक खास और जबर्दस्त स्थान था, और हकीम अजमल खाँ के बाद महात्मा गांधी के हिन्दू-मुस्लिम एकता के प्रोग्राम को सफल बनाने में सबसे अधिक हिस्सा मौलाना अबुल कलाम आजाद का था, और यदि उस समय से लेकर मुल्क के आजाद होने तक और उसके बाद 22 फरवरी, सन् 1958 तक के सारे समय को निगाह में रखा जाए तो इस कठिन और सबसे अधिक महत्त्वपूर्ण काम में, कई निगाहों से, मौलाना अबुल कलाम आजाद का हिस्सा सबसे अधिक बढ़ा-चढ़ा था।

हिन्दू और मुस्लिम जनता के दिलों को एक-दूसरे से फाड़ने के लिए सबसे जबर्दस्त, गहरी और व्यापक चालें अंग्रेज सरकार ने सन् 1905-1907 के लगभग चली। बंगाल उन दिनों हमारे राष्ट्रीय जीवन का और देश की आजादी की माँग का सबसे बड़ा मरकज था। बंगाल के दो टुकड़े किए गए। एक पश्चिमी बंगाल, और दूसरा पूरबी बंगाल, यानी एक हिन्दू बंगाल और मुस्लिम बंगाल; कांग्रेस के असर को खत्म करने के लिए मुस्लिम लीग और हिन्दू महासभा की बुनियादें डाली गईं। मुसलमानों को खुले शब्दों में अंग्रेज सरकार की 'चहेती बीवी' कहा जाने लगा। बहुत से पढ़े-लिखे हिन्दू और मुसलमान उस रौ में बह गए। मौलाना अबुल कलाम आजाद उस समय केवल बीस बरस के थे। अपने पढ़े-लिखे हम-मजहबों की फिरकेवाराना जहनियत और सरकार भक्ति का उन्होंने डटकर विरोध करना शुरू किया। सन् 1912 में चौबीस बरस की उम्र में उन्होंने 'अलहेलाल' नाम का एक उर्दू साप्ताहिक निकाला, जिसने देश के अन्दर एक तहलका मचा दिया। मौलाना आजाद इस्लाम और इस्लामी इतिहास के ऊँचे-से-ऊँचे विद्वानो में से थे। इसीलिए उनके लेखों और विचारों ने फिरकेवाराना जहनियत को एक बहुत बड़ा धक्का पहुँचाया। पहले महायुद्ध में उन्हें नजरबन्दी के अन्दर दिन काटने पड़े। सन् 1919 में महात्मा गांधी ने अपना

अहिंसात्मक असहयोग आन्दोलन शुरू किया। मौलाना आजाद पूरे दिल के साथ गांधीजी के आन्दोलन में कूद पड़े। गांधीजी के बलिदान के समय तक उन्होंने एक-एक कदम पर जमकर गांधीजी का साथ दिया। वह अनेक बार जेल गए। गांधीजी का साथ देने के कारण उन्हें जबर्दस्त माली नुकसान भी उठाना पड़ा। हमें इस बात का निज्री तजरबा है कि मौलाना अबुल कलाम आजाद के सहयोग की गांधीजी कितनी बड़ी कदर करते थे और वह सहयोग उनके और देश के लिए अन्त तक कितना कीमती था।

मौलाना आजाद देश के उन इने-गिने नेताओं में से थे जिनके दिल और दिमाग हर किस्म की फिरकेवाराना तंगनजरी से बिलकुल पाक और ऊपर उठे हुए थे। जिस जमाने में देश के अन्दर मुसलिम लीग का जोर था और देश के बँटवारे की माँग चारों तरफ से उठ रही थी मौलाना अबुल कलाम के बहके हुए और दूरदर्शी हम-मजहबों ने उन्हें काफिर तक का खिताब दिया। अलीगढ़ स्टेशन के ऊपर लोगों ने उनके डब्बे में घुसकर उन पर थूका और मुगल्लेजाद गालियाँ दीं। आखिर के दस बरस के अन्दर सैकड़ों तंगनजर हिन्दू उनसे इसलिए नाराज थे क्योंकि वह 'आखिर मुसलमान' थे और भारत का शिक्षामंत्री मुसलमान क्यों हो! मौलाना अबुल कलाम आजाद दोनों तरफ की इस बदगुमानी और बौछार को सदा धीरज, शान्ति और खुशी के साथ बरदाश्त करते रहे। उनके सामने गांधीजी की मिसाल मौजूद थी जिन्हें कुछ मुसलमानों ने अपना 'दुश्मन नम्बर एक' कहा और जिनकी एक हिन्दू ने 'देश और धर्म की रक्षा' के नाम पर जान ले ली। दोनों तरफ के इन भावों को जानते हुए भी मौलाना आजाद के दिल में कभी किसी की तरफ से जरा-सा भी मैल आने नहीं पाया। वह अपने देशवासियों की कमजोरियों को समझते थे और हमेशा सबके भले के इच्छुक थे।

महात्मा गांधी के जीवित रहते हुए भी जिस तरह मौलाना आजाद ने गांधीजी का साथ दिया उसी तरह आजादी के बाद से और खासकर गांधीजी के चले जाने के बाद से उन्होंने पंडित जवाहरलाल नेहरू का साथ दिया। 22 तारीख के तीसरे पहर जिस वक़्त दिल्ली परेड के मैदान में मौलाना आजाद का शरीर मिट्टी के सुपुर्द किया जा रहा था, उस समय पंडित जवाहरलाल नेहरू का टपाटप आँसू बहाकर उस मिट्टी को तर करना जाहिर कर रहा था कि मौलाना के चले जाने से जवाहरलाल जी को कितना बड़ा धक्का लगा। हुकूमत के हर छोटे-बड़े मामले में मौलाना आजाद जवाहरलाल जी का दाहिना बाजू, उनके सबसे बड़े सलाहाकार और और सबसे बड़े मददगार थे।

मौलाना अबुल कलाम आजाद बड़े ऊँचे दर्जे के कुशल नीतिज्ञ थे। सन् 1947 में अंग्रेज सरकार से बातचीत करते समय उस नाजुक बातचीत को सफल करने में

उनका बहुत बड़ा और शायद सबसे बड़ा हाथ था। पार्लियामेंट और कांग्रेस की अनेक पेचीदा गुत्थियों को जिस सुन्दरता के साथ वह सुलझाते थे वह उन्हीं का हिस्सा था।

देश के आजाद होने पर देश के बड़े-से-बड़े नेताओं और चुने हुए नुमाइन्दों ने यहाँ तक किया कि धर्म-मजहब के मामले में यह देश हर तरह गैर जानिबदार रहेगा, यहाँ की सरकार सैकुलर यानी पूरी तरह गैर जानिबदार सरकार होगी, सब धर्मों के माननेवालों को यहाँ पूरी-पूरी और एक बराबर आजादी होगी और धर्म-मजहब की बिना पर किसी के साथ किसी तरह का भेदभाव न बरता जाएगा। पर देश में एक ऐसा दल भी बराबर रहा है और है जो देश की इस व्यापकता और उदारता को खत्म करके उसे एक सम्प्रदाय विशेष का देश बनाना चाहता है। ऐसी हालत में इस देश की नुक्ताचीनी करनेवालों का कभी-कभी इसे हिन्दुओं का देश और यहाँ की सरकार को हिन्दू सरकार साबित करने की कोशिश करना स्वाभाविक था। मौलाना अबुल कलाम आजाद का कांग्रेस और कांग्रेस सरकार के अन्दर इतने ऊँचे पद पर होना इस तरह की नुक्ताचीनी करनेवालों का एक अकाट्य जवाब था। उनकी मिसाल करोड़ों हिन्दुओं के दिलों और दिमागों को ऊँचा करती थी और करोड़ों ही मुसलमानों को ढाढ़स बँधाती थी। मौलाना आजाद उस नाजुक लेकिन मजबूत रेशमी डोर की तरह थे जिसने करोड़ों हिन्दुओं और करोड़ों मुसलमानों के दिलों को परस्पर प्रेम और विश्वास के रिश्ते में बाँधे रखा। मौलाना अचानक हमसे छीन लिये गए। लेकिन दिल्ली की पाँच लाख से ऊपर जनता ने गद्गद हृदय से उनके जनाजे का साथ देकर यह साबित कर दिया कि देश उन्हीं के रास्ते पर चलने के लिए कमर कसे हुए है। हमारी प्रार्थना है कि ईश्वर-अल्लाह उनकी आत्मा को शान्ति दे और हम सब को और देश की आनेवाली नस्लों को उनके और महात्मा गांधी के रास्ते पर चलते रहने की तौफीक दें।

गणेश शंकर विद्यार्थी

पचास बरस पुरानी घटनाएँ बहुत कम ठीक-ठीक याद रह सकती हैं। एक धुँधलापन आ ही जाता है। कभी-कभी दिमाग के अन्दर कहीं की चीज कहीं जुड़ जाती है। तिथियों में आगा-पीछा या गलती होना तो एक मामूली बात है। फिर भी स्वर्गीय भाई गणेश शंकर विद्यार्थी के बारे में जो बातें मुझे याद आ रही हैं, उनमें से कुछ यहाँ दे रहा हूँ।

शायद सन् 1909 की बात है। मेरा अखबार 'कर्मयोगी' निकल रहा था। 'कर्मयोगी' को प्रेरणा एक दर्जे तक श्री अरविन्द घोष के 'कर्मयोगिन्' से मिली थी। उसी पर उसका नामकरण हुआ था। 'कर्मयोगी' उन दिनों हिन्दी का सबसे अधिक गरम और क्रान्तिकारी अखबार समझा जाता था। केवल 'कर्मयोगी' पढ़ने के जुर्म में न जाने कितने विद्यार्थी स्कूलों और कालेजों से निकाल दिए गए और कितने लोग अपनी जीविका से हाथ धो बैठे। एक दिन मेरे इलाहाबाद के मकान पर, जहाँ से 'कर्मयोगी' निकलता था, एक युवक मुझसे मिलने आया। उम्र में मुझसे वह पाँच-सात बरस छोटा रहा होगा। युवक मैट्रीकुलेशन पास था। शायद किसी बैंक में नौकर था और 'कर्मयोगी' पढ़ने के अपराध में उन्हीं दिनों नौकरी से बरखास्त कर दिया गया। यह नौजवान गणेश शंकर विद्यार्थी था।

गणेश जी की वह सूरत मुझे आज तक याद है। हद दर्जे की सादगी, भोलापन, जबर्दस्त जोश, सच्चाई और चेहरे पर एक दृढ़ संकल्प। युवक गणेश शंकर को अपने निकाले जाने का जरा भी दुख नहीं था। उलटी खुशी थी, जोश था और मन में यह पक्का इरादा था कि बाकी जिन्दगी देश की आजादी की कोशिशों में ही खर्च की जाए। और यह उस हालत में जबकि, जहाँ तक मुझे याद पड़ता है, उनकी शादी हो चुकी थी। आज देश में उस तरह की लगन, उस तरह का जोश, उस तरह की निर्भीकता और उस तरह की निस्वार्थता कहीं ढूँढ़े से भी नहीं मिलती। मौलाना अबुल कलाम आजाद अकसर कहा करते थे–"मेरे भाई, वह साँचे ही टूट गए, जिनमें उस तरह के आदमी ढलते थे।" देश को अगर आगे बढ़ना है–और स्थिर कोई चीज नहीं रह सकती, चाहे आगे बढ़िए और चाहे पीछे हटिए–तो देश को उस तरह के साँचे फिर से तैयार करने ही होंगे।

खूब बातें हुईं। कई दिन होती रहीं। सवाल यह था कि अब क्या करना चाहिए। जवाब भी सीधा-साधा। यही उस वक्त सूझ सकता था और सूझा भी। और वह यह था कि अखबार निकाल कर देशवासियों के विचारों को बदलना और देश को जगाना चाहिए।

जहाँ तक मुझे याद है गणेश जी ने उन दिनों से ही हिन्दी में 'कर्मयोगी' के लिए और उर्दू में इलाहाबाद से निकलनेवाले 'स्वराज्य' के लिए लिखना शुरू कर दिया था। 'कर्मयोगी' के लिए उनके कई लेख, 'नोट' और 'समाचार संग्रह' समय-समय पर मेरे कलम के नीचे से निकले। उनकी जबर्दस्त योग्यता और प्रभावशाली लेखन शक्ति का परिचय उसी समय मिलना शुरू हो गया था। यह मुझे खूब याद है कि गणेश जी के कलम से सबसे पहली पंक्तियाँ 'कर्मयोगी' के लिए ही लिखी गई थीं। और 'कर्मयोगी' के लिए ही उन दिनों उन्होंने अधिकतर लिखा। गणेश जी उन दिनों कभी इलाहाबाद में अपने एक गरीब रिश्तेदार के घर रहते थे और कभी कानपुर अपने बड़े भाई के साथ। कानपुर का वह घर भी मुझे अब तक याद है। मुहल्ले का नाम खूब याद था। उन दिनों उस पते पर कई खत भी लिखे। पर इस समय भूल रहा हूँ। कानपुर में अकसर हम लोग महाशय काशीनाथ जी के यहाँ भी मिला करते थे। काशीनाथ जी सन् 1903-1904 में मेरे साथ दयानन्द ऐंग्लो-वैदिक कालेज, लाहौर में पढ़ा करते थे। मैं बी.ए. में था और वह शायद उपदेशक क्लास में या वैदिक क्लास में थे। कानपुर में वह एक स्वच्छ आदमी की तरह अपने बड़े भाई लाला देवीप्रसाद जी खत्री के साथ रहा करते थे। काशीनाथ जी आजन्म अविवाहित रहे। दोनों भाइयों में बड़ा प्रेम था। कानपुर में उनके मकान पर उन दिनों अकसर कई जगह के क्रान्तिकारी देशभक्त युवक आते और मिलते रहते थे। देवीप्रसाद जी और काशीनाथ जी दोनों का अब स्वर्गवास हो चुका। पर कानपुर में अभी काफी लोग हैं, जिनके दिलों में दोनों की याद बाकी है। गणेश जी, काशीनाथ जी और मैं तीनों अन्त समय तक एक-दूसरे को सगे भाइयों से अधिक मानते रहे।

हालात उन दिनों तेजी के साथ बदलते रहते थे। ग्राहक संख्या उन दिनों चोटी पर होते हुए भी 'कर्मयोगी' नौ महीने से अधिक न चल सका। 'स्वराज्य' भी एक साल से कुछ कम समय निकला और इस थोड़े समय के अन्दर एक-दूसरे के बाद उसके आठ एडिटर जेल गए, जिनमें किसी की कम-से-कम सजा तीन साल की कड़ी कैद और अधिक-से-अधिक आजन्म काला पानी था। उन आठ में से तीन अभी जिन्दा हैं।

भाई गणेश शंकर विद्यार्थी ने इसी कंटकाकीर्ण पथ को ग्रहण करने का निश्चय किया। जब उन्होंने कानपुर से 'प्रताप' निकालने का फैसला किया उस समय तक मैं 'सुन्दरलाल' से 'सोमेश्वरानन्द' होकर शिमला पहाड़ियों के ऊपर सोलन में

अज्ञातवास कर रहा था। मुझे खूब याद है जब मुझे गणेश जी के 'प्रताप' निकालने के इरादे का पता चला तो मैंने उन्हें एक लम्बा खत लिखा, जिसमें अपने और अपने दूसरे साथियों के कई अनुभवों के आधार पर मैंने गणेश जी से यह प्रार्थना की कि वह 'प्रताप' के सम्पादन में धीमे और सँभल कर चलें। जहाँ तक हो सके शत्रु को उसे बन्द करने का मौका न दें। मुझे याद है गणेश जी ने जवाब में मुझे लिखा था कि वह मेरी सलाह पर अमल करने की पूरी कोशिश करेंगे। इसके साथ ही उन्होंने यह भी लिखा था—"मैं 'प्रताप' को ऐसी मक्खन की गोली भी नहीं बनाना चाहता जिसे जो चाहे मुँह में रख ले।" जिस योग्यता, निर्भीकता, निष्पक्षता और सच्चाई के साथ गणेश जी ने जिन्दगी भर 'प्रताप' का सम्पादन किया, उसे देश पूरी तरह जानता है। हिन्दी के शायद ही किसी दूसरे अखबार ने देश की इतनी अच्छी और इतनी कीमती सेवा की हो।

उन दिनों भारतीय देशभक्तों पर सन् 1904-1905 के रूस-जापान युद्ध का बहुत गहरा असर पड़ा था। पहाड़ों पर बैठे-बैठे मुझे भी जापान का शुरू से आखिर तक का इतिहास पढ़ डालने की सूझी। खूब पढ़ा। जापान के अन्दर जो भारतीय क्रान्तिकारी पनाह लिये पड़े थे उनसे पत्र-व्यवहार था ही। भाई बरकतउल्ला ने तोक्यो से मुझे बहुत-सी अच्छी-अच्छी किताबें जापान के इतिहास और जापान की उस जमाने की उन्नति पर भेजीं। मैंने हिन्दी में एक 'जापान का इतिहास' लिख डाला। एक हजार से ऊपर पन्ने की किताब थी। उसे छापने और प्रकाशित करने के लिए केवल एक आदमी तैयार हुआ गणेश शंकर विद्यार्थी। उनके लिखने पर मैंने पुस्तक का शुरू का अंश उन्हें छापने के लिए भेज दिया। पुस्तक छपनी शुरू हो गई। लगभग दो सौ पन्ने छप भी गए। छपे फार्म की एक-एक कापी मेरे पास सोलन पहुँचती रही। पर वह गड़बड़ी के दिन थे। किताब का मेरा बाकी का मसविदा कुछ मित्र लोग ले गए। बाकी पुलिस उठा ले गई। कानपुर के छपे फार्म भी सब गल-सड़ कर खत्म हो चुके। आज पुस्तक का कोई निशान भी बाकी नहीं है। पर गणेश जी के और मेरे सम्बन्ध की वह भी एक छोटी-सी कड़ी थी। उन दिनों के जापान के उत्थान की अनेक बातें गणेश जी ने अपने लेखों में भी लिखीं और अपने व्याख्यानों में भी कहा करते थे।

आते-जाते मैं उन दिनों पचासों ही बार कानपुर ठहरा हूँ। ठहरने की जगह दो ही थीं—कभी काशीनाथ जी का घर और कभी 'प्रताप' कार्यालय। कानपुर के रहनेवालों ने गणेश जी का बहुत अच्छा साथ दिया। वह और उनका पत्र एक जबर्दस्त संस्था बन गए। थोड़े ही दिनों में सारा कानपुर, सारा प्रान्त और फिर सारा देश उन्हें आदर से और प्रेम की निगाह से देखने लगा। कानपुर एक व्यापारी शहर है। कानपुर के व्यापारियों और पूँजीपतियों तक ने जिस प्रेम और श्रद्धा के साथ गणेश जी का

साथ दिया, वह देखने की चीज थी। अब तो शायद वह सब पूँजीपति भी चल बसे। अब उनके बेटे और पोते रह गए हैं। उदाहरण के लिए श्री पद्मपत सिंघानिया के पिता श्री कमलापति गणेश जी से बड़ा प्रेम करते थे।

कानपुर के अन्दर गणेश जी और वहाँ के पूँजीपति व्यापारियों का परस्पर सम्बन्ध और खुद मेरा कानपुर का अनुभव इस बात का प्रमाण है कि कोई रिवाज या संस्था बुरी हो सकती है, पर मनुष्य कहीं सब बुरे नहीं होते। हमें संस्था से घृणा हो सकती है, आदमी से घृणा कभी नहीं होनी चाहिए। और समय और परिस्थिति के अनुसार हर श्रेणी और हर तरह के आदमी देश और मानवजाति के भले के लिए मिलकर काम कर सकते हैं। अपने जीवन भर बहुत दर्जे तक गणेश जी कानपुर के अनन्य नेता रहे। प्रान्त और देश के वह रत्नों में से थे।

गणेश जी के विचार शुरू से ही बहुत ऊँचे और उदार थे। किसी तरह की संकीर्णता उन्हें छू तक नहीं गई थी। जात-पाँत, ऊँच-नीच, छूत-अछूत, हिन्दू-मुसलमान आदि भेदों से वह बल्लियों ऊपर थे। वह सच्चे हिन्दुस्तानी, सच्चे देशभक्त और मानव एकता के सच्चे माननेवाले थे।

हिन्दू-मुस्लिम मामले में उनके जीवन की एक छोटी-सी घटना यहाँ देने के काबिल है। ठीक सन् मुझे याद नहीं रहा। पर सन् 1931 से दो-चार साल पहले की बात है। कानपुर शहर के अन्दर हिन्दू-मुसलमानों के बीच कुछ तनातनी चल पड़ी थी। गरमी के दिन थे। शहर के बाजार में–जहाँ तक याद पड़ता है शायद जनरलगंज की बात है–एक गेहूँ बेचनेवाले हिन्दू बनिये की दुकान और एक मुसलमान दर्जी की दुकान दोनों एक-दूसरे के आसपास थीं। भरी दोपहरी का वक्त था। हिन्दू बनिये को उस दिन कचहरी में कुछ काम था। कचहरी जाते वक्त उसने अपने बारह-चौदह बरस के बेटे से कहा–"बेटा, देखना कोई गेहूँ खरीदने आए तो इस कोने में ये बाँट पड़े हैं, इनसे तौल कर दे देना और अगर कोई गाँव का आदमी गेहूँ बेचने आए तो उधर उस कोने में बाँट पड़े हुए हैं, भाव तय करके उन बाँटों से तौल कर ले लेना।" लड़के ने बात सुन ली और समझ ली। बनिया कह कर कचहरी चला गया। इत्तफाक से पास की दर्जी की दुकान पर भी दर्जी का एक लड़का ही था। दर्जी भी कहीं गया हुआ था। दर्जी के लड़के ने बनिये को यह बात कहते सुन लिया। दोनों लड़के करीब-करीब एक ही उम्र के थे।

थोड़ी देर बाद गाँव का कोई खेतिहर गाड़ी में गेहूँ लाद कर उसी दुकान पर बेचने आया। बनिये के लड़के ने भाव तय कर लिया। उसने बाप के बताए हुए बाँटों से तोल कर लेना शुरू किया। दर्जी का लड़का देख रहा था। लड़कपन का स्वभाव। दर्जी का लड़का लपककर आया और बनिये के लड़के से कहने लगा–"उन बाँटों से तोल, इनसे क्यों तोलता है।" बात-ही-बात में किसान पर भी भेद खुल गया। दोनों लड़कों

में कुछ कहा-सुनी और फिर हाथापाई होने लगी। कहा जाता है कि हाथापाई कुछ इस दुकान में हुई और कुछ उस दुकान में। इतने में ही, भगवान जाने कैसे, हिन्दू लड़के के सिर पर से चुटिया उड़ गई।

हिन्दू लड़के ने चिल्ला-चिल्ला कर कहना शुरू किया कि इस दर्जी के लड़के ने मेरी चुटिया काट दी। बात-की-बात में राह चलते दस-बीस हिन्दू और दस-बीस मुसलमान जमा हो गए। हिन्दू लड़के ने रो-रोकर सबसे वही बात कहना शुरू की कि इस लड़के ने मेरी चुटिया काट दी। दर्जी का लड़का रो-रोकर और कसम खाकर यह कह रहा था कि 'मैंने इसकी चुटिया नहीं काटी। उसने खुद मेरी दुकान में घुस कर कैंची उठाकर अपनी चुटिया अपने हाथ से काटते हुए मुझसे यह कहा कि तुझे तेरे बाप से पिटवाऊँगा।' भगवान जाने दोनों लड़कों में कौन सच्चा था। पर वहाँ खड़े अधिकतर हिन्दू, हिन्दू लड़के का पक्ष लेने लगे और मुसलमान, मुसलमान लड़के का। बात बढ़ चली। डर था कि आग शहर भर में न फैल जाए।

इतने में उसी बाजार का कोई आदमी दौड़कर 'प्रताप' कार्यालय में गणेश जी के पास पहुँचा। गणेश जी सो रहे थे। उसने गणेश जी को जगाकर कहा–"महाराज! आप यहाँ सो रहे हैं। शहर में आग लग जाने का डर है।" हाल सुन कर गणेश जी फौरन उठ खड़े हुए और मौके पर पहुँचे। इतने में बनिया भी कचहरी से आ गया था। शायद दर्जी भी आ गया होगा। जब गणेश जी दुकान पर पहुँचे तो वह बनिया चिल्ला-चिल्लाकर लोगों से कह रहा था कि इस मुसलमान लड़के ने मेरे बेटे का धर्म ले लिया, उसकी चुटिया काट दी।

गणेश जी ने पहुँचते ही बनिये की यह बात सुनकर और बाँटोंवाली सारी बात मालूम करके सबके सामने उस बनिये से कहा–"क्यों भाई, इस लड़के का धर्म इस लड़के ने चुटिया काट कर ले लिया या तुमने खुद उस वक्त इसका धर्म लिया था, जब तुमने उसे यह हिदायत की थी कि गेहूँ खरीदने के बाँट ये हैं और बेचने के बाँट ये हैं। अपने बेटे की आत्मा का खून तुमने किया या इस दर्जी के लड़के ने किया।" इत्यादि। गरज यह कि गणेश जी ने सच्चाई और निर्भीकता के साथ धर्म के असली तत्व और चुटिया जैसी चीजों की गौणता पर प्रकाश डालते हुए दोनों तरफ के लोगों को समझा-बुझाकर कम-से-कम उस समय के लिए उस झगड़े को शान्त कर दिया और कानपुर शहर को हिन्दू-मुस्लिम दंगे से बचा लिया।

कानपुर के 1931 के मशहूर हिन्दू-मुस्लिम दंगे में हिन्दू-मुस्लिम एकता के महान कार्य के लिए भाई गणेश शंकर विद्यार्थी ने अपने प्राणों की आहुति दे दी। जिन तारीखों में कानपुर में दंगा हो रहा था ठीक उन्हीं तारीखों में कराची में कांग्रेस का अधिवेशन हो रहा था। कानपुर के दंगे की खबर हमें कराची में मिली। तुरन्त कांग्रेस ने कानपुर के दंगे की तहकीकात के लिए और आगे को इस तरह के दंगों का इलाज

सुझाने के लिए कुछ आदमियों की एक कमेटी नियुक्त की। कमेटी के सदस्य थे–1. डॉक्टर भगवान दास, चेयरमैन, 2. मौलाना जफरुल मुल्क अलवी, 3. बाबू पुरुषोत्तमदास टंडन, 4. मंजर अली सोख्ता, 5. अब्दुल लतीफ बिजनौरी और 6. सुन्दरलाल, मन्त्री। कांग्रेस के बाद ही कानपुर पहुँचकर हम लोगों ने दंगे के कारणों इत्यादि के बारे में तहकीकात शुरू की। लगभग पाँच महीने रहकर कई सौ गवाहियाँ लीं। मुहल्ले-मुहल्ले जाकर मौकों को देखा। चार महीने बनारस में रहकर हमने अपनी रिपोर्ट तैयार की। मालूम हुआ कि शुरू में झगड़ा साफ उस समय की पुलिस का कराया हुआ था। कानपुर के अंग्रेज डिस्ट्रिक्ट मजिस्ट्रेट का भी उसमें साफ हाथ था। यहाँ मैं इस दंगे की तफसील में जाना नहीं चाहता। एक सप्ताह से कुछ कम के दंगे में लगभग दो सौ हिन्दुओं और दो सौ मुसलमानों की जानें गईं। इनके अलावा लगभग चार सौ हिन्दू और चार सौ मुसलमान जख्मी हुए। कई करोड़ की सम्पत्ति नष्ट हुई। शहर के व्यापार को जो नुकसान हुआ, वह अलग। कांग्रेस की तहकीकाती कमेटी के पहुँचने के बाद शहर के वे बाजार जो उस समय के हाकिमों के कहने से किसी तरह भी नहीं खुल रहे थे, कांग्रेस नेताओं के शहर में घूम कर लोगों से कहने पर फिर से खुल गए। तहकीकाती कमेटी के रहते हुए मुहल्ले-मुहल्ले में हिन्दू-मुस्लिम एकता के जलसे हुए। लोगों ने हिन्दुओं और मुसलमानों दोनों में एक बड़े दर्जे तक समझा कि किस तरह ये दोनों विदेशी शासकों और उनके एजेंटों के हाथों में खेल गए। फटे हुए दिल फिर थोड़े-बहुत एक-दूसरे के नजदीक आए।

तहकीकाती कमेटी ने बड़े साइज के छह सौ पन्ने की एक मोटी रिपोर्ट छाप कर तैयार की। रिपोर्ट के छपकर तैयार होते ही अंग्रेज सरकार ने उसे जब्त कर लिया।

कानपुर के उस दर्दनाक दंगे के दिनों में अगर किसी एक आदमी ने कानपुर की, प्रान्त की और इस देश की लाज रखी तो वे गणेश शंकर विद्यार्थी थे। दंगा शुरू होते ही वे कभी इस मुहल्ले में तो कभी उस गली में फिरकनी की तरह चक्कर लगाते रहे। वे हिन्दुओं को समझाते थे, मुसलमानों को समझाते थे। अड़तालीस घंटे से कुछ ऊपर वे करीब-करीब लगातार उसी तरह गली-गली फिरते रहे। उनके पास केवल एक हथियार था और वह था उनकी आत्मा की शुद्धता और उनकी आत्मा का बल। इसमें सन्देह नहीं कि उन्होंने अनगिनत्त हिन्दुओं और अनगिनत मुसलमानों की जान बचाई। गणेश शंकर की निगाह में हिन्दू और मुसलमान दो थे ही नहीं। तीसरे दिन जब वे बेहद थके हुए किसी एक मुहल्ले से निकल रहे थे, कुछ हिन्दुओं ने उन्हें बुला कर पानी पीने के लिए कहा। गणेश शंकर उससे चन्द मिनट पहले ही वहाँ किसी मासूम बच्चे का कटा हुआ सिर एक मकान के ऊपर की संडास से नीचे गिरते हुए देख आए थे। "तुम्हारे पापी हाथों से मैं पानी लेकर नहीं पी सकता।" कहकर उन्होंने

पानी पीने से इनकार कर दिया। उसी दिन शाम से पहले गणेश शंकर विद्यार्थी कानपुर के दंगे की उस भयंकर ज्वाला में शहीद हो गए।

मैंने कमेटी के दूसरे मेम्बरों के साथ उस दंगे की तहकीकात की थी। जाहिर है कानपुर का कोई हिन्दू गणेश जी को नहीं मार सकता था। तीन दिन के अन्दर उन्होंने काफी हिन्दुओं की जानें बचाई थीं। कानपुर के मुसलमान भी इस बात को अच्छी तरह देख रहे थे कि उन्हीं तीन दिन के अन्दर गणेश जी ने अनगिनत मुसलमानों की जानें बचाई थीं। इस बात के काफी सबूत हैं कि शहर के मुसलमान उस समय उनके कदमों पर गिर रहे थे। फिर गणेश जी को खत्म किसने किया। इस तरह की दर्द-अंगेज चीजों पर शायद इतिहास का पर्दा डाले रहना ही अच्छा है। हमारी तहकीकाती कमेटी जिस नतीजे पर पहुँच सकी, वह हमारी रिपोर्ट के अन्दर दर्ज है। जो हो, इसमें भी कोई सन्देह नहीं हो सकता कि जिस दिन भी यह देश साम्प्रदायिक एकता और विशेषकर हिन्दू-मुस्लिम एकता का सच्चा नमूना दुनिया के सामने पेश कर सकेगा, उस शुभ दिन इस महान कार्य के बड़े-से-बड़े शहीदों में गणेश शंकर विद्यार्थी का नाम सबसे ऊपर लिखा हुआ दिखाई देगा।

इस एकता के लिए महात्मा गांधी की शहादत को न यह देश भूल सकता है और न दुनिया भूल सकती है। पर मुझे विश्वास है कि महात्मा गांधी की आत्मा आज अगर बोल सकती तो वह गणेश शंकर विद्यार्थी के बलिदान को खुद अपने बलिदान से किसी तरह भी कम स्थान न देती।

महात्मा नन्द गोपाल

वयोवृद्ध क्रान्तिकारी देशभक्त श्री नन्द गोपाल का 2 दिसम्बर, 1968 को दिल्ली में, 84 वर्ष की आयु में निधन हो गया।

श्री नन्द गोपाल, जो अपने धार्मिक विचारों तथा आध्यात्मिक प्रवृत्तियों के कारण महात्मा नन्द गोपाल के नाम से अधिक जाने जाते थे, सन् 1884 में हफीजाबाद, जिला गुजरांवाला (पाकिस्तान) में जन्मे थे। उनके पिता श्री बुलांकी राम बैरिस्टर थे।

जब श्री नन्द गोपाल लगभग 20 वर्ष के थे, उनके पिता ने उनका विवाह करना चाहा किन्तु युवक नन्द गोपाल जो लाला लाजपतराय और सरदार अजीतसिंह जैसे सुप्रसिद्ध राजनीतिक नेताओं के भाषणों और उनके लेखों से पहले ही काफी प्रभावित हो चुके थे, ने इस आयु में विवाह से इनकार कर दिया और लाहौर भाग गए जो उन दिनों इस प्रान्त की राजनीतिक गतिविधियों का केन्द्र था।

लाहौर में श्री नन्द गोपाल, लाला लाजपतराय के सीधे सम्पर्क में आए और उनके साथ कई वर्षों तक उन्हीं के मकान में रहे तथा उनके निर्देशन में भारत की आजादी के लिए काम किया।

सन् 1906 में श्री नन्द गोपाल ने महात्मा हंसराज द्वारा लाहौर से निकाले जानेवाले धार्मिक-पत्र 'आर्य गजट' का सम्पादन प्रारम्भ किया। इसके शीघ्र बाद ही उन्होंने श्रीमती सरला देवी चौधरानी द्वारा निकाले जा रहे उर्दू राजनीतिक साप्ताहिक-पत्र 'हिन्दुस्तान' का सम्पादन भार सँभाल लिया। लाहौर में, जल्द ही, वे सुप्रसिद्ध क्रान्तिकारी नेता सरदार अजीतसिंह और सूफी अम्बा प्रसाद के सम्पर्क में आए। उन्होंने 'हिन्दुस्तान' का सम्पादन छोड़ दिया और प्रसिद्ध क्रान्तिकारी उर्दू पत्र 'इन्कलाब' का सम्पादन करने लगे, जिससे सरदार अजीतसिंह और सूफी अम्बा प्रसाद के नाम भी जुड़े हुए थे और जो कौमी प्रेस, लाहौर से मुद्रित होता था। उन्हीं दिनों श्री नन्द गोपाल ने उर्दू में, दो खंडों में एक पुस्तक 'कौमी इस्लाह' लिखी। यह पुस्तक भारत के स्वतन्त्रता आन्दोलन में बिदेशी प्रभाव को लेकर लिखी गई थी।

इसी बीच सन् 1907 में इलाहाबाद से श्री शान्ति नारायन द्वारा एक अन्य क्रान्तिकारी उर्दू पत्र 'स्वराज्य' का प्रकाशन प्रारम्भ किया गया। 'स्वराज्य' की

विशेषता यह थी कि इसका प्रकाशन प्रारम्भ होने के दो वर्ष के भीतर ही इसके आठ सम्पादक एक-एक करके जेल भेज दिए गए थे। ब्रिटिश सरकार के विरुद्ध आपत्तिजनक लेख लिखने के आरोप में नौवें सम्पादक श्री अमीर चन्द्र बम्ववाल भी गिरफ्तार कर लिये गए थे और उन पर मुकदमा भी चलाया गया था किन्तु बाद में वे न्यायालय द्वारा छोड़ दिए गए क्योंकि वह अंक जिसमें आपत्तिजनक लेख प्रकाशित हुआ था, सरकार द्वारा छपने या डिस्पैच किए जाने से पूर्व ही जब्त कर लिया गया था। 'स्वराज्य' के 10वें सम्पादक श्री रामदास सरालिया के नाम जब वारन्ट जारी हुआ तो वे भूमिगत हो गए।

सन् 1908 में 'स्वराज्य' के तीन सम्पादकों सर्वश्री शान्ति नारायन, होतीलाल वर्मा तथा बाबूराम हरी को एक के बाद एक मुकदमे में पहले ही सजाएँ दी जा चुकी थीं। अब श्री नन्द गोपाल 'स्वराज्य' का सम्पादन-भार सँभालने के लिए लाहौर से इलाहाबाद गए। वे इस पत्र के पाँचवें सम्पादक थे। उन्होंने इस पत्र का सम्पादन 10 माह तक जारी रखा, तब तक पंजाब पुलिस ने उन्हें गिरफ्तार कर लिया और उनकी पुस्तक 'कौमी इस्लाह' और उनके लेख 'इन्कलाब' के लिए उन पर मुकदमा चलाने के लिए उन्हें इलाहाबाद से लाहौर ले आई। लाहौर में श्री नन्द गोपाल पर मुकदमा चला और उन्हें पाँच वर्ष के कठोर कारावास की सजा सुनाई गई। उन्हें लाहौर जेल में डाल दिया गया। सरकार द्वारा 'कौमी प्रेस' जब्त कर लिया गया, उनकी पुस्तक 'कौमी इस्लाह' प्रतिबन्धित कर दी गई और समाचारपत्र 'इन्कलाब' भी बन्द हो गया।

लाहौर जेल में तीन माह रखने के बाद श्री नन्द गोपाल को 'स्वराज्य' में प्रकाशित उनके तीन लेखों के सम्बन्ध में मुकदमा चलाने के लिए पुनः लाहौर से इलाहाबाद लाया गया। इलाहाबाद में उन पर पुनः मुकदमा चला तथा उन्हें और पाँच साल के कठोर कारावास की सजा सुना दी गई। दोनों सजाएँ, एक लाहौर की तथा दूसरी इलाहाबाद की, साथ-साथ चलनी थीं। इस प्रकार श्री नन्द गोपाल को अब कुल 10 वर्ष के कठोर कारावास की सजा दी गई थी। उनके पिता श्री बुलाकी राम बैरिस्टर के रूप में प्रैक्टिस करने के साथ-साथ देहरादून में एक माचिस-फैक्ट्री भी चलाते थे। इसके लिए उन्हें सरकार से, सल्फर खरीदने का लाइसेंस मिला हुआ था। श्री नन्द गोपाल की सरकार विरोधी गतिविधियों का परिणाम यह हुआ कि श्री बुलाकी राम का सल्फर का लाइसेंस रद्द हो गया और माचिस फैक्ट्री बन्द हो गई।

श्री नन्द गोपाल को थोड़े समय के लिए जिला जेल, इलाहाबाद में रखा गया। फिर सेन्ट्रल जेल, नैनी स्थानान्तरित कर दिया गया और उसके बाद सन् 1909 में उन्हें अंडमान (काला पानी) भेज दिया गया। अंडमान में उन्हें लगभग साढ़े चार वर्ष

रखा गया। अंडमान में निम्नांकित बन्दी-साथी थे जिनमें विख्यात सावरकर बन्धु भी थे–(1) श्री वी.डी. सावरकर (2) श्री जी.डी. सावरकर (3) श्री अरविन्द घोष के छोटे भाई श्री बारीन्द्र घोष (4) श्री उल्लासकर दत्त (5) श्री हेमचन्द्र दास और 'स्वराज्य' के तीन अन्य सम्पादक अर्थात् (6) श्री लद्धाराम (7) श्री होतीलाल वर्मा (8) श्री बाबूराम हरी। इन सभी राजनीतिक बन्दियों को भारत के स्वतन्त्रता-संग्राम से सम्बन्धित भावी कार्यक्रमों पर विचार करने के लिए परस्पर मिलने का अवसर बहुत ही कम मिल पाता था।

अंडमान से श्री नन्द गोपाल ने अंडमान में नारकीय जीवन जीने पर विवश राजनीतिक बन्दियों के जीवन से सम्बन्धित कुछ लेख चोरी-छिपे भारत भेजे। इनमें से कुछ लेख भारतीय समाचार-पत्रों में प्रकाशित हुए। इन लेखों ने देश में तूफान पैदा कर दिया। तत्कालीन वाइसराय की एक्जीक्यूटिव कौन्सिल का ध्यान इन लेखों में अंकित आरोपों की ओर आकृष्ट किया गया। आरोपों की छानबीन करने के लिए एक विशेष अधिकारी को अंडमान भेजा गया। इस अधिकारी ने अंडमान में सजा भुगत रहे राजनीतिक बन्दियों से इन लेखों में वर्णित आरोपों के सम्बन्ध में पूछताछ की। जाँच की एक उपलब्धि यह रही कि श्री नन्द गोपाल को उनकी सजा की अवधि पूरी होने से बहुत पहले ही भारत भेज दिया गया।

इस बार श्री नन्द गोपाल को कराची जेल भेजा गया। कराची जेल से श्री नन्द गोपाल ने महानिरीक्षक, कारागार, बम्बई को एक शिकायती पत्र भेजा कि इस जेल में राजनीतिक बन्दियों को बालू मिले हुए आटे की रोटी दी जाती है। इस शिकायत पर उन्हें अन्य राजनीतिक बन्दियों की भाँति मिलनेवाली कुल सजा की अवधि में से 10 माह की छूट से न केवल वंचित कर दिया वरन् उन्हें उनकी सजा की पूरी अवधि (दस वर्ष) तक जेल में रखे जाने के आदेश दे दिए गए।

सन् 1919 में कराची जेल से रिहा होने के बाद श्री नन्द गोपाल वापस पंजाब आ गए और दो वर्ष तक जिला कांग्रेस कमेटी, फीरोजपुर के जनरल सेकेट्री रहे। अब वे मुख्यतः लाला लाजपतराय के मार्गदर्शन में कार्य कर रहे थे।

सन् 1922 में वे पुनः असहयोग आन्दोलन के सम्बन्ध में गिरफ्तार कर लिये गए। इस बार उन्हें एक वर्ष के कठोर कारावास की सजा हुई। अबकी उन्हें तीन माह तक फीरोजपुर जेल में और बाकी 8 माह तक मियाँवाली जेल में रखा गया। मियाँवाली जेल में उन्हें कुछ माह तक दिल्ली के श्री आसफ अली के सान्निध्य का भी सुअवसर प्राप्त हुआ।

सन् 1924 में वे आगरा में दयालबाग में शामिल हो गए। यहाँ उन्हें 'प्रेम प्रचारक' के सम्पादन का कार्य सौंपा गया। सन् 1924 से 1963 (39 वर्ष) तक उन्होंने 'प्रेम प्रचारक' का सम्पादन किया।

कराची जेल से छूटने के बाद, लगभग 35 वर्ष की आयु में उनका विवाह हो गया था। सन् 1963 के बाद, अपने गिरते स्वास्थ्य के कारण उन्होंने दयालबाग छोड़ दिया और दिल्ली में अपने बेटों के साथ रहने लगे।

1 दिसम्बर, 1968 को श्री नन्द गोपाल के पेट में अचानक तेज दर्द उठा और मुश्किल से मात्र दो घंटे की संक्षिप्त बीमारी के बाद 2 दिसम्बर, 1968 को सुबह तड़के उनका निधन हो गया। वे अपने पीछे पत्नी, चार पुत्र तथा एक पुत्री छोड़ गए हैं। उनका एक पुत्र तथा पुत्री दिल्ली में डॉक्टर हैं और दूसरा पुत्र मुरादाबाद में चिकित्सक है।

राजा महेन्द्र प्रताप

मेरी राजा महेन्द्र प्रताप से सबसे पहली मुलाकात 1906 में इलाहाबाद में पंडित मदनमोहन मालवीय के मकान पर हुई थी। मैं उस समय एल.एल.बी. में पढ़ता था। राजा साहब एक बड़े राज्य के उत्तराधिकारी थे। अक्टूबर, सन् 1905 में भारत की अंग्रेज सरकार ने हिन्दू और मुसलमानों को एक-दूसरे से अलग करके विदेशी अंग्रेजी राज्य के खिलाफ मुल्क भर में बढ़ते हुए आन्दोलन को कुचलने के लिए बंगाल के, जो सन् 1905 तक एक मिलाजुला बंगाल था, दो टुकड़े कर दिए थे—एक पूर्वी बंगाल, जिसमें मुसलमानों की प्रधानता थी और दूसरा पश्चिमी बंगाल, जिसमें हिन्दुओं का बहुमत था।

उस समय इस बंग-भंग के विरुद्ध और विभाजन को रद्द कराने के लिए और बंगाल को फिर से एक करने के लिए और अंग्रेजी हुकूमत को भारत से बाहर निकालने के लिए देश भर में एक जोरदार आन्दोलन खड़ा हो गया, जिसके फलस्वरूप सन् 1911 में अंग्रेजों को बंग-भंग को खत्म करके बंगाल को फिर से एक प्रान्त बना देना पड़ा। उस समय के बंग-भंग के खिलाफ और विदेशी शासन का अन्त करने के पक्ष में जो देश भर में आन्दोलन चल रहा था, उसमें हम दोनों शुरू से ही हिस्सा ले रहे थे।

सन् 1906 में जब हम इलाहाबाद में मालवीय जी के मकान पर मिले तो दो-तीन दिन की बातचीत में हम दोनों ने यह संकल्प कर लिया कि हम अपनी सारी जिन्दगियाँ देश से अंग्रेजी राज्य को मिटा देने और देश को आजाद कराने की कोशिशों में ही खर्च कर देंगे। हमने यह भी तय कर लिया कि इसके लिए यदि राजा महेन्द्र प्रताप को अपने राज-पाट से हमेशा के लिए अलग होना पड़े और मुझे अपने वकालत आदि पेशे से हाथ धोना पड़े तो हम इस शुभ कार्य को पूरा करने में इन चीजों की परवाह नहीं करेंगे। मुझे बेहद सन्तोष, खुशी और अभिमान है कि हम दोनों ने अपनी इस प्रतिज्ञा को अन्त समय तक पूरी तरह निभाया।

इस बीच राजा महेन्द्र प्रताप की अधिकतर जिन्दगी दुनिया भर के देशों में वहाँ की सरकारों और जनता दोनों की सहानुभूति भारत की आजादी के संग्राम के लिए

प्राप्त करने और उसे सफल बनाने की कोशिशों में बीती है। सन् 1915 में उन्होंने काबुल में स्वाधीन भारत की एक अस्थायी सरकार भी कायम कर ली थी, जिसके वह स्वयं अध्यक्ष थे। मैं इस मध्य 1917 तक लोकमान्य तिलक और श्री अरविन्द घोष के अधीन भारत के क्रान्तिकारी आन्दोलन द्वारा अपनी शक्ति भर देश की स्वाधीनता की कोशिशों में लगा रहा। सन् 1917 से 1947 तक, अर्थात् देश के आजाद होने तक मैं गांधीजी के अहिंसात्मक असहयोग आन्दोलन में अपनी शक्ति भर पूरा हिस्सा लेता रहा। इस बीच मैं 9 बार जेल गया। अलग-अलग समयों पर मैंने 10 जेल देखे और अपनी जिन्दगी के लगभग 7 साल जेलों में बिताए। राजा महेन्द्र प्रताप ने अफगानिस्तान में वहाँ की सरकार की मदद से स्वतन्त्र फौज खड़ी करने और जरूरत पड़ने पर उसके द्वारा भारत को आजाद कराने की पूरी तैयारी कर ली थी। हम सबको इस बात की प्रसन्नता है और सन्तोष है कि महात्मा गांधी का स्वाधीनता संग्राम सफल हुआ और यह देश फिर से आजाद हो सका। उस संग्राम के अलग-अलग विविध पहलुओं में विस्तार से जाने के लिए यह स्थान नहीं है। ऐसे मामलों में अन्तिम परिणाम हमेशा बहुत-सी तरह-तरह की कोशिशों का मिला हुआ नतीजा होता है।

इस छोटे से लेख को समाप्त करने से पहले मैं केवल एक बात और कह देना चाहता हूँ। चालीस वर्ष से ऊपर तक देश के स्वाधीनता संग्राम के साथ मेरा अत्यन्त गहरा सम्बन्ध रहा है। इन चालीस वर्षों के अन्दर यदि मैं किसी ऐसे देशभक्त, आजादी के ऐसे सच्चे सैनिक का नाम ले सकता हूँ, जिसे श्रीमद्भगवतगीता के अर्थों में सचमुच 'निष्काम' और 'स्थितप्रज्ञ' कहा जा सके, जिसे कभी अपने नाम या यश की आकांक्षा न हुई हो, जिसके लिए स्वाधीनता संग्राम के सम्बन्ध में सुख-दुख, हानि-लाभ, यश-अपयश सब सचमुच बराबर रहे हों, और आज तक एक बराबर हों, तो वह नाम मेरे चालीस वर्ष के ऊपर के अनुभव में केवल एक राजा महेन्द्र प्रताप का ही नाम है। देशभक्तों या क्रान्तिकारियों की सूची में सर्वोपरि नाम मुझे राजा महेन्द्र प्रताप का ही रखना पड़ता है।

विस्मृत क्रान्तिकारी : अली अहमद सिद्दीकी

श्री अली अहमद सिद्दीकी का जन्म सन् 1894 में भंगा, जिला बहराइच, उत्तर प्रदेश में हुआ था। उनका असली घर भंगा नहीं था। बाप-दादा शाहजादपुर जिला फैजाबाद के रहनेवाले थे। भंगा में श्री अली अहमद के पिता शेख कुरबान अली थानेदार थे। लगभग 7 साल की आयु में श्री अली अहमद अपने असली वतन शाहजादपुर में आ गए। वहाँ उन्होंने एक मिशन इंगलिश स्कूल में पढ़ना शुरू किया। वहीं से उन्होंने मैट्रकुलेशन किया। इसके बाद उनके पिता ने उन्हें टेक्नीकल इन्स्टीट्यूट बम्बई में इलेक्ट्रीकल इंजीनियरिंग की पढ़ाई के लिए भेज दिया।

वह समय बंग-भंग के खिलाफ आन्दोलन का था। वह आन्दोलन बंगाल से बढ़ते-बढ़ते सारे भारत में फैल चुका था। लोकमान्य बाल गंगाधर तिलक उस समय देश भर के लिए उस आन्दोलन के मुख्य नेता थे। स्वभावतः जगह-जगह उस आन्दोलन में बंगालियों और महाराष्ट्रियों का सबसे अधिक भाग था। श्री अली अहमद सिद्दीकी का बम्बई में कई बंगाली और मराठी युवकों से मिलना हुआ। श्री अली अहमद सिद्दीकी का कहना है कि उन बंगाली और महाराष्ट्री मित्रों के असर से ही अली अहमद सिद्दीकी के विचार देशभक्ति की तरफ झुके। अपनी इंजीनियरिंग की तालीम की परवाह न करते हुए युवक अली अहमद सिद्दीकी राजनीति के मैदान में कूद पड़े।

इसी समय के निकट यूरोप में बलकान की जंग शुरू हो गई। सन् 1912 में हिन्दुस्तान से एक ऑल इंडिया मेडिकल मिशन डॉ. एम.ए. अंसारी के नेतृत्व में तुर्की भेजा जाने लगा। बम्बई में इस मिशन के जाने की तैयारियाँ हो रही थीं। जानेवालों की सूची भी बन रही थीं। अली अहमद सिद्दीकी की आयु उस समय 18 वर्ष की थी। उन्होंने स्वयं डॉ. अंसारी से मिलकर प्रार्थना की कि उन्हें भी उस मिशन में शामिल कर लिया जाए। डॉ. अंसारी पर युवक अली अहमद सिद्दीकी की देशभक्ति और उनके उत्साह का बहुत अच्छा असर पड़ा। उन्होंने अली अहमद की प्रार्थना स्वीकार कर ली और उन्हें तुर्की जानेवाले मिशन में शामिल कर लिया गया।

तुर्की जाने से पहले विक्टोरिया टेक्नीकल इन्स्टीट्यूट में पढ़ते हुए उनके बाप ने उन्हें घर बुलाकर उनकी शादी कर दी थी। शायद इसी डर से अली अहमद सिद्दीकी ने बिना पिता से इजाजत लिये विदेश जाने का फैसला कर लिया और जाने से पहले कारण बताते हुए अपने पिता को अपने जाने की सूचना दे दी। वह मिशन के साथ तुर्की चले गए।

तुर्की जानेवाले उस मिशन में कुल 52 आदमी थे, जिनमें डॉक्टर, नर्स, कम्पाउंडर और कुछ दूसरे लोग भी थे।

बंग-भंग के बाद देश की आजादी के लिए जो आन्दोलन इस देश में शुरू हो गया था, उसके कारण कई गरम विचारों के देशभक्तों को देश छोड़ना पड़ा था। उन्हीं में से एक दिल्ली के लाला हरदयाल भी थे। इन पंक्तियों के लेखक को लाहौर में लाला हरदयाल के साथ कुछ दिनों रहने और काम करने का सौभाग्य प्राप्त हुआ था। सन् 1908 में लाला हरदयाल को यूरोप जाने के लिए लाहौर के स्टेशन पर अन्तिम विदाई देने का सौभाग्य भी लेखक को प्राप्त हुआ था। लाला हरदयाल यूरोप से अमरीका चले गए। अमरीका में 'गदर पार्टी' के नाम से एक मशहूर भारतीय क्रान्तिकारी दल कायम हुआ। उस दल के अधिकांश मेम्बर अमरीका में रहनेवाले सिक्ख भाई थे। किन्तु दल का नेतृत्व लाला हरदयाल के हाथों में था।

सन् 1912 में जब श्री अली अहमद सिद्दीकी योरोप में थे, अमरीका की गदर पार्टी के कई बड़े-बड़े नेता भी यूरोप में थे। उनमें खास सरदार भगतसिंह के चाचा सरदार अजीतसिंह और आजकल दिल्ली पार्लियामेंट मेम्बर राजा महेन्द्र प्रताप थे।

ऑल इंडिया मेडिकल मिशन के कुछ मेम्बर यूरोप के दूसरे देशों की सैर को भी गए। अली अहमद सिद्दीकी को भी उनके साथ जाने का मौका मिल गया। इस यात्रा में ही जर्मनी में अली अहमद सिद्दीकी की राजा महेन्द्र प्रताप से भेंट हुई। सरदार अजीतसिंह से उनकी भेंट तुर्की में हो चुकी थी। इन दोनों क्रान्तिकारी नेताओं के प्रभाव से श्री अली अहमद सिद्दीकी अमरीका की गदर पार्टी के मेम्बर बन गए। गदर पार्टी का दूसरा नाम 'इंडियन रिवोल्यूशनरी पार्टी' भी था।

ऑल इंडिया मेडिकल मिशन में एक और युवक डॉक्टर निमकन मुलगन भी थे, जिन्हें जर्मनी की सरकार ने अपने खर्च पर अधिक शिक्षा प्राप्त करने के लिए जर्मनी बुला लिया था। वह जर्मनी चले गए, वहीं शादी कर ली और वहीं रहने लगे।

उन दिनों अमरीका की गदर पार्टी यह योजना बना रही थी कि अमरीका से हथियार जमा करके चीन, स्याम और बर्मा के रास्ते भारत भेजे जाएँ। भारत में उन्हें जगह-जगह जमा किया जाए और एक योजना के साथ समय निश्चित करके भारत में उन हथियारों की मदद से अंग्रेजों के खिलाफ सशस्त्र क्रान्ति खड़ी की जाए। इस

योजना के सम्बन्ध में यह सवाल पेश आया कि रंगून में उन हथियारों को गुप्त ढंग से प्राप्त करके कलकत्ते रवाना करने का प्रबन्ध कौन करे। अली अहमद सिद्दीकी के सगे बड़े भाई। निसार अहमद सिद्दीकी रंगून में ठेकेदारी करते थे। अली अहमद को अपने भाई निसार अहमद पर पूरा भरोसा था। तय हुआ कि अली अहमद अपनी बम्बई की पढ़ाई को बन्द करके रंगून जाएँ और वहाँ अपने भाई निसार अहमद से इन हथियारों के कलकत्ता भेजे जाने का प्रबन्ध करें। यह काम अली अहमद सिद्दीकी को यूरोप में ही सुपुर्द कर दिया गया था।

ग्यारह महीने यूरोप में रहकर सन् 1913 में ऑल इंडिया मेडिकल मिशन हिन्दुस्तान वापस आया। अली अहमद सिद्दीकी अपनी इलेक्ट्रिकल इंजीनियरिंग की शिक्षा को पहले ही छोड़ चुके थे, और यदि कोई विचार इलेक्ट्रिकल इंजीनियर बनने का उनके दिल में बाकी रह भी गया हो तो यूरोप में रहकर वह सदा के लिए समाप्त हो गया। बम्बई से कुछ दिन के लिए वह अपने घर शाहजादपुर गए। फिर वह अपने भाई के पास बर्मा चले गए। वहाँ वह रंगून में रहकर चीन और स्याम के रास्ते जो हथियार बर्मा आते थे, उन्हें किसी तरह गुप्त रीति से कलकत्ता वहाँ की इंडियन रिवोल्यूनरी पार्टी के साथ भेजने का प्रबन्ध करते रहे। वह हथियार कलकत्ता से पंजाब तक जाते थे। जगह-जगह उनके गुप्त गोदाम बने हुए थे। हथियार अधिकतर कुछ देशभक्त कपड़े के व्यापारियों के द्वारा एक जगह से दूसरी जगह पहुँचाए जाते थे। हथियारों को बहुत करके कपड़े की गठरियों में छिपाकर भेजा जाता था। उन देशभक्त व्यापारियों में, जिनकी सहायता से यह काम किया जाता था, रंगून के एक गुजराती व्यापारी हाजी अब्दुल गनी बेग मुहम्मद भी थे। इसी सम्बन्ध में इंडियन रिवोल्यूशनरी पार्टी के कुछ भारतीय मेम्बर ब्रिटिश भारतीय फौज की भारतीय रेजीमेंटों में जा-जा कर भारतीय सिपाहियों को अंग्रेजी शासन के विरुद्ध विद्रोह में भाग लेने के लिए प्रोत्साहित कर रहे थे। यह सारा काम हद दर्जे की जान जोखिम का था और जो लोग इसमें हिस्सा लेते थे वह अपनी जान की बाजी लगाकर ही ले सकते थे।

इस बीच पहला महायुद्ध शुरू हो गया। सिंगापुर उन दिनों अंग्रेजों के कब्जे में था। सिंगापुर की हिन्दुस्तानी गदर पार्टी ने वहाँ की फौज के अन्दर अंग्रेजी राज्य के खिलाफ विद्रोह खड़ा करा दिया। इस विद्रोह में अली अहमद सिद्दीकी का विशेष हाथ था। लगभग चार महीने तक यह विद्रोह जारी रहा। इन चार महीनों के अन्दर विद्रोहियों का सिंगापुर पर पूरा कब्जा रहा। यह बात सन् 1914 की है। इस विद्रोह के खास नेता सूबेदार अब्दुल शकूर खाँ थे। अंग्रेजों ने जापानी फौजी बेड़े की मदद से इस विद्रोह को शान्त किया। सूबेदार अब्दुल शकूर खाँ और लगभग 50-60 और आदमी पकड़ कर गोली से उड़ा दिए गए। अली अहमद सिद्दीकी, निसार अहमद

सिद्‌दीकी ओर उनके कुछ और साथी किश्ती में बैठकर पानी के रास्ते रंगून निकल गए। इन लोगों की योजना थी कि रंगून में सिंगापुर की तरह अंग्रेजों के विरुद्ध विद्रोह खड़ा किया जाए। बर्मा भी उन दिनों अंग्रेजों के राज्य में था।

सिंगापुर के विद्रोहियों में से कुछ सिंगापुर से भागकर स्याम स्टेट के अन्दर बैंकाक चले गए।

सन् 1914 में ही रंगून में अली अहमद सिद्‌दीकी को विद्रोह के जुर्म में गिरफ्तार कर लिया गया। उनके साथ 22 आदमी और गिरफ्तार हुए, जिनमें से कुछ रंगून नगर के खास प्रतिष्ठित सज्जन थे।

[यातनाओं के बीच खिंचनेवाले इस लौह व्यक्तित्व अली अहमद सिद्‌दीकी का पूरा विवरण हमें पंडित सुन्दरलाल जी की फाइलों से प्राप्त नहीं हो सका। उन पर यह अधूरा लेख यहाँ दिया जा रहा है। —सम्पादक]

प्रोफेसर सुधीर कुमार रुद्र

21 जून, सन् 1951 को इलाहाबाद युनिवर्सिटी के प्रोफेसर सुधीर कुमार रुद्र की नैनीताल में अचानक मृत्यु हो गई। प्रोफेसर रुद्र का यह 60वाँ साल था। उनत्तीस साल वह इलाहाबाद युनिवर्सिटी की सेवा कर चुके थे। मृत्यु बिलकुल अचानक हुई। नैनीताल की सात ताल झील में नहाने गए हुए थे। तैरते-तैरते पानी की झाड़ियों में फँस गए और वहीं जीवन लीला समाप्त ही गई।

प्रोफेसर सुधीर कुमार रुद्र ईसाई थे। उनके पिता प्रिंसिपल सुशील कुमार रुद्र बरसों सेंट स्टीफेंस कालेज, दिल्ली के प्रिंसिपल रहे। प्रिंसिपल रुद्र के बारे में भी यहाँ कुछ कहना जरूरी मालूम होता है। प्रिंसिपल रुद्र बहुत ही उदार विचारों के आदमी थे। उनका दिल मानव-प्रेम से भरा हुआ था। किसी तरह की मजहबी तंगनजरी उन्हें छू भी नहीं गई थी। वह सच्चे हिन्दुस्तानी और सच्चे इनसान थे। दिल्ली में उस जमाने में हिन्दू, मुसलमान और ईसाई सब उन्हें प्यार करते थे और सब बड़ी इज्जत की निगाह से देखते थे। दीनबन्धु सी. एफ. एंड्रुज उनके साथियों में से थे। लाला हरदयाल उनके शागिर्दों में थे। महात्मा गांधी से उन्हें बड़ा गहरा प्रेम था। दोनों में गाढ़ी मित्रता थी। दक्षिण अफ्रीका से आने के बाद शुरू के दिनों में महात्मा गांधी से दिल्ली में प्रिंसिपल रुद्र के मकान पर मिलने और बातें करने का सौभाग्य मुझे मिला है। उन दिनों गांधीजी नीची गुजराती धोती, कुर्ता और अँगरखा पहनते थे और काठियावाड़ी पगड़ी बाँधते थे।

प्रिंसिपल सुशील कुमार रुद्र सच्चे देशभक्त थे। इस देश में अहिंसा का युग आने से पहले उनके न जाने कितने विद्यार्थी जेलों में सड़े और सूलियों पर लटक गए। इस देश के बहुत से देशभक्तों और राष्ट्रसेवकों के लिए प्रिंसिपल सुशील कुमार रुद्र एक आदर्श देशभक्त और आदर्श राष्ट्रसेवक थे।

प्रोफेसर सुधीर कुमार रुद्र एक योग्य और नेक पिता के योग्य और नेक पुत्र थे। ईसाई धर्म जिन-जिन गुणों पर जोर देता है वह सब उनके अन्दर मौजूद थे। पर किसी तरह की अनुदारता, संकीर्णता या तंगनजरी अपने बाप की तरह उन्हें छू भी न गई थी। प्रोफेसर सुधीर कुमार रुद्र हिन्दुस्तानी कल्चर सोसाइटी के कायम

करनेवालों और शुरू से अपनी मृत्यु के समय तक उसकी इन्तजामिया कमेटी के मेम्बरों में से एक थे। गांधीजी उन्हें हमेशा वात्सल्य प्रेम की निगाह से देखते थे।

हमारा देश अनेक धर्मों का गहवारा है। दुनिया के सब धर्मों को इसमें आदर और प्रेम के साथ जगह मिली है। हिन्दू, मुसलमान, सिक्ख, पारसी, यहूदी, ईसाई, बौद्ध और जैन सब इसके अन्दर बसे हुए हैं। भारतमाता सबकी एक बराबर माता है। इस संगम के कारण ही यह देश धर्म की निगाह से दुनिया के लिए एक आदर्श देश है। हमारा राष्ट्र एक मिलाजुला राष्ट्र है। हमारे इस आदर्श राष्ट्र में सबसे मुबारक वह हिन्दू, वह मुसलमान, वह सिक्ख, वह फारसी, वह यहूदी, वइ ईसाई, वह बौद्ध और वह जैन है जो अपने-अपने अलग-अलग धर्मों को मानते हुए भी, अपने धर्मों के ऊँचे-से-ऊँचे गुणों को धारण करते हुए भी सच्चे भारतीय हैं। सब धर्मवालों को एक निगाह से देखते हैं, और अपने रहन-सहन, रात-दिन के बरताव, सार्वजनिक जीवन और राजकाजी मामलों में रत्ती भर भी भेदभाव नहीं करते; जिनके दिल और दिमाग हर तरह की तंगनजरी से ऊपर उठ चुके हैं। देश की खुशकिस्मती से हर मजहब के भारतवासियों में इस तरह के आदर्श भारतवासी थे। इसी तरह के लोग हमारे राष्ट्रीय महल के सच्चे निर्माता कहला सकते हैं। इस निगाह से प्रोफेसर सुधीर कुमार रुद्र का जीवन उन हजारों भारतवासियों के लिए जो भारतीय राष्ट्रीयता को खुले और छिपे किसी एक धर्म के साथ जोड़ते रहते हैं सच्ची राष्ट्रीयता के एक बहुत बड़े सबक का काम दे सकता है।

हमें भाई सुधीर कुमार रुद्र के चले जाने का बड़ा दुख है। हिन्दुस्तानी कल्चर सोसाइटी के अन्दर वह एक बहुत बड़ी कमी पैदा कर गए हैं।

श्रीमती पैरिन बहन कैपटिन

17 फरवरी, सन्, 1958 की रात को आठ और नौ बजे के बीच श्रीमती पैरिन बहन कैपटिन का पूना के जहाँगीर नर्सिंग होम में देहान्त हो गया। श्रीमती पैरिन बहन कैपटिन की उम्र उस समय सत्तर से कुछ ऊपर थी।

श्रीमती पैरिन बहन कैपटिन भारत के परम देशभक्त और महान नेता दादाभाई नौरोजी की पोती थीं, जिन्होंने सन् 1906 में, कलकत्ता कांग्रेस के सभापति की हैसियत से, पहली बार, इस देश को 'स्वराज' का मन्त्र दिया। अंग्रेजी राज के शुरू से उस समय तक भारत की राजनीतिक शब्दावली में यह शब्द पढ़ने या सुनने को नहीं मिलता। सन् 1906 के बाद भी न जाने कितने हिन्दुस्तानी देशभक्तों को 'स्वराज' शब्द का उपयोग करने और उसे अपना मकसद बताने के जुर्म में लम्बे-लम्बे जेलखानों और काला पानी तक की सजाएँ भुगतनी पड़ी थीं। तिरेपन वर्ष पहले के उस जमाने में कांग्रेस के प्लेटफार्म से 'स्वराज' शब्द का उच्चारण करना और उसे भारतवासियों का ध्येय करार देना बहुत बड़े साहस और दूरन्देशी का काम था। दादाभाई नौरोजी का नाम इसके लिए भारत की आजादी के इतिहास में सदा के लिए अमर रहेगा। पैरिन बहन कैपटिन एक बहुत बड़े घराने की थीं।

थोड़े ही दिनों बाद हिन्दुस्तान को आजाद करने के लिए इस देश में और विदेशों में अपने सर्वस्व की आहुति दे देनेवाले कुछ युवकों और युवतियों की गुप्त क्रान्तिकारी समितियाँ बनीं। इन गुप्त समितियों के काम के सिलसिले में बीस बरस की उम्र की पैरिन बहन ने पहले भारत के नगरों और फिर यूरोप के खास-खास देशों–खासकर इंग्लैंड और फ्रांस का दौरा किया। पैरिस का शहर उन दिनों हिन्दुस्तान के क्रान्तिकारियों का सबसे बड़ा केन्द्र था। पैरिन बहन वहाँ के खास काम करनेवालों और भारत के केन्द्रों के साथ पैरिस के केन्द्र का नाता जोड़नेवालों में से एक थीं। यह काम उन दिनों कितना खतरनाक था, एक-एक कदम उस रास्ते का कितने काँटों से भरा हुआ था, इसका अन्दाजा केवल वह लोग ही लगा सकते हैं जिन्होंने अपनी जिन्दगियों का कुछ हिस्सा इस तरह के कामों में खपाया हो।

समय बीतता चला गया, देश की राजनीति ने तरह-तरह के पलटे खाए। पहला महायुद्ध समाप्त हुआ। गांधीजी का समय आया। गांधीजी ने जिस समय देश की आजादी के लिए अपनी नई ढंग की जंग का ऐलान किया उस समय जिन लोगों ने सबसे पहले आगे बढ़कर अपने आपको गांधीजी के हवाले कर दिया और उनके संग्राम को सफल करने के लिए अपने सर्वस्व की बाजी लगा दी उनमें सबसे आगे-आगे श्रीमती पैरिन बहन कैपटिन थीं। उस समय से लेकर गांधीजी के बलिदान के समय तक वह गांधीजी के सबसे नजदीकी अनुनायियों में से रहीं। गांधीजी के हर आन्दोलन में उन्होंने पूरा-पूरा हिस्सा लिया। गांधीजी के तामीरी प्रोग्राम के हर अंश को वह पूरी तरह माननेवाली और उस पर अमल करनेवाली थीं। अपनी मृत्यु के समय तक भी वह गांधीजी की सच्ची भक्त रहीं और उन्हीं के बताए रास्ते पर चलती रहीं।

महात्मा गांधीजी की तीस बरस की तपस्या और कोशिश के बाद भी देश में कम लोग ऐसे मिलते हैं जो सचमुच अपने विचारों, भावों और व्यवहार तीनों में हिन्दू, मुस्लिम, ईसाई, पारसी, जैन, सिक्ख, गुजराती, मद्रासी, बंगाली, पंजाबी वगैरह भेदों से बिलकुल ऊपर उठ चुके हों। पैरिन बहन उन्हीं विरले लोगों में से एक थीं। आज की दुनिया की हालत और आजादी के बाद से हमारे अन्तर्राष्ट्रीय सम्बन्धों ने भी पैरिन बहन के दिल पर गहरा असर डाला। इसमें शक नहीं, पैरिन बहन कैपिटन उन लोगों में से थीं जिन्हें इस देश या उस देश के नागरिक न कहकर संसार का नागरिक कहा जा सकता है। अलग-अलग सम्प्रदायों, धर्मों, मजहबों, प्रान्तों और देशों की अलग-अलग संस्कृतियों के भ्रम से बाहर निकलकर वह एक व्यापक मानव संस्कृति को माननेवाली और मानव एकता की सच्ची हामी थीं।

पिछले दस बरस के अन्दर पैरिन बहन को कई बार दिल्ली आने का मौका मिला। कई बार हम उनके साथ गांधीजी की समाधि पर गए। जो गद्‌गद अवस्था हर ऐसे मौके पर हमने पैरिन बहन की देखी वह और कम ही की देखने में आई है।

गांधीजी के तामीरी कामों में से जो काम पैरिन बहन ने खास तौर पर अपने हाथ में ले रखा था वह उनका हिन्दुस्तानी प्रचार का काम था। उन्होंने अपना सारा जीवन इसी काम के लिए अर्पण कर रखा था। इसी काम के करते हुए उन्होंने अपना चोला छोड़ा। गांधीजी की कायम की हुई हिन्दुस्तानी प्रचार सभा की वे मेम्बर थीं। बम्बई प्रदेश की हिन्दुस्तानी प्रचार सभा का सारा-का-सारा काम उन्हीं के जिम्मे था। अनेक बाधाओं के होते हुए भी जिस सुन्दरता के साथ वह इस काम को उस प्रदेश में और उससे बाहर भी चला रही थीं वह उन्हीं का साहस था।

इस देश की राष्ट्रभाषा के बारे में गांधीजी के विचार बिलकुल साफ थे। वह सब प्रान्तीय भाषाओं से प्रेम रखते थे। उन्हें हिन्दी से भी प्रेम था। उन्हें उर्दू से भी प्रेम

था। पर प्रान्त-प्रान्त के बीच के काम के लिए यानी इन अर्थों में राष्ट्रभाषा के लिए वह न हिन्दी के हामी थे और न उर्दू के। जिन इलाकों में खड़ी बोली बोली जाती है वहाँ के लिए भी गांधीजी न अकेले उर्दू के पक्षपाती थे और न अकेले हिन्दी के। वह उस 'हिन्दुस्तानी' के समर्थक और हामी थे जो हिन्दी और उर्दू दोनों की माँ है और जो उन्हीं के शब्दों में 'उत्तर भारत के अधिकतर इलाके में आम जनता की बोलचाल की जबान है।' साइंसी, अदबी और राजकाजी कामों के लिए भी वह हिन्दी अलग और उर्दू अलग, एक हिन्दुओं की बोली और दूसरी मुसलमानों की बोली, एक पंडिताऊ और दूसरी मौलवियाना के बजाय दोनों के संगम के तरफदार थे। वह द्वेष और फूट के बजाय एकता और प्रेम के समर्थक थे। भाषा विज्ञान की दृष्टि से भी उनकी राय सोलह आने ठीक थी। इसी में देश और देश की जनता का भला था, और है। लिखावट के बारे में वह कुछ बरसों के लिए दोनों लिपियों को मान लेना और बराबर कर दरजा देना चाहते थे। इससे दोनों शैलियों के मिलकर सचमुच एक हो जाने में भी पूरी-पूरी मदद मिलती। भविष्य में अपने आप जो लिपि अधिक सुविधा की होती वह धीरे-धीरे अपनी जगह कर लेती।

पैरिन बहन गांधीजी के इन उसूलों को पूरी तरह मानती थीं और आखिरी दम तक इन पर पूरी तरह डटी रहीं। हिन्दुस्तानी प्रचार सभा, बम्बई की तरफ से उनकी देख-रेख में जो इम्तहान लिये जाते थे उनमें उर्दू और हिन्दी दोनों साथ-साथ रहती थीं और दोनों लिपियों का जानना और दोनों के साहित्य से वाकिफ होना सबके लिए जरूरी था। बम्बई की सरकार पर भी पैरिन बहन का खास असर था और वहाँ के सरकारी अधिकारी उन्हें हर तरह से मदद देते थे। बम्बई प्रान्त से बाहर भी देश भर में वह अपने हिन्दुस्तानी के इम्तहान चलाना चाहती थीं और कई जगह चलाती भी थीं। चीन में हमारे देश से हिन्दी और उर्दू के कुछ अध्यापक गए हुए हैं और बहुत अच्छा काम कर रहे हैं। पैरिन बहन से हाल में हमारी यह बातचीत हो रही थी कि चीन में जो चीनी हिन्दी या उर्दू पढ़ते हैं उनमें भी हिन्दुस्तानी प्रचार सभा, बम्बई के इम्तहान चलाए जाएँ और वहाँ के हिन्दी-उर्दू सीखनेवालों की भाषा को बोलचाल की हिन्दुस्तानी का रूप दिया जाए।

सन् 1947 में जब विधान सभा के अन्दर राष्ट्रभाषा या यूनियन की सरकारी भाषा के सवाल पर बहसें होने लगीं उस समय गांधीजी और पैरिन बहन में इस विषय पर काफी पत्र-व्यवहार हुआ। 22-7-47 को गांधीजी ने नई दिल्ली से एक पत्र में पैरिन बहन को लिखा–

"Heaven knows what is in store for us. The old order changeth giving place to new. Nothing is settled. Whatever is decided by the Constituent Assembly, Hindustani with the two scripts remains for you and me."

यानी–"भगवान जाने हमारा क्या होनेवाला है। पुरानी व्यवस्था बदल रही है। नई उसकी जगह ले रही है। कोई चीज तय नहीं। विधान सभा चाहे कुछ भी तय करे, तुम्हारे और मेरे लिए हिन्दुस्तानी ही रहेगी और दोनों लिपियों में रहेगी।"

एक-दूसरे पत्र में गांधीजी ने लिखा है–

"Rashtra Bhasha for me means Hindi+Urdu=Hindustani. My advice will be amalgamate the two and follow the larger method i.e., of Hindi and Urdu amalgamation."

यानी–"मेरे लिए राष्ट्रभाषा का मतलब है हिन्दी + उर्दू = हिन्दुस्तानी। मेरी सलाह यही होगी कि दोनों को मिला लो और इस बड़े ढंग से चलो यानी हिन्दी और उर्दू के संगम को लेकर चलो।"

25-7-47 को गांधीजी ने फिर एक पत्र में पैरिन बहन को लिखा–

"Your letter. You will see what I spoke yesterday on Hindustani. You and I must work hard, even unto death for the purpose. Let us not lose heart."

यानी–"तुम्हारा पत्र मिला। तुम देखोगी कल मैंने हिन्दुस्तानी के बारे में क्या कहा था। तुम्हें और मुझे इस काम के लिए अपनी मृत्यु तक सख्त मेहनत करनी होगी। हमें हिम्मत नहीं हारना चाहिए।"

दिल्ली में बहसें चलती रहीं। महात्मा गांधी हमारे बीच से उठ गए। राष्ट्रभाषा के सवाल पर दिल्ली की बहसें गांधीजी के उसूल और उनकी इच्छा के खिलाफ जाती हुई मालूम हुईं। पहली अगस्त सन् 1949 को श्रीमती पैरिन बहन कैपटिन ने संविधान सभा के सब मेम्बरों के नाम नीचे लिखा पत्र भेजा–

संविधान सभा दिल्ली के मेम्बरों के नाम।

प्रिय मित्र,

चूँकि राष्ट्रभाषा को तय करने का बड़ा सवाल जल्दी ही आपके सामने आनेवाला है, इसलिए मैं इस मौके पर गांधीजी के शब्दों में राष्ट्रभाषा की नीचे लिखी परिभाषा आपके सामने रख देना चाहती हूँ। गांधीजी के अनुसार राष्ट्रभाषा में हिन्दी और उर्दू दोनों शामिल हैं। इस परिभाषा में उनका विश्वास आखिरी दिन तक जोरों के साथ चमकता रहा। वह परिभाषा यह है–

"मेरे लिए राष्ट्रभाषा के मानी हैं हिन्दी जमा उर्दू बराबर हिन्दुस्तानी।"

जब हम अपनी आजादी के लिए लड़ रहे थे हमने गांधीजी को अपना नेता माना और हम उनके बताए रास्ते पर चले। उनकी अनोखी शख्सियत ने, जिसमें हिन्दुस्तान की आत्मा की झाँकी मिलती थी, हमें अपने मकसद

तक पहुँचा दिया। क्या यह बात दुख और शरम की बात न होगी यदि अब जब गांधीजी शरीर सहित हमारे साथ नहीं रहे तो हम उस रास्ते को छोड़ दें जो इस बारे में बिलकुल साफ-साफ शब्दों में उन्होंने हमारे सामने रखा था और एक ऐसा तंगनजरी का रुख अख्तियार करें जो हमारी राष्ट्रीय प्रतिभा और राष्ट्रीय कल्चर की परम्पराओं से मेल नहीं खाता और जो एक उदार, व्यापक और सर्वतोमुखी कल्चर के शान्तिपूर्वक विकसित होने के रास्ते में सबसे बड़ा खतरा है।

मैं आपसे इल्तिजा करती हूँ कि इस तवारीखी मौके पर ठंडे दिल से और गहराई के साथ इस नाजुक सवाल पर गौर करें और एक ऐसे फ़ैसले पर पहुँचें जो बड़े दिल का और समझदारी का हो, और जिस पर हमारे इस समय के मतभेदों और फौरी जज्बों का कोई असर न हो। ईश्वर ने चाहा तो आनेवाले बरसों में यह मतभेद और जज्बे भुला दिए जाएँगे लेकिन आप के फ़ैसले के नतीजे बाकी रह जाएँगे और हमारे देश के भविष्य को बनाने या बिगाड़ने में हिस्सा लेंगे।

आपकी सच्ची,
पैरिन कैपटिन
आनरैरी सेक्रेटेरी, हिन्दुस्तानी प्रचार सभा।

देश की हवा और खासकर पढ़े-लिखों के दिमाग बदले हुए थे। पैरिन बहन की बात न चल सकी। भारत की विधान सभा ने गांधीजी की हिन्दुस्तानी की जगह उर्दू से पृथक हिन्दी को ही यूनियन की सरकारी भाषा करार दे दिया। इस तंगनजरी और गलत फैसले से न केवल हिन्दी और उर्दू के बीच की खाई ही चौड़ी होती चली गई, हिन्दी-प्रेमियों की कट्टरता और संकीर्णता भी बढ़ती गई, यहाँ तक कि अब इसी तंगनजरी, अदूरदर्शिता और कट्टरता के कारण भारत की राष्ट्रभाषा और राष्ट्रीय अखंडता दोनों एक बार खतरे में दिखाई देती हैं। हमें विश्वास है कि यदि हमारी विधान सभा ने इस मामले में गांधीजी के बताए हुए रास्ते को अपनाया होता तो आज हमें इन खतरों का सामना न करना पड़ता। हमें यह भी विश्वास है कि भविष्य में हमें जल्दी या देर में उसी प्रेम के रास्ते को अपनाना होगा–राष्ट्रभाषा का अर्थ है हिन्दी जमा उर्दू बराबर हिन्दुस्तानी। देश और जनता के कल्याण का यही एक मात्र मार्ग है।

पंडित सुन्दरलाल की चुनी हुई रचनाएँ

महात्मा गांधी के बलिदान से सीख

एक हिन्दू नौजवान के हाथ से देश के सबसे बड़े नेता और दुनिया के सबसे बड़े महापुरुष महात्मा गांधी का मारा जाना इतिहास की कोई मामूली घटना नहीं है। बहुत सों की निगाह में हजरत ईसा की सूली के बाद यह अपने ढंग की पहली घटना है। इस तरह की घटनाओं का मुल्क और दुनिया की किस्मत पर गहरा असर पड़ता है और लोगों के विचार, उनके काम और उनकी आगे की जिन्दगी कहीं-का-कहीं पलटा खा जाती है। यह भी एक कुदरती बात है कि ऐसे दिनों में लोगों के दिल और दिमाग अलग-अलग तरफ को जा रहे हों और लाखों को ठीक राह न सूझती हो। ऐसी हालत में हमें शान्ति के साथ अपने चारों तरफ देखना, एक-दूसरे को समझना और फिर ठंडे दिल से देश, धर्म और इनसानी कौम की तरफ अपने फर्ज का फ़ैसला करना चाहिए।

जिस नौजवान लड़के ने महात्मा गांधी की छाती पर पिस्तौल दागा, उसकी समझ को हम गलत कह सकते हैं, उस पर तरस खा सकते हैं, पर उसकी नीयत पर शक करने की हमें जरूरत नहीं। जिस बात को वह ठीक समझता था उसके लिए उसने अपनी जान को खतरे में डाल दिया। हमें अगर देश को बचाना है तो एक-दूसरे को प्रेम के साथ और ठीक-ठीक समझने की कोशिश करना होगा और सबकी भूलों, सबकी कमजोरियों को देश की भूलें और कमजोरियाँ मान कर चलना होगा।

अभी तक हजारों हिन्दू भाइयों के दिमाग इस तरफ को चल रहे हैं—"इस्लाम में उदारता या रवादारी नहीं। दूसरे धर्मों की बरदाश्त नहीं। कुरान में दूसरे धर्मों के माननेवालों के साथ बड़े-से-बड़े जुल्मों को जायज ठहराया गया है। दुनिया के और खासकर हमारे देश के हजार-बारह सौ वर्ष के इतिहास में यही कुछ मुसलमानों का रंग-ढंग, चाल-चलन और रवैया रहा। अंग्रेजों के आने के बाद से भी मुसलमानों ने विदेशियों के साथ मिल कर देश के साथ दगा किया, इसकी सबसे हाल की और ताजा मिसाल मुस्लिम लीग और मिस्टर जिन्ना की सारी कारगुजारियाँ हैं। म्युनिसिपैलिटियों में अलग-अलग चुनाव से बढ़ते-बढ़ते देश के टुकड़े तक हो गए,

जिससे लाखों नहीं करोड़ों जनता बरबाद हुई। इस सब के होते हुए भी कांग्रेस और महात्मा गांधी हमेशा मुसलमानों की तरफदारी करते रहे, उनकी हर माँग को हिन्दुओं से मनवाते रहे, उधर ज्यूँ-ज्यूँ मन माँगी मिलती रही, माँगें बढ़ती गईं। हिन्दू धर्म और हिन्दू संस्कृति को भी इस्लाम और मुसलमानों से जबरदस्त धक्का पहुँचा है। ऐसी सूरत में अगर हमें अपने देश, धर्म और संस्कृति को मिटा नहीं डालना है तो हिन्दुओं को मजबूत किया जाए और मुसलमानों को काबू में रखा जाए या निकाल दिया जाए या हिन्दू बना लिया जाए। पाकिस्तान, जिसके बनाने की जिम्मेवारी भी कांग्रेस और महात्मा गांधी पर ही है, बन जाने के बाद तो हिन्दुओं को इसका पूरा हक हो जाता है कि हिन्दुस्तान को एक शुद्ध हिन्दू राज्य बनाएँ। हिन्दू धर्म और हिन्दू संस्कृति को उसमें उजागर करें। मुसलमान जो रहना चाहें दब कर रहें, नहीं तो पाकिस्तान चले जाएँ और वहाँ जो चाहें सो करें। इस सारे काम के रास्ते में सबसे बड़ी रुकावट यह महात्मा गांधी, उनकी मिली-जुली प्रार्थना, उनकी मुसलमानों की तरफदारी और उनका हिन्दुओं के अन्दर अलग फौजी संगठन पैदा करने से मुखालफत। ऐसी हालत में महात्मा गांधी को राह के एक रोड़े की तरह देश के सामने से हटा देना एक पाक कर्तव्य था।''

इस तरह के और इससे मिलते-जुलते विचार अब भी लाखों देशवासियों के दिलों में हिलोरें ले रहे हैं। यही वजह है कि महात्मा गांधी के लिए दिलों में आदर और प्रेम होते हुए भी हजारों हिन्दू ऐसे हैं जिन्हें जितना गहरा दुख होना चाहिए, उतना नहीं हुआ। कहीं-कहीं से मिठाइयाँ बँटने की भी खबरें आई हैं। अब हम इस तरह के विचारों की सच्चाई और उनकी असलियत को परखना चाहते हैं और उनके खिलाफ विचारों को भी कसौटी पर कस कर देख लेना चाहते हैं।

इस सारे सवाल के मोटे तौर पर तीन पहलू हो सकते हैं–

(1) राजकाजी पहलू, जिसका देश की इस वक्त की हालत से ज्यादा वास्ता है।

(2) धार्मिक पहलू, जिसमें समाजी और कल्चरल पहलू भी शामिल हैं।

(3) इतिहासी पहलू, जिसने खासकर हमारे स्कूलों और कालेजों के जरिए हम पर गहरा असर डाला है।

हम इनमें से एक-एक पहलू को लेकर उस पर विचार करना चाहते हैं।

राजकाजी पहलू

राजकाज आज हमारी सब बातों पर सबसे ज्यादा छाया हुआ है। हर चीज को दुनिया राजकाज की ही ऐनक से देखती है। इसलिए पहले हम अपनी हालत के राजकाजी

पहलू पर ही ध्यान दें। हमारा आजकल का राजकाज अंग्रेजी राज के साथ-साथ शुरू होता है। इसलिए हमें इस वक्त की हालत को ठीक-ठीक समझने के लिए कम-से-कम पौने दो सौ बरस पीछे जाना होगा।

अंग्रेजों की कुटिल चालें

अंग्रेजी राज की बुनियादें प्लासी की लड़ाई में रखी गईं। 18वीं सदी का दूसरा अद्धा शुरू हो चुका था। इस वक्त के बंगाल और बिहार में इतिहास के पढ़नेवालों को यह एक खास बात देखने को मिलती है कि विदेशी अंग्रेज व्यापारी मुल्क के हिन्दू रईसों और सौदागरों से मिलकर यहाँ के मुसलिम राज को उखाड़ने के हथकंडे खेल रहे थे। इसीलिए बाद के अंग्रेज सिराजुद्दौला को खूब काला रंग कर दुनिया के सामने रख सके। उस जमाने की हमारी स्कूली किताबों में भी सिराजुद्दौला को इन्हीं रंगों में दिखाया गया। सवा सौ बरस से ऊपर बीत जाने के बाद अक्षयकुमार दत्त ने मेहनत और खोज करके अपनी अनमोल किताब में सिराजुद्दौला के ऊपर उन सब कलंकों को झूठा साबित किया। यहाँ तक कि जिस काल कोठरी की बाबत दुनिया भर को बताया जाता था कि सिराजुद्दौला ने अपने देशी और विदेशी दुश्मनों को सजा देने के लिए रख रक्खी थी, वह मालूम हआ कि अंग्रेजों ने सिराजुद्दौला की रिआया और उसके आदमियों को सजा देने के लिए रख रक्खी थी। सिराजुद्दौला, हिन्दू या मुसलमान हर बंगाली की निगाह में और दुनिया की निगाह में एक आदर्श देशभक्त, बहुत ही पाक, ऊँचे चलन का और आजादी का सच्चा दिलदादा बनकर चमकने लगा।

अगले सौ बरस के अन्दर यानी सन् 1857 की आजादी की जंग तक लगातार हिन्दुओं को मुसलमानों से और मुसलमानों को हिन्दुओं से, मरहठों को राजपूतों से और राजपूतों को मरहठों से, निजाम को पेशवा से और पेशवा को टीपू सुलतान से लड़ाया जाता रहा। तफसील में जाने की यहाँ जगह नहीं है। एक-एक कर मुल्क के टुकड़े गैरों के कब्जे में आते गए। देशी राजा और प्रजा दोनों पंगु होते चले गए।

नाना फड़नवीस, हैदरअली और दिल्ली के कुछ दरबारियों को सूझा कि मुल्क किधर जा रहा है? मेल की कोशिशें होने लगीं। पर मालूम होता है कि फूट और देश-दगा की जड़ें ज्यादा मजबूत थीं। अठारहवीं सदी के आखिर में निजाम और मरहठों दोनों ने विदेशियों के साथ मिलकर टीपू सुलतान की आखिरी कोशिशों को नाकाम कर दिया। होते-होते 19वीं सदी का बीच आया। हिन्दू और मुसलमानों को एक तरफ और मरहठों और राजपूतों को दूसरी तरफ एक-दूसरे से लड़ाए रखने की

कोशिशें बराबर जारी रहीं। उस वक्त की हालत को भाँप कर गवर्नर जनरल लार्ड अलेनब्रू ने साफ कहा कि, 'मुसलमान कौम हमारी कुदरती दुश्मन है। इसलिए हमें हिन्दुओं को उनके खिलाफ करने और अपनी तरफ मिलाने की पूरी कोशिश करनी चाहिए।' देशभक्तों की कोशिशें भी अपना काम करती रहीं। सन् '57 का दिन आया। लाखों हिन्दू और मुसलमानों ने, सम्राट् बहादुरशाह, नाना धोंधूपंत और रानी लक्ष्मीबाई ने मिलकर एक बार मुल्क को आजाद करने की जी-तोड़ कोशिश की। आजादी एक बार हमारे दाएँ-बाएँ मँडरा रही थी। ऐन वक्त पर सिखों और गोरखों की देश-दगा ने फिर एक बार मुल्क के बढ़े हुए हाथ-पैरों को कुचल दिया और हमारे दिलों को पस्त और बेड़ियों को और मजबूत कर दिया। फिर लगभग 25 साल तक हिन्दुओं को बढ़ाया और मुसलमानों को दबाया जाता रहा। खास दिल्ली के हिन्दू-मुसलमानों को एक-दूसरे से फाड़ने के लिए दिल्ली की जामा मसजिद और सुनहरी मसजिद दोनों ढाई-ढाई सौ रुपए में हिन्दू रईसों के हाथ नीलाम की गईं। लार्ड राबर्ट्स के हुक्म से दिल्ली में और उसके आसपास सब 'खूबसूरत और जवान मुसलमानों' को चुन-चुन कर तलवार के घाट उतारा गया। हजारों को अजीब-अजीब घिनौने तरीकों से फाँसियाँ दी गईं। इन फाँसियों का दौर, जिनमें हजारों बेगुनाह काम आए, लगभग सारे उत्तर हिन्दुस्तान में सन् 1880 तक जारी रहा।

इस बीच हिन्दुओं में दम आ चला था। वह तालीम में आगे बढ़ गए थे। सरकारी दरबार में भी वह आगे-आगे थे। उनमें फिर कुछ उमंगें जागीं, नेशनल कांग्रेस बनाने की जरूरत पड़ी। कांग्रेस को अभी 21 वर्ष ही हुए थे कि उसके जोर को तोड़ने के लिए बंगाल के टुकड़े करने और राजधानी को कलकत्ता से दिल्ली लाने की जरूरत पड़ी। पलड़ा पलटा, उसी जमाने के करीब से मुसलमानों को हिन्दुओं और खास कर कांग्रेस के ख़िलाफ बढ़ावा दिया जाने लगा। पर अब सवाल हिन्दू-मुसलमानों का ही नहीं था। अब सवाल था दूर की निगाहवाले आजादी के मतवालों और तंग निगाहवाले छोटे छोटे टुकड़ों पर टूटनेवालों का। कांग्रेस में कम या ज्यादा दोनों शामिल थे। इसलिए कांग्रेस के असर को काटने के लिए सन् 1906 में ढाका में मुसलिम लीग और लाहौर में हिन्दू महासभा दोनों की नींव साथ-साथ रक्खी गई। तब से अब तक की हमारी राजकाजी मुसीबतें इन्हीं तीनों की तिगड्डम और खेंचातानी का नतीजा है। सन् 1921 ने फिर एक बार वह दिन दिखाया जब हिन्दू-मुसलमान एक-दूसरे की दाँतकाटी रोटी दिखाई देते थे। अंग्रेज हाकिमों ने महसूस कर लिया कि 'महात्मा गांधी का प्रोग्राम कामयाबी से एक इंच भर नीचे रह गया था। फौरन एक तरफ शुद्धि और संगठन और दूसरी तरफ तंजीम और तबलीग के बाजार गर्म किए गए। करोड़ों रुपया इन जहरीली

तहरीकों में खर्च हुआ। जगह-जगह हिन्दू-मुसलमान दंगे होने लगे और बढ़ते गए। सँभाला-सँभलाया शीराजा फिर बिखरने लगा। देश को सँभालने की कोशिशें भी जारी रहीं, यहाँ तक कि हम दूसरे महायुद्ध के खात्मे तक पहुँच गए। यह है हमारी लगभग दो सौ वर्ष की गिरावट और उसके कारणों पर एक सरसरी निगाह।

1945 के बाद

हम सब 1945 तक आ पहुँचे। दूसरा महायुद्ध ज्यों-त्यों कर खत्म हुआ। इसके बाद के हालात को अब जरा और तफसील से समझने की जरूरत है। महायुद्ध के बाद अंग्रेज सरकार के सामने जो हालत थी वह यह थी–

दूसरे महायुद्ध से दुनिया की सब गुत्थियाँ अभी सुलझी नहीं थीं। कुछ नई उलझनें पैदा हो गई थीं। कम-से-कम पाँच मोटी-मोटी बातें अंग्रेज कौम के सामने साफ चमक रही थीं।

पहली यह कि तीसरा महायुद्ध होनहार दिखाई दे रहा था। अब भी उसका डर गया नहीं है। वह टलता जा रहा है तो टलने के भी साफ सबब हैं, पर डर ज्यों-का-त्यों बना है।

दूसरी यह कि पिछली दोनों बड़ी जंगों में हिन्दुस्तान की जनता की हमदर्दी, जर्मनी हो या जापान, इंगलिस्तान के दुश्मनों के साथ जाती थी। यह बात अच्छी रही हो या बुरी, उसकी सच्चाई से कोई इनकार नहीं कर सकता।

तीसरी यह कि हर महायुद्ध से हिन्दुस्तानियों में आजादी की प्यास और ज्यादा भड़कती रही, और आजादी हासिल करने के लिए कोशिश भी होती रही।

चौथी यह कि दूसरे महायुद्ध के आखीर के दिनों में खासकर सुभाष बाबू और आजाद हिन्द फौज की बदौलत हिन्दुस्तानी फौज के अन्दर मुसलमान, सिक्ख और सब धर्मों के बीच वह एका, प्रेम और सब में मुल्क की आजादी के लिए वह लगन दिखाई देती थी जो सन् 1857 के पहले तक कभी दिखाई नहीं दी थी। दिल्ली में शाहनवाज, सहगल और ढिल्लन का मुकदमा, उस मुकदमे के दौरान में अंग्रेज कमांडर-इन-चीफ का यह कह देना कि अगर शाहनवाज और उसके साथियों को सजा दे दी गई तो हिन्दुस्तानी फौज मेरे हाथ से निकल जाएगी और बम्बई में समुद्री सेना के सिपाहियों की बगावत, सब हिन्दुस्तानी फौज के अन्दर आजादी की उस लगन और उस अनोखे एके की अलामतें थीं।

पाँचवीं बात थी अगले महायुद्ध के लिए तैयार रहने की। अगला महायुद्ध जब भी हो उसका फैलाव पहले और दूसरे महायुद्ध से कहीं ज्यादा हो सकता था।

कम-से-कम सारा पश्चिमी एशिया और पूर्वी यूरोप का उसके फैलाव में आ जाना लाजमी था और अब भी है। ऐसी हालत में जगह-जगह जहाँ-जहाँ अपना कब्जा और असर था, तैयारी करते रहने की जरूरत थी। यही वजह थी जगह-जगह खाने की चीजों, कपड़ों, जूतों वगैरा के बड़े-बड़े स्टाक जमा किए जाने की और उन स्टाकों को बराबर नया करने की। यही जड़ थी दुनिया भर में कन्ट्रोल राशनिंग और दुनिया भर के व्यापार को अपने हाथों में लेने की। अंग्रेज सरकार जानती थी कि अगर यह सब करना पड़ा और करना पड़ेगा तो पेट कटने की वजह से रोटी के नाम पर शहर-शहर और गाँव-गाँव की जनता मिलकर सरकार के खिलाफ खड़ी हो जाएगी। सूबों में कांग्रेस सरकारों के बनने से पहले जगह-जगह इसी राशनिंग और कन्ट्रोल के खिलाफ हिन्दू और मुसलमान, यहाँ तक कि कांग्रेस और मुस्लिम लीग के मिलेजुले जलसे भी हुए हैं।

अंग्रेज सरकार हिन्दुस्तानियों की बढ़ती हुई ताकत को भी देख रही थी। इस पर निगाह डालने के लिए हम जरा और पीछे हट कर देखें। पहले महायुद्ध ने लोगों की उम्मीदों को जगाया। होमरूल लीग कायम हुई। उसका आन्दोलन बढ़ा। पंजाब में लाखों सिपाही यूरोप के मैदानों को देख कर लौटे थे। उनकी बदौलत वहाँ एक नया और अनोखा जोश दिखाई दिया। उसे दबाने के लिए जलियाँवाला में जो हत्याकांड हुआ उससे देश भर में बदअमनी और बढ़ी। सन् 1921 ने वह रंग दिखलाया जिसका हम ऊपर जिक्र कर चुके हैं और जो सन् 1857 के बाद अपनी तरह की पहली चीज थी। वह ज्यों-त्यों मद्धिम पड़ा। पर सन् 30 और सन् 42 में से हर तहरीक ने हमें पिछली तहरीक से काफी आगे पहुँचा दिया। यहाँ तक कि सन् 42 की कांग्रेस की तहरीक और जापान युद्ध की हालत ने एक बार हिन्दुस्तान में अंग्रेजी राज को संकट में डाल दिया। अंग्रेज कौम खूब समझ गई कि इन हालातों में अगर किसी दिन अचानक रूस के साथ जंग छिड़ गई और ऐन मौके पर फिर कोई सन् 42 जैसा आन्दोलन खड़ा हो गया तो सल्तनत को सँभाले रखना नामुमकिन हो जाएगा।

दूसरे शब्दों में अंग्रेज कौम के समझदार राजकाजियों ने देख लिया कि बिना हिन्दुस्तानियों के हाथों में कुछ अधिकार सौंपे, उन्हें नाम की आजादी दिए, राज का भार उन पर डाले और उनकी मदद से अपना असली मतलब पूरा किए बिना काम न चलेगा। और कोई रास्ता अंग्रेज कौम के लिए था ही नहीं। कांग्रेस के नेताओं को जेलों से निकाल कर बातचीत के लिए बुलाया गया। मुसलिम लीग के लीडरों को भी जमा किया गया। सबसे कहा गया कि आपस में समझौता कर लो और आजादी ले लो। कुछ को शक हुआ कि जो आजादी हजारों को कटवाने से भी न मिल सकी वह अब इतने सस्ते दामों में क्यों दी जा रही है? पर मुल्क के बड़े-बड़े नेताओं ने

इस मौके से फायदा उठाना ही ठीक समझा। इसी तरह राज-काज के तरीकों और पूरे हथकंडों से यह कोशिश की गई कि लीग और कांग्रेस या हिन्दू और मुसलमान अन्दर से मिलने न पाएँ और दिलों के अन्दर जातों और फिरकों की दीवारें और मजबूत हो जाएँ। मुल्क का दो टुकड़ों में बँटवारा तय था। पाकिस्तान और हिन्दुस्तान के बँटवारे के जवाब में पंजाब और बंगाल के दो-दो टुकड़े करने की माँग सामने आई। पहली चीज तो बुरी थी ही, दूसरी उससे भी बुरी साबित हुई। बाउंडरी कमीशनों का बैठना लाजिमी हो गया। इन कमीशनों के साथ-साथ दोनों तरफ बाउंडरी फौजें रक्खी गईं। इसके बाद जिस तरह दोनों तरफ के इलाकों को एक-एक मजहबवालों से खाली करने की कोशिश की गई, जिस तरह इस कोशिश में फिरकेवाराना आग भड़की, केवल पंजाब के अन्दर करीब दो लाख हिन्दू और तीन लाख मुसलमान कत्ल हुए और एक करोड़ से शायद ही कुछ कम अपने घरों से निकाल कर सैकड़ों मील दूर फेंक दिए गए, अरबों के माल का नुकसान हुआ, जिस तरह नफरत, गुस्से और बदले के कुदरती जज्बों ने सारी हिन्दुस्तानी कौम को अनहोने पापों और अनसुनी बरबादी के समुद्र में गोते खिलाए उन सबकी दर्द भरी कहानी हम यहाँ दोहराना नहीं चाहते। पर जिस किसी ने जरा भी ध्यान के साथ और गैरजानिबदारी से उन दिनों पंजाब की हालत को देखा है उसे मालूम है कि यह सारा तूफान अचानक ही नहीं आ गया था। यह सब खेल सोच-समझ कर तरतीब और तरकीब के साथ खेला गया था। पश्चिमी पंजाब के गवर्नर मुडी और सरहद के गवर्नर कनिंघम, ऐसे ही दरजनों सिविल और मिलिटरी अंग्रेज अफसरों और बाउंडरी फौजों के अंग्रेजों ने जिस तरह इस आग को सुलगाया, भड़काया और अनेकों जगह कोशिश के साथ बुझने से रोका, इन सब चीजों की लम्बी और दर्दनाक कहानी लिखे जाने का शायद यह स्थान और समय नहीं है।

हम नहीं कहते कि इंग्लैंड की मजदूर सरकार या उसके सब मेम्बर इस साजिश में शामिल थे। हो सकता है कि उनकी नीयत बहैसियत सरकार के यह न रही हो। हो सकता है कि वह हिन्दुस्तान में कम या ज्यादा हुकूमतें कायम करके; हुकूमत-हुकूमत की हैसियत से उनसे सुलहनामे करके ही दुनिया में अपने राजकाजी दल को मजबूत और अपने तिजारती नफे को पक्का कर लेना चाह रहे हों। पर जिस किसी ने इस सम्बन्ध की रिपोर्टों और इंगलिस्तान की पार्लियामेंट की बहसों को ध्यान से पढ़ा है, उसे मालूम है कि पिछले साल भर के अन्दर देश में जो कुछ हुआ है उसकी झलकें इंगलिस्तान के राजकाजी नेताओं के बयानों और तकरीरों में पहले से ही साफ दिखाई दे गई थीं। इसमें कोई भी शक नहीं कि मि. चर्चिल और उनके बहुत से साथी उधर और छोटे-बड़े अनेक अंग्रेज अफसर इधर, सारे इस खेल को बड़ी होशियारी के साथ खेल रहे थे।

हमारी सदियों की कमजोरियों, आपसी नफरतों, हमारी फूट, धर्म-मजहब के बारे में हमारी कुएँ के मेढक की तरह तंग निगाहों, जात-पाँत, छुआछूत, कूट चालों में नातजुरबेकारी, खुदगर्ज़ियों और अन्धेपन से वह अच्छी तरह से वाकिफ थे। इन सबसे उन्हें पूरी मदद मिली और अभी तक मिल रही है।

अंग्रेजों की चालों का नतीजा

जाहिरा नतीजा दिखाई दे रहा है। हिन्दुओं और मुसलमानों के दिल इस तरह फटे हुए हैं जिस तरह पिछले बारह सौ बरस में कभी न फटे थे। सिख और जाट, ब्राह्मण और अब्राह्मण, चितपावन और गैर चितपावन भावनाएँ पूरे जोर के साथ जाग उठी हैं। मुसलिम राज, हिन्दू राज, जाट राज, सिख राज और मरहठा राज कायम करने के लिए तरह-तरह की फौजें तैयार हैं। देश भर की इस अनसुनी दुर्गति को देखकर बहुतों के मुँह से अब भी यह निकलने लग गया है–"इससे तो अंग्रेजी राज अच्छा था।" हिन्दुस्तान सरकार को मजबूत होकर अपना और पाकिस्तान का झगड़ा सब कौमों की उस पंचायत यू.एन.ओ. के सामने रखना पड़ा, जिसमें अभी तक अंग्रेजों और अमरीका वालों की ही तूती बोलती है।

बहुत से नासमझ भाई हिन्दुस्तान और पाकिस्तान के बीच लड़ाई की बात हलकी तबीयत से कर बैठते हैं। वह भूल जाते हैं कि आजकल की जंग आबादी के आँकड़ों से तय नहीं होती। पिछले दोनों महायुद्धों में तीन-तीन, चार-चार करोड़ की कौमों ने दस-दस, बीस-बीस करोड़ की कौमों को आसानी से पटक दिया। बीसवीं सदी की लड़ाई जमीन पर चलनेवाले टिड्डी-दलों की लड़ाई नहीं होती। वह हवा में उड़नेवाले हवाई जहाजों, भारी-भारी बम के गोलों, नए-नए हथियारों, टैंकों, गैसों और साइंस के शगूफों की लड़ाई है। जिसके पास इस तरह का सामान ज्यादा और बढ़िया होगा उसके जीतने की उम्मीद है। यह सब सामान अभी तक हिन्दुस्तान में नहीं बनता और न दस-बीस वर्ष बनने की उम्मीद हो सकती है। अगर देश की दोनों सरकारों में लड़ाई की आग भड़की, तो दोनों को इस तरह का सामान, एक से एक बढ़कर, करोड़ों का नहीं कम-से-कम अरबों का उन पश्चिमी मुल्कों से खरीदना पड़ेगा, जिनका माली और तिजारती ढाँचा अभी तक बदला नहीं है और जिन्हें दूसरे बड़े-बड़े मुल्कों को किसी तरह अपने चंगुल में फाँस कर चूसने की उसी तरह जरूरत है, जिस तरह आज से कुछ साल पहले थी। इंगलिस्तान की तिजारती, कारबारी, माली और राजकाजी जरूरतें आज भी वैसी ही हैं जैसी सन् 1942 में थीं, जबकि इंगलिस्तान ने पूरी बेदर्दी के साथ हिन्दुस्तान की आजादी की माँग को कुचला था। हमारी तीन दिन की कच्ची और अधूरी आजादी

फिर पीढ़ियों के लिए उसके पास गिरवी रक्खी हुई होगी, जिससे हम यह अरबों का कर्जा लेंगे। दोनों सरकारें गैरों के बूते पर लड़ लड़कर चीथड़े-चीथड़े हो जाएँगी। मुल्क बरबाद होगा, नफरतें बढ़ेंगी और ज्यादा-से-ज्यादा अन्दर के छोटे-मोटे इन्तजाम को छोड़कर सारे मुल्क का सनती, तिजारती और राजकाजी भाग गैरों के हाथों में होगा।

पिछले तीन वर्ष के यूरोप के राजकाज और खासकर इंगलिस्तान और अमरीका के राजकाजियों के बयानों और उनकी तकरीरों से साफ दिखाई देता है कि इंगलिस्तान और अमरीका के बहुत से बड़े-बड़े लोग उसी दिन की बाट जोह रहे हैं। वह इन्तजार में हैं कि हम इस अधकचरी आजादी के नाकाबिल साबित हों। हम आपस में लड़-लड़ कर कमजोर हों और नए सिरे से अपना तिजारती, कारबारी और फौजी पंजा हम पर एक अरसे के लिए कसें।

ऐंग्लो-अमेरिकन गुटबन्दी

अभी लगभग एक साल हुआ, इंगलिस्तान की सरकार ने अमरीका की सरकार से करीब 16 अरब रुपए का कर्जा लिया है। उसकी शर्तें ऐंग्लो-अमरीकन दल की नीयत को साफ उजागर कर रही हैं। कर्जे की कुछ शर्तें अभी गुप्त रखी गई हैं। जो शर्तें निकल चुकी हैं उनमें से कुछ सीधे-साधे शब्दों में यह हैं–'दुनिया के सब छोटे-बड़े मुल्क दो हिस्सों में बँटे हुए समझे जाएँगे, एक इंग्लैंड और अमरीका के दोस्त और दूसरे इंग्लैंड और अमरीका के दुश्मन मुल्क।'

इंग्लैंड और अमरीका के दोस्त मुल्कों के साथ नीचे लिखी शर्तें होंगी–

(1) अगर किसी दोस्त मुल्क में कोई ऐसा कच्चा माल पैदा हो सकता है जिसकी इंग्लैंड या अमरीका को अपने कारखानों के लिए जरूरत हो तो उस दोस्त मुल्क का फर्ज होगा कि वह माल ठीक मिकदार में पैदा करके इंग्लैंड या अमरीका को दे।

(2) हर दोस्त मुल्क का फर्ज होगा कि इंग्लैंड और अमरीका के कारखानों के बने हुए माल के लिए अपने यहाँ की मंडियों को खुला और सुरक्षित रखे।

(3) इंग्लैड और अमरीका का फर्ज होगा कि हर दोस्त मुल्क को तिजारती, कारबारी तरक्की के लिए रुपए से और जानकारों से मदद दे।

(4) हर दोस्त मुल्क का फर्ज होगा कि अपने यहाँ कोई ऐसा नया कारखाना या धन्धा न खुलने दे जिससे इंगलिस्तान या अमरीका के किसी कारखाने या धन्धे को नुकसान पहुँचने का डर हो।

(5) अगर किसी दोस्त मुल्क में कोई ऐसा नया राजकाजी या समाजी आन्दोलन खड़ा हो जाए जिससे वहाँ के कच्चे माल के निकालने में या वहाँ की मंडियों की हिफाजत में रुकावट पड़ने का डर हो तो इंग्लैंड और अमरीका को हक होगा कि अपनी फौजें भेजकर उस आन्दोलन को दबाएँ।

साफ जाहिर है कि इंगलिस्तान और अमरीका के पूँजीपतियों की यह चाह, कि वह दुनिया के पिछड़े हुए मुल्कों को अपनी कारबारी लूट का शिकार बनाए रखें और इसीलिए उन पर अपना फौजी दबदबा भी कायम रखें, मिटी नहीं है। हिन्दुस्तान और पाकिस्तान की खानेजंगी ने अगर भयंकर रूप धारण किया तो हम इस मामले में पूरी तरह ऐंग्लो-अमरीकन दल की गोद में जा पड़ेंगे। ऐसी हालत में अगर ऐंग्लो-अमरीकन दल और रूस का दल, इन दोनों दलों में जंग छिड़ गई तो हमारी इच्छा के खिलाफ भी सारे हिन्दुस्तान के आदमी और यहाँ का पैसा और माल रूस के खिलाफ लड़ने में इस्तेमाल किया जाएगा।

हम इंग्लैंड या अमरीका को अपना दुश्मन नहीं मानते। उन दोनों देशों की जनता के साथ हमें पूरी हमदर्दी है। रूस और वहाँ की जनता के साथ हमें वैसी ही हमदर्दी है। हम न किसी को अपना दुश्मन समझते हैं और न किसी से लड़ना चाहते हैं। हममें अभी इतना दम भी कहाँ? हम सब के साथ सुलह से रहना चाहते हैं। अगर दुनिया की जंग हो तो हम अपने को इससे पूरी तरह अलग रखने की भरसक कोशिश करेंगे। लेकिन, अगर हमें किसी हालत में मजबूर होकर किसी एक दल का साथ देना ही पड़े तो अपने को इस बारे में पूरी तरह आजाद रखना चाहते हैं। इसी में हमारी सलामती और दुनिया का भला है। हमें यह बात अच्छी तरह समझ लेनी चाहिए कि इस मौके पर हमारी अपनी खानेजंगी और हमारी सब फिरकेवाराना संस्थाएँ, चाहे वह हिन्दुओं की हों, सिखों की या मुसलमानों की, हमें जबर्दस्ती एक दल की गोद में फेंक रही हैं। हमारी मुल्क की अधकचरी आजादी के लिए इससे बढ़ कर नाश का जरिया नहीं हो सकता।

अपनी इस बात की ताईद में हम कुछ बड़े-बड़े विदेशी अखबारों की हाल की राय नीचे दे रहे हैं—

14 फरवरी को मिस्र की राजधानी काहिरा से यह खबर दुनिया भर में भेजी गई है कि 'दिसम्बर सन् 1947 में इंग्लैंड और अमरीका की सरकारों के बीच गुप्त चिट्ठी-पत्री हुई है जिसकी गरज यह है कि यह दोनों सरकारें एशिया की कौमी आजादी की तहरीकों को मिल कर दबावें और उन मुल्कों में अपनी पूँजी लगा और बढ़ा सकें।' इस खबर के मुताबिक, 'अमरीका का कहना है कि अमरीका की राजकाजी और फौजी मदद से इंग्लैंड एशिया के मुल्कों में वहाँ की पीछे घसीटनेवाली ताकतों को बढ़ावा देना चाहता है और उनके जरिए अपने को वहाँ मजबूत कर लेना

चाहता है।' इस पर काहिरा के अखबार 'अलमिसरी' ने लिखा है कि 'अरब लोगों को यकीन है कि इंग्लैंड और अमरीका का यह पत्र-व्यवहार दूसरे मुल्कों की आजादी के लिए सीधे और साफ खतरे की घंटी है।'

5 फरवरी को मास्को से यह खबर आई थी कि रूस के अखबार 'मिलिटरी गजट' ने लिखा है कि 'महात्मा गांधी का कत्ल अंग्रेज साम्राज्यवादियों ने कराया है, जो इससे हिन्दुस्तान में घरेलू जंग बढ़ाना और हिन्दुस्तान को अपनी हुकूमत खुद चला सकने के लिए नाकाबिल साबित करना चाहते हैं।' इसी रूसी अखबार के लेखक 'जाविच' ने यह भी लिखा है कि 'गांधी को इसलिए कत्ल किया गया क्योंकि वह उस खानेजंगी को रोकने के लिए अपनी पूरी ताकत लगा रहे थे जिसे अंग्रेजों ने जान-बूझकर बढ़ाया है।' उस लेख में यह भी लिखा है कि 'गांधीजी की मौत ब्रिटिश साम्राज्यवादियों के लिए यह साबित करने के लिए जरूरी थी कि हिन्दुस्तानी न आजादी के काबिल हैं और न उसे निबाह सकते हैं।' मुल्क में खानेजंगी को और बढ़ाने के लिए ब्रिटिश साम्राज्यवादी इससे फायदा उठाने की सोच रहे हैं। मुख्तलिफ मुल्कों के तरक्कीपसन्द अखबार यह मान रहे हैं और उनके यह मानने के लिए काफी वजह है कि कातिल के हाथ के पीछे अंग्रेजों के खुफिया आदमी (ब्रिटिश इन्टेलिजेंस सर्विस) थे।

इसका यह मतलब नहीं कि किसी भी फिरकेवाराना संस्था के सब लोग या महात्मा गांधी के कत्ल की साजिश में हिस्सा लेनेवाले सब लोग जान-बूझकर गैरों के हाथों में खेल रहे हैं। इस तरह की चीजें जब बढ़ती हैं तो दोनों तरफ के किस्से और बदले की कुदरती भावनाएँ तरह-तरह की गलत तालीम, गलत समझ, तंग निगाहों के सहारे पनप कर अपने आप इस तरह की संस्थाएँ और साजिशें पैदा कर देती हैं। इस तरह के विचारों और कामों के करनेवाले, जाने या अनजाने मुल्क को दुश्मनों के हाथों में फेंक देते हैं। हमें यह भी मालूम है कि हिन्दुस्तान या पाकिस्तान को यह अधकचरी आजादी मिलने के बाद से भी ब्रिटिश सरकार के खुफिया बराबर इस देश में अपना काम कर रहे हैं।

हो सकता है कि दोनों सरकारें कोशिश करने पर भी इस आपसी लड़ाई की आफत से न बच सकें। पर आती हुई आफत को देख कर, उसके लिए तैयार रहते हुए भी जहाँ तक हो सके उसे टालना, बचने की कोशिश करना और आफत आ जाने पर भी उसके फैलाव, उसकी दौड़ और उसके बुरे असर को कम-से-कम हदों में रखना एक बात है और जान-बूझकर आफत को बुलाना और उसे पूरी तरह और उमंग के साथ अपने ऊपर ओढ़ लेना दूसरी बात।

यू.एन.ओ. जैसी पंचायतों से भी हम कोई खास भले की उम्मीद नहीं कर सकते। जर्मनी, जापान, दक्षिणी अफ्रीका, मिस्र, फिलिस्तीन जैसे देशों के मामलों में यू.एन.ओ. का रुख हमारी आँखें खोल देने के लिए काफी होना चाहिए।

दोनों की बरबादी

जो लोग हिन्दुस्तान से रहे-सहे मुसलमानों या गैर हिन्दुओं को खाली करने की बातें करते रहते हैं, वह भी दूसरी तरफ के जुल्मों को सुन-सुन कर और कुछ आपबीती की बिना पर गुस्से, नफरत और दलबन्दी के असर में, मुल्क और खुद हिन्दुओं के लिए अपने सुझाव के बरबादकुन नतीजों को नहीं देख पाते।

अक्टूबर सन् 47 में पश्चिमी और पूर्वी पंजाब दोनों में कई हजार मील का दौरा करके हमने दोनों की हालत को अच्छी तरह देखा। लाहौर की करीब-करीब सब तिजारत हिन्दुओं के हाथों में थी। दस्तकारियाँ और धन्धे भी बहुत से उन्हीं के हाथों में थे। यह चीजें एक-दूसरे में इतनी गुथी रहती हैं कि रहे-सहे मुसलमान कारीगरों और व्यापारियों को हमने रोकर यह कहते देखा कि उनके अपने कारबार भी एक गैरमालूम अरसे के लिए मटियामेट हो चुके। अमृतसर शहर की चुंगी की आमदनी साढ़े चार लाख सालाना से गिरकर लगभग 25 हजार सालाना तक पहुँच चुकी है। वहाँ के मुसलमान सौदागर और कारीगर तो मिट ही गए। करीब-करीब सब बड़े हिन्दू सौदागरों और कारीगरों ने भी अमृतसर छोड़ कर हमेशा के लिए दिल्ली या बम्बई में डेरे डाल लिये। हिन्दुओं और सिक्खों को निकाल कर पश्चिम पंजाब, और मुसलमानों को निकाल कर पूर्वी पंजाब, दोनों आज अधमरी हालत में पड़े हुए हैं और कम-से-कम बीस बरस तक कारबारी, तिजारती, माली या समाजी हैसियत से अपने पैरों पर खड़े नहीं हो सकते। दोनों तरफ की सरकारों और सरकारी अफसरों से बातें करने के बाद हम इस दर्दनाक नतीजे पर पहुँचे हैं। चहारदीवारी के अन्दर का लाहौर और अमृतसर दोनों आज कम या ज्यादा श्मशान दिखाई देते हैं और कोई यकीन के साथ नहीं कह सकता कि इन दोनों में से कोई कब अपनी पुरानी खुशहाली को फिर से पा सकता है। तीस लाख अरब या दूसरे मुसलमानों को अपने यहाँ से निकालने के बाद तीन सौ बरस तक स्पेन अपना सिर ऊँचा नहीं कर सका और उसके बाद आज तक स्पेन को दुनिया में वह रुतबा नहीं मिला जो इस जुल्म से पहले उसे हासिल था।

पंजाब और उसके आसपास के इलाके में अस्सी या नब्बे लाख इनसान एक जगह से उखाड़ कर दूसरी जगह फेंके गए हैं, जिसका नतीजा एक अरसे के लिए सारे पंजाब की बरबादी है। जिन्दा इनसानों के इस बदलाव की सबसे मिलती मिसाल हम पूरे बढ़े हुए तनेदार दरख्तों को एक जगह से उखाड़ कर सैकड़ों मील दूर दूसरी जगह ले जाकर लगाने की कोशिश से ही दे सकते हैं और वह भी जब कि उन दरख्तों को बेदर्दी के साथ उखाड़ा गया हो और जगह-जगह धरते-पटकते ले जाया गया हो। होशियार माली जब छोटे-छोटे नरम पौधों को एक जगह से ले जाकर जब

दूसरी जगह लगाता है तो हजार एहतियात और प्रेम के साथ उखाड़ता है और उतनी ही एहतियात और प्रेम से दूसरी जगह लगाता है। फिर भी इन पौधों में से आधे पौधे ही पनपते हैं। इस तरह के बेदर्दी से उखाड़े हुए दरख्तों में से नब्बे फीसदी मरे बिना या मिटे बिना नहीं रह सकते। जहाँ वह अभागे जाएँगे वहाँ रोग ही फैलाएँगे। बरबादी दोनों तरफ की लाजमी है। जो दरख्त उस मिट्टी में रह जाएँगे उनकी भी जड़ें हिल चुकी होंगी। अभी तक हिन्दुस्तान में शायद साढ़े तीन या साढ़े चार करोड़ मुसलमान और पाकिस्तान में लगभग सवा करोड़ हिन्दू अपने-अपने घरों में रह रहे हैं। बहुत से लोग भूल जाते हैं कि पाकिस्तान में पूर्वी बंगाल भी शामिल है जहाँ की आबादी सबसे घनी और जहाँ हिन्दुओं की गिनती सबसे ज्यादा है। गांधीजी की बंगाल की कोशिश ने वहाँ की हिन्दू-मुस्लिम जनता को पंजाब की तरह मिटने से बचा लिया। अगर अस्सी लाख के बदलाव ने पंजाब की सारी जिन्दगी को मटियामेट कर दिया तो इन बाकी बचे लगभग 5 करोड़ का बदलाव सारे हिन्दुस्तान और पाकिस्तान दोनों की जिन्दगी को इधर से उधर तक एक बार मटियामेट किए बिना नहीं रह सकता। दुनिया की वे बढ़ी हुई और खून की चाट लगी हुई कौमें, जिन्होंने जैसा हम ऊपर दिखा चुके हैं, हमारी अब तक की कोशिशों और चारों तरफ की हालतों से मजबूर होकर हमें यह अधकचरी आजादी सौंपी है, उस बदबख्त दिन की बाट जोह रही है। वह इन्तजार में है कि हमारे मुल्क के जिस्म पर चारों तरफ घाव दिखाई दें और वे गिद्धों की तरह हमारे बचाव के नाम पर हमें चूसने के लिए लपकें। ईरान, इराक, फिलिस्तीन, अरब, मिस्र, चीन, इंडोनेशिया यहाँ तक कि जापान और जर्मनी की हालत और इन सब मुल्कों में पश्चिमी ताकतों के चालू हथकंडे हमारी आँखें खोलने के लिए काफी होने चाहिए। हमारी बचत, हमारी सलामती इसी में है कि हम अपने कमजोर बदन को कहीं भी और ज्यादा घाव लगने से बचाएँ। हम जहाँ तक बन पड़े देश भर में प्रेम, इनसानियत, शान्ति और भाई-चारे की जड़ें मजबूत करके ही बच सकते हैं।

गांधी ने इस बात को भी बिलकुल ठीक देख लिया था कि दिल्ली हिन्दुस्तान की देहलीज या दूसरे शब्दों में हिन्दुस्तान का दिल है। अगर दिल्ली में मुसलमान न रह सके तो फिर इन पाँच करोड़ की उखाड़-पुखाड़ और सारे मुल्क की बरबादी नहीं रुक सकती। इसलिए वह दिल्ली को बचाने के लिए मर मिटे।

काश्मीर का मसला

अब जरा काश्मीर पर निगांह डालिए। हम सब काश्मीर को हिन्दुस्तान में मिला लेना चाहते हैं। पर यहाँ भी काश्मीर के सवाल के सीधे-सादे राजकाजी पहलू को हम नहीं

देख पाते। काश्मीर की अस्सी फीसदी आबादी मुसलमान है। इनमें ज्यादातर लकड़ी, चमड़े या ऊन के कारीगर हैं। इनके हाथ के बने ऊन के कपड़े सारे हिन्दुस्तान बल्कि दुनिया भर में चाव के साथ खरीदे जाते हैं। काश्मीर के ऊन की दस्तकारी दुनिया की ऊँची-से-ऊँची और बड़ी-से-बड़ी दस्तकारियों में से है। यही वहाँ के लोगों की रोजी का सबसे बड़ा जरिया है। काश्मीर के माल की सबसे बड़ी मंडी पिछले झगड़ों से पहले अमृतसर थी। उससे उतर कर मंडियाँ रावलपिंडी और दिल्ली थीं। सैकड़ों काश्मीरी कारीगर, दुकानदार, दलाल, एजेंट और आढ़तिये हर साल अमृतसर आते जाते थे और अपनी तिजारत के सिलसिले में महीनों ठहरते थे। आज अगर हम अमृतसर और दिल्ली की सड़कें, यहाँ के बाजार और यहाँ की सरायें मुसलमानों के लिए महफूज नहीं कर सकते और नहीं रख सकते तो हम काश्मीर के मुसलमानों को किस मुँह से और किस उम्मीद के साथ पाकिस्तान को छोड़ कर हिन्दुस्तान को अपनाने के लिए कह सकते हैं। काश्मीर और काश्मीरियों को हम तभी अपना सकते हैं जब अपने अमृतसर, जालन्धर, दिल्ली और बाकी हिन्दुस्तान में सच्चाई के साथ मुसलमानों को अपनाएँ।

एशियाई मुल्क और हम

हम काश्मीर के सवाल की और गहरी पेचीदगियों में नहीं जाना चाहते। इतना इशारा काफी है कि मजहबी निगाह से नहीं शुद्ध राजकाजी निगाह से काश्मीर अपना सकना या न अपना सकना, अफगानिस्तान और ईरान को अपना सकना या न अपना सकना है और अफगानिस्तान, ईरान और दूसरे पश्चिमी एशियाई देशों को दोस्त या दुश्मन बनाना रूस को दोस्त या दुश्मन बनाना है। कौमों के गठजोड़ बँधे हुए हैं। उनमें अदल-बदल भी हो सकते हैं। पर सारे हिन्दुस्तान की किस्मत बहुत दर्जे तक पश्चिमी एशिया और सोवियत रूस की किस्मत के साथ बँधी हुई है। कुछ नासमझ लोग अपनी फिरकेवाराना तंग-नजरी से अन्धे हो कर चीन से मिल कर मुस्लिम मुल्कों को जीतने की भी बात करने लगते हैं। इस तरह के राजकाजी बूझ-बुझक्कड़ किसी दूसरे मुल्क में होते तो हम उनके भोलेपन पर हँस सकते थे। पर हमारे मुल्क के लिए यह भोलापन इस वक्त हमारे जान के लाले साबित हो रहा है। चीन अपनी गहरी मुसीबतों में गिरफ्तार है। तब भी चीन में किसी की निगाह इतनी बेमानी और बेतुकी नहीं है। हमें याद है कि हमारे मित्र बर्मा के रेबरेंड उत्तम ने हिन्दू सभा का सदर होना स्वीकार करके इस बात पर हिन्दू महासभा से हाथ खींचा था कि उन्हें यह जानकर अचरज हुआ कि हिन्दुस्तान के मुसलमान 'हिन्दू' नहीं माने जाते।

दूसरे एशियाई देशों में भी हर तरह की पार्टियाँ हैं। हर पिछड़ा हुआ देश पश्चिम की बड़ी-बड़ी ताकतों की खेंचातानी का अखाड़ा बना हुआ है। पर हमें यह जानना चाहिए कि हिन्दुस्तान से बाहर की इस्लामी हुकूमतें और वहाँ के लोग बहुत बड़े दर्जे तक सदियों पहले की दकियानूसी मजहबी तंगनजरी से बाहर निकल चुके। इसके सिवा उनके लिए जीने का कोई भी रास्ता नहीं था। इसकी मिसालें यहाँ देने की जरूरत नहीं है। हिन्दुस्तान में हमारी दोनों तरफ की तंगनजरी, एक-दूसरे की तंगनजरी का नतीजा और उसकी उपज है। इस महारोग से ऊपर उठे बिना हमारी जान नहीं बच सकती।

अपने हाथों अपनी बरबादी

पाकिस्तान, मिस्टर जिन्ना या लीग ने क्या किया यह कहकर अपनी तंगनजरी को जायज ठहराना ऐसा ही है जैसा यह कि अगर कोई एक तरफ से हमारे घर को जलाने लगे तो हम दूसरी तरह से मशाल लेकर घर को भस्म कर देने में लग जाएँ। पाकिस्तान और हिन्दुस्तान के बँटवारे का हवाला देकर दो-नेशन के सिद्धान्त को खुद मान लेना और 'हिन्दू राष्ट्र' और 'हिन्दू राज' की बातें करना, मुल्क के दुश्मनों के हाथों में खेलना और अपने को आप बरबाद कर लेना है। इसका नतीजा है पाकिस्तान और हिन्दुस्तान के बीच की दीवार को मजबूत करना और नई दीवारों को खड़ा होने का मौका देना। देश को फिर से एक करने, जिन्दा रखने और खुशहाल बनाने का तरीका इन तंग निगाहों से ऊपर उठना है।

बहुत से लोग हिन्दुस्तान के मुसलमानों या पाकिस्तान के हिन्दुओं की वफादारी पर शक प्रकट करते रहते हैं और मौके-बे-मौके उनसे वफादारी की कसमें लेना या वफादारी का ऐलान कराने की बात करते रहते हैं। इस तरह की बातें न तो करनेवालों को शोभा देती हैं और न किसी में वफादारी या खुद्दारी पैदा कर सकती हैं और ज्यादा अजीब बात यह है कि जो लोग इस तरह की बातें करते हैं, उनमें से बहुत ऐसे हैं जो खुद या जिनके सगे नातेदार अभी कल तक विदेशी अंग्रेज सरकार की नौकरियाँ किया करते थे। बहुत से ऐसे महकमों में काम करते थे जिनसे देश की आजादी चाहनेवालों और उनकी कोशिशों को साफ धक्का पहुँचता था। देश के साथ वफादारी और बेवफाई का ठेका कभी भी किसी एक धर्मवालों ने नहीं लिया। आज भी अगर कोई पाकिस्तान के मुसलमानों या हिन्दुस्तान के हिन्दुओं में अपने यहाँ की सरकारों के खिलाफ देशघातक तैयार करना चाहे तो हमें लज्जा के साथ मानना पड़ेगा कि यह कोई कठिन काम नहीं है। ब्रिटिश सरकार की खुफिया पुलिस, उसकी वह कचहरियाँ जिन्होंने देशभक्तों को सजाए दीं और उसके वे

जेलखाने जिन्होंने आजादी के मतवालों को बन्द कर रखा या फाँसियाँ तक दीं, सदा हिन्दू, मुसलमान और सिख सबसे भरे रहे हैं। अपने सगे रिश्तेदार पृथ्वीराज के साथ दगा करनेवाला जयचन्द, सिराजुद्दौला को धोखा देनेवाला अमीचन्द, अपने देश और मालिक के साथ छल करके पंजाब को अंग्रेजों के हाथ में सौंपनेवाले तेजसिंह और लालसिंह और वह दोनों भाई जगत सेठ जिन्होंने आज से 200 वर्ष पहले चाँदी के टुकड़ों के बदले में बंगाल को अंग्रेजों के हाथ बेचकर इस देश में अंग्रेजी राज की नींव डाली, मुसलमान न थे। हिन्दुस्तान का इतिहास इस तरह की मिसालों से भरा पड़ा है जिनमें देश के रहनेवाले मुसलमानों ने अपने हिन्दू देश भाइयों के साथ कन्धे से कन्धा मिलाकर डट कर बाहर से आनेवाले मुसलमान हमलावरों का मुकाबला किया। देशघातक और देशभक्त सब जगह सब धर्मों के लोगों में पैदा होते रहे हैं और पैदा होते रहेंगे। हिन्दुस्तान में अंग्रेजी राज का इतिहास भी इस तरह की दोनों तरफ की मिसालों से भरा हुआ है। हैदरअली और टीपू सुलतान अगर देश की आजादी के लिए लड़ते-लड़ते प्राण दे सकते थे तो सम्राट बहादुर शाह का समधी मिरजा इलाही बख्श बूढ़े सम्राट के साथ दगा करके दिल्ली अंग्रेजों के हवाले कर सकता था। शिवाजी और रानी लक्ष्मीबाई दोनों की फौजों में मुसलमान अफसर और मुसलमान सिपाही मौजूद थे जिन्होंने मरते दम तक अपने हम-मजहबों के खिलाफ अपने मालिक का साथ दिया। 1761 की पानीपत की लड़ाई में अहमदशाह अब्दाली के मुकाबले के लिए मरहठों का साथ देने को लखनऊ का नवाब, वजीर और उनकी सेना का फरा का फरा डटा हुआ था। इधर के तीस बरस के आन्दोलनों में भी हिन्दू देशभक्तों और मुसलमान देशभक्तों, हिन्दू देशघातकों और मुसलमान देशघातकों, हिन्दू जाँनिसारों और मुसलमान जाँनिसारों की मिसालें भरी पड़ी हैं। किसी ब्राह्मण लड़के या महाराष्ट्रीय लड़के के महात्मा गांधी की हत्या करने की वजह से या बहुत महाराष्ट्रियों के साजिश में शामिल होने की वजह से भी आम ब्राह्मणों या आम महाराष्ट्रियों से वफादारी की कसमें नहीं ली जा सकतीं। वफादारी दिल की चीज है और आपस के प्रेम, मेल-मिलाप, अच्छे सलूक देश की शान्ति और खुशहाली पर निर्भर है। आजकल की बेएतबारी और बदअमनी की हालत में जो मुसलमान घबराकर हिन्दुस्तान से पाकिस्तान जाने के लिए तैयार हो जाते हैं, या जो हिन्दू पाकिस्तान से हिन्दुस्तान आने के लिए तैयार दिखाई देते हैं उनके ऐसा करने को अपने यहाँ की सरकार से बेवफाई का सबूत समझना भी उनकी मुसीबतों से आँख बन्द करना और दोनों तरफ के ज्यादा तादाद वाले लोगों के पापों पर पर्दा डालना है। हमें इसमें जरा भी शक नहीं और सारा इतिहास इस बात का गवाह है कि एक बार दोनों तरफ सच्ची शान्ति और अमन-अमान हो जाने पर हिन्दुस्तान के मुसलमान पाकिस्तान की तरफ से हमले को और पाकिस्तान के हिन्दू हिन्दुस्तान की तरफ से

हमले को अपने जान-माल, अपने बाल-बच्चों और अपने सुख-चैन पर हमला समझेंगे और वैसा ही बर्ताव करेंगे। किसी भी संकट के समय हर सरकार अपने दोस्त और दुश्मन को पहचान कर उसके साथ मुनासिब बर्ताव करना जानती है। किसी भी लाचारी से फायदा उठा कर जो कसमें ली जाएँ उनकी कोई कीमत नहीं होती। यह रास्ता दिलों को और दूर कर देने का रास्ता है। दूसरे की लाचारी की हालत में सच्चा एहसान और सच्चा प्रेम दिलों को नजदीक लाता है और दिलों में एक-दूसरे की वफादारी के अँकुवे पैदा करता है। यह है हमारी इस वक्त की हालात का राजकाजी पहलू।

धार्मिक पहलू

अब हम इस पहलू से हट कर इस सवाल को धर्म या मजहब की निगाह से देखना चाहते हैं। दुर्भाग्य से आज हमारे देश में सबसे ज्यादा मुसीबतें धर्म और मजहब ही के नाम पर ढाई जा रही हैं। सबसे पहला सवाल यह है कि धर्म या मजहब है क्या चीज और इसका इनसान की जिन्दगी के साथ क्या सम्बन्ध है।

धर्म क्या है?

संस्कृत शब्द धर्म 'धृ' धातु से निकला है जिसके मानी धारण करना यानी सँभालना या सँभाले रखना है। संस्कृत की धर्म की किताबों में जगह-जगह यह बताया गया है कि धर्म क्या चीज है और उसके क्या लक्षण हैं। मिसाल के लिए महाभारत में एक जगह जाजलि ने ऋषि से पूछा कि धर्म क्या है। ऋषि ने जवाब दिया—

धारणाद्धर्म इत्याहु धर्मो धारयते प्रजाः।
यत्स्याद्धरणसंयुक्तः स धर्म इति निश्चयः॥
अहिंसार्थाय भूतानां धर्म प्रवचनं कृतम्।
यः स्यादहिंसया युक्तः स धर्म इति निश्चयः॥
प्रभवार्थाय भूतानां धर्म प्रवचनं कृतम्।
यः स्यात्प्रभवसयुक्तः स धर्म इति निश्चयः॥
सर्सेषां यः सुहृन्नित्यं सर्वेषां च हिते रतः।
कर्मणा मनसा वाचा स धर्मः वेद जाजले॥

यानी धर्म शब्द धारण से बना है, धर्म से ही सब लोग सँभले हुए हैं। जो चीज सबको सँभाले और मिलाए रक्खे—वही धर्म है, यह पक्की बात है।

किसी प्राणी को किसी तरह का दुख न पहुँचे, इसके लिए धर्म का बखान किया गया है। जिस बात से किसी को भी दुख न पहुँचे—वही धर्म है, यह पक्की बात है।

सब प्राणियों के भले के लिए धर्म का बयान किया गया है। जिस काम से सबका भला हो—उसी को धर्म जानो यह पक्की बात है।

जो आदमी हमेशा दिल से सबका भला चाहता है और अपने कामों से, मन से और वचन से सबका भला करने में लगा रहता है। हे जाजलि! वही धर्म का जाननेवाला है।

हिन्दू धर्म

आखिर की दो लाइनें जो सारे श्लोक का इत्र हैं, सोने के हरफों में लिखने लायक हैं। यही विचार तरह-तरह के रूपों में हिन्दू धर्म की सब किताबों में बार-बार दोहराया गया है। हिन्दू धर्म इनसानी जिन्दगी पर एक खास तरह की निगाह का नाम है। किसी खास मत, सम्प्रदाय या फिरके का नहीं। हिन्दू धर्म एक उदार, ऊँची और सबको अपने घेरे में समा लेनेवाली चीज है। हिन्दू धर्म कोई तंग चीज नहीं है। दुनिया के दूसरे धर्मों या मजहबों की तरह हिन्दू धर्म की बेशुमार किताबों में भी तरह-तरह की रस्मों और रीति-रिवाजों का जिक्र मिलेगा। पर ऋग्वेद से लेकर भगवद्गीता तक जहाँ कहीं भी धर्म की तारीफ की गई है, कहीं भी किसी रीति-रिवाज को धर्म नहीं कहा गया। एक खास बात तो यह है कि हिन्दू धर्म की किसी किताब में भी इस धर्म का नाम 'हिन्दू धर्म' नहीं है। संस्कृत की धर्म पुस्तकों में भी हिन्दू शब्द नहीं मिलता। जहाँ कहीं इस धर्म को कोई नाम दिया गया है वहाँ भी उसे सिर्फ 'मानव धर्म' यानी मनुष्य का धर्म या इनसानियत का मजहब ही कहा गया है। यही हमारे पाँच हजार वर्ष के इतिहास से साबित है। इस देश में तरह-तरह के रीति-रिवाजों और पूजा-पाठ के सब अलग-अलग तरीकों के माननेवालों के लिए गुंजाइश रही है। हिन्दू शब्द किसी खास रीति-रिवाज या किसी खास मान्यता को जाहिर नहीं करता। यह शब्द आज से लगभग दो हजार वर्ष पहले विदेशी यूनानियों और ईरानियों ने इस देश के रहनेवालों के लिए इस्तेमाल करना शुरू किया था और सच पूछिए तो यह देश को जाहिर करता है, किसी खास मजहबी विचार को नहीं। सिन्धु नदी को 'सिन्धु' और 'हिन्दू' दोनों नामों से पुकारा जाता था। इसीलिए बाहर के लोग इस नदी के पार रहनेवाले सब लोगों को 'हिन्दू' नाम से पुकारने लगे। हिन्दू शब्द पहले-पहल इन्हीं मानों में यूनानियों की किताबों में मिलता है। उसी सिलसिले में आज तक अमरीका में इस देश के सब रहनेवालों को, चाहे वह हिन्दू हों या मुसलमान या कोई

और, हिन्दू कहा जाता है और हिन्दू ही लिखा जाता है। जो मुसलमान यहाँ से हज करने के लिए मक्का जाते हैं, उन्हें भी बाहर के मुसलिम देशों में 'हिन्दी' या 'हिन्दू' दोनों नामों से पुकारा जाता है। इस्लाम की सबसे बड़ी युनिवर्सिटी मिस्र की राजधानी काहिरा में है। उस युनिवर्सिटी में हिन्दुस्तान से जानेवाले मुसलमान तालिब-इल्मों के लिए एक खास बोर्डिंग-हाउस है जिसे 'हिन्दू बोर्डिंग हाउस' कहा जाता है।

जहाँ तक देश के अन्दर का सवाल है आज तक वह वैष्णव, जो किसी तरह का भी गोश्त खाना सबसे बड़ा पाप मानता है और वह शक्ति, जिसकी पूजा बिना गोश्त के नहीं हो सकती–दोनों एक बराबर हिन्दू हैं। हर चीज में ब्रह्म यानी खुदा को देखनेवाला वेदान्ती और ईश्वर से ही इनकार करनेवाला चार्वाक का पैरोकार, दोनों एक बराबर हिन्दू हैं। ऐसे ही मूर्तिपूजक सनातनधर्मी और मूर्ति पूजा को पाप माननेवाला आर्यसमाजी दोनों एक-से हिन्दू हैं। हम फिर दोहराते हैं कि हिन्दू धर्म किसी ऊपरी रीति-रिवाज या किसी तंग मान्यता या किसी मूढ़ विश्वास का नाम नहीं है।

तो फिर हिन्दू धर्म है क्या चीज? ऊपर हम महाभारत का हवाला दे चुके हैं। दूसरे हिन्दू धर्मग्रन्थों में सबसे मशहूर और मानी हुई धर्म की तारीफ मनु महाराज के बताए हुए धर्म के दस लक्षण हैं। मनुस्मृति में लिखा है–

धृतिः क्षमा दमोऽस्तेयं शौचमिन्द्रियनिग्रहः।
धीर्विद्या सत्यमक्रोधो दशकं धर्मलक्षणम्॥

यानी–धीरज, सबके कसूर माफ करना, अपनी खुदी को दबाना, दूसरे का हक न छीनना, सफाई, अपनी इन्द्रियों यानी नफ्स पर काबू, समझ, जानकारी, सच्चाई और गुस्सा न करना यही धर्म की दस पहचान हैं। यह है हिन्दू धर्म का सार। इनमें कहीं भी किसी रीति-रिवाज, पूजा-पाठ, ऊपरी निशान या किसी खास मान्यता का जिक्र नहीं है। इनसानी जिन्दगी के यह वह ऊँचे उसूल हैं जिनसे किसी भी धर्म या मजहब माननेवाला इनकार नहीं कर सकता। इसी तरह के बेशुमार हवाले हिन्दू धर्म की दूसरी पुस्तकों से दिए जा सकते हैं।

हिन्दू धर्म का बखान करनेवालों ने इतने पर ही तसल्ली नहीं की। दुनिया के कम समझ लोगों के लिए उन्होंने जगह-जगह यह भी साफ कर दिया कि अलग-अलग रीति-रिवाजों का धर्म के साथ क्या सम्बन्ध है। महाभारत का कहना है–

गवामनेकवर्णानां क्षीरस्यास्त्येकवर्णता।
क्षीरं पश्यते ज्ञानी लिंगिना तु गवाँ यथा॥

यानी–गायें अलग-अलग रंगों की होती हैं, पर दूध सबका एक ही रंग का होता है। जो समझदार लोग हैं वे दूध के रंग को देखते हैं और जो ऊपर की निशानियों और रीति-रिवाजों में फँसे हुए हैं वह गायों के रंग को देखते हैं।

जिसे हिन्दू धर्म कहा जा सकता है उसका सबसे पक्का और आखिरी रूप उपनिषदों और भगवद्गीता में बयान किया गया है। ये पुस्तकें ही हिन्दू धर्म के चोटी के फूल कही जा सकती हैं। उपनिषदों में कहीं भी किसी रीति-रिवाज या ऊपरी निशानी को धर्म का आवश्यक अंग नहीं माना गया। उपनिषदों में बार-बार कहा गया है कि 'जो आदमी सब प्राणियों को अपनी तरह देखता है, सबके अन्दर अपने को और अपने अन्दर सबको देखता है–वही देखनेवाला और वही धर्मात्मा है।' (ईश)

भगवद्गीता सब उपनिषदों का निचोड़ है। हिन्दू मात्र के लिए गीता धर्म की खास किताब है। गीता के समय में भी तरह-तरह के रीति-रिवाज और पूजा-पाठ के अलग-अलग तरीके इस देश में पैदा हो चुके थे। उन सबको गैर जरूरी बताते हुए उनके बारे में गीता का कहना यही है कि–

''जो जिस तरह भगवान को मानते हैं, भगवान उसी तरह उनको मिलते हैं। लोग अलग-अलग रास्तों से चल कर भी उसी एक परमेश्वर तक पहुँचते हैं।''

(4-11)

इस देश की सबसे बड़ी कुचाल जिसने सारे देश को घुन की तरह लग कर उसे विनाश के गड्ढे तक पहुँचा दिया और जो सारी 'साम्प्रदायिकता' और हमारी सारी मुसीबतों की असली जड़ है, जन्म से जात-पात और छुआछूत है। गीता इसे जड़मूल से गलत मानती है। गीता का कहना है–

विद्याविनयसम्पन्ने ब्राह्मणे गवि हस्तिनि।
शुनि चैव श्वपाके च पंडिताः समदर्शिनः॥

(5-18)

यानी–जो आदमी विद्वान और शरीफ ब्राह्मण को, गाय को और हाथी को, कुत्ते को और चांडाल को सबको एक निगाह से देखे, वही पंडित है।

आखिरी अध्याय में गीता ने साफ कहा है कि 'सब धर्मों को छोड़ कर सिर्फ एक ईश्वर में मन को लगाना ही पाप से बचने का एकमात्र तरीका है।' (18-66) इस श्लोक में धर्म शब्द से मतलब धर्म के नाम पर उन तरह-तरह के रीति-रिवाजों से है जिनका जिक्र अर्जुन ने गीता के पहले अध्याय में 'जाति धर्मों' और 'कुल धर्मों' (1-40-43) के नाम से किया है। यानी गीता का उपदेश यह है कि इस तरह के सब पुराने (1-40-43) रीति-रिवाजों और ऊपर के मजहबी फर्कों को छोड़ कर, उनसे ऊपर उठ कर आदमी को सिर्फ दूसरों के साथ नेकी करना और एक ईश्वर की तरफ ही ध्यान लगाना चाहिए।

असली धर्म गीता के मुताबिक है क्या चीज? गीता के अपने शब्दों में असली और पूरा धर्म यह है–

"जो आदमी अपने आप पर काबू पाकर अपनी इन्द्रियों यानी नफ्स को जीत कर दुई यानी गैरियत से ऊपर उठकर अपने निजी सुख-दुख, नफे-नुकसान की बिलकुल परवाह न करते हुए सब दुनिया का भला चाहते हुए किसी से दुश्मनी या बैर न रखते हुए सबके भले के कामों में लगे हुए दूसरों की तरफ अपने फर्ज को समझ कर पूरा करता है वही धर्मात्मा है। नरक के तीन दरवाजे हैं—काम, क्रोध और लोभ। ईश्वर को ज्यादा प्यारा वह आदमी है जिससे दुनिया में कोई आदमी न डरता हो और न जिसे खुद किसी से किसी तरह का डर हो। इस तरह अपनी खुदी को मार कर दूसरों की तरफ अपने फर्जों को पूरा करने में लगे हुए, सबकी भलाई करते हुए ही आदमी सच्चे ज्ञान को पा सकता है। सच्चा ज्ञान यही है कि आदमी सबको अपनी तरह, अपने अन्दर सबको, सबको ईश्वर के अन्दर और सबके अन्दर एक ईश्वर को देखे। सिर्फ इस तरह अपने ऊपर काबू और दूसरों की सेवा के जरिए ही आदमी अपनी आत्मा को पाक करते-करते, आत्मा की असली तरक़्क़ी के रास्ते पर कदम बढ़ा सकता है और फिर अन्दर उस परमात्मा को साक्षात् करके, यानी उसका दीदार हासिल करके, जो सब रोशनियों की रोशनी है और सबके दिलों में बैठा हुआ है, मुक्ति यानी निजारत हासिल कर सकता है।" (2-38; 3-19, 25; 5-7, 16, 17, 25, 30; 6-29, 30, 31, 32, 11-55; 12-8, 15-15; 13-17; 1-15; 16-25; 18-90;)

यह है गीता का धर्म और इसीलिए हिन्दू धर्म का निचोड़ और सब रीति-रिवाज और ऊपरी फरक गीता के मुताबिक छोड़ देने की चीजें हैं।

(19-66)।

दूसरे शब्दों में सबके साथ नेकी, अपने ऊपर काबू और सबके अन्दर बैठे हुए भगवान की तरफ निगाह और खयाल को ले जाने की कोशिश करना, यही हिन्दू धर्म है। आज सदियों से सैकड़ों तरह के अच्छे-बुरे रीति-रिवाजों, ऊपरी निशानियों और पापों ने इस धर्म को ठग रक्खा है। यही हमारी सारी गुमराही और मुसीबतों की जड़ है।

इस्लाम

हिन्दू धर्म के इस गिरावट के जमाने में ही इस्लाम का इस देश में आना हुआ। जिस तरह हिन्दू धर्म की असली अच्छाइयाँ, ऊँचाइयाँ और उसमें बाद में आई हुई बुराइयाँ और तंगनजरियाँ थीं, उसी तरह इस्लाम में भी, जिस शकल में वह हमारे देश में आया, अपनी खूबियाँ और बुराइयाँ, ऊँचाइयाँ और तंगनजरियाँ दोनों मौजूद थीं। दुनिया के हर मजहब का असली रूप उस मजहब के माननेवालों की

गलतियों और कमजोरियों की वजह से धीरे-धीरे हमेशा से बदलता और बिगड़ता रहा है। यहाँ तक कि अकसर हर मजहब के नामलेवा अपने मजहब के बुनियादी उसूलों से कोसों दूर हट जाते हैं और बिलकुल उलटा ही चलने लगते हैं। यहाँ हम इस्लाम की बुनियादी तालीम और उसकी बाद की शकल में तफसील से नहीं जा सकते।

मजहब शब्द के माने रास्ता, पथ, पंथ या मार्ग है। दीन शब्द के माने रास्ता भी है और सजा या जजा यानी कर्मों के फल भी हैं।

इस्लाम के बारे में जहाँ तक कुरान की तालीम और मुहम्मद साहब की जिन्दगी और उनके उपदेशों का सवाल है, इस्लाम किसी एक तंग फिरके या सम्प्रदाय का नाम नहीं है। कुरान में कुछ बातें बहुत साफ-साफ और बार-बार कहीं गई हैं–

पहली यह कि 'सब इनसान एक कौम हैं।'

"सब इनसान एक ही 'वाहिद उम्मत' यानी एक ही कौम हैं।" (2–213)

"और तमाम इनसान इसके सिवा और कुछ नहीं हैं कि सब एक ही कौम (आहिद उम्मत) हैं।" (10-19)

"सचमुच तुम इनसानों की एक ही कौम हो और एक ही अल्लाह तुम सबका रब्ब है। इसलिए सब उसी की पूजा-इबादत करो। लोगों ने काट-काट कर अपने अलग-अलग गिरोह बना रक्खे हैं। पर सबको एक ही अल्लाह के पास जाना है।" (21-92, 93)

मुहम्मद साहब जब आधी रात को उठ कर नमाज पढ़ा करते थे तो हमेशा नमाज से पहले यह फिकरा कहा करते थे–

"ऐ अल्लाह मैं गवाही देता हूँ कि अल्लाह एक और सब आदमी भाई-भाई हैं।"

यहाँ 'सब आदमी' में मुसलमान, गैर मुसलमान या अच्छे-बुरे का फरक नहीं किया गया।

दूसरी चीज जो कुरान में बार-बार दोहराई गई है, यह है कि मोहम्मद साहब से पहले भी हर मुल्क और हर कौम में रसूल होते रहे हैं–

"और हर कौम में रसूल हुए हैं।" (10-47)

"हर कौम में धर्म का रास्ता बनानेवाले पैदा हुए हैं।" (13-7)

"इसमें कोई भी शक नहीं कि तुमसे पहले अल्लाह ने सब कौमों में रसूल भेजे हैं।" (14-4)

"और जो रसूल जिस कौम में भेजा गया है वह उसी कौम की बोली में पैगाम लेकर भेजा गया है ताकि उन्हें साफ-साफ समझा सके।" (14–4)

कुरान के मुताबिक किसी रसूल को मानना और किसी को न मानना या रसूलों में फरक करना, किसी को बड़ा और किसी को छोटा मानना–'कुफ्र' यानी नाशुकरापन है।

"सचमुच जो लोग अल्लाह और उसके रसूलों को नहीं मानते और जो अल्लाह और उनके रसूलों में फरक करना चाहते हैं और कहते हैं कि हम कुछ रसूलों को मानते हैं और कुछ को नहीं मानते और इनके बीच से एक अलग ही रास्ता बना लेना चाहते हैं, यह लोग ही सच्चे काफिर यानी नाशुकरे हैं और अल्लाह ने इनके लिए जिल्लत की सजा तय कर रखी है।" (4–150, 151)

तीसरी चीज कुरान अपने से पहले की सब मजहबी किताबों को भी अपनी ही तरह ठीक मानता है–

"यह कुरान वह सच्चाई है जो अपने से पहले की मजहबी किताबों की तसदीक करती है यानी उन सबको सच बताती है।" (2–11)

"अल्लाह ने अपने पास के असल ज्ञान में से जो कुछ ज्ञान तुम्हें (मोहम्मद साहब को) वही (ईश्वर प्रेरणा) के जरिए दिया है यह वह सच्चाई है जो अपने से पहले की धर्म पुस्तकों की तसदीक करती है।" (35–31)

"और तुम्हें यानी मोहम्मद साहब को कोई ऐसी बात नहीं कही गई जो सचमुच तुमसे पहले के रसूलों को न कही गई हो।" (41–43)

चौथी चीज जो कुरान की तालीम में साफ चमकती है यह है कि सच्चाई का ठेका दुनिया के किसी एक मजहब ने नहीं ले रखा बल्कि दुनिया के सब बड़े-बड़े मजहबों की असली तालीम एक है।

"यहूदी कहते हैं कि सिवाय यहूदियों के और कोई जन्नत में नहीं जा सकता। ईसाई कहते हैं कि सिवा ईसाई के कोई जन्नत में नहीं जा सकता। यह सब इन लोगों के झूठे वहम हैं। इनसे कहो कि अगर तुम सच्चे हो तो (अपनी ही मजहबी किताबों से) सबूत निकाल कर दिखाओ। नहीं, जिस किसी ने अपने आपको अल्लाह की मरजी पर छोड़ दिया है और जो दूसरों के साथ नेकी करता है उसे अपने रब्ब से फल मिलेगा, उसे न किसी का डर है और न किसी तरह का गम होगा।" (2–111–112)

"इसमें कोई शक नहीं कि वह चाहे वे लोग हों जो यहूदी हैं या वे हों जो इस कुरान पर ईमान लाए हैं और चाहे वे हों जो ईसाई हैं या वे हों जो साबी हैं या कोई भी हों, जो कोई भी अल्लाह को मानता है और आखरस में यानी अपने कामों के फल में यकीन करता है और नेक काम करता है, उन सबको अपने रब्ब से फल मिलेगा। उन्हें न किसी बात का डर है और न किसी तरह का अफसोस होगा।" (2–62)

साबी उस जमाने के अरब के एक और मजहब का नाम है। कुरान के मशहूर और माने हुए अंग्रेजी तरजुमा करनेवाले अब्दुल्ला यूसुफ अली साहब ने इस आयत का तरजुमा करते हुए साबी शब्द की बाबत लिखा है कि 'मैं समझता हूँ कि इस मामले में इस शब्द के अन्दर जरथुस्त्र, वेद, बुद्ध, कन्फूत्से और धर्म के और सब महान उपदेशकों के पीछे सच्चाई से चलनेवाले सब लोग शामिल हैं।'

अलग-अलग मजहबों और उनकी किताबों और रीति-रिवाजों की तरफ कुरान का रुख नीचे की आयत में बिलकुल साफ हो जाता है–

"अल्लाह ने तुम पर यानी मोहम्मद साहब पर यह किताब (कुरान) उतारी है जो सच्ची है।

यह उन किताबों को सच्चा ठहराती है जो इससे पहले आ चुकी हैं और जो सब उस असली किताब कयानी ज्ञान में से ली गई हैं जो अल्लाह ही के पास है। यह किताब कुरान उन सब अपने से पहले की किताबों की हिफाजत करती है। इसलिए अल्लाह ने जो कुछ ज्ञान तुम्हें दिया है उसी से उनके बीच फैसला करो और लोगों के वहमों में पड़कर उस सच्चाई से न फिरो जो तुम पर उतरी है। अल्लाह ने हर एक के लिए अलग-अलग शरह और मिनाइज यानी अलग रीति-रिवाज, पूजा के तरीके बना दिए हैं। अल्लाह चाहता तो सबको एक ही फिरका यानी एक ही रीति-रिवाज के पालनेवाला बना देता, लेकिन अल्लाह चाहता था कि जिसको जो तरीका बता दिया है उसी में उसको परखे। इसलिए (इन फिरकों में न पड़कर) दूसरों की भलाई के कामों में एक-दूसरे से बढ़ने की कोशिश करो। सबको अल्लाह ही के पास लौटकर जाना है। तब जिन बातों में तुममें फरक है, वह अल्लाह तुम्हें समझा देगा।" (5-48)।

"मजहब के मामले में किसी के साथ कोई जबरदस्ती नहीं होनी चाहिए।" (2-256)

पाँचवीं चीज कुरान में सच्चाई, सबके साथ नेकी और इनसाफ वगैरह पर जोर देते हुए जगह-जगह बताया गया है कि असली दीन या मजहब नेकी है, कोई रीति-रिवाज नहीं–

"धर्म या नेकी इस में नहीं है कि तुमने अपना मुँह नमाज के वक्त पूरब की तरफ कर लिया या पश्चिम की तरफ। धर्म यह है कि आदमी अल्लाह को माने, आखरत यानी कर्मों के फल को माने, फरिश्तों (यानी आदमी के दिल के अन्दर के नेक रुजहावों) को माने, सब मजहबी किताबों और अगले-पिछले सब रसूलों को माने, अल्लाह के प्रेम के नाते अपने माल और दौलत में से अपने नातेदारों को, यतीमों को, जरूरतमन्दों को, राहचलतों को और माँगनेवालों को दान दे और गुलामों को आजाद कराने में अपनी दौलत खर्च करे, अल्लाह से दुआ माँगता रहे, जकात यानी

गरीबों को खैरात देता रहे, जब कभी किसी से वादा करे तो उसे पूरा करे और मुसीबतों में, तकलीफ में और सख्ती के दिनों में सब्र करे। जो लोग ऐसा करते हैं वही सच्चे हैं और वही मुत्तकी यानी नरहेजगार हैं।'' (2–117)

''लोगों को सिवा इसके और कुछ हुक्म नहीं दिया गया कि वे पाक दिल से अल्हाह से दुआ माँगते रहें, गरीबों को दान दें, यही असली और पक्का दीन है।'' (18-5)

''क्या तुमने सोचा है कि दीन को झूठा ठहरानेवाला आदमी कौन है? दीन को झूठा ठहरानेवाला आदमी वह है जो किसी यतीम को सताता है और गरीबों को खाना देने पर जोर नहीं देता। ऐसे आदमी जब नमाज पढ़ते हैं तो उन पर अफसोस होता है, क्योंकि वे नमाज के असली मतलब की तरफ ध्यान नहीं देते। वह सिर्फ दिखावा करते हैं और ख़ैरात से हाथ रोकते हैं।'' (107 से 7)

''बुराई का बदला भलाई से दो। अल्लाह खूब जानता है कि लोग क्या चाहते हैं।'' (23-96)

मोहम्मद साहब से बार-बार पूछा जाता था–इस्लाम क्या है? और ईमान क्या है? उनका जवाब हमेशा एक ही तर्ज का होता था–

अम्र लिखता है, ''मैंने पैगम्बर से पूछा–'इस्लाम क्या है?' उन्होंने जवाब दिया–'जबान को पाक रखना और मेहमान की खातिर करना।' मैंने पूछा–'ईमान क्या है?' उन्होंने जवाब दिया–'सब्र करना और दूसरों की भलाई करना।'' (अहमद)

मोहम्मद साहब ने एक जगह कहा है–

''मोमीन वह है जिसके हाथों में सब आदमी अपनी जान और माल को सौंप बे खटके रहें।'' (बुखारी)

एक और जगह कहा है–

''अगर मोमीन होना चाहता है तो अपने पड़ोसी का भला कर और मुस्लिम होना चाहता है तो जो कुछ अपने लिए अच्छा समझता है वही सब के लिए समझ और बहुत मत हँस, क्योंकि सचमुच ज्यादा हँसने से दिल सख्त हो जाता है।'' (तिरमिजी)

मोहम्मद साहब के इस तरह के कौल अनगिनत नकल किए जा सकते हैं।

'इस्लाम' के लफ्जी माने हैं–अपने को अल्लाह की मरजी पर छोड़ देना। मुसलमान के लफ्जी माने हैं–वह जिसने अपने आपको अल्लाह की मरजी पर छोड़ दिया हो यानी ईश्वरार्पण कर दिया हो। कुरान के लफ्जी माने हैं–कोई चीज जो पढ़ी जाए या ऐलान की जाए। कुरान में जगह-जगह मोहम्मद साहब से पहले के सब दूसरे बड़े धर्मों को 'इस्लाम' और उनके माननेवालों को 'मुस्लिम' या 'मुसलमान' कहकर पुकारा गया है। (24–78 वगैरह) इसी कुरान में कुरान से पहले की मजहबी यानी ईश्वरीय किताबों को भी 'कुराम' नाम दिया गया है और उन लोगों को, जिन्होंने

इन सब ईश्वरीय किताबों को अलग-अलग करके ईश्वरीय ज्ञान के 'टुकड़े-टुकड़े कर डाले' 'मक्तसेमीन' यानी फूट डालनेवाले कहा गया है। (15-90, 91)

हमारा मतलब यहाँ इस चीज से नहीं है कि दुनिया के मुसलमान कब किस देश में क्या मानते, कहते या करते रहे हैं। हमारा मतलब सिर्फ कुरान के असली और बुनियादी असूलों और इस्लाम के पैगम्बर के उपदेशों से है।

जिस तरह इस्लाम के हिन्दुस्तान में पहुँचने के वक्त हिन्दू धर्म अपनी लगभग सारी ऊँचाई और बड़ाई को खोकर जातपात, छुआछूत, आदमी-आदमी में ऊँच-नीच और तरह-तरह के पाखंडों, झूठी मान्यताओं और घातक रीति-रिवाजों में फँसा हुआ था, उसी तरह इस्लाम भी इस देश में पहुँचते-पहुँचते और फैलते-फैलते तरह-तरह की गलत मान्यताओं, कुरीतियों और तंगनजरियों से घिर गया था। खास कर राज-पाट का जामा पहनकर, ताकत के नशे में, कहीं-कहीं इस्लाम अपनी पाकी और दरियादिली खोकर जुल्म और हठधर्मी की चीज बन गया।

गिरावट

सच यह है कि जिस तरह हरिद्वार की गंगा और कलकत्ता की गंगा में आकाश-पाताल का अन्तर है उसी तरह दुनिया के सब मजहबों में समय के साथ-साथ गिरावट आती रही है। हिन्दू धर्म की बुनियाद सब प्राणियों के अन्दर एक ही ईश्वर का वजूद है। पर हिन्दू धर्म से बढ़कर ऊँच-नीच और छुआछूत शायद दुनिया के किसी धर्म में नहीं मानी जाती। महात्मा बुद्ध से ज्यादा मूर्तिपूजा का खंडन किसी दूसरे महापुरुष ने नहीं किया पर खुद बुद्ध की मूर्तियों से ज्यादा मूर्तियाँ भी दुनिया में किसी की न बनीं, न पुजीं, यहाँ तक कि खुद 'बुत' शब्द ही 'बुद्ध' से बिगड़ कर बना है। हजरत ईसा ने सबसे ज्यादा अहिंसा का उपदेश दिया पर उनके पीछे चलनेवाली ईसाई कौमों से बढ़कर इनसानों का खून किसी दूसरे मजहबवालों ने नहीं बहाया। मोहम्मद साहब ने कब्र पूजने ही को नहीं, अपने किसी प्यारे तक की कब्र बनाने तक को गुनाह बताया है, पर मुसलमानों से ज्यादा कब्रों की पूजा किसी मजहब के लोग नहीं करते। और मिसालें देने की जरूरत नहीं है। किसी भी मजहब को मजहब से बाहर के लोग न गिरा सकते हैं, न नीचा दिखा सकते हैं और न नुकसान पहुँचा सकते हैं। हर मजहब को गिराने, नीचा दिखाने या नुकसान पहुँचाने का काम हमेशा उस मजहब के नामलेवा और उसका दम भरने वाले ही करते हैं।

बात यह है कि बुनियादी सच्चाइयाँ सब मजहबों में एक हैं। ईश्वर-अल्लाह एक है, चाहे उसे किसी नाम से पुकारो। सब आदमी भाई-भाई हैं। इस दुनिया में और उस दुनिया में हमारा सबका भला नेकी, सच्चाई, इनसाफ, ईमानदारी और एक-दूसरे

की भलाई के उन असूलों पर अमल करने में है जो आदमी ने लाखों बरस के कड़वे तजरबों से सीखे हैं और जो सब मजहबों की किताबों में पाए जाते हैं। फरक पैदा होता है उन छोटी-मोटी मानताओं, हठधर्मियों, रीति-रिवाजों, पूजा-बन्दगी के अलग-अलग तरीकों और ऊपरी अलामतों में, जो देश, काल और हालात की बिना पर अलग-अलग मजहबों में अलग-अलग शक्लें ले लेते हैं। मजहब में झगड़े तभी होते हैं जब इन मजहबों के माननेवाले जिन्दगी के असल उसूलों और बुनियादी सच्चाइयों को कम जरूरी और इन सब ऊपर की चीजों को ज्यादा जरूरी मानने लगते हैं। हम मजहबी रूह या आत्मा को अलग करके उसके मुर्दा जिस्म से चिपटे रहना चाहते हैं, जिसका कुदरती नतीजा है बीमारी और मौत।

सुधार की कोशिशें

15वीं सदी के शुरू में इस देश में हिन्दू धर्म और इस्लाम दोनों की करीब-करीब यही हालत हो चुकी थी। ऐसे मौकों पर ही सुधारकों या नए राह दिखानेवालों की जरूरत पड़ती है। चुनांचे 15वीं, 16वीं और 17वीं सदी में इस देश के अन्दर कबीर, नानक दादू, बुल्लेशाह, मारी साहब, दरियासाहब, रैदास, तुकाराम, बाबा फरीद, पीपा, सदना, मुईनुद्दीन चिश्ती, निजामुद्दीन औलिया, बाबा मलूकदास जैसे सैकड़ों हिन्दू और मुसलमान सूफी सन्त, महात्मा और फकीर ईश्वर के सच्चे भक्त पैदा हुए, जिन्होंने हमें मजहब की ऊपरी चीजों और रीति-रिवाजों से हटाकर बुनियादी असूलों की तरफ ले जाना चाहा, जिन्होंने हमें सब धर्म-मजहबों की बुनियादी एकता का पाठ पढ़ाया। हमें बताया कि असली धर्म या मजहब एक है। दोनों मजहबों की कुरीतियों, तंग नजरियों और कुचालों पर खुले हमले किए और एक बार इस देश में प्रेम के वह सोते बहाए जिनके सामने बड़े-बड़े बादशाहों को भी सिर झुकाना पड़ा। हम यहाँ इन महापुरुषों के दर्शाए हुए प्रेम-धर्म, मजहबे-इश्क, मानव धर्म या मजहबे-इनसानियत का ज्यादा बखान नहीं कर सकते। यूँ तो हर देश का बच्चा-बच्चा इन महापुरुषों की बानी और उपदेशों से थोड़ा बहुत जानकारी रखता है। नीचे हम इनके थोड़े बहुत कौल बतौर नमूने के देना चाहते हैं।

अपने जमाने के हिन्दू-मुसलमानों की झूठी बहसों की तरफ इशारा करते हुए कबीर साहब ने कहा है–

भाई रे! दुई जगदीश कहाते आया, कहो कौन भरमाया
अल्लाह, राम, करीमा, केशो, हरि, हजरत नाम धराया
गहना एक कनक ते गहना, इन मंह भाव न दूजा
कहन सुनन को दोऊ कर थापिन, इक नमाज इक पूजा

मन्दिर और मसजिद के फरक को बयान करते हुए कबीर साहब ने कहा है–

जो खुदाय महजीद बसतु है, अबर मुलुक केहि केरा
तीरथ मूरत राम निवासी, दुई मंह किनहुं न हेरा।
पूरब दिसा हरि को बासा, पच्छिम अलह मुकामा
दिल मंह खोज दिलहि मंह खोजी, इहै करीमा रामा
वेद कतेब कहो किन झूठा, झूठा जो न विचारे
सब घट एक एक कर जाने, वै दूजा केहि मारे
जैते औरत मर्द उपाने सो सब रूप तुम्हारा
कबीर पोंगरा अलह राम का, सो गुरु पीर हमारा

दादू ने कहा है–

अलह राम छूटा भ्रम मोरा
हिन्दू तुरक भेद कुछु नाहीं, देखौं दरसन तोरा

...

सब हम देख्या सोधि करि, दूजा नाहीं आन
सब घट एकै आत्मा, क्या हिन्दू-मुसलमान

...

दोनों भाई हाथ पग, दोनों भाई कान
दोनों भाई नैन हैं, हिन्दू-मुसलमान

मन्दिर और मसजिद के बारे में दादू ने कहा है–

आय चिणावे देहुँरा, तिसका करहि जतन
परतखि परमेसुर किया सो मानै जीव रतन
मसीत सेंवारी मान सों तिसकूँ करै सलाम
ऐन आप पैदा किया सो ढावे मुसलमान

यानी–जिस मन्दिर को हिन्दू अपने हाथों से चुनते हैं उसकी तो बड़ी देखरेख करते हैं, पर आदमी का बदन जो खुद ईश्वर का बनाया हुआ मन्दिर है, उसे तोड़ डालते हैं। इसी तरह मुसलमान आदमी की बनाई हुई मसजिद की तो इज्जत करते है और खुद खुदा की बनाई हुई इमारत यानी आदमी के बदन को ढा देते हैं।

इसी तरह के खयाल उस जमाने के मुसलमान सूफियों और फकीरों के कलाम में भरे पड़े हैं। एक सूफी का कहना है–

दिल बदस्त आवर कि हज्जे अकबरस्त
अज हजारां काबा यक दिल बे हतरस्त

काबा बुनगाहे खलीले आजर अस्त
दिल गुजर गाहे जलीले अकबरस्त

यानी–किसी का दिल, उसका भला करके अपने हाथ में ले। यही सबसे बड़ी हज है। हजारों काबों से एक दिल बढ़कर है। यह पत्थर का काबा आजर के बेटे खलील का बनाया हुआ है और आदमी का दिल खुद उस परमेश्वर के आने-जाने की जगह है।

शेख सादी ने कहा है–

यूँ अज दर्द आजाद करदी कसे
बेह अज अल्फ रक अतब हर मंजिले

यानी–अगर तू किसी एक आदमी की तकलीफ को भी दूर कर दे तो यह ज्यादा अच्छा काम है बजाय इसके कि तू हज को जाए और रास्ते के हर पड़ाव में एक एक हजार रकत नमाज पढ़ता जाए।

इस्लाम के ऊपरी रीति-रिवाजों से घबराकर एक और सूफी का कहना है–

मय खुरो मुसहफ बेसोजो आतिश अन्दर काबाजन
हरचे खाही कुन व लेकिन मर्दुम आजादी मकुन

यानी–शराब पी, किताब जला दे, काबे में आग लगा दे, जो तेरे दिल में आए सो कर, सिर्फ एक काम न कर–किसी का दिल न दुखा।

सच यह है कि यही इस्लाम की चोटी का फूल है। ऊँचे-से-ऊँचा दीन, धर्म या मजहब है। यही उपनिषदों, गीता और कुरान का निचोड़ है। इसका मतलब यह नहीं कि सूफी किसी को शराब पीने या कुरान जलाने या काबे में आग लगाने का उपदेश देता है। सूफी सिर्फ मजहब की ऊपरी चीजों से हटाकर मजहब के जौहर की तरफ ध्यान दिलाना चाहता है। जाहिर है कि जो आदमी इस बात का ध्यान रक्खेगा कि उसके किसी काम से किसी आदमी का दिल न दुखे वह न कभी शराब पी सकता है, न किसी धर्म की किताब को जला सकता है और न किसी मन्दिर, मसजिद; काबे, काशी में आग लगा सकता।

हिन्दुस्तान के मशहूर मुस्लिम सन्त अमीर खुसरो का मशहूर शे'र है–

काफिरे इश्कम मुसलमानी मरा दरकार नेस्त
हर रगे मन तार गश्ता हाजते जुन्नार नेस्त

यानी–मैं प्रेम का पुजारी हूँ। मुझे तुम्हारे ऊपरी इस्लाम की जरूरत नहीं है। प्रेम ने मेरी रग-रग को तार-तार कर दिया है, मुझे तुम्हारे ऊपरी धागों के जनेऊ की जरूरत नहीं।

इस तरह के कौल उस जमाने के सूफियों की बानी में भरे पड़े हैं। यह प्रेम के मतवाले हिन्दू-मुसलमान को अलग-अलग करनेवाली दीवारों को तोड़ कर उनसे ऊपर

उठ चुके थे और दुनिया को उठाना चाहते थे, या यूँ कहिए कि दुनिया को सच्चे हिन्दू धर्म और सच्चे इस्लाम की तरफ लाना चाहते थे। रीत-रिवाजों के पुजारी तंगनजर लोग जब इनसे सवाल करते थे तो यह जवाब देते थे–

तू ही बता दे, जाहिद! क्या कहूँ मैं अपने को
तू कहे गब्र मुझे, गब्र मुसलमाँ मुझ को

ऐ रीति-रिवाज के पुजारी मुसलमान! तू ही बता दे मैं अपने को क्या कहूँ? तू कहता है मैं हिन्दू हो गया और हिन्दू कहता है कि मैं मुसलमान हूँ।

धर्म-मजहब के मामले में आज हमारी मुसीबतों की सबसे बड़ी जड़ यह है कि वह हिन्दू बड़े और छोटे भी अपने धर्म और धर्म की किताबों से वाकिफ हैं और वह मुसलमान जो अपने ईमान और अमल दोनों में इस्लाम से कोसों दूर हैं, आज हमारे दोनों के मजहबी हिन्दू धर्म के रक्षक और इस्लाम के मोहाफिज बने हुए हैं। यही वजह है कि हम गलत किस्म की राजकाजी दलबन्दियों के चक्कर में पड़कर गैरों के बिछाए हुए जाल में फँसे हैं, फँसते जा रहे हैं, खुद अपनी बेड़ियों को अपने हाथों से कस रहे हैं और देश और धर्म दोनों को मिट्टी में मिला रहे हैं।

सिख धर्म

धर्म के मामले में हमारे अनजानपन की तो यह हालत हो गई है कि वह सिख धर्म जिसका जन्म ही इस देश में इस्लाम के आने के बाद हुआ और जो हिन्दू धर्म और इस्लाम दोनों के संगम के रूप में दोनों को मिलाने के लिए आया था, आज अपनी अलग गंगा बहा बैठा। गुरु नानक से लेकर गुरु गोविन्दसिंह तक सब गुरुओं की बानी को पढ़ जाइए। आपको उनमें एक ही सर्व-धर्म-समभाव, सब धर्मों के मेल और एकता की बात दिखाई देगी। आदि ग्रन्थ और दशम ग्रन्थ दोनों इस प्रेम के अमृत से भरे पड़े हैं। गुरु नानक ने अपने को हिन्दू कहने से साफ इनकार किया।

उनके शब्द हैं–

ना हम हिन्दू ना हम मुसलमान
दोनों विच्च बसे शैतान
एकै, एकी एक सुभान
तग्ग न हिन्दू पाइया
तग्ग न मुसलमान
दोऊ भूले राह ते
गालिब भया शैतान
बन्दे इक्क खुदाय दे

हिन्दू मुसलमान
दाबा राम रसूल कर
लड़दे बेईमान

गुरु नानक की बानी में यह थोड़ा-सा कड़वापन प्रेम का कड़वापन है। अपने जमाने के रीति-रिवाज के जंजाल और शब्दों और नाम-रूप की बहस में फँसे हुए हिन्दू-मुसलमानों की हालत से दुखी होकर यह शब्द उनके मुख से निकले। आज ऐसे सिक्ख भाई भी हैं जो महात्मा गांधी की प्रार्थना में कुरान के पढ़े जाने पर अल्लाह नाम आने पर नाराज होते हैं। उन्हें शायद यह भी ध्यान नहीं कि गुरुग्रन्थ साहब अल्लाह नाम से शुरू होता और भगवान के लिए अल्लाह नाम ग्रन्थ साहब में बार-बार और जगह-जगह आया है–

अव्वल अल्लह नूर उपाया
कुदरत दे सब बन्दे
इक्क नूर ते सब जग उपज्या
कौन भले कौन मन्दे

आदि ग्रन्थ में सिक्ख गुरुओं की बानी के अलावा अनेक सन्तों और कम-से-कम चार मुसलमान सन्तों की बानी प्रेम के साथ जमा की गई है। गुरु अर्जुन देव को जब अमृतसर के गुरुद्वारे की नीव रखने की जरूरत पड़ी तो उन्होंने इस पाक काम के लिए मुसलमान फकीर साईं मियाँ मीर से प्रार्थना की। गुरुद्वारे की नींव साईं मियाँ मीर ही के हाथों की रखी हुई है। सब धर्मों की एकता की यह भावना जिस तरह आदि ग्रन्थ में है ठीक उसी तरह दशम ग्रन्थ में है। इस बारे में गुरु नानक और गुरु गोविन्दसिंह के विचारों में कोई फरक नहीं।

गुरु गोविन्दसिंह का मशहूर पद है–

कोई भयो मुंडिया संन्यासी कोऊ योगी भयो
कोऊ ब्रह्मचारी, कोऊ जतिपन मानवो
हिन्दू तुरुक कोऊ, राफजी, इमाम, शाफी
मानस की जाति सबै इक्कै पहचानबो
करता करीम सोई, राजिक रहीम ओई
दूसरो न भेद कोई, भूल भ्रम मानबो
एक ही की सेव, सबकी को गुरुदेव एक
एक ही सरूप, सबै एकै जोत जानबो
देहुरा मसीत सोई, पूजा और नमाज ओई
मानस सबै एक पै अनेक को प्रभाव है
देवता अदेव जच्छ गन्धर्व तुरुक हिन्दू

न्यारे-न्यारे देसन के भेसन को प्रभाव है
एक नैन एकै कान एकै देह एकै बानि
खाकबाद आतिश और आब को रलाव है
अल्लाह अभेद सोई, पुरान और कुरान ओई
एक ही सरूप सबै—एक ही बनाव है

हमें विश्वास है कि अगर पंजाब, बल्कि सारा हिन्दुस्तान, सिर्फ गुरु नानक ही की बताई हुई राह पर चला होता, तो आज इस देश में मजहब के नाम पर इनसानियत को शरमा देनेवाले पापों और अपने हाथों इस बरबादी का बाजार गरम न हुआ होता। उपनिषदों का 'अद्वैतवाद', पुराणों का 'विष्णु सहस्रनाम'—जिनमें सहस्र के मानी हैं 'बेअन्त', कबीर साहब का 'कबीर पोंगरा अलह राम का', गुरु नानक का 'अव्वल अल्लाह नूर उपाया' और महात्मा गांधी का 'ईश्वर अल्लाह तेरे नाम'—सब एक ही सनातन सच्चाई की गूँज हैं।

कुछ अजीब विचार

आज हिन्दू धर्म के नाम पर कई अजीब-अजीब तरह के विचार हम में चल पड़े हैं। कुछ भाई कहने लगे हैं कि जिन लोगों के तीर्थ स्थान या पाक मुकाम इस देश से बाहर हैं या जो बाहर के किसी महापुरुष या राह दिखानेवाले के पैरो हैं, वह इस देश के बराबर के हकदार शहरी नहीं हो सकते। जो लोग 'वसुधैव कुटुम्बकम्' माननेवाले थे, यानी जो इस सारी धरती को अपना घर और इस धरती के रहनेवालों को अपना कुटुम्ब मानते थे, उनके अन्दर यह तंगी हमारी गिरावट की बड़ी दर्दनाक अलामत है। अगर दुनिया के सब देश इसी तंग असूल के माननेवाले होते तो वह बौद्ध धर्म, जिसके चलानेवाले महात्मा बुद्ध हिन्दुस्तान में पैदा हुए थे और जिसका सबसे पाक स्थान गया इस देश में है, चीन, जापान, और आधी दुनिया में फैल पाता और न कोई बौद्ध धर्म का माननेवाला वहाँ का हकदार शहरी को पाता। 'मित्र धर्म' ने जिसकी जड़ें ऋग्वेद के देवता 'मित्र' की पूजा में थीं, एक समय सारे पश्चिमी एशिया और आधे से ज्यादा यूरोप को अपने घेरे में ले रखा था। हजरत ईसा एशिया में पैदा हुए, यहीं उनकी सारी उमर बीती, एशिया ही में ईसाइयों का सबके पाक तीर्थ है; पर इस बिना पर न कभी ईसाई यूरोप या अमरीका के देशों से निकाले गए न निकाले जा सकते हैं। दुनिया का कोई देश सभ्य, मुहज्जब या 'सिविलाइज्ड' कहलाने का हकदार नहीं है, जिसमें पूरी मजहबी आजादी नहीं, यानी हर आदमी को हर वक्त यह अधिकार न हो कि वह जिस धर्म को चाहे माने और जिस तरह चाहे अपने भगवान की पूजा करे या न करे। हिन्दुस्तान इन मानों में हमेशा एक सभ्य देश रहा

है और रहेगा। यह अलग बात है कि जो जिस देश में रहेगा, उस देश का सदा भला सोचना उसका फर्ज है। जो भी किसी देश में रह कर वहाँ के किसी नियम-कानून को तोड़ेगा, उसे अपने किए को भुगतना होगा; चाहे वह उस देश के पैदा हुए किसी धर्म का माननेवाला हो और चाहे बाहर के पैदा हुए किसी धर्म का।

संस्कृति का सही रूप

सभ्यता या तहजीब की बात आई, तो हमारा ध्यान एक और चीज की तरफ जा रहा है। हमारे इस अभागे देश में खास कर हाल के दिनों में हिन्दू संस्कृति या मुस्लिम कल्चर को बनाने के चरचे भी खूब हो चुके हैं। हमें बड़े दुख और लज्जा के साथ कहना पड़ता है कि कहीं-कहीं तो ये चरचे भी इन लोगों ने सबसे ज्यादा किए; जिनमें और कोई भी अच्छी या बुरी बात रहीं हो या न रही हो, कम-से-कम हिन्दू कल्चर और मुस्लिम कल्चर की अलामतें बहुत ही कम दिखाई देती थीं।

कल्चर का मजमून भी इतना बड़ा है कि इस पर अलग किताब की जरूरत है और किताबें हैं। फिर भी संस्कृति और कल्चर दोनों शब्दों की पैदाइश और उनकी बनावट से जाहिर है कि संस्कृति और कल्चर हमेशा दो चीजों के मेल से पैदा होती है। चालू हिन्दू धर्म के अनुसार आदमी संस्कार होने पर यानी कुछ ऐसे गुणों के मिलने पर, जो जन्म से उसमें नहीं होते थे, द्विज या द्विजन्मा कहलाता है। मामूली चूसने का आम बीजू आम कहलाता है, कलमी आम कल्चर्ड या कल्चर हुआ आम कहा जाता है। यही बात एग्रीकल्चर, हौटीकल्चर, सैरीकल्चर और तरह-तरह की कल्चरों में है। किसी भी देश की कल्चर में उस देश वालों की धार्मिक और नैतिक जिन्दगी, उनका सदाचार–इखलाक, उनकी बोली–साहित्य, उनके रहने-सहने, उठने-बैठने के ढंग, उनके कपड़े, उनके मकान, उनके खेल-तमाशे, उनके खाने-पीने की चीज़ें, उनकी चित्रकारी, उनकी दस्तकारियाँ, उनकी तबीयतों के शौक और सुझाव सब शामिल समझे जाते हैं।

मजहब की तरह कल्चर में भी दो मोटे पहलू होते हैं–एक बुनियादी असूल और दूसरे उन असूलों को रूप देनेवाले तौर-तरीके और बाहरी चीज़ें। इनमें असूल फिर सब कल्चरों के एक दर्जे तक एक हैं, एक होने चाहिए और जहाँ तक उनमें फरक है उन सबको मिला कर दुनिया को एक इनसानी कल्चर, मानव संस्कृति और सच्चे भाईचारे की तरफ जाना चाहिए। जहाँ तक तौर-तरीकों और ऊपर की चीजों की बात है, इनमें देश, काल और हालत के साथ-साथ फरक होना कुदरती चीज है। इस फरक में भी तीन बातें ध्यान देने की हैं। एक यह कि यह फरक मजहब की बिना पर कम और मुल्क की बिना पर ज्यादा होते हैं। कल्चर के इन मानों में जितना फरक लाहौर

के हिन्दू और बनारस के हिन्दू में है, इतना लाहौर के हिन्दू और लाहौर के मुसलमान में या बनारस के हिन्दू और बनारस के मुसलमान में नहीं। दूसरे यह कि इन फरकों को अगर रवादारी, उदारता, प्रेम और जिन्दादिली से देखा जाए, तो यह फरक इनसानों की जिन्दगी के अमन और सुख को कम करने की जगह उन्हें बेहद बढ़ा लेने का सामान बन सकते हैं। सारी इनसानी कौम की जिन्दगी को यह वैसा ही मालामाल और खुशहाल कर सकते हैं और उसकी शोभा को बढ़ा सकते हैं, जैसे एक बड़े वर्ग के अन्दर तरह-तरह के फल और रंग-बिरंगे फूल। तीसरी यह कि इन ऊपरी चीजों में भी दुनिया मेल और संगम की तरफ जा रही है। इस तरह की चीजों और तौर-तरीकों में सदा से देश-देश के अन्दर वह कलमें लगती रही हैं, जिन्होंने हर देश वालों की जिन्दगी को एक मिले-जुले ताने-बाने की तरह पूर रक्खा है और जिनमें से अलग-अलग देशों या कौमों की कल्चरों को अलग-अलग करने की कोशिश इस सारे ताने-बाने को तार-तार करके बरबाद कर देने के बराबर होगी।

इन मानों में जो लोग हिन्दू कल्चर और मुस्लिम कल्चर को अलग-अलग बचाकर रखने और अछूता रखने की बात करते हैं, उन्हें इस बात का शायद अन्दाजा नहीं है कि हिन्दुस्तानी समुन्दर में गिर कर एक हो जानेवाले इन किसी समय की अलग-अलग कल्चरों—आर्य कल्चर, द्रविड़ कल्चर, यूनानी कल्चर, ईरानी कल्चर, चीनी कल्चर, अरब कल्चर, राजपूत कल्चर, मुगल कल्चर वगैरा का मेलजोल किस हद तक पहुँच चुका है। शुद्ध हिन्दू संस्कृति का दिलदादा कौन ऐसा आदमी होगा, जो गेहूँ की फसल को और उसके इस्तेमाल को इसलिए देश से निकाल दे क्योंकि गेहूँ आज से लगभग 23 सौ बरस पहले यूनानियों के साथ हिन्दुस्तान आया था? ऋग्वेद में तिल, चावल, जौ का बयान मिलता है, गेहूँ का नहीं। गेहूँ उन दिनों आर्य लोगों का खाना नहीं था। गेहूँ के संस्कृत नामों में से दो नाम 'यवन प्रिय' और 'म्लेच्छ प्रिय' भी हैं। जहाँ तक हमें मालूम है, शायद किसी हिन्दू धर्म-कार्य में गेहूँ काम में नहीं लाया जाता। जो कपड़े हम आजकल पहन रहे हैं या जो पचास वर्ष पहले पहनते थे, सब मुल्क-मुल्क और कौम-कौम के पैबन्दों से बने हैं। संस्कृत की पुरानी किताबों में उन कपड़ों बयान मिलता है, जो महर्षि बाल्मीक के समय में या महाभारत के समय में था और समय-समय पर इस देश में पहने जाते थे। आज उनमें से बहुत से कपड़ों को कोई हिन्दू मर्द पहन कर घर से बाहर निकलने की ढिठाई नहीं कर सकता। कौन समझदार हिन्दू गुलाब की क्यारियों को अपने बगीचे से इसलिए नोच कर फेंक देगा, क्योंकि गुलाब की कलम मुगलों के जमाने में ईरान से आई थी? यही हालत हमारे सैकड़ों सुन्दर-से-सुन्दर, मीठे-से-मीठे और प्यारे-से-प्यारे फलों, फूलों, जानवरों और आए दिन के बरतने की चीजों की है। ऐसे ही कौन मुसलमान होगा, जो इसलिए पान चबाना या कलाकन्द खाना बन्द कर दे, क्योंकि यह दोनों चीजें हिन्दुस्तानी हैं,

अरब, ईरान या किसी बाहर के मुस्लिम देश में नहीं होतीं और मुसलमानों ने हिन्दुस्तान में आकर इनका इस्तेमाल सीखा। इस तरह की अनगिनत मिसालें हमारी जिन्दगी में भरी पड़ी हैं।

इन आए दिन की चीजों से लेकर अगर हम कला, चित्रकारी, तरह-तरह की दस्तकारी, गीत और साहित्य, यहाँ तक कि धार्मिक समझे जानेवाले रीति-रिवाजों पर निगाह डालें, तो हमें इस मेलजोल की इससे भी ज्यादा शानदार मिसालें कदम-कदम पर मिलेंगी। हम यहाँ सिर्फ एक ठोस मिसाल देकर बस करेंगे। तामीर का हुनर यानी मकान के बनाने में सुन्दरता लाने की कला आदमी के शौक की खास चीजों में से है। सच पूछिए तो इन सब चीजों में फरक मुल्कों-मुल्कों ही के होते हैं, मजहबों के नहीं। कल्चर को भी अगर ध्यान से देखा जाए, तो हिन्दुस्तानी कल्चर, ईरानी कल्चर, यूनानी कल्चर और अरब कल्चर के कुछ मानी हैं, हिन्दू कल्चर और मुस्लिम कल्चर नाम की इस मानी में कुछ चीजें नहीं। अकसर हम पुरानी हिन्दुस्तानी कल्चर को हिन्दू कल्चर और पुरानी अरब कल्चर को मुस्लिम कल्चर कह बैठते हैं। घर बनाने की कला में इस निगाह से अगर हमें हिन्दू कल्चर के अच्छे-से-अच्छे नमूने देखने हों, तो दक्षिण के पुराने मन्दिर, कुर्सी के ऊपर कुर्सी, कंगूरे के ऊपर कंगूरा, ऊँचा कलश, धर्म-अर्थ-काम-मोक्ष चारों के नक्शे चारों तरफ ऊपर से नीचे तक इस तरह घने खुदे हुए कि जिन्हें देखकर आदमी को तुरन्त हिन्दुस्तान के घने वनों और यहाँ की घनी आबादी की याद आ जाए। दूसरी तरफ अगर मुस्लिम कल्चर या अरब कल्चर के अच्छे-से-अच्छे नमूने देखने हों, तो दिल्ली और अजमेर की मसजिदें, आसमान से बात करती हुई मीनारें, भारी गोल गुम्बद, अनगिनत महराबें, और अन्दर-बाहर का तमाम हिस्सा अरब के रेगिस्तान की तरह सफाचट्ट। तीसरी तरफ अगर इन दोनों कल्चरों, इन दोनों संस्कृति के आदर्शों के प्रेमालिंगन, उनके बगलगीर होने को देखना हो, तो आगरे का वह ताज है, जो अपनी कला और अपनी सुन्दरता की निगाह से आज भी दुनिया के कलाकारों को चकाचौंध कर रहा है और इस देश के जर्जर बदन पर झूमर की तरह चमक रहा है। इसी तरह की बेसुमार प्यारी मिसालें हमें अपने संगीत, अपनी चित्रकला और जिन्दगी के दूसरे अच्छे-से-अच्छे पहलुओं में मिलेंगी। यह सच है कि इन सब चीजों में दुनिया एक आलमगीर आर्ट, एक विश्व कल्चर और उस मिली-जुली जिन्दगी की तरफ जा रही है, जिस पर दुनिया के सब धर्मों, सब विद्याओं और सब महापुरुषों की टकटकी लगी हुई है और जिसके बिना 'बसुधैव कुटुम्बकम्' यानी दुनिया के सब इनसानों को एक खानदान बनाने का सपना पूरा नहीं हो सकता। इस धरती के ऊपर इस सपने को पूरा करना ही सारे धर्म, मजहब, कल्चर और संस्कृति का लक्ष्य या मकसद है। इसके खिलाफ जाने की सारी कोशिशें आदमी-आदमी में फूट डालनेवाली, बरबादी करनेवाली और पाप हैं।

इसके लिए सबसे पहली जरूरत है एक-दूसरे के साथ पूरी रवादारी, विचारों, मान्यताओं और पूजा-पाठ के तरीकों में सबके लिए पूरी आजादी, सबके साथ इनसाफ और इनसानी भाईचारे की जड़ों को मजबूत करने की। इसके बिना धर्म, कल्चर या संस्कृति का दुनिया में फल-फूल सकना नामुमकिन है। हमारे देश के हिन्दू-मुसलमान, सिक्ख और सब भाइयों को भी संस्कृति या कल्चर के मामले में इसी ध्येय या मकसद को हर वक्त अपने सामने रखना चाहिए।

हिन्दू-मुस्लिम सवाल का आध्यात्मिक पहलू

आदमी की जिन्दगी के हर सवाल को कई तरह से और कई पहलुओं से देखा जा सकता है। जितने अलग-अलग पहलू इस जिन्दगी के हैं, या हो सकते हैं, उतने ही तरह के सब सवालों के हो सकते हैं। मोटे तौर पर इनसान की जिन्दगी के तीन पहलू हमें दिखाई देते हैं। एक तारीखी या इतिहासी पहलू। दूसरा समाजी, कल्चरल यानी आए दिन की जिन्दगी और रहन-सहन का पहलू और तीसरा आध्यात्मिक या रूहानी पहलू! जिस सवाल की हम इस लेख में चर्चा करेंगे उसका एक और चौथा सियासी यानी राजकाजी पहलू भी एक खास पहलू है। इन सब पहलुओं, खासकर आध्यात्मिक पहलू को, सामने रखकर ही हम आजकल के हिन्दू-मुस्लिम सवाल पर एक सरसरी निगाह डालना चाहते हैं।

यूँ तो यह सवाल उस जमाने से चला आता है, जब से इस देश के अन्दर हिन्दू और मुसलमान दोनों धर्मों के माननेवाले साथ-साथ रहने लगे, पर बीसवीं सदी ईसवी के शुरू से इस सवाल का जो रूप बनता जा रहा है, वह एक दर्जे तक नया रूप है।

इस सवाल का इतिहासी पहलू एक लम्बी चीज है। थोड़े से में उसका निचोड़ यह है। देश में कई अलग-अलग मजहबी खयालों के लोग रहते थे। उनकी मान्यताओं, मजहबी उसूलों और रहन-सहन के तरीकों में काफी फरक था। कोई निराकार के पूजनेवाले, कोई साकार के। कोई मूर्ति-पूजक, कोई मूर्ति-पूजा को पाप समझने वाले। कोई ईश्वर को जगत् का कर्ता माननेवाले और कोई किसी भी कर्ता के होने से इनकार करनेवाले। कोई मांस खाने को अपने धर्म का जरूरी हिस्सा माननेवाले और कोई उसे पाप समझनेवाले। कोई देवी के सामने हवन में मदिरा चढ़ानेवाले और कोई मदिरा छूने तक को गुनाह समझने वाले। वगैरह-वगैरह। लेकिन ये सब लोग किसी तरह एक निरोह में गिन लिये जाते थे, जिसे हिन्दू कहा ज़ाता था। थोड़े से ईसाई और यहूदी भी देश के किसी-किसी कोने में थे, पर देश की आम जिन्दगी पर उनका असर नहीं के बराबर था। ऐसी हालत में एक नया मजहब इस देश में आया, इस्लाम। इस नए धर्म के माननेवाले एक ईश्वर को मानते थे।

जात-पात और छुआछूत, जो हिन्दू-धर्म का एक खास हिस्सा बन चुकी थी, उनमें बिलकुल न थी। मूर्ति-पूज़ा को वे गुनाह समझते थे। वे एक निराकार के उपासक थे। उनमें मामूली आदमियों और ईश्वर के बीच किसी पुरोहित की जरूरत न थी। आदमी-आदमी सब बराबर। लेकिन उनके धर्म को जन्म देनेवाले महापुरुष हजरत मुहम्मद अरब में जन्मे थे, हिन्दुस्तान में नहीं। उनकी खास मजहबी किताब कुरान अरबी में लिखी हुई थी, संस्कृत या किसी हिन्दुस्तानी जबान में नहीं।

हिन्दू-धर्म के साथ इस्लाम की थोड़ी-बहुत टक्कर होना कुदरती था। यह टक्कर कोई नई चीज नही थी। इस देश के इतिहास में इससे पहले पुराने द्राविड़-धर्म और नए आर्य-धर्म में कई हजार बरस तक टक्कर रह चुकी थी। हजारों बरस तक वेदों के माननेवाले आर्य अपने वैदिक देवताओं जैसे मित्र, वरुण और इन्द्र की पूजा को मुख्य समझते थे। यहाँ के असली बाशिन्दे अपने पुराने देवताओं, शिव और चतुर्भुज विष्णु की पूजा को ही जारी रखना चाहते थे। बहसें हुईं, गिरोह-के-गिरोह मिटा डाले गए। आखीर में कई हजार बरस की टक्करों के बाद जब दोनों धाराएँ गंगा और जमुना की तरह एक-दूसरे में मिल गईं तो आज यह पता लगाना भी मुश्किल है कि इस मिली-जुली जीवन-धारा का कौन-सा कण आर्य है और कौन-सा द्राविड़। मित्र, वरुण और इन्द्र के मन्दिर हिन्दुस्तान भर में आज ढूँढ़े से भी मिलने मुश्किल हैं, पर द्राविड़ जाति के शिव आज करोड़ों के देव देवाधिदेव महादेव बन कर लगभग हर मन्दिर में मौजूद हैं। चतुर्भुज विष्णु इतने अपना लिये गए कि हिन्दुओं के सब अवतार विष्णु के अवतार गिने जाते हैं। यह उस महान समन्वय की सिर्फ एक छोटी-सी मिसाल है।

जिस तरह की टक्कर आर्यों और द्राविड़ों में रही, उसी तरह की थोड़ी-बहुत उसके बाद के जमाने में हिन्दुओं और जैनियों में और आठवीं सदी ईसवी तक शैवों और शाक्तों में, यहाँ तक कि राम के भक्तों और कृष्ण के उपासकों में बराबर होती रही। इन टक्करों में एक-दूसरे का बहिष्कार भी हुआ और लाठियाँ और तलवारें भी चलीं। आज तक–'हस्तिनापीड्यमानोऽपि न गच्छेत जैनमन्दिरम्' जैसे फिकरे देश के साहित्य से मिटे नही हैं। ये सब टक्करें एक कुदरती ढंग से पैदा हुईं और उतने ही कुदरती ढंग से मिट गईं। पुराने जमाने के ये सब सवाल आज इतिहास की एक कहानी रह गए हैं।

इस्लाम के आने के साथ देश में नई टक्करों का होना कुदरती था। टक्करें शुरू हुईं। देश के अलग-अलग हिस्से में और जिन्दगी के अलग-अलग पहलुओं में उन्होंने अलग-अलग रूप लिये। फिर भी सात सौ-आठ सौ बरस तक देश के इस सिरे से उस सिरे तक सैकड़ों शहरों और हजारों गाँवों में हिन्दू और मुसलमान प्रेम के साथ मिलजुल कर रहते रहे। इस सारे समय में बाहर से आकर देश में बस जानेवाले

मुसलमानों की तादाद कुछ हजार से ज्यादा नहीं थी। बाकी सब लाखों और करोड़ों आदमी, जिन्होंने इस्लाम धर्म को अपनाया, यहीं के रहनेवाले और यहीं के हिन्दू माता-पिता की औलाद थे। हर गाँव और हर शहर में हिन्दू और मुसलमान एक ही जबान बोलते थे। एक-दूसरे के त्यौहारों और तकरीबों, ब्याह-शादियों और रीति-रिवाजों में शरीक होते थे। एक-दूसरे को 'चाचा', 'ताया', 'मामा', 'भाई', वगैरह कहकर पुकारते थे। ज्यादातर मुसलमान घरानों में आजतक सैकड़ों हिन्दू-रस्में पालन की जाती हैं। जैसे दसूठन, सालगिरह, कनछेदन, नकछेदन, शादी में दरवाजे का चार, तेल चढ़ाना, हल्दी चढ़ाना, कलेवा बाँधना, कँगना बाँधना, मँडवा। ऐसे ही हिन्दुओं ने काफी रस्में मुसलमानों से लीं। जैसे, घोड़ी चढ़ना, जामा, सेहरा, शहवाला। दोनों ने मिलकर इस देश की कारीगरी, चित्रकारी, उद्योग-धन्धे, कला-कौशल, तिजारत, संगीत वगैरह को अपूर्व उन्नति दी। मुगलों की सल्तनत का जमाना इन सब बातों में इस देश का सबसे ज्यादा तरक़्क़ी का जमाना माना जाता है। सतरहवीं सदी ईसवी के आखीर और अठारहवीं सदी के शुरू के सब विदेशी यात्री, जो समय-समय पर इस देश में आए, इस बात में एक राय हैं कि उस जमाने में दुनिया का कोई देश धन्य-धान्य, सुख-समृद्धि, तिजारत और उद्योग-धन्धों में हिन्दुस्तान का मुकाबला नहीं कर सकता था। राजाओं-राजाओं में लड़ाइयाँ होती थीं, पर जिस तरह कहीं-कहीं हिन्दू और मुसलमान लड़े हैं, उसी तरह हिन्दू-हिन्दू और मुसलमान-मुसलमान भी आपस में लड़े हैं। बाहर से हमला करनेवाले मुसलमानों के खिलाफ देश के मुसलमान हुक्मरानों का डटकर लड़ना और यहाँ के हिन्दू राजाओं का उनका साथ देना एक मामूली घटना थी। मुसलमान बादशाहों की फौज में हिन्दू सिपाही और हिन्दू सेनापति, और हिन्दू राजाओं की सेना में मुसलमान सिपाही और मुसलमान सेनापति, ऐसे ही हिन्दू राजाओं के मुसलमान प्रधानमन्त्री और मुसलमान बादशाहों के हिन्दू वजीरे-आजम सात सौ बरस के भारतीय इतिहास में कदम-कदम पर देखने को मिलते हैं।

उस सारे जमाने में हमें मुल्क के जीवन में तीन साफ अलग-अलग लहरें बहती हुई दिखाई देती हैं। एक इस्लाम के आने से पहले की ब्राह्मणों के प्रभुत्व, जात-पात और छूआछूत की तंग हिन्दू लहर। दूसरी फिकह (कर्मकांड) का कट्टरता से पालन करनेवाली तंग इस्लामी लहर और तीसरी दोनों के मेल-जोल की वह प्रेम की लहर, जो दोनों की तंग-खयालियों से ऊपर उठकर दोनों के गुणों को अपने अन्दर लिये हुए थी। रहन-सहन, खान-पान, चित्रकारी, मकानों का बनाना, धर्म और संस्कृति, सब में ये तीनों लहरें साफ दिखाई दे रही थीं। इनमें धीरे-धीरे तंग-खयाली की दोनों लहरें सूखती जाती थीं और मेल-मिलाप की लहर बढ़ती और फैलती जा रही थी। आशा होती थी कि देश में समन्वय की पुरानी परम्परा को कायम रखते हुए एक

दिन यह प्रेम की लहर सारे मैदान को ढक लेगी और देश के अन्दर उस नई संस्कृति, नए समाज और नई धार्मिक कल्पना को जन्म देगी, जो अलग-अलग संकीर्ण कल्पनाओं से बढ़कर और उनसे ऊँची होगी।

इन तीनों अलग-अलग लहरों की हम एक छोटी-सी मिसाल ईंट-पत्थरों की ठोस शकल में देना चाहते हैं। फन्ने तामीर यानी गृह-निर्माण-कला में अगर हमें एक तरफ इस्लाम से पहले के पुराने हिन्दू आदर्शों को देखना हो तो दक्षिण के मन्दिर हैं। कुर्सी के ऊपर कुर्सी, कंगूरे के ऊपर कंगूरा, ठोस पत्थर, आसमान से बात करते हुए कलश और मन्दिर के चारों तरफ की दीवारों की एक-एक इंच जगह मूर्तियों से ढकी, ठीक उसी तरह जिस तरह हिन्दुस्तान के घने जंगल। इन इमारतों का अपना एक गौरव है। दूसरी तरफ बाहर से आनेवाले इस्लामी आदर्श का नमूना—अजमेर और दिल्ली की मसजिदें, साफ-सफाचट दीवारें, जिनमें सिवाय अल्लाह के कोई चीज दिखाई न दे, गोल सफेद गुम्बद और ऊँचे मीनार, अरब के बयाबान रेगिस्तान की याद दिलानेवाले। इनकी भी अपनी एक अलग शान है। तीसरे इन दोनों आदर्शों का मेल, इनकी एक-दूसरे पर कलम, इनका प्रेमालिंगन अगर देखना हो तो आगरे का ताज, जो दुनिया की सबसे सुन्दर इमारतों में गिना जाता है और जो आज भी इस देश के सड़े-गले जिस्म पर झूमर की तरह लटक रहा है। यही हाल हमें और सब कलाओं और विद्याओं में दिखाई देता है। मुगल सल्तनत के जमाने में न जाने कितने नए पौधे, कितनी नई तरह के फल, नए फूल, नए-नए जानवर, नई तरह के कपड़े इस मुल्क में आए और न जाने कितने नए-नए खाने और नई-नई मिठाइयाँ जारी हुईं। आजकल के दिल्ली या आगरा या मथुरा के किसी भी हलवाई की दुकान की मिठाइयाँ तथा ढाका और मुर्शिदाबाद के रेशमी और सूती कपड़ों के नाम हमें अपनी ईजाद के समय की याद दिला रहे हैं।

यह मेल-मिलाप की लहर हमारे रूहानी यानी आध्यात्मिक जीवन में भी गहरी चली गई थी। कबीर, दादू, नानक, पल्टू, चैतन्य, तुकाराम, बाबा फरीद, बुल्लेशाह, मुईनुद्दीन चिश्ती और यारी साहब जैसे सैकड़ों हिन्दू और मुसलमान फकीर हिन्दू धर्म और इस्लाम, दोनों के ऊपरी कर्म-कांडों से ऊपर उठकर हमें प्रेम-धर्म का सन्देश सुना रहे थे और देश भर में चारों ओर प्रेम के सोते बहा रहे थे। हिन्दू धर्म ने इस्लाम के सम्पर्क से अपने अन्दर अनेक सुधार की लहरें पैदा कीं। अनेक हिन्दू आचार्यों ने जात-पात और छुआछूत को तोड़ने और आदमी-आदमी के बीच बराबरी कायम करने का उपदेश दिया। हिन्दू धर्म के सम्पर्क से इस्लाम का जरूरत से ज्यादा नुकीलापन या कटीलापन भी टूटा। मुसलमान फकीरों और महात्माओं के मजारों पर वसन्त के दिन वसन्ती चादरें चढ़ाई जाने लगीं। मुसलमान बादशाहों के दरबारों में होली, दीवाली, रक्षाबन्धन और दशहरा जगह-जगह उसी प्रेम, उसी जोश और उसी

उमंग से मनाया जाता था, जिस तरह हिन्दू दरबारों में। कोई सन्देह नहीं कि अगर थोड़ा-सा और समय मिल गया होता तो यह देश उस जमाने के हिन्दू धर्म और इस्लाम के मेल से अपने अन्दर उसी तरह एक नया मिलाजुला और ज्यादा ऊँचा जीवन पैदा करके दिखला देता, जिस तरह इससे पहले की सब टक्करों के बाद दिखला चुका था, पर उस शुभ दिन के आने से ठीक पहले देश में एक तीसरी ताकत ने कदम रक्खा।

इस नई विदेशी ताकत को अपना भला इसी में दिखाई दिया कि देश की इन दोनों जमातों को एक-दूसरे से मिलने से रोके। इन दोनों को फाड़े रखने में ही उसे अपनी जिन्दगी दिखाई दी। सन् 1757 से लेकर आज तक तरह-तरह की चालों, कूटनीतियों और सियासी तदबीरों के जरिए देश के हिन्दू और मुसलमानों को एक-दूसरे से अलग रखने के पूरे जतन किए गए। रोग बीज रूप में शरीर के अन्दर मौजूद था ही। उसे सिर्फ भड़काने और बढ़ाने की जरूरत थी। सरकारी नौकरियों में होड़, म्यूनिसपैलिटियों और एसेम्बलियों के चुनाव, पृथक् निर्वाचन (Separate electorate), अलग-अलग युनीवर्सिटियाँ, महासभा और लीग, अखंड भारत और पाकिस्तान, इन सब ने देश की इस कठिन समस्या को उलझाने में हिस्सा लिया है। पर ये राजकाजी हथकंडे हमें सिर्फ इसीलिए नुकसान पहुँचा सके, क्योंकि फूट, अलहदगी और दुई के बीज हमारे अन्दर मौजूद थे। बाहर के कीटाणु या जर्म्स उस समय तक रोग पैदा नहीं कर सकते, जब तक कि जिस्म के अन्दर का समतोल न बिगड़ा हो, जब तक कि खून के अन्दर कोई-न-कोई इस तरह की कमजोरी, कमी या बेशी पैदा न हो गई हो, जो उन कीटाणुओं को वहाँ टिकने और पनपने का मौका दे।

हमारी इस तरह की आवाजें, इस तरह के विचार जैसे 'हिन्दू जाति और हिन्दू संस्कृति को बचाए रखने की जरूरत है', 'इस्लाम और मुस्लिम कल्चर खतरे में है', 'हिन्दू धर्म की रक्षा के लिए हिन्दू संगठन जरूरी है', 'इस्लाम की हिफाजत के लिए मुसलमानों की अलग तनजीम लाजिमी है', शुद्धि और तबलीग, बोलने-चालने और लिखने-पढ़ने की जबान को एक तरफ संस्कृत के और दूसरी तरफ फारसी और अरबी के ज्यादा नजदीक लाने की कोशिशें, राष्ट्रीय कान्फ्रेंसों और राष्ट्रीय संस्थाओं तक में हिन्दू रंग-ढंग और हिन्दू तौर-तरीकों को बरतने और चमकाने की लालसा–ये सब चीजें इस बात को साबित कर रही हैं कि हमने अभी तक ऊपरी रीति-रिवाजों के फरकों से उठकर एक मिली-जुली कौमी जिन्दगी बसर करने के उस सबक को पूरी तरह नहीं सीखा, जो कुदरत हमें इन दोनों धर्मों को एक जगह लाकर सिखाना चाहती थी।

रोग का इलाज भी साफ है। इस सारी भूल-भुलइयों में से हम चाहें तो अपना रास्ता साफ देख सकते हैं। रास्ता वही है, जो इससे पहले की टक्करों में से निकलने

का रास्ता था। जब तक आदमी आदमी है, उसमें तरह-तरह के विचारों का पैदा होना, उसके तरह-तरह के विश्वास और तरह-तरह की मान्यताएँ होना कुदरती है। वह चीज वैसी ही कुदरती है, जैसी एक विशाल वन या सुन्दर उपवन के अन्दर तरह-तरह की वनस्पतियों और रंग-बिरंगे फूलों का उगना। हरेक का अपना सौन्दर्य। हरेक की अपनी उपयोगिता। जिनके आँखें हैं, उन्हें इस विचित्रता में ही, इस रंग-बिरंगे-पन में ही, कुदरत के बाग का असली सौन्दर्य दिखाई देगा। इस विचित्रता में से ही मानव-विकास का रास्ता मिलता है। कोई देश उस समय तक सभ्य नहीं कहा जा सकता, जब तक कि उसके रहनेवालों को अपने विचारों और विश्वासों में, अपनी पूजा और इबादत के तरीकों में पूरी आजादी हासिल न हो। हमारे देश के अन्दर भी तरह-तरह के विचारों का हजारों बरस से एक-दूसरे के साथ रहना और आखीर में घुल-मिल जाना इस बात को साबित कर रहा है कि हम जिन्दगी के इस सुनहले उसूल को काफी जानते और समझते रहे हैं। बहुत-सी बातों में हिन्दुओं और जैनियों, वैष्णवों और शाक्तों, सनातनधर्मियों और आर्यसमाजियों, वर्णाश्रमियों और ब्राह्मणों में जितना उसूली फरक है, आर्यसमाजियों और मुसलमानों या मामूली हिन्दुओं और मुसलमानों में उससे कहीं कम है। बात सिर्फ इतनी है, जैसा हम ऊपर कह चुके हैं, कि हमारे इतिहास का यह आखिरी समन्वय अभी पूरा नहीं हो पाया था कि बाहरी ताकतों ने छेड़कर हमारी हालत को थोड़ा-सा जटिल कर दिया और कुछ देर के लिए देश में एक संकट पैदा हो गया।

हमें अब सिर्फ दो बातें समझनी हैं। एक यह कि मजहबी रीति-रिवाजों या पूजा-पाठ के तरीकों के अलग-अलग होते हुए भी हमें देश में एक मिली-जुली समाजी जिन्दगी, मिला-जुला रहन-सहन, मिली-जुली जबान पैदा करनी हैं, बढ़ानी है और उसे कायम रखना है। रीति-रिवाज सब ऊपरी चीजें हैं। हर देश में वे बदलते रहे हैं और बदलते रहेंगे। जिस तरह शरीर का बदलना जब-तब जरूरी हो जाता है, उसी तरह इन ऊपरी रीति-रिवाजों का बदलते रहना भी समाजी जिन्दगी के लिए जरूरी होता है। हिन्दुओं की जन्मना जाति, जात-पात और छुआछूत, किसी भी दूसरे के छूने से किसी के भोजन और पानी का नापाक हो जाना, एक ऐसी सड़ी-गली और हानिकर रूढ़ि है, जिसका अन्त करना हमारे समाजी जीवन को कायम रखने के लिए जरूरी है। बुद्ध भगवान् के समय से लेकर बीच के जमाने के सन्तों, कबीर और दादू तक सब हमें यही उपदेश देते चले आए हैं। ऐसे ही बोलचाल में या किताबों और अखबारों में 'आवश्यकता' की जगह 'जरूरत' या 'जरूरत' की जगह 'आवश्यकता' पर जोर देना, 'नुमाइश' जैसे आमफहम शब्द को बदलकर 'प्रदर्शिनी' करना, 'हवाई जहाज' को 'वायुयान' या 'तैयारा' कहने की कोशिश करना एक बीमारी है, जो हमारी समाजी जिन्दगी को टुकड़े-टुकड़े कर रही है और हमारी आत्माओं को संकीर्ण बना रही है।

एक सीधी-सादी, मिली-जुली, आमफहम बोली की जगह संस्कृत भरी हिन्दी या फारसी-अरबी भरी उर्दू की तरफ जाने की ख्वाहिश उन चीजों में से है, जिन्होंने हिन्दू-मुस्लिम सवाल को पैदा किया और बढ़ाया। हमें हिन्दी और उर्दू दोनों को हिन्दुस्तानी भाषा मानना होगा। दोनों से प्रेम करना होगा और दोनों के सच्चे संगम से एक राष्ट्र-भाषा हिन्दुस्तानी को रूप देना, बढ़ाना और मालामाल करना होगा। इसी तरह अपनी राष्ट्रीय संस्थाओं, कांग्रेसों, कान्फ्रेंसों, स्कूलों, कालेजों वगैरह में हमें मिले-जुले तरीके और इस तरह के ढंग बरतने होंगे, जो सब धर्मों और मजहबों के देशवासियों को एक-से प्यारे लगें। हम ऊपर लिख चुके हैं कि हम आज से चन्द पीढ़ी पहले तक इसी तरह की एक मिली-जुली समाज़ी जिन्दगी और मिली-जुली कल्चर की तरफ बढ़ रहे थे। हमें अपनी उस थोड़े दिन पहले की प्रवृत्ति को फिर से ताजा करना होगा।

दूसरी बात, जो हमें समझनी है, वह इससे भी ज्यादा गहरी है। और वह है इस हिन्दू-मुस्लिम सवाल का आध्यात्मिक यानी रूहानी पहलू। दुनिया के अलग-अलग धर्मों के कायम करनेवालों ने अगर किसी बात पर सबसे ज्यादा जोर दिया है तो वह यही है कि सब इनसान एक कौम हैं, हम सब मिलकर एक छोटा-सा कुटुम्ब हैं, सब एक जिस्म के अलग-अलग अंगों की तरह हैं। सब का एक ही ईश्वर या अल्लाह है। ईश्वर एक है और सब उसी के बन्दे हैं, तो जाहिर है कि सबका धर्म भी एक ही है। फिर ये अलग-अलग धर्मों के फरक क्यों? इन धर्मों के इतिहास और उनकी पाक किताबों को प्रेम के साथ देखने से साफ पता चलता है कि इन सब धर्मों और मत-मतान्तरों के मूल तत्व एक हैं। इनमें फरक सिर्फ या तो उन अटकली बातों में है, जिनमें आदमी का दिमाग आखिरी फ़ैसले नहीं कर पाता, जैसे जीव और ब्रह्म का एक होना या दो होना, नरक और स्वर्ग की कल्पनाएँ वगैरह, और या ऊपरी रीति-रिवाजों और कर्मकांडों में है, जैसे पूरब की तरफ मुँह करके पूजा करना या पश्चिम की तरफ मुँह करके, संस्कृत में दुआ माँगना या अरबी में। ये सब फरक गौण हैं। हमें इनसे ऊपर उठकर और इनके भीतर से सब धर्मों की मौलिक एकता को साक्षात् करना होगा। इतना ही नहीं, हमें यह समझना होगा कि खुदा की नजरों में दुनिया की कोई भाषा दूसरी भाषा से ज्यादा पवित्र नहीं है। कोई ऊपरी रीति-रिवाज दूसरे रीति-रिवाज से ज्यादा पाक नहीं है। आदमी, आदमी है। हमें सब धर्मों के कायम करनेवाले महापुरुषों की इज्जत करनी होगी, उन सब को अपनाना और उन्हें मानव-समाज के सच्चे हितचिन्तक और मार्ग-प्रदर्शक मानना होगा, सब धर्म-पुस्तकों को प्रेम के साथ पढ़ना और उनसे सबक हासिल करना होगा। इन धर्मों और किताबों के फरक सब देश और काल के फरक हैं। हमें इनसे ऊपर उठकर सब धर्मों के सार यानी उस मानव-धर्म, उस प्रेम-धर्म, उस मजहबे-इश्क, उस मजहबे-

इनसानियत को साक्षात् करना होगा, जो आजकल के सब मत-मतान्तरों की जगह भावी मानव-समाज का एकमात्र धर्म होगा, जिसकी बुनियादें सच्चाई, सदाचार और प्रेम पर होंगी और जो सब के अन्दर एक ईश्वर के दर्शन करते हुए आध्यात्मिक जीवन की उन गहराइयों तक पहुँचने और उन समस्याओं के हल करने की कोशिश करेगा, जिन तक पहुँचना और जिनका हल करना इस पृथ्वी पर मनुष्य के जीवन का अन्तिम और असली लक्ष्य है। यही वह कीमती सबक है, जो कुदरत हमें आजकल की इस छोटी-सी हिन्दू-मुस्लिम समस्या के जरिए सिखाना चाहती है। हमारा देश इस समय इसी सच्चे मानव धर्म को पैदा करने की प्रसव-वेदना में से होकर निकल रहा है। सारा संसार शुभ दिन की बाट जोह रहा है।

हजरत मुहम्मद का जीवन चरित्र

आपने एक ऐसे आदमी को, जो कम-से-कम प्रचलित अर्थों में, मुसलमान नहीं है, इस्लाम के पैगम्बर के जन्म-दिवस के मुबारक मौके पर नबी के जीवन-चरित के सम्बन्ध में अपने विचारों के प्रकट करने को निमन्त्रित किया है। मैं इस निमन्त्रण को अपने लिए अभिमान की चीज समझता हूँ, और इसके लिए आपका शुक्रिया अदा करता हूँ। हमारे दुर्भाग्य से ऐसे अवसर दिन-प्रतिदिन अत्यन्त कम होते जा रहे हैं जब हम लोग एक-दूसरे के बुजुर्गों और धर्म-संस्थापकों के विषय में आदर और प्रेम के साथ अपने विचारों को प्रकट करें, और एक-दूसरे के धार्मिक सिद्धान्तों पर सहानुभूति और निष्पक्षता के साथ दृष्टि डालें। एक-दूसरे के मजहबों और विश्वासों से थोड़ी-बहुत जानकारी रखनेवालों की संख्या भी हमारे दुर्भाग्य से दिन-प्रतिदिन कम होती जा रही है। जाहिर है कि यदि हमें इस मुल्क में बिरादराना मोहब्बत और सुख-शान्ति के साथ रहना है, यदि हमें वास्तव में अपने-अपने मजहबों की वास्तविक और मौलिक भावनाओं के अनुसार चलना है, तो इस प्रकार की जानकारी और इस प्रकार के अवसर जितने अधिक हों, उतना ही अच्छा है। इस दृष्टि से भी जो अवसर आज आपने मुझे दिया है, उसे मैं गनीमत समझता हूँ, और फिर एक बार दिल से इस उदारता के लिए आपका शुक्रिया अदा करता हूँ।

मैं ऊपर कह चुका हूँ कि प्रचलित अर्थों में मैं मुसलमान नहीं हूँ। सौभाग्य अथवा दुर्भाग्य से अपने धार्मिक विचारों की दृष्टि से मैं प्रचलित अथवा पारिभाषिक अर्थों में न अपने को मुसलमान कह सकता हूँ और न हिन्दू। और न इसी प्रकार की किसी दूसरी गिरोहबन्दी में शामिल होने का गर्व कर सकता हूँ। फिर भी मैं इतना अवश्य कहूँगा कि मैंने बरसों अपनी सामर्थ्य के अनुसार इस्लाम के पैगम्बर की जिन्दगी का अध्ययन करने और उसके भिन्न-भिन्न पहलुओं को समझने का प्रयत्न किया है। सम्भव है, किसी पहलू पर मेरे विचार आपके विचारों से न मिलें। उस जिन्दगी से जो-जो सबक सीखे जा सकते हैं, उनके विषय में भी, सम्भव है, मुझमें और आपमें मतभेद हो। फिर भी मैं अत्यन्त गर्व के साथ

अपने-आपको उस महान और पवित्र व्यक्ति के बड़े-से-बड़े प्रशंसकों और कदरदानों में शुमार करता हूँ, और इस हैसियत से आपके इस निमन्त्रण को अपना अधिकार समझता हूँ।

इस्लाम के पैगम्बर की जिन्दगी की मोटी-मोटी घटनाएँ कम-से-कम हर मुसलमान को अच्छी तरह मालूम हैं; तो भी उनका दोहराया जाना निरर्थक नहीं कहा जा सकता, और विशेषकर गैर-मुसलमान भाइयों के लिए मैं अपने ढंग पर अत्यन्त संक्षेप में पहले एक दृष्टि उनकी जिन्दगी की कुछ खास-खास घटनाओं पर डालना चाहूँगा।

इस्लाम से पूर्व अरब की सामाजिक व्यवस्था

आज से 1400 वर्ष पहले अरब देश की सामाजिक, धार्मिक और राजनैतिक स्थिति अत्यन्त शोकजनक थी। तमाम अरब सहस्रों छोटे-छोटे कबीलों अर्थात् कुलों में बँटा हुआ था। किसी प्रकार का भी एकता का सूत्र अथवा संयुक्त राष्ट्रीयता का भाव उन हजारों कबीलों को एक-दूसरे से बाँधनेवाला न था। हर कबीले को अलग-अलग अपने ही कुल की उच्चता का अभिमान था। हर कबीला दूसरों से अपने को ऊँचा और श्रेष्ठतर समझता था, और अपनी-अपनी श्रेष्ठता और कुलीनता को साबित करने के लिए लगभग तमाम कबीलों में लगातार परस्पर संग्राम जारी थे। वास्तव में उस समय तमाम अरब एक विशाल युद्धक्षेत्र था, जहाँ हर कबीला दूसरे कबीले के खून का प्यासा था। कुदरती तौर पर हर कबीला खेतीबारी या मेहनत-मजदूरी से जीविका कमाना अपने लिए अपमान की चीज समझता था, और अपने विरोधी कबीले का माल लूटकर खा लेना गर्व की बात समझता था। कला-कौशल लगभग नदारद। एक-एक मनुष्य की हत्या का बदला और बदले का बदला, यह सिलसिला कई-कई पीढ़ी, बल्कि कई-कई सदी तक जारी रहता था। दोनों ओर कई-कई कबीले शामिल हो जाते थे। लूट-मार, कत्ल और डाका आए दिन की चीजें थीं। विरोधी कबीले की स्त्रियों को पकड़कर ले जाना, हर कबीला अपना हक समझता था। गुलामों के साथ जो व्यवहार होता था, उसके विषय में केवल यह बता देना काफी है कि किसी गुलाम को मार डालने की कोई सजा न थी। सच तो यह है कि हर कबीले के सरदार के अलावा, जो उस कबीले के लोगों का नेता होता था, और किसी प्रकार की अदालत या हुकूमत उस समय अरब में न थी। अज्ञानता का यह हाल था कि हर अरब किसी समय के राजपूतों के समान लड़की का बाप होना अपने लिए अपमान की बात समझता था। कहीं-कहीं तो जब किसी स्त्री के बच्चा पैदा होता, तो उसके समीप एक गड्ढा खोद दिया जाता। यदि बच्चा लड़का हुआ,

तो गड्ढा बाद में भर दिया जाता, और यदि लड़की हुई, तो उसी समय उसे उस गड्ढे में डालकर ऊपर से मिट्टी भर दी जाती। कभी-कभी लड़की की आयु छह या नौ साल की होने पर बाप उसे अपने साथ शहर से बाहर ले जाकर गड्ढा खोदकर अपने हाथ से जिन्दा दफन कर आता था। जुआ, शराबखोरी और बदचलनी की कोई हद न थी।

धार्मिक अवस्था

मजहब में एक सर्वोपरि ईश्वर का प्रायः कहीं नाम भी न सुनाई देता था। वृक्षों और सितारों की पूजा तथा सैकड़ों तरह के अन्धविश्वासों के अतिरिक्त हर कबीले का अपना एक अलग खुदा या देवता होता था। हर देवता का अलग नाम। कोई लकड़ी का, कोई पत्थर का, कोई पीतल का और कोई ताँबे का। कोई मनुष्य या किसी जानवर की सूरत का और कोई अनगढ़। यहाँ तक कि स्वयं काबे में, जो हजारों वर्ष पहले से अरबों का एक तीर्थ चला आता था, 360 बुत थे। इन बुतों के सामने न केवल पशुओं की, बल्कि मनुष्यों की भी, बलि दी जाती थी। सारांश यह है कि भद्दी-से-भद्दी बुतपरस्ती और अन्धविश्वास उस जमाने के अरब का मजहब था, और जब दो कबीलों की लड़ाई होती थी, तो वह उनके देवताओं की भी लड़ाई समझती जाती थी, और इनसानों की तरह देवता भी कैद कर लिये जाते थे। यहूदी और ईसाई मजहब भी उन दिनों अरब में पहुँच चुके थे, लेकिन उनकी हालत भी समय की हवा के अनुसार इतनी ही, बल्कि इससे भी अधिक, गिरी हुई थी।

राजनीतिक अवस्था

स्वाभाविक तौर पर जिस कौम में किसी तरह की एकता न हो, उसकी राजनीतिक अवस्था भी अच्छी नहीं हो सकती, इसीलिए उस समय के अरब की राजनीतिक अवस्था गुलामी के दिनों के हिन्दुस्तान की राजनीतिक अवस्था से भी बुरी थी। हिन्दुस्तान केवल एक विदेशी कौम के अधीन था, लेकिन रेगिस्तान को छोड़कर, उस समय के अरब का अधिकांश भाग कई विदेशी शक्तियों के अधीन था। उत्तर में शामदेश (सीरिया) से मिले हुए प्रान्त रोम के बादशाह के मातहत थे। उत्तर-पूर्व के प्रान्त ईरान के बादशाह के मातहत थे। मक्के के दक्षिण में लाल-सागर (रेड सी) के किनारे के सूबे मुल्क हब्श अर्थात् अबीसीनिया के ईसाई बादशाह के मातहत थे। केवल बीच का रेगिस्तानी हिस्सा, जिसमें मक्का और मदीना के शहर हैं, अपने को

स्वाधीन समझता था; मगर इन तीनों विदेशी शक्तियों के उस पर दाँत थे, और तीनों अपना हक जमाने का प्रयत्न कर रही थीं।

मुहम्मद साहब के जन्म से पचपन दिन पहले यमन के हब्शी शासक ने मक्के पर हमला करके काबे को गिरा देना और मक्के पर हब्श के शहंशाह का राज्य कायम कर देना चाहा, मगर उसका प्रयत्न असफल रहा। जिस समय मुहम्मद साहब की आयु करीब तीस वर्ष की थी, रोम के बादशाह ने उस्मान नाम के एक अरब ईसाई द्वारा, बहुत-सा रुपया खर्च करके, मक्के पर कब्जा करने का षड्यन्त्र रचा; लेकिन उसकी कोशिश भी स्वयं मुहम्मद साहब के प्रयत्न से असफल रही। इसी तरह इसके लगभग बीस वर्ष के बाद जब मुहम्मद साहब ने ईरान के सम्राट को इस्लाम की दावत का पत्र लिखा, तो उसने मक्के को अपने अधीन और मुहम्मद साहब को अपनी प्रजा बताकर उस पत्र को अवज्ञा के साथ फाड़कर फेंक दिया।

मुहम्मद साहब का जन्म

एक ऐसी कौभ और ऐसे जमाने में मक्के के एक प्रतिष्ठित और उच्च कुल के अन्दर तारीख 8 रबीउल अव्वल तदनुसार 29 अगस्त सन् 570 ई. सोमवार के दिन सूर्योदय के समय इस्लाम के पैगम्बर का जन्म हुआ।

बाल्यावस्था

जन्म से कुछ दिन पहले ही उनके बाप अब्दुल्ला की मृत्यु हो गई। घर की आर्थिक अवस्था बड़ी खराब थी। हलीमा धाया ने बड़े प्रेम से पाँच बरस दूध पिलाया। माँ भी बालक मुहम्मद को छह साल का छोड़कर चल बसी। पितामह अब्दुल मुत्तलिब ने बालक को सँभाला। नौ वर्ष की आयु होने पर वह भी चल बसे। उनके पश्चात् चचा अबूतालिब ने बालक मुहम्मद का चार्ज लिया। दस वर्ष की आयु में मुहम्मद साहब आसपास की पहाड़ियों पर बकरियाँ चराया करते थे। बारह साल की आयु में चचा के साथ व्यापार के लिए शाम देश को गए। वहाँ उस समय के ईसाइयों से भेंट और बातचीत हुई, जिनमें विशेषकर एक ईसाई फकीर बुहैरह का वर्णन आता है, जिस पर बालक मुहम्मद के बुद्धि-चातुर्य का बड़ा भारी प्रभाव पड़ा।

मुहम्मद साहब की आयु जब लगभग दस वर्ष की थी, उकाज के मेले के अवसर पर किसी एक कबीले के एक कवि ने दूसरे वंश पर अपने वंश की उच्चता को प्रकट

किया। दोनों कबीलों में तुरन्त संग्राम शुरू हो गया। बहुत-से कबीले इस ओर और बहुत-से उस ओर शामिल हो गए। दस वर्ष तक रक्तपात जारी रहा। नौजवान मुहम्मद को अपनी आँखों उस युद्ध को देखने का मौका मिला। अरब के कबीलों की जिन्दगी का पूरा चित्र उनकी आँखों के सामने फिर गया।

'अल-अमीन'

धीरे-धीरे अपने खानदान और शहर के दैनिक व्यवहार में मुहम्मद साहब की ईमानदारी, उनके असाधारण चरित्र और उनकी नेकचलनी का असर मक्के के रहनेवालों पर इतना जबरदस्त पड़ा कि वह 'अल-अमीन' (ईमानदार) के नाम से पुकारे जाने लगे।

खदीजा से शादी

खदीजा नाम की एक मालदार विधवा ने, जो मक्के की 'मलिकुत्तउज्जार' (व्यापार-सम्राज्ञी) कहलाती थी, मुहम्मद साहब की ईमानदारी और अक्लमन्दी की कीर्ति सुनकर उन्हें अपने यहाँ नौकर रख लिया और अपना व्यापारी एजेंट बनाकर शाम देश को भेजा।

इस यात्रा में मार्ग के मजहबी, तिजारती और दूसरे हालात ने संसार का एक खासा चित्र उनके सामने खींच दिया। शाम देश में नस्तूर और दूसरे ईसाई महन्तों से उनकी बातचीत हुई। व्यापार से खदीजा को खूब लाभ हुआ। वापस आने पर खदीजा ने खुश होकर मुहम्मद साहब से विवाह कर लिया। मुहम्मद साहब की आयु उस समय पच्चीस वर्ष की और खदीजा की चालीस वर्ष की थी।

'हिलफुलफुजूल'

मक्के के रहनेवालों के आपसी झगड़ों का निर्णय उन दिनों कबीलों के सरदारों द्वारा हुआ करता था; लेकिन बाहर से आनेवालों की रक्षा के लिए न कोई प्रबन्ध था, न कोई कचहरी थी, जिसमें उनकी फरियाद सुनी जाती, और न कोई उनका पूछनेवाला था। इसलिए जो लोग तीर्थयात्रा के लिए बाहर से आते थे, प्रायः न केवल उनका माल-असबाब ही लूट लिया जाता था, बल्कि उनकी स्त्रियाँ और बच्चे भी उनसे छीन लिये जाते थे, जिसकी दाद-फरियाद न थी। मुहम्मद साहब ने एक समिति कायम की, जिसका नाम 'हिलफुलफुजूल' था। समिति के हर सदस्य को शपथ लेनी पड़ती थी

कि वह समस्त दुखिया परदेशियों की हर तरह सहायता और रक्षा करेगा। इस समिति का नाम मक्के के चार नौजवानों फजल, फजाल, मुफज्जल और फुजैल की यादगार में रखा गया था, जो मुहम्मद साहब से पचास साल पहले इसी तरह परदेशियों की सहायता और रक्षा किया करते थे।

काबे की मरम्मत

इसी समय के निकट एक और छोटी-सी घटना हुई, जिससे मालूम होता है कि मुहम्मद साहब का मान उस समय मक्का-निवासियों की दृष्टि में कितना था। काबे का कुछ भाग गिर गया था। उसकी मरम्मत की आवश्यकता हुई। मरम्मत के दिनों में काबे के पवित्र पत्थर 'संगे असवद' को ठीक स्थान पर लगाने का समय आया। विविध कबीले के लोगों में झगड़ा हुआ कि किसे इस काम को पूरा करने का श्रेय प्राप्त हो। अन्त में सब ने मिलकर नौजवान मुहम्मद को निर्णय के लिए अपना पंच नियुक्त किया। मुहम्मद साहब ने एक चादर मँगाकर उस पर 'संगे असवद' को रखा और सब कबीलों के प्रतिनिधियों से उस चादर को ऊपर उठवाकर पत्थर को ठीक जगह सरका दिया। चादर में सबके हाथ लग गए थे, इसलिए सबको सन्तोष हो गया। इस तरह मुहम्मद साहब ने मक्का-निवासियों को एक ऐसे झगड़े से बचा लिया, जो उस समय की स्थिति में समस्त नगर और, सम्भव है समस्त देश को, एक दीर्घकाल के लिए युद्ध में फँसा देने के लिए काफी था।

ईश्वर-प्रेरणा

अपने देश की सामाजिक, धार्मिक और राजनीतिक स्थिति पर विचार करने की आदत मुहम्मद साहब में आरम्भ से ही मौजूद थी। धीरे-धीरे यह आदत उनके स्वभाव का एक जबरदस्त हिस्सा बन गई। महीनों और बरसों वह मक्के के पास की पहाड़ियों पर 'हेरा' नाम की कन्दरा में जाकर मनन किया करते थे। उन्होंने लम्बे-लम्बे उपवास रखे। परमात्मा से रोशनी और मार्ग-प्रदर्शन की प्रार्थनाएँ कीं। वह रातों खूब जी भरकर रोए। अन्त में जब उनकी आयु चालीस वर्ष की हुई, तो एक रात रमजान के महीने में ठीक उसी प्रकार हजरत मुहम्मद को अपने भीतर से, या अपने खुदा से, रोशनी मिली, जिस प्रकार संसार के किसी भी बड़े-से-बड़े पैगम्बर या धर्म-संस्थापक को कभी मिली है। उस रोशनी में मुहम्मद साहब को अपने देश और कौम के सुधार और मनुष्य-जाति के कल्याण का मार्ग दिखाई दिया। उस समय से लेकर उनकी शेष सारी जिन्दगी उस मार्ग की ओर लोगों को लाने के प्रयत्नों में खर्च हुई।

शिक्षा का सार

संसार के अन्य धर्म-संस्थापकों के समान असत्य को मिटाकर सत्य को कायम करना ही इस्लाम के पैगम्बर को समस्त सांसारिक और पारलौकिक उन्नति की कुंजी नजर आई। मुहम्मद साहब की शिक्षा का सार विविध देवी-देवताओं की पूजा के स्थान पर एक 'वहदहूला शरीक' एकमेवाद्वितीयम् की वन्दना का कायम करना, एक अल्लाह के बन्दों की हैसियत से समस्त मानव-जाति में परस्पर प्रेम और भ्रातृ-भाव की बुनियाद डालना और सबको इस दुनिया में नेक कामों की की ओर लाना है।

कुरान और उसकी शिक्षा

चालीस वर्ष की आयु से तिरसठ वर्ष की आयु तक मुहम्मद साहब ने समय-समय की आवश्यकता के अनुसार बहुत से उपदेश दिए। उनमें जो उपदेश ईश्वर-प्रेरित या 'वही इलाही' माने जाते हैं, उनके समूह का नाम 'कुरान मजीद' है। मुहम्मद साहब की शिक्षा का जो सार ऊपर दिया गया है, उसी को कुरान में स्थान-स्थान पर 'अल-दीन' या 'अल-इस्लाम' के नाम से पुकारा गया है।

कुरान के अनुसार संसार के प्रारम्भ से लेकर आज तक जितने पैगम्बर और धर्म-संस्थापक हुए हैं, उन सबने इसी एक सच्चाई की शिक्षा दी है, और मानव-जाति का वास्तविक सनातन धर्म और इस्लाम बताया गया है। यहाँ इस बात को स्पष्ट कर देना आवश्यक है कि कुरान के अनुसार प्रत्येक कौम, प्रत्येक काल और प्रत्येक देश में बराबर पैगम्बर आते रहे हैं, जिन्हें इसी प्रकार ईश्वर की ओर से इसी सच्चाई को फैलाने की हिदायत होती रही है, और जिन्होंने अपने-अपने ढंग पर अपने-अपने काल में इसी सच्चाई का प्रचार किया है।

''व इम् मिन् उम्मतिन् इल्ला खला फीहा नजीर।'

[सू. 35 : 25]

अर्थात्–''कोई ऐसी कौम नहीं, जिसमें (लोगों को) चेतावनी देनेवाला कोई-न-कोई (पैगम्बर) न हो चुका हो।''

''व लिकुल्ले उम्मतिर्रिसूल।'' [सू. 10 : 48]

अर्थात्–''हर कौम में (खुदा की तरफ से भेजे हुए) रसूल हुए हैं।''

इनमें से कुछ रसूलों का वर्णन कुरान में नाम लेकर आया है और कुछ का नहीं–

''व लकद् अर्सल्ना रुसुलम् मिन् कब्लिक मिन् हुम् मिन् कसस्ना अलैक व मिन् हुम् मल्लन् नक्सुस् अलैक।'' [सू. 40 : 78]

अर्थात्–''और निःसन्देह तुमसे पहले भी हमने रसूल भेजे हैं, जिनमें से कुछ का जिक्र हमने तुमसे (कुरान में) किया है और कुछ का नहीं किया।''

कुरान उन समस्त धर्म-संस्थापकों और उनके सच्चे अनुयायियों को 'मुस्लिम' और उनकी शिक्षा को 'इस्लाम' के नाम से पुकारता है।

कुरान विविध धर्मों में भेद पैदा हो जाने के दो कारण बताता है। एक 'शरअ' और 'मिनहाज' अर्थात् विधि-विधान पर यानी धर्मों के ऊपरी नियमों और कर्मकांड तथा रस्म-रिवाज पर, जिनमें देश और काल के अनुसार भेद होना स्वाभाविक था, उचित से अधिक जोर का दिया जाना और दूसरे विविध धर्मानुयायियों की भ्रान्तियों और उनकी स्वार्थपरता, जिसके कारण वे अपने धर्मों के संस्थापकों की वास्तविक शिक्षा से हटकर पृथक्-पृथक् गिरोह बनाकर बैठ गए और 'शरअ' और 'मिनहाज' यानी कर्मकांड ही को असली धर्म बतलाने लगे। समस्त पिछले पैगम्बरों और धर्म-संस्थापकों को मानना और उनकी इज्जत करना कुरान हर मुसलमान का कर्तव्य करार देता है–

"ला नुफर्रिकु बैन अहदिम् मिन् हुम्।" [3–78]

अर्थात्–"हम उनमें किसी तरह का फरक नहीं करते।"

और उनमें से किसी एक की भी नाकदरी करनेवाले को 'काफिर' बताता है–

"उलाइक हुमुल् काफिरून हक्का।" [सू. 4 : 149]

अर्थात्–"यही लोग सचमुच काफिर हैं।"

इस्लाम के पैगम्बर ने बार-बार स्पष्ट शब्दों में यह कहा है कि मैं कोई अनोखा रसूल नहीं हूँ–

"मा कुन्तु विदअम् मिनूररुसुल्।" [सू. 46 : 9]

मुझसे पहले भी हर जमाने में और हर कौम में रसूल आ चुके हैं। उनके बताए हुए धर्म सच्चे हैं; परन्तु उनके अनुयायियों ने अपनी अज्ञानता और स्वार्थपरता से भेद उत्पन्न करके नई-नई फिरकेबन्दियाँ कर ली हैं। मैं तुम्हें केवल उन फिरकेबन्दियों अर्थात् सम्प्रदायों से अलग करके उन महापुरुषों और रसूलों के वास्तविक दीन यानी धर्म की ओर ले जाना चाहता हूँ। मैं कोई नया मजहब यानी नई गिरोहबन्दी कायम करने नहीं आया।

इस विचार को कुरान ने बार-बार और तरह-तरह से दोहराया है।

"इन्न हाजा ल फिस सुहुफिल् ऊला सुहुफि इब्राहीम व मूसा।"

[सू. 87 : 18, 19]

अर्थात्–"वास्तव में यही शिक्षा पुराने धर्म-ग्रन्थों में दी गई है, यही इब्राहीम और मूसा की पुस्तकों में है।"

इस्लाम में वही सब कर्म अच्छे समझे गए हैं, जिनको समस्त दूसरे धर्मों ने एकमत से अच्छा समझा है, और उन्हीं कामों को बुरा ठहराया गया है, जिनको सबने एकमत से बुरा माना है। इसीलिए कुरान में अच्छे कामों के लिए 'मारूफ' शब्द आया

है, जिसका अर्थ 'माने हुए' या 'पहचाने हुए' है, और बुरे कामों के लिए 'मुनकर' शब्द आया है, जिसका अर्थ 'न माने हुए' या 'न पहचाने हुए' है।

"वअमुर बिल् मअरूफि वनूह अनिल् मुनकर्।" [सू. 31 : 16]

अर्थात्–"(लोगों को) उन कामों के करने को कहो, जिन्हें सबने (भले काम) माना है, और उन कामों के करने से मना करो, जिन्हें सबने (भला) नहीं माना।"

मानव-जाति की सेवा, जीवमात्र पर दया, ईमानदारी, इनसाफ, सच्चाई, नेकचलनी, दूसरे के अपराध को क्षमा करना, गुलामों को आजाद करना, स्त्रियों के अधिकार, अनाथों, बेकसों और विधवाओं का पालन, आत्मसंयम इत्यादि–इन सब पर सैकड़ों आयतें और हदीसें उद्धृत की जा सकती हैं।

विरोध का प्रारम्भ

किन्तु यह समस्त शिक्षा उस समय के अरब-निवासियों के विश्वासों और उनके स्वार्थ दोनों के विरुद्ध जाती थी। जिन सैकड़ों बुतों की पूजा से बहुत से अरब-निवासियों की और विशेषकर उस कोरैश खानदान की, जिसमें मुहम्मद साहब का जन्म हुआ था, जीविका चलती थी, उन पर वह क्सि प्रकार आक्रमण सह सकते थे। कोरैश ही काबा और 360 बुतों के पुजारी और उनके संरक्षक थे। मुहम्मद साहब की शिक्षा उस खानदान के पद, मान और जीविका–सबके विरुद्ध जाती थी। अपनी कौम या मानव-जाति के भावी हित को देख सकना और उसके लिए अपने या अपने कुल के तात्कालिक हित को कुरबान कर सकना हर किसी के लिए सम्भव नहीं है। मुहम्मद साहब का विरोध प्रारम्भ हुआ।

यन्त्रणाएँ

ज्यों ही मुहम्मद साहब के उपदेशों का थोड़ा-बहुत परिणाम पैदा होना शुरू हुआ, मक्का-निवासियों (कोरैश) की ओर से उन्हें यन्त्रणाएँ दी जाने लगीं। जिस गली से मुहम्मद साहब निकलते, उनका मजाक उड़ाया जाता। उन्हें गालियाँ दी जातीं। उन पर फब्तियाँ कसी जातीं। अनेक बार जहाँ उन्होंने बोलने का प्रयत्न किया कि चारों ओर से गालियों और फब्तियों की बौछार होने लगी। मैला और मुर्दा जानवरों की अँतड़ियाँ उनके ऊपर फेंकी जाती थीं। उन्हें पत्थर मार-मारकर घायल कर दिया जाता था। तीन वर्ष के लगातार प्रयत्न के बाद मुश्किल से लगभग बीस आदमियों ने मुहम्मद साहब की बात मानी। इनमें कुछ तो खदीजा और अली तथा अबूबक्र के समान वे थे, जो उनके निकट रहने के कारण उनकी सच्चाई से अच्छी तरह परिचित

थे, और शेष अत्यन्त दरिद्र श्रेणी के लोग थे; किन्तु एक ओर दो-चार इनेगिने आदमी मुहम्मद साहब की बात पर ईमान लाने लगे, और दूसरी ओर मक्का-निवासियों की ओर से इन लोगों को भी अकथनीय यन्त्रणाएँ दी जाने लगीं। थोड़े-से उदाहरणों से उस समय की अवस्था का अनुमान किया जा सकता है–

(1) बिलाल को, जो एक हब्शी गुलाम थे, इस्लाम स्वीकार करने के दंड में अरब की तेज धूप में जलते हुए रेत पर लिटाकर एक भारी पत्थर उनके ऊपर रख दिया गया, और इस्लाम छोड़ने और अपने पुराने बुतों की पूजा फिर से स्वीकार करने के लिए कहा गया। बिलाल ने स्वीकार न किया। इस पर कई दिन तक यही यन्त्रणा जारी रही। यहाँ तक कि अबूबक्र ने मूल्य देकर उन्हें खरीद लिया और आजाद कर दिया।

(2) यासिर और उनकी बीवी समीया को केवल बुतपरस्ती छोड़कर एक खुदा की उपासना स्वीकार करने के बदले बर्छियाँ भोंक-भोंककर मार डाला गया। उनके निर्दोष पुत्र अम्मार को उसी प्रकार की यन्त्रणाएँ दी गईं। यहाँ तक कि उसने घबराकर इस्लाम से इनकार क्रिया, और फिर तुरन्त मुहम्मद साहब के पास जाकर अपने गुनाह के लिए रोना शुरू किया।

(3) अदा के पुत्र खुबैब को अत्यन्त निर्दयता के साथ यन्त्रणाएँ दी गईं। शिकंजे में कसकर उससे कहा गया–"इस्लाम छोड़ दो, और हम तुम्हें छोड़ देंगे।" उन्होंने उत्तर दिया–"समस्त संसार छोड़ दूँगा, लेकिन इस्लाम नहीं।" उनके हाथ-पैर एक-एक कर काटे गए। फिर पूछा गया–"क्या तुम अब भी नहीं चाहते कि तुम्हारी जगह मुहम्मद होता?" उत्तर दिया–"इससे पूर्व कि मुहम्मद के एक काँटा भी चुभे, मैं अपने समस्त बाल-बच्चे, कुटुम्ब और माल के साथ मिट जाना पसन्द करूँगा।" खुबैब के शरीर के टुकड़े-टुकड़े कर दिए गए। मांस की एक-एक बोटी हड्डियों से अलग कर दी गई। खुबैब शहीद हो गए; किन्तु खुदा और उसके रसूल पर ईमान उनके दिल या जबान से न मिट सका।

केवल नमूने के तौर पर ये थोड़े से उदाहरण हैं। इस्लाम के प्रचार के–विशेषकर पहले तेरह वर्ष के अन्दर–न जाने कितने लोगों को इस्लाम स्वीकार करने के बदले इसी प्रकार यन्त्रणाएँ दी गईं, और न जाने कितने खुबैब शहीद हुए।

पहली हिजरत

सन् 610 ईसवी में मुहम्मद साहब ने अपना उपदेश प्रारम्भ किया। सन् 615 में इसी दमन से विवश होकर उन्होंने अपने अनुयायियों को सलाह दी कि अरब से भागकर हब्श देश में वहाँ के ईसाई बादशाह के यहाँ आश्रय लें। पहले पन्द्रह आदमी वहाँ गए। धीरे-धीरे उनकी संख्या 101 तक पहुँच गई। मक्का-निवासियों ने वहाँ भी

उनका पीछा किया। हब्श के बादशाह से उन्हें वापस माँगा गया; किन्तु इसमें उन्हें सफलता न मिल सकी।

जब दमन से काम न चल सका, तो मुहम्मद साहब को तरह-तरह के लालच दिए गए; किन्तु सब व्यर्थ।

उमर का मुसलमान होना

इन्हीं दिनों में उमर ने (जो बाद में मुस्लिम सत्ता के एक खलीफा हुए) इस्लाम स्वीकार किया, जिसकी कहानी इस्लाम के प्रभाव और कोरैश के विरोध दोनों का एक खासा सुन्दर चित्र है। नौजवान उमर अपनी कौम कोरैश की ओर से खंजर हाथ में लिये मुहम्मद साहब को मारने के उद्देश्य से निकला। मार्ग में उसे मालूम हुआ कि स्वयं उसकी बहन और बहनोई दोनों ने इस्लाम स्वीकार कर लिया है। वह क्रोध में भरकर पहले बहन के मकान की ओर बढ़ा। बहन अपने मकान के अन्दर कुरान पढ़ रही थी। बाहर से कुछ आयतों की आवाज उमर के कानों में पड़ी। उमर ने अन्दर घुसकर तुरन्त एक बार में बहन को लहूलुहान कर दिया। इसके बाद बहनोई को खूब पीटा; किन्तु जब इस पर भी बहन और बहनोई दोनों का धैर्य बना रहा, तो उमर के दिल पर जबरदस्त प्रभाव पड़ा। अकस्मात् उसी समय कुछ आयतों पर उसकी दृष्टि पड़ी। उमर ने बहन से क्षमा माँगी। अब वह खंजर के स्थान पर दिल लेकर मुहम्मद साहब की खिदमत में पहुँचा, और तुरन्त इस्लाम स्वीकार कर लिया।

बहिष्कार

उमर के इस्लाम स्वीकार करने से कुछ पहले कोरैश ने मुहम्मद साहब के कुटुम्बियों और विशेषकर उनके चचा अबूतालिब पर जोर देना शुरू किया कि वह मुहम्मद साहब को समझाकर ठीक रास्ते पर लाएँ। तरह-तरह की धमकियाँ दी गईं। अबूतालिब ने अपने भतीजे को बुलाकर समझाया कि इस तरह समस्त कौम को अपना शत्रु बना लेना ठीक नहीं है। अबूतालिब ने उनसे अनुरोध किया कि वह अपने कबीले के बुतों की पूजा के विरुद्ध उपदेश देना बन्द कर दें। मुहम्मद साहब ने दृढ़ता के साथ उत्तर दिया–"शपथ उस परमात्मा की, जिसके हाथों में मेरी जान है। यदि वे सूरज को मेरे दाहिने हाथ और चाँद को मेरे बाएँ हाथ पर रखकर मुझे रोकना चाहें, तब भी जब तक खुदा का हुक्म है, मैं अपने उद्देश्य से न हटूँगा।" यह कहकर मुहम्मद साहब रो पड़े, और उठकर चलने लगे। बूढ़े अबूतालिब का दिल पिघला, और भतीजे को रोककर उसने कहा कि जब तक मैं जीवित हूँ, तुम्हारी रक्षा करूँगा।

इसके बाद कोरैश ने मुहम्मद साहब, उनके अनुयायियों और कुटुम्बियों का जबरदस्त बहिष्कार शुरू किया। समस्त मक्का-निवासियों की राय से एक लिखा हुआ प्रतिज्ञा-पत्र इस विषय का काबे में लटका दिया गया कि कोई मनुष्य मुहम्मद या उसके अनुयायियों या कुटुम्बियों से किसी प्रकार का सम्बन्ध न रखे। इस जबरदस्त सामाजिक बहिष्कार का परिणाम यह हुआ कि उमर के इस्लाम स्वीकार करने के बाद तीन वर्ष तक मुहम्मद साहब, उनके अनुयायियों और उनके कुटुम्बियों को मक्के से बाहर एक संकीर्ण पहाड़ी स्थान में छिपकर रहना पड़ा। यह स्थान अबूतालिब की मिल्कियत था। मुहम्मद साहब के जो कुटुम्बी वहाँ छिपे हुए थे, उनमें से बहुतों ने अभी तक इस्लाम भी स्वीकार नहीं किया था। इस तीन वर्ष के समय में कोरैश की ओर से प्रयत्न किया गया कि इन लोगों को भोजन तक न पहुँच सके, और अनेक बार मुहम्मद साहब और उनके साथियों को कई-कई दिन फाके करने पड़े।

तायफ

बहिष्कार समाप्त होने के बाद अबूतालिब की मृत्यु हो गई। कोरैश के अत्याचार थोड़े-बहुत पूर्ववत जारी रहे। मुहम्मद साहब ने अपने मिशन के प्रचार के लिए मक्के से बाहर की बस्तियों और वहाँ के निवासियों पर निगाह डाली। वह मक्के से बासठ मील उत्तर की ओर तायफ नामक शहर में पहुँचे, और वहाँ उपदेश देना प्रारम्भ किया। लोगों ने पत्थर मार-मारकर लहूलुहान करके उन्हें वहाँ से भी निकाल दिया और तीन मील तक उनका पीछा किया।

सन् 610 से 622 ई. तक मुहम्मद साहब की पहले तेरह वर्ष की जीवनी का जो मनुष्य भी, निष्पक्ष होकर, अध्ययन करेगा, वह इस्लाम के पैगम्बर की सच्चाई, उनके धैर्य, उनके त्याग, उनके सब्र और उनके हृदय की शुद्धता की प्रशंसा किए बिना नहीं रह सकता।

कत्ल की सलाह

धीरे-धीरे मदीने के कुछ लोगों ने, जो तीर्थ के उद्देश्य से मक्के आए थे, मुहम्मद साहब के उपदेशों को सुनकर इस्लाम स्वीकार किया। दो वर्ष के अन्दर उनकी संख्या बढ़ती गई। यहाँ तक कि उन्होंने इस्लाम के पैगम्बर को मक्के से मदीने आने के लिए निमन्त्रित किया।

उधर मक्के के अन्दर, विशेषकर अबूतालिब की मृत्यु के बाद से, मुहम्मद साहब के शत्रुओं का क्रोध और उनका जोर दोनों बढ़ते जा रहे थे। कोरैश का सबसे बड़ा

सरदार उस समय अबूसुफियाँ था। वह मुहम्मद साहब का जानी दुश्मन था। इस्लाम के मिशन को बढ़ते हुए देखकर उसे और अधिक आशंका हुई। उसने कोरैश के सब सरदारों को सलाह के लिए इकट्ठा किया। एक ने सलाह दी कि मुहम्मद को देशनिकाला दे दिया जाए। इस पर शंका की गई कि सम्भव है मक्के से बाहर दूसरे कबीले उसका धर्म स्वीकार कर लें और उसकी शक्ति बढ़ जाए। प्रस्ताव किया गया कि मुहम्मद को एक कोठरी में बन्द करके उसका दरवाजा चिनवा दिया जाए। इस पर शंका हुई कि सम्भव है उसके अनुयायी उसे निकाल ले जाएँ। अन्त में यह राय हुई कि सिवा मार डालने के और कोई उपाय सफल नहीं हो सकता। किन्तु यह डर था कि यदि एक कुटुम्ब का कोई एक आदमी मुहम्मद को कत्ल करेगा, तो सम्भव है मुहम्मद के अनुयायी या उसके कुटुम्बी खून का बदला लें, इसलिए एकमत से यह प्रस्ताव स्वीकृत हुआ कि मक्के के हर कुटुम्ब से एक-एक जवान ख़ंजर लेकर निकले और सब एक साथ जाकर अपना-अपना ख़ंजर मुहम्मद के शरीर में भोंक दें।

मुहम्मद साहब की जिन्दगी के विरुद्ध इन समस्त षड्यन्त्रों और उनकी असफलता को विस्तार से बयान करने का यहाँ स्थान नहीं है। कबीर साहब का एक प्रसिद्ध पद है–

"राखन हारा साइयाँ, मार न सकिहै कोय।"

हिजरत

कोरैश के सरदारों की पूर्वोक्त तजवीज से पहले मदीना-निवासियों का निमन्त्रण स्वीकार किया जा चुका था।

सन् 622 ई. में मार्ग के कष्टों और आक्रमणों का धैर्य के साथ सामना करते हुए 286 मील चलकर मुहम्मद साहब मक्के से मदीने पहुँचे। अपने अनुयायियों को, जिनकी संख्या उस समय तक 200 से ऊपर पहुँच चुकी थी, वे अपने चलने से पहले ही पृथक्-पृथक् गिरोहों में मदीने भेज चुके थे।

मदीने में

तेरह वर्ष के बाद मदीने में पहुँचकर धीरे-धीरे मुहम्मद साहब और इस्लाम दोनों के दिन फिरने शुरू हुए। मुहम्मद साहब के अनुयायियों की संख्या दिन-प्रतिदिन बढ़ने लगी। मदीने में मुहम्मद साहब न केवल एक धर्माचार्य ही थे, बल्कि वहाँ की राजनीतिक स्थिति और आवश्यकताओं के अनुसार मदीना-निवासियों ने एकमत से उन्हें अपना राजनैतिक शासक भी बना लिया। मक्का-निवासियों की शत्रुता बराबर

जारी रही। कई बार मक्का-निवासियों और मुसलमानों में युद्ध हुआ। एक कबीले के बाद दूसरे कबीले ने इस्लाम स्वीकार करना प्रारम्भ किया। भिन्न-भिन्न कबीलों के साथ भी अनेक बार मुसलमानों के संग्राम हुए। धीरे-धीरे इस्लाम की शक्ति बढ़ती गई, और दस वर्ष के अन्दर—मदीने पहुँचने से लेकर मृत्यु के समय तक—लगभग समस्त अरब ने इस्लाम स्वीकार कर लिया। यहाँ तक कि मक्के और तायफ के निवासियों ने भी इस्लाम स्वीकार कर लिया। अरब जो सैकड़ों ऐसे कबीलों का एक समूह था, जो एक-दूसरे के खून के प्यासे थे, एक संयुक्त राष्ट्र बन गया। सैकड़ों वर्षों के अन्धविश्वास और सड़े हुए रस्म-रिवाज एकदम खत्म हो गए और विदेशी शासन के वे समस्त चिह्न, जिनका वर्णन हमने प्रारम्भ में किया है, मिटकर अरब एक स्वाधीन और सम्मानित राज्य बन गया। इस प्रकार तेईस वर्ष के अल्प समय में दुनिया-भर की यन्त्रणाएँ और मुसीबतें सहन करने के पश्चात् इस्लाम के पैगम्बर ने अरब के अन्दर एक धर्म, एक राष्ट्र और एक राज्य—तीनों को एक साथ कायम किया। यही मुहम्मद साहब की जिन्दगी का सबसे अधिक अलौकिक चमत्कार है। संसार के इतिहास में बहुतेरे देशभक्त हुए और बहुतेरे धर्म-संस्थापक; किन्तु इस तरह के छोटे से समय के अन्दर, इस प्रकार के त्रिकोण प्रयत्न और सफलता का दूसरा उदाहरण मिलना सर्वथा असम्भव है।

लड़ाइयाँ

शासक और राजनीतिज्ञ की हैसियत से मुहम्मद साहब के जीवन के दो और पहलुओं पर दृष्टि डालना आवश्यक है। पहला यह कि जितने संग्राम मुहम्मद साहब ने अपनी जिन्दगी में किए, या जिनकी अनुमति दी, वे सब केवल आत्मरक्षा के लिए—डिफेन्सिव—थे। विविध कबीलों और लोगों ने जब कभी मुसलमानों पर अत्याचार किया, अथवा मदीने पर आक्रमण किया तब और केवल उस दरजे तक ही उन्होंने उनसे युद्ध की अनुमति दी, और युद्ध किया गया। मुहम्मद साहब के समस्त जीवन में एक भी घटना ऐसी नहीं मिलती, जब कि बिना दूसरी ओर से आक्रमण हुए अथवा किसी कबीले को तलवार के जोर से मुसलमान बनाने के लिए उस पर आक्रमण किया गया हो।

गैर-मुस्लिमों के साथ व्यवहार

दूसरी बात यह कि शासक की हैसियत से मुहम्मद साहब ने गैर-मुसलमानों को, यहाँ तक कि बुतपरस्तों को भी, सल्तनत के अन्दर रहकर अपने धार्मिक क्रिया-कर्म करने

की पूरी स्वतन्त्रता दी, और उनके मन्दिरों की रक्षा करना हर मुसलमान का कर्तव्य बताया। 'ला इकराहा फिद्दीन'—अर्थात् धर्म के मामले में कोई जबरदस्ती नहीं होनी चाहिए, यह कुरान की एक मदनी आयत है, और मुहम्मद साहब की तमाम जिन्दगी इस आयत की जीती-जागती व्याख्या है। इसके प्रमाण में ईसाइयों, यहूदियों और दूसरे धर्मावलम्बियों के साथ समय-समय पर मुहम्मद साहब के जो अहदनामे (सन्धि-पत्र) हुए, उनकी प्रतियाँ अभी तक मौजूद हैं।

मुहम्मद साहब के विवाह

मुहम्मद साहब की जिन्दगी पर सबसे ज्यादा आक्षेप उनके विवाहों पर किया जाता है। इस नाजुक विषय पर भी थोड़ा विचार करना आवश्यक है। मुहम्मद साहब की पहली शादी 25 वर्ष की आयु में 40 वर्ष की एक विधवा के साथ हुई। पहली पत्नी खदीजा की मृत्य 65 वर्ष की आयु में हुई, जब कि मुहम्मद साहब की आयु 50 वर्ष की थी। खदीजा के जीवनकाल में मुहम्मद साहब ने कोई दूसरा विवाह नहीं किया, और यह उस जमाने में, जब कि बहुविवाह का लगभग समस्त संसार में और विशेषकर अरब में आम रिवाज था। और इस समस्त समय में मुहम्मद साहब की नेकचलनी पर आज तक उनके किसी विपक्षी ने भी किसी तरह का आक्षेप नहीं किया। शेष नौ विवाह खदीजा की मृत्यु के एक वर्ष पीछे एक-दूसरे के बाद अन्तिम बारह वर्ष के अन्दर हुए। इनमें से आठ विधवाएँ थीं, जिनमें अधिकतर बड़ी आयु की थीं। इन समस्त शादियों का इतिहास यदि निष्पक्ष होकर पढ़ा जाए, तो मालूम होगा कि इनमें से प्रत्येक का एक भारी सामाजिक अथवा राजनीतिक पहलू था। उस जमाने में दो कुलों या कबीलों के बीच स्थायी ऐक्य पैदा करने का प्रायः सही सबसे अच्छा उपाय होता था। मुहम्मद साहब की विविध शादियों में किसी प्रकार की शारीरिक वासना को देखना केवल देखनेवाले के पक्षपात अथवा उसकी अज्ञानता की दलील है।

तपस्या का जीवन

मुहम्मद साहब की जिन्दगी पर आक्षेप करनेवालों से मैं अत्यन्त आदर के केवल इतना और कहना चाहता हूँ कि मुहम्मद साहब की पहले तेरह वर्ष की मुसीबतों और उनके धैर्य के अतिरिक्त उन्हें यह भी स्मरण रखना चाहिए कि अन्तिम दस वर्ष के अन्दर एक शासक की हैसियत से भी उस मनुष्य ने कभी लगातार तीन दिन तक पेट भरकर खाना नहीं खाया। वह सदा अपने कपड़ों में स्वयं पेबन्द लगाता था। अपने हाथ से

अपनी चप्पल गाँठता था। अपने हाथ से अपने ऊँट का खरैरा करता था। स्वयं अपनी बकरियों को दुहता था। अपने घर में स्वयं अपने हाथ से झाड़ू देता था। राज्य के पैसों में से या सदके और जकात से एक कौड़ी अपने लिए लेना हराम समझता था। फकीरों की-सी जिन्दगी बसर करता था। प्रायः कई-कई दिन फाके से गुजरते थे। सहीहैन में लिखा है कि कभी-कभी भूख के मारे हजरत मुहम्मद के पेट पर पत्थर बँधा रहता था। खजूर की चटाई या नंगी जमीन पर सोता था। एक बार अन्तिम बीमारी के दिनों में पीठ पर चटाई के निशान देखकर किसी ने इजाजत चाही कि एक गद्दा बिछा दिया जाए। मुहम्मद साहब ने यह कहकर इनकार कर दिया कि मैं आराम करने के लिए पैदा नहीं हुआ। मृत्यु के समय उनका कवच 20 साअ जौ (डेढ़ मन से कुछ कम) के बदले में गिरवी रखा हुआ था। जिस मनुष्य का समस्त जीवन इस प्रकार की तपस्या का जीवन रहा हो और जिसने सामर्थ्य रखते हुए भी इस तपस्या में अन्त समय तक अन्तर न पड़ने दिया हो, हमारा कम-से-कम कर्तव्य यह है कि उसकी जीवनी को जरा निष्पक्ष होकर प्रेम और आदर से देखने का प्रयत्न करें। मुहम्मद साहब के शरीर पर अधिकतर बेसिला कपड़ा रहता था, और वे प्रायः केवल एक चादर पहने रहते थे, जिसके सिरे गर्दन के पीछे कन्धों पर बँधे रहते थे। अनेक बार वे नंगे पाँव और नंगे सिर रहते थे। कभी एक मिट्टी के लोटे से ज्यादा बर्तन उन्होंने अपने पास नहीं रखा।

धार्मिक गिरोहबन्दी

अन्त में केवल एक शब्द अपने मुसलमान भाइयों से। मेरा मतलब उनसे है, जो प्रचलित अर्थों में मुसलमान समझे जाते हैं। कुरान मजीद के अर्थों में मुसलमान होना जरा कठिन चीज है। कुरान ध्यान से अध्ययन करने पर मुझे डर होता है कि उस जमाने के दूसरे मजहबी गिरोहों और विशेषकर यहूदियों की जिन भ्रान्तियों का और उनके जिस प्रकार भटक जाने का कुरान में अत्यन्त स्पष्ट शब्दों में वर्णन किया गया है, कहीं आजकल अधिकतर मुसलमान बेजाने उसी प्रकार की भ्रान्तियों की ओर तो नहीं बढ़े चले जा रहे हैं। कुरान के उन अंशों की वर्तमान मुस्लिम जाति की जिन्दगी के साथ तुलना करते हुए मेरी यह आशंका कुछ जोर पकड़ने लगती है। मैं कुरान की इस शिक्षा का पूरा माननेवाला हूँ कि शरअ और मिनहाज अर्थात् विधि-विधान धर्म का तत्व नहीं है। वे केवल धर्म का ऊपरी आवरण हैं। उन पर इसी औचित्य से जोर देना चाहिए। धर्म का तत्व–उसकी आत्मा–ईश्वर की उपासना और अच्छे कर्म हैं, जो सब धर्मों में एक समान है। इस विषय में कुरान की शिक्षा और दूसरे धर्म-ग्रन्थों की–विशेषकर हिन्दू-उपनिषदों की–शिक्षा की तुलना अत्यन्त

मनोरंजक होती; किन्तु यहाँ उसका समय नहीं। सत्य हर जगह सत्य है और हर जगह मौजूद है।

प्रेम-पथ

कुरान की विविध व्याख्याओं और भाष्यों में एक व्याख्या है, जो मुझे सबसे अधिक पसन्द आई। मुझे सन्देह है कि शायद विविध व्याख्याओं की गणना में आपमें से बहुत से सज्जनों का ध्यान भी उस ओर न जाए। मेरा अभिप्राय मौलाना रूम के उस काव्य से है, जिसके विषय में यह पद प्रसिद्ध है–

मसनवीए मौलवीए मानवी
हस्त कुरआँ दरजबाने पहलवी।

मौलाना रूम की मसनवी वास्तव में कुरान की सर्वांगपूर्ण व्याख्या है, और सबसे अच्छी व्याख्या है, जो मेरी निगाह से गुजरी है। हजरत मूसा और गड़रिये की प्रसिद्ध आख्यायिका में मौलाना रूम ने कहा है–

मजहबे इश्क अज हमा दींहा जुदास्त।
आशिकां रा मजहबो मिल्लत खुदास्त॥

अर्थात्–"प्रेम का धर्म सब धर्मों से पृथक् है। प्रेमियों का धर्म और पन्थ खुदा है।"

भाइयो! यद्यपि मैं पारिभाषिक अर्थों में मुसलमान नहीं हूँ–मुझे इस बात का दावा है कि इस्लाम के पैगम्बर का जो आदर मेरे दिल में है, कम-से-कम नब्बे प्रतिशत मुसलमानों के दिल में उससे अधिक नहीं हो सकता, और यह आदर इसलिए है, कि मुझे विश्वास है कि मुहम्मद साहब और कुरान ने संसार को उसी प्रेम-धर्म की ओर निमन्त्रित किया है, जिसका वर्णन मौलाना रूम ने किया है, किसी पृथक् गिरोहबन्दी की ओर नहीं। यही मेरे अध्ययन के अनुसार हिन्दू-धर्म और अन्य धर्मों की वास्तविक और मौलिक शिक्षा है। आजकल की हिन्दू और मुस्लिम गिरोहबन्दियों को देखकर मुझे आज से सत्तर-अस्सी वर्ष पूर्व की एक सच्ची घटना याद आ रही है, जिसके साथ मैं इस भाषण को समाप्त करूँगा। एक मुसलमान सूफी, जिसका नाम सबगतुल्लाह था, यात्रा करते हुए, बटाले के पास किसी जगह जाकर ठहरे। वहाँ पहुँचकर उन्होंने अपना नाम रंगीराम रख लिया। माथे पर तिलक लगाया। गले में जनेऊ डाला और ब्राह्मणों का-सा रहन-सहन अख्तियार करके रहने लगे। कुछ समय बाद एक-दूसरे मुसलमान सूफी उनसे मिलने के लिए आए और यह हालत देखकर पूछने लगे कि हजरत यह क्या शकल बना रखी है? उन्होंने उत्तर दिया कि हमारा नाम सबगतुल्लाह था। 'सबगत' के अर्थ है–'रंगीन' और 'अल्लाह' के अर्थ हैं–'राम'। इसलिए अब हमने उसका अनुवाद करके अपना नाम 'रंगीराम' रख लिया है। सबगतुल्लाह

मुसलमान था, रंगीराम हिन्दू है, इसलिए अब हमने हिन्दुओं का-सा रहन-सहन अख्तियार कर लिया है। इस पर दूसरे फकीर ने थूककर कहा–''लाहौलविला कूबत! मियाँ, हम तो समझे थे कि तुम अद्वैतवादी हो। यह क्या कि एक गड्ढे से निकलकर दूसरे गड्ढे में जा पड़े।''

काफिरे इश्कम् मुसलमानी मरा दरकार नेस्त
हर रगे भन तारगश्ता हाजिते जुन्नार नेसत।

(अमीर ख़ुसरो)

अर्थात्–''मैं प्रेम का पुजारी (काफिर) हूँ। मुझे मुसलमानी की आवश्यकता नहीं। मेरी रग-रग तार हो गई है, मुझे जनेऊ की जरूरत नहीं है।''

(पं. सुन्दरलाल के लिखे इस ट्रैक्ट की भूमिका लिखी थी पं. बनारसीदास चतुर्वेदी ने तथा मौलाना अबुल कलाम आजाद ने भी इस पर 'दो शब्द' लिखे थे। –सम्पादक)

साम्प्रदायिकता का मुकाबला

सन् 1924 में एकाएक साम्प्रदायिक दंगों की बाढ़ आ गई। कोहाट, गुलबर्गा, नागपुर, जबलपुर, लखनऊ, इलाहाबाद और शाहजहाँपुर में भयंकर साम्प्रदायिक दंगे हुए। इन दंगों ने गांधीजी के दिल को बहुत तकलीफ पहुँचाई। इस पागलपन, नफरत और मार-काट के लिए उन्होंने अपने को जिम्मेवार ठहराया और प्रायश्चित स्वरूप इक्कीस दिन के उपवास का निर्णय किया। अभी-अभी अपेन्डिसाइटिस के सांघातिक प्रकोप से वे उठे हुए थे। यह उपवास उनके लिए अग्निपरीक्षा थी।

दिल्ली के साम्प्रदायिक दंगे में दोनों तरफ मिलाकर लगभग ढाई सौ निरीह और निरपराध व्यक्ति मारे गए और लगभग सौ व्यक्ति जख्मी हुए। भयंकर अफवाहें दिल्ली और दिल्ली के बाहर फैल रही थीं जैसे, स्त्रियों के स्तन काट दिए गए, बच्चों को बरछियों की नोक पर उछाला गया, यह अफवाहें दोनों सम्प्रदायों में फैलाई गईं। गांधीजी ने बम्बई से तार भेजकर पहले मुझे फिर भगवानदीन जी को दिल्ली जाने को कहा। यह भी हिदायत दी कि जो अफवाहें फैल रही हैं उनकी सच्चाई का पता हम लगाएँ। हम लोग दिल्ली पहुँचकर दोनों सम्प्रदायों के नेताओं से मिले। सबने यही राय दी कि गांधीजी को दिल्ली बुलाओ। गांधीजी ने तार द्वारा अपने आने की सूचना दी। हकीम अजमल खाँ, डॉ. अंसारी, मौलाना मोहम्मद अली, लाला किदारनाथ और चौधरी सुलतानसिंह के लड़के तथा दिल्ली के अनेक नागरिकों ने रेलवे स्टेशन पर जाकर गांधीजी का स्वागत किया। हिन्दू नेताओं की राय थी कि गांधीजी किसी हिन्दू नागरिक के यहाँ ठहरें। स्टेशन पर जब गांधीजी से बात कही गई तो उन्होंने जवाब दिया—"यह कैसे हो सकता है? मैं मोहम्मद अली और शौकत अली को अपना भाई कह चुका हूँ, मैं उनकी माँ बी-अम्मा को माँ कहता हूँ। मैं अपने भाई और माँ को छोड़कर किसी दूसरी जगह कैसे ठहर सकता हूँ?" स्टेशन से गांधीजी सीधे मोहम्मद अली के घर पहुँचे। दो दिन तक दोनों पक्ष के लोग उनसे मिलते रहे। ये दोनों दिन गांधीजी के लिए गम्भीर चिन्तन में बीते। फिर उन्होंने मन-ही-मन इक्कीस दिन के उपवास का निर्णय लिया। उपवास की पूर्व संध्या में उन्होंने एक बयान लिखा। फिर मुझे पढ़ने को दिया। मैंने बयान के सम्बन्ध में अपनी राय बताई तो कहने लगे—

"तुम्हारी राय को ध्यान में रखकर मैं फिर से बयान लिखूँगा।" तीन बार बयान लिखा गया। अन्त में मेरे सुझाव को ध्यान में रख उन्होंने बयान को अन्तिम रूप दिया। अगले दिन अखबारों में बयान छप गया।

लाला लाजपतराय ने महादेव भाई को टेलीफोन करके पूछा–"गांधीजी का यह क्या बयान निकलवा दिया?"

महादेव भाई ने लालाजी से कहा–"बापू ने तो दूसरा बयान लिखा था, सुन्दरलाल जी ने बदलवा दिया।"

लालाजी मोहम्मद अली के यहाँ पहुँचे और महादेव भाई से कहा–"कहाँ है वह बयान, जरा मुझे दिखाओ तो।" लालाजी ने गांधीजी के मूल बयान के तेरह पृष्ठ पढ़े। फिर मेरी तरफ आए और कहा–"सुन्दर, यह तूने क्या किया। अगर वह बयान छप जाता तो हिन्दू उनके कदमों पर गिर जाते।"

मैंने कहा–"और मुसलमान?"

लालाजी ने प्यार की घुड़की देकर कहा–"चुप नालायक।"

उपवास आरम्भ करने से पहले गांधीजी ने महादेव भाई और आश्रम की बहनों से तुलसीदास का भजन गाने को कहा। भजन की पंक्तियाँ थीं–

रघुबर तुमको मेरी लाज!
सदा सदा मैं शरण तिहारी तुम बड़े गरीब नेवाज!
अघ खंडन दुख भंजन जग के पार उतारो जहाज।
रघुवर तुमको मेरी लाज!

गांधीजी के 21 दिन के उपवास की सूचना मिलते ही सारे देश में एक खलबली मच गई। बीमारी के बाद यह उनका पहला लम्बा उपवास था। लाखों आदमियों ने उनके साथ-साथ एक दिन, दो दिन, तीन दिन तथा पाँच दिन के उपवास रखे। हकीम अजमल खाँ, डॉ. अंसारी और मौलाना मोहम्मद अली तीनों के हस्ताक्षर से देश के नेताओं को दिल्ली बुलाया गया। निमन्त्रित लोगों में सभी दलों और सम्प्रदायों के लोग थे। मौलाना मोहम्मद अली कांग्रेस के अध्यक्ष थे। उन पर बड़ी जिम्मेवारी थी। जामा मसजिद के निकट एक सिनेमा हाल में एकता सम्मेलन प्रारम्भ हुआ। सर्वसम्मति से पंडित मोतीलाल नेहरू इस सम्मेलन के अध्यक्ष बनाए गए। मौलाना मोहम्मद अली ने अपने स्वागत भाषण में दिल्ली की साम्प्रदायिक सद्भावना का इतिहास बताते हुए कहा कि जब तक दिल्ली में हकीम अजमल खाँ के दादा हकीम महमूद जीवित थे तब तक दिल्ली में दंगे नहीं हुए। यह नहीं कि दंगे करवाने की कोशिश नहीं की गई। हकीम महमूद अपने समय के हकीमों में श्रेष्ठ थे। उनके हाथ में इतना यश था कि बड़े-से-बड़ा मरीज उनके इलाज से स्वास्थ्य लाभ करता था। एक बार जब वह अपने मतब में बैठे हुए थे, किसी ने आकर सूचना दी कि चाँदनी चौक के मन्दिर में गाय

का कटा हुआ सिर पाया गया है और करीब दस हजार हिन्दू लाठी, बल्लम और तलवार लिये हुए मरने-मारने पर आमादा हो रहे हैं। हकीम महमूद मतब छोड़कर नंगे पैर और नंगे सिर मन्दिर की ओर लपके। हाथ जोड़कर उन्होंने हिन्दू नेताओं से कहा– "कल न जाने क्या पागलपन मुझको सूझा कि गाय का कटा हुआ सिर लाकर मैंने मन्दिर में डाल दिया। मैं सजावार हूँ। मेरे टुकड़े-टुकड़े कर डालिए, मगर कौम के टुकड़े मत कीजिए।"

हकीम महमूद के इलाज से हजारों हिन्दुओं को फैज पहुँचा था। उन्हें इस तरह नंगे सिर और नंगे पैर देखकर उनका गुस्सा शान्त हो गया। वह हकीम महमूद की बात समझ गए। उन्होंने समझ लिया कि विदेशी सरकार के गुर्गे उन्हें लड़ाने की कोशिश कर रहे हैं। लड़ानेवालों का यह वार खाली चला गया। मगर महीने भर के बाद इस बार किसी ने मरा हुआ सुअर जामा मसजिद में डाल दिया। अब मुसलमानों के गुस्से की बारी थी। 5-7 हजार मुसलमान बर्छी, छुरे और तलवार लेकर जामा मसजिद की सीढ़ियों पर जमा हो गए। हकीम महमूद अपने मतब में बैठे हुए थे। जैसे ही उन्होंने सुना, वे फिर नंगे पैर और नंगे सिर जामा मसजिद पहुँचे। मुसलमानों के नेताओं से दस्तबस्ता उन्होंने प्रार्थना की कि न जाने क्या रात को मुझे सूझा कि सुअर काटकर मैं जामा मसजिद में डाल गया। लिल्लाह, मेरे टुकड़े कर डालो मगर कौम के टुकड़े न करो। मसजिद को धुलवाकर पाक करो।

मुसलमानों का गुस्सा शान्त हुआ। फिर एक बार लड़ानेवालों का वार खाली गया। जब तक हकीम महमूद जिन्दा रहे, दिल्ली में साम्प्रदायिक दंगा नहीं हो पाया।

एकता परिषद 26 सितम्बर से 2 अक्टूबर, सन् 1924 तक होती रही। परिषद के सदस्यों ने प्रतिज्ञा की कि वे धर्म और सम्प्रदाय की आजादी के उसूल को पालन कराने की ज्यादा-से-ज्यादा कोशिश करेंगे। एक केन्द्रीय राष्ट्रीय पंचायत बनाई गई, जिसके संयोजक और अध्यक्ष गांधीजी बनाए गए। पंचायत के सदस्यों में हकीम अजमल खाँ, लाला लाजपतराय, के. एफ. नरीमान, डॉ. एस.के. दत्त और लायलपुर के मास्टर सुन्दरसिंह सदस्य चुने गए। परिषद ने धार्मिक सिद्धान्तों को मानने, धार्मिक विचारों को प्रकट करने और धार्मिक रीति-रिवाजों को पालन करने, धर्म स्थानों की पवित्रता का ध्यान रखने तथा गोवध और मसजिद के सामने बाजा बजाने, सबका एक समान अधिकार माना, पर साथ ही उनकी मर्यादाएँ भी निश्चित कीं। एकता परिषद ने समाचार-पत्रों को भी चेतावनी दी कि वे समझ-बूझकर साम्प्रदायिक मामलों की खबरें और उन पर टिप्पणी प्रकाशित करें। आठ अक्टूबर को गांधीजी के उपवास की समाप्ति पर देश भर में सार्वजनिक सभाएँ करके, ईश्वर को धन्यवाद देने का कार्यक्रम बनाया गया।

सन् 1925 के कानपुर कांग्रेस अधिवेशन और सितम्बर सन् 1925 की अखिल भारतीय कांग्रेस कमेटी की बैठक में शामिल होने के बाद सन् 1929 की लाहौर कांग्रेस तक मैं किसी कांग्रेस अधिवेशन में अपनी रचनात्मक व्यस्तता के कारण शामिल न हो सका। देश में साम्प्रदायिकता का जहर फैलता जा रहा था। ऐसा लगता था कि अंग्रेज कूटनीति उसे एक निश्चित दिशा दे रही है। सन् 1926 के कौन्सिलों और असेम्बली के चुनावों में कांग्रेस के दिग्गज नेता लाला लाजपतराय, मदनमोहन मालवीय और स्वामी श्रद्धानन्द हिन्दू महासभा के प्रमुख स्तम्भ बन गए। हिन्दू महासभा के मंच से साम्प्रदायिकता का वीभत्स प्रचार किया जाने लगा। मोतीलाल नेहरू कांग्रेस के एकमात्र महान नेता थे जिन्होंने साहसपूर्वक अकेले साम्प्रदायिकता की चुनौती को स्वीकार किया और हिन्दू महासभा के दिग्गज नेताओं का अकेले मुकाबला किया। इस दृष्टि से भारतीय राष्ट्रीयता, देश के संक्रमण काल में साम्प्रदायिक सदभावना का झंडा ऊँचा रखने में मोतीलाल नेहरू की सदा कृतज्ञ रहेगी। उन पर नीच-से-नीच और कटु-से-कटु हमले किए गए, किन्तु उन्होंने कभी अपनी विनोदप्रियता नहीं खोई।

दिसम्बर सन् 1929 में लाहौर में जवाहरलाल नेहरू की अध्यक्षता में कांग्रेस का अधिवेशन हुआ जहाँ पूर्ण स्वाधीनता का प्रस्ताव पास किया गया और गांधीजी के हाथों में सत्याग्रह का नेतृत्व सौंप दिया गया।

देश में फिर से एक अभूतपूर्व जागृति दिखाई देने लगी।

गणेश शंकर विद्यार्थी, जो मेरे प्रशंसक और भक्त थे और जो हमेशा मुझे 'मास्टर जी' कहकर सम्बोधित करते थे, इस समय उत्तर प्रदेश कांग्रेस कमेटी के अध्यक्ष थे। उन्होंने इलाहाबाद में मुझसे मिलकर यह इच्छा व्यक्त की कि मुझे पूरी तरह उत्तर प्रदेश में कांग्रेस सत्याग्रह संग्राम को आगे बढ़ाने में कूद पड़ना चाहिए। पुराने साथी और मित्र पुरुषोत्तम दास टंडन ने भी मुझसे यही आग्रह किया। वे मेरे अग्रज थे और मुझसे लगभग चार वर्ष बड़े थे। कांग्रेस के अध्यक्ष जवाहरलाल भी मेरे मित्र और सहयोगी थे। वे भी चाहते थे, मैं पूरी तरह उत्तर प्रदेश में सत्याग्रह के काम को आगे बढ़ाने में सहायक बनूँ। मेरे परम मित्र मंजर अली सोख्ता की भी मुझसे यही अपेक्षा थी। धीरे-धीरे मैंने उत्तर प्रदेश में सत्याग्रह की गतिविधियों में भाग लेना शुरू कर दिया। लेकिन, इस बीच मुझे दांडी यात्रा के पश्चात गांधीजी का सन्देश मिला कि मैं उनसे तुरन्त आकर मिलूँ।

सन् 1930 का वर्ष।

बापू की दांडी यात्रा ने पूरे देश में आजादी की एक नई उमंग और एक नया उत्साह पैदा कर दिया था। नमक सत्याग्रह के साथ-साथ विदेशी वस्त्रों और मादक

द्रव्यों की पिकेटिंग का कार्यक्रम भी चल रहा था। जहाँ एक ओर सत्याग्रह संग्राम निरन्तर वेग के साथ बढ़ रहा था वहाँ दूसरी ओर मुस्लिम लीग और ऑल इंडिया खिलाफत कमेटी तीव्र शब्दों में अपना विरोध प्रकट कर रही थी। बम्बई का शहर उनकी गतिविधियों का केन्द्र बनता जा रहा था। मौलाना शौकत अली और सर सुलेमान कासिम मिट्ठा बार-बार इस बात की चेतावनी दे रहे थे कि अगर कांग्रेस ने बम्बई के मुस्लिम इलाकों में–मदनपुरा, भिंडी बाजार आदि मोहल्लों में सभा करने की कोशिश की तो खून की नदियाँ बह जाएँगी।

सेठ जमनालाल बजाज, श्री के.एफ. नरीमान, श्री आबिद अली जाफरभाई बम्बई में सत्याग्रह की प्रगति के लिए प्रयत्नशील थे। उन्हें पता चला कि इस बात की चेष्टा की जा रही है कि बम्बई को किसी-न-किसी बहानें साम्प्रदायिक दंगों का शिकार बना दिया जाए। परिस्थिति खतरनाक होती जा रही थी।

सेठ जमनालाल बजाज और श्री नारीमान ने दांडी यात्रा के दरमियान गांधीजी से जाकर आग्रह किया कि वे तुरन्त सुन्दरलाल को बम्बई पहुँचने के लिए लिखें। गांधीजी का पड़ाव उस समय बलसाड में था और वहीं से वे सत्याग्रह का संचालन कर रहे थे। मेरी तलबी हुई। मैं इलाहाबाद से विश्वम्भरनाथ पांडे के साथ बलसाड पहुँचा। मेरी उपस्थिति में बापू ने कहा–''यह नरीमान और जमनालाल बैठे हैं। इनका कहना है कि साम्प्रदायिक दंगे से तुम्हीं बम्बई को बचा सकते हो। शौकत अली तो बहुत गड़बड़ कर रहे हैं। लोगों को हिंसा के लिए उभारा जा रहा है।''

सुन्दरलाल–''बापू, आपका हुक्म मानना मेरा धर्म है। मगर मेरे सुपुर्द तो उत्तर प्रदेश का भी काम है।''

गांधीजी–''उत्तर प्रदेश का काम दूसरे लोग देखेंगे। बम्बई में कुछ ऊँचा-नीचा हुआ तो उसका असर सारे देश पर पड़ेगा। तुम फौरन बम्बई चले जाओ, बल्कि यहीं से चले जाओ।''

मैंने सिर झुकाकर उनकी आज्ञा स्वीकार की।

जमनालाल जी के साथ हम लोग बम्बई रवाना हो गए। बम्बई में कालबा देवी पर स्थित बच्छराज जमनालाल की कोठी की ऊपरी मंजिल में हम लोग ठहरे। बम्बई प्रदेश कांग्रेस कमेटी तथा सत्याग्रह कमेटी के मन्त्री आबिद अली जाफरभाई ने सार्वजनिक सभाओं का विस्तृत कार्यक्रम बना डाला। बम्बई शहर के विविध भागों में मेरे भाषण हजारों की संख्या में लोगों को आकर्षित करने लगे। बम्बई प्रदेश कांग्रेस कमेटी ने कई दिनों के विचार-विमर्श के बाद अन्त में यह निश्चय किया कि मुस्लिम लीग और खिलाफत कमेटी के गढ़ मदनपुरा में सार्वजनिक सभा की जाए। सभा कांग्रेस की ओर से न की जाए और न कांग्रेस के लोग मंच पर हों, न कांग्रेस का झंडा हो, न बैनर। अगर सभा भंग भी होगी तो यह समझा जाएगा कि कांग्रेस की

सभा भंग नहीं हुई। लेकिन मंच के आसपास कांग्रेस के कुछ बलिष्ठ स्वयंसेवक होंगे जो आक्रमण होने की सूरत में मेरी रक्षा करेंगे। कुछ मुसलमान नागरिकों के नाम से भी इश्तिहार निकाला गया। शाम की आखिरी नमाज के बाद, रात के नौ बजे, सभा का वक्त मुकर्रर हुआ।

आबिद अली ने जमनालाल जी के यहाँ आकर सूचना दी कि खिलाफत कमेटी के दफ्तर में मौलाना शौकत अली और सुलेमान कासिम मिट्ठा ने खिलाफत के वर्करों और बम्बई के नामी-गिरामी गुंडों को बुलाकर फैसला किया है कि हर सूरत में मदनपुरा की सभा भंग की जाए। इसमें अगर खून-खराबी हो जाए तो भी कोई फिक्र की बात नहीं। आइन्दा फिर किसी को यहाँ कांग्रेस की सभा करने की जुरअत नहीं होगी।

श्री नरीमान और सेठ जमनालाल दोनों इस राय के थे कि सभा मुलतबी कर दी जाए। खून-खराबी से बचना ठीक होगा। सुन्दरलाल जी की जान को खतरे में डालना मुनासिब न होगा।

मैं थोड़ा विचलित हो उठा। जमनालाल जी की ओर मुखातिब होकर मैंने कहा–"तीन दिन से आप सभा का एलान करवा रहे हैं और यह भी कह रहे हैं कि मेरा भाषण वहाँ होगा। अब तक की रिपोर्ट के मुताबिक पच्चीस-तीस हजार आदमी वहाँ इकट्ठ होंगे। अगर मैं वहाँ नहीं पहुँचा तो बम्बइ में सत्याग्रह आन्दोलन पर इसकी बुरी प्रतिक्रिया होगी। लोग समझेंगे कि कांग्रेसवाले बुजदिल निकले। इस समय शाम के पाँच बजे हैं। मीटिंग जरूर होगी और मेरा फैसला है कि मैं जाऊँगा।"

नरीमान–"तो पी.सी.सी. के प्रेजिडेंट की हैसियत से मैं आपको यह इत्तला देना जरूरी समझता हूँ कि इस मीटिंग की कोई जिम्मेवारी हमारे ऊपर न होगी।"

अत्यन्त उत्तेजनापूर्ण वातावरण में मैं लगभग पौने नौ बजे मदनपुरा में जलसे की जगह पहुँचा। पूरा मैदान लोगों से खचाखच भरा हुआ था। मैंने विश्वम्भरनाथ से कहा–"तुम जरा मिट्ठा और शौकत अली के लोग किस तरह तैयार होकर आए हैं और कहाँ खड़े हैं, भीड़ में चक्कर लगाकर, देखकर, मुझे बताओ।" विश्वम्भरनाथ ने जाकर देखा तो एक निगाह में दिखाई दे गया कि जलसे को दरहम-बरहम करने की पूरी तैयारी है। चारों तरफ गुंडों को खड़ा किया गया है जो अपने कुरतों के पल्लों में ईंट के अद्धे भर कर खड़े हुए थे। पुलिस का वहाँ नामोनिशान न था। अन्दर-ही-अन्दर शायद उसने उपद्रवकारियों को खुली छूट दे दी थी। विश्वम्भरनाथ जी ने लौटकर मुझे इसकी सूचना दी। मंच के चारों तरफ लगभग पन्द्रह-बीस पठान, खुदाई खिदमतगार, मेरी रक्षा के लिए तैयार बैठे थे। ठीक नौ बजे मेरा भाषण शुरू हुआ।

मेरे भाषण का पहला वाक्य था–"मेरे हम वतनो, मैं आपको मोहब्बत का पैगाम देने आया हूँ। इसके सबूत में अपना सिर कटाने आया हूँ। लानत है उस पर जो यहाँ से बचकर जाना चाहता है। मैं तो यहाँ मरने आया हूँ। लेकिन इल्तिजा है कि इसके कब्ल मेरी दो-चार बातें आप सुन लें–

"एक तारीख-दाँ की हैसियत से मेरी आँखों के सामने वह नजारा घूम रहा है जब सन् 1857 के कौमी जंग में कैप्टन हडसन ने आखिरी मुगल बादशाह बहादुरशाह जफर के चार बेटों के सिर काटकर तश्त में रखकर उन्हें चादर से ढक कर बहादुरशाह के सामने पेश करते हुए कहा था–'जहाँपनाह! आपकी शिकायत थी कि कम्पनी सरकार एक अरसे से आपको खिराज नहीं अदा कर रही है। अब वह सब किस्तें आपके सामने पेश हैं।' यह कह कर कप्तान हडसन ने तश्त के ऊपर से कपड़ा हटाया। बहादुरशाह ने अपने बेटों के कटे हुए सरों पर एक नजर डाली और फिर कहा–"तैमूर की औलाद इसी तरह सुर्खरू होकर अपने बाप के सामने आया करती थी।"

"बहादुरशाह जफर शायर भी थे। उन्होंने वह नजारा भी देखा जब दिल्ली को जामा-मसजिद में फिरंगियों ने घोड़े बाँधे और उत्तरी हिन्दुस्तान के हर कस्बे में हजारों मुसलमानों को बिना मुकदमा पेड़ों पर फाँसी से लटका दिया गया। उनकी झूलती हुई लाशों को गिद्धों और कौओं ने खाया। कोई मैयत की नमाज पढ़नेवाला न मिला। बहादुरशाह को रंगून में कैद में डाल दिया गया। उनकी पेंशन बन्द हो गई। मुगल शहनशाहियत के आखिरी चिराग को पक्की कब्र तक नसीब न हो सकी। कितनी हसरत के साथ उन्होंने लिखा था–

पसे मर्ग मेरे मजार पर जो दिया किसू ने जला दिया,
उसे आह दामने-बाद ने सरे-शाम से ही बुझा दिया!
वह जो टूटी कब्र का था निशाँ उसे ठोकरों से मिटा दिया!

"बहादुरशाह के आखिरी जन्मदिन पर जब माली फूल की डाली सजा कर लाया तो बादशाह ने एक बार फूलों की डाली पर नजर डाली, दूसरी बार अपनी खाली हथेली पर नजर डाली और फिर ठंडी साँस खींच कर कहा–

फूल लाया है माली डाली में,
कुछ लकीरें हैं दस्ते खाली में।

"मुसलमानों पर अनगिनत जुल्म हुए। कितनी मायूसी से बहादुरशाह की कलम से ये चन्द लकीरें निकलीं–

"वले कल्मा गोयों के तर्फ से अभी दिल में उनके गुबार है!
जिसे देखा हाकिमे वक़्त ने कहा यह भी काबिलेदार है!

"कितनी जाँ-फिसानी से बहादुरशाह के झंडे के नीचे पेशवा नाना साहब, रानी लक्ष्मीबाई, तात्याँ टोपे और लाखों हिन्दू-मुसलमानों ने मिलकर मौत को भी शरमिन्दा

कर दे, ऐसी बहादुरी से अपने आपको कुरबान किया कि जान नहीं पड़ता था कि कौन-सा धड़ हिन्दू का है कौन-सा मुसलमान का। दिल्ली की जामा मसजिद के सामने मैदाने जंग में कोई तस्दीक नहीं कर सका कि जो शहीदों के खून का पनाला बहा, उसमें कितना खून मुसलमानों का है, कितना हिन्दुओं का। हिन्दू-मुसलमान दो जान एक कालिब बन गए।

''अंग्रेजों ने चुन-चुनकर अवध के नवाब वजीर, बंगाल के सूबेदार, रोहेलखंड के नवाब, मैसूर के सुल्तान, कर्नाटक के नवाब, सूरत के नवाब, जिन मुसलमान हाकिमों ने आजादी से सिर ऊँचा उठाया, उनकी रियासतें जब्त कर लीं और उनके सिर कलम कर दिए। उनका सबसे जबर्दस्त हमला टर्की की खिलाफत के ऊपर हुआ। खिलाफत को उन्होंने खत्म कर दिया और तुर्क शहनशाहियत के टुकड़े-टुकड़े कर दिए।

''मेरे मुसलमान दोस्तो, जिस बरतानिया सरकार ने करोड़हा-करोड़ मुसलमानों पर यह तबाही ढायी, उनके राज-पाट छीने, पाक काबा और बैतूल-मुकद्दस पर गोले बरसाए, और मुसलमानों की अजमत को तहस-नहस किया, मुसलमानो! उसी बरतानवी सरकार के खिलाफ गांधीजी ने आजादी की जंग का ऐलान किया है। तुम कोई ऐसा काम न करो कि तुम्हारी नस्लें तुम पर यह तोहमत लगाएँ कि मुसलमानों के साथ जो जुल्म हुए उसके खिलाफ गांधी ने जब सल्तनत बरतानिया के खिलाफ जंग छेड़ी तो मुसलमान न सिर्फ उस जंग के खिलाफ रहे बल्कि उलटा जेहाद करनेवालों के ही सिर कलम करने पर आमादा हो गए।

''हुजूर सरवरे-दो आलम, रसूलल्लाह मेरे जामिन हैं कि मैं इस्लाम की सिर-बुलन्दी के लिए मदनपुरा के मैदान में अपने आपको शहादत के लिए पेश कर रहा हूँ।

''मुसलमानो! लो अब मैं इन्तजार कर रहा हूँ। चलाओ, अपने अद्धे और पत्थर। मेरा सीना तुम्हारे खंजरों का इन्तजार कर रहा है। मैं अपनी बात कह चुका। अब अपने को तुम्हारे हवाले कर रहा हूँ।''

मैंने देखा जो लोग अपने कुरतों में पत्थर और अद्धे भर कर लाए थे, वे फफक-फफक कर रो रहे थे और आस्तीन से अपने आँसू पोंछ रहे थे। किसी ने नारये-तकबीर लगाया और सारी जमात ने एक स्वर में कहा—''अल्ला हू अकबर! बरतानवी हुकूमत मुरदाबाद!! महात्मा गांधी जिन्दाबाद!!! पंडित सुन्दरलाल जिन्दाबाद!''

हजारों मुसलमानों ने मंच के पास आकर मेरे हाथों का बोसा लिया और अपनी अकीदत पेश की और मुझे इत्मीनान दिलाया कि इस जंग में मुसलमान आपके साथ हैं। मदनपुरा की आवाज से बम्बई गूँज उठा। जब हम लोग फिर बलसाड में बापू से मिलने गए तो मुस्कराते हुए बापू बोले—'सुन्दरलाल, मैं सब सुन चुका हूँ। तुमने तो गजब कर दिया। मुझे तुम पर फख्र है।

बम्बई लौटकर जब हम मालाबार हिल पर सेठ बेलजी शाह के यहाँ शाम को बैठे हुए थे, पचास-पचपन वर्ष की आयु के एक मुसलमान सज्जन वहाँ आए, तपाक से मेरे दोनों हाथों को अपने हाथों में लेकर बोसा लिया फिर अपनी टोपी मेरे कदमों पर रखकर कहा–''पंडित जी, मैं आपको मान गया। आज से मैं आपका मुरीद हूँ। मैं ही सुलेमान कासिम मिट्ठा हूँ।''

साम्प्रदायिक सद्भावना के सेतु

साम्प्रदायिक समस्या सुलझ नहीं रही थी। भारत के मुसलमानों ने पाकिस्तान का नारा बुलन्द करके जो गलती की थी, उसने हिन्दुओं के दिलों को अविश्वास से भर दिया। साम्प्रदायिकता के इस नासूर को गांधीजी के बलिदान ने बहुत कुछ भरा लेकिन जख्म इतना गहरा है कि जरा-सा कुरेदने पर हरा हो जाता है।

साम्पद्रायिक सद्भाव के प्रचार में डॉ. भगवानदास और पंडित बनारसीदास चतुर्वेदी से मुझे बड़ी मदद मिली। पंडित बनारसीदास चतुर्वेदी ने मेरी लिखी 'हजरत मुहम्मद और इस्लाम' की हजारों प्रतियाँ छपवाकर वितरित कीं।

पंडित बनारसीदास से, मेरे द्वारा सम्पादित 'कर्मयोगी' के पाठक के रूप में, सन् 1909 में मेरा परिचय हुआ। उस समय से लेकर अब तक वे अपने को मेरा अनन्य भक्त और शिष्य ही कहते हैं। सन् 1929 में 'माडर्न रिव्यू' के ख्यातनामा सम्पादक बाबू रामानन्द चट्टोपाध्याय जब इलाहाबाद आए तो उन्होंने मेरे सामने एक प्रस्ताव रखा कि वे 'माडर्न रिव्यू' संस्थान की ओर से एक हिन्दी मासिक पत्रिका 'विशाल भारत' निकालना चाहते हैं। उन्होंने यह भी चाहा कि मैं उसका प्रधान सम्पादक बनूँ। मैंने 'विशाल भारत' निकालने की उनकी योजना का स्वागत किया लेकिन अपने बजाय पत्रिका का सम्पादन करने के लिए पंडित बनारसीदास चतुर्वेदी के नाम का सुझाव दिया। उन्होंने मेरे प्रस्ताव को स्वीकार किया। जिस समय चतुर्वेदी जी 'विशाल भारत' के सम्पादन के सिलसिले में कलकत्ता में थे, मैं अकसर उनका मेहमान बना। बड़े प्रेम से उन्होंने मेरी खातिर-तवाजो की। मेरे जीवन के अन्दर बहुत से लोग आए किन्तु बनारसीदास जी की तरह निस्पृह, बेलाग, त्यागी, सत्य के प्रति अनुरक्त, स्पष्टवादी कोई बिरला ही मिला। अपने समय के अनेक महापुरुषों से उनका घनिष्ट सम्बन्ध था। महात्मा गांधी, गुरुदेव रवीन्द्रनाथ ठाकुर, सी.एफ. एंड्रूज उनके आराध्य पुरुष थे। क्रान्ति उनके जीवन का मूलमन्त्र था। रामानन्द बाबू ने जब उन्हें 'विशाल भारत' का सम्पादक बनाया तब उनसे यही कहा कि मैं आपसे यह नहीं कहूँगा कि 'विशाल भारत' में आप क्या लिखें, किन्तु कह सकता हूँ कि क्या न लिखें। इसके उत्तर में बनारसीदास जी ने यही कहा था कि मुझे विश्वास है कि आप मुझे इतनी

स्वतन्त्रता देंगे कि यदि मैं आपकी नीतियों का भी खंडन करूँ तो आप रुष्ट न होंगे। रामानन्द बाबू ने इसे स्वीकार कर लिया। बनारसीदास जी जब तक 'विशाल भारत' के सम्पादक रहे, उस पर उनके व्यक्तित्व और विचारों की स्पष्ट छाप बनी रही।

सन् 1946-47 के लगभग साम्प्रदायिक सद्भावना पर श्री वासित विस्वानी और डॉ. भगवानदास के दो गीतों ने बड़ी ख्याति पाई। एक का शीर्षक था–'कोई नहीं है गैर' और दूसरे का शीर्षक था–'राम और रहीम'। इकबाल का गीत–'मेरा वतन' भी प्रेम से पढ़ा जाता था।

साम्प्रदायिक सद्भावना के प्रचार में मुझे मीठे-कडुए कई तरह के अनुभव हुए। इनमें से मैंने मीठे अनुभव अपनी स्मृति में सहेज कर रखे हैं। यहाँ उनमें से दो-एक ही ही चर्चा करूँगा–

असहयोग और खिलाफत आन्दोलन में और उसके बाद झंडा सत्याग्रह में करामत हुसैन साहब ने बड़ा नुमायाँ हिस्सा लिया था। झंडा सत्याग्रह में उन्होंने अकेले बालाघाट जिले से दो हजार सत्याग्रह स्वयंसेवक भर्ती किए थे जिनमें लगभग तीन सौ मुसलमान थे। करामत हुसैन साहब वर्षों तक हिन्दी मध्य प्रदेश कांग्रेस कमेटी के उपसभापति रहे। वे मुझसे उम्र में दस वर्ष बड़े थे। उनके जैसा साम्पद्रायिक सद्भावना का दिलदादा मुझे देखने को नहीं मिला। अपनी सूझबूझ और गांधीजी की अहिंसा में विश्वास होने के कारण उन्होंने नाजुक परिस्थिति में एक बार बहुत बड़ा खून-खराबा बचाया।

सन् 1925-26 में हिन्दू महासभा अपनी जोम में थी। स्वामी सत्यदेव परिव्राजक हिन्दू महासभा की अगली पंक्ति के नेता थे। वे बालाघाट आए और बड़े उग्र शब्दों में तीन दिन तक इस्लाम और भारत के मुसलमानों के विरुद्ध बड़ी-बड़ी सभाओं में जहर उगलते रहे। फिर उन्होंने ऐलान किया कि जुमा की बड़ी नमाज के वक्त बालाघाट की जामा मसजिद में मुसलमान जब नमाज पढ़ रहे होंगे जो ठीक उस वक्त हजारों हिन्दुओं को साथ लेकर वे जुलूस में चलेंगे और ऐन नमाज के वक्त मसजिद के सामने जोर-शोर के साथ बाजा बजाएँगे। अगर मुसलमानों ने इसका विरोध किया तो बालाघाट दूसरा कर्बला बन जाएगा।

निश्चित तिथि पर दस हजार हिन्दू जुलूस में चलने के लिए इकट्ठा हुए। वे लाठी और बल्लम से लैस थे। जुलूस ढोल-नगाड़े पीटता हुआ उस वक्त मसजिद के करीब पहुँचा जब जुमे की नमाज जारी थी। जुलूस में जो हिन्दू शामिल हुए थे उनमें चलते वक्त काफी तैश था पर ज्यों-ज्यों मसजिद करीब आ रही थी त्यों-त्यों उनके दिलों में हलकी सी धुकपुकी भी थी। वे भयानक खूँरेजी की कल्पना कर रहे थे।

जब मसजिद दस कदम के करीब रह गई तो करामत हुसैन साहब पचास मुसलमान साथियों के साथ मसजिद की सीढ़ियों से नीचे उतरे। सबके हाथों में फूलों

के हार थे। वे आगे बढ़े और उन्होंने जुलूस का नेतृत्व करनेवाले पचास आदमियों के गले में वे हार डाल दिए। करामत हुसैन साहब ने खुद अपने गले में एक ढोल डाला और मसजिद के फाटक के सामने खड़े होकर, वे और उनके साथी, आधे-पौन घंटे तक ढोल पीटते रहे।

हिन्दुओं की सारी युद्ध-वृत्ति काफूर हो गई। वे दिल-ही-दिल खूब शर्मिन्दा हुए। उनका मत बदला और फिर तो उन्होंने करामत हुसैन और उनके साथियों को गले लगाया। स्वामी सत्यदेव परिव्राजक के सारे मंसूबे धूल में मिल गए।

प्रकृति भी कभी-कभी अनोखे ढंग से काम करती है। उसी दिन शाम से लगभग तीन दिन तक बालाघाट में वह मूसलाधार वर्षा हुई कि सारे शहर में पानी भर गया। पचासों कच्चे-पक्के घर गिर गए और लोगों में त्राहि-त्राहि मच गई। स्वामी जी वहाँ से अकस्मात गायब हो गए। करामत हुसैन के कांग्रेसी मुस्लिम स्वयंसेवकों ने अपनी जान जोखिम में डालकर लोगों को घरों से निकाला। डूबते हुओं को बचाया। स्कूल खाली करवा कर मुसीबतजदा लोगों को वहाँ पनाह दी। बच्चों के लिए दूध का प्रबन्ध किया और बीमारों के लिए औषधि का। जिनका सब कुछ वर्षा में तबाह हो चुका था उनके लिए राशन का प्रबन्ध किया। बालाघाट की हिन्दू जनता करामत हुसैन पर आशीर्वाद और श्रद्धा की वर्षा करने लगी, और सभी दिल से स्वामी सत्यदेव को कोसने लगे।

दूसरी घटना सन् 1938 इलाहाबाद की है। शहर में हिन्दू-मुस्लिम दंगा हो रहा था। जगह-जगह लोग कत्ल हो रहे थे। मुस्लिम लीग के नेताओं की वही कैफियत थी–'भुस में आग लगाय, जमालो दूर खड़ी।' शहर में कर्फ्यू लगा दिया गया था। बाजार और दुकानें बन्द। शहर के हिन्दू नागरिकों को कष्ट हुआ लेकिन इतना नहीं कि उन्हें भूखों मरने की नौबत आ जाए। मगर, मुसलमान नागरिक बेहद परेशान थे। उनमें 75 फीसदी की कैफियत ऐसी थी कि दिन भर काम करते थे तो शाम को चूल्हा गर्म होता था। पानी पीने के लिए रोज कुआँ खोदना पड़ता था। मैंने निश्चय किया कि राशन का सामान, दूध, चीनी, कुछ ईंधन की लकड़ी, दो बोरा आटा, दाल, चावल, आलू, प्याज लेकर जहाँ मुसलमानों की घनी आबादी थी, ऐसी गलियों में जाएँ। कांग्रेस के लोगों में केवल विश्वम्भरनाथ जी और श्रीमती अरुणा आसफ अली की बड़ी बहन श्रीमती पूर्णिमा बनर्जी मेरे साथ आईं। विश्वम्भरनाथ जी राशन से लदा ठेला खींच रहे थे और पूर्णिमा जी मुस्लिम घरों के भीतर घुस कर उनकी जरूरत पूछकर उनमें आटा, दाल, चावल बाँट रही थीं। बच्चों और बूढ़ों को दूध भी दे रही थीं। लगभग तीन घंटे हम लोग मुस्लिम मुहल्लों की गलियों में घूमे। जाते वक्त ठेले में राशन भर कर गए थे। लेकिन लौटते वक्त लोगों की दुआएँ और आशीर्वाद भरकर लौटे। लगभग तीन-चार दिन तक जब तक कर्फ्यू नहीं हटा, हमारा रोज का यही

कार्यक्रम था। पूर्णिमा बनर्जी तो साम्प्रदायिक सद्‌भावना की मूर्ति थीं। कर्फ्यू उठने पर मुस्लिम लीग के नेता ट्रकों में पचासों बोरे राशन लादकर मुस्लिम मुहल्लों में पहुँचे। बाद को मुस्लिम लीग के नेता खान बहादुर जुल्फिकारउल्ला मुझसे कहने लगे—"पंडित सुन्दरलाल जी, आपने कर्फ्यू के दिनों में 5-7 बोरे राशन क्या बाँट दिया कि सब आपकी ही वाह-वाह कर रहे हैं। अब हम पचासों बोरे बाँट रहे हैं तो शुक्रिया तो दूर की बात रही, लोग हमारे मुँह पर कहते हैं कि जब हम भूखों मर रहे थे तो कहाँ चले गए थे, मियाँ! अब अपनी शक्ल दिखाने आए हो।"

हिन्दुस्तानी कल्चर सोसाइटी की स्थापना

मई सन् 1942 में मैंने और डॉ. ताराचन्द ने परामर्श किया कि एक ऐसी सोसाइटी बनाने की जरूरत है जो जनता के दिलों से उन गलतफहमियों को दूर करे, जो दुर्भाग्य से हिन्दुस्तान की अलग-अलग जमातों या सम्प्रदायों में मनमुटाव पैदा कर रही हैं। हम दोनों की यह राय हुई कि इस वक्त झगड़े का सबब भले ही राजकाजी हो, लेकिन कुछ ऐसी बातें भी हैं जिन्होंने हिन्दू और मुसलमानों की एकता को और उनके समन्वयात्मक और समाजी मेल-मिलाप को रोक दिया है। इसलिए जरूरत है कि हम एक मिली-जुली हिन्दुस्तानी कल्चर और एक मिली-जुली तहजीब को फिर से जगाएँ। इस सिलसिले में हमने डॉ. भगवानदास और सर तेजबहादुर सप्रू से मिलने का निश्चय किया। डॉ. भगवानदास बहुत बड़े विद्वान हैं। हिन्दू धर्म, इस्लाम, ईसाई धर्म, सिख मजहब और बौद्ध धर्म की उन्हें गहरी जानकारी है। समन्वयात्मक हिन्दुस्तानी कल्चर पर उनकी निगाह बड़ी गहरी है। इसलिए इस तरह की सोसाइटी के काम को चलाने और उसे ठीक तरह फैसले करने में मदद देने में हिन्दुस्तान में उनसे बढ़कर कोई दूसरा व्यक्ति नहीं है। मैं और डॉ. ताराचन्द दोनों उनसे मिले। उन्होंने हमारे उद्‌देश्य को सराहा और हमें आशीर्वाद दिया। उन्होंने हमारा हौसला बढ़ाया और सोसाइटी की गवर्निंग बॉडी का प्रेजीडेंट होना मंजूर कर लिया। फिर हम लोग सर तेजबहादुर सप्रू से मिले। वे जिन्दगी भर हिन्दू-मुस्लिम एकता के हामी रहे हैं। उनकी विद्वता के सब कायल हैं। वे सब धर्म-मजहबवालों के साथ एक समान हमदर्दी रखते हैं। उन्होंने हमेशा हिन्दुस्तान की मिली-जुली कम्पोजिट कल्चर को कायम रखा और बढ़ाया है। हमारी प्रार्थना पर उन्होंने सोसाइटी का प्रेजिडेंट होना मंजूर कर लिया।

जून सन् 1942 में सोसाइटी ने सन् 1960 के रजिस्ट्रेशन ऑफ सोसाइटी एक्ट नं. 21 के मुताबिक रजिस्टर होने की दरखास्त दी। 17 सितम्बर, 1942 को रजिस्ट्री का सर्टीफिकेट मिला। किन्तु अगस्त सन् 1942 में सोसाइटी के सेक्रेटरी और गवर्निंग बॉडी के चार मेम्बर कैद कर लिये गए। गांधीजी और लाखों देशभक्त जेल में थे।

मुल्क की ऐसी हालत में सोसाइटी को भी अपना उद्देश्य पूरा करने में कठिनाई हुई फिर भी सेक्रेटरी की जगह, जो जेल में थे, अब्दुल मजीद ख्वाजा ने काम किया। इस बीच गवर्निंग बॉडी की दो बैठकें हुईं—एक 4 अप्रैल, 1943 को और दूसरी 13 मई, 1943 को।

सन् 1944 में जब मैं जेल से छूटकर आया तो मैंने सेक्रेटरी का काम सँभाल लिया। मैंने साम्प्रदायिक सद्भावना के प्रचार के लिए ग्वालियर, इन्दौर, भोपाल, धार, भेलसा और उज्जैन के दौरे किए। हजारों हिन्दू और मुसलमान हमारे जलसों में आए। जगह-जगह हमने हिन्दू और मुसलमानों के एकता बोर्ड बनाए। इसके बाद हम बड़वाहा, सनावद, बड़नगर, बदनावर और सिहोर गए। सब जगह बड़े-बड़े जलसे हुए। मेरे भाषणों का गहरा असर पड़ा।

सोसाइटी के लिए कोष जमा करने में भी हमें कुछ कामयाबी मिली। सेठ रामकृष्ण डालमिया ने 4 अप्रैल, 1944 से तीन वर्ष के लिए सोसाइटी को 250 रुपए महीना देने की पहल की। उज्जैन के सेठ लालचन्द सेठी ने एक वर्ष के लिए 501 रुपए मासिक दान दिया।

25 मार्च सन् 1945 को सोसाइटी की जनरल बॉडी की पहली बैठक हुई। डॉ. भगवानदास बीमारी के कारण इस बैठक में स्वयं न आ सके, किन्तु उन्होंने अपना लिखित भाषण भेज दिया, जिसे डॉ. ताराचन्द ने पढ़कर सुनाया।

भारत-चीन सीमा विवाद

दुनिया के प्राचीनतम देशों में भारत और चीन दो देश हैं। दुनिया के विशाल राष्ट्रों में इन दो देशों की जनसंख्या दुनिया की पूरी जनसंख्या के आधे से अधिक है।

ऐतिहासिक शक्तियों के कार्यों के फलस्वरूप सिर्फ 25 वर्ष पहले एक ओर भारत अंग्रेजों द्वारा शासित था और दूसरी ओर था चीन जो च्यांग काइ शेक के नेतृत्व में कुआमितांग के कब्जे में था और सारी अर्थव्यवस्था अमरीकी साम्राज्यवाद के नियन्त्रण में थी। कुछ समय के लिए दोनों देश विदेशी प्रभुत्व से मुक्ति पाने के लिए लड़े थे। चीन अमरीकी साम्राज्यवाद द्वारा नियन्त्रित कुओमितांग पार्टी के हाथों तथा भारत ब्रिटेन के हाथों मुक्त होने के लिए।

लेकिन भारत 1947 ई. में स्वाधीन हुआ और चीन 1949 ई. में। इसके बाद ही 1951 में जवाहरलाल नेहरू और अन्य लोगों ने चीन में एक शिष्टमंडल भेजने का निर्णय लिया। जवाहरलाल नेहरू ने मुझे उपमंडल का नेतृत्व करने के लिए कहा था।

हमारे शिष्टमंडल के चीन भ्रमण के फलस्वरूप पेकिंग में डॉ. तिनशीलिन के सभापतित्व में वहाँ एक 'चीन-भारत मैत्री संघ' और उसी तरह मेरे सभापतित्व में यहाँ एक 'भारत-चीन मैत्री संघ' की स्थापना हुई थी।

यह संघ कुछ वर्षों तक अच्छी तरह चला। सारा आकाश 'हिन्दी-चीनी भाई-भाई' की आवाज से गूँज उठा।

स्वाभाविक कारणों से इन दोनों के बीच का सम्पर्क अमरीका जैसे देश सरल भाव से ग्रहण और सहन नहीं कर पा रहे थे। भारत इस बीच दो हिस्सों में बँट चुका था। भारत और पाकिस्तान। 'आज का चीन' पुस्तक में मैंने तिब्बत में कुछ समय से अमरीकी साम्राज्यवाद किस तरह काम कर रहा था, इसका कुछ विवरण दिया है। इनका आधार चीन में तत्कालीन भारतीय राजदूत सरदार पणिक्कर से सुनी हुई घटनाएँ थीं।

अमरीका ने इस बार पेकिंग के सिंहासन पर च्यांग को बैठाने के लिए मन में योजना बनाई। इस उद्देश्य से पाकिस्तान में अमरीकी फौजी अड्डे कायम किए गए

और तिब्बत में संयुक्त राज्य अमरीका ने पाँव टिकाने के लिए जगह बनाने का फैसला किया। राजनीतिक और आध्यात्मिक रूप से तिब्बत तब लामाओं के शासन में था। देश के प्रशासन में जनसाधारण की कोई आवाज नहीं थी। अपनी योजना के अन्तर्गत ही दलाई लामा के भाई को अमरीका ने निमन्त्रण दिया और व्यावहारिक रूप से वे अमरीका में बस भी गए।

जवाहरलाल नेहरू सारी बातों को स्पष्ट रूप से समझ रहे थे। इस बारे में जवाहरलाल के साथ कई बार मेरी व्यक्तिगत बातचीत हुई थी। वे साफ समझ पा रहे थे कि पाकिस्तान में अमरीकी अड्डा और तिब्बत में अमरीकी प्रभुत्व चीन के लिए और विश्व शान्ति के लिए विपत्तिजनक होगा। उन्होंने समझा था कि भारत उस समय तिब्बत पर अमरीकी हमले का मुकाबला नहीं कर पाएगा।

चीन ने तिब्बत को मुक्त किया। मैं खुले हृदय से कह रहा हूँ कि यह घटना जैसे भारत के स्वार्थों के अनुकूल है, उसी तरह चीन के भी। और जवाहरलाल ने यह पूरी तरह समझा था। कुछ समय बाद अक्साई चीन में चीनियों ने अपना फौजी अड्डा कायम किया। भारत की लोकसभा में कई सदस्यों ने इस बारे में जवाहरलाल का ध्यान आकृष्ट किया। उस समय इनका आरोप था, एक ओर चीन भारत के शान्तिपूर्ण सीमांचल में फौजी अड्डा कायम कर रहा है और दूसरी ओर भारत-चीन मैत्री की बात कर रहा है। इसलिए उन्होंने चीन की सन्धि के बारे में भी शंका प्रकट की। जवाहरलाल ने तत्काल चीन सरकार के पास चिट्ठी भेजी। जवाब भी तुरन्त आ गया–"इस बारे में आपकी शंका का कारण क्या है। अक्साई चीन में हमने जो अड्डा बनाया है, वह उस तरफ से अमरीकी हमले का मुकाबला करने के लिए है। आप जानते हैं कि पाकिस्तान का फौजी अड्डा अक्साई चीन के काफी नजदीक है। अक्साई चीन में हमारी फौजी तैयारी सिर्फ सम्भावित अमरीकी आक्रमण को रोकने के लिए है। इसके फलस्वरूप भारत-चीन सम्बन्ध कमजोर नहीं हो रहे हैं। और होना उचित भी नहीं। हम विश्वास करते हैं कि हमने जो किया है, वह दोनों के स्वार्थ में है।"

चीन के जवाब ने स्वाभाविक रूप से जवाहरलाल को सन्तुष्ट किया। इसके बाद लोकसभा के कई सदस्यों ने भारत-चीन सीमाओं के बहुत पुराने नक्शों को निकालकर खोजना शुरू किया। भारत के नक्शों में अब देखा गया कि अक्साई चीन भारत का ही अंग है। लोकसभा में इन सदस्यों ने अक्साई चीन 'भारत का अंग' है, अपने इस नए आविष्कार की ओर जवाहरलाल नेहरू और भारत का ध्यान खींचा। यह गौर करना चाहिए कि इन सब भद्र पुरुषों ने जब पहले-पहल अक्साई चीन में चीन के फौजी अड्डों के बारे में ध्यान खींचा था, चीन ने भारत की भूमि पर यह अड्डा तैयार किया है, यह आरोप तब नहीं था। यह बाद का आविष्कार है।

लोकसभा में जब यह प्रश्न उठा तब प्रधानमन्त्री जवाहरलाल नेहरू ने फिर चीन सरकार को एक चिट्ठी लिखकर कहा कि चीन ने जो फौजी अड्डा तैयार किया है, वह भारत की भूमि पर है।

एक बार फिर इस तरह का जवाब आया–''हम लोग नहीं जानते थे कि अक्साई चीन भारत का अंग है। लासा में जो सीमांचल नक्शे हैं, उन्हें हमने फिर से देखा। नक्शों के अनुसार अक्साई चीन चीन का ही अंग है।

''अब देखा गया, आपके पास दूसरी तरह के नक्शे हैं। गौर करने की बात यह है कि हम चीनी जब अक्साई चीन में आए तो इस प्रकार का कोई आदमी या सामरिक या गैर सामरिक कर्मचारी नहीं देखा गया जो हम लोगों को कह सकता था कि यह भारत की भूमि के अन्तर्गत है। जो हो, अब जब देख्शा गया है कि हम लोगों के पास अलग-अलग ढंग के सीमांचल नक्शे हैं तो दोनों प्रधानमन्त्री और दोनों सरकारों के प्रतिनिधियों की बैठक का होना बहुत जरूरी है और यही लोग भारत-चीन सीमा विवाद का सन्तोषजनक समाधान कर लेंगे।''

जवाहरलाल और उनके सहयोगियों को यह उत्तर उस समय सन्तोषजनक प्रतीत हुआ। इस प्रसंग में कहा जा सकता है कि लोकसभा में जवाहरलाल ने अपने एक भाषण में एक बार कहा था–''अक्साई चीन एक ऐसी जगह है जहाँ न सिर्फ कोई आदमी नहीं रहता, बल्कि एक मुट्ठी घास तक नहीं उगती।''

इस बार संयुक्त रूप से यह तय हुआ कि दोनों पक्षों के प्रतिनिधि जो भी नक्शे उनके पास उपलब्ध हैं, उनको गौर से देखेंगे और उनके आधार पर दोनों अपने प्रश्न तैयार करेंगे। यह कहने के बाद प्रधानमन्त्री चाओ एन-लाई और प्रधानमन्त्री जवाहरलाल नेहरू, दोनों पक्षों के विचार-विमर्श के बाद एक सन्तोषजनक समाधान पर आएँगे।

ठीक यही किया गया।

चाओ एन-लाई इस उद्देश्य से दिल्ली आए। मैंने उनके साथ हवाई अड्डे पर मुलाकात की और दिल्ली में रहते समय उनके साथ बाद में भी कई बार मुलाकात हुई। दोनों प्रधानमन्त्रियों की बैठक में प्रधानमन्त्री जवाहरलाल नेहरू और प्रधानमन्त्री चाओ एन-लाई तथा इनके अन्य सहयोगी और दोनों पक्षों के महत्त्वपूर्ण सरकारी प्रतिनिधि उपस्थित थे। देखा गया कि मोटे तौर पर दोनों देशों के बीच में 50 हजार वर्ग मील का एक बड़ा इलाका है जो विवादास्पद है। इस 50 हजार वर्गमील के अन्दर 18 हजार वर्ग मील अर्थात् विख्यात मैकमोहन रेखा के दक्षिण का अंश भारतीय प्रशासन के हाथ में है। मैकमोहन रेखा के उत्तर में 20 हजार वर्गमील जनविहीन भूखंड है। बाकी 12 हजार वर्गमील अर्थात जिस अंचल को अक्साई चीन कहा जाता है, वह सारा हिस्सा, जैसा कि दावा भी किया गया था, चीन के हिस्से में पड़ा।

देखा गया है कि 20 हजार वर्गमील अंचल को कई दर्जन हिस्सों में बाँटा जा सकता है और दोनों पक्षों के प्रतिनिधियों ने बैठक में इस जनविहीन भूखंड के लिए अपनी-अपनी माँगें रखीं। उनकी माँगें और प्रत्युत्तर में माँगें मोटे तौर पर इस प्रकार हैं—एक सरकार के प्रतिनिधि ने कहा कि इन-इन वर्षों में, जैसे कि 1827 ई. में सरकार का एक तहसीलदार वहाँ गया और इस-इस बाजार और इस-इस इलाके से टैक्स वसूला था। दूसरे पक्ष के एक प्रतिनिधि ने कहा कि इस-इस साल, जैसे कि 1904 ई. में. उनके पक्ष के एक अमीन ने इस-इस जगह की नाप करवाई थी। तीन दिनों तक माँगें और प्रत्युत्तर में माँगें रखी जाती रहीं।

तीसरे या शायद चौथे दिन प्रधानमन्त्री चाओ एन-लाई ने कहा कि कोई दीवानी अदालत भी इस तरह की माँगों के आधार पर छह महीने में भी इस झमेले का फैसला नहीं कर पाएगी। इसलिए उनका यह प्रस्ताव हुआ कि इस विषय को लेकर दोनों देशों को मित्रतापूर्ण आधार पर विचार-विमर्श करना होगा। दरअसल, उन्होंने जो प्रस्ताव दिया, वह यह था कि 18 हजार वर्गमील का इलाका, जो भारत के अधिकार में है, वह भारत का ही अंग माना जाएगा, 20 हजार वर्गमील जनविहीन भूखंड भी भविष्य में भारत का अंग माना जाएगा और 12 हजार वर्गमील इलाका जो अब तक चीन प्रशासन में है और जो प्रधानमन्त्री चाओ एन-लाई के अनुसार सामरिक पक्ष की दृष्टि से चीन के लिए बहुत महत्त्वपूर्ण है, वह चीनी भूखंड ही माना जाएगा।

यह पता चला कि प्रधानमन्त्री जवाहरलाल नेहरू प्रधानमन्त्री चाओ एन-लाई के प्रस्ताव से व्यक्तिगत रूप से सन्तुष्ट हुए थे और उसे मान लेने के लिए तैयार थे। तब भी उन्होंने अपने सहयोगियों के साथ विचार-विमर्श किया और चाओ एन-लाई को इस प्रकार जवाब दिया—"लेकिन हमें हमारी जनता को समझाना पड़ेगा।" चाओ एन-लाई ने इसके जवाब में कहा—"किन्तु प्रधानमन्त्री महोदय, हम लोगों को भी तो अपनी जनता को समझाना पड़ेगा।" तब यही तय हुआ कि दोनों पक्षों के प्रतिनिधियों को तीनों अंचलों के विभिन्न इलाकों के बारे में छानबीन करने और अपनी माँगों और प्रत्युत्तर में माँगों को रखने के लिए कुछ और समय देने की जरूरत है और जब यह हो जाएगा तब दोनों प्रधानमन्त्रियों की उपस्थिति में दोनों देशों के बीच पूरे सीमांचल के प्रश्न का समाधान किया जाएगा।

तब तक दोनों पक्षों में से कोई भी एकतरफा ढंग से जनविहीन भूखंड के किसी भी हिस्से में प्रवेश नहीं करेगा और करने की कोशिश भी नहीं करेगा। दोनों प्रधानमन्त्रियों ने अपनी बैठक समाप्त की और चाओ एन-लाई वापस लौट गए।

चाओ एन-लाई के लौट जाने के बाद दोनों पक्षों के प्रतिनिधियों ने पुराने कागजातों में से विवादास्पद इलाके के सम्बन्ध में अपनी माँगों और प्रत्युत्तर में माँगों के आधार पर प्रश्न तैयार करने के लिए परिश्रम किया। दोनों पक्षों के सवाल तैयार

हो जाने के बाद चीन सरकार ने अपने पूरे बयान की प्रमाणित प्रतिलिपि भारत सरकार के पास भेज दी। इसी प्रकार भारत सरकार ने भी अपनी माँगों आदि के साथ अपना बयान चीन सरकार के पास भेज दिया।

इन दोनों बयानों को पढ़ने के बाद मैंने सोवियत नेता निकिता ख्रुश्चेव के पास इन दोनों बयानों की पूर्ण आलोचना करते हुए चिट्ठी लिखी। प्रधानमन्त्री निकिता ख्रुश्चेव से मैंने कहा कि वे खुद पहल करके विवादास्पद सीमांचल पर विचार-विमर्श करने का भार अपने ऊपर ले लें और विवादास्पद इलाके का जो हिस्सा चीनी भूखंड के रूप में भारत स्थापित करेगा, सिर्फ उसी को लेकर सन्तुष्ट करने के लिए चीन को राजी कराएँ। इसका जो उत्तर मुझे मिला उसका अर्थ यही है : ख्रुश्चेव का प्रस्ताव यह है कि भारतीय प्रशासन के अन्तर्गत जो 18 हजार वर्गमील इलाका है, वह भारत का ही अंग रहेगा।

20 हजार वर्गमील (जनविहीन भूखंड) भविष्य में भारत के ही हाथ में जाएगा। बाकी 12 हजार वर्गमील अर्थात अक्साई चीन इलाका जो चीनी प्रशासन के अत्तर्गत है, वह चीनी भूखंड के रूप में माना जाएगा क्योंकि सामारिक दृष्टि से यह इलाका चीन के लिए महत्त्वपूर्ण है। ख्रुश्चेव ने इस प्रकार का संकेत भी दिया कि इस प्रकार सीमा निर्धारण करने से उसी के नजदीक चीन अपने भूखंड से 12 हजार वर्गमील के बराबर एक दूसरा इलाका भी देने के लिए राजी है जिसके फलस्वरूप भारत आखिरकार पूरा 50 हजार वर्गमील इलाका अपने भूखंड के रूप में पाएगा।

ख्रुश्चेव ने संकेत दिया कि यह पूरा प्रस्ताव दोनों पक्षों के सामने कोई तीसरा पक्ष अर्थात् ख्रुश्चेव रखेंगे और इस प्रस्ताव पर दोनों को सहमत कराने की कोशिश की जाएगी। ख्रुश्चेव ने मुझे लिखा है कि चीनी पक्ष से इस बीच पूछा गया है और भारत के सहमत होने पर चीन इसे मान लेगा।

चिट्ठी में मुझे यह भी कहा गया कि इन प्रश्न पर मैं (अर्थात ख्रुश्चेव) जवाहरलाल के विचार जानना चाहूँगा और इस प्रस्ताव पर जवाहरलाल का मत जानने पर प्रधानमन्त्री ख्रुश्चेव दोनों देशों के सामने इसे रखकर दोनों पक्षों से सन्धि पर हस्ताक्षर कराएँगे और यह मामला हमेशा के लिए मिट जाएगा, यह भी कहना जरूरी है (चिट्ठी में कहा गया था) कि दोनों पक्षों में से किसी को असुविधा नहीं होने पर यह पूरा प्रस्ताव रखा जा सकता है।

ख्रुश्चेव को लिखी गई मेरी चिट्ठी की प्रतिलिपि और जो उत्तर मैंने पाया उसे लेकर मैं जवाहरलाल से मिला। मैंने जो लिखा था और जिस प्रकार लिखा था, उससे वे बहुत खुश हुए। चिट्ठी को उन्होंने रखना चाहा और रख लिया। उसके बाद उन्होंने उसका उत्तर देखना चाहा। उत्तर पढ़कर वे और भी खुश हुए और सन्तुष्ट हुए।

खुशमिजाजी में थोड़ी देर तक बातचीत करने के बाद उन्होंने हलके ढंग से मुझसे पूछा–"चीनी लोग हमें कहाँ पर बराबर का हिस्सा देंगे?" मैंने उनसे कहा–"वह शायद भारत की पसन्द पर ही छोड़ देंगे और मैं समझता हूँ कि मानसरोवर और उसके आसपास का इलाका उस अक्साई चीन की तुलना में, जहाँ आपके ही विचारानुसार 'एक मुट्ठी घास तक नहीं उगती है' हम लोगों की पसन्द पर और काम का इलाका होगा।"

कई मिनटों तक जवाहरलाल बहुत खुश रहे। इसके बाद उनके चेहरे के भाव बदलने लगे और हिन्दी में उन्होंने यह कहा–"मेरी समझ में नहीं आता, क्या करूँ, खुदकशी कर लूँ। यही एरिया तो चाहते थे, बाकी सब तो बाँट ही दिया और यही एरिया जवाहरलाल ने दे दिया, कम्यूनिस्ट से मिला हुआ है।"

ये बातें सुनकर मेरे मन को चोट लगी और मुझे दुख हुआ। मैंने उनसे पूछा–"ख्रुश्चेव को मैं क्या जवाब लिखूँ।" दो-एक मिनट चुप रहने के बाद उन्होंने मुझे कुछ दिन रुकने के लिए कहा जिससे इस बीच वे अपने महत्त्वपूर्ण सहयोगियों से बातचीत कर सकें। उसके बाद मुझे बतलाएँगे तो मैं ख्रुश्चेव को चिट्ठी लिखूँगा। मैंने जवाहरलाल से कहा था कि इस मामले पर मैं व्यक्तिगत रूप से उनसे और बातचीत नहीं करूँगा। बेशक, यदि वे समझते हैं कि इस मामले में मुझे करना है तो मुझे बुलवा सकते हैं।

उसके बाद मैं जवाहरलाल से कई बार मिला और विभिन्न विषयों पर बातचीत होने पर भी भारत-चीन सीमा-विवाद पर कोई बात नहीं हुई, लेकिन उनके साथ मेरी उपरोक्त बातचीत के 4-5 दिन के बाद ही बतलाया कि जवाहरलाल ने इस विषय पर गोविन्द बल्लभ पन्त के साथ बातचीत की है और जिस प्रकार उन्होंने मुझे कहा था, पन्त का भी मनोभाव वैसा ही है। मेरा खयाल है, सारी चीजें मिट जातीं और आज तक उसमें कोई हेर-फेर नहीं होता।

इसके बाद 62 के तथाकथित चीनी आक्रमण के समय मैं मास्को में था। मैंने यह कहा है कि चाओ एन-लाई के भारत जाने से पहले यह तय हुआ था कि जब तक दोनों प्रधानमन्त्री आपस में मुकाबला नहीं करते, दोनों पक्षों में से कोई भी एकतरफा जनविहीन भूखंड में प्रवेश नहीं करेगा और करने की कोशिश भी नहीं करेगा। जनरल कौल की 'अनटोल्ड स्टोरी' और मैक्सवेल की 'इंडिया चाइना वार' इन दोनों किताबों में यह स्पष्ट है कि चीन ने यह सन्धि नहीं तोड़ी, लेकिन किसी कारण से भारत ने जवाहरलाल के निर्देश में उसे तोड़ दिया। इस पर चीन की सरकार ने भारत सरकार को एक के बाद एक तीन चिट्ठियाँ भेजीं। एक के बाद एक में भारत को सन्धि तोड़ने का दोषी ठहराया। आखिरी दो चिट्ठियों में चीनियों ने कहा कि यदि भारत सन्धि को तोड़ने का कार्यक्रम बन्द नहीं करेगा तो चीन बदले की

कार्यवाही करने के लिए मजबूर होगा। यह सारी चिट्ठियाँ भारत सरकार के प्रकाशन से निकली हैं।

देखा गया कि भारत ने सन्धि तोड़ने का कार्यक्रम बन्द नहीं किया। जनरल कौल और मैक्सवेल दोनों से हम जान पाते हैं कि जनविहीन भूखंड पर उस समय भारत की कई एक डिवीजन भारतीय सेनाएँ थीं। चीनी फौज ने भी तब जनविहीन भूखंड में प्रवेश किया। देखा गया कि उस इलाके में वे सैनिकों की संख्या और हथियारों की दृष्टि से यथेष्ट थे। उन्होंने उस इलाके में हमारे सभी सैनिकों को बन्दी बना लिया, हमारी सेना के हाथ से सभी प्रकार के हथियार तथा गोला-बारूद छीन लिया और जहाँ से आए थे, उसी सीमारेखा के पीछे लौट गए। इस दृष्टि से उन्होंने जनविहीन भूखंड में प्रवेश नहीं किया। चीनियों ने चले जाने के बाद शान्ति स्थापना के लिए फिर कोशिश की। वे एक बार फिर जनविहीन भूखंड में लौट आए और प्रत्येक सैनिक, प्रत्येक हथियार और प्रत्येक वस्तु जो वे हमारी सेनाओं के कब्जे से छीन कर ले गए थे, लौटा दिया और शुरू में वे जहाँ से आए थे, उसी रेखा से पीछे लौट गए। मैंने जो कहा था, इस विषय पर प्रकाशित पुस्तकों से इन सब घटनाओं को मिलाकर आप देख सकते हैं। इसलिए यह एकदम साफ है कि 1962 में तथाकथित 'भारत पर चीनी आक्रमण' उस प्रकार भारत पर कोई आक्रमण नहीं हुआ। इसलिए चीनी फौज ऐसे किसी इलाके में नहीं पहुँची, जो भारतीय प्रशासन के हाथों में हो और वास्तविक लड़ाई ऐसे इलाके में ही सीमाबद्ध थी, जिसे दोनों देशों की सरकारों ने जनविहीन भूखंड के रूप में घोषित किया और मान लिया था।

आखिरी बात। चीनियों के बयान के अनुसार भारत ने ही पहले चाओ एन-लाई और जवाहरलाल के बीच हुई इस सन्धि को तोड़ा कि भारत और चीन एकतरफा ढंग से इस भूखंड में प्रवेश नहीं कर सकते। सच पूछिए तो चीनियों ने केवल उस विशेष भूखंड से हमारी सेनाओं को भगा दिया था और वह भी पहले से कई बार सावधान करने के बाद और उसके बाद भी जैसा कि सभी मानते हैं कि वे अपने प्रशासन के इलाके में वापस लौट गए। इसलिए इस तरह की घटना को भारत पर चीन का आक्रमण नाम देना जरा भी ठीक नहीं है और अभी भी ठीक नहीं हो रहा है।

चीन में हिन्द गुडविल मिशन

[20 सितम्बर, 1951 को पंडित सुन्दरलाल के नेतृत्व में हिन्दुस्तान से एक गुडविल मिशन चीन गया था जिसमें तेरह मेम्बर और दो सेक्रेटरी थे। इस मिशन का चीन में बहुत जोरदार स्वागत किया गया। मिशन ने चीन के काफी हिस्से का दौरा किया। मिशन के सदर पंडित सुन्दरलाल ने इस दौरे में जो खास-खास बयान या भाषण दिए वह यहाँ तारीख वार दिए जाते हैं। –सम्पादक]

1. कैन्टन में भाषण : 22 सितम्बर 1951 को

''पहली अक्तूबर 1951 को हमारे पड़ोसी देश, चीन के नए लोकराज की दूसरी सालगिरह है। इस मौके पर अपने चीनी भाइयों को हिन्दुस्तान की जनता की तरफ से बधाई देने के लिए यह मिशन चीन आ रहा है। हमारे मिशन में हिन्दुस्तान के सब हिस्सों के लोग हैं और जुदा-जुदा रोजगार या काम करनेवाले हैं। आपके महान देश में हम इस वजह से आए क्योंकि हम इससे प्रेम करते हैं और हमारे दिल में इसकी इज्जत है। हम दोनों में रिश्ता आज का नहीं दो हजार वर्ष से ऊपर का है। यह रिश्ता बड़े प्रेम और भाईचारे का करीबी रिश्ता है, सच यह है कि हिन्दुस्तान के पुराने इतिहास का काफी हिस्सा उन बयानों के आधार पर तैयार किया गया है जो आपके सरनाम सफीर, ह्वेन-सांग और फाहियान लिखकर छोड़ गए हैं। हमारे देश के एक विद्वान प्रोफेसर डॉक्टर पी.सी. बागची ने 'हिन्दुस्तान और चीन' नाम की एक किताब लिखी है। उसके लिए बरसों वह आपके देश में रहे और खोज करके जानकारी हासिल की। दुर्भाग्य से उनकी तबीयत आजकल अच्छी नहीं है, इसलिए वह हमारे साथ न आ सके।

''चीनी के बर्तन हिन्दुस्तान क्या, दुनिया भर में मशहूर हैं। इसी तरह से आप के यहाँ का रेशम लासानी है। चीनी कलाकारों और दस्तकारों के काम की तारीफ हमेशा से ही दुनिया भर में होती रहती है। चित्रकारी में भी चीन का मुकाबला कोई नहीं कर सकता है। लेकिन शायद सारे पूरब को जो चीन की सबसे बड़ी देन थी वह है कागज बनाना–यह काम हिन्दुस्तान ने दसवीं सदी में आप से सीखा था।

"बारहवीं सदी के आते-आते हिन्दुस्तानियों की विदेश घूमने की आदत छूट-सी गई। तुर्की राज के जमाने में सिन-क्यांग में हो कर जानेवाला खुश्की का रास्ता बन्द हो गया। इस बारे में ज्यादा जानकारी मशहूर अंग्रेज, मरहूम सर ओरेल स्टीन की किताबों से मिलती है। साइन-इंडिया नाम से इन्होंने कई वृहत् ग्रन्थ लिखे हैं। तकला मकन के रेगिस्तान में भी उन्होंने खोजें कीं। उनसे पता चलता है कि उस जमाने में दोनों देशों में कितना गहरा कल्चरी ताल्लुक था।

"मेरा मिशन ही नहीं बल्कि हिन्दुस्तान के लोग यह चाहते हैं कि यह ताल्लुक फिर पैदा किया जाए। लेकिन केवल समाजी और कल्चरी दायरे में ही नहीं, आजकल की दुनिया के मुताबिक राजकाजी और आर्थिक दायरों में भी यह ताल्लुक पैदा किया जाए। मैं जानता हूँ कि दोनों देशों की भाषा अलग-अलग होना इसमें एक बड़ी रुकावट साबित होती है लेकिन इस रुकावट पर हम हावी हो जाएँगे। वह दिन दूर नहीं जब चीनी जबान और साहित्य के महकमे हमारी सभी युनिवर्सिटियों में खुल जाएँगे। इस सम्बन्ध में शान्ति निकेतन युनिवर्सिटी ने, जिसे स्वर्गवासी डॉक्टर रवीन्द्र नाथ टैगोर ने कायम किया था, कदम उठाया भी है।

"जहाँ तक शान्ति का और तीसरी दुनिया-व्यापी लड़ाई के खतरे का सवाल है, हम हिन्दुस्तान के लोग सोलह आने शान्ति के हामी हैं। हमारे देश के महान नेता महात्मा गांधी ने जो पाठ पढ़ाया है उससे हमें यही प्रेरणा मिलती है। इसके अलावा हिन्द सरकार की एलानिया नीति ही अन्तर-कौमी शान्ति है और यही चीनी लोक राज की भी एलानिया नीति है। लेकिन शान्ति की वकालत के यह माने हरगिज नहीं लगाए जा सकते कि अगर किसी रूप या शक्ल में हम दोनों लोगों के मुल्क पर बाहर से कोई चढ़ाई या हमला करे तो हम उसका मुकाबला करने के इरादे में ही कमजोर पड़ जाएँ। चीनी लोकराज के मुखिया सेनापति जनरल जू देह साफ-साफ कह चुके हैं कि चीन के पिछले सभी इलाकों को हम एक करके रहेंगे। इस बड़े काम में हम हिन्दुस्तानवालों की शुभकामनाएँ आपके साथ हैं। दुनिया में शान्ति का मतलब है कि भाईचारे की बिना पर सारी दुनिया के रहनेवालों का संगठन खड़ा किया जाए, अन्तर-कौमी झगड़े तै करने के लिए लड़ाई के साधन को खारिज कर दिया जाए, सब तरह की शाहियों को, जैसे जागीरशाही, मुल्कशाही, साम्राज्यशाही, चाहे वह पूँजी के जोर पर चलता हो या हुकूमत के जोर पर, खत्म कर दिया जाए, और सब देशों को यह हक हासिल हो कि वह जैसी चाहें सरकार बनाएँ। उनके इस हक में कोई भी दखल नहीं देगा। मैं जानता हूँ कि दूसरे देशों की तरह हिन्दुस्तान में भी कुछ लोग ऐसे हैं–जैसे गद्दी से हटाए गए रजवाड़े, पूँजीपति वगैरा–जो अमरीकी या अंग्रेजी पूँजीपतियों के साथ मिलकर जनता को अब भी चूसना चाहते हैं और यह सोचते हैं कि अगर दुनिया भर में लड़ाई छिड़ जाए तो इससे उन्हें

फायदा होगा। लेकिन ऐसे लोगों का असर आम जनता में रत्तीभर भी नहीं है और न हमें इसे कोई अहमियत देनी चाहिए। आप इत्मीनान रखिए कि हिन्दुस्तान हमेशा शान्ति का अलमबरदार रहेगा। हिन्दुस्तान जानता है कि 'लड़ाई से' जैसा कि हमारे बड़े वजीर पंडित जवाहरलाल नेहरू कहा करते हैं, 'कोई सवाल हल नहीं हुआ करते।''

जब यह पूछा गया कि चीनी लोकराज के बारे में आपका क्या खयाल है तो पंडित जी ने जवाब दिया : ''मेरा क्या सभी हिन्दवासियों का खयाल दो मोट-मोटे उसूलों के आधार पर बना करता है। पहले यह कि चीन में कैसी सरकार कायम हो इसका फैसला सिर्फ चीनी ही कर सकते हैं—वही और सिर्फ वही एक फैसला करने के लिए सबसे बढ़कर और आला मुन्सिफ है। किसी दूसरे को इस मामले में नहीं पड़ना चाहिए। आपने अपने देश में एक बहुत बड़ी क्रान्ति की और दुनिया को जता दिया कि अपने चेयरमैन माओ-त्से तुंग के बतलाए नए लोकराज के उसूलों में आपका विश्वास है। हिन्दुस्तान दिल खोलकर चीनी लोकराज का स्वागत करता है। हम मानते हैं कि चीन दुनिया की एक बड़ी ताकत बन गया है जो शान्ति और तरक्की की पैरोकार है और हमारी दुआ है कि आपको दिन दूनी रात चौगुनी खुशी और कामयाबी हासिल हो और आप सदियों फूलते-फलते रहें।

''दूसरे, हम दोनों देशों के आपसी भाईचारे पर पार्टीबाजी की या स्वार्थी विदेशी ताकतों की दखलअन्दाजी की हवा के झोंकों का कोई असर नहीं पड़ना चाहिए। हिन्दुस्तान से जो बन सका वह उसने किया ताकि सब मुल्क चीन की नई सरकार को चीन की असली सरकार मान लें। फारमूसा या तेवान के हाकिमों को कुल चीन की सरकार का नुमाइन्दा मानने के खिलाफ हिन्दुस्तान ने हमेशा ही आवाज उठाई है। अंग्रेजी कानूनदाँ, प्रोफेसर ओपेन हाइम का कहना है कि किसी नई अन्तर-कौमी शक्ति को मानना या न मानना आपके मन की बात नहीं और न सौदे या चोर बाजारी की चीज है। अन्तर-कौमी कानून या रिवाज के मुताबिक किसी सरकार को मानने का मतलब है कि हम उस सरकार की काबलियत का इकरार करते हैं, कि हम यह कबूल करते हैं कि फलाँ इलाके में वह सरकार और सिर्फ वही सरकार सचमुच चलती है और दूसरी कोई नहीं चलती। पूरब या पश्चिम के सभी कानूनदानों का यह खयाल है। हिन्दुस्तान की यह कोशिश हमेशा रहेगी कि चीनी लोकराज को दुनिया की एक बड़ी ताकत समझा जाए। हम यहाँ पर आपके नए राज को अपनी तरफ से सलामी देने आए हैं। आपने जो काम अब तक किए हैं और जो आगे करने का वादा करते हैं वह ताज्जुब जैसे लगते हैं। पिछले दो दिन में आपकी सरकार के प्रोग्राम के कुछ पहलुओं से जानकारी हासिल करने का मौका हमें मिला। हम आपकी कामयाबी चाहते हैं।''

जब यह पूछा गया कि चीन के बारे में हिन्दुस्तान में जानकारी कितनी है तो पंडित सुन्दरलाल ने जवाब दिया :

"चीन के बारे में हमारे अखबारों में खबरें आती तो लगातार हैं मगर दूरन्देशी उनमें कम रहती है। इसके मुकाबले बेजिंग का विदेशी भाषा प्रेस कमाल का काम कर रहा है। चेयरमैन माओ की किताबें हिन्दुस्तान में छपी हैं और उनके कई-कई एडीशन निकल गए हैं। हिन्दुस्तान में ऐसी किताबों की माँग बढ़ती जाती है जिनसे नए चीन के सब हालात मालूम हों। यह माँग पूरी करनी होगी।

"चीनी लोकराज के बड़े-बड़े नेताओं के नाम–चेयरमैन माओ-त्से तुंग, जनरल जू देह, बड़े वजीर चू-ऑले, नायब-चेयरमैन लिऊ-शाओ-ची–बच्चा-बच्चा जानता है। हिन्दुस्तान के लोग चीनियों और उनके नेताओं के बारे में ज्यादा-से-ज्यादा जानकारी हासिल करना चाहते हैं। आजकल आपका अखबार 'पीपुल्स चायना' भी सबको नहीं मिल पाता है। पेकिंग के विदेशी-भाषा प्रेस का काम और बढ़ा देना चाहिए।"

पंडित सुन्दरलाल से जब यह पूछा गया कि आपको रास्ते में कोई तकलीफ तो नहीं हुई तो उन्होंने मुस्करा कर जवाब दिया–"जब आपके महान यात्री ह्वेन-सांग हमारे देश में आए थे तो राजा हर्ष ने उनको ऐसे तोहफे दिए थे जो राजा ही दे सकता था। अब तेरह सौ साल बाद आप एक हिन्दुस्तानी मिशन का स्वागत कर रहे हैं–ऐसे जोर-शोर के साथ, ऐसे खुले दिल के साथ, ऐसी मुहब्बत और इज्जत के साथ–जो जनता का लोकराज ही कर सकता है, जो वही सरकार कर सकती है जो अपनी जनता के काम के अलावा उनके दिल की भी आईना हो।"

2. बेजिंग रेडियो से ब्राडकास्ट

22 सितम्बर की सुबह को जब हमारा जहाज हांगकांग से चल कर नए चीन की धरती के नजदीक पहुँच रहा था तो हमने तोपें छूटने की आवाज सुनी, कैन्टन के बन्दरगाह की सजावट को दूर से देखा और मिलेट्री बैन्ड की मनोहर आवाज हमारे कान में पड़ी। इससे हम समझ गए कि हमारे स्वागत की कैसी जबर्दस्त तैयारियाँ हैं। उस वक्त से लेकर अब तक–इस वक्त तक–जो मुहब्बत, जो उदारता, जो मेहरबानी चीनी सरकार और चीनी भाइयों ने हमारे ऊपर बरसाई है और जिस जोश और खुशी के साथ हमारा स्वागत किया है, उससे हमारे हिन्द मिशन के हर मेम्बर का दिल फूला नहीं समाता। हम अपने देश वापस जा रहे हैं मगर यहाँ की मीठी याद हमें हमेशा ही बनी रहेगी।

हमने नए चीन के–निजी और सरकारी–दोनों तरह के कारखाने देखे। यहाँ की युनिवर्सिटियाँ देखीं। हमने यहाँ के मजदूरों के, नौजवानों के, औरतों के और तरह-तरह

के संगठनों को असली रूप में देखा। हमने यहाँ की सहयोगी सोसाइटियाँ देखीं, नाटक देखे, सिनेमा देखे। हम नए चीन के बाजारों में, गली-कूचों में और गाँवों में घूमे। हर जगह हमें महसूस हुआ कि नए लोकराज की सभी जमाअतों के लोगों के दिलों में कितना उत्साह और अपने नेता चेयरमैन माओ-त्से तुंग के लिए कितना प्यार है। इन दो बरसों में नए चीन ने वह पेचीदा सवाल हल कर लिये जो बहुत से देशों के नेताओं और सरकारों को परेशान किए हुए हैं। चीन की सरकार ने इतने बड़े मुल्क में से भिखमंगी और इस्मतफरोशी को बिलकुल खत्म कर दिया। इसने वह बेईमानी और रिश्वतखोरी खत्म कर दी जिसके लिए चीन के हाकिम दो बरस पहले सारी दुनिया में बदनाम थे। कारखानों में हमने देखा कि मामूली मजदूर और मैनेजर की तनख्वाओं में कोई बड़ा फर्क नहीं है। कैन्टन में जो बड़ी भारी पेपर मिल है वहाँ पर सबसे कम और सबसे ज्यादा तनख्वाहों में तीन व आठ की निस्बत थी। पेकिंग की एक फैक्टरी में हमने देखा कि एक मजदूर लड़की को जहाँ ढाई सौ कट्टी अनाज हर महीने मिलता था, डायरेक्टर को सिर्फ साढ़े तीन सौ। हमें यह जानकर खुशी हुई कि नए चीन में छोटे से लेकर बड़े-तक, ज्यादातर सरकारी मुलाजिमों को तनख्वाह रुपया या सिक्के के बजाए अनाज की शक्ल में मिलती है। इसी का नतीजा है कि एक कैबिनेट मिनिस्टर या युनिवर्सिटी के वाइस चांसलर के कपड़ों में और मामूली क्लर्क या फैक्टरी-मजदूर के कपड़ों में करीब-करीब कोई फर्क नहीं रहता। महज देखने से एक-दूसरे में तमीज करना मुश्किल था। अगर मजदूरों या किसानों की भीड़ में चेयरमैन माओ खड़े हों तो उन्हें कपड़ों के बल पर तो पहचाना भी नहीं जा सकता। हमने देखा कि नया चीन एक अमली लोकराज और सही मानों में लोकराज है।

चीनी लोकराज की सालगिरह के दिन हमने देखा कि लाखों-करोड़ों लोगों में अपने नए लोकराज और उसके चेयमैन के लिए कितना उत्साह है। उस दिन हमने देखा फौजें कवायद करती चल रही हैं, गोला-तोप-सामान चल रहा है, हवाई जहाज उड़ रहे हैं और लोगों के लम्बे-चौड़े जुलूस चुपचाप ताली बजाते हुए निकल रहे हैं। हमने देखा कि उन सबमें कितनी एकता है, कितनी हिम्मत है और उनके अन्दर क्या कमाल की जान है। हमें यकीन है कि नया चीन अजेय है, इसे कोई नहीं जीत सकता। हमें यह समझाया गया और हमने एहतियात से समझा कि इन दो बरसों में नए चीन ने किस तरह अपनी पैदावार बढ़ा ली, दाम गिरा लिये, महँगाई के सवाल को हल कर लिया, अपने आने-जाने के चकनाचूर साधनों को, जिनमें रेलवे भी शामिल है, किस तरह फिर से बना लिया और उनमें तरक्की भी की, अपने अन्दर आनेवाले और बाहर जानेवाले व्यापार का सिलसिला ठीक बैठा लिया, और सबसे खास बात यह कि अपने यहाँ के बे जमीनवालों को जमीनें दीं। इस सबसे पता चलता है कि यहाँ के नेताओं में तामीर का कितना माद्दा है और लोगों में किस कदर

मुस्तकिल मिजाजी है, जिस पर किसी भी मुल्क को नाज हो सकता है। जो कुछ हमने देखा उससे हमारा यह पक्का यकीन हो गया है कि नए चीन में न तो दूसरों पर हमला करने की इच्छा है न हो सकती है। हमें यकीन है कि नया चीन शान्ति के लिए एक बहुत बड़ा सहारा है और सारी दुनिया के लोगों से मिलकर मेल- मुहब्बत के साथ रहना चाहता है।

हमें यह भी यकीन है कि नया चीन हिन्दुस्तान की दोस्ती की बहुत कद्र करता है। मैं अपने चीनी भाइयों को इत्मिनान दिलाता हूँ कि हिन्दुस्तान के लोगों के दिल में भी चीन की नई सरकार के साथ वैसी ही दोस्ती और भाईचारे की भावना है। अपने महान नेता महात्मा गांधी की सीख के मुताबिक, हिन्दुस्तान शान्ति का हामी है और हमें यकीन है कि चीन और हिन्दुस्तान की दोस्ती विश्व-शान्ति के लिए बड़ा भारी सहारा साबित होगी। मुझे उम्मीद है कि हमारे मिशन के आने से इस दोस्ती के बढ़ने में बहुत मदद मिलेगी। आपस में एक-दूसरे के यहाँ ऐसे मिशनों की तादाद आगे चलकर बढ़ेगी। हमारी युनिवर्सिटियाँ एक-दूसरे के विद्यार्थियों को अपने यहाँ रखकर उनको कुछ तालीम देने का इन्तजाम कर सकती हैं। इसी तरह से तरह-तरह के मिशन—साइंसदानों के, आर्थिक शास्त्रियों के, कलाकारों के, औरतों के, लेखकों के, और मजदूरों के भी एक देश से दूसरे देश में आ-जा सकते हैं।

मैं यह भाषण इस उम्मीद के साथ खत्म करता हूँ—और यह उम्मीद बड़ी पक्की व सच्ची उम्मीद है—कि हिन्दुस्तान और चीन में दोस्ती दिन दूने रात चौगुने बढ़ेगी, दोनों एक-दूसरे के ज्यादा नजदीक आएँगे और तरह-तरह से आपस का यह रिश्ता बढ़ेगा। मैं यह भी उम्मीद करता हूँ कि हिन्द-चीन के इस रिश्ते से दुनिया की कौमों के बीच एकता कायम होने में मदद मिलेगी, उनकी तरक्की होगी और वह फूलेंगे-फलेंगे।

नया चीन जिन्दाबाद! 10-10-1951

3. चीन की सैर

पिछले सितम्बर में हमें नई दिल्ली में चीनी दूतावास की मार्फत चीन की कई लोक संस्थाओं की तरफ से दावतनामे मिले कि हम चीनी लोकराज की दूसरी सालगिरह के मौके पर होनेवाले जलसों में शरीक हों। यह दावतनामे हमने मंजूर कर लिये, लेकिन हमारे पास समय बहुत कम था। फिर भी अलग-अलग सूबों से सम्बन्ध रखनेवाले अलग-अलग लोगों को चीन जानेवाले गुडविल मिशन में शामिल करने की कोशिश की गई। मिशन के अकसर मेम्बर जैसे डॉक्टर जे.सी. कुमारप्पा, सदर कुल हिन्द ग्राम उद्योग संघ, वर्धा डॉक्टर बी.के.आर.वी.राव, डायरेक्टर देहली स्कूल आफ

एकोनामिक्स और श्रीमती हन्ना सेन, सदर कुल हिन्द वीमेन्स कान्फरेन्स आजाद तबके और खयाल से सम्बन्ध रखनेवाले थे। मिशन में किसी कम्यूनिस्ट मेम्बर को शामिल नहीं किया गया था। यह इसलिए किया गया कि ख्याल यह था कि कुछ निष्पक्ष गैर-जानिबदार हिन्दुस्तानी चीन देखकर आएँ और खुद वहाँ के हालात को देखें। सरकार और चीन की अलग-अलग संस्थाओं की तरफ से हमारा बहुत शानदार स्वागत किया गया। जहाँ कहीं हम गए, चीनियों ने अपनी मेहमानवाजी की हद कर दी और इस बात का उन्होंने खास तौर से ध्यान रखा कि हमें कोई तकलीफ न होने पाए।

हम चीन के सात बड़े-बड़े शहरों में गए–(1) कैन्टन, (2) बेजिंग, (3) मुकदन, (4) टेंनट्सन, (5) नानकिंग, (6) शंघाई और (7) हांग-चू। हमने चीन की युनिवर्सिटियाँ देखीं, वहाँ के स्कूलों और कालेजों में गए, कारखानों में गए–उनमें भी जो सरकारी थे और उनमें भी जो निजी थे। हम वहाँ के बाजारों में भी घूमे, हमने चीन की अदालतें भी देखीं और यह देखा कि वहाँ मुकदमों के फैसले किस तरह किए जाते हैं। हमने चीन की अलग-अलग संस्थाओं को देखा और उन संस्थाओं से ताल्लुक रखनेवाले लोगों और दूसरे असरदार चीनियों से बातचीत की। हमने चीन के सिनेमा भी देखे, उनके थियेटरों में भी गए और उनकी खेतीबाड़ी और दस्तकारी की नुमाइशों को भी देखा, जिनमें देहाती दस्तकारियों की नुमाइशें भी शामिल थीं। मुख्तसर यह कि हमने वह सब कुछ देखा जो हम अपने थोड़े से दिनों में दौरे में देख सकते थे। हम चीन में चालीस दिन ठहरे और सच यह है कि इस अरसे में बेहद मसरूफ रहे। हमारे कहीं आने-जाने, उठने-बैठने पर कोई पाबन्दी नहीं थी। हम जहाँ चाहे जा सकते थे और जो देखना चाहते देख सकते थे। चीनी जनता और चीनी हाकिम भी हमसे खिंचे-खिंचे न रहते थे। हमने जो कुछ भी जानकारी हासिल करनी चाही उसमें उन्होंने हमें पूरी-पूरी सहूलियत दी।

दो साल की तरक्की

पिछले दो साल के अन्दर चीन ने जो कुछ किया उसका हम पर बेहद असर पड़ा। जापानी कब्जे के बीच और बाद में कोमिंतांग राज में देश की समाजी और आर्थिक जिन्दगी का ढाँचा बिलकुल टुकड़े-टुकड़े हो गया था। चीन के नेताओं को बिलकुल नए सिरे से अपने देश को बनाना पड़ा। इन दो बरसों के अन्दर वह अपने बरबाद हुए उद्योग-धन्धों को बहाल करने और मुल्क के आर्थिक निजाम को सँवारने में सफल हो गए हैं। रिश्वतखोरी बन्द कर दी गई है और अब वही अफसर जो दो साल पहले तक दुनिया के सब मुल्कों से ज्यादा घूसखोर थे, पारसा बन गए हैं।

यही नहीं, सब मिलाकर जनता का सदाचार भी बहुत ऊँचा हो गया है। इसका सबूत इस बात से मिलता है कि इतने लम्बे-चौड़े और महान देश से वेश्याओं और भिखमंगों का बिलकुल खात्मा हो चुका है। खेती में सुधार किया गया है और जिन लोगों के पास जमीनें नहीं थीं उन्हें जमीनें दे दी गई हैं और अब देश की पैदावार इतनी बढ़ गई है कि जो देश सिर्फ चन्द साल पहले तक दूसरे देशों से गल्ला मँगाता था अब लाखों टन गल्ला दूसरे देशों को भेजता है। उद्योग-धन्धों के मैदान में भी उसने इतनी तरक़्क़ी की है कि अब वह जिन्दगी के हर क्षेत्र में अपनी जरूरत आप पूरी कर लेता है।

समाजी सुधार

चीन में समाजी सुधार भी हुए हैं। खास तौर पर औरतों के सिलसिले में बहुत सुधार हुआ है। चीनी औरत को, जो किसी जमाने में मर्द की सम्पत्ति समझी जाती थी, बराबर के हक दिए गए हैं। शादी के बारे में नया कानून बनाया गया है और एक से ज्यादा पत्नी घर में रखने की मनाही कर दी गई है। बेरोजगारी को खत्म करने की कोशिश की जा रही है और जीवन के हर मैदान में मालदारों और गरीबों, मालिकों और नौकरों, आका और गुलामों के फर्क को मिटाया जा रहा है। कीमतों को एक सतह पर टिकाया जा रहा है और पैदावार बढ़ाकर सिक्के की बढ़ती के मसले पर काबू पाने की कोशिश की जा रही है।

चीनी कम्युनिज्म

क्या चीन एक कम्यूनिस्ट देश है? हम इस बात को ऐन मौके पर पहुँचकर देखना चाहते थे। हमने देखा कि पूरे मुल्क में निजी मिल्कियतों और निजी मिल्कियत वाले कारखानों की हिम्मत बढ़ाई जाती है। यही नहीं बल्कि सरकार इन निजी कारखानों को कच्चा माल भी मुहैया करती है और इस बात की जमानत देती है कि उनका तैयार किया हुआ माल बेचा जाएगा। विदेशी पूँजी लगाने के लिए भी काफी गुंजाइश है। हमने टींटपन, शंघाई और दूसरी बहुत-सी जगहों पर अंग्रेज फर्मों को काम करते देखा। हमने खास तौर से छानबीन की और हमें बताया गया कि चीन के अन्दर ऐसा कोई एक भी कारखाना या जमीन नहीं जो समाजवादी ढंग की मिल्कियत हो। नए चीन की हुकूमत कोई कम्यूनिस्ट हुकूमत नहीं है और न वह एक पार्टी की सरकार है बल्कि वह केवल एक मिलीजुली पार्टी की सरकार है जिसमें देश की तमाम पार्टियों के नुमाइन्दे शामिल हैं। सरकार में ऐसे मेम्बरों की गिनती

सिर्फ एक तिहाई है जिनके बारे में दावे से कहा जा सके कि वह कम्यूनिस्ट है। लेकिन अगर इसके बाद भी यह कहा जाए कि चीन एक कम्यूनिस्ट मुल्क है तो मैं कहूँगा कि चीन का कम्युनिज्म 'चीनी कम्युनिज्म' है जिसमें जनता की पुरानी परम्पराओं को बनाए रखा गया है।

कानूनी अदालतें

चीन ने अपनी कानूनी अदालतों में इन्कलाबी तबदीली की है। और वकालत के पश्चिमी तरीके को एकदम बदल दिया है। किसी ज़माने में केवल शंघाई शहर में बारह सौ वकील रहा करते थे। लेकिन आज वहाँ एक भी वकील नहीं है। इन सबको दूसरे मुँहकमों में ले लिया गया है और सिर्फ पाँच बहुत काबिल वकीलों को सरकार ने खुद नौकर रख लिया है जिनसे पेचीदा मामलों में सलाह ली जाती है। इस तरह न सिर्फ यह कि चीन से मुकदमेबाजी की बीमारी दूर हो गई है बल्कि अब मुक़द्मों के फैसले भी बहुत जल्द हो जाते हैं और इनसाफ सस्ता हो गया है। चीनी सरकार मुजरिमों का सुधार ट्रेनिंग देकर भी करती है और सजा देने के मुकाबले में उनको सदाचार की शिक्षा भी देती है। नई चीनी सरकार ने उन लोगों तक को माफ कर दिया है जिन्होंने कोमिंतांग सरकार से हथियार लेकर नई सरकार से जंग की थी। इसका नतीजा यह है कि वह नई सरकार के सबसे बड़े वफादार बन गए हैं।

तनख्वाहें

चीन में तनख्वाहें सिक्के की बुनियाद पर नहीं बल्कि गल्ले की बुनियाद पर दी जाती हैं। जिन कारखानों में हम लोग गए, हमने देखा कि आम मजदूरों और मैनेजर या डायरेक्टर की तनख्वाहों में तीन और आठ का अनुपात था। एक बिस्कुट फैक्टरी में जहाँ एक मजदूर लड़की महीने में ढाई सौ यूनिट तनख्वाह ले रही थी, फैक्टरी के डायरेक्टर की तनख्वाह साढ़े तीन सौ यूनिट थी। सरकारी महकमों में कम-से-कम तनख्वाह डेढ़ सौ यूनिट और ज्यादा-से-ज्यादा तनख्वाह साढ़े तीन सौ यूनिट है। इसी तरह का फर्क एक युनिवर्सिटी के वाइस चांसलर और एक चपरासी में है। चेयरमैन माओ-त्से तुंग की तनख्वाह भारत के राष्ट्रपति की तनख्वाह के मुकाबले में सोलहवाँ हिस्सा है। इस लिहाज से हम चीन के अन्दर हर किसी कारखाने के मजदूर और मैनेजर में, एक युनिवर्सिटी के वाइसचांसलर और एक चपरासी में पोशाक वगैरा के लिहाज से कोई तमीज नहीं कर सकते।

चीनी हुक्काम देसी उद्योग-धन्धों की हिम्मत बढ़ाते हैं। बेजिंग में हमने एक पूरा बाजार ऐसा देखा जहाँ हाथ का बना हुआ कपड़ा बिकता है। कुछ देहातों में हमने देखा कि लोग हाथ का कपड़ा बुन रहे थे और उनकी औरतें पुराने तरीके पर कात रही थीं। हमने एक बड़ी नुमाइश देखी जहाँ हाथ से तैयार की जानेवाली चीजें रखी हुई थीं।

मजहबी आजादी

चीन में पूरी मजहबी आजादी हासिल है। हमने मसजिदें देखीं जहाँ बाकायदा नमाज अदा की जाती थी, हमने सिक्खों के गुरुद्वारे भी देखे जहाँ ग्रन्थ साहब रखा हुआ था और उसे उसी तरह पढ़ा जाता था जैसे हिन्दुस्तान में। हमने बड़े-बड़े बौद्ध मन्दिर भी देखे जहाँ बड़ी-बड़ी मूर्तियाँ रखी हुई थीं। हांग-चू में ऐसे ही एक मन्दिर की छत गिर पड़ी थी। हमने देखा कि हुकूमत के पैसे से उसे नए सिरे से बनाया जा रहा है।

मैं यह असर लेकर और सन्तुष्ट होकर चीन से वापस आया हूँ कि नया चीन और नए चीन के नेता एशिया की हर कौम के साथ पूरे अमन के साथ रहना चाहते हैं। चीन का ज्यादा ध्यान सिर्फ जंगी सामान बनाने की तरफ ही नहीं है बल्कि ऐसे सामान की तरफ भी ध्यान दिया जा रहा है जो इस्तेमाल में आते हैं।

4. नए चीन का सन्देश

पहली अक्टूबर 1951 को नए चीन के लोकराज की दूसरी सालगिरह थी। चीन की कई संस्थाओं की यह इच्छा हुई कि हिन्दुस्तान व दूसरे देशों के डेलीगेशन इस खुशी के मौके पर उनके साथ शरीक हों। इसलिए उन संस्थाओं ने, जिनमें पाँच खास हैं—कुल चीन पीस कौंसिल, कुल चीन फेडरेशन आफ लेबर, कुल चीन डेमोक्रेटिक विमेन्स फेडरेशन, कुल चीन डेमोक्रेटिक वर्क्स फैडरेशन और कुल चीन फेडरेशन आफ लिट्रेचर एंड आर्टसर्किल्ज ने नई दिल्ली वाले चीनी राजदूत के जरिए हिन्द जनता के एक डेलीगेशन के आने के लिए दावतनामा भेजा और यह इच्छा जाहिर की कि इस डेलीगेशन में हिन्द-चीन दोस्ती संघ कुल हिन्दी पीस कौन्सिल, ट्रेड यूनियन और वुमेन हलकों के प्रतिनिधि, और हिन्दुस्तान के नामी विद्वान, लेखक, साइंसदाँ', शिक्षाशास्त्री वगैरा भी शामिल हों। यह दावतनामा सितम्बर के पहले हफ्ते के आखिर में मिला था और दिल्ली से हवाई जहाज में रवाना होने की आखिरी तारीख 20 सितम्बर थी। इसलिए जल्दी-जल्दी में सब इन्तजाम किया गया। फिर भी

यह कोशिश की गई कि डेलीगेशन में सब सूत्रों के और तरह-तरह की विचारधारा वाले लोग हों।

डेलीगेशन के 13 मेम्बर थे और 2 सेक्रेटरी। चीन में हम लोग 39 दिन तक रहे। दक्षिण से लेकर उत्तर तक हमने चीन के सात बड़े-बड़े शहर देखे—कैन्टन, पेंकिंग, मुकदन, टिन्टसिन, नानकिंग, शंघाई और हांगचू। हम नए चीन की युनिवर्सिटियों, स्कूलों, कालेजों, निजी और सरकारी कारखानों, गाँवों और बाजार-हाटों में भी गए। हमने वहाँ की अदालतों को काम करते देखा, चीन के नए लोकसंगठनों के काम करने के तरीकों को देखा-समझा। हमने वहाँ के सिनेमा, थियेटर, देहाती और दस्तकारी नुमायशें भी देखीं। हमारे ऊपर कोई पाबन्दी नहीं थी। हम जहाँ चाहें जा सकते थे, जो चाहें देख सकते थे। क्या सरकार, क्या जनता, सभी हमारे साथ प्रेम से पेश आते और दिल खोल कर बात करते थे।

हमारे इस दौरे से एक खयाल हर किसी के अन्दर पैदा होता है। वह यह कि क्या हम हिन्दुस्तान के लोग भी नए चीन से कोई सबक सीख सकते हैं। और अगर सीख सकते हैं तो वह सबक क्या है और उससे किस तरह देश की हालत को सँभाला जा सकता है।

चीनी लोग नए लोकराज के कायम होने को 'आजादी' (लिबरेशन) नाम से पुकारते हैं। आजादी के पहले वहाँ पर कोमिनटांग पार्टी का राज था जिसके सिरमौर जनरल चियांग काई शेक थे। उस सरकार की राय थी कि चीन की बढ़ती हुई आबादी की जरूरत के मुताबिक यहाँ अनाज नहीं पैदा होता और इसलिए अनाज बाहर से मँगाना चाहिए। सच यह है कि विदेश से, खास कर अमरीका से, करोड़ों मन गल्ला आया करता था। तिस पर भी देश के किसी-न-किसी हिस्से में अकाल पड़ता था या खाने की कमी की शिकायत रहती थी। कुछ इलाकों में बाढ़ की वजह से खेती करना नामुमकिन था। दूसरों में पानी न बरसने की वजह से बंटाधार हो जाता था। फिर ऊपर से सवारी की दिक्कत थी जिसकी वजह से मुसीबतजदा लोगों की मदद के लिए अनाज इधर से उधर आसानी से आ-जा नहीं सकता था।

आजादी के पहले चीन में कागजी नोटों की इतनी भरमार थी कि सन् 1939 वाली लड़ाई के पहले जितने नोट ज्यादा चलते थे उसके मुकाबले 1770 खरब गुने नोट ज्यादा चलने लग गए थे। सन् 1940 और 1948 के बीच की इस हालत की यह जानकारी हमें चीन के पीपुल्स बैंक के मुखिया से ही मिली है। चीजों के भाव इतनी शिद्दत से बढ़ गए थे कि सुनकर तबीयत दंग रह जाती थी। लड़ाई के पहले हर किसी आदमी का सौ इकाई से काम चलता था तो उस वक्त 1388-4000 खरब इकाइयाँ चाहिए थीं। इसका मतलब यह है कि अगर किसी के पास दस हजार चीनी डालर होते तो उससे वह दियासलाई की एक काँटी भी नहीं खरीद सकता था, पूरी

दियासलाई की पेटी की तो बात ही क्या है। इसके अलावा, लोगों का कहना है कि उस जमाने में चीन के जैसे घूसखोर हाकिम दुनिया में और कहीं मुश्किल से थे। बड़े-बड़े कारखानेवाले, फौजी सामान का व्यापार करनेवाले, जमींदार और रईस लोग ऐश-आराम करते थे और भोग-विलास की जिन्दगी बिताते थे, लेकिन लाखों-करोड़ों गरीबी और बेबसी में पिसे जा रहे थे। इसका जरूरी नतीजा यह था कि बेरोजगारी, वेश्यापन और भिखमंगी का देशभर में बोलबाला था।

1949 में जब नई सरकार ने राज सँभाला तो पहला इरादा उसने यह किया कि देश में से गरीबी खतम करके अनाज की पैदावार बढ़ाई जाए। नई सरकार ने देखा कि चीन की साढ़े सैंतालीस करोड़ आबादी में इकतालीस करोड़ से ऊपर किसान हैं, जिनका एक मात्र सहारा खेती है। लेकिन जमीन की सारी मिलकियत 10 फीसदी जमींदार या रईस किसान के हाथ में थी। बाकी 90 फीसदी गरीब किसान या बेजमीन वाले मजदूर थे। चीन में खेती के लायक 140 करोड़ मौ (करीब 24 करोड़ एकड़) जमीन में से 80 फीसदी जमींदारों और रईस किसानों के हाथ में थी, बाकी 20 फीसदी गरीब किसानों और खेती मजदूरों में बँटी हुई थी, जिनकी तादाद कुल खेती आबादी की 90 फीसदी के करीब थी।

नया जमीन सुधार

नई सरकार ने ठान लिया कि यह अंधाधुन्धी तो खत्म ही होनी चाहिए। 'नया जमीन सुधार कानून' पास किया गया जिसके मुताबिक जमींदारों के पास की सारी बेशी जमीन उनसे लेकर बेजमीन वाले खेती मजदूरों में बाँट दी गई। लेकिन नए हाकिमों ने यह एहतियात रखी कि किसी जमींदार को रोजी के साधनों से महरूम न किया जाए ताकि वह अपने बाल-बच्चों का पेट पाल सके। हर जमींदार के पास कम-से-कम इतनी जमीन छोड़ दी गई जितनी एक मामूली किसान को दी जाती थी। कभी-कभी उससे ज्यादा जमीन भी जमींदार को दे दी गई जिससे वह बड़े मजे में अपनी और अपने बाल-बच्चों की परवरिश कर सकता है। जेवर या नकदी जिसके पास जो कुछ था रहने दिया गया। इसके अलावा अगर किसी जमींदार के पास कोई कारखाना था या वह कोई धन्धा करता था तो उसमें भी हाथ नहीं लगाया गया। यही नहीं, सरकार ने ऐसे कामों में पुराने जमींदारों की मदद की और उनका हौसला बढ़ाया।

चीन के नए हाकिम इस जमीन सुधार कानून को अपनी नई अर्थ-व्यवस्था की बुनियाद मानते हैं। यह सब करिश्मा सरकारी हाकिमों या हुक्मनामों के जरिए से नहीं किया गया बल्कि गाँव वालों ने खुद अपने आप किया। वह जमा होकर आपस में तय कर लेते थे कि अपने इलाके में जमीन सुधार के सिलसिले में क्या किया जाए

और जमीनें कैसे तकसीम की जाएँ। इस कानून की बदौलत आज चीन में 30 करोड़ बेजमीन वाले मजदूर जमीन के मालिक बन गए हैं और ठाठ से अपनी जमीन पर खेती कर रहे हैं। उम्मीद की जाती है कि 1952 के जून तक यह खेती सुधार सारे चीन में पूरा किया जा सकेगा।

अपने यहाँ की खेती की पैदावार सँभालने के लिए सरकार ने दूसरी चीज जो की वह थी लगानबन्दी की हालत ठीक करना। आजादी के पहले लगान नकदी शक्ल में लिया जाता था, लेकिन अब अनाज की शक्ल में लिया जाता है। पहले लगान पैदावार के तखमीने के आधे से कम नहीं लिया जाता था। कभी-कभी तो पूरी की पूरी पैदावार लगान में खप जाती थी और बेचारे किसान को रोजी के लिए कोई दूसरा धन्धा खोजना पड़ता था। लेकिन नए निजाम में सरकार ने यह मुकर्रर कर दिया है कि लगान असल पैदावार का 13 फीसदी से ज्यादा न होगा। पेकिंग के मेयर ने हमें बताया कि लगान में इस कमी कर देने का नतीजा यह हुआ कि दो करोड़ टन गल्ला हमारे किसानों को उनके इस्तेमाल के लिए एक साल में बच गया।

नई सरकार ने इस सिलसिले में तीसरा कदम जो उठाया वह था सिंचाई के साधनों में सुधार करना। बहुत-सी जमीनें ऐसी थीं जहाँ ज्यादा काश्त तभी हो सकती थी जब कि नए-नए कुएँ खोदे जाएँ और पानी इत्मीनान के साथ मिलता रहे। सरकार ने इसके लिए हुक्म दे दिया और लाखों कुएँ जगह-जगह खुद गए। इस काम में सरकार की तरफ से बहुत थोड़ी-सी मदद और उभार की जरूरत थी। गाँववालों ने सामान अपने पास से लगाया, मेहनत अपने आप की। इसी तरह सरकार ने उन जगहों से पीनी निकालने की स्कीमें बनाईं जहाँ अकसर बाढ़ आया करती थी। इस पानी को उन हिस्सों की तरफ भेज दिया गया जो अकसर सूखे पड़े रहते थे। यह काम भी गाँव वालों की मदद से किया गया। सिर्फ ऊपर से सरकारी देखभाल रही। छोटी स्कीमों में भी सरकार ने ज्यादातर गाँववालों से ही मदद ली। इस हुआई नदी योजना की शुरुआत नवम्बर 1950 में की गई। इस योजना में 30 लाख किसानों ने हिस्सा लिया जिन्होंने नवम्बर 1950 से शुरू करके जुलाई 1951 तक करीब 19 करोड़ 50 लाख मीटर मिट्टी हटा फेंकी और नदियों को थामने के लिए जगह-जगह हौज और कुंड बना लिये। इसका नतीजा यह हुआ कि साढ़े पाँच करोड़ आदमी (जो लगभग हमारे उत्तर प्रदेश की आबादी के बराबर हैं) बाढ़ की आफत से हमेशा के लिए बच गए। अभी हाल ही में इस इलाके में जो पहली बार फसल हुई उसे देखकर हर किसी का जी बाँसों उछल पड़ता था। यह बात ध्यान देने की है कि इन स्कीमों के लिए चीन के नए नेताओं ने बाहर से एक पैसा भी उधार नहीं लिया। उन्होंने सब काम अपनी जन शक्ति के बल पर किया। हर कोई जो जरा नजदीक से इन चीजों को देखता है वह महसूस करता है कि किस जोश व लगन के साथ इन लोगों

ने अपना जी-जान लगा दिया। उन्हें खुशी होती है कि हमने अपने देश की खातिर कुछ काम किया। नए चीन के नेता और उनके बेलाग कार्यकर्ताओं ने क्या कमाल के साथ जन-जागृति का काम किया है। यह उन्हीं की मेहनत का फल है कि लोगों के अन्दर मेहनत और कुर्बानी की भावना घर कर गई है। कहने की जरूरत नहीं कि बिना इस भावना के ऐसे काम हुआ भी नहीं करते हैं।

नए चीन में तनख्वाहें

नई चीन सरकार ने चौथी खास बात जो की वह थी हुकूमत के खर्चे को घटाना। आजादी के पहले ज्यादातर अफसरों को ऊँची तनख्वाहें मिलती थीं और बेतहाशा खर्च होता था। नई सरकार ने जहाँ ऊपर के हाकिमों की तनख्वाह कम की, वहीं नीचे वालों की बढ़ा दी। ऐसा लगता है कि नए चीन के नेताओं को यह सूझ गई कि रुपए-पैसे का महत्त्व ज्यादा नहीं होता और इनसान की मेहनत ही असली कीमती और कद्र के काबिल चीज है। इसी वजह से नए चीन में तनख्वाहें नोटों के हिसाब से नहीं बल्कि अनाज के हिसाब से दी जाती है।

सरकारी नौकर दो तरह के हैं—एक वह जिन्हें 'सप्लाई तरीके' पर तनख्वाह मिलती है, दूसरे वह जिन्हें बाकायदा तनख्वाह मिलती है। 'सप्लाई तरीके' में मुलाजिम और उसके बाल-बच्चों को भर पेट खाना और खास तादाद में कपड़े मिलते हैं। उसके बच्चों को तालीम मुफ्त, घरबार को दवा-दारू माफ और जेबखर्च के लिए दस-बीस रुपए हर महीने ऊपर से मिलते हैं। इस सप्लाई तरीके में सूबे के एक गवर्नर या दफ्तर के क्लर्क में कोई फर्क नहीं किया जाता है। दूसरे यानी तनख्वाह वाले तरीके में सरकारी लोग अन्दाजा कर लेते हैं कि फलाँ नौकर और उसके बाल-बच्चों को कुल कितने अनाज की जरूरत होगी, कितना दूध, दवा, कपड़ों वगैरा की और फिर सब को जोड़ कर 'इकाई' बना लेते हैं। इस तरह वह तय कर लेते हैं कि फलाँ आदमी को हर महीने कितनी इकाइयाँ या 'पाइन्ट' मिलने चाहिए। असली रकम की अदायगी गल्ले की शक्ल में न की जाकर गल्ले की कीमत के बराबर नोटों की शक्ल में की जाती है। अगर किसी महीने चीजों के भाव बदले तो उस महीने तनख्वाह भी उस हिसाब से बदल जाती है।

अब जरा देखें कि हमारे हिन्दुस्तानी सिक्के के हिसाब से चीन के सरकारी अफसरों को क्या तनख्वाहें मिलती हैं। चीन में सबसे ऊँची तनख्वाह 600 रुपए के करीब है जो चेयरमैन माओ-त्से-तुंग को मिलती है। सेन्ट्रल केबिनेट के मिनिस्टरों को 440 रुपए मिलते हैं। सरकारी कारखानों, फौज, यूनिवर्सिटी, स्कूल, कालेज, दफ्तरों वगैरा में आम तौर पर सबसे ऊँची तनख्वाह साढ़े तीन सौ रुपए हैं। और सबसे कम

डेढ़ सौ। यही सूरत निजी कारखानों और दफ्तरों में भी है। कुछ ही माहिर या खास तालीम पाए ऐसे लोग हैं जिन्हें तनख्वाह के अलावा एक तिहाई ऊपर से भत्ते के तौर पर मिल जाता है। इस चीज से जहाँ एक तरफ सरकारी खर्च बहुत कम हो गया, वहाँ दूसरी तरफ ज्यादा तनख्वाहवालों और कम तनख्वाह वालों के बीच की खाई बहुत कुछ पट गई, गरीब-अमीर का फर्क दूर हो गया और समाज के अन्दर जो मालदार और नादार के बीच की दीवार थी वह एकदम ढह गई। इसका नतीजा है कि नए चीन में आप सिर्फ कपड़ों को देखकर यह नहीं पहचान सकते कि एक आदमी युनिवर्सिटी का वाइस चांसलर है या चपरासी, कारखाने का मैनेजर है या मजदूर, दफ्तर का इंचार्ज है या क्लर्क। यह बात याद रखने की है कि यह जो कुर्बानी जो सब लोगों ने की—लेकिन असल में यह कुर्बानी नहीं है क्योंकि अपनी बुनियादी जरूरत की सब चीजें सबको मिल ही जाती हैं—तो खुशी से की, दिल से की, जानकर की। हर चीनी को नाज है कि मैं अपने देश और देशवासियों के लिए कुछ-न-कुछ कर रहा हूँ।

सवारी

इसके अलावा नए चीन ने अपने यहाँ सवारी और माल ढोने का इन्तजाम बहुत कुछ सँभाल लिया है जो कोमिनटांग राज में चकनाचूर हो गया था। 1950 के आखिर में 22 हजार किलोमीटर सड़कें जो मरम्मत या बन्दोबस्त न होने की वजह से बन्द और बेकार पड़ी थीं फिर से चालू हो गई हैं। बड़े पैमाने पर नई-नई लाइनें खोल दी गई हैं। कहा जाता है कि आजादी के पहले जितनी सड़कें-रेलें वगैरा थीं, जनवरी 1951 में उनसे पाँच गुना ज्यादा हो गईं। डाक के रास्ते 60 फीसदी बढ़ाए गए, तार 36 फीसदी, टेलीफोन पहले के मुकाबले सवा दो गुने ज्यादा हैं। हवाई रास्ते का भी काफी इस्तेमाल होता है।

स्वावलम्बन

इन तरीकों से और दूसरी ऐसी ही बातों से नए चीन ने महँगाई और कीमतों के घटाव-बढ़ाव पर काबू पा लिया, खेती और कारखानों की पैदावार बढ़ा ली और लोगों का माद्‌दी और नैसिक दर्जा कहीं ज्यादा ऊँचा उठा दिया। आजादी के पहले एक अमरीकन डालर की कीमत जहाँ कई अरब-खरब चीनी यन होती थी वह 1950 में 42,000 यन और 1951 में 22,270 यन रह गई। मार्च 1950 से लेकर मई 1950 तक तीन माह के अन्दर कायदे के साथ कीमतों को ठिकाने पर लगा दिया गया जिस

की वजह से चीजों के औसत दाम 100 से गिर कर 98 पर आए और अब और गिर रहे हैं। इसके खिलाफ इस अरसे में अमरीका में यह दाम 100 से बढ़कर 150 हो गए।

चीन के मुख्तलिफ हिस्सों में लोगों की चीजें खरीदने की ताकत 30 से 53 फीसदी तक बढ़ी है। पिछले दो साल में उत्तर पूर्वी चीन में–जिसमें पाँच सूबे हैं–किसानों की चीज खरीदने की ताकत 69 फीसदी बढ़ी। नई सरकार ने 1949 में चार्ज लिया और 1950 में देश की काया पलट गई। उसी साल अनाज की खेती इतनी बढ़ी कि देहात के साढ़े पच्चीस करोड़ लोग, शहरों के आठ करोड़ और पिछले साल के अकालग्रस्त कहलाने वाले इलाके के चार करोड़ लोगों को खिलाकर इतना अनाज बेशी बचा कि साढ़े चार करोड़ लोग साल भर तक और खाते रहें। 1950 में पिछले बरस के मुकाबले कुल पैदावार चौदह फीसदी ज्यादा थी, और 1951 में 1950 के मुकाबले आठ फीसदी ज्यादा। तखमीना यह है कि 1951 के आखिर में चीन के पास इतना अनाज होगा कि अपनी कुल आबादी को खिलाकर और अगली फसल के लिए काफी जमा रखकर, उसके पास इतना अनाज बचेगा कि दस करोड़ आदमियों को एक साल तक खिलाता रहे। एक बात यह भी काबिले-तारीफ है कि नए चीन में हर सिपाही रोज सात-आठ घंटे खेती का या दूसरा धन्धा करता है। सिर्फ वह सिपाही जो असली मोर्चे में लड़ते हैं इस खेती के काम से बरी रहते हैं। इससे न सिर्फ फौज का खर्च घटता है बल्कि खेती की पैदावार बढ़ती है और सिपाही और गैरसिपाही में आपस का भाईचारा कायम रहता है।

कारखाने

खाने के अलावा जरूरत की करीब-करीब दूसरी सभी चीजों में चीनी लोग इन दो बरस में स्वावलम्बी हो गए हैं। इस सिलसिले में उन्होंने जो एक खास तरीका अपनाया है, वह है एमुलेशन ड्राइव यानी होड़बाजी। वह मजदूर या कारीगर जो खास तौर से ज्यादा पैदा करते हैं या अपने काम में कोई नई ईजाद करते हैं उनकी बहुत वाहवाही होती है और सारे देश में उनके नाम का प्रचार किया जाता है। और वह 'आदर्श कार्यकर्ता', 'मजदूर बहादुर', 'सूबाई मजदूर बहादुर' या 'कुल चीन मजदूर बहादुर' के नाम से मशहूर होते हैं।

चीनी नेता अपने देश में कारखाने फैलाने की भरसक कोशिश कर रहे हैं। साथ-ही-साथ वह इतने व्यावहारिक भी हैं कि अपने यहाँ किसी आदमी को निठल्ला नहीं रहने देते। अपने यहाँ के देहाती धन्धों को उन्होंने ध्यान के साथ सँभाल लिया है। पेकिंग राजधानी में एक बाजार का बाजार ऐसा है जहाँ रोज सबुह छै से नौ बजे

तक सिर्फ हाथ का बुना कपड़ा मिलता है। सूत कुछ हाथ का होता है और कुछ मिल का। चीनी लोग हथ-कते और हथ-बुने कपड़े को 'थुपु' कहते हैं। डॉक्टर कुमारप्पा, मैं और कुछ भाई उनके गाँव में गए जहाँ हमने उनके चरखे व करघे चलते देखे। हमने देखा कि उनकी चीजें हमारे यहाँ के मुकाबले ज्यादा सीधी-सादी हैं। शंघाई में हमने एक जगह देखा कि पुराने ढंग के 200 चरखों पर खराब और बेकार ऊन को कात कर सूत तैयार कर रहे हैं। हमारे मेजबानों को जब पता चला कि हमें हाथ की कती और हाथ की बुनी चीजों में दिलचस्पी है तो हमारे मिशन के हर मेम्बर को चीनी खादी के दो-दो थान भेंट दिए गए।

आज चीन में खाने-पीने की हर चीज काफी तादाद में मिलती है और ऐसे दाम पर कि हर कोई खरीद सके—न दाम का कन्ट्रोल है, न कपड़े या अनाज की वहाँ राशनिंग है। वहाँ के ट्रेड यूनियन भाव को ठीक रखते हैं। न कोई झिक-झिक होती है, न कोई चोरबाजारी करता है और न कोई जमा कर लेता है। सट्टेबाजी सरकारी हुक्म से बन्द कर दी गई क्योंकि यह बनावटी तौर पर कीमतें घटाती-बढ़ाती है।

समाज सुधार

अब हम उन समाज सुधारों पर विचार करेंगे जो नई सरकार ने किए। पेकिंग के बारे में यह कहा जाता है कि जब नई सरकार ने चार्ज लिया तो वहाँ तीन हजार वेश्याएँ थीं, लेकिन आज एक भी नहीं है। यही हाल दूसरे शहरों और कस्बों में भी था। नई सरकार ने इतने बड़े देश से वेश्यापन मानो एकदम उठा ही दिया। यह सुधार भी कोई सरकारी हुक्मनामे से नहीं किया गया, न मजबूरी या जबर्दस्ती से, बल्कि समझा-बुझा कर और लोगों की मर्जी से। नायब बड़े वजीर को-मो-जो ने हमें बताया कि किस तरह उन सब बहनों को समझा-बुझा कर, दस्तकारी सिखाने के नए-नए दर्जे खुलवा कर, जहाँ वह अपनी रोजी इज्जत के साथ कमाने का जरिया निकाल लें, और इज्जत वाले लोगों से उनकी शादी करके उन्हें सही-सही रास्ते पर लाया गया। इसी तरह से नए चीन ने भिखमंगी खत्म कर दी। पहले के सारी भिखारी आज किसी-न-किसी पैदावारी प्रोग्राम में काम कर रहे हैं। आज चीन में बेरोजगारी नहीं है। जब हमने पेकिंग के मेयर से पूछा—"कहिए, आपके यहाँ आबादी का मसला कैसा है।" उन्होंने मुस्करा कर जवाब दिया—"हमारे यहाँ आबादी का मसला है ही नहीं। आप चाहें तो कुछ भाई-बहनों को यहाँ भेज दीजिए।"

शहरों में मकान या रहने-सहने की पूरी सुविधा है। अफीम खाना-पीना मुल्क भर में मना है। किसी तरह का जुआ, सट्टा या रेसकोर्स वहाँ नहीं खेले जा सकते। शादी का जो नया कानून बना है वह वहाँ की एक खास चीज है। उसके आधार

पर औरतों को बराबर के हक मिल गए हैं, उनका दर्जा ऊँचा उठ गया है और एक मर्द-औरत की सिर्फ एक शादी का चाल पड़ गया है। शादी के सिलसिले में पैसे का लेन-देन एकदम बन्द हो गया है। आज वहाँ के समाजों या जीवन के दूसरे किसी पहलू में औरतें मर्दों के बराबर का हिस्सा लेती हैं। टेटसिन से पेकिंग जानेवाली एक रेल है जिसमें ड्राईवर से लेकर गार्ड तक सभी चलानेवाले औरतें हैं।

हमने नए चीन के सिनेमा और थियेटर देखे। उनसे काफी तालीम हासिल की जा सकती है और ज्यादातर में जागीरशाही, पूँजीशाही व साम्राज्यशाही की बुराइयाँ दिखाई जाती हैं। इन खराब शाहियों के मुकाबले चीनी लोग अपनी एक नई शाही पेश करते हैं जिसे उन्होंने 'कौमी पूँजीशाही' नाम दिया है और उसकी तरफ लोगों की दिलचस्पी बढ़ाते हैं। यहाँ की फिल्मों में मर्द-औरत के बराबरी के हक पर बेहद जोर दिया जाता है, मेहनत को सबसे बुलन्दी का दर्जा दिया जाता है और तमाम दुनिया के रहनेवालों की एकता का विचार फैलाया जाता है। देखनेवालों के दिल व दिमाग पर असर करनेवाली और बहुत-सी चीजें होती हैं। लेकिन किसी भी फिल्म में कोई ऐसी बात हमें नहीं मिली जिसे गन्दी या भद्दी कहा जा सके।

अदालतें

नए चीन ने अपनी अदालतों को एकदम बदल दिया है। उनके यहाँ तीन तरह की अदालतें होती हैं, जैसे हमारे यहाँ जिला अदालत, सूबा हाई कोर्ट और सुप्रीम कोर्ट है। पश्चिमी ढंग की वकालत का तरीका चीन में रह ही नहीं गया। वकील और बैरिस्टर नदारद हैं। जज फरीकों या गवाहों से खुद आमने-सामने बात करते, मामले की जाँच करते, मौका महल जाकर देखते और फिर फैसला देते हैं। अगर जरूरत पड़ी तो कुछ कानूनी माहिरों से मदद लेते हैं। इन कानूनी माहिरों को 'जनता के हकों के रखवाले' कहा जाता है। इन्हें सरकार से तनख्वाह मिलती है। यह लोग किसी भी पार्टी से एक पैसा भी नहीं ले सकते। नतीजा यह है कि नए चीन में इनसाफ सस्ता होता है। जल्दी होता है और सच्चा होता है। यह चीज शायद ही किसी दूसरे देश में मिले।

चीन में धार्मिक आजादी पूरी तरह से मिलती है। हमने कई जगह पर मसजिदें, गुरुद्वारे और मन्दिर देखे जहाँ लोग आजादी के साथ पूजा-बन्दगी कर रहे थे। लेकिन बदकिस्मती है कि चीन में जो मजहब या बोलचाल की आजादी है उसके बारे में अजब-अजब गलतफहमियाँ फैली हुई हैं। इसलिए हम चीनी विधान की पाँचवीं धारा को यहाँ पेश करते हैं जिससे पता चलता है कि यह गलतफहमी कितनी बेजा है–

''चीनी लोकराज में लोगों को विचार, बोलचाल, प्रकाशन, मिलना-जुलना, चिट्ठी-पत्री, रहन-सहन, आने-जाने, धार्मिक-मत, जलूस निकालने और प्रदर्शन करने-कराने की आजादी रहेगी।'

नए चीन की सरकार कम्यूनिस्ट सरकार नहीं है। न वह पार्टी सरकार है। यह दरअसल मिली-जुली (को-एलीशान) सरकार है जिसमें सभी राजकाजी पार्टियों के नुमाइन्दे शरीक हैं। सरकारी हाकिमों में सिर्फ एक तिहाई ऐसे हैं जो कम्यूनिस्ट पार्टी से ताल्लुक रखते हैं।

सारे चीन में निजी जायदाद रखने का हक माना जाता है और निजी जायदाद लोग रखते भी हैं। निजी व्यापार, लेन-देन और कारखानों को तरक्की दी जाती है। हमने देखा कि टिटसिन, शंघाई और दूसरी जगहों पर अंग्रेजी कम्पनियाँ खूब व्यापार कर रही हैं। अगर नया चीन कम्यूनिस्ट है तो उसका कम्यूनिज्म 'चीनी कम्यूनिज्म' है जो उसकी तासीर के मुताबिक है और वहाँ के लोगों के रिवाज से मेल खाता है।

तीन गुण

नए चीन में तीन गुणों पर खास जोर दिया जाता है–'ईमानदारी, सादगी और देश की सेवा।' इन तीनों को चीनी विधान में खास तौर से शामिल किया गया है। बाहर से आनेवाला कोई भी बेलाग आदमी चीन को देखकर यह महसूस करेगा कि क्या यहाँ की जनता और क्या सरकार, सब-के-सब फिलहाल एक साथ मिलकर इन तीनों गुणों पर अमल करने पर तुल गए हैं। नए चीन के कौमी स्वभाव, दिल और दिमाग की बुनियाद इन्हीं तीन अटल चट्टानों पर कायम है।

आजकल चीन कोरिया से लड़ाई लड़ रहा है। तिस पर भी चीन में हमने लड़ाई की चर्चा बहुत ही कम सुनी। चीन का आर्थिक संगठन लड़ाई को निशान बनाकर नहीं खड़ा किया गया है बल्कि रोज की जरूरत की चीजों को पैदा करने के इरादे से खड़ा किया गया है। मुकदन के शहर में, जो लड़ाई के हलके के नजदीक था, हमने देखा कि कारोबार बदस्तूर चल रहा है। चीन में लड़ाई के शौकीन लोग हैं ही नहीं। नए चीन और उसके नेता दुनिया के हर दूसरे मुल्क के साथ मिल कर और शान्ति के साथ रहना चाहते हैं। चीन के पिछले दो बरस के कारनामों को देखकर हर कोई इसी नतीजे पर पहुँचेगा कि नए चीन के महान और प्यारे नेता माओ-त्से-तुग केवल एक बहादुर सिपाही ही नहीं हैं बल्कि एक रचनात्मक जौहरी भी हैं।

चीन की तरह से हिन्दुस्तान भी दुनिया के हर देश के साथ मिलकर शान्ति से रहना चाहता है। हमारे प्रधानमन्त्री ने राष्ट्रों के बीच शान्ति रखने की खातिर कोई कदम उठा नहीं रखा। हिन्दुस्तान और चीन की आबादी मिलकर दुनिया के एक

तिहाई से ज्यादा होती है। पक्की और सच्ची बात है कि हिन्दुस्तान और चीन के बीच एक असली और पायेदार मेल दुनिया के अन्दर अमन-शान्ति कायम रखने की सबसे बड़ी जमानत है।

5. दुनिया की शान्ति के अलमबरदार चीन और हिन्दुस्तान

चीन में हम जहाँ-जहाँ गए हमारी इतनी खातिर हुई, इतने प्यार और मुहब्बत से यहाँ के लोग हमारे साथ पेश आए, हमारे हर आराम और आसाइश का इतना खयाल रखा गया, इतने जोश के साथ हमारी हर छोटी-बड़ी सच्ची-झूठी जरूरत को पूरा किया गया कि हम सब-के-सब इस अनोखी आवभगत पर दंग रह गए। हम हिन्दुस्तान वापस जा रहे हैं पर इन चीजों की प्यारी याद हमारे दिल में हमेशा बनी रहेगी।

चीन एक पुराना देश है जिसकी सभ्यता का इतिहास कम-से-कम चार हजार बरस से मिलता है। यही हाल हमारे देश का है। चीन ने दुनिया को कई ऐसी नेमतें दी हैं जिनके बिना इनसानी सभ्यता का फलना-फूलना नामुमकिन था, जैसे सर के लिए टॉप, जांघिया या पायजामा, छपाई के टाइप, कुतुबनुमा, आतिशबाजी और बारूद, इसी तरह हिन्दुस्तान ने जो दुनिया को बहुत सी चीजें दी हैं उनमें से खास हैं हिन्दसे—जो यूरोप में अरबी हिन्दसे कहलाते हैं, और डेसीमल तरीका जो सारे हिसाब-किताब, ज्योतिष और अर्थशास्त्र की बुनियाद हैं। आज से दो हजार साल पहले इन दोनों महान और पुराने देशों में काफी नजदीकी रिश्ता था। इस रिश्ते पर व्यापार, कल्चर और धर्म की छाप थी। यह दोस्ताना रिश्ता था, भाईचारे का रिश्ता था जिससे दोनों देशों को फायदा पहुँचता था और जो दोनों की शान को बढ़ाता था। समय बीतता गया, दोनों देशों में लेन-देन कम होता गया। यह रिश्ता भी उसी चाल से हलका पड़ता गया। बाद में जब पश्चिम के देश हम दोनों देशों पर हावी हो गए और हमारी अपनी-अपनी घरेलू आफतें बढ़ गईं तब इस रिश्ते का चिराग एकदम गुल हो गया। हिन्दुस्तान अंग्रेजी साम्राज्यशाही के शिकंजे में फँस गया और चीन लगभग नौ यूरोपी ताकतों के चक्कर में पड़ कर काफी मुसीबतों का शिकार बना। हिन्दुस्तान में विदेशी राज सौ बरस से ऊपर रहा, करीब इतने ही अरसे चीन परेशान रहा।

खुश किस्मती से दोनों देशों ने करवट बदली। महात्मा गांधी की अनमोल रहनुमाई में हिन्दुस्तान ने चार साल हुए आजादी हासिल की। चीन भी बहादुरी के साथ विदेशी साम्राज्यशाहियों और घरेलू पिछधसीट ताकतों से लड़ता रहा—लड़ता रहा उस प्रेरणा के उभार से जो उसे डॉक्टर सन यात सेन से मिली और उस अनमोल रहनुमाई में जो चेयरमैन माओ-त्से-तुंग से चीन को मिली। इसका नतीजा है कि आज से दो बरस पहले चीन ने सच्ची आजादी हासिल की। हम इस वक्त चीन में जनता

की इस लोकशाही की दूसरी सालगिरह को ही देखने आए थे। और हम आए थे चीन के लोगों को उसके इस महान कारनामे पर बधाई देने।

करीब एक महीना हम यहाँ रह चुके। हमें बेहद अचरज और खुशी यह देख कर हुई कि इतने छोटे से अरसे में चीन किस तरह इतनी तरक्की कर गया और उसने अपनी समाजी और आर्थिक जिन्दगी को–जो करीब-करीब बरबाद हो चुकी थी–कैसे फिर से बना डाला। हमें तो यह जादू-सा लगता है कि कैसे दो बरस के अन्दर चीन ने इतना कमाल कर डाला। उसने अपने उन उद्योग-धन्धों और कारखानों को फिर से खड़ा कर लिया जो चकनाचूर हो चुके थे, और बेहद बढ़ा लिया। उसने अपना सारा माली निजाम मानो फिर से रच डाला, उसने अपने यहाँ के हाकिमों और आम जनता की तरह-तरह की बेईमानियों और बदचलनियों को खत्म कर दिया। उसने इतने लम्बे-चौड़े देश से भीख माँगने और रंडियों के पेशे को मिटा दिया, सारी जनता का नैतिक स्तर ऊँचा उठा दिया, सब-बे जमीन वाले किसानों को जमीन दे कर अपनी खेती की पैदावार इस हद तक बढ़ा ली कि जहाँ तीन बरस पहले उसे दूसरे मुल्कों से लाखों टन अनाज की भीख माँगनी पड़ती थी आज वहाँ वह लाख टन अनाज दूसरे देशों को भेज सकता है। उसने अपने कारखानों में पक्का माल इस तरह और इतनी तादाद में तैयार कर लिया कि आज वह अपनी रोज की जरूरत की हर चीज खुद पैदा कर लेता है। नए चीन ने फर्क मिटा दिया मालिक और मुलाजिम का, गरीब और अमीर का, आका और गुलाम का, उसने चीजों के भाव ठिकाने पर लगा दिए और महँगाई के सवाल को–जहाँ कीमतें आसमान पर चढ़ती चली जाती थीं–ठीक-ठीक हल कर दिया। उसने सारी जनता में एक ऐसी जान डाल दी कि वह जी-जान से काम में जुट गई और देश की खातिर हर कुर्बानी करने को तैयार हो गई। अगर जनता में कुर्बानी का यह जज्बा पैदा न हुआ होता तो इतना सब होना नामुमकिन था। इस सबकी खास वजह है चेयरमैन माओ-त्से-तुंग की अचूक और रचनात्मक रहनुमाई, और उनके बेलाग और सच्चे साथियों का जत्था। चीन का यह एक ऐसा कमाल है जिस पर बिना आँखों देखे यकीन करना मुश्किल है। हम अपने देश वापस जा रहे हैं पर पिछले दो बरस के चीनी इतिहास के जबर्दस्त कारनामे का जो असर हम पर पड़ा है उसे कभी नहीं भूल सकते।

हमें यह भी यकीन है कि चीन और उसके नेता दुनिया की हर कौम के साथ अमन से रहना चाहते हैं। जहाँ-जहाँ हम गए, जिन सभाओं में हम बैठे, जिन बाजारों में हम घूमे, जो गाँव-शहर हमने देखे, कहीं भी हमें कोई भी ऐसा न मिला जिसे लड़ाई की धुन हो। वहाँ लड़ाई की कोई सोचता भी नहीं। चीन में लड़ाई के शौकीन या खून के प्यासे लोगों का पता भी नहीं है। यहाँ का जो आर्थिक संगठन है वह लड़ाई को निशाना बना कर नहीं खड़ा किया जा रहा है, बल्कि रोज के बरतने की चीजों

को तैयार करने के लिए खड़ा किया गया है। जो देश रचनात्मक कामों में इतनी अच्छी तरह लगा हो उसे कहाँ इतनी फुरसत कि लड़ाई की बात करे या इस तरह का कोई प्रोपेगेन्डा रचे, मुकदन तक के नगर में, जो कोरिया की सरहद के पास है, हमने देखा कि सब लोग अपने मामूली कारबार में लगे हुए थे। यही हालत हमने केन्टन में देखी। हमें मालूम होता है कि चेयरमैन माओ न केवल एक दिलेर जनरल ही हैं बल्कि ऊँचे पाए के रचनात्मक लीडर भी हैं। हमें यकीन है कि चीन और उसके नेता सच्चे दिल से अमन-शान्ति चाहते हैं।

इसी तरह से हिन्दुस्तान भी–जिसे महात्मा गांधी से प्रेरणा मिली है–अमन-शान्ति से रहना चाहता है और दुनिया की हर कौम के साथ भाईचारे का सम्बन्ध रखना चाहता है। हिन्दुस्तान की सरकार ने अपने बड़े वजीर पंडित जवाहरलाल नेहरू की रहनुमाई में राष्ट्रों के बीच अमन-शान्ति बढ़ाने के लिए जो कुछ किया जा सकता था किया है। जापानी सुलहनामे जैसी निकम्मी चीज को हिन्द सरकार ने हाथ भी नहीं लगाया। यूनो में चीन को इज्जतदार जगह मिले, इसके लिए हिन्दुस्तान ने जो हो सका वह किया और कर रहा है। वह कर रहा है इस वजह से क्योंकि हिन्दुस्तान मानता है कि यूनो सब राष्ट्रों का संगठन तब तक नहीं कहला सकती जब तक उसमें चीन पूरी तरह शरीक न हो।

सोशलिज्म या कम्युनिज्म की इल्मी बहस में मैं इस वक्त नहीं जाऊँगा। लेकिन मुझे यकीन है कि शायद ही दुनिया में कोई ऐसा विचार होगा जो जरा आगे की सोचता हो और यह न मानता हो कि दुनिया की आर्थिक बेहतरी तभी हो सकती है जब यहाँ किसी-न-किसी तरह का सोशलिस्ट या कम्यूनिस्ट निजाम कायम हो। इस बारे में जो मतभेद हैं वह आखिरी मंजिल के बारे में उतने नहीं हैं जितने इस बात की बाबत कि इस मंजिल तक पहुँचने के लिए जुदा-जुदा देशों में इसकी शक्ल क्या हो और वह कौन तरीके इस्तेमाल किए जाएँ। चीन कम्यूनिस्ट कहा जाता है और चीनी लोग इस बात से इनकार नहीं करते। लेकिन हमने देखा कि चीन में हर कारखाना, जमीन का हर टुकड़ा और हर रोजगार या तो किसी की निजी मिल्कियत है या सरकारी मिल्कियत है। निजी मिल्कियत का हक चीन में माना जाता है और उसकी कद्र की जाती है। निजी कारखाने चलाने के लिए भी लोगों का हौसला बढ़ाया जाता है। हाँ, इस सबके ऊपर सरकार की निगरानी जरूर रहती है। जनता की सरकार यहाँ तक करती है कि निजी कारखानेवालों को कच्चा माल दिलाती है, इनके तैयार माल की बिक्री का जिम्मा लेती है और उनके मालिकों को मुनासिब (20 फीसदी तक) मुनाफा भी खाने देती है। यही नहीं, विदेशी पूँजी, विदेशी कारखानों और विदेशी कम्पनियों को भी बढ़ने-फैलने का काफी मौका नए चीन में दिया जाता है।

चीन की सरकार गैर पार्टी और सब पार्टियों की मिली हुई सरकार है। चीन के नेता सोचते हैं कि अगर कम्यूनिस्ट आदर्श पर वह कभी पहुँचे भी तो कम-से-कम तीस साल उन्हें लग जाएँगे। अपने देश के माली बन्दोबस्त को वह कम्यूनिस्ट न कह 'नया लोकराज' कहते हैं। अगर चीन कम्यूनिस्ट है तो उसका कम्युनिज्म चीनी कम्युनिज्म है जो उसकी जहनियत के मुताबिक है। और उसके पुराने आदर्शों से मेल खाता है।

जाहिर है कि चीन के नजरिए और तर्ज में रूस के नजरिए और तर्ज से फर्क है। तिस पर भी रूसी लोग और रूसी सरकार चीन की मदद कर रहे हैं। इससे पता चलता है कि रूसवालों का दिल कितना बड़ा है और दिमाग कितना वसीअ है। चीन की इस नई तामीर में रूस हर तरह की मदद, तकनीकी हो चाहे कैसी, पहुँचा रहा है। इसके अलावा मार्शल स्टालिन ने कई बार यह सुझाव रखा है कि दुनिया के सभी देश धीरे-धीरे और एक साथ हथियार कम करना शुरू कर दें। यही नहीं, रूस ने अब तक लड़ाई में हाथ नहीं डाला है हालाँकि उसके पड़ोस में ही लड़ाई के गोले गरज रहे हैं। रूस के इस अलग रहने से बहुतों को हैरत भी हुई है।

हम इस सबसे इस नतीजे पर पहुँचते हैं कि कम्यूनिस्ट रूस और उसके नेता भी शान्ति चाहते हैं और दूसरे देशों से मिल कर अमन के साथ रहना चाहते हैं। चीन में मेरी मुलाकात कई अफसर और बाइज्जत रूसी विद्वानों से हुई। उन्हें यकीन है कि उनका आदर्श शान्ति के वातावरण में ही फल-फूल सकता है और लड़ाई से उनके पल्ले कुछ भी नहीं पड़ने वाला है। मुझे इसमें जरा भी शक नहीं है कि रूस अमन का पुजारी है।

इन सब बातों के आधार पर मैं कह सकता हूँ कि रूस—मार्शल स्टालिन की रहनुमाई में, चीन—चेयरमैन माओ की रहनुमाई में और हिन्दुस्तान—पंडित नेहरू की रहनुमाई में—तीनों दुनिया की शान्ति की हिफाजत के लिए साथ-साथ खड़े हो सकते हैं। लाजिमी बात है कि तीनों देशों का विकास अपने-अपने ढंग और तरीके से ही होगा। लेकिन शान्ति के लिए तीनों बेचैन हैं। और सच यह है कि हम एशिया के देशों का एक हो जाना और एक ठोस ताकत बन जाना देखना चाहते हैं। इस वजह से नहीं कि एशिया या एशिया के किसी देश की यह तमन्ना है कि किसी दूसरे इलाके या देश पर अपना राज कायम कर ले, बल्कि इस वजह से कि एशिया के देशों ने पश्चिमी ताकतों की साम्राज्यशाही लालसाओं का शिकार बन कर काफी चोटें खाई हैं और कुछ देश तो आज भी खा रहे हैं। 'एशिया एक हो' की आवाज सामने के खतरे से बचने के लिए सिर्फ बचाव की खातिर है। एशियाई एकता के इस खयाल से न इंग्लैंड को डरने की जरूरत है, न अमरीका को और न पश्चिम के किसी और देश को।

महात्मा गांधी की सीख के मुताबिक हिन्दुस्तान लड़ाई से नफरत करता है। हमारे बड़े वजीर नेहरू ने हाल ही में कहा है कि 'लड़ाइयों से कोई सवाल हल नहीं हुआ करते।' हिन्दुस्तान यह चाहता है कि इंग्लैंड हो चाहे अमरीका, या कोई और देश हो, पश्चिम का हो या पूरब का, वह सब के साथ इन्तहाई दोस्ती के ताल्लुक रखे। मुझे यकीन है कि यही इच्छा चीन की है और यही रूस की भी। हमारा आखिरी मकसद 'एक नई दुनिया' बनाना है, ऐसी दुनिया जिसमें लड़ाई की कोई गुंजाइश न हो, जिसमें सब मुल्कों के लोग अपना भला-बुरा एक-सा देखते हों, जिसमें कोई किसी को चूस न सके, जिसमें किसी देश का दूसरे पर राज न हो और जिसमें सब, सबकी भलाई के लिए काम करते हों।

हिन्दुस्तान और चीन इस मकसद के हासिल करने के लिए एक-दूसरे के हर तरह साथ हैं। हमें उम्मीद है कि दूसरे सभी देश और राष्ट्र इस नेक काम में हमारा पूरी तरह हाथ बटाएँगे।

(अंग्रेजी अखबार 'शंघाई न्यूज' से)

6. चीन को अलविदा

मेरे प्यारे चीनी भाइयो और बहनो!

चालीस दिन हुए हम आपके इस कैन्टन शहर में हिन्दुस्तान से आए थे। उस वक्त जिस मुहब्बत और उदारता के साथ आपने हमारा स्वागत किया था और जो प्यार भरी खातिर-तवाजे आपने हमारी की उससे हमारे दिमागों पर बहुत काफी असर पड़ा था। इसके बाद हम पेकिंग पहुँचे और फिर चीन के दूसरे शहर देखे। मेरा खयाल है आप यह उम्मीद करते हों कि इस अरसे में हमने जो देखा और उसका जो असर हम पर हुआ उसकी कुछ झलक आप को दें। मैं यह काम बहुत खुशी से करता हूँ।

सच बात यह है कि जब आपने हमें बुलाया तो हम दोस्त और हमदर्द बनकर आए। लेकिन हमारे दिमाग में कोई लगाव-झुकाव नहीं था। हमने हिन्दुस्तान में आपके देश की बाबत कुछ सुना था, यहाँ की बाबत बहुत कुछ पढ़ा था। आपके लिए हमारे दिल में काफी इज्जत और प्यार था। फिर भी, हमें बड़ी खुशी इस बात से हुई कि आपके साक्षात दर्शन करने का मौका हमें मिलेगा। और यह मौका हमें मिला। इसके लिए हम आपके बहुत एहसानमन्द हैं।

अब मैं इस चीज पर आऊँ कि हम पर क्या असर पड़ा। बहुत थोड़े से में आपको मैं बताऊँ कि हमारे इस दौरे से हमारा-आपका दो हजार बरस का पुराना रिश्ता फिर से हरा हो गया है। हिन्दुस्तान और चीन में जो दोस्ती थी वह पहले के मुकाबले कहीं ज्यादा गहरी और नजदीक हो गई है। आपको यकीन दिलाता हूँ कि अब यह दोस्ती

पक्की और टिकनेवाली बन गई है। मैं अपनी तरफ से, अपने मिशन की तरफ से और हिन्दुस्तान के लोगों की तरफ से आपको यकीन दिलाता हूँ कि हमारे इस दौरे के बाद दुनिया में कोई चीज ऐसी नहीं है जो हमारे-आपके प्यारे और दोस्ताना ताल्लुकात में कोई खलल डाल सके। सदर साहब! चीन की जनता ने पिछले दो बरस में जो कमाल हासिल किए हैं वह हमने देखे। हमने देखा कि अपने मजदूरों, अपने किसानों, अपनी औरतों और अपनी आम जनता के लिए आप कितना कुछ इस अरसे में कर सके हैं। हमने देखा कि समाजी, आर्थिक और दस्तकारी–कारखाने के मामलों में आपने कितनी हैरतनाक तरक्की की है। इस सबका हम पर गहरा असर पड़ा है। मैं अपने को इतिहास का विद्यार्थी मानता हूँ और मुझे यकीन है कि दुनिया के शायद ही किसी मुल्क ने सिर्फ दो बरस की मुद्दत में इतनी तरक्की की होगी जितनी चीन ने की है।

अपनी तरफ से, अपने मिशन की तरफ से और हिन्दुस्तान की जनता की तरफ से मैं चीनी जनता के आगे सिर झुकाता हूँ जिसने कमाल के कारनामे दिखाए हैं। आपके महान नेता चेयरमैन माओ-त्से-तुंग के आगे सिर झुकाता हूँ। जब जरा खामोशी से मैं यह सोचता हूँ कि आपके देश में इस बार घूम कर हमने क्या-क्या सीखा तो मैं इस नतीजे पर पहुँचता हूँ कि चेयरमैन माओ सिर्फ चीन के ही नेता नहीं हैं बल्कि एक तरह से देखा जाए तो एशिया के प्रमुख लीडर हैं। जैसा मैंने अभी अर्ज किया, यहाँ पर हमने जो कुछ देखा, उससे हमने अपने देश की तरक्की और बेहतरी के लिए काफी सबक लिया है। हमने आपके कारखाने देखे, युनिवर्सिटियाँ देखीं, गाँव देखे, बाजार देखे, संगठन सभाएँ देखीं। हमने आपके यहाँ की अदालतें, कचहरियाँ देखीं। इन सबसे हम इसी नतीजे पर पहुँचे कि चीन ने बहुत तरक़्की की है।

जहाँ तक राजनीति का सवाल है उस दायरे में भी चीन ने पिछले चन्द बरसों में जो फतह हासिल की है वह कोई छोटी चीज नहीं है। मेरा खयाल है कि पश्चिम के साम्राज्यवादियों को यह सबक अच्छी तरह मिल गया होगा कि चीन अजेय है, इसे कोई नहीं जीत सकता। सदर साहब! आपने अपनी स्पीच में कहा कि चीन अब दबी हुई कौम नहीं रह गई। लेकिन हमारी राय कुछ और है। दबी हुई कौम होने-न-होने का कोई सवाल ही नहीं है। आज चीन दुनिया की बड़ी-से-बड़ी और ऊँची-से-ऊँची ताकतों में से है। और चीन की बात छोड़िए, जब हम एशिया का जिक्र करते हैं तो मैं पूछता हूँ क्या कोरिया के चन्द लाख आदमियों ने ही पश्चिम को एक जबर्दस्त सबक नहीं सिखा दिया है? यह वह सबक नहीं है जिसे कोई सहज में भूल जाए। कोरिया ने अपनी हिम्मत दिखाई है। चीन ने अपनी ताकत दिखाई है। अंग्रेजी साम्राज्यवाद के शिकंजे को तोड़ कर हिन्दुस्तान आजाद हुआ है। एशिया की दूसरी कौमें भी या तो आजाद हो गई हैं या आजाद होने जा रही हैं।

यहाँ पर इस जलसे में जिन चार-पाँच देशों के नुमाइन्दे मौजूद हैं उन देशों की कुल आबादी सौ करोड़ के करीब होती है। यह आबादी दुनिया की आबादी का ठीक आधा हिस्सा है। और मैं आपको इत्मिनान दिलाता हूँ कि अगर दुनिया की यह आधी आबादी एक साथ कदम उठाती है तो कोई ताकत ऐसी नहीं है जो इसके आगे ठहर सके। एशिया ने इरादा कर लिया है कि वह आजाद होगा और फिर से बड़ी चीज होगा। साम्राज्यशाही, पूँजीशाही और जागीरशाही का जमाना लद गया। हमेशा के लिए लद गया। जब तक यह चीजें रहती हैं तब तक दुनिया में असली शान्ति कायम ही नहीं हो सकती। और मैं आपसे कहता हूँ, कि एशिया के देशों ने इन शाहियों को खत्म करने का फैसला कर लिया है। इसलिए मैं आपको फिर से यकीन दिलाता हूँ कि साम्राज्यशाही, पूँजीशाही और जागीरशाही के खिलाफ आप जो लड़ाई लड़ रहे हैं उसमें हिन्दुस्तान आपके कन्धे से कन्धा मिलाकर साथ देगा।

एशिया की एकता इस खातिर नहीं है, उसका यह मतलब नहीं है, कि किसी दूसरे देश पर हमला–चढ़ाई की जाए। इसमें कोई शक नहीं कि यूरोप या अमरीका के किसी देश पर हमें धावा नहीं करना है। हमारी ताकत एक जबर्दस्त और दर्दनाक जरूरत का नतीजा है। सौ बरस से ऊपर हुआ हम पश्चिमी साम्राज्यशाही का शिकार बने और मुसीबतें उठाईं। हममें से कुछ तो आज भी, अभी भी, उठा रहे हैं। यही वह खतरा है, यही वह बदकिस्मती है जिसने हम सब को एक कर दिया। काफी बड़े पैमाने तक हम इस चंगुल से निकल आए हैं और जो कुछ बाकी बचा है उससे भी जल्द निकल आएँगे।

इसलिए यूरोप या अमरीका या और कहीं किसी भी देश को एशिया की एकता से खौफ खाने की जरूरत नहीं है। हमारी एकता का मकसद है दुनिया में शान्ति कायम करना। हमारी एकता का मकसद है दुनिया के सब रहनेवाले एक हो जाएँ।

इसलिए, सदर साहब! मैं आपको फिर से यकीन दिलाता हूँ कि इस शान्ति और एकता के कायम करने की आपकी कोशिश में हिन्दुस्तान आपके साथ है। इसके पहले कि मैं खत्म करूँ, एक चीज और कहना चाहता हूँ, लेकिन वह खासगी या निजी बात है। मैं उसके लिए आपकी माफी चाहता हूँ। वह यह है कि इन पाँच हफ्तों में हम जो चीन में रहे तो जिन चीनी भाई-बहनों से मुझे वास्ता पड़ा उनसे मुझे अपने कुटुम्ब जैसी मुहब्बत पैदा हो गई है। मैं अपनी ही नहीं बल्कि अपने मिशन के हर भाई-बहन के दिल की भावना जाहिर करता हूँ जब मैं यह कहता हूँ कि अपने इस सफर में जिन लोगों से हमें वास्ता पड़ा है इनमें से कुछ को तो हम कभी नहीं भूल सकेंगे।

आपने जिस प्यार से हमें यहाँ पर रखा वह हम कभी नहीं भूल सकते। यकीन मानिए कि यहाँ से जाने में हमें तकलीफ ही हो रही है। मुझे ऐसा लगता है मानो

हमें फिर अपने उस भाई से जुदा होना पड़ रहा है जिससे बरसों के बाद मुलाकात हो पाई थी।

सदर साहब! हम—चीन और हिन्दुस्तान—केवल दो देश ही नहीं हैं जिनमें एकता है, बल्कि हम एक ही खानदान के भाई-बहन हैं! मुझे यकीन है कि हमारा रिश्ता महज राजकाजी रिश्ते के मुकाबले कहीं ज्यादा गहरा और सच्चा है। जिन नौजवान लड़के-लड़कियों से मैं यहाँ मिला उनमें अपने बेटों और बेटियों के मुस्कराते चेहरों को कभी नहीं भूल सकता जो हर स्टेशन पर हमें फूलों की मालाएँ दिया करते थे। कैसी अनोखी मुहब्बत! कैसा अनोखा प्यार! इसके अलावा बड़ी उम्र के जो लोग हमारे पास आए और जिनसे हमारा ज्यादा नजदीक का ताल्लुक रहा, वह भी हमारे साथ ऐसे ही व्यवहार करते थे जैसे सगे भाइ-बहनों के साथ किया जाता है। इन मीठी और लुभावनी यादों को लेकर हम हिन्दुस्तान वापस जा रहे हैं। यह याद हमेशा ही हमारे दिल में बनी रहेगी।

हमारी पुरानी किताबों में लिखा है कि सारा इनसानी समाज एक कुटुम्ब है। मैं मानता हूँ कि इस धरती पर रहनेवाले दो सौ करोड़ प्राणी सचमुच एक कुटुम्ब हैं। मैं मानता हूँ वह दिन जल्द आनेवाला है जब हम सब एक कुटुम्ब की तरह रहना शुरू कर देंगे। अगर इसमें कोई अड़चन है तो उसे दूर कर वह दिन नजदीक लाने की कोशिश करेंगे। यही असली मतलब है एशिया की एकता का, यही असली मतलब है हिन्दुस्तान और चीन की एकता का।

कैन्टन 20-10-51

7. शान्ति का आन्दोलन

मुझसे कहा गया है कि चीन में 'अमरीकी हमले का मुकाबला करो' और 'कोरिया की मदद करो' जो आन्दोलन चल रहा है और शान्ति के लिए हिन्दुस्तान और चीन में जो तहरीक चल रही है उन पर अपनी राय जाहिर करूँ। मैं खुशी से 'पीपुल्स डेली' के लिए यह लेख लिखकर यह काम कर रहा हूँ। मुझे यकीन है कि जो खयाल मैं जाहिर कर रहा हूँ वही हिन्दुस्तान के ज्यादातर लोगों का खयाल है।

अन्तर-कौमी मैदान में हिन्दुस्तान हमेशा शान्ति का पैरोकार रहा है। आज भी वह पूरे दिल के साथ शान्ति का पैरोकार है। थोड़ा अरसा पहले हम अंग्रेजी हुकामी और पूँजीवादी साम्राज्यशाही के पंजे में फँसे थे और हिन्दुस्तान में विदेशी हुकूमत का रहना हर हिन्दुस्तानी के लिए शर्म और दुख की बात थी। हम तादाद में तो बहुत थे लेकिन निहत्थे थे। पर चार साल हुए अंग्रेजी साम्राज्यशाही के शिकंजे में से हम निकल आए और आजाद हुए। हमारी आजादी की लड़ाई के रहबर महात्मा गांधी

थे जिनकी याद हाल ही में साथी को मो-जो ने 'शान्ति के लिए शहीद' के नाम से की थी। सचमुच महात्मा गांधी शान्ति के बड़े-से-बड़े अलमबरदारों में थे। किसी भी सूरत या शक्ल से कोई देश अगर दूसरे पर चढ़ाई करे तो वह हमें नफरत की बात लगती है। हमारा विश्वास है कि आजादी पसन्द हर मर्द-औरत का फर्ज है कि ऐसी चढ़ाई या हमले का मुकाबला करने के लिए जो कुछ उससे बन सके करे। चढ़ाई या हमले का अहिंसात्मक ढंग से मुकाबला करने का तरीका हमें महात्मा गांधी ने बताया। हम हिन्दुस्तानियों ने उनके तरीकों को अपनाया और कमाल की कामयाबी हासिल की। साथ-ही-साथ महात्मा गांधी की साफ राय थी कि जहाँ-जहाँ अहिंसात्मक तरीके की वाकफियत लोगों को नहीं है या किसी वजह से वह अमल में नहीं लाया जा सकता तो उस देश के लोगों का यह पाक फर्ज हो जाता है कि चढ़ाई का मुकाबला हथियार के बल से ही करें। उन्होंने हमें सिखाया कि हमले के आगे हाथ पर हाथ धर कर बैठ जाना कायरता ही नहीं जुर्म है। इसलिए हम हिन्दुस्तान के लोगों की अपनी चीनी भाइयों के साथ पूरी हमदर्दी है। भीतरी और बाहरी हमले के मुकाबले में उन्होंने जो मोर्चा लिया उसका हम हर तरह समर्थन करते हैं और उनकी सफलता पर उन्हें बधाई देते हैं।

इधर चन्द बरस में अमरीका की दिलचस्पी पूरब के देशों में बढ़ती जा रही है। अमरीका की जो पालिसी है और जो कारनामे हैं उन पर हिन्दुस्तान की पूरी निगाह है। हमें यह देखकर दुख हुआ कि आजकल की सभ्य या शरीफ कही जानेवाली सरकारें किस हद तक आपे से बाहर बढ़ती चली जाती हैं। और यह किसलिए है? सिर्फ इसलिए कि दूसरे देशों पर उनका फौजी और आर्थिक असर कायम हो जाए। इस अरसे में कोरिया वालों को जो मुसीबतें उठानी पड़ी हैं और जिन आफतों का सामना करना पड़ा उसमें हमारी दिली हमदर्दी उनके साथ है। सारे हिन्दुस्तान की यह इच्छा है कि कोरिया एक हो, वहाँ पर एक राज हो जिसमें किसी बाहर वाले का कोई असर न हो और अपने सब पड़ोसियों से, खास कर चीनी लोकराज से, भाईचारे का उसका ताल्लुक हो।

जहाँ तक विश्व शान्ति आन्दोलन की बात है, उसमें जो रुख चीन ने लिया है हम उसकी ताईद करते हैं। हमने खुद देखा कि चीन के महान नेता, चेयरमैन माओ-त्से-तुंग ने कितने बड़े रचनात्मक काम किए हैं। पिछले दो बरस में उनकी रहनुमाई में चीन ने जो गैर मामूली तरक्की की है उसे देखकर जहाँ हमें अचरज होता है वहाँ बेहद खुशी भी होती है। ऐसा रचनात्मक आदमी अगर अमन का खवाहाँ न होगा तो कौन होगा? अपने देश वापस जाने पर हम अपने भाइयों को अपनी निजी जानकारी के बल पर बताएँगे कि चेयरमैन माओ शान्ति के बड़े-से-बड़े खम्बों में से हैं। हम जानते हैं कि कोरिया के मामले में चीन ने तभी हाथ डाला जब उसकी अपनी

सरहद खतरे में पड़ गई थी। लेकिन यह हाथ जो डाला सो महज अपने बचाव की खातिर डाला। आप जानते होंगे कि हिन्द सरकार ने यूनो और अमरीका को होशियार कर दिया था कि 38वीं पड़ी लकीर के आगे न बढ़ना। महात्मा गांधी से हमें जो प्रेरणा मिली है उसकी वजह से हिन्दुस्तान कौमों के बीच किसी भी तरह की लड़ाई के खिलाफ है। सोवियत रूस ने जो सुझाव इस सिलसिले में पेश किया है उसकी हम बहुत कद्र करते हैं। रूस का सुझाव है कि दुनिया के सभी देश धीरे-धीरे मगर एक साथ हथियारों की बन्दी शुरू कर दें। इसके अलावा रूस का यह भी कहना है कि सभी एटामिक हथियार एक साथ खत्म कर दिए जाएँ। हमें इस बात का अफसोस है कि दूसरे बड़े मुल्कों को यह सुझाव मंजूर न हुए। हिन्दुस्तान दिल से उस दिन का इन्तजार कर रहा है जब सारे देश अपनी मरजी से हथियार छोड़ देंगे, मुल्क के कुल हथियारों को तोड़ कर हल फावड़े की शक्ल दे दी जाएगी, जब इस धरती पर रहनेवाले एक हो जाएँगे और जब हर इनसान यह महसूस करेगा कि मैं एक खानदान का हिस्सा हूँ और इसी तरह काम करेगा।

हिन्दुस्तान में जो शान्ति आन्दोलन चल रहा है उसका यही मकसद है। दूसरे प्रोग्राम भी उसकी मातहती में पूरे किए जा रहे हैं–जैसे शान्ति अपील पर दस्तखत, पंच ताकत सुलहनामे पर इसरार, वगैरा। हमें यकीन है कि दिन-दिन हिन्दुस्तान और चीन में सच्ची दोस्ती और भाईचारा बढ़ेगा। और यही वह चीज है जिसके बल पर दुनिया में सच्ची और मुस्तकिल तौर पर शान्ति कायम हो सकती है।

विश्वधर्म

[इस लेख की कई बातें पडित सुन्दरलाल जी के उस भाषण से ली गई हैं जो उन्होंने एक जून 1941 को बारसी (शोलापुर) में सर्वधर्म सम्मेलन के सभापति के नाते दिया था।–सम्पादक]

अधिकांश प्रचलित धर्मां ने परस्पर विरोधी सम्प्रदायों का रूप धारण कर रखा है। ये धर्म एक-दूसरे के प्रति उग्र हो गए हैं। विश्व-राज्य में यह बात नहीं चल सकती कि उसके नागरिक आपस में घृणा का व्यवहार करें और एक-दूसरे को मलेच्छ, नास्तिक, काफिर आदि कहें। उस राज्य में तो मानव-एकता का आदर्श होगा।

वर्तमान हालत को सुधारने के लिए दो तरह के उपाय काम में लाए गए हैं और लाए जा रहे हैं–

(1) सब धर्मों का अन्त कर देना। लोगों के दिल से धर्म सम्बन्धी भावना को ही मिटा देना।

(2) सब धर्मों का समन्वय करना। उनके समान गुणों और बुनियादी उसूलों की ओर लोगों का ध्यान दिलाना। इन बुनियादी उसूलों को मुख्य और ऊपरी कर्मकांड को गौण मानना। इस तरह धार्मिक मतभेदों को दूर करना और विविध धर्मों के माननेवालों में केवल सहिष्णुता ही नहीं, सम्भाव बढ़ाना।

क्या धर्म का अन्त किया जा सकता है। प्रसिद्ध विद्वान डॉ. भगवानदास जी ने लिखा है कि यह ऐसा ही है, जैसा रोग का इलाज करने के लिए शरीर को ही खत्म कर देना। जब तक मनुष्य को कष्ट और मृत्यु का सामना करना है और वह आगे-पीछे दोनों ओर देखता है, तब तक मानव हृदय और मस्तिष्क को उस धैर्य और सान्त्वना की आवश्यकता रहेगी, जो केवल धर्म ही दे सकता है। यदि बुद्धिमान लोग आम लोगों को सच्चा और वैज्ञानिक धर्म न देंगे, तो वे नासमझ और स्वार्थी पंडे-पुरोहितों के हाथों में रूढ़ियों और अन्धविश्वासों में ही फँसे रहेंगे। धर्म की आवश्यकता से रहित केवल वे ही हो सकते हैं, जो सोच-विचार नहीं कर सकते। उन महात्माओं को भी किसी अलग धर्म की चाह नहीं रहती, जिन्होंने गहरा चिन्तन किया

है और अपनी असीम आत्मा में ही जीवन के रहस्य का पता लगा लिया है। उन्हें धर्म का तत्व मिल चुका है। मानव विकास की आजकल की अवस्था में ऐसे पहुँचे हुए लोग कम हैं, ज्यादातर जन समुदाय को धर्म के किसी बाहरी रूप की भी आवश्यकता रहती है। यही कारण है कि संसार में धर्म जीवित है। वह एक रूप में मिटता है, तो दूसरे रूप में उसका प्रादुर्भाव हो जाता है। रूस के प्रयोग को ही देखें। वहाँ क्या हुआ। देश भर से धर्म को हटा देने की कोशिश की थी, पर अन्त में जनता का प्रबल विरोध देखकर उन्हें इस मामले को छोड़ देना पड़ा। जो हो, रूस में लोगों का अपना धर्म है, गिरजे भी हैं और मसजिद भी। केवल कहीं-कहीं हजरत ईसा और मरियम की जगह लेनिन और स्टेलिन अराध्य देव हैं।

इसलिए धर्मों का अन्त करने की बात छोड़कर हम धर्म समन्वय की ओर ध्यान दें। इस उद्‌देश्य को सामने रखकर समय-समय पर अनेक कान्फ्रेन्स, सभा, सम्मेलन आदि हुए हैं। सन् 1875 में न्यूयार्क (अमरीका) में थियोसोफिकल सोसाइटी कायम हुई। उसके तीन उद्‌देश्य थे–(क) जाति, सम्प्रदाय, रंग आदि का विचार न कर विश्व बन्धुत्व के भाव को फैलाना। (ख) धर्मों, दर्शनों और विज्ञान के तुलनात्मक अध्ययन को प्रोत्साहन देना और मनुष्य की छिपी हुई शक्तियों का पता लगाना।

1893 से कई देशों के प्रमुख नगरों में विविध धर्मों की पार्लियामेंटें हो चुकी हैं। भारतवर्ष में खासकर हिन्दू और मुसलमानों के मेल को लक्ष्य में रखकर कई एकता सम्मेलन हुए हैं। गुरुकुल जैसी कुछ संस्थाएँ अपने सालाना जलसों में सर्वधर्म सम्मेलन करती हैं, जिनमें विविध धर्मों के प्रतिनिधि अपने-अपने धर्म के सम्बन्ध में निबन्ध पढ़ते हैं या व्याख्यान देते हैं।

धर्म समन्वय की दृष्टि से समय-समय पर कुछ पुस्तकें भी लिखी गई हैं, जिनमें डॉ. भगवानदास की 'द असेनशियल यूनिटी ऑफ आल रिलीजन्स' और स्वामी कृष्णानन्द जी की 'ह्यूमेनिज्म' या 'द ह्यूमन रिलीजन' खास हैं।

धार्मिक मतभेदों को दूर करने के लिए समय-समय पर अनेक प्रयत्न किए गए हैं। इन सब उपायों से लाभ हुआ है, पर इनमें से किसी को भी पूरी सफलता नहीं मिली। हर धर्म के अनुयायी अपने धर्म को ही सबसे बढ़कर, सबसे सच्चा या सबसे अधिक विकसित और हितकर मानते हैं यहाँ तक कि जो कोई उसमें कुछ खास सुधार चाहता है या दूसरे धर्मों से उसकी तुलना करता है, वह धर्मद्रोही या नास्तिक बताया जाता है। सुधारकों या मेल-मिलाप करनेवालों का मार्ग कहीं भी सरल नहीं है। यह स्वाभाविक ही है कि कट्टर अज्ञानी और अन्धभक्त लोग इस तरह के काम में रुकावट हों। परन्तु विश्वहित के चाहनेवाले और विश्व-राज्य के अभिलाषी सुधारकों में इतना धीरज होना चाहिए कि वे ऐसी बाधाओं से विचलित न हों,

बल्कि उन्हें अपनी सेवा के बहुमूल्य पुरस्कार के रूप में स्वीकार करें। तभी हम संकीर्ण 'धर्मगत' सीमाओं को लाँघ सकेंगे, सच्चा धर्मभाव पैदा कर सकेंगे और विश्व बन्धुत्व के आदर्श को चरितार्थ कर सकेंगे।

विश्व-धर्म कैसा होगा। पहले हम देखें कि धर्म किसे कहते हैं। धर्म, मजहब, पन्थ, मार्ग, रिलीजन आदि सबका करीब-करीब एक ही अर्थ है। धर्म शब्द 'ध' धातु से बना है जिसके माने आराम करना या सँभालना है। जिस चीज से दुनिया सँभली रहे, उसी का नाम धर्म है। मजहब, पन्थ, मार्ग तीनों के माने रास्ता है। इस दुनिया में आदमी को जिस रास्ते पर चलना चाहिए, जो उसकी भलाई और तरक्की का रास्ता है, उसी का नाम मजहब है। 'रिलीजन' जिस धातु से बना है, उसका अर्थ बाँधना है। जो चीजें मनुष्य जाति को बाँधे रहती हैं, उसे टुकड़े-टुकड़े होने से बचाती हैं, वह उसका रिलीजन है। हिन्दू शास्त्र बतलाते हैं कि धर्म वह है जिससे मनुष्य का इस जीवन में और इसके बाद दोनों जगह कल्याण हो। धर्म के अन्दर अनेक गुणों का समावेश माना जाता है। अलग-अलग आचार्यों ने इन्हें अपने-अपने ढंग से बताया है। इन सब गुणों का आपस में सम्बन्ध है और किसी-किसी का दूसरे में समावेश भी हो सकता है। मनु के अनुसार धर्म के दस लक्षण ये हैं—धीरज, क्षमा, संयम, चोरी न करना, (मन और शरीर की) सफाई, इन्द्रियों को वश में रखना, बुद्धि, ज्ञान, सत्य, और क्रोध न करना। संक्षेप में मनुस्मृति में अहिंसा (दूसरों को शारीरिक या मानसिक कष्ट न देना), सत्य, चोरी न करना, सफाई और इन्द्रियों को वश में रखना—इनको चारों वर्णों का सामाजिक धर्म बताया गया है। मनु का यह भी कहना है कि 'आचारः परमो धर्मः' यानी सबसे ऊँचा धर्म मनुष्य का सद्व्यवहार (नेकी) है।

दूसरे धर्मों में भी इसी तरह की बातें कही गई हैं। अगर हम ऋग्वेद, जेन्द अवस्ता, त्रिपिटक, इंजील, जैन सूत्र और कुरान को बराबर-बराबर रखकर ध्यान से पढ़ें, तो हमें सब धर्मग्रन्थों में आश्चर्यजनक समानता दिखाई देगी। ऋग्वेद के वाक्य और ऋचाएँ ज्यों-की-त्यों जेन्द अवस्ता में पाई जाती हैं। केवल यही नहीं, वेद, स्मृति, अवस्ता, बौद्ध और जैन ग्रन्थ, इंजील के नए और पुराने अहदनामे और कुरान इन सबमें न केवल भाव और विचार ही, बल्कि वाक्य-के-वाक्य इस तरह मिलते चले जाते हैं कि साफ मालूम होने लगता है कि या तो इन सब धर्मग्रन्थों ने एक-दूसरे से लिया है और या कम-से-कम इन सबका एक ही सोता या सरचश्मा है।

मनु के धर्म के दस लक्षणों और हजारों मील दूर के हजरत मूसा की मशहूर दस आज्ञाओं में गहरी समानता है। मनु ने दस के पाँच करके उन्हें मनुष्य मात्र का सामाजिक धर्म बताया है। बुद्ध ने भिक्षुओं के लिए दस 'शीलों' की आज्ञा दी

है। पतंजलि ने अपने योग सूत्रों में इन्हीं में से पाँच को 'यम' और पाँच को 'नियम' बना दिया है। बुद्ध ने जिन पाँच 'नेक कामों' पर जोर दिया है, वे ये हैं–(1) किसी के प्राण न लेना (2) झूठी बात न कहना (3) धोखा या जबर्दस्ती से किसी की चीज न लेना (4) शराब आदि कोई चीज इस्तेमाल न करना (5) व्यभिचार न करना।

जैन सूत्रों में लिखा है–हिंसा, झूठ, चोरी, व्यभिचार, दुनिया के किसी माल को अपना बनाकर बैठ जाना–इन पाँच पापों से बचना, यही सच्चा व्रत है।

ठीक यही चीजें इसी तरह महात्मा जरथुस्त्र के उपदेशों, हजरत ईसा के उपदेशों और कुरान मजीद में मिलती हैं। देखने की बात यह है कि पहली तीन चीजें–किसी की जान न लेना, झूठ न बोलना और चोरी न करना–इन सब में इसी तरह सबसे शुरू में और इसी तरबीब से मिलती हैं।

संसार में बड़े-बड़े धर्मों में हिन्दू धर्म सबसे पुराना और इस्लाम सबसे नया है। भारतवर्ष में इन्हीं दोनों धर्मों के माननेवालों की तादाद ज्यादा है। इन सबसे नए और सबसे पुराने धर्मों में विलक्षण समानता है। कुरान का 'ला इलाह इल्लल्लाह' उपनिषद का 'एकमेवाद्वितीयम' दोनों एक-दूसरे का लफ्जी तरजुमा है। 'अनलहक' का ठीक वही अर्थ है जो 'अहंब्रह्मास्मि' का है। गीता में कहा गया है–

"ईश्वरः सर्वभूतानां हृद्देशेऽर्जुन तिष्ठति"

अर्थात ईश्वर सबके दिल में रहता है। इसी तरह इस्लाम कहता है–

"कलवुल इनसान वैतुर्रहमान"

अर्थात आदमी का दिल रहमान के रहने की जगह है। कुरान में ईश्वर के नामों में सबसे ज्यादा 'इलाह' या 'अल्लाह' नाम आया है। ऋग्वेद में ईश्वर के अनेक नामों में से एक नाम 'इला' भी है। यह शब्द 'इल' धातु से बना है, जिसका अर्थ स्तुति या उपासना है।

इस तरह की सैकड़ों मिसालें विविध धर्मग्रन्थों से दी जा सकती हैं। खासकर गीता और कुरान इन दोनों को आमने-सामने रखकर पढ़ने वालों को कदम-कदम पर इस तरह की सैकड़ों समानताएँ दिखाई देंगी। जरूरत केवल पढ़नेवालों में प्रेम और निष्पक्षता की है। वास्तव में दुनिया के ये सब धर्म ग्रन्थ एक ही आवाज की गूँज हैं और सब एक ही सोते से निकले हैं।

निसन्देह इन सब धर्मों में फर्क भी है, लेकिन फर्क मूल सिद्धान्तों या सदाचार के नियमों में नहीं है। फर्क है पूजा के तरीकों, रूढ़ियों और रस्म-रिवाजों में। और, ये सब बातें गौण हैं। जो आदमी अज्ञानवश इन ऊपरी गौण बातों को ही मुख्य मान लेते हैं और इनके पालने को अधिक महत्त्व देते हैं, वे धर्म को झगड़े की चीज बना देते हैं। फर्क इसलिए है कि वे बातें अलग-अलग देशों और अलग-अलग जमानों में

शुरू हुईं। विचारशील आदमी को चाहिए कि इस रहस्य को अच्छी तरह समझ ले। सब धर्मों के महापुरुषों ने रूढ़ियों के गौण होने पर और विश्वास, हृदय की शुद्धता, प्रेम, सच्चाई, ईमानदारी और परसेवा के मुख्य होने पर जोर दिया है। गीता में कहा गया है–

'जो जिस विधि-विधान के द्वारा ईश्वर को प्राप्त करना चाहता है, उसे ईश्वर उसी रास्ते से मिलता है। अलग-अलग रास्तों से चलकर भी सब लोग एक ही ईश्वर तक पहुँचते हैं।'

गीता ने साफ-साफ कह दिया है कि ईश्वर के दर्शन वही कर सकता है, जिसने अपने आपको जीत लिया है, जो अपने और पराये के भेद-भाव से ऊपर उठ गया है, जो (चिकीर्षु लोक संग्रहम) सबका भला चाहता है, (सर्व भूत हित रतः) सबकी भलाई के कामों में लगा रहता है और (आत्मवत् सर्व भूतेषु) सबको अपने समान समझता है। दूसरे धर्मग्रन्थों में भी इसी तरह की बातें कही गई हैं। इनमें किसी खास जाति या रंग के आदमियों के लिए ही शिक्षा नहीं है, बल्कि सबके हित की बातों का समावेश है। निसन्देह सार्वभौम धर्म का आधार ऐसे ही नियमों के ऊपर हो सकता है। इनमें किसी भी विचारशील आदमी को आपत्ति नहीं हो सकती।

जिस विश्व-धर्म का हम विचार कर रहे हैं, उसमें ऐसे ही व्यापक, सबके मानने योग्य और सबके लिए हितकर सिद्धान्तों का समावेश है। निसन्देह सार्वभौम धर्म का आधार ऐसे ही नियमों के ऊपर हो सकता है। इनमें किसी भी विचारशील आदमी को आपत्ति नहीं हो सकती।

जिस विश्व-धर्म का हम विचार कर रहे हैं, उसमें ऐसे ही व्यापक, सबके मानने योग्य और सबके लिए हितकर सिद्धान्तों का समावेश होगा। वह हमें हर महापुरुष का आदर करना सिखाएगा, राम और कृष्ण को माननेवाला और मोहम्मद और ईसा के गुण जाननेवाला, बुद्ध और जरथुस्त्र को नहीं भुलाएगा। विश्व-धर्म का मूल मन्त्र मानवता की सेवा होगी। मैं हिन्दू हूँ, तुम मुसलमान और वह ईसाई–इन भेदभाव सूचक वाक्यों का तब अन्त हो जाएगा। सबके लिए एक संज्ञा होगी–'मैं इनसान हूँ।' और 'मेरा धर्म इनसानियत है।' ईश्वर है या नहीं और है तो क्या और कैसा, उसकी तरफ से विशेष दूत, अवतार, पैगम्बर आदि आते हैं या नहीं। वह कौन-कौन से तीर्थों में या मन्दिर, मसजिद या गिरजा में रहता है–इन प्रश्नों पर वाद-विवाद करना अनावश्यक होगा। इस तरह के विश्वासों और विचारों में सबको पूरी आजादी होगी। विश्व-राज्य के नागरिक की हैसियत से इन बातों के कारण कोई फर्क नहीं पड़ेगा। विश्व-राज्य केवल यह चाहेगा कि हर आदमी नैतिक गुण सम्पन्न हो, ईमानदार और सच्चा हो, वह समस्त मानव जगत के साथ प्रेम करे और सबकी सेवा और सहायता करता रहे।

क्या विश्व-राज्य में मन्दिर आदि होंगे। यह बात व्यक्तियों की इच्छा पर निर्भर करेगी। बहुत से लोगों के लिए उनका मन ही मन्दिर का काम देगा। उन्हें अलग किसी मन्दिर की जरूरत न होगी। कुछ लोग ऐसे होने सम्भव हैं, जो अपने निजी या सामूहिक उपयोग के लिए किसी पूजालय की जरूरत अनुभव करें। इस विचार से जहाँ-तहाँ पूजालय बन सकेंगे, परन्तु कोई पूजालय किसी भी देश में हो, उसका स्वरूप और उद्देश्य आजकल की तरह भेदभाव पैदा करनेवाला न होकर प्रेम बढ़ानेवाला होगा। वह किसी सम्प्रदाय विशेष का न होकर मनुष्य मात्र का होगा और मनुष्य मात्र के लिए होगा। वह विश्वमन्दिर का नमूना होगा। हम पहले कह चुके हैं कि विश्व-राज्य के नागरिक इतने उदार और विचारवान होंगे कि उनमें यह बात नहीं पाई जाएगी कि कोई आदमी किसी खास महापुरुष, देवता या अवतार का तो भक्त हो और दूसरे का निन्दक। वे इतने ज्ञानवान होंगे कि उन्हें बहस करने की जरूरत न रहेगी कि उस मन्दिर पर शिखर हो या गुम्बद, उसकी शक्ल मसजिद की तरह हो या गिरजा से मिलती हुई। ऐसी तुच्छ बातों को कौन सोचने बैठेगा।

विश्व मन्दिर में हर जाति और देश के महात्माओं, लोकसेवकों और सन्तों की सुन्दर यादगारें होंगी, जिन्होंने मनुष्यजाति की खास सेवा की है और उसके लिए त्याग और कष्ट सहन किया है। ऐसे मन्दिर में जाने पर आदमी के हृदय में ऊँची भावनाएँ जागेंगी और विश्व नागरिकता के अधिक-से-अधिक गुणों के विकास में मदद मिलेगी। वहाँ धर्मग्रन्थों के रूप में सब महानुभावों के जीवन चरित्र और उनकी बड़ी-बड़ी रचनाएँ रहेंगी। विश्व बन्धुत्व के ऊँचे धरातल से लिखी हुई अन्य सुकृतियों का भी वहाँ संग्रह रहेगा। ऐसे साहित्य को अवलोकन करने से कौन धन्य न होगा। ऐसे मन्दिरों के निर्माण के लिए लोकमत तैयार करना हमारा कर्तव्य है। इस दिशा में कुछ काम हम अब भी कर सकते हैं। हमारा हर मन्दिर, मसजिद या गिरजा सब धर्मवालों के लिए समान रूप से खुला हो। उसमें हिन्दू, मुसलमान, ईसाई, पारसी सभी धर्मवाले आजादी के साथ जा सकें, वहाँ पूर्वी, पश्चिमी, काले, गोरे, एशियाई, योरोपियन और अमरीकन आदि का कोई भेदभाव न हो। ऐसा होने पर ही कोई मन्दिर वास्तव में परमात्मा का मन्दिर कहा जा सकता है।

धर्म कहता है कि मनुष्य ईश्वर (ब्रह्म) का अंश है और मानव जीवन का अन्तिम लक्ष्य ब्रह्मत्व को प्राप्त करना है। हमारे लिए यह विशाल संसार ईश्वर का ही रूप है, जिसमें अनेक जातियों, अनेक धर्मों और अनेक रंगों के लोग रहते हैं। जब तक हम उन सबको अपनाने यानी अपना समझने में समर्थ नहीं होते, जब तक हम किसी भी वर्ग या समूह के लोगों को पराया या गैर मानते हैं, तब तक हम ब्रह्म को प्राप्त करने की ओर नहीं जा सकते। परमात्मा का व्यक्त रूप मानवजाति है। धर्मात्मा

बनने का सच्चा मार्ग मानव जाति से प्रेम करना, सबसे सहानुभूति रखना, भेदभाव का विचार मन से दूर करके सबका भला चाहना और सबकी सेवा के लिए तत्पर रहना है।

निसन्देह ईश्वर के निकट पहुँचने और उसकी सच्ची सेवा-भक्ति करने का तरीका यही है कि हम आदमियों की सेवा-सहायता करें, भूखे-नंगों को कपड़ा दें और रोगियों की सेवा-सुश्रुषा करें। आगे की पंक्तियाँ कितनी शिक्षा देनेवाली हैं—मोहम्मद साहब ने एक बार कहा—मरने के बाद अल्लाह पूछेगा ऐ मनुष्य के बेटे! मैं बीमार था और तू मुझे देखने नहीं आया। मनुष्य कहेगा—ऐ मेरे रब्बा! मैं तुझे देखने कैसे आ सकता था, तू तो सारी दुनिया का मालिक है। अल्लाह जवाब देगा—क्या तुझे मालूम नहीं था कि मेरा अमुक बन्दा बीमार था। और तू उसे देखने नहीं गया। क्या तुझे मालूम नहीं था कि यदि तू उसे देखने जाता तो निसन्देह मुझे उसके पास पाता।

पूर्ण भक्ति भाव से तन्मय होकर सेवा करनेवाले महान पुरुषों और स्त्रियों से समय-समय पर संसार को बहुत लाभ पहुँचा है। एक ताजा मिसाल मिस मेरी रीड की है। ये एक अमरीकन महिला थीं। इन्होंने सन् 1891 ई. में चंडग (अलमोड़ा) के कुष्ठाश्रम यानी कोढ़ियों के अस्पताल का काम सँभाला। पूरे बावन वर्ष इन्होंने कोढ़ियों की सेवा की। सैकड़ों स्त्री-पुरुषों को इन्होंने आशा और सुख प्रदान किया। 8 अप्रैल, 1943 को 88 वर्ष की उम्र में इनका देहावसान हुआ। इन्होंने अपनी दोनों मातृभूमियों (अमरीका और भारतवर्ष) की शोभा बढ़ाई। जुदा-जुदा देशों के बीच में जो खाई बनी हुई है, उन पर पुल बाँधने के लिए हर देश के निवासियों में मिस मेरी रीड की भावना भरी होनी चाहिए।

विश्व-राज्य चाहता है कि ऐसे महान पुरुष और स्त्रियाँ अधिकाधिक तादाद में हों, जो दूसरों की सेवा सच्चे प्रेम और निस्वार्थ भाव से करें। सेवा करने में वे अपने दिलों को देश, जाति, रंग या सम्प्रदाय की दीवारों के अन्दर बन्द न रखें तथा मानव जाति और विश्व भर को समान दृष्टि से देखें। यही सच्चा धर्म और यही विश्व-धर्म है।

प्राचीन काल में इस धर्म का पालन करना इतना आसान न था। यद्यपि हर धर्म ने विश्व-बन्धुत्व, मनुष्य मात्र के भातृभाव, वसुधैवकुटुम्बकम् आदि का आदर्श हमारे सामने रखा और इस भावना का प्रचार किया और इससे उसके अनुयायियों में उदारता भी आई, पर उस समय आने-जाने के साधनों की कमी थी, लोगों का जीवन छोटे-छोटे समूहों में बँटा था, एक आदमी अपने गाँव या नगर-राज्य से बाहर के आदमियों से वास्ता न रखता था और अगर यह मालूम भी हो जाता कि उन्हें हमारी सहायता की जरूरत है, तो भी काफी साधन न होने के कारण सहायता देना कठिन था। अब

विज्ञान ने दूर-दूर के आदमियों को एक-दूसरे के नजदीक कर दिया है। अमरीकावाले अगर चाहें तो चीन, भारत या अफ्रीका आदि के आदमियों की खूब सेवा कर सकते हैं। इसी तरह भारतवासी विश्वशान्ति और भाईचारे का सन्देश देश-देश में पहुँचा सकते हैं। विज्ञान ने धर्म-प्रचार की बाधाओं को दूर करके विश्व-धर्म का मार्ग और अधिक प्रशस्त कर दिया है। यह जरूरी है कि आदमी विज्ञान का दुरुपयोग न करे। विज्ञान की सहायता से अब मनुष्य ज्यादा आसानी से विश्व-धर्म का अनुयायी हो सकता है।

एटम और हाइड्रोजन बम के खिलाफ तीसरा विश्व सम्मेलन

एटम और हाइड्रोजन बमों से सबसे अधिक नुकसान अभी तक जापान को उठाना पड़ा है। कुदरती तौर पर जापान में एटम और हाइड्रोजन बम के खिलाफ और फौजें कम करने के हक में एक 'जापान कौन्सिल' है। इस कौन्सिल की तरफ से जापान के अन्दर दो विश्व सम्मेलन पहले हो चुके हैं। तीसरा विश्व सम्मेलन तोक्यो में 6 अगस्त, सन् 1954 से 16 अगस्त, सन् 1954 तक हुआ।

सम्मेलन की तैयारी के लिए एक 'तैयारी क़मेटी' (इन्टरनेशनल प्रिपरेटरी-कमेटी) बनाई गई थी। इंग्लैंड, अमरीका, आस्ट्रेलिया, फ्रांस, चीन, भारत, लंका, बर्मा आदि अनेक देशों के नुमाइन्दे इस तैयारी-कमेटी में शामिल थे।

जापान की जनता और सरकार दोनों दिल से चाहते हैं कि इस तरह के सर्वनाशक हथियारों का बनना और काम में लाया जाना बन्द कर दिया जाए। उनके जो ढेर कुछ देशों ने जमा कर रखे हैं उन्हें नष्ट कर दिया जाए। वह यह भी चाहते हैं कि दुनिया भर के देशों की फौजें धीरे-धीरे, आपसी समझौते से कम कर दी जाएँ ताकि अन्त में युद्ध की सम्भावना दुनिया से मिट जाए। इस काम के लिए जापान के प्रधानमन्त्री और वहाँ की जनता के प्रतिनिधि दोनों दुनिया भर में घूम चुके हैं और भारत भी आ चुके हैं। दुनिया के देशों में शायद जापान ही एक अकेला देश है जिसके विधान की एक धारा में साफ-साफ शब्दों में युद्ध का विरोध किया गया है और यह लिख दिया गया है कि जापान की अन्तर्राष्ट्रीय नीति युद्ध विरोधी नीति होगी।

लेकिन जापान आज बुरी तरह अमरीका के फौजी शिकंजे में जकड़ा हुआ है। छोटे से जापान के अन्दर अमरीका की स्थल सेना, जल सेना और हवाई सेना को मिलाकर कई दर्जन बड़े-बड़े और सैकड़ों छोटे-छोटे अड्डे हैं। ओकीनावा जैसे जापान के टापुओं पर अमरीका का पूरा फौजी कब्जा है। इसलिए जापान की इस समय की अन्तर्राष्ट्रीय नीति भी पूरी तरह आजाद जापानी नीति नहीं समझी जा सकती।

लगभग तीन सप्ताह जापान में रहकर हमने वहाँ के अनेक नगरों जैसे तोक्यो, कामाकुश, योकोहामा, मोकोसुका आदि में और अनेक बड़े-बड़े जलसों में

इन अमरीकी जकड़बन्दियों के खिलाफ जापानी जनता और खासकर जापानी नौजवानों के असन्तोष और उनकी तड़प को अच्छी तरह देखा है। जापानी लोग बहुत धीर, गम्भीर, हद दर्जे के मेहनती और बहादुर हैं। जाहिर है इन गुणों के सामने यह अन्तर्राष्ट्रीय अन्याय देर तक नहीं ठहर सकता, सवाल केवल समय का है।

शायद इस परवशता ही के कारण सम्मेलन के अन्दर कुछ देशों के नुमाइन्दों के आने में भी दिक्कत पेश आई। खासकर नए चीन और रूस के नुमाइन्दों को इजाजत (विजा) मिलने में कुछ कठिनाई हुई। लेकिन किसी तरह मामला हल हुआ। चीन और रूस के नुमाइन्दे सम्मेलन में भाग लेने के लिए समय पर पहुँच सके। मंगोलिया के नुमाइन्दे सम्मेलन समाप्त होने से ठीक एक दिन पहले पहुँचे। कुछ पूर्वीय यूरोप के देशों के नुमाइन्दे आखिर तक भी नहीं पहुँच सके।

फिर भी तोक्यो सम्मेलन खासा जबर्दस्त और सार्वदेशिक सम्मेलन था। अमरीका, इंग्लैंड, फ्रांस, पूर्व जर्मनी, पश्चिमी जर्मनी, आस्ट्रेलिया, हालैंड, रूस, मंगोलिया, चीन, मिस्र, भारत, लंका, बर्मा, आस्ट्रेलिया, न्यूजीलैंड, फिलिप्पाइन्स, इंडोनेशिया, इंडोचाइना, पेरु, पोलैंड, रोमानिया, चेकोस्लोवाकिया, थाईलैंड, कोरिया, पुर्तगाल, वैनेजुएला आदि लगभग तीस देशों और पृथ्वी के पाँचों महाद्वीपों और दुनिया भर की अनेक सार्वजनिक संस्थाओं और अन्तर्राष्ट्रीय संगठनों के नुमाइन्दे सम्मेलन में शामिल थे। इन नुमाइन्दों में बौद्ध, शिन्तो, ईसाई, मुस्लिम, और यहूदी तथा हिन्दू सब धर्मों के माननेवाले, बड़े-बड़े ईसाई पादरी और बौद्ध महन्त, राजनीतिक नेता, प्रोफेसर, डॉक्टर, वकील, लेखक, पत्रकार, दुनिया की पार्लियामेंटों के मेम्बर, मौजूद थे। जापान के नुमाइन्दों में हिरोशिमा और नागासाकी के घायल लोगों के नुमाइन्दे और विकिनी टापू के मछिहारों के नुमाइन्दे भी थे, कुल जापानी नुमाइन्दों की तादाद लगभग चार हजार थी।

दस दिन के सम्मेलन में पहले अलग-अलग व्यवसाय के लोगों की सभाएँ, साइंसदानों की सभाएँ, वकीलों की सभाएँ, ट्रेड यूनियनिस्टों की सभाएँ, माताओं की सभाएँ वगैरह सबने अपने-अपने दृष्टिकोण से उद्देश्यों का समर्थन किया और अपने-अपने बयान लिखकर सम्मेलन के सामने पेश किए। इन सभाओं के अन्दर और सम्मेलन के अन्दर बहसें बहुत ही दिल खोल कर और सफाई के साथ हुईं जो देखने के काबिल चीज थी।

लगभग दो सप्ताह तक सब देशों के शान्तिप्रेमी विचारवान लोगों का रात-दिन पूरी बेतकल्लुफी के साथ एक-दूसरे से मिलते-जुलते, साथ खाते-पीते और खुलकर बातें करते रहना ही कुछ कम बात न थी। साफ दिखाई देता था कि ये लोग अपने को इस देश या उस देश का नागरिक न समझकर, विश्व के नागरिक समझ रहे हैं।

सम्मेलन के अन्दर और उसके चारों ओर के वातावरण में एक नई मानवता जन्म लेती हुई दिखाई दे रही थी। यह साफ चमक रहा था कि आखिर सारा मानव समाज एक कुटुम्ब है, उसे एक कुटुम्ब ही की तरह रहना होगा, और उसकी व्यापक अन्तर्रात्मा एक कुटुम्ब की तरह रहने के लिए बेचैन है।

इस समय दुनिया में दो ही खास संगठन ऐसे हैं जिनमें सब देशों के लोग मिलकर बैठते हैं और सबके मिले-जुले हित की बातें सोचते हैं, एक संयुक्त राष्ट्र संगठन यानी यू.एन.ओ. और दूसरे इस तरह के शान्ति सम्मेलन। फर्क यह है कि संयुक्त राष्ट्र संगठन में अधिकतर सरकारों के नुमाइन्दे होते हैं। उनके मिलने में एक ऊपरीपन, थोड़ी बनावट, कायदों की पाबन्दी और कुछ एहतियात और संकोच कुदरती है जबकि इस तरह के सम्मेलनों में जनता और जन संस्थाओं के नुमाइन्दे होते हैं, जिनमें जाब्तों की बेजा पाबन्दी नहीं होती और लोग कहीं जियादा दिल खोलकर मिलते-जुलते और विचारों का आदान-प्रदान कर सकते हैं और करते हैं।

तोक्यो सम्मेलन के आखिरी फैसले भी दुनिया के लिए बहुत ही अधिक महत्त्व के थे। 16 अगस्त, सन् 1954 को बीस हजार से ऊपर जनता की मौजूदगी में सम्मेलन में तीन प्रस्ताव एक राय से पास हुए। प्रस्तावों के पास होने के समय जनता का जोश देखने ही की चीज थी।

पहला प्रस्ताव सम्मेलन की तरफ से एक एलान के रूप में था जिसे 'तोक्यो का एलान' कहा गया। इस एलान के अन्दर सम्मेलन में शामिल होनेवाले सब देशों के सब प्रतिनिधियों का खास उद्देश्य 'एटमी युद्ध की सब तैयारियों को खत्म करना' बताया गया है, और यह माँग की गई कि–

1. जो सरकारें इस तरह के बमों के तजरबे कर रही हैं वे आपस में एक इस तरह का समझौता करें जिससे यह तजरबे फौरन और बिना किसी शर्त के बन्द कर दिए जाएँ।

2. ऐटम और हाइड्रोजन हथियारों का बनाना, जमा करना और काम में लाना बिलकुल बन्द कर दिया जाए।

3. जिन राष्ट्रों के पास इस तरह के हथियार हैं वह किसी दूसरे देशों में इन हथियारों को हरगिज दाखिल न करने पाएँ।

4. आमतौर पर सब देशों की फौजें खत्म कर दी जाएँ और इस काम पर इस तरह की निगरानी रहे जिसे सब देश मंजूर कर लें। यदि इस तरह सारी फौजों का खत्म करना अभी सम्भव नहीं है तो फिलहाल कम-से-कम सब देशों की फौजों को कम करने का समझौता कर लिया जाए।

5. दूसरे देशों में किसी देश का भी फौजी अड्डे कायम करना और रखना, उन्हें बढ़ाना बन्द हो।

एलान में कहा गया है कि–

"हम इस बात को समझते हैं कि अब अलग-अलग फौजी दलों और अखाड़ों को एक साथ तोड़ देने से, सब फौजी अड्डों को खत्म कर देने से, और सब दूसरे देशों से अपनी अपनी फौजों को हटा लेने से एटमी-युद्ध का खतरा कम हो जाएगा।"

इसके बाद इस एलान में एक ऐसे भविष्य की माँग की गई है जिससे हिरोशिमा और नागासाकी के शहीदों की आत्माओं को शान्ति मिले और, "हर तरह के युद्ध को, नाजायज करार देना और बन्द कराना 'अपना' आखिरी मकसद" बताया गया है।

दूसरा प्रस्ताव संयुक्त राष्ट्र संघ यानी यू.एन.ओ. और दुनिया की सरकारों के नाम एक अपील की शकल में है।

इस अपील में लिखा है कि 'दुनिया के सब लोग इस बात के लिए उत्सुक हैं कि कौमों-कौमों के बीच तनाव घटे, दुनिया की फौजें खत्म हों और एटम और हाइड्रोजन बम खत्म हों।'

इसके लिए सबसे पहली जरूरत इस बात की बताई गई है कि 'एटम और हाइड्रोजन बमों के तजरबे फौरन बन्द किए जाएँ' क्योंकि 'इन तजरबों से एटम और हाइड्रोजन हथियारों की दौड़ तेज होती जा रही है। और दुनिया के लोगों के स्वास्थ्य को खतरा बढ़ता जा रहा है।'

इसके बाद इस अपील में कहा गया है कि जापान के लोग तीन बार इन बमों की बरबादी बरदाश्त कर चुके हैं, इसलिए सब महाद्वीपों के नुमाइन्दों के साथ मिलकर हम जिनमें हिरोशिमा और नागासाकी के घायल लोग भी शामिल हैं, संयुक्त राष्ट्र संघ से और दुनिया की सरकारों से यह माँग करते हैं कि–

"अमरीका, इंग्लैंड और सोवियत रूस फौरन और बिना किसी शर्त के आपस में यह समझौता करें कि एटम और हाइड्रोजन बम के तजरबे बन्द कर दिए जाएँ।"

"इस तरह का समझौता कराने में यू.एन.ओ. अपनी पूरी ताकत लगा दे।"

और "दुनिया की सरकारें इस तरह का समझौता कराने की हर तरह की कोशिश करें।"

अन्त में कहा गया है कि–"उन सब लोगों के नाम पर जो दुनिया की शान्ति और सबकी खुशहाली चाहते हैं, हम यू.एन.ओ. से और दुनिया की सरकारों से अपील करते हैं कि वह हमारी आवाज की तरफ ध्यान दें।"

तीसरे प्रस्ताव में एटम और हाइड्रोजन बम को बन्द कराने और दुनिया की फौजों को खत्म कराने के लिए दुनिया के सब लोगों से मिलकर काम करने की सिफारिश की गई है।

इस प्रस्ताव में कहा गया है कि यू.एन.ओ. की जनरल एसेम्बली पर जोर डालने के लिए और तीनों एटमी देशों से इन तजरबों को बन्द कराने के लिए दुनिया के लोगों को नीचे लिखे काम करने चाहिए–

(अ) अक्टूबर और नवम्बर के महीनों में तारीखें मुकर्रर करके जलसे वगैरह करके यह माँग की जाए कि इन तजरबों को फौरन और बिना शर्त के बन्द किया जाए।

(ब) इस तरह के जलसों की कार्रवाई सीधे या मुखतलिफ देशों की सरकारों की मारफत यू.एन.ओ. के पास भेजी जाए।

(स) इस तरह का आन्दोलन हर देश के लोग अपने-अपने ढंग से करें ताकि अधिक-से-अधिक जनता इसमें साथ दे सके।

इस प्रस्ताव में यू.एन.ओ. की उस 'डिसआरमामेंट सब-कमेटी' यानी फौज तोड़ सब-कमेटी' का भी जिक्र किया गया है जो लंदन में हो रही है, जिसमें पाँच राष्ट्र शामिल हैं और जिसकी वही गरज है जो तोक्यो सम्मेलन की गरज थी।

दुनिया के लोगों से सिफारिश की गई है कि वह अपनी-अपनी सरकारों पर जोर दें कि वे यू.एन.ओ. जनरल एसेम्बली से और लंदन की सब-कमेटी से इस काम को पूरा कराएँ।

इस बात पर जोर दिया गया है कि इस बारे में सब देशों और सब कौमों को मिलकर काम करना चाहिए, खासकर–

1. दुनिया के साइंसदानों ने इस बारे में जो खोज की है उसके नतीजों को सब देशों में फैलाया जाए और जहाँ तक हो सके जल्दी साइंसदानों की एक अन्तर्राष्ट्रीय बैठक की जाए।

2. सब देशों के धार्मिक नेताओं, स्त्रियों, विद्यार्थियों, मजदूरों, मछिहारों, किसानों वगैरह से सिफारिश की गई है कि वे इस नेक और जरूरी काम के लिए दूसरे देशों के इसी तरह के लोगों के साथ मिलकर काम करें।

इस प्रस्ताव में एशिया और अफ्रीका के देशों और शान्त महासागर यानी पैसिफिक ओशियन के किनारे के लोगों से खासतौर पर सिफारिश की गई है कि वह इस काम के लिए मिलकर खड़े हो जाएँ क्योंकि "हाल में इस तरह के जो तजरबे हुए हैं वह अधिकतर इसी इलाके में हुए हैं और इसी इलाके में एटम और हाइड्रोजन हथियार अधिकतर दाखिल किए जा रहे हैं–खासकर ओकीनावा, कोरिया और दूसरी जगहों के फौजी अड्डों में एटमी युद्ध की तैयारियाँ जारी हैं।"

"हम इस बात को भी जरूरी समझते हैं कि इन मकसदों को पूरा करने के लिए जहाँ तक हो सके जल्दी दूसरी अफ्रीकी-एशियाई कान्फरेंस की जाए।"

इस प्रस्ताव के आखिर में उन लोगों की मदद के लिए भी अपील की गई है जिन्हें इस तरह के बमों और तजरबों से नुकसान पहुँचा है।

तीनों खास प्रस्तावों के पास हो जाने के बाद, सम्मेलन समाप्त होने से पहले 'अब और हिरोशिमा नहीं होने देंगे'—नाम का जापानी गाना पूरे बीस हजार आदमियों ने खड़े होकर बड़े जोश और एक आवाज के साथ गाया, गाते समय सब एक-दूसरे की बाँहों में बाँहें डालकर जंजीर की तरह बँधे हुए थे और गाने के स्वर के साथ-साथ सबके-सब दाएँ और बाएँ को झुकते जाते थे, बिलकुल समन्दर की-सी लहरें मालूम होती थीं : जनता की संकल्प शक्ति और जोश दोनों सीमा को लाँघते हुए दिखाई दे रहे थे।

जापान की इस यात्रा में हमने जो खास चीजें देखीं उनमें से एक यह भी थी कि नागासाकी में ठीक उस जगह जिस जगह बारह बरस (1945 में) पहले बम गिराया गया था आज एक बड़ी सुन्दर और ऊँची पत्थर की मूर्ति बनी हुई है। मूर्ति शायद लगभग दस फुट ऊँचे खम्भेनुमा चबूतरे पर बैठे हुए आसन में है : एक पैर नीचे लटक रहा है दूसरा पालथी में है। बदन नंगा है, केवल एक छोटी-सी धोती पत्थर ही में खुदी हुई कमर से लिपटी है। उस धोती का एक सिरा बाएँ कन्धे पर पड़ा है। दाहिना हाथ ऊपर की तरफ उठा हुआ अँगूठे के पास की उँगली से आसमान की तरफ इशारा करता मालूम होता है। बायाँ हाथ सीधा फैला हुआ है, हथेली नीचे की तरफ है। हमने जापानी मित्रों से इसका मतलब पूछा तो हमें बताया गया कि दाहिना हाथ ईश्वर की तरफ इशारा करता है और बायाँ शान्ति की तरफ। कहा गया कि मूर्ति शान्ति के देवता की मूर्ति है जो ईश्वर से सब के भले और विश्व शान्ति के लिए प्रार्थना कर रहा है। मूर्ति को देखकर बिलकुल महात्मा गांधी की याद आ जाती है। माथे पर ठीक बीच में कुछ उभरा हुआ निशान है। हमने पूछा यह क्या है तो हमें बताया गया कि हिन्दुओं का तिलक है। जापान में एक 'गांधी पीस लीग' नाम की संस्था भी कायम है जिसके एक खास कार्यकर्ता रेवेन्ड शोजुन मीबु हैं। हमसे मिले थे।

जापान जाकर जापानी जाति के लिए आदर और जापानियों से प्रेम हमारे दिल में बहुत बढ़ा। इसमें सन्देह नहीं कि पिछली दो-तीन पीढ़ियों के अन्दर जापान उचित से अधिक पश्चिमीयता की तरफ बढ़ चला था। इसी कारण पूरब के दूसरे देशों से वह कुछ कट-सा भी गया था। लेकिन इसमें भी शक नहीं कि जापान को अपनी उस गलती के लिए—और गलतियाँ हम सबसे होती हैं—काफी से कहीं अधिक दंड भुगतना पड़ा। जापान आज अन्याय पीड़ित है। जापान के अधिकतर विचारवान लोग अपनी गलती को भी अच्छी तरह महसूस कर रहे हैं; हम यह जापानी विचारकों से बातचीत के आधार पर कह सके हैं। जापानी लोग साहसी हैं,

नेक हैं, बहादुर हैं, मेहनती हैं, होशियार हैं और उन्नतिशील हैं। इस समय सारे एशिया को अफ्रीका को और दुनिया के सब स्वतन्त्रता, प्रेम और न्यायप्रेमी लोगों को उनके साथ पूरी हमदर्दी है। हमें विश्वास है कि जापान बहुत जल्दी ही फिर से पूरी तरह आजाद होगा और एशिया और अमरीका के दूसरे देशों के साथ मिलकर दुनिया के सब देशों और सब लोगों की आजादी, खुशहाली और यकजेहती को कायम करने में बहुत आगे होगा।

नागा कौम और भारत

भारत की उत्तर-पूरबी सीमा पर आसाम के पास चार स्वाधीन देशों की सरहदें मिलती हैं—भारत, पाकिस्तान (अब बंगलादेश), बर्मा, और चीन। देश की रक्षा के विचार से वह जगह खास मार्के की है, इलाका अधिकतर पहाड़ी है, उसमें बड़े-बड़े जंगल हैं जिनमें दूसरे जानवरों के अलावा हाथियों के झुंड-के-झुंड फिरते रहते हैं। इसी पहाड़ी इलाके में नागा कौम बसी हुई है। उनकी बहुत-सी बस्तियाँ और गाँव दूर-दूर तक फैले हुए हैं। यह एक लगातार सिलसिलेवार इलाका है, पर हाल में जब बर्मा हिन्दुस्तान से अलग किया गया तो नागा इलाके का एक हिस्सा बर्मा में आ गया और दूसरा हिस्सा हिन्दुस्तान में रहा। इस तरह अपनी मर्जी के खिलाफ नागा कौम दो टुकड़ों में बँटकर दो अलग-अलग हुकूमतों में आ गई।

जब से भारत आजाद हुआ है तब से नागा लोगों के साथ भारत सरकार के कुछ-न-कुछ झगड़े बराबर चलते रहते हैं। इस समय ये झगड़े एक हद पर पहुँचे हुए हैं। अखबारों में रोज नागा लोगों की 'बगावत' और भारतीय फौजों द्वारा उनके दबाए जाने की खबरें आती रहती हैं।

अभी कुछ साल हुए अपनी चीन यात्रा के बाद हमें भी इस इलाके में जाने का मौका मिला, कोहिमा में और कई जगह हम नागा गाँवों में गए। हमने नागा लोगों और उनके सरदारों से बातें कीं, उनके स्कूल देखे। उनका खान-पान, रहन-सहन देखा। कोहिमा के नागा स्कूल में हमने उस इलाके के हालात मालूम किए। अपने ठहरने की जगह पर हमने बहुत से नागा नेताओं और दूसरे नागा लोगों से दिल खोल कर बातें कीं।

नागा कौम एक बहुत पुरानी कौम है जो आसपास की सभ्य कौमों में अपने को कभी पूरी तरह मिला नहीं पाई। उनके अपने रीति-रिवाज हैं, अपनी बोली है, अपना पहनावा है, अपने पुराने ढंग के धार्मिक विचार हैं। उन्हें 'जंगली' या 'असभ्य' कहना केवल उन्हीं अर्थों में ठीक हो सकता है जिन अर्थों में यूरोप के अधिकतर लोग लगभग अफ्रीका और एशिया निवासियों को अभी तक जंगली और असभ्य कहते आए हैं।

मालूम होता है पिछले दो हजार साल में भारत के शासकों ने कभी भी नागा कौम को अपनाने, उनकी आर्थिक हालत को सुधारने या उनमें तालीम फैलाने की ओर अधिक ध्यान नहीं दिया। अंग्रेजी जमाने में सबसे पहले यह काम यूरोप और अमरीका के ईसाई पादरियों को सूझा। इसमें कोई शक नहीं कि अधिकतर ईसाई पादरियों ने उस इलाके में बहुत अच्छा काम किया। लगभग 40 फीसदी नागा ईसाई हैं। आज नागा लोगों में तालीम का थोड़ा-बहुत प्रचार है। उनमें बहुत से ग्रेजुएट हैं। हमने बहुत से नागा ग्रेजुएटों से बातें की हैं। आज नागा कौम एक काफी संगठित यानी मुनज्जम कौम है, उनमें आजादी से काफी प्रेम है। वह बहादुर हैं। उनमें त्याग का माद्दा है। वे बहुत बड़े मेहमाननवाज हैं, सीधे-सरल और सच्चे हैं। उनमें कई ऐसे गुण हैं जो अधिक सभ्य समझे जानेवाले आसपास के और लोगों में नहीं मिलते। मसलन हमने वहाँ की अदालतों के हिन्दुस्तानी अफसरों से मालूम किया कि किसी नागा के बयान के खिलाफ कभी गवाही नहीं ली जाती, क्योंकि कोई नागा कभी झूठ नहीं बोलता। अगर कोई नागा किसी का सिर काट के आएगा तो जहाँ भी जरूरत पड़ेगी वह साफ-साफ कह देगा कि उसने ऐसा किया और अपने वैसा करने का कारण भी बता देगा।

इसमें भी कोई शक नहीं कि नागा लोगों को तालीम देने और ऊपर उठाने में सबसे बड़ा हिस्सा ईसाई पादरियों ने ही लिया है, फिर भी ईसाई नागाओं और गैर ईसाई नागाओं में हमने बहुत अच्छा व्यवहार पाया। ईसाई हो जाने के कारण उन्होंने अपनी कौम के बुनियादी गुण मिटने नहीं दिए।

नागा और अंग्रेज

अंग्रेजी जमाने में अंग्रेजों ने नागा लोगों को एक अधूरी आजादी दे रखी थी। अंग्रेज हाकिम नागा लोगों के रीति-रिवाज, उनकी अपनी पंचायतों में किसी तरह का दखल नहीं देते थे। उनके आपसी झगड़ों में उनकी पंचायतों के फैसले होते थे। अंग्रेजों की वहाँ छावनियाँ थीं और यही उस देश को अपनी तरफ मिलाए रखने से उनकी खास गरज थी। फिर भी अंग्रेजों की उस अधूरी गुलामी से अपने को आजाद करने की नागा बराबर कोशिश करते रहे। लड़ाइयाँ भी होती रहीं। अंग्रेजों के लिए वह इलाका एक तरह से 'बफर' इलाका था, यानी ऐसा सरहदी इलाका जिससे किसी पास के आजाद देश के साथ लड़ाई छिड़ने पर फायदा उठाया जा सके। दूसरे महायुद्ध के आखिर में कोहिमा और इम्फाल की लड़ाइयाँ दुनिया भर में प्रसिद्ध हो चुकी हैं। उनका हाल भी हमने वहाँ खूब सुना। पर वह एक दूसरी लम्बी कहानी है। उनकी लड़ाइयों का हाल वहाँ के लोगों से सुनकर नागा लोगों के साथ हमारा प्रेम और हमारे दिल में उनके लिए आदर बढ़ा।

भारतवासियों से असन्तोष

भारत के आजाद हो जाने पर यह आशा की जाती थी कि भारतवासियों और नागा लोगों में प्रेम बढ़ेगा जिससे दोनों को लाभ होगा; पर हुआ इसका ठीक उलटा। हमने इसका कारण जानने की भी कोशिश की। दो कारण हमें साफ दिखाई दिए।

पहला और बड़ा कारण यह था कि भारत की आजादी से पहले अधिकतर अंग्रेज अफसर ही उस इलाके में जाया करते थे, हिन्दुस्तानी बहुत कम जाते थे, जो जाते थे वह भी एक मातहत रूप में। नागा लोग लगभग सब मांसाहारी हैं। उनका देश एक ठंडा देश है। केवल खेती की पैदावार से शायद उनका काम भी आसानी से नहीं चल सकता, मांस खाने में वे एक जानवर और दूसरे जानवर में किसी तरह का फर्क भी नहीं करते। उनके लिए गाय और सूअर बराबर हैं। नागा लोग बहुत होशियार शिकारी होते हैं। सर्दियों भर खाने के लिए वे सैकड़ों मन जंगली जानवरों का गोश्त सुखा-सुखा कर और नमक लगा कर अपने घरों में रख लेते हैं।

नागा आम तौर पर ताड़ी या शराब का भी इस्तेमाल करते हैं। सोम की पत्ती, जिसका वेदों में जिक्र आता है, हमने पहले-पहल नागा इलाके में ही देखी। नागा लोग सोमरस खूब पीते हैं, वे बहुत मजबूत होते हैं। जिस्मानी मेहनत जितनी वे कर सकते हैं आम तौर पर भारत के दूसरे हिस्से के लोग नहीं कर सकते।

जब तक अंग्रेज हाकिम वहाँ जाते रहे खान-पान आदि की इन आदतों के कारण नागाओं में और उनमें खासी बनती रही। कम-से-कम इस मामले में दोनों में से किसी को दूसरे से नफरत का कोई कारण न था। पर हमारी आजादी के बाद जब हिन्दू या मुसलमान हाकिम उस इलाके में जाने लगे तो एक नई बात पैदा हुई। हिन्दू अफसरों ने नागा लोगों से इसलिए घृणा दिखाना शुरू किया चूँकि नागा गो मांस खाते थे। नागा हाई स्कूल के हिन्दू अध्यापक इसी कारण नागा बच्चों को अपनी सुराही को हाथ नहीं लगाने देते थे। नागा घरों में जाना या उनके हाथ का भोजन स्वीकार करना तो हिन्दुओं के लिए कहाँ सम्भव था? अपनी नफरत छिपाने की न उनमें तमीज थी और न इच्छा। इसी तरह मुसलमान अफसर उनसे इसलिए नफरत करते थे कि वे सूअर का मांस खा लेते थे। नतीजा कुदरती था कि नफरतें बढ़ती और चमकती चली गईं। यह था भारतवासियों और नागा लोगों में गैरियत के बढ़ने का सबसे पहला कारण।

दूसरा कारण जो इसी से सम्बन्ध रखता है यह था कि कुछ विदेशी खासकर अमरीकी पादरियों ने, जो शायद अपने यहाँ की सरकार के छिपे-दबे एजेंट भी थे, इस हालत से बेजा फायदा उठाने कोशिश की। उन्होंने नागा लोगों को समझाया कि तुम्हारी कभी भी इन हिन्दू और मुसलमानों से नही बन सकती, जबकि हम और तुम

इन मामलों में बिलकुल एक हैं और अच्छी तरह मिलकर रह सकते हैं। हमारे वहाँ जाने से थोड़े ही दिनों पहले इस तरह की अमरीकी साजिशें हद को पहुँच चुकी थीं। हमने अमरीकी पादरियों से भी बातें की। बात कुदरती थी। जहाँ घाव होगा वहीं मक्खी बैठेगी।

हम खुद शुद्ध निरामिष भोजी हैं। नागा इलाके में भी हम शुद्ध निरामिष भोजी रहे। लेकिन हमने उनसे परहेज की जगह प्रेम बरता। उनके उन्हीं मांस खाने वाले हाथों से हमने उनसे पानी लेकर पिया और उनके घर के बने हुए खाने, जो हम खा सकते थे, उनसे लेकर खाए। नागा लोगों और उनके ईसाई ग्रेजुएटों ने हमारे ठहरने के स्थान पर आ आकर आँसू बहा-बहाकर हमसे कहा है कि अगर उनके साथ इस तरह का बर्ताव किया जाता तो नागा इलाके को अलग करने की तहरीक कभी भी पैदा नहीं हो सकती थी। वहाँ से आकर आसाम के और दिल्ली के जिन हाकिमों से हमें मिलने का मौका मिला उन्हें हमने यह सलाह दी कि हमारी राय में कोई ऐसा हिन्दू या मुसलमान, फौजी या शहरी अफसर या अध्यापक उस इलाके में नहीं भेजा जाना चाहिए जो छुआछूत बरतता हो या जो भले, नेक और बहादुर नागा लोगों को हिन्दू धर्म या इस्लाम में लाने के चक्कर में हो। पर जाहिर है कि हमारी आवाज नक्कारखाने में तूती की आवाज थी, या ऊपर के हाकिम खुद अपने नीचेवालों को काबू में रखने में नाकाम रहे।

भारत में जो अफसर उस अभागे इलाके में जाते रहे हैं उनमें से बहुत-सों की योग्यता और सदाचार के खिलाफ भी काफी बातें सुनने में आई हैं।

नागा इलाके का स्वाधीनता आन्दोलन बढ़ता जा रहा है। उस आन्दोलन की बाबत तरह-तरह की गलतफहमियाँ देश भर में फैली हुई हैं और रोज अखबारों में निकलती रहती हैं। असलियत कम सामने आ पाती है। 'टाइम्स ऑफ इंडिया' के में श्री हरीश चन्दोला के एक लेख से नागा इलाके के असली हालात पर काफी रोशनी पड़ती है।

हिन्दू साम्प्रदायिकता

श्री चन्दोला के अनुसार भी एक बड़ा कारण इस झगड़े के बढ़ने का बहुत से हिन्दू अफसरों और हिन्दू अध्यापकों में हिन्दुत्व की बेजा भावना थी। वे ईसाई धर्म को एक विदेशी धर्म और सब ईसाइयों को गैर समझते थे और 'हिन्दुस्तानी हिन्दुओं का' के संकीर्ण विचार में कम या अधिक रँगे हुए थे। हमें इसका खुद काफी तजुरबा है। हमें मालूम है कि गोआ के मामले को अधिक पेचीदा बनाने में भी कुछ संकीर्ण विचार भारतवासियों की इस भावना ने बहुत बड़ा हिस्सा लिया है। हमें इसमें कोई सन्देह

नहीं कि इस समय इस देश का सबसे बड़ा रोग, जिसने काश्मीर में, नागा इलाके में, गोआ में और जगह-जगह कठिनाइयाँ पैदा की हैं और करता रहता है, साम्प्रदायिकता का रोग है। महात्मा गांधी के बलिदान के बाद भी देश इस रोग से पूरी तरह छुटकारा नहीं पा सका।

सन् 1948 का समझौता

नागा लोग शुरू में भारत से अलग होना नहीं चाहते थे। जितना नागा इलाका इस समय भारत के अन्दर है वह तीन टुकड़ों में बँटा हुआ है–तिरप और त्वेनसांग की डिवीजनें जो उत्तर-पूर्व सरहदी एजेंसी में शामिल हैं और नागा पहाड़ी जिला जो आसाम में शामिल है। सन् 1948 में आसाम के गवर्नर सर अकबर हैदरी और नागा नेशनल काउन्सिल के बीच एक समझौता हो गया था जिस पर दोनों तरफ के दस्तखत हो गए थे। समझौता यह था कि इन तीनों नागा इलाकों को मिलाकर एक कर दिया जाए और उस पूरी नागा रियासत को ठीक वही अधिकार दे दिए जाएँ जो पास की मनीपुर और त्रिपुरा रियासतों को मिले हुए हैं। नागा लोग इस शर्त पर खुशी से इंडियन यूनियन में रहने को तैयार थे लेकिन समझौते के थोड़े दिनों बाद ही कुछ सोचकर आसाम सरकार और दिल्ली सरकार दोनों ने उसे मानने से इनकार कर दिया। श्री हरीश चन्दोला का कहना है कि इस बाजाब्ता समझौते को तोड़ने का कोई कारण नहीं बताया गया।

भारत का विधान और नागा

इससे नागा लोगों में बेऐतबारी और बददिली का फैलना कुदरती था। वे फिर भी धीरज के साथ भारत के नए विधान का इन्तजार करते रहे। सन् 1950 के नए विधान ने उनकी रही-सही आशाओं पर भी पानी फेर दिया। तीनों नागा इलाके एक-दूसरे से अलग रखे गए, उन्हें मिलाने के बजाय नागा पहाड़ी जिले की एक जिला काउन्सिल बना दी गई जिसके सुपुर्द उस जिले का शासन कर दिया गया। इस जिला काउन्सिल के मेम्बर चुनने का अधिकार नागाओं को दिया गया। लेकिन नागा लोग अपने देश का प्रबन्ध सदियों से एक अजीब ढंग से करते आए हैं। उनका सारा शासन ग्राम पंचायतों के आधार पर है। हर गाँव में उनकी अलग-अलग पंचायतें हैं; हर पंचायत, अपने इलाके का पूरा शासन चलाती है। ये सब पंचायतें बहुत प्रेम के साथ मिलकर रहती और काम करती हैं, लेकिन कोई एक मरकजी ताकत इन सब पर हुक्म चलानेवाली वहाँ कभी नहीं रही। नागा लोगों को न यह पसन्द है और न

इसकी जरूरत मालूम होती है। दूसरी पुरानी कौमों की तरह वे शक्ति या अधिकार को एक आदमी या संस्था के हाथ में दे देना नहीं चाहते, उसे बाँटकर और फैलाकर रखना पसन्द करते हैं। सच्ची लोकशाही (डेमोक्रेसी) के यह चीज ज्यादह नजदीक मालूम होती है। नई जिला काउन्सिल उन्हें अपनी इन पंचायतों के अधिकारों पर बहुत बड़ा हमला दिखाई दी। कुदरती तौर पर नागा कौम के सब लोगों ने जिला काउन्सिल के चुनाव का बायकाट किया। जाहिर है कि हमने उनके लिए विधान बनाने से पहले उन्हें प्रेम और सहानुभूति के साथ समझने की कोशिश नहीं की। उनके चुनाव के बायकाट को हमने भारत के साथ 'बगावत' समझा, अपनी उच्चता के झूठे घमंड में हमने उनके आन्तरिक शासन और रीति-रिवाजों में भी बेजा दखल देना शुरू किया। नफरत और अविश्वास बढ़ता चला गया। आखिर नागा लोगों ने तय कर लिया कि सिवाय एक अलग स्वाधीन रियासत के और किसी तरह वे अपने सैकड़ों बरस के विचारों, रीति-रिवाजों और अपनी कल्चर को कायम नहीं रख सकते।

नागा लोग इस पर भी यही चाहते रहे कि वे शान्ति के साथ बातचीत करके सब मामलों को तय कर लें।

उन्होंने बार-बार चाहा कि उन्हें अपने विचार भारत सरकार के सामने रखने का मौका दिया जाए, पर उनकी सुनवाई न हो सकी।

श्री जवाहरलाल नेहरू की कोहिमा यात्रा

नागा लोगों ने सोचा कि अगर प्रधानमन्त्री श्री जवाहरलाल नेहरू एक बार उनकी बात सुन लें तो उनके सब दुख दूर हो जाएँ। मार्च सन् 1933 में जवाहरलाल जी के उस इलाके में जाने की खबर फैली। नागा लोग बहुत खुश थे। उन्होंने इसे अपने लिए बहुत बड़ा मौका समझा। 31 मार्च को जवाहरलाल जी कोहिमा पहुँचनेवाले थे। नागा नेशनल काउन्सिल ने इस खबर को अपने एक-एक गाँव तक पहुँचा दिया। दूर-दूर के गाँव से लगभग चौदह हजार नागा कई-कई दिन तक पहाड़ों और जंगलों का सफर करके भारत के प्रधानमन्त्री का स्वागत करने के लिए कोहिमा में जमा हुए। वे सब अपने अच्छे-से-अच्छे लिबास में थे। हर एक के हाथों में उनके जंगलों, खेतों और सीधी-सादी दस्तकारियों की इस तरह की सुन्दर चीजें थीं जो वह जवाहरलाल जी को भेंट करना चाहते थे। कतार बाँधे, खुशी से भरे हुए वे सड़क के दोनों तरफ खड़े थे। लगभग यह सब अपने-अपने गाँव या बिरादरी के मुखिया थे। वे जवाहरलाल जी को अपने मेहमान के रूप में देखते थे और नागा कौम के लोग बड़े जबर्दस्त मेहमाननवाज मशहूर हैं।

पर जवाहरलाल जी के पहुँचने के चन्द मिनट पहले नागा पहाड़ी जिले के डिप्टी कमिश्नर ने उन सब लोगों को यह नोटिस दिया कि श्री जवाहरलाल नेहरू न आप लोगों का कोई मान-पत्र लेंगे और न आपकी कोई भेंट स्वीकार करेंगे।

नागा कौम और उनके मुखियों के दिलों को इससे बहुत चोट लगी।

ठीक उस समय जब जवाहरलाल जी बर्मा के प्रधानमन्त्री यू-नू के साथ मंच पर चढ़ रहे थे, चौदह हजार नागा निराशा और दुखी अपने-अपने घरों को वापस जा रहे थे। कहते हैं जवाहरलाल जी ने उन्हें लौट आने के लिए कहा। पर अब न वे जवाहरलाल जी की बात समझ सकते थे और न जवाहरलाल जी उनकी। यह भी कह जाता है कि जवाहरलाल जी इस घटना के लिए वहाँ के अफसरों पर बिगड़े। लेकिन अफसरों ने इसके बाद ही नागा लोगों से उनके इस तरह चले जाने का बदला लेने की पूरी कोशिश की। बजाय इसके कि नागा लोगों के दुखे हुए दिलों को तसल्ली दी जाती, इलाके भर में अन्धाधुन्ध गिरफ्तारियाँ और घरों की तलाशियाँ शुरू हो गईं, जिन नागाओं को हथियारों के लाइसेंस मिले हुए थे उनके भी हथियार छीन लिये गए। गलतफहमी और दुश्मनी बढ़ती चली गई। पर किसी ने उसकी जड़ में जाने की और जख्मों पर मरहम लगाने की कोशिश नहीं की।

15 अगस्त, सन् 1953 को सब सरकारी स्कूलों को राष्ट्रीय झंडा फहराने का हुक्म दिया गया। नागा पहाड़ी जिले में दो हाईस्कूल हैं, एक कोहिमा में, दूसरा मोकाकचुंग में। इन दोनों स्कूलों में उस दिन कुछ लड़के गैरहाजिर थे। उनकी इस गैरहाजिरी को भी 'बगावत' मान लिया गया। दोनों स्कूल बन्द कर दिए गए, सब नागा विद्यार्थी आवारा फिरने लगे। उस साल नवम्बर तक वे स्कूल न खुल पाए। मजबूर होकर नागा लोगों ने अपने बच्चों के लिए उन्हीं दो शहरों में दो प्राइवेट हाईस्कूल खोल दिए।

मार्च, सन् 1953 में आसाम सरकार ने मोकाकाचुंग इलाके को बागी इलाका ऐलान कर दिया। वहाँ के हाई स्कूल पर फौज ने कब्जा कर लिया, जो प्राइवेट स्कूल वहाँ नागाओं ने खोला था वह भी जबर्दस्ती बन्द कर दिया गया।

नागा नेताओं ने फिर एक बार प्रार्थना की कि उन्हें प्रधानमन्त्री जवाहरलाल नेहरू से मिलने का मौका दिया जाए ताकि वे अपने दिल की बात उनसे कह सकें। दिल्ली में मुलाकात के लिए तारीख मुकर्रर हो गई। नागा नेशनल काउन्सिल के नाम दिल्ली से नागा नेताओं को दिल्ली बुलाने के लिए कोहिमा तार भेजा गया। श्री चन्दोला का कहना है कि आसाम में न जाने किसने उस तार को दबाए रखा और वह तार ठीक उस तारीख को कोहिमा में नागा नेताओं को दिया गया जो तारीख दिल्ली में उनकी मुलाकात के लिए तय थी। मुलाकात न हो सकी। नागा नेताओं

ने फिर तीसरी बार मुलाकात के लिए कोशिश की। कहा जाता है कि इस बार आसाम के गवर्नर ने उनकी प्रार्थना बीच ही में नामंजूर कर दी।

श्री पन्त और श्री ढेबर

सितम्बर, सन् 1955 में होम मिनिस्टर श्री गोविन्द बल्लभ पन्त कोहिमा पहुँचे। नागा नेशनल काउन्सिल के नेताओं ने उनसे मिलना चाहा। पर उन्हें मौका नहीं दिया गया।

26 नवम्बर, सन् 1955 को कांग्रेस प्रेसीडेंट श्री ढेबर कोहिमा पहुँचे। नागा नेताओं ने उनसे मिलकर अपनी कहानी कहना चाहा। लगभग पाँच सौ नागा सरदार एक दिन पहले कोहिमा में जमा हो गए। उन्होंने श्री ढेबर को देने के लिए एक प्रस्ताव भी तैयार कर लिया। जिस तरह जवाहरलाल जी के जाने पर हुआ था उसी तरह इस मौके पर भी यह पाँच सौ नागा सरदार अपने-अपने हाथों में भेंट का सामान लिये हुए अपने अतिथि के स्वागत के लिए सड़क के दोनों तरफ जमा थे। फिर वही श्री ढेबर के आने से चंद मिनट पहले सुपरिंटेंडेंट पुलिस ने उनके पास पहुँच कर उनसे कहा कि अगर आप लोग दस मिनट के अन्दर यहाँ से न चले जाएँगे तो आपको जबर्दस्ती यहाँ से हटा दिया जाएगा। नागा सरदार दूसरी बार दुखी और निराश अपने-अपने घरों को चले गए। श्री ढेबर से भी उनकी मुलाकात न हो सकी।

जो प्रस्ताव नागा नेताओं ने श्री ढेबर के लिए एक दिन पहले तैयार किया था उसमें लिखा था कि–'नागा लोगों की जितनी समस्याएँ हैं उन सबका हल हमें आपस में बातचीत करके ही निकाल लेना चाहिए।' नागा लोग लड़ना नहीं चाहते थे पर इस घटना के बाद बातचीत का दरवाजा फिर बन्द कर दिया गया। इस बार-बार के अपमान ने बहुत-सों के दिल को तोड़ दिया।

दमन और विकास साथ-साथ

इस तरह नागाओं में असन्तोष बढ़ता चला गया। सरकार ने उस असन्तोष को दबाने के लिए एक तरफ नागा लोगों के खिलाफ शक्ति का उपयोग जायज करार दिया। जगह-जगह फौजें भेजी जाने लगीं और दूसरी तरफ नागा इलाके में उस इलाके की 'उन्नत' और 'विकास' की छोटी-मोटी योजनाएँ शुरू कर दीं। नागा नेता और उनके आदमी न पहली चीज की कदर कर सके और न दूसरी की। गिरफ्तारियों से बचने के लिए उनके नेता जगह-जगह छिपते फिरते थे। उन्होंने आम तौर पर इन योजनाओं के साथ असहयोग किया। बन्दूकों के साये में उन्नति की

योजनाएँ जारी रखी गईं। कुछ नागा लोगों ने भारत की फौजों का मुकाबला करना भी शुरू कर दिया। मोकोकचुंग का इलाका भी बागी करार दिया गया। वहाँ की स्कूल भी बन्द कर दिया गया और वहाँ भी स्कूल की इमारत पर फौज का कब्जा हो गया।

श्री चन्दोला के अनुसार सन् 1956 के शुरू में नागा नेशनल काउन्सिल किंकर्तव्यविमूढ़ मालूम होती थी। अचानक उनके एक बहुत बड़े नेता सखरी को कोई कहीं उड़ा ले गया। कुछ दिन बाद मालूम हुआ कि सखरी को किसी ने मार डाला।

सरकार पक्ष

श्री चन्दोला के लेख के चार दिन बाद 'नागा समस्या' पर एक सम्वाददाता का एक छोटा-सा लेख निकला जो सरकारी बयान नहीं है, परन्तु उनके लेख के जवाब में सरकार पक्ष से लिखा हुआ मालूम होता है, उस लेख में नागा लोगों की 'बहादुरी, ईमानदारी, सच्चाई' वगैरा की तारीफ की गई है और उनकी कमी यह बताई गई है कि वह जल्दी से शक और अविश्वास का शिकार हो जाते हैं। यह भी माना गया है कि सरकार आजादी के बाद नागा लोगों से जैसा चाहिए था, मेल-मिलाप पैदा नहीं कर सकी। नागा नेशनल काउन्सिल के प्रधान श्री फिजो पर इल्जाम लगया गया है कि उन्होंने सरकार के खिलाफ अपने लोगों में गलतफहमियाँ फैलाईं। यह भी कहा गया है कि श्री जवाहरलाल नेहरू तीन बार श्री फिजो से मिले। कहा गया है कि नागा नेता ऊपर से अहिंसा और शान्ति की नीति का ऐलान करते हैं और अन्दर-अन्दर उन नागाओं के खिलाफ मार-काट और लूट-मार की तजवीजें करते रहते हैं जो अपने नेताओं की पालिसी से इत्तफाक नहीं करते। कहा गया है कि भारत की फौजें केवल वफादार और अमन पसन्द नागाओं की रक्षा के लिए वहाँ गई हैं। अन्त में यह भी साफ कह दिया गया है कि जब तक नागा नेता इस तरह की मार-काट और मुकम्मल आजादी की बात करना बन्द नहीं कर देंगे, सरकार उनसे कोई बात करने को तैयार नहीं है।

इस दूसरे लेख को पढ़ने के बाद भी बात वहीं-की-वहीं रहती है। श्री चन्दोला की किसी भी खास बात को, जिनमें से कुछ हमने ऊपर दी है, इस लेख में गलत नहीं बताया गया।

इसमें सन्देह नहीं फौजी निगाह से अन्त में भारत सरकार ही जीतेगी। लेकिन आम नागा लोगों के दिलों में जो असन्तोष, अविश्वास और बददिली घर कर चुकी है वह इस तरह नहीं निकल सकती।

असली इलाज

श्री हरीश चन्दोला का कहना है कि नागा कौम के लोग और उनके नेता अब भी बातचीत और समझौते से सारा मामला तय करने के लिए तैयार हैं। उन्हें 'स्वाधीन राज्य' का हठ नहीं है। अगर और बातें मिल-बैठकर तय हो जाएँ तो वे अब भी भारतीय यूनियन में रहने के लिए तैयार हैं। पर आज की हालत में पहले उनसे 'मुकम्मल आजादी' की बात छोड़ देने के लिए जिद करना और उसके बाद बातचीत के लिए राजी होना हमें किसी तरह ठीक नहीं जँचता। इस तरह के मामलों में दुनिया की सरकारों का 'आन' यानी 'प्रेस्टीज' का खयाल दुनिया के लिए बहुत-सी मुसीबतें पैदा करता रहा है।

इस सारे मामले में भारत सरकार के ऊपर कुछ जिम्मेदार लोगों, खासकर श्री जवाहरलाल नेहरू, की नागा लोगों की तरफ शुभेच्छा में किसी को शक नहीं हो सकता। हम समझते हैं कि नागा लोगों में भीबहुत कम होंगे जिन्हें पंडित जवाहरलाल जैसों की नीयत पर शक हो। लेकिन इस नेकनीयती और शुभेच्छा के बावजूद इसमें भी शक नहीं कि नागा इलाके में हमारे कारनामों और दुनिया के कुछ दूसरे इलाकों में साम्राज्यवादियों के कारनामों में बहुत अधिक फर्क नहीं दिखाई देता। देश को उन्नत करने और विकसित करने की योजनाएँ भी दोनों में एक-सी मिलती हैं। बन्दूकों की छाया में विकास योजनाएँ किसी देश को पनपने में मदद नहीं दे सकतीं। हम यह नहीं कहते कि नागाओं से गलतियाँ नहीं हुईं, पर कुल मामले को पूरी तरह देखते हुए हमें नागा इलाकों में अपने कारनामों पर लज्जा आ रही है।

भारत की जनता और सरकार दोनों महात्मा गांधी की दुहाई देते हैं। दोनों युद्ध और हथियारों के खिलाफ दुनिया भर को उपदेश देते हैं। दोनों सच्चाई के साथ दुनिया में अमन कायम रखने की कोशिशों में पूरी-पूरी मदद दे रहे हैं। नागा इलाके का मामला एक शुद्ध घरेलू मामला है, कोई बाहर का हमला भी नहीं। जरूरत इस बात की है कि कम-से-कम नागा इलाके में हम गांधीजी के उन उसूलों पर अमल करके दिखा दें जिन पर हम दुनिया से अमल कराना चाहते हैं। भारत को हिम्मत के साथ पहले अपनी तरफ से वहाँ की सारी फौजी कार्रवाई बन्द कर देनी चाहिए। सबके लिए आम माफियों का ऐलान हो जाना चाहिए। फिर मिल-बैठकर बातें होनी चाहिए। हमें इसमें जरा भी सन्देह नहीं कि सच्ची क्षमा, इनसानी हमदर्दी, सच्चे प्रेम और परस्पर समझौते के साथ उस इलाके की इस वक्त की सारी समस्याएँ खूबसूरती के साथ हल की जा सकती हैं।

सिक्खों का नामधारी सम्प्रदाय
इतिहास का एक भूला हुआ पन्ना

एक मशहूर अंग्रेजी कहावत है–'दुनिया अपने बड़े-से-बड़े आदमियों को बिलकुल नहीं जानती।' जिस तरह सैकड़ों और हजारों सुन्दर-से-सुन्दर फूल सिर्फ जंगल की चिड़ियों को अपना सौन्दर्य दिखाकर और हवा में अपनी खुशबू बखेर कर खत्म हो जाते हैं, और जिस तरह सैकड़ों अनमोल जवाहर सदा के लिए समुद्र की तह में दबे पड़े रहते हैं, ठीक उसी तरह दुनिया की अनेक बड़ी-से-बड़ी आत्माएँ सदा के लिए लोगों की आँखों से ओझल रहती हैं। इसी तरह इतिहास के अनेक मार्के के पन्ने सदा के लिए दुनिया की आँखों से छिपे रहते हैं। भारत के हाल के इतिहास के इसी तरह के कुछ पन्नों की तरफ आज हम अपने पाठकों का ध्यान दिलाना चाहते हैं।

मजहबों की इस देश में काफी बहुतायत है। एक-एक मजहब के अन्दर काफी फिरके और सम्प्रदाय हैं। इस देश का यह एक शाप है कि जिस किसी सुधारक ने देश के भले की कोई नई बात कही तो बजाय इसके कि सब लोग उससे लाभ उठाएँ और वह बात सारे देश की बपौती बन जाए उस नई बात के सहारे एक और नया सम्प्रदाय खड़ा हो जाता है। और सुधारक के अनमोल उपदेशों का बाकी देश के साथ कोई वास्ता नहीं रह जाता। मिसाल के तौर पर सिक्ख धर्म इस देश में हिन्दू और मुसलमान दोनों की तंग खयालियों को दूर कर उन्हें मिलाने के लिए आया था। गुरु नानक से लेकर गुरु गोविन्दसिंह तक हर गुरु के उपदेशों में यह चीज भरी पड़ी है। अपने जमाने के हिन्दू और मुसलमानों की हठधर्मियों से दुखी होकर गुरु नानक ने कहा था–

तग्ग न हिन्दू पाइया तग्ग न मुसलमान,
दावा राम रहीम कर लड़दे बेईमान।
ना हम हिन्दू ना मुसलमान,
दोनों बिच्च बसे शैतान।

अमृतसर के सिक्ख गुरुद्वारे की नींव चौथे गुरु गुरु रामदास जी के जमाने में रखी गई। जब नींव की ईंट रखने का सवाल आया, तो गुरु रामदास जी ने इस शुभ कार्य के लिए पंजाब के मशहूर मुसलमान फकीर साई मियाँमीर से दरख्वास्त की। साई मियाँमीर के हाथ की रखी हुई नींव पर ही अमृतसर का सुन्दर गुरुद्वारा खड़ा हुआ है।

दसवें गुरु गुरु गोविन्दसिंह जी की वाणी में भी इधर से उधर तक इसी समन्वय की लहर दिखाई देती है, उनके कुछ पद यह हैं—

कोऊ भयो मुंड़िया संन्यासी कोऊ योगी भयो,
कोऊ ब्रह्मचारी कोऊ जतियन मान बो।
हिन्दू तुरुक कोऊ राफजी इमाम शाफी,
मानस की जाति सब इक्कै पहचान वो।
करता करीम सोई, राजिक रहीम ओई,
दूसरो न भेद कोई मूल भ्रम मान वो।
एक ही की सेव सब ही को गुरुदेव एक,
एक ही सरुप सबै एकै जोत जान वो।

देहरा मसीत सोई, पूजा औ निमाज ओई,
मानस सबै एक पै अनेक को भ्रमाव है।
देवता अदैव जच्छ गन्धर्व तुरुक हिन्दू,
न्यारे न्यारे देसन के भेस को प्रभाव है।
एकै नैन एकै कान एकै देह एकै बानि,
खाक बाद आतिश औ आब को रलाव है।
अल्लह अभेद सोई पुरान और कुरान ओई,
एक ही सरुप सबै एक ही बनाव है।

लेकिन जो ताकत हिन्दू धर्म और इस्लाम की गंगा-जुमना को मिलाने के लिए आई थी, वह इस देश की अजीब हवा में अपनी ही अलग गंगा बनकर रह गई।

सिक्खों में भी कई सम्प्रदाय हैं, जिनमें कभी-कभी काफी मनमुटाव दिखाई देता है। इनमें एक खास सम्प्रदाय 'नामधारी' सिक्खों की है।

नामधारियों और बाकी सिक्खों में एक दर्जे तक ऐसा फरक है, जैसा कादियानियों और खाकी मुसलमानों में। आमतौर पर सिक्ख यह मानते हैं कि गुरु गोविन्दसिंह जी के साथ-साथ गुरुओं का सिलसिला खत्म हो गया और उसके बाद से गन्थ साहब ही सिक्खों के गुरु हैं। इसीलिए ग्रन्थ साहब को गुरु ग्रन्थ साहब भी कहा

जाता है। लेकिन नामधारी मानते हैं कि गुरु गोविन्दसिंह के बाद भी गुरुओं का सिलसिला जारी रहा और अभी तक जारी है। वह ग्रन्थ साहब को बहुत बड़े आदर की दृष्टि से देखते हुए भी गुरु की पदवी नहीं देते। गुरु वह जीवित गुरु को ही मानते हैं।

नामधारी वे इसलिए कहलाते हैं क्योंकि वे ईश्वर या वाहे गुरु के नाम का जाप करते हैं, नाम ही को उन्होंने धारण कर रखा है। जिस तरह सिक्खों में नामधारी हैं, उसी तरह सहजधारी और केशधारी भी हैं। जो केश रखते हैं, वह केशधारी कहलाते हैं। आमतौर पर सिक्ख केशधारी ही हैं। लेकिन लाखों ऐसे भी हैं, जो गुरु नानक और दूसरे गुरुओं को गुरु मानते हुए, नित्य ग्रन्थ साहब का पाठ करते हुए और अपने को सिक्ख कहते हुए भी केश नहीं रखते। इसीलिए ये लोग सहजधारी कहलाते हैं–नामधारी सम्प्रदाय के अन्दर केशधारी और सहजधारी दोनों तरह के लोग शामिल हैं

नामधारियों के अनुसार गुरु गोविन्दसिंह जी के बाद बालकसिंह जी 11वें गुरु थे। उनके बाद 12वें गुरु गुरु रामसिंह जी हुए। रामसिंह जी सन् 1816 के करीब मैनी साहब जिला लुधियाना में एक गरीब बढ़ई के घर में पैदा हुए थे।

शुरु में वह महाराजा रणजीतसिंह जी की फौज में भर्ती हो गए। सन् 1850 के करीब पंजाब अंग्रेजों के कब्जे में आ गया। इसके बाद गुरु बालकसिंह जी से रामसिंह जी की मुलाकात हुई। गुरु बालकसिंह जी ने रामसिंह जी को उपदेश दिया कि आपके तलवार लेने से काम न चलेगा, आपको देश को विदेशियों के पंजे से आजाद करना है और यह काम अब तलवार का नहीं है। रामसिंह जी ने सिपहगीरी छोड़कर भैणी साहब में कपड़े और लोहे की दुकान कर ली। थोड़े दिनों बाद उनकी दूकान सिर्फ लोहे की रह गई। फिर उसे भी छोड़कर उन्होंने खेती करनी शुरू की। खेती के साथ-साथ वह ईश्वर के नाम का जाप करते रहे। जो लोग उनसे मिलने आते उन्हें वह सिक्ख धर्म की दीक्षा देते और नाम का जाप सिखाते।

नामधारी सम्प्रदाय का कायम करनेवाला गुरु रामसिंह जी को ही मानना चाहिए। उनके उपदेशों में धर्म और राजनीति दोनों मिले हुए थे। उनकी हर आज्ञा को मानना हर नामधारी का फर्ज है। गुरु रामसिंह जी के उपदेशों में अंग्रेज सरकार, उसकी नौकरियों, अदालतों, स्कूलों वगैरह का उसी तरह का बहिष्कार मिलता है, जिस तरह का सन् 1857 और उसके बाद के अकसर मुसलमान मौलवियों के फतवों में। मालूम होता है पंजाब के लोगों पर उनका खासा असर पड़ा। अंग्रेज सरकार ने उनके खिलाफ कार्रवाई करना जरूरी समझा। पहले उन्हें भैणी साहब नाम के गाँव के अन्दर नजरबन्द कर दिया गया। इस पर गुरु रामसिंह

जी ने अपने चार शिष्यों को अपने 'सूबे' मुकर्रर करके उन्हें पंजाब भर में प्रचार के लिए भेजा। कहा जाता है कि इन लोगों की जबान में भी काफी असर था। सरकार ने इन चोरों को भी पकड़ कर भैणी साहब लाकर नजरबन्द कर दिया। इस पर गुरु रामसिंह जी ने 18 और नए आदमियों को 'सूबों' मुकर्रर करके तमाम पंजाब में प्रचार के लिए भेजा। सरकार ने इन 18 को भी पकड़ कर भैणी साहब में लाकर नजरबन्द कर दिया। जिस दिन इन 18 को भैणी साहब लाया गया, उन दिन अंग्रेज कमिश्नर खुद भैणी साहब पहुँचा। लिखा है कि गुरु रामसिंह जी से उसकी बातचीत हुई। कमिश्नर ने गुरु रामसिंह जी से पूछा कि इसके बाद आप क्या करेंगे? उन्होंने जवाब दिया कि इस दमन से घर-घर में रामसिंह पैदा हो जाएँगे और जो आग आजादी की मैंने जला दी है, वह दिन-दिन और भड़केगी, बुझेगी नहीं।

पंजाब में गुरु रामसिंह जी का असर बढ़ता जा रहा था। कुछ दिनों बाद भैणी साहब के गुरुद्वारे की तलाशी ली गई। पंजोब का लेफ्टिनेंट गवर्नर सर हेनरी डेविस खुद पुलिस के साथ तलाशी के लिए भैणी साहब पहुँचा। सरकार को शक था कि भैणी साहब में कहीं पर तोपें बनती हैं। जब तलाशी में कुछ न मिल सका, तो सर हेनरी डेविस ने गुरु रामसिंह जी से पूछा कि आपके यहाँ तोप कहाँ बनती है? गुरु जी ने अपनी 108 दाने की माला दिखा कर कहा–"यही हमारे कारखाने की तोप है। इसके 108 गोते हैं। इनका वार कभी खाली नहीं जाता।" पुलिस निराश होकर लौट आई।

गुरु रामसिंह जी को भैणी साहब से बाहर जाने की इजाजत नहीं थी। कम-से-कम चार बार उन्होंने इस आज्ञा को तोड़ा, जिनमें दो बार उन्होंने अमृतसर जाने की कोशिश की और एक बार सिक्खों के दूसरे तीर्थ अनन्तपुर जाने की। हर बार उन्हें गिरफ्तार करके भैणी साहब वापिस पहुँचा दिया गया।

एक बार अपने किसी शिष्य की शादी कराने के लिए गुरु रामसिंह जी बगैर इजाजत खोटे, जिला फिरोजपुर गए। वहीं पर वह गिरफ्तार कर लिये गए और बतौर कैदी के एक थाने से दूसरे थाने लाकर वापिस भैणी साहब पहुँचा दिए गए।

गुरु रामसिंह जी गोरक्षा के माननेवाले थे, लेकिन उतने ही माननेवाले वह सत्य और अहिंसा के थे। नामधारियों के नाम उनकी वह नसीहत मशहूर है कि–'यदि कोई कसाई भी गोवध करने के बाद तुम्हारे दरवाजे पर आए और उसके हाथ की छुरी से खून टपक रहा हो, लेकिन वह प्यासा हो और पानी माँगे, तो तुम्हारे दरवाजे से वह प्यासा लौटने न पाए।' अमृतसर के अन्दर जिस जगह आजकल घंटाघर बना हुआ है, वहाँ उस जमाने में खुला मैदान था। नई सरकार ने उस जगह एक बूचड़खाना

खुलवाया। लोगों ने ऐतराज किया। कोई सुनवाई न हुई। इस पर कुछ सिक्खों ने कुछ कसाइयों को मार कर उनसे जबर्दस्ती गउओं को छुड़ा लिया और खुद शहर से भाग आए। शहर के कुछ दूसरे हिन्दू और सिक्ख पकड़ लिये गए। पुलिस ने उन्हें तकलीफ दे-दे कर उनसे जबरदस्ती जुर्म कबूल करवा लिया। कुछ को फाँसी का हुक्म हो गया। जब गुरु रामसिंह जी को मालूम हुआ कि यह काम उनके कुछ सिक्खों ने किया है, तो उन्होंने उन्हें बुलाकर डाँटा और हुक्म दिया कि तुम लोग खुद पुलिस के सामने जाकर अपना गुनाह कबूल कर लो और बे-गुनाहों को छुड़वाओ। उन्होंने ऐसा ही किया। ये लोग फाँसी पर लटका दिए गए। और दूसरे बे-गुनाहों को छोड़ दिया गया।

पंजाब में एक रिवाज अभी तक है कि अकसर लोग कुछ गउओं को छोड़ देते हैं। ये गउएँ 'रामगाय' कहलाती हैं और आजाद जहाँ चाहे घूमती रहती हैं। मालेर कोटला की रियासत में उन दिनों इस तरह की बहुत-सी रामगायें फिरती थीं। मालेर कोटले का नवाब नाबालिग था। रियासत के शासन की बाग अंग्रेज सरकार के हाथों में थी। कहते हैं रियासत के किसी रावत पठान ने किसी रामगाय को मार डाला। हिन्दुओं और पठानों में इस पर कुछ झगड़ा हो गया। कुछ हिन्दू गुरु रामसिंह जी के पास आए। गुरु जी ने उन्हें सलाह दी कि पठानों से इस बात पर लड़ना नहीं चाहिए, बल्कि शान्त और प्रेम से समझाकर झगड़े का निपटारा कर देना चाहिए।

इसके बाद मालेर कोटला में ही एक और घटना हुई। वहाँ के एक नामधारी सिक्ख सरदार गुरुमुखसिंह नम्बरदार और एक मुसलमान कुंजड़े में इस बात पर झगड़ा हो गया कि वह कुंजड़ा अपने बैल पर बहुत ज्यादा बोझ लादे लिये चला जा रहा था। मामला कोतवाली तक पहुँचा। कोतवाल एक मुसलमान था। कहा जाता है उसने बैल को कोतवाली ही में हुक्म देकर जिबह करवा दिया। गुरुमुखसिंह भैणी साहब आया। उसने गुरु रामसिंह जी से शिकायत की। उन्होंने फिर शान्ति और अहिंसा के पालने का उपदेश दिया। लेकिन इस पर भी गुरु रामसिंह जी के कुछ शिष्य जोश में आ गए। एक नामधारी सरदार हीरासिंह अपने साथ 180 सिक्ख लेकर गुरु रामसिंह जी की आज्ञा के खिलाफ मालेर कोटला जाने को तैयार हो गया। गुरु रामसिंह जी ने उन्हें रोकने की पूरी कोशिश की। सरदार हीरासिंह ने कहा कि मुझे स्वप्न में गुरु तेगबहादुर ने कहा है कि तुम गोरक्षा के लिए सिर दे दो। गुरु रामसिंह जी ने फिर जोर दिया कि गोरक्षा के लिए भी किसी पर हाथ चलाना या किसी की हिंसा करना ठीक नहीं है। यह लोग न माने। मलीद पहुँच कर इन्होंने वहाँ से कुछ घोड़े और तलवारें लीं और फिर मालेर कोटला पर चढ़ाई की।

गुरु रामसिंह जी ने जब देखा कि ये लोग उनकी आज्ञा के खिलाफ बढ़े चले जा रहे हैं और मालेर कोटला में गहरा रक्तपात हो जाने का डर है, तो उन्होंने अपने एक 'सूबे' बाबा लक्खासिंह को लुधियाने के डिप्टी कमिश्नर मि. एल. काँवन के पास यह पैगाम देकर भेजा कि यह 180 आदमी मेरे हुक्म में नहीं रहे, आप मालेर कोटला की शान्ति रक्षा के लिए इन्हें आगे बढ़ने से रोक दें। अंग्रेज डिप्टी कमिश्नर ने उन 180 हथियारबन्द आदमियों को रोकने के बजाय जान-बूझकर उन्हें मालेर कोटला की ओर बढ़ने दिया और उलटा बाबा लक्खासिंह जी को अपने यहाँ कैद कर लिया।

मालेर कोटला पहुँचकर इन लोगों ने वहाँ के मुसलमान कोतवाल को, कुछ कसाइयों और कुछ रावत पठानों कुल करीब 25 आदमियों को मार डाला। इसके बाद ये लोग मालेर कोटला से निकल आए। इनमें से दो वहीं मारे गए, कुछ अपने-अपने गाँव चले गए और बाकी करीब 80 लुधियाने की तरफ लौटे। रास्ते में पटियाला रियासत के शेरपुर गाँव के सिक्ख थानेदार ने इन 80 को धोखे से गिरफ्तार कर लिया और पटियाले की फौज के साथ फिर मालेर कोटला भेज दिया।

लुधियाने का वही डिप्टी कमिश्नर, जिसने गुरु रामसिंह जी के कहने के बावजूद इन लोगों को मालेर कोटला की तरफ बढ़ने दिया था, अब मालेर कोटला पहुँचा। वहाँ से उसने अम्बाले के कमिश्नर सर डगलस फारसिथ से तार देकर पूछा कि इन 80 बागियों का क्या किया जाए? कमिश्नर ने जवाब दिया कि जब तक मैं मालेर कोटला न आऊँ किसी को कोई सजा न दी जाए। इस जवाब के आ जाने पर भी डिप्टी मिश्नर ने इन 80 में से 62 आदमियों को उसी दिन तोप से उड़वा दिया।

अगले दिन कमिश्नर सर डगलस फारसिथ के पूछने पर डिप्टी कमिश्नर ने कहा कि अगर मैं इन 62 को तोप से न उड़वाता, तो अंग्रेज सरकार का दबदबा इस मुल्क से उठ जाता। बाकी 18 को कमिश्नर ने फाँसी पर लटकवा दिया।

गुरु रामसिंह जी का प्रभाव पंजाब में अब जोरों के साथ बढ़ रहा था। मालेर कोटला की इस घटना के बाद ही 7 माघ सम्वत् 1928 को यानी जनवरी सन् 1872 ई. में गुरु रामसिंह जी को भैणी साहब से गिरफ्तार करके लुधियाने लाया गया। उनके 18 'सूबों' और एक सेवक नानूसिंह को भी उनके साथ गिरफ्तार कर लिया गया। इन 20 आदमियों को स्पेशल ट्रेन के जरिए लुधियाने से इलाहाबाद लाया गया। दो महीने ये लोग इलाहाबाद के किले में बन्द रखे गए। वहाँ से गुरु रामसिंह को बर्मा पहुँचा दिया गया। उनके 18 सूबों में से किसी को चुनार के किले में, किसी को अदन (अरब) में और किसी को मोलमीन (बर्मा) में अलग कैद कर दिया गया।

कहा जाता है इन्हें काफी तकलीफें दी गईं। इनमें से कुछ को बाद में छोड़ दिया गया। गुरु रामसिंह और उनके सेवक नानूसिंह को इलाहाबाद से ले जाकर पहले 5 महीने रंगून के अन्दर ठीक उस मकान में नजरबन्द कर दिया गया, जिसमें सन् 1857 की असफलता के बाद दिल्ली के आखिरी बादशाह बहादुरशाह को नजरबन्द रखा गया था।

इस गिरफ्तारी के दिन कहा जाता है कि भैणी साहब के गुरुद्वारे की बारह-बारह फुट जमीन खोद डाली गई–इस उम्मीद में कि कहीं पर हथियार छिपे हुए मिलें। गुरुद्वारे का करीब-करीब सब माल जब्त कर लिया गया। गुरुद्वारे के फाटक पर पुलिस की चौकी बैठा दी गई। यह चौकी ठीक 50 बरस तक यानी सन् 1921 तक कायम रही। इन 50 बरसों तक भैणी साहब एक तरह का कैदखाना था। नामधारियों के आजकल के गुरु महाराज सतगुरु प्रतापसिंह का जन्म सन् 1889 में इसी कैदखाने के अन्दर हुआ था। उनकी माता, करीब 80 साल उम्र की, इस वक्त मौजूद हैं। उनकी उम्र जब 18 साल की थी, तब वह एक बार डेढ़ बरस बिना किसी तरह के मुकदमे के जेल में रखी गई थीं। माता जी ने जिन्दगी भर सिवाय हाथ के कते खद्दर के कोई दूसरा कपड़ा नहीं पहना।

सन् 1872 से 1921 तक हर नामधारी बागी समझा जाता था। हर एक पर पुलिस की निगरानी थी। रात को पुलिसवाला आकर जगाता था। कोई नामधारी बगैर पुलिस को इत्तला दिए एक जगह से दूसरी जगह न जा सकता था। किन्तु इन सब आजमाइशों के अन्दर भी लाखों नामधारी बराबर अपने असूलों पर कायम रहे। इस वक्त पंजाब में कुल नामधारियों की तादाद सात लाख समझी जाती है, जिसमें सहजधारी और केशधारी दोनों शामिल हैं।

सन् 1872 से सन् 1880 तक 8 वर्ष गुरु रामसिंह जी के बर्मा में नजरबन्द रहने का पता चलता है। इस बीच बर्मा में उनके चारों तरफ कड़ा पहरा था। कोई बिना इजाजत उनसे मिलने न जा सकता था। फिर भी समय-समय पर पंजाब से बहुत से नामधारी सिक्ख काफी खर्च करके और तकलीफ उठाकर उनसे मिलने के लिए जाते रहे। इनमें कोई अंग्रेजी पढ़ा न था। ज्यादातर सिर्फ पंजाबी जानते थे। बहुत से इसी कोशिश में गिरफ्तार कर लिये गए। कुछ को सात-सात साल की राजाएँ हुई, कुछ काले पानी भेज दिए गए, कुछ को मौत की सजा दी गई और कहा जाता है कि कुछ समुद्र में डुबो दिए गए। जिन सिक्खों को रंगून तक पहुँचकर गुरु रामसिंह जी से मिलने में कामयाबी हुई, उनमें से कुछ के हाथ गुरु जी के पंजाबी में लिखे गए कुछ खत पंजाब पहुँचे। इन खतों में से भी कुछ सरकार के हाथ पड़ गए और जब्त कर लिये गए और कुछ अभी तक नामधारियों के मौजूदा गुरु सतगुरु प्रतापसिंह जी के पुस्तकालय में सँभालकर रखे हुए हैं।

इन खतों में गुरु रामसिंह जी के विचारों और उसूलों का खासा पता चलता है। इनमें से थोड़े से फिकरे पहले गुरु रामसिंह जी के अपने शब्द मूल पंजाबी भाषा में और फिर उनका हिन्दुस्तान तरजुमा हम नीचे देते हैं–

1. सारी संगत ने शान्ति एहोजी फड़नी कोई किसी तरह की निन्दा करे, उसके वल ध्यान नहीं करना। चाहे कोई किसे नू मारे तो बी सब्र कर जाना। परमेश्वर खमा धीरज बाल्यां दे सदा अंग संग है। गुरु जी लिख्या है 'हो ओ सगल की रेनुका तां आओ हमारे पास।' जो कोई ऐस धर्म विच चल्लूगा तां उसनू सब सुख प्राप्त होये जानगे। सत करके मन्ना। कम्म खिमादा बुत है बड़ा।...

अर्थ–सारी संगत यानी सब सिक्खों को चाहिए इस तरह की शान्ति अख्तियार करें कि अगर कोई उनकी किसी तरह की निन्दा करे, तो उस तरफ ध्यान भी न दें। कोई किसी को मार भी डाले तब भी सब्र कर लें। परमेश्वर क्षमा और धीरजवालों के सदा हाथ रहता है। गुरु नानक जी ने लिखा है 'जो ओ सकल की रेनुका तां आओ हमारे पास।' यानी सब्र सब के पैरों की धूल बनो तब हमारे पास आओ। जो कोई इस धर्म में चलेगा, उसे सब सुख प्राप्त होंगे। इस बात को सच मानना। क्षमा धर्म बहुत बड़ा धर्म है।

2. ...भुक्खे नू रोटी कपड़ा जोड़ा किसे भेखदा होवे भावे निन्दा भी करदा होवे पर लोढ़मान देखके उसनू भी देना...।

अर्थ–भूखे को चाहे वह किसी भी मजहब का हो और चाहे हमारी निन्दा भी करता हो जरूरतमन्द देखकर रोटी-कपड़े और जूते की मदद जरूर करनी चाहिए।

3. ...मावे किसे भेखदा होवे किसे नू फिका नहीं बोलना।

अर्थ–चाहे कोई किसी भी मजहब का माननेवाला हो, पर किसी को सख्त बात नहीं कहना।

4. बंड छकना।

अर्थ–दूसरों को बाँटकर खाना।

5. सब बुड्ढे वाले माई बीबी नू अश्नान पिछली रात करना बरजरूर। गुरु जी दा हुक्म सवा पहर रात दा है। फेर जितनी रात ते पुज्ज आवे। चार घड़ी एतना करना...बानी पढ़नी दिन को। भजन करना। फेर तुरदे फिरदे कम्म किरत करदे। फेर कम्म थें बेल लग्गे तां अकेले बैठ के भजन बानी करना। होर लड़के लड़कियानू अक्खर पढ़ा देने। होर लड़की न किसे मारनी। न किसे बट्टा करना। न लड़की दे दम्म लेने। जेड़ा लड़की मारे बेचे बट्टा करे उस दे हथ दा घर दा अन्न पानी नहीं बरतना। उसनू संगत विच नहीं बड़न देना। हुन से पीछे भावें कुछ कीता होवे अग्गे समझ के बरतना। किसे दा पन पदारथ नहीं लेना। धक्का करके न चोरी करके न

ठगी करके कक्ख आदि भी नहीं लेना। गुरु जी दा हुक्म है, 'हक्क पराया नानका उस सूर उस गाय'...।

अर्थ–बुड्ढे, बालक, माँ-बहन सबको पिछली रात उठकर जरूर नहाना चाहिए। गुरु नानक जी का हुक्म है कि जब सवा पहर रात रह जाए तब उठकर नहा लेना चाहिए। फिर जितनी जल्दी जिनसे बन सके...कम-से-कम चार घड़ी रात रहे तो जरूर ही नहा लेना चाहिए।...दिन के वक्त ग्रन्थ साहब को पढ़ना चाहिए। ईश्वर का भजन करना चाहिए। चलते-फिरते, काम-काज करते हुए और जब कभी काम से फुरसत मिले तब अकेले बैठकर भजन करना और गुरु बानी पढ़ना चाहिए। लड़के-लड़कियों को अक्षर लिखना-पढ़ना सिखा देना। कोई आदमी अपनी लड़की को न मारे, न कोई सट्टा-बट्टा करे, न लड़की बेचे। जो कोई लड़की मारे, बेचे या बट्टा करे उसके हाथ का या उसके घर का अन्न-पानी नहीं लेना।* उसे संगत में नहीं आने देना। इससे पहले चाहे कुछ भी किया हो आइन्दा इसी तरह अमल करना। किसी का धन या किसी की कोई चीज जबर्दस्ती या चोरी करके या ठगी करके किसी की जरा-सी भी चीज नहीं लेना। गुरुनानक जी का हुक्म है, 'हक्क पराया नानका उस सूर उस गाय' यानी ऐ नानक! दूसरे का हक मुसलमान के लिए सुअर और हिन्दू के लिए गाय है।'

6. अट्ठारह बरस दी लड़की दा आनन्द पढ़ावन। घट नहीं पढ़ावना। जो कोई बट्टा करुगा व्याज लउगा कन्या दा पैसा लउगा कन्या मारुगा उसके नाल नहीं बरतना।

अर्थ–अट्ठारह बरस की लड़की की शादी करना, इससे कम उम्र की नहीं। जो कोई सट्टा-बट्टा करेगा या रुपए पर सूद लेगा या लड़की बेचेगा या लड़की मारेगा उसके साथ नहीं बरतना चाहिए।

7. बिगानी अंस किसे तरह भी न लेनी। न चुरा के, न खो के, न ठगी करके, जे डिगी पई भी मिले तो जिस दी होवे उसके दे देनी लाभ के। पर कर्जा ले के न देना ए चोरी दहाड़ी ते भी बड़ा पाप है...बानी भी भावे पढ़े सब निष्फल जाएगी भावे पूजा करे भावे नमाज पढ़े।

अर्थ–दूसरे की चीज किसी तरह भी नहीं लेनी चाहिए। न चोरी करके न छीन कर और न ठगी करके। अगर कहीं पड़ी हुई मिल जाए, तब भी जिसकी चीज हो, उसे ढूँढ़ कर दे देनी चाहिए। कर्जा लेके न देना चोरी और डाके से भी बड़ा पाप है।

---

* लड़कियों को मार डालने का रिवाज पंजाब के खास कर बीच के हिस्से में जाटों और कुछ ब्राह्मणों में इस बीसवीं सदी के शुरू तक मौजूद था। सट्टे-बट्टे का मतलब यह कि एक आदमी का लड़का दूसरे की लड़की से ब्याहा जाए और दूसरे का लड़का पहले की लड़की से। यह रिवाज भी हिन्दुस्तान में अभी तक कई जगह मौजूद है।

जो दूसरे के साथ बेईमानी करता है वह चाहे ग्रन्थ साहब पढ़े चाहे पूजा करे चाहे नमाज पढ़े सब फजूल है।

8. मांस खान दी बात गुरु जी ने लिखी है मक्के दी गोष्ठी बिच। जो मांस सो खाय जिस जी कू खाये उसके जिउंदा कर सके। जे जिउंदा न कर सके ता मरया हुआ खाय लेवे। जिसने बन्दगी करनी होवे सो मरया हुआ भी न खावे।...ए दोनों नहीं बरतने मांस से शराब।

अर्थ—मांस खाने की बाबत गुरु नानक जी ने मक्के की गोष्ठी में लिखा है कि वही आदमी मांस खा सकता है, जो जिस जानवर को खाए, उसे फिर जिन्दा भी कर सके। जो जिन्दा न कर सके वह मरे हुए जानवर का मांस खा सकता है। पर जो आदमी ईश्वर की बन्दगी करना चाहे उसे मरा हुआ जानवर भी नहीं खाना चाहिए...मांस और शराब ये दोनों चीजें नहीं बरतनी चाहिए।

1880 के करीब की गुरु रामसिंह जी की एक पेशीनगोई है–

"सो होऊ तो आटा सने राजयां परजयां दा। नहीं दलिया तां ज़रुर होऊ। होर अपने सन्त खालसे की रक्षा के वास्ते पच्छिम दिशा ते मुसलमान बन्दा आवेगा मंगवाइएगा।"

अर्थ—एक वक्त आवेगा, जब इस मुल्क में राजा और प्रजा दोनों आटे की तरह पीसे जाएँगे। अगर आटा नहीं तो दोनों का दलिया तो जरूर होगा ही। और अपने सन्त खालसा की रक्षा के लिए पश्चिम की तरफ से एक मुसलमान बन्दा बुलाया हुआ आएगा।

गुरु राम सिंह जी के खतों और उपदेशों में बहुत-सी चीजें ऐसी हैं, जो आजकल कायदे-कानूनों के रहते प्रकाशित नहीं की जा सकतीं। लेकिन जिनका हमारे राष्ट्रीय विकास के इतिहास में खास मूल्य है। अभी कुछ दिनों और इन चीजों को देशवासियों की आँखों से ओझल रहना है।

शादियों के खर्च को कम करने के लिए गुरु रामसिंह जी ने हुक्म दिया था कि कोई नामधारी अपनी लड़की या लड़के की शादी में सवा रुपए से ज्यादा खर्च न करे। आज तक सब नामधारी इस आज्ञा का पालन करते हैं। अब सतगुरु प्रतापसिंह जी ने हुक्म दे रखा है कि सब शादियाँ गुरु जी के सामने दीवान में हों, जिसमें अब सवा रुपए का कड़ा प्रसाद भी जरूरी नहीं रखा गया।

अहिंसा और उसी के द्वारा स्वराज्य प्राप्ति के बारे में भी गुरु रामसिंह जी के विचार बिलकुल स्पष्ट थे। जिस समय पंजाब से गिरफ्तार होकर जा रहे थे, गुरु जी के एक सूबे जवाहरसिंह ने कहा कि महाराज, हमें ये लोग वैसे ही पकड़ लाए। अगर आप हुक्म देते तो दो-चार हाथ दिखाते। गुरु रामसिंह जी ने जवाब दिया–"हुन फिरंगी दी जड़ पट्टी गई है जे हथ चक लें दें तां पाताल बिच चली जानी-सी।"

अर्थ–अब फिरंगी की जड़ उखड़ गई है। अगर हम हाथ उठा लेते तो उनकी जड़ पाताल में चली जाती।

जिस समय रेल में बैठे हुए लुधियाने से इलाहाबाद जा रहे थे इसी तरह की शंका गुरु जी से बाबा साहबसिंह ने प्रकट की। गुरु जी ने जवाब दिया–

"अंग्रेज दी जड़ पुट के हथेली उत्ते रखी हुई है। जे तुसी लड़ाई करवे तां पाताल बिच चली जानी-सी।"

अर्थ–अंग्रेजों की जड़ उखड़कर हथेली पर रखी हुई है। अगर तुम लड़ाई करते तो पाताल में चली जाती।

'अहिंसा' के लिए गुरु रामसिंह जी का खास शब्द 'खिमा' यानी क्षमा था।

गुरु रामसिंह जी के सेवक नानूसिंह उनके साथ बहुत दिनों बर्मा में रहे। बाद में वह पंजाब लौट आए थे। उनसे एक बार गुरु रामसिंह जी ने कहा था–

"नानूसिंह जी! तुसी नहीं जानदे तलवार नाल प्राप्त की हुई शै तलवार नाल खुस भी सकदी है। खिमा दा सिद्धान्त ही ए है कि जोर होंदा हुआ भी उसनू जब्त कर के रखा जावे। बलवान होंदा होया भी उसदी बरतों ने कीती जाए।"

अर्थ–नानूसिंह जी! आप नहीं जानते। तलवार से प्राप्त की हुई चीज तलवार से ही छिन भी सकती है। क्षमा यानी अहिंसा का सिद्धान्त ही यह है कि ताकत होते हुए भी आदमी अपनी ताकत को रोक कर रखे। बलवान होते हुए भी दूसरे के खिलाफ अपने बल का इस्तेमाल न करे।

एक दूसरी बार गुरु रामसिंह जी ने नानूसिंह से कहा था–

"...होर ते होर मैं ते आजादी लए भी खून वहावना पसन्द नहीं करदा। मैं दुश्मन नू भी प्यार दो तलवार नाल बिसल करना चाहना है।"

अर्थ–और बातों को तो छोड़िए, मैं तो आजादी के लिए भी खून बहाना पसन्द नहीं करता। मैं दुश्मन को भी प्रेम की तलवार से कतल करना चाहता हूँ।

सन् 1880 के बाद से गुरु रामसिंह जी कम-से-कम अंग्रेजों की कैद में नहीं हैं। अंग्रेज सरकार का कहना है कि सन् 1880 में उनकी मृत्यु हो गई। लेकिन किसी सिक्ख को न समय पर इसकी खबर दी गई और न किसी को उनका मृत शरीर सुपुर्द किया गया। सन् 1885 के करीब एक सिक्ख सरदार आलिमसिंह बर्मा के अन्दर मोलमीन में डिस्ट्रिक्ट इंजीनियर थे, उन्होंने और उनके कुछ साथियों ने सन् 1885 में गुरु रामसिंह जी को खुद कहीं पर देखा। पंजाब आकर उन्होंने सरकार को नोटिस दिया और लिखा कि गुरु रामसिंह जी अभी तक जिन्दा हैं, मरे नहीं। कहा जाता है सरदार आलिमसिंह जी की यह नोटिस अखबार में भी छपी। लेकिन सरकार ने इसका कोई जवाब नहीं दिया।

सन्त इन्द्रसिंह जी चक्रवर्ती, जो इस समय नामधारी दरबार के वाइस प्रेजिडेंट हैं, सन् 1935 में खुद बर्मा गए थे। वहाँ उन्होंने देखा कि रंगून पहुँचाए जाने से पहले मोलमीन के पास मरगोई में जिस पीपल के दरख्त के नीचे गुरु रामसिंह जी बैठा करते थे, वहाँ बर्मी लोग आज तक रोज मोमबत्तियाँ जलाते हैं और कोई वहाँ जूता लेकर नहीं जा सकता। वहीं पर एक बर्मी ने सन्त इन्द्रसिंह जी को बताया कि गुरु रामसिंह जी मरे नहीं, बल्कि कहीं चले गए। गुरु रामसिंह जी का जन्म सन् 1816 के करीब हुआ था। नामधारी पन्थ के लाखों आदमियों को इस बात का पूरा विश्वास है कि गुरु रामसिंह जी मरे नहीं, अभी तक जिन्दा हैं।

आज तक कोई नामधारी सिक्ख बहैसियत मुद्दई के अपना मुकदमा किसी सरकारी अदालत में नहीं ले जाता। किसी गैरनामधारी का मुद्दाइला होकर या किसी फौजदारी के मुकदमे में मुलजिम होकर जाना पड़े तो बात दूसरी है। पंजाब के हर जिले में नामधारियों के 'सूबे' मुकर्रिर हैं। नामधारी अपने मुकदमे इन्हीं सूबों के सामने ले जाते हैं। इन सूबों के ऊपर तीन आदमियों का एक 'नामधारी शिरोमणी पंच' है, जिसके सामने किसी भी 'सूबे' के फ़ैसले के खिलाफ अपील की जा सकती है। शिरोमणी पंच के फ़ैसले की अपील गुरु महाराज के सामने की जाती है। गुरु महाराज ही सूबों और शिरोमणी पंच के मेम्बरों को नामजद करते हैं। कहीं किसी तरह की कोई फीस नहीं लगती, न किसी वकील की जरूरत पड़ती है। मुकदमे का फ़ैसला आमतौर पर फौरन हाथ-के-हाथ होता है। समझा जाता है कि कोई नामधारी अपनी अदालत में झूठ नहीं बोलता। बहुत बरसों तक कोई नामधारी सरकारी डाकखाने या रेल का भी इस्तेमाल न करता था। डाक भेजने का उनका अपना इन्तजाम था। लेकिन यह टेक अब कायम नहीं रही।

किसी नामधारी का लड़का अब तक किसी सरकारी स्कूल में नहीं भेजा जाता। कोई-कोई घर पर अंग्रेज़ी पढ़ते हैं। आमतौर पर नामधारी सिर्फ पंजाबी जानते हैं। कहते हैं पिछले 70 बरस के अन्दर सिर्फ एक आदमी ऐसा निकला, जिसने पंच की आज्ञा के खिलाफ स्कूल जाकर बी.ए. पास किया। स्कूल में भर्ती होते ही उसे पंच से निकाल दिया गया। बाद में धार्मिक दंड देने पर उसे फिर शामिल कर लिया गया।

कोई नामधारी सरकारी फौज में भरती नहीं है और न अंग्रेज सरकार उनसे इस बारे में किसी तरह की जबरदस्ती करती है।

किरपान सिक्खों के पाँच 'कक्कों' में शामिल है। नामधारी आमतौर पर किरपान नहीं रखते। इनमें कोई-कोई एक छोटी-सी एक इंच लम्बी किरपान नमूने के तौर पर अपने कंघे के साथ बाँधकर रखते हैं। इस समय के गुरु सतगुरु प्रतापसिंह जी आम तौर पर किरपान रखने से मना करते हैं। सतगुरु प्रतापसिंह जी या उनका कोई आदमी कभी किसी ऐसे काम या जलसे में शरीक नहीं होता, जिसमें

सिक्खों के किसी हठ के लिए या इसी तरह की किसी चीज के लिए सरकार से किसी तरह की प्रार्थना की जाए। कोई नामधारी विदेशी कपड़ा नहीं पहन सकता, और ज्यादातर केवल शुद्ध खद्दर पहनते हैं।

कोई नामधारी सिक्ख किसी तरह का मांस नहीं खाता न शराब या किसी नशे की चीज का इस्तेमाल करता है।

नामधारी आमतौर पर ईश्वरभक्त होते हैं। सेवा का भाव उनमें बहुत ही गहरा है। गुरुद्वारा भैणी साहब में हमेशा कई सौ आदमी रहते हैं। रोज सुबह तीन बजे उठकर ये सब लोग जरूरियात से फारिग होकर केशों सहित स्नान करके दीवान में पहुँच जाते हैं। सुबह 4 बजे से 7 बजे तक दीवान लगता है, जिसमें बड़े प्रेम से बाजों और लय के साथ गुरुबानी गाई जाती है। तीन घंटे तक दीवान में एक समा बँधा रहता है। नजारा बहुत दर्जे तक बड़े-बड़े सूफी मजारों की कव्वालियों से मिलता हुआ होता है। गाने में बीच-बीच में फारसी की चीजें भी काफी गाई जाती हैं। जिस तरह कव्वाली में कभी-कभी किसी सुननेवाले को वज्द या 'हाल' आने लगता है और वह उठकर नाचने या चिल्लाने लगता है, ठीक उसी तरह दीवान के बीच में कोई नामधारी चीख मारने लगता है, और कोई-कोई उठ कर नाचने लगते हैं। चीख मारने को पंजाबी में 'कूक मारना' कहते हैं। इसीलिए नामधारियों को आमतौर पर 'कूके' भी कहा जाता है।

दीवान खत्म होने के बाद सैकड़ों और हजारों की तादाद में नामधारी एक घंटे तक एक साथ चुपचाप एक जगह बैठकर नाम का जप करते हैं। उसके बाद कड़ा प्रसाद यानी हलवा बँटता है। दिन का बाकी हिस्सा भी इन लोगों का ज्यादातर मेहनत, सेवा और हरि भजन में बीतता है। शाम को फिर इसी तरह दीवान लगता है।

हर साल एक बार होली के करीब नामधारियों का सालाना 'दीवान' लगता है, जिसमें करीब-करीब एक लाख आदमी भैनी साहब में जमा होते हैं। कई दिन तक जश्न रहता है।

सतगुरु प्रतापसिंह जी बड़े सरल स्वभाव ईश्वरभक्त और प्रेमी सज्जन हैं। देशभक्ति की मात्रा भी उनमें काफी गहरी है। अहिंसा के वे जबर्दस्त कायल हैं। दूसरे धर्मों के सम्प्रदायों की तरह नामधारियों और अकालियों में भी थोड़ा-बहुत वैमनस्य चला आता था। कुछ वर्ष हुए सतगुरु प्रतापसिंह जी ने सिक्खों की समस्त सम्प्रदायों में प्रेम पैदा करने के लिए अपने यहाँ सब सम्प्रदायों की एक कान्फ्रेंस की। सब सम्प्रदायों के प्रतिनिधि कान्फ्रेंस में आए। नतीजा बहुत ही सुन्दर रहा।

इस साल सतगुरु प्रतापसिंह जी ने एक कदम और बढ़ाया। पिछले सालाना दीवान के मौके पर पहली अप्रैल, 1942 को उन्होंने भैणी साहब में एक

हिन्दू-मुस्लिम-सिक्ख सबकी एकता कान्फ्रेंस की। नामधारी और अकाली, हर सम्प्रदाय के सिक्ख प्रतिनिधि, हिन्दू-मुसलमान, और कांग्रेसी, कादियानी, अछारी वगैरा सब कान्फ्रेंस में मौजूद थे। पंजाब के राजाओं को भी निमन्त्रित किया गया था, जिनमें महाराजा पटियाला, महाराजा फरीदकोट और महाराजा कपूरथला के खास सरदार अपने-अपने महाराजाओं के प्रतिनिधि रूप से कान्फ्रेंस में मौजूद थे। व्यास के मशहूर वृद्ध गुरु बाबा सामलसिंह जी भी मौजूद थे। कान्फ्रेंस में कम-से-कम 50 हजार की भीड़ थी, इन पंक्तियों के लेखक को भी कान्फ्रेंस में उपस्थिति का सौभाग्य प्राप्त था। सब धर्मों की एकता और साम्प्रदायिक मेल-मिलाप के ऊपर हिन्दू-मुसलमानों और सिक्खों की जो तकरीरें उस कान्फ्रेंस में हुईं, वह एक बार गहरे-से-गहरे नैराश्य में डूबे हुए हिन्दुस्तानी के दिल को भी तसल्ली देनेवाली थी, और इस बात का चमकता हुआ सबूत थी कि भारतीय समाज की आत्मा अभी तक भीतर से स्वस्थ है। इसमें कोई शक नहीं कि कम-से-कम 50 हजार आदमी पंजाब के अलग-अलग जिलों से आए हुए उस कान्फ्रेंस से प्रेम और एकता का सन्देश लेकर लौटे।

कान्फ्रेंस के साथ एक मवेशियों की नुमाइश हुई थी। सतगुरु प्रतापसिंह जी को मवेशियों के रखने का खास शौक हैं। वे इस काम के बहुत बड़े जानकार भी हैं। उनके घोड़े देखने के काबिल हैं। उनकी कोई-कोई गाय अकेली सुबह-शाम में मिलाकर 32 सेर पक्का दूध देती है। नुमाइश में अच्छे मवेशियों के लिए इनाम बाँटे गए।

कान्फ्रेंस में पंजाब के आल इंडिया चर्खा संघ और आल इंडिया ग्रामोद्योग संघ को भी बुलाया गया और उनकी तरफ से अपनी-अपनी नुमाइशें हुईं, जिनमें खद्दर और पंजाब भर की तरह-तरह की देहाती दस्तकारियों के नमूने दिखाए गए। ये नुमाइशें तीन दिन तक जारी रहीं। इस कुल मेले में कम-से-कम एक लाख मर्द-औरत और बच्चों ने हिस्सा लिया होगा। जरा कम पैमाने पर तीन दिन तक आल अंडिया कांग्रेस का-सा दृश्य दिखाई देता था। फर्क सिर्फ इतना था कि कांग्रेस के जलसे की निस्बत अधिक प्रेम, अधिक मेल-मिलाप, अधिक सादगी, अधिक पवित्रता और शायद खद्दर चारों तरफ दिखाई देता था।

एक बहुत बड़ा मुशायरा हुआ, जिसमें मेल-मिलाप की अच्छी कविताओं पर इनाम दिए गए। उनमें सबसे पहला इनाम एक मुसलमान सज्जन को मिला।

बहुत-सी माताओं और बहनों ने अपने हाथ से सूत कात कर नामधारी दरबार में भेजा। दीवान के समय सूत का एक छोटा-सा टीला दिखाई देता था। सबका सूत परखा गया। तीन सबसे अच्छी कातनेवालियों को इनाम दिया गया। इनमें सबसे अच्छा सूत करीब 60 नम्बर का यकसाँ, सुन्दर और मजबूत सूत था। जिन बहनों

ने आध पाव से कम सूत कात कर भेजा था, उनका सूत चाहे कितना ही अच्छा था मुकाबले में नहीं शामिल किया गया।

कान्फ्रेंस के दिनों में एक-एक समय एक साथ सत्तरह-सत्तरह हजार आदमियों ने एक पंगत में बैठ कर भोजन किया। नामधारियों में कुछ लोग 'सोघी' कहलाते हैं। ये लोग एक तरह के साधक हैं। इनका अधिकांश समय भजन-पाठ में बीतता है। सोधी जितनी बार शौच जाते हैं, उतने ही बार केशों सहित स्नान करते हैं। कोई सोधी किसी गैर सोघी नामधारी के हाथ का पानी भी नहीं पीता। उनकी तादाद बहुत थोड़ी है। सोघियों को छोड़कर बाकी नामधारी आमतौर पर किसी तरह की छुआछूत नहीं मानते। कान्फ्रेंस के दिनों में हिन्दू-मुसलमान और सिक्ख एक ही फर्श पर एक ही पंगत में बैठकर बिना किसी तरह के फर्क के भोजन करते थे। भैनी साहब में कोई नौकर नहीं है। खाना पकाना, बरतन माँजना और सब काम लोग अपने हाथ से करते हैं और बड़े प्रेम के साथ। सेवा भाव की यह हालत है कि एक बार पंजाब के एक कार्यकर्ता भैणी साहब गए। उन्हें सुबह कुछ नाश्ते के लिए दिया गया, जब वह नाश्ता कर चुके तो गुरु घराने की एक देवी ने उनका झूठा बरतन लेकर माँजना शुरू किया। वह कुछ शरमाए। उन्होंने बरतन खुद माँजना चाहा। इस पर उस देवी ने कहा—"भाई तुम तो खाकर चले जाओगे, मेरे पल्ले क्या पड़ा।" नामधारी गुरुद्वारे के अन्दर अब भी जो चाहे हिन्दू, मुसलमान, ईसाई अपने तरीके से जाकर पूजा, नमाज या दुआ कर सकता है। पहली अप्रैल को वहाँ अजान सुनाई दे रही थी। स्वयं सतगुरु प्रतापसिंह और उनके दोनों नौजवान बेटे दीनता, सज्जनता और मेहमानवाजी की मूर्तियाँ हैं। दूसरे सिक्ख गुरुद्वारों की तरह भैनी साहब में रोजाना गुरु लंगर यानी सदाव्रत लगा रहता है। जो चाहे आकर भोजन करे। सिक्खों और हिन्दुओं के अलावा आसपास के कई-कई सौ मुसलमान अकसर वहाँ आकर प्रेम के साथ भोजन कर जाते हैं।

कुछ वैदिक विद्वानों का मत है कि अम्बाले के जिले में या उसके आसपास किसी अति प्राचीन समय में हर दो सौ वर्ष या कुछ कम-ज्यादा मियाद के बाद एक बहुत बड़ा यज्ञ हुआ करता था। हर यज्ञ के लिए नई ऋचाएँ लिखी जाती थीं, जिनमें से बहुत-सी ऋचाएँ ऋग्वेद में मौजूद हैं। भैणी साहब अम्बाला और लुधियाना...जिलों की मिली हुई सरहद पर है। वहाँ की बोली भी पंजाबी और खड़ी बोली मिली हुई है। गुरुद्वारे में एक जगह एक बहुत बड़ी और गहरी बावड़ी है। बावड़ी के सिर्फ एक तरफ थोड़ी-सी ईंटों की सीढ़ियाँ हैं। बाकी तीनों तरफ कच्ची दीवारें हैं। इस बावड़ी को 'रामसर' कहते हैं। लोगों का कहना है कि यह बावड़ी रामचन्द्र जी के वख्तों से चली आती है। आजकल भी इसका पानी कभी नहीं सूखता। किसी समय, जब कि सतगुरु प्रतापसिंह जी अभी बच्चे थे, इस बावड़ी के एक कोने में एक पुराना बबूल

का दरख्त था। किसी जरूरत से उस दरख्त को उखाड़ा गया, तो उसके नीचे काफी बड़ा तिकोना हवन कुंड दिखाई दिया, जिसकी तीनों तरफ की दीवारें आग से तपी हुई थीं और जिसके अन्दर हवन के कोयले और राख अभी तक मौजूद थी। कुछ लोगों का कहना है कि कोयलों के ऊपर घी के निशान भी मौजूद थे। लोगों का अन्दाजा है कि यह शायद ठीक वही जगह है, जहाँ वैदिक काल में राजसूय यज्ञ हुआ करते थे। ऋग्वेद से साफ पता चलता है कि उस जमाने के आर्य काफी लम्बे-चौड़े होते थे और आमतौर पर दाढ़ियाँ भी रखते थे। भैनी साहब के दीवान, वहाँ के सीधे-सादे वायुमंडल, ऊँचे-ऊँचे दरख्तों और सुन्दर-साफ कच्चे मकानों को देखकर अनेक यात्रियों को उस प्राचीन वैदिक समय की याद आ जाती है।

❑❑❑